구운몽

구운몽

九雲夢

김만중 씀 — 림호권 고쳐 씀

보리

겨레고전문학선집을 펴내며

우리 겨레가 갈라진 지 반백년이 넘어서고 있습니다. 그러나 함께 산 세월은 수천, 수만 년입니다. 겨레가 다시 함께 살 그날을 위해, 우리가 함께 한 세월을 기억해야 합니다.

예부터 우리 겨레가 즐겨 온 노래와 시, 일기, 문집 들은 지난 삶의 알맹이들이 잘 갈무리된 보물단지입니다.

그동안 남과 북 양쪽에서 고전 문학을 되살리려고 줄곧 애써 왔으나, 이제껏 북녘 성과들은 남녘에서 좀처럼 보기 어려웠습니다.

북녘에서는 오래 전부터 우리 고전에 깊은 관심과 사랑을 보여 왔고 연구와 출판도 활발히 해 오고 있습니다. 그 가운데 〈조선고전문학선집〉은 북녘이 이루어 놓은 학문 연구와 출판의 큰 성과입니다. 〈조선고전문학선집〉은 가요, 가사, 한시, 패설, 소설, 기행문, 민간극, 개인 문집 들을 100권으로 묶어 내어, 고전을 연구하는 사람들과 일반 대중 모두 보게 한 뜻깊은 책들입니다. 한문으로 된 원문을 현대문으로 옮기거나 옛글을 오늘의 것으로 바꾼 성과도 놀랍고 작품을 고른 눈도 참 좋습니다. 〈조선고전문학선집〉은 남녘에도 잘 알려진 홍기문, 리상호, 김하명, 김찬순, 오희복, 김상훈, 권택무 같은 뛰어난 학자분들이 머리를 맞대고 연구한 성과를 1983년부터 펴내기 시작하여 지금도 이어 가고 있습니다.

보리 출판사는, 조선민주주의인민공화국 문예 출판사가 펴낸 〈조선고전문학선집〉을 〈겨레고전문학선집〉이란 이름으로 다시 펴내면서, 북녘 학자와 편집진의 뜻을 존중하여 크게 고치지 않고 그대로 내는 것을 원칙으로 삼았습니다. 다만, 남과 북의 표기법이 얼마쯤 차이가 있어 남녘 사람들이 읽기 쉽게 조금씩 손질했습니다.

　　이 선집이, 겨레가 하나 되는 밑거름이 되고, 우리 후손들이 민족 문화 유산의 알맹이인 고전 문학이 지니고 있는 아름다움을 제대로 맛보고 이어받는 징검다리가 되기 바랍니다. 아울러 남과 북의 학자들이 자유롭게 오고 가면서 남북 학문 공동체가 이루어지는 날이 하루라도 앞당겨지기 바랍니다. 그리고 이 자리를 빌려 어려운 처지에서도 이 선집을 펴내 왔고 지금도 그 작업에 몰두하고 있는 북녘의 학자와 출판 관계자들에게 고마운 마음을 전합니다.

2004년 11월 15일
보리 출판사 대표 정낙묵

九
雲
夢

차례

▪ 일러두기

1. 《구운몽》은 북의 문예출판사에서 1991년에 펴낸 《김만중 작품집》에서 〈구운몽〉을 보리 출판사가 다시 펴내는 것이다.

2. 고쳐 쓴 이와 북 문예출판사 편집진의 뜻을 존중하는 것을 큰 원칙으로 했으나, 한자와 옛날 말투들은 지금 독자들이 알아듣기 쉽도록 풀어 썼다.
   예 : 근사→비슷, 수림→나무숲, 실로→참으로, 연고→까닭, 일조에→하루아침에

3. 맞춤법과 띄어쓰기는 '한글 맞춤법' 을 따랐다.
   ㄱ. 한자어들은 두음법칙을 적용했고, 모음과 ㄴ 받침 뒤에 오는 한자 '렬' 은 '열' 로 '률' 은 '율' 로 고쳤다. 단모음으로 적은 '계' 나 '폐' 자를 '한글 맞춤법' 대로 했다.
      예 : 념주→염주, 래년→내년, 우렬→우열, 기률→기율, 페하→폐하, 황페→황폐

   ㄴ. 'ㅣ' 모음동화, 사이시옷, 된소리 따위의 표기도 '한글 맞춤법' 대로 했다.
      예 : 깨여나다→깨어나다, 기발→깃발, 새별→샛별, 눈섭→눈썹, 벌서→벌써

4. 남에서는 흔히 쓰지 않는 표현이지만, 북에서 쓰는 입말들은 다 살려 두어 우리 말의 풍부한 모습을 살필 수 있게 했다.
   예 : 고르롭다, 대바르다, 들레다, 맞다들다, 발그다, 빛발치다, 사품치다, 살짝, 새물새물, 석쉬다, 숙보다, 슴새다, 아츠럽다, 알심, 애젊다, 톺다, 푸접, 흥그럽다

5. 북의 문예출판사가 펴낸 책에 실려 있던 원문을 그대로 실었다. 다만, 오자를 바로잡고, 표기를 지금 독자들이 알기 쉽도록 고쳤으며, 몇몇 낱말은 한자를 병기하였다.

九雲夢

구운몽

성진, 팔선녀와 만나다

천하에 이름난 산 다섯이 있으니 동에 태산, 서에 화산, 남에 형산, 북에 항산이요, 가운데에 자리 잡은 것이 숭산이니, 이것이 곧 오악이다.

오악 중에 형산이 중원에서 가장 먼 곳에 있는데, 구의산이 그 남쪽에 있고 동정호가 그 북쪽에 있으며 이를 둘러싸고 소상강이 유유히 흐른다. 형산 중에도 축융, 자지, 천주, 석름, 연화 다섯 봉우리가 가장 높으니, 구름이 낮을 가리고 안개가 허리에 둘려 날씨가 맑지 못하면 사람이 그 웅장한 모습을 볼 수 없다.

진나라 때 선녀 위魏 부인이 신선이 되는 이치를 터득하고 옥황상제의 명을 받아 선동 옥녀를 거느리고 형산에 내려와 산을 지키니 이른바 남악南嶽 부인이다. 예부터 모든 일에 달통한 부인의 힘은 이루 다 적을 수 없으리 만치 신기하였다.

이곳 형산에는 또한 당나라 때 노승 한 분이 아름다운 연화봉 경치를 자못 사랑하여 멀리 서역 천축국에서 찾아와 살고 있었다. 노승은 제자 오륙백 명을 거느리고 연화봉에 법당을 크게 짓고 온 마음을 기울여 염불을 외니, 노승의 별호가 육관六觀 대사이다. 육관 대사가 중생을 가르치고 능히 귀신을 누르니 사람들이 부처가 세상에 내려왔다고 말하였다.

불법에 능통한 제자가 서른 명이 넘는데, 그 가운데 성진性眞은 나이 겨우 스물에 삼장경문三藏經文을 꿰고 있었다. 게다가 외모도 비범하고 총명함과 지혜 또한 뛰어나니, 대사가 매우 사랑하여 장차 성진에게 도를 물려주고자 하였다.

대사가 제자들에게 불경을 설법할 때마다 동정호 용왕이 찾아와 흰옷 입은 노인으로 변신하고 강론을 들었다. 이를 짐작한 대사가 어느 날 제자들에게 말하였다.

"내 나이 많아 이제는 몸이 늙고 병들어 절 문을 출입 못 한 지가 십 년이 넘었노라. 그러니 너희 중 누가 나를 위하여 용궁에 들어가 용왕께 사례의 뜻을 전하고 돌아올꼬?"

이때 성진이 머리를 쳐들고 선뜻 대답하였다.

"제가 우둔하오나 보내 주시면 기꺼이 가겠나이다."

대사가 기뻐하며 승낙하니, 성진이 곧 가사를 몸에 걸치고 육환장을 끌며 훌훌 동정호로 떠나갔다.

그날 문지기가 들어와 대사에게 고하였다.

"남악 위 부인이 여덟 선녀를 보내어 문밖에 이르렀나이다."

대사가 들어오라 하니 팔선녀는 차례로 법당에 들어와 절하고 꿇어앉아 부인의 말을 전하였다.

"대사는 산 서쪽에 계시고 나는 산 동쪽에 있어 거리가 그리 멀지 아니하나 자연 분주하여 한 번도 불석에 나아가 경문을 듣지 못하오니 처세하는 지혜가 없고 이웃과 사귀는 도리를 어겼나이다. 이제 시녀를 보내어 안부를 묻고 아울러 하늘나라의 꽃과 과일, 금은보화와 비단으로 보잘것없는 정성을 표하나이다."

선녀들이 하늘 꽃과 보배를 대사에게 올리니, 대사가 손수 받아 불전에 공양하고 합장하며 사례하였다.

"노승이 무슨 공덕이 있기에 이렇듯 귀한 보배를 받을꼬?"

그러고는 곧 잔치를 베풀어 선녀들을 정성스레 대접하여 보냈다.

팔선녀가 대사에게 하직하고 문밖으로 나오자, 한 선녀가 저희 무리를 돌아보며 말하였다.

"이 남악 산천은 물줄기며 산봉우리 하나까지도 다 우리 세상이더니 육관 대사가 머무신 뒤로 연화봉의 명승을 지척에 두고도 구경 못 한 지가 오래되었구나. 부인의 명을 받들어 여기 왔으니 다시없을 좋은 기회인 데다 마침 봄빛이 무르익고 해도 저물지 아니하였으니, 우리 이런 때 더 높은 봉우리에 올라가 아름다운 풍경도 구경하고 시도 읊다가 돌아가서 크게 한번 자랑하는 게 어떨까?"

선녀들이 모두 그러자고 하였다. 웃으면서 서로 손을 잡고 노닐며 느릿느릿 걸어 폭포 물줄기를 따라가노라니 돌다리가 나왔다. 때는 바야흐로 춘삼월 좋은 시절이었다. 온갖 꽃이 활짝 피고 구름 안개 자욱한데 산새들이 지저귀고 춘흥이 호탕하여 자연 발걸음을 멈추게 하였다.

선녀들이 어쩐지 마음이 들떠서 다리에 걸터앉았다. 시냇물을 굽어보니 맑은 수면이 마치 거울인 듯 고운 얼굴들과 화려한 옷차림을 비추었다. 영락없는 한 폭 미인도라 스스로 제 그림자를 사랑하여 차마 일어나지 못하고 소곤소곤 맑은 목소리로 봄 회포를 나누니 미처 해가 저무는 줄 깨닫지 못하였다.

이때 성진이 동정호 물결을 헤치고 수정궁에 이르니, 용왕은 이미 대사가 보낸 사자가 오는 줄 알고 있는지라 문무 신하들을 거느리고 몸소 궁문 밖에 나와 있었다.

성진이 용궁 안에 들어가 용왕 앞에 엎드려 대사의 정중한 뜻을 아뢰니, 용왕은 사례하고 잔치를 베풀어 성진을 대접하였다. 성진이 보니 음식이란 인간 세상에서 먹는 것이 아니요, 모두 진기한 과일과 남새 요리들이었다.

용왕은 손수 잔을 들어 권하였다.

"다섯 가지 경계 가운데 술 금하는 것을 내 어찌 모르리오마는 과인의 술은 인간 세상의 술과 다르노라. 사람의 기운을 돕고 전혀 마음을 들뜨게 아니 하나니 그대는 사양치 말라."

성진은 두터운 성의에 감동하여 감히 사양하지 못하고 연거푸 석 잔을 마셨다.

이윽고 용왕에게 하직 인사를 하고 용궁을 떠나 바람을 타고 연화봉으로 향하였다. 산 아래에 이르니 얼굴에 자못 술기가 오르고 불꽃 같은 것이 눈에 어른거려 어지러웠다. 성진은,

'스승님이 내 얼굴을 보시고 취한 것을 알면 분명 꾸짖으시리라.'

생각하고 시냇가를 찾아가 윗옷을 벗어 깨끗한 모래 위에 놓고 두 손으로 물을 움켜 취한 낯을 씻었다. 이때 문득 기이한 향내가 바람결에 코를 찌르자 자연 정신이 호탕해져서 스스로 중얼거렸다.

"이 시내 위쪽에 무슨 신기한 꽃이 있어 이다지도 향기가 물을 좇아오는고? 그 꽃을 찾아가 보리라."

성진은 옷을 주워 입고 시냇물을 거슬러 성큼성큼 올라갔다.

이때 팔선녀가 돌다리 위에 앉았다가 웬 젊은 중이 가까이 다가오는 것을 보았다. 성진은 바로 육환장을 버리고 합장을 하며 공손히 입을 열었다.

"선녀 아가씨들은 잠깐 미천한 승려의 말을 들으소서. 소승은 연화봉 육관 대사의 제자이온데, 스승님의 명으로 용궁에 갔다가 이제 돌아오는 길이오니이다. 길목 다리 위에 선녀들이 앉아 계시니 갈 길이 없어 고하나이다. 잠깐 길을 빌려 주소서."

"우리는 남악산 위 부인의 시녀들인데 부인의 명으로 육관 대사께 문안드리고 돌아가는 길에 이곳에서 잠깐 쉬고 있사오니이다. 예법에 '행로에서 남자는 왼쪽, 여자는 오른쪽.' 이라 하였으니 그렇게 할 수도 있겠나이다. 그러하나 이 다리가 폭이 좁고 우리가 먼저 차지하였사오니 바라건대 스님은 다른 길로 가소서."

팔선녀의 대답에 성진은 두 손을 가슴에 대고 머리를 숙여 부탁하였다.

"물은 깊고 다른 길도 없는데 어디로 가라 하시나이까? 길을 잠깐 열어 주소서."

선녀는 가벼이 답례하고 말하였다.

"옛날에 아난존자*는 여뀌 풀잎을 타고 큰 바다를 건넜다 하더이다. 스님이 참으로 육관 대사의 제자라면 도를 배웠을진대 조그마한 시냇물을 건너기에 무슨 어려움이 있관데 한갓 아녀자와 더불어 길을 다투시나이까?"

성진이 어이없어 껄껄 웃으며,

"여러 낭자의 뜻을 살피건대 분명코 지나가는 사람에게서 길 값을 받으려 함인 것 같으나, 소승은 본디 지닌 보화가 없고 마침 구슬 여덟 개가 있을 뿐이니 길 값으로 드리겠나이다."

하더니, 복숭아나무 꽃가지를 하나 꺾어 선녀들 앞으로 던지자 가지에 달린 꽃송이들이 갑자기 맑은 구슬 여덟 개로 변하였다. 여덟 개의 구슬은 눈부시게 빛나고 그윽한 향내를 풍겼다. 팔선녀들이 저마다 한 개씩 받아 가지고 눈웃음을 짓더니 문득 몸을 솟구쳐 구름을 타고 하늘 높이 훨훨 날아갔다.

성진이 돌다리 위에서 사방을 둘러보니 팔선녀들은 간곳없고 서서히 오색구름이 흩어지면서 향내 또한 사라졌다. 성진은 마음을 진정하지 못하고 서운한 발길을 떼어 터벅터벅 연화봉으로 돌아왔다.

성진이 용왕의 사례와 문안 인사를 대사에게 전하자, 대사는 잠자코 듣고 있더니 애썼다는 말 한마디 없이 오히려 성진이 늦게 돌아온 것을 꾸짖었다. 성진은 돌다리 위에서 만난 팔선녀들 때문에

---

* 아난존자는 석가모니의 제자 열 사람 중 하나. 석가가 열반한 뒤 경전 모으는 일을 했다.

늦은 것은 숨기고 천연덕스럽게 아뢰었다.

"용왕께서 성찬을 차려 환대하므로 차마 떠나지 못하여 저물었나이다."

대사가 더는 묻지 않고 곧 물러가 쉬라 하자, 성진은 두말없이 초막으로 돌아왔다.

빈방에 홀로 앉아 있노라니 저도 모르게 아름다운 팔선녀들 모습이 눈앞에 어른거렸다. 선녀들의 옥같이 맑은 목소리가 귀에 쟁쟁하고 꽃 같은 얼굴들이 수줍은 눈길로 추파를 던지는 듯 마음이 황홀하여 진정하지 못했다. 성진은 번민과 망상으로 잠을 이루지 못하였다.

'세상에 사나이로 태어나 어려서 공자 맹자의 글을 읽고, 자라서 어진 임금을 섬겨, 나가면 삼군의 장수 되고 들어오면 백관의 어른이 되어 몸에 비단옷 입고 허리에 금도장 차고, 눈으로 꽃 같은 용모를 보며 귀로 연연한 음성을 들어 미색을 사랑하고 공명을 떨쳐 후세에 전하는 것이 대장부의 떳떳한 일이거늘, 슬프다, 우리 불가의 도는 그저 한 그릇 밥과 한 대접 정화수며 수십 권 경문이며 백팔 염주 목에 걸고 설법하는 일뿐일러라. 그러니 도가 아무리 높고 깊다 할지라도 쓸쓸함이 사무치고, 설사 높은 불도를 깨달아 대사의 도를 전하여 극락세계에 가더라도 사람의 영혼이 한번 불꽃 속에 흩어지면 뉘라서 이 성진이 세상에 태어났던 줄 알리오.'

이렇듯 마음이 어지러워 누워서 아무리 잠을 청하여도 말똥말똥한 눈은 감기지 않았다.

이윽고 밤이 깊었다. 눈을 감으면 팔선녀가 앞에 있고, 뜨면 흔적이 없는지라, 성진은 진심으로 참회하여 마지않았다.

'불가의 법은 마음을 깨끗이 하는 것이 가장 큰 공부이거늘 내 중 된 지 십 년에 일찍이 자그마한 거리낌도 없더니 이제 부질없는 생각이 이렇듯 머리를 쳐드는구나. 내 앞길에 어찌 해롭지 아니하리오.'

성진은 곧 일어나 향불을 피우고 꿇어앉아 목에 건 염주를 헤며 가만히 불경을 외웠다. 문득 창밖에서 웬 아이가 부르는 소리가 들렸다.

"사형, 잠들었나이까? 대사님께서 부르시나이다."

"깊은 밤중에 급히 부르시니 분명코 까닭이 있도다."

성진이 자못 놀라며 아이와 더불어 곧 법당에 이르렀다.

육관 대사가 모든 제자를 모으고 윗자리에 앉아 있는데 자못 엄숙하며 등불이 환하였다.

"성진아, 네 죄를 아느냐?"

대사의 물음에 성진이 놀라 섬돌 아래로 내려 꿇어앉으며,

"소자 스승님을 섬긴 지 십 년이 지나도록 조금도 불공 불순한 일이 없사온데, 엄문하시니 어찌 숨기오리까마는 참으로 죄를 알지 못하겠나이다."

하고 떨리는 목소리로 대답하였다. 그러자 대사는 더욱 노하여 꾸짖었다.

"행실 닦는 승려가 용궁에서 술을 먹었으니 그 죄 적지 아니하고, 또 돌아오는 길에 돌다리 위에서 팔선녀들과 수작이 장황하

였고, 더욱이 꽃가지를 꺾어 던져 구슬로 희롱하였다. 그뿐 아니라 돌아온 뒤에도 불법을 까마득히 잊고 세상 부귀를 탐내어 호탕한 마음이 불가의 생활을 자못 싫어하니 이제 너는 여기 머물지 못하리로다."

성진은 대사의 말을 듣고 머리를 두드리며 눈물로 호소하였다.

"소자 참으로 죄가 크나이다. 그러하오나 용궁에서 술을 마신 것은 주인의 성의를 물리치지 못함이요, 돌다리 위에서 선녀들과 말을 주고받은 것은 길을 열어 달라는 부탁이었나이다. 그리고 제 방에 돌아와 잠시 헛된 망상에 시달렸으나 곧바로 참회하고 뉘우쳤사오니 큰 아량을 베풀어 용서하여 주옵소서. 이 밖에는 다른 죄 없나이다.

설사 다른 죄가 있사온들 스승님께서 소자의 종아리를 쳐 경계하심이 교훈하시는 도리이온데 어찌 박절히 내치시어 스스로 고치는 길을 끊으시나이까. 성진은 열두 살에 부모 곁을 떠나 스승님을 찾아와 제자가 되었사오니이다. 그동안 저를 훈계 양육하심이 친부모의 은혜와 같고 또 도리를 말하오면 스승님께서 이 성진이를 두시어 자식이 없어도 자식이 있음과 같사오니 사제지간의 정분을 두고 보더라도 소자가 극락세계로 가는 길을 버리고 어디로 가오리까?"

"네 가고자 하는 데로 가게 함이니 어찌 머물리오. 또 네가 어디로 가리오 하고 묻지만 네 가고자 하는 곳이 마땅히 네가 돌아갈 곳이니라."

대사가 말을 마치더니 밖을 내다보고 큰 소리로 외쳤다.

"황건역사야, 이 죄인을 잡아다가 풍도 지옥에 가서 염라대왕께 맡기라."

성진은 그 말을 듣자 간담이 서늘하여 눈물을 뚝뚝 떨어뜨리며 애원하였다.

"스승님, 스승님은 들으소서. 옛날에 아난존자는 창녀와 동침하였으나 석가여래가 죄를 묻지 아니하시고 가르침만 내리셨나이다. 소자가 비록 조심하지 못한 죄 있사오나 아난존자에 비기면 오히려 가볍거늘 어찌 이곳을 떠나 풍도 지옥으로 가라 하시나이까?"

대사가 준절하게 타일렀다.

"아난존자는 비록 창녀와 하룻밤을 동침하였지만 마음은 변치 아니하였노라. 그러나 너는 요염한 미색을 한 번 보고 본마음을 잃고 말았으니 마땅히 한 번 차례지는 고생을 면치 못하리라."

성진은 앞이 캄캄하여 눈물만 흘리면서 법당의 부처와 대사에게 하직을 고하고 손위, 손아래 승려들과 이별한 뒤 황건역사를 따라갔다. 대사가 측은한 눈길로 위로하였다.

"마음이 깨끗지 못하면 깊은 산속에 있어도 도를 깨닫지 못하리라. 그러하나 자기 근본을 잊지 아니하면 열 길 티끌 속에 묻힐지라도 반드시 솟아날 기회가 있으리로다. 네가 이곳에 돌아오고자 할진대 내 친히 너를 데려오리니 의심치 말고 떠나가거라."

성진은 별수 없이 역사를 따라 그날로 저승에 이르렀다. 망향대를 지나 풍도성 밖에 이르니 성문을 지키는 귀졸이 어디서 왔느냐고 물었다. 황건역사가 대답하였다.

"육관 대사의 명을 받아 죄인을 압송하여 왔노라."

귀졸이 곧 성문을 열어 주자, 역사는 염라전에 들어가 죄인을 잡아 온 내력을 아뢰었다. 염라대왕은 성진을 보고 뜻밖이라는 듯 아쉬운 얼굴로 말하였다.

"그대 몸은 비록 연화봉에 매였으나 이름이 지장보살의 관하에 있으니 신통한 술법으로 천하 중생을 구제할까 믿었는데 어찌하여 이곳에 이르렀느냐?"

성진은 몹시 부끄러워 주저하다가 간신히 입을 떼었다.

"소승이 불민하여 스승님께 죄를 받아 부득이 왔나이다. 처분대로 하옵소서."

이때 또 다른 역사가 팔선녀를 주런이 한 줄로 세우고 들어왔다. 이에 염라대왕은 호령하여 선녀들을 꿇어앉히고 물었다.

"남악 선녀 아니냐? 신선의 도에는 스스로 엄격한 법도가 있고 또 끝없는 기쁨도 있거늘 어찌하여 이곳에 이르렀느냐?"

염라대왕의 물음에 선녀들은 모두 부끄러워 고개를 떨어뜨리는데, 그중 한 선녀가 나직한 목소리로 대답하였다.

"저희는 위 부인의 명을 받아 육관 대사께 문안드리고 돌아오는 길에 성진 화상을 만나 문답하온 일이 있나이다. 대사가 이 사실을 알고 위 부인께 편지를 보내어, 저희가 붙잡혀 이곳까지 왔사오니, 부디 대왕께서는 자비를 베푸소서."

그 말을 듣고 염라대왕은 곧 사자 아홉 명을 불러 분부하였다.

"이 아홉 사람을 하나씩 거느리고 인간 세상으로 가거라."

염라대왕의 명이 내리자 갑자기 전각 앞에 큰바람이 일더니 눈

깜짝할 새에 아홉 사람을 공중으로 휘몰아 올려 사면팔방으로 흩
어지게 하였다.

양씨 집안에 다시 태어나다

성진은 사자를 따라 바람에 몰려 지향 없이 갔다. 웬 곳에 이르러서 비로소 바람이 자고 주위가 조용해지더니 두 발이 땅에 닿았다. 성진이 놀란 혼을 수습하고 눈을 들어 보니 푸른 산은 울창하게 사면에 둘려 있고 맑은 시냇물이 골 따라 흐르는데, 대울타리를 두른 초가지붕이 나무숲 사이로 보일락말락하였다. 여남은 집이 모여 사는 산골 마을인 듯싶었다.

어느 집 앞마당에 아낙네들이 마주 서서 한가히 이야기하고 있었다.

"양楊 처사 부인이 쉰이 넘어서 태기가 있으니 참 희한한 일도 다 있지. 그런데 만삭이 되어 산기가 있은 지도 오랜데 아직도 아이 우는 소리가 들리지 아니하니 이상도 하고 걱정도 되오."

성진이 그 말을 듣고 가만히 생각하기를,

'내 이제 세상에 다시 태어나겠으나 다만 정신뿐이요, 골육은 연화봉 위에 있어 이미 불살랐을지니 누가 나를 위하여 타고 남은 뼈를 거두었으리오.'

이렇듯 두루 생각을 굴리니 마음이 처량하였다. 이윽고 사자가 성진을 손짓하여 불렀다.

"이 땅은 곧 당나라 회남도 수주현이요, 이 집은 양 처사 댁이다. 처사는 네 아버지요, 부인 유 씨는 네 어머니러라. 네가 전생 인연으로 이 집 아들이 되거니 어서 들어가 좋은 때를 잃지 마라."

성진이 곧바로 들어가 보니 처사가 마루 끝에 앉아서 화로에 약을 달이고 있었다. 향내가 옷에 젖었고, 방 안에서는 부인의 신음이 은은히 새어 나왔다.

"방 안으로 어서 들어가거라."

사자가 재촉해도 성진이 어쩐지 의심이 나서 주저하니, 사자가 등을 확 밀쳤다. 바닥에 엎어져 정신이 아뜩해지자 성진은 천지를 분변치 못하고 크게 부르짖었다.

"살려 주오, 살려 주오!"

성진은 목청껏 외쳤으나 소리가 목구멍 속에서 말을 이루지 못하고 다만 갓난아이의 첫울음 소리로 들려왔다.

이때 부인의 약을 달이고 있던 양 처사가 문득 갓난애의 울음소리를 듣고 한편 놀라고 한편 기뻐서 벌떡 일어나 방으로 들어갔다. 부인이 벌써 아들을 순산하였는지라 얼른 향탕에 애를 씻겨 누이고 부인을 위로하였다.

"고맙소. 옥동자를 낳아 주었구려. 늘 호젓하던 집안이 이제부터 들썩들썩하게 되었으니 얼마나 좋은 일이오."

남편이 기뻐하는 모습을 보고 부인도 한없이 흐뭇하였다.

성진은 배고프면 젖 먹고 배부르면 벙글벙글 웃었다. 갓 태어났을 때는 어렴풋이 연화봉 일이 생각나더니 인차 부모의 정을 알게 되면서부터 전생 일은 까맣게 잊고 말았다.

처사는 아들의 환하게 잘생긴 얼굴과 틀진 골격을 보고 이마를 어루만지며 부인더러,

"이 아이는 분명 하늘 사람으로 인간 세상에 내려왔소이다."
하며, 아이 이름을 소유少游라고 지었다. 양 처사 부부는 아들을 애지중지 길렀다.

세월은 흘러 어느덧 소유가 열 살이 되었다. 자랄수록 인물이 고운 옥 같고 눈동자는 샛별 같으며 총명한 성품에 기질 또한 맑고 너그러워 의젓한 대장부라, 처사는 더없이 만족한 눈길로 아들을 바라보곤 하였다.

하루는 처사가 부인 유 씨 앞에서 조용히 속마음을 털어놓았다.

"나는 본디 세속 사람이 아니오. 그런데 부인과 더불어 인간 세상에 인연을 맺은 까닭으로 티끌세상에 오랫동안 머물러 있었더이다. 봉래산 신선 친구가 편지로 나를 부른 지 이미 오래되었으나 부인의 처지가 걱정되어 주저하고 막상 떠나지 못하였소. 이제 하늘이 도와 영민하고 총명한 아들을 얻었으니 부인은 편안히 앞날을 의탁할 수 있게 되었소. 늘그막에는 부귀와 영화를 누릴 것이니 내가 집을 떠나더라도 마음 쓰지 마시오."

말을 마치자마자 공중을 향하여 손짓하니 끼끗한 백학 한 마리

가 구름 속에서 너울너울 날아왔다. 양 처사가 곧 백학을 타고 가물가물 사라지거늘, 부인은 미처 작별 인사 한마디도 못 하였다. 어린 아들과 더불어 서운하고 억이 막혔으나, 간혹 공중으로 편지를 부칠 뿐이었다.

양 처사가 신선이 되어 하늘로 올라간 뒤 유 부인과 소유는 서로 의지하여 세월을 보냈다. 소유가 뛰어난 총명과 재주로 널리 이름이 나자 그 고을 태수가 양소유를 신동이라 하여 조정에 천거하였다. 그러나 소유는 늙은 어머니를 위하는 마음에 사양하고 벼슬길에 오르지 않았다.

소유가 열너덧 살에 이르자 타고난 슬기와 재주는 물론이고 그동안 배우고 닦은 학문과 무예 또한 따를 사람이 없었다. 천문 지리와 육도삼략에 이르기까지 모르는 것이 없는 데다, 전세에 수양을 닦은 사람이라 마음씨 청렴하고 행동거지는 민첩하였다. 세상사의 이치 통달로 말하자면 범속한 선비들에게 견줄 바가 아니었다.

하루는 소유가 속에 품고 있던 생각을 어머니에게 말씀드렸다.

"아버님이 하늘로 올라가실 때 집안의 앞날을 소자에게 부탁하셨는데 살림이 여전히 가난하여 늙으신 어머님의 노고가 많으시나이다. 사정이 그러하온데 소자까지 그저 집 지키는 개가 되고 꼬리 끄는 거북이 되어 세상 공명을 구하지 아니하면 우리 집안을 빛낼 길이 없고 또 어머님을 편안히 모실 수도 없사오니 이는 아버님이 바라시던 뜻을 어기는 것이오니이다. 요즈음 나라에서 과거를 보여 널리 인재를 뽑는다 하오니 소자 잠시 어머님 곁을 떠나 과거를 보러 갈까 하나이다."

유 부인은 아들의 뜻이 녹록지 아니함을 느꼈으나 한편 고달픈 먼 길이 염려되고 이별이 오랠까 걱정되었다. 그러나 아들의 결심을 도저히 막을 수 없다는 것을 인차 깨닫고 곧 행장을 꾸려 주며 당부하였다.

"네 아직 나이 어려 겪은 일이 적고 먼 길이 처음이라 걱정이구나. 부디 매사에 조심하여 쉬이 돌아와 이 어미의 기대를 저버리지 마라."

소유는 어머니 부탁을 명심하고 나귀 등에 올라 어린 동자와 더불어 길을 떠났다.

버들가지 연분

여러 날을 가다가 화주 화음현에 이르니 장안(서울)이 그리 멀지 않았다. 과거 날이 아직 멀기에 그사이 날마다 수십 리씩 오면서 명산도 구경하고 옛 사적도 찾으니 객지의 시름은 그다지 느끼지 않았다.

화음현의 어떤 곳을 지날 때였다. 소유가 문득 눈을 들어 앞을 바라보니 무성한 나무숲 속에 비단을 깔아 놓은 듯 금잔디가 들어앉고 그 저편에 병풍처럼 실실이 드리운 버들가지 사이로 다락집 한 채가 보였다. 칠색 고운 단청도 영롱하고 정결하며 그윽하니 참으로 맑고 아름다운 경치였다.

나귀에서 내려 채찍을 끌며 천천히 다가가 보니 길고 짧은 버들가지가 서로 얽혀서 흔들거리는 모양이 마치 머리 감은 미인이 바람 앞에서 빗질하는 듯하였다. 소유는 넝큼 한 손으로 버들가지를

휘어잡았으나 머뭇거리며 더는 앞으로 나가지 못하고 탄식하기를,
"우리 시골에도 아름다운 버드나무가 많으나 이런 버들은 처음
보는구나."
하고 한동안 말이 없더니, '양류사楊柳詞' 한 수를 지었다.

실버들 푸르러 비단 필을 짜는가
긴 가지 그림 다락에 떨쳤더라.
원컨대 그대 부지런히 가꾸시라.
드리운 버들가지 가장 풍류러라.

실버들 어찌 그리 청청한고
긴 가지 비단 기둥에 떨치러라.
원컨대 그대 더위잡아 꺾지 말라
이 나무 가장 정이 많도다.

목청을 다듬어 한번 읊으니 그 목소리 완연히 징을 치고 옥돌을
두드리는 듯 가던 구름도 걸음을 멈추었다. 그 소리 산울림으로 메
아리쳐 다락집까지 미쳤다.

이때 마침 다락집 위에서 한 미인이 잠깐 졸다가 문득 놀라 깨어
났다. 창문을 열고 나와 난간에 기대어 사방으로 눈길을 돌려 목소
리 임자를 찾다가 문득 양생과 두 눈이 마주쳤다. 미인은 구름 같
은 머리카락이 흐트러지고 옷깃도 여미지 못한 채 정신이 몽롱한
듯, 섬약한 기질이 드러나 졸음 흔적이 상기도 눈썹 끝에 남아 있

었다. 두 볼에 연지도 반나마 지워졌으나, 아름다운 자색과 선연한 그 모습은 말로 하지 못하고 고운 빛깔로도 그려 내지 못할 정도였다. 두 사람은 서로 물끄러미 마주 볼 뿐이요, 한마디 말도 건네지 못하였다.

이때 저녁밥을 지으라고 보냈던 동자가 돌아와 저녁상이 다 차려졌다고 알렸다. 미인이 정겨운 눈길로 양생을 눈여겨보다가 동자의 말소리를 듣자 문을 닫고 들어가니, 다만 그윽한 향내가 바람에 실려 올 따름이었다. 양생은 동자 녀석이 온 것을 오히려 한탄하였다. 한번 구슬발이 내려지고 보니 갑자기 천 리 기나긴 강이 가로막힌 듯하였다. 하릴없이 동자와 함께 숙소로 돌아오며 한 걸음 걷고 돌아보고 또 한 걸음 걷고 돌아보았으나 창문은 굳게 닫혀 있을 뿐이었다. 양생은 객관까지 와서 저녁상 앞에 앉았으나 정신이 혼미하여 수저를 들지 못하였다.

여자의 성은 진秦이요, 이름은 채봉彩鳳이니, 진 어사의 딸이다. 일찍이 어머니를 여의고 형제도 없었다. 이제 비녀 꽂을 나이가 되었으나 어사는 서울에 올라가 있어서 홀로 집을 지키고 있었다. 그런데 뜻밖에도 오늘 인물 좋고 풍채 늠름한 남자를 만났으며, 더욱이 그가 읊는 시까지 듣고서 채봉은 생각이 깊어졌다.

'여자가 남자를 좇는 것은 한평생의 중대한 일이라 마땅히 여자의 영욕과 백년 고락은 다 장부에게 달렸도다. 그런고로 탁문군*

---

* 중국 한나라 때의 어여쁜 여성. 사마상여司馬相如가 탁문군卓文君을 사모하여 거문고로 하소연하자 탁문군은 밤에 도망쳐 사마상여한테 갔다.

은 과부로 사마상여를 좇았는데, 나는 어엿한 처녀의 몸이 아니냐! 내 비록 부모의 허락 없이 스스로 매파가 되는 혐의가 있을지는 몰라도, 나라의 신하도 임금을 가린다는 옛말이 있지 않으냐. 그 사내의 이름과 사는 곳도 모르고 있다가 나중에 아버님께 말씀드려 중매쟁이를 보내려 한들 이 넓은 세상에서 동서남북 어느 곳에서 찾으리오.'

이에 종이 한 장을 꺼내 글을 써서 유모에게 주며 부탁하였다.

"이 편지를 가지고 객관에 가서 아까 나귀를 타고 이 누각 아래에 와 '양류사'를 읊던 공자를 찾아보게. 내 스스로 그와 꽃다운 인연을 맺어 한 몸을 의탁하려 하니, 그 뜻을 알리되 삼가 허수히 대하지 말게. 공자는 얼굴이 옥 같고 풍채 당당하여 만인들 속에 있을지라도 봉황이 닭 무리에 섞여 있는 것 같으리니 가서 만나 보고 이 글을 전하게."

"삼가 이르시는 대로 하겠사오나 뒷날 상공께서 아시고 물으시면 어찌 대답하오리까? 또 공자가 이미 혼인하였거나 다른 낭자와 정혼하였으면 어찌 하오리까?"

유모의 물음에 소저는 주저 없이 대답하였다.

"아버님이 물으시면 마땅히 내가 아뢸 것이요, 그 공자가 이미 혼인하였으면 내 부실 되기를 꺼리지 아니할지니 유모는 망설이지 말게. 그러나 그 사람을 보니 꽃나이 이팔이라 분명히 혼인하지 아니한 듯하네."

유모가 곧 객관에 가서 '양류사'를 읊던 손님을 찾으니 양생이 급히 나왔다.

"'양류사'를 지은 사람은 소생인데 무슨 일로 찾으오?"

젊은이의 범상치 아니한 용모를 보자 의심할 여지가 없었다.

"여기는 말씀드릴 곳이 아니오니이다."

양생이 의아하여 노파를 데리고 방으로 들어가 찾아온 까닭을 조용히 물었다.

"공자가 '양류사' 지으실 때 웬 소저를 본 일이 있나이까?"

"소생이 과연 다락 위의 선녀를 보았는데 그 고운 자태가 눈앞에 어른거리고 기이한 향내는 아직도 옷에 스며 있소."

유모는 그 말을 듣더니 한시름을 놓은 듯 양생 앞으로 다가앉으며 소저의 말을 전하였다.

"그럼 바른대로 말씀드리겠나이다. 그 댁은 저희 주인 진 어사 댁이요, 그 아가씨가 어사의 따님이고, 이 늙은이는 유모오니이다. 우리 아가씨는 어려서부터 마음씨 곱고 성품이 영민하여 사람을 보는 식견이 높더니 오늘 공자를 한 번 보고는 한생을 의탁하고 싶다고 하셨나이다. 허나 주인어른은 지금 서울에 계시므로 사람을 띄운다 해도 갔다 오는 동안에 공자는 분명 다른 곳으로 가시리니, 큰 바다에 떠가는 부평초 같은지라 어찌 공자의 자취를 찾겠나이까. 깊이 맺어진 인연은 소중하고 한때의 조급함은 대수롭지 아니한지라, 잠시 부끄러움을 무릅쓰고 이 늙은이에게 공자 사시는 곳과 성명을 묻고 연이어 혼취 여부를 알아 오라 하시더이다."

양생은 얼굴이 환해지며 노파에게 일렀다.

"이름은 양소유라 하고 집은 초 땅에 있으며 나이 어려 아직 혼인 아니 하였소. 집에 노모가 계시니 성례는 어른들 승낙을 받은 뒤에 하려니와, 꽃다운 언약은 이제 비록 객지에서나마 변치 않는 마음 엄숙한 맹세로 다짐하노니, 산은 길이 푸르고 바다 또한 무궁토록 마르지 아니하리라."

유모 기꺼움을 이기지 못하며 소매 속에서 편지를 내어 양생에게 주었다. 떼어 보니 '양류사'에 대한 소저의 화답이었다.

다락머리에 버드나무 가꾸어 둠은
낭군이 말을 매어 머무르게 함이어늘
어찌하여 가지 꺾어 채찍을 만들어
서울 길을 그리 서둘러 떠나가는고.

양생은 시를 읊더니 그 글 뜻이 깊고 맑다고 칭찬하였다.
"시인으로 이름을 떨친 왕유, 이태백이라도 이보다 더할쏘냐."
양생은 곧 글 한 수를 써서 유모에게 주었다. 유모가 그것을 받아 품에 넣고 객관 문을 나서려 할 때 양생이 다시 불렀다.
"소저는 진 땅 사람이요, 나는 초 땅 사람이니 한번 헤어지면 산천이 멀어 소식을 전하기 어려우리라. 하물며 오늘 이 일에 확실한 중매가 없어 믿을 곳이 없으니 오늘 밤 달빛을 타고 소저를 다시 한 번 만나 보고자 하니, 할멈은 아가씨에게 여쭈어 보게. 소저의 글 속에도 그런 뜻이 들어 있으니 곧바로 만날 시각을 알려 달라고."
유모가 승낙하고 돌아와 소저에게 양생의 고상한 인품과 준수한 용모를 입에 침이 마르도록 칭찬한 뒤 그와 주고받은 말을 전하고 품속에서 봉투를 꺼내 놓으며 덧붙여 말하였다.

"양랑이 산과 바다로 맹세하여 꽃다운 인연을 확언하고 또 아가 씨의 글을 칭찬하더니 글을 지어 보내더이다."

소저가 봉투를 받아 펼쳐 보니, 시는 이러했다.

　　드리운 버들가지 천만 오린가.
　　실실이 애끊는 심정을 맺었던 듯.
　　원컨대 달 아래 놋줄을 지어
　　길이 좋은 연분 되고지고.

소저가 다 읽고 나서 고운 얼굴에 기쁜 빛이 가득한지라, 유모도 즐거운 듯 신이 나서 한마디 더 전하였다.

"양랑이 오늘 밤에 조용히 만나 글을 지어 서로 화답함이 어떠 한지 여쭈어 달라 하더이다."

소저는 그 말에 상긋 웃더니 인차 정색하고 유모를 쳐다보았다.

"남녀가 성례 전에 사사로이 만나는 것은 예절에 어긋나는 듯하 나 내 몸을 그 사람에게 의탁하려 하니 그 말을 어찌 어기리오. 하지만 한밤중에 만나면 남의 눈도 두렵고 혹시 나중에 아버님 께서 아시면 크게 꾸중하시리니 밝는 날을 기다려 우리 집 대청 에 모여 앉아 언약함이 옳으리라. 유모는 다시 가서 이 말을 전 하게."

유모 그길로 객관으로 가서 양생을 만나 소저의 뜻을 전하니 양

생이 탄복하기를,

"소저의 영민한 슬기와 높은 지조를 내 미처 따르지 못하겠노
라."

하고 유모에게 신신부탁하여,

"그럼 내일 아침 틀림이 없이 하게."

하니, 노파는 승낙하고 돌아갔다.

신선의 거문고와 퉁소

유모를 돌려보내고 양생은 객관에서 쉬면서 소저와의 만남을 눈앞에 그리며 밤이 이슥토록 엎치락뒤치락 잠을 이루지 못하였다. 봄밤이 오히려 지루하여 닭 울기만 기다리더니 이윽고 샛별이 뜨자 멀리서 북소리가 들렸다. 소유가 동자를 불러,

"나귀를 먹여라."

하는데, 문밖 거리 쪽에서 갑자기 천병만마가 밀려오는 듯 소란한 소리가 물 끓듯 들려왔다. 양생이 크게 놀라 급히 옷을 주워 입고 길가에 나가 보니 무장 갖춘 군사와 피란 가는 사람들이 서쪽에서와 물밀듯 지나가는데, 어수선하고 요란한 소리가 어느덧 산에 차고 들에 가득하였다. 날랜 군사의 행렬이 바람같이 내닫고 백성들의 울음소리가 여기저기서 나는지라 양생이 옆 사람에게 물었다.

"이게 어찌 된 일이오?"

"신책 장군* 구사량이 스스로 왕이라 하고 군사를 일으켜 모반하였소이다. 그래서 황제께서는 급히 양주를 순행하시는데, 적병이 백성의 집을 닥치는 대로 노략질하여 관문 안이 소란하다 하더이다. 또 들으니 조정은 함곡관函谷關을 닫고 사람들을 오가지 못하게 하며 귀천을 가리지 않고 젊은이들을 모두 군적에 박는다 하더이다."

그 말을 듣자 양생은 당황하였다. 잘못 걸렸다가는 객지에서 명색 없는 고초를 겪을 것 같아 동자에게 나귀 등에 부지런히 채찍을 얹게 하여 급히 남전산 깊은 산속으로 들어갔다.

길도 없는 험한 고개를 넘고 넘어 가노라니 문득 산 위에 두어 칸 초가집이 보였다. 집 둘레에 꽃구름이 일고 학의 소리 한가롭거늘 틀림없이 사람이 살려니 생각하여 양생은 아이를 멈춰 세우고 나귀에서 내렸다. 바위틈으로 난 길을 찾아 톺아 올라가니 웬 도사 한 분이 정갈한 방 안 책상머리에 누워 있다가 양생을 보자 일어나 앉으며 석쉰 목소리로 말하였다.

"그대는 피란하는 사람으로 회남 양 처사의 아들이로다."

양생이 놀라 그 앞에 공손히 절을 하고 앉으니 어쩐지 눈물이 앞을 가려 한동안 입을 열지 못하였다. 이윽고 양생은 도사에게 다시 한 번 절을 하며 아뢰었다.

"소생은 과연 양 처사의 아들이옵나이다. 아버님이 떠나신 뒤로 다만 늙으신 어머님께 의지하옵더니, 생이 재주 없으나 바라는

---

* 당나라 때 궁중을 지키고 황제를 호위하던 신책군神策軍의 장군.

소망이 있어 분에 넘치게 과거를 보러 가다가 화음 땅에 이르러 졸지에 난리를 만나 피란차 깊은 산에 들어왔나이다. 그러하온데 뜻밖에 신선 어르신을 뵈오니 이는 하늘이 도우시어 선경을 밟게 하심이오니이다. 아버님의 소식을 오래 듣지 못하여 날이 갈수록 그리운 정 더욱 간절하온데 지금 말씀을 들사오니 아버님의 소식을 알고 계신 듯하옵나이다. 부디 한 말씀 아끼지 마시고 소생의 궁금한 마음을 풀어 주소서. 아버님이 지금 어느 곳에 계시며 기력이 어떠하시나이까?"

도사는 양생을 기특한 듯이 잠시 눈여겨보더니 입가에 웃음을 담고 대답하였다.

"그대의 아버지가 나와 더불어 자각봉 위에서 바둑을 두다가 헤어진 지 오래지 아니하나 어디로 가신지는 모르노라. 그러나 그대 아버지는 아직 안색이 좋고 머리칼도 세지 아니하였으니 너무 염려하지 마라."

"어르신의 힘을 입어 한번 아버님을 뵙고 싶나이다."

양생이 목이 메어 애원하니, 도사는 또 웃으며 말하였다.

"부자의 정이 깊으나 선계와 속세가 다르니 그대를 위하여 주선하려 하여도 할 수 없고, 또 삼신산三神山이 멀고 십주十洲가 넓어서 그대 아버지가 계신 곳을 알기 어렵도다. 그대가 이미 여기 왔으니 머물러 있다가 길이 열리거든 돌아감이 좋겠노라."

양생은 아버지의 안부는 들었으나 도사가 주선할 뜻이 없으니 뵈올 가망이 없어서 자연 마음이 처량하여 눈물로 옷깃을 적셨다. 이 모습을 본 도사는 양생을 위로하였다.

"모였다 떠나고 떠났다가 모이는 것이 세상 이치니 슬피 울어도 소용없느니라."

양생이 그 말을 듣고 눈물을 씻으니 갑자기 세상 생각이 사라져 아이와 나귀를 산문에 두고 온 일조차 까맣게 잊어버리고, 새삼스럽게 자리를 고쳐 앉으며 도사에게 정중히 사례하였다.

도사가 거문고를 가리키며 말하였다.

"저것을 탈 줄 아느냐?"

"퍽 좋아하기는 하오나 스승을 만나지 못하여 기묘한 곡조를 배우지 못하였나이다."

도사가 아이를 시켜 양생에게 거문고를 주고 한번 타 보라 하였다. 양생이 거문고를 무릎 위에 놓고 '풍입송風入松' 한 곡조를 타니, 도사가 웃으면서 말하였다.

"손 놀리는 품이 재빨라 넉넉히 가르칠 수 있겠노라."

도사가 거문고를 받아 안고 오랜 세월 동안 전하지 못하던 네 가지 곡조를 차례로 타니 그 소리가 참으로 맑고 은은하여 일찍이 인간 세상에서 듣지 못하던 것들이었다.

이때부터 양생이 선생에게서 거문고를 배우는데, 타고난 재주가 비범하여 음률 한 가지를 배워도 그 신묘한 것을 곧잘 하는지라 도사가 매우 기뻐하였다.

그러더니 도사가 백옥 통소를 입에 대어 스스로 한 곡 불어 가르치니, 양생이 곧 익숙해져 통소를 능란히 잘 불었다.

"음률을 깨우친 사람끼리 서로 만나기란 옛날에도 그리 흔치 아니하던 일이니라. 내 이제 이 거문고와 통소를 기꺼이 그대에게 주노라. 나중에 반드시 쓸데가 있으리니 명심하고 잘 간직해 두어라."

양생은 거문고와 통소를 받고는 감격하여 엎드려 거듭 사례하였다.

"선생님은 곧 아버님의 친구이시라, 소생이 아버님처럼 섬기고자 하오니 부디 제자로 삼아 주시옵소서."

도사는 양생의 부탁에 밝게 웃으면서 대구하였다.

"그대한테 인간의 부귀영화가 곧 차례지겠거늘 어찌 나를 좇아 이 산속에서 세월을 보내리오. 그대가 갈 길은 나와 다르니 내 제자 될 사람이 아니로다. 그러나 간절한 네 뜻을 못 잊어 팽조彭祖*의 방서 한 권을 주노니 이 법을 익히면 비록 장생불사는 못 할지라도 평생에 병이 없고 늙는 것을 족히 물리치리라."

양생이 다시 일어나 절하고 책을 받으며 속으로 궁금히 여기던 것을 물었다.

"선생님께서 소자더러 인간 부귀를 누리겠다고 하셨기에 감히 한마디 묻고자 하나이다. 소자 화음현에서 진가 소저와 혼사를 의논하다가 난리에 쫓겨 이곳까지 왔사온데, 이 일이 성사되오리까?"

도사가 그 말을 듣고 껄껄 웃더니 문득 정색을 하고 양생을 물끄러미 바라보다가 입을 열었다.

"혼인이란 밤같이 어두워 자연의 미묘한 힘을 경솔히 누설치 못

---

* 칠백 살까지 살았다는 전설 속 인물.

할지라 마땅히 입을 다물어야 옳겠지만 내 한마디만 비치노라. 그대의 경사로운 인연은 여러 곳에 있겠으니 진녀만을 고집할 것은 아니로다."

양생은 꿇어앉아 그 말을 명심하고 객실에서 도사를 모시고 그 밤을 보냈다. 새벽녘, 날이 아직 밝지 아니하였는데 도사가 양생을 깨웠다.

"길이 이미 열렸으나 과거는 내년 봄으로 물렸느니라. 어머니가 기다리실 터이니 어서 고향에 돌아가서 근심을 덜어 드려라."

도사가 길 떠날 채비를 서둘러 주거늘 양생이 백배사례하고 거문고, 퉁소, 방서 들을 챙겨 행장을 꾸린 뒤 초가집 문을 나섰다. 두어 걸음 걷다가 섭섭함을 이기지 못하여 뒤돌아보니 집과 도사는 이미 간 곳이 없고 오직 밝은 하늘에 오색구름이 영롱할 뿐이었다.

산에 들어갈 때는 길가에 버들꽃이 떨어지지 않았는데 하룻밤 사이에 국화가 활짝 피었다. 양생이 괴이하게 여겨 지나는 사람에게 물으니 나라에서 각 도의 군사를 불러올려 다섯 달 만에 역적을 겨우 쳐서 난리를 평정하고 임금도 서울로 돌아갔으며 과거는 내년 봄으로 물렸다고 하였다.

양생이 남전산에서 내려오는 길로 진 어사 집을 찾아가니 뜰 앞에 서늘한 버들은 풍상을 겪어 어제의 푸르고 발랄한 빛이란 찾아볼 수 없었다. 단청 곱던 누각과 본채 또한 흔적도 없고 불탄 주춧돌과 깨진 기왓장만 빈터의 잿더미에 묻혀 있을 뿐이었다. 온 동네가 황량하여 닭 울음이나 개 짖는 소리조차 들리지 않으니 양생은 세상사 변천 많음을 슬퍼하고 한때 달콤한 백년가약의 꿈도 허사였음을 탄식하였다.

양생이 저녁 해를 등지고 서서 저도 모르게 버들가지를 휘어잡으니 불현듯 진 소저가 화답한 '양류사'의 자자구구만이 떠올랐다. 서운하기 그지없는 발길을 돌려 객관으로 돌아와 양생은 주인더러 물었다.

"진 어사의 가족이 지금 어데 있소?"

객관 주인이 딱한 듯이 대답하였다.

"공자는 듣지 못하였나이까? 진 어사가 서울로 올라간 뒤 그 댁 아가씨 홀로 종들을 거느리고 집을 지키더니 난리가 평정된 뒤에 들으매, 어사가 역적 편에 가담하여 극형을 당하였다 하고 아가씨는 서울로 잡혀갔나이다. 떠도는 소문을 들어 보면 참화를 면치 못하였다 하기도 하고 관비로 박혔다고도 하더이다. 오늘 아침에 관속들이 죄인 가족을 줄줄이 압송하여 집 앞을 지나가기에 행인에게 물어보니 이 무리가 모두 영남현 노비로 박힌 사람들이라 하는데 진 소저도 그 속에 끼어 있더라 하더이다."

양생은 이 말을 듣자 눈물을 흘리며 탄식하였다.

"남전 도사의 말씀이 진 씨와의 혼사는 어두운 밤 같다 하더니 소저는 죽은 게 틀림없구나."

이에 양생은 곧 행장을 꾸려 고향으로 내려갔다.

이때 유 부인은 서울에서 난리가 났다는 소문을 듣고 아들이 싸움의 불길에 휘말려 죽을까 걱정하여 밤낮으로 하늘을 우러러 정성으로 빌었다. 그 바람에 부인은 낯빛이 파리하고 몸도 쇠약하여 오래 목숨을 부지하지 못할 것 같더니, 아들이 문득 돌아온 것을 보고 죽은 사람을 다시 만난 듯 모자가 서로 붙들고 울며 웃으며 한없이 기뻐하였다.

어느덧 묵은해가 지나가고 새봄이 찾아왔다. 하루는 양생이 또 과거를 보러 가려고 어머니에게 말하니 유 부인은 아들에게 간곡히 타일렀다.

"작년에 네가 서울 가서 위태한 지경에 빠질 뻔한 일을 생각하면 아직도 가슴이 서늘하구나. 네 나이 어려 공명은 늦지 아니하나 구태여 말리지 아니하는 것은 이 어미도 생각하는 바가 있어서다. 이 수주가 땅이 좁고 외져 문벌이나 재주와 용모가 네 배필 될 만한 규수 없는 것이 한이로다. 네 나이 벌써 열여섯이 되었는데 올해도 이대로 있다가는 자칫 혼기를 넘기기 쉬운지라 서둘러야 하리라. 서울 자청관의 두 연사杜鍊師는 내 외사촌인데 도사 된 지가 오래나 나이를 헤어 보니 살아 있을 듯도 하구나. 그분은 기상이 비범하고 지식도 아주 넉넉하여 틀림없이 명문거족에 출입할 게다. 그러니 너를 친자식같이 여기고 좋은 집에 힘써 주선하여 어진 배필을 구해 줄 것이니, 잊지 말아라."

유 부인은 곧 편지를 써서 아들에게 주었다. 소유가 어머니의 말을 듣고 비로소 화음현 진 소저와의 사연을 털어놓으며 얼굴에 슬픈 빛을 띠니, 유 부인이 한숨을 길게 쉬었다.

"진녀의 재주와 용모가 비록 아름다우나 연분이 없어 그러한 게다. 또 화근 있는 집의 자식은 설혹 죽지 아니하였다 하더라도 만나기 어려우리니 단념하고 다른 곳에 혼사를 정하여 늙은 어미의 마음을 위로하여라."

"예, 명심하겠나이다."

소유는 어머니에게 하직을 고하고 곧 길을 떠났다.

소유가 낙양 땅에 이르러 졸지에 소낙비를 만나 비를 긋느라고 남문 밖 술집에 들어갔다. 술을 마시며 주인더러,

"이 술은 좋은 술이 아니로다."

하니, 주인이 대답하였다.

"천진교 길목에서 파는 술이 제일이외다. 술 이름은 낙양춘이라 하는데 한 말에 천 냥이라고 하더이다."

이때 양생이 가만히 속으로 생각하기를,

'낙양은 예부터 역대 왕들의 도읍이라 천하에 으뜸이로다. 작년 에는 다른 길로 접어들어 그 좋은 경치를 못 보았으니 이번 길에 는 잠시 그곳에서 머물러야겠다.'

하고 술집을 나섰다.

달 속의 계수나무

양생이 천진을 향하여 나귀를 몰아 성안에 들어서니 거리가 번화하고 누각과 정자들이 화려하기 이를 데 없었다. 낙수洛水는 푸른 물결 위에 한 폭 그림 같은 풍경을 비껴 싣고 흐르는데, 일곱 빛깔 무지개가 천진교 양 끝에 꽂혀 있고, 아름다운 누각들은 공중에 높이 솟아 거꾸로 물 위에 아롱졌다. 집집의 구슬발 그림자는 향내 나는 길 위에 드리워 자못 장관이었다.

술 파는 누각에 이르니 은빛 안장을 인 흰말들이 길에 미어졌고 마부와 하인들이 들렜다. 누각을 올려다보니 풍악 소리 하늘에 울리고 비단옷 향기는 십 리 밖에 퍼지는지라, 양생은 아이를 시켜 알아보게 하였다.

들으니 성 안의 젊은 도령들이 이름난 기생들을 데리고 놀이판을 벌인다고 하는데, 도령들의 호기 등등하고 시흥 도도한 소리가 밖에까지 들려왔다. 이에 양생은 나귀에서 내려 곧 누각 위로 올라 갔다.

보아하니 젊은 선비 여남은 명이 미인들을 끼고 비단 방석 위에 앉아 있었다. 술상은 너저분하게 흩어졌는데 서로 과장을 섞어 가 며 교만스럽게 떠들고 있었다. 차림새로 보아 대체로 큰 부잣집 자 손들이었다.

이때 양생이 좌중에 대고 인사를 청하였다.

"저는 시골 선비로 양소유라 하옵니다. 과거 보러 가는 길에 이곳 에 이르러 풍류 소리에 젊은 마음이 그저 지나칠 수 없어 염치 불 고하고 불청객이 스스로 왔사오니 부디 여러분은 용서하소서."

양생의 끼끗한 풍채와 공손한 말씨에 모두 일어나 맞아들이며 자리를 권하고 이름을 주고받았다. 좌중에 두생이라 하는 자가 먼 저 입을 떼었다.

"양 형이 참으로 과거 보러 가는 선비라면 비록 청하지 아니한 손님이라도 오늘 우리 놀이에 끼어도 상관없소이다. 또 처음 보 는 귀한 객이 한자리에 앉았으니 더한층 흥겨운 일이라 무슨 거 리낌이 있으리까?"

"이 모임을 보건대 괜한 술놀이가 아니라 시회를 겸하여 서로 시 짓는 재주를 겨루는 듯하니 제가 여러 형들의 연회에 참여하 는 것이 몹시 부끄럽소이다."

여러 선비들이 양생의 말이 겸손하고 나이 어림을 업수이여겨 대꾸하기를,

"양 형은 나중에 온 손이니 글을 지어도 좋고 아니 지어도 괜찮

소. 우리와 더불어 술이나 마시고 놉시다."

하고, 이어 차례로 돌아가는 술잔을 양생에게 권하고 기생들에게 노랫가락도 뽑게 하였다.

　양생이 잠깐 취한 눈을 들어 기생들의 노래를 들어 보니 스무남은 명이 제 나름의 외모와 재주를 갖추고 있었다. 오직 한 기생만이 단정히 앉아 노래도 아니 하고 이야기판에도 휩쓸리지 아니하는데 맑은 용모와 고운 태도는 참으로 천하일색이었다. 양생은 마음이 흐트러져 잔도 들지 아니하고, 그 미인 역시 양생을 은근한 눈길로 이따금 건너다볼 뿐이었다.

　양생이 문득 술상 머리를 보니 시전지 여러 장이 널려 있거늘 선비들에게 큰 소리로 청하였다.

　"저 시편들은 여러 형들의 아름다운 글일 터이니 한번 음미해 보아도 좋으리까?"

　선비들이 미처 대답하기도 전에 한 기생이 일어나 시전지를 가져다 양생 앞에 놓았다. 양생이 낱낱이 읽어 보니 여남은 장의 글들이 조금 우열은 있으나 대체로 평범하여 감탄할 만한 글귀가 없는지라 속으로 생각하기를,

　'낙양에 인재가 많다더니 헛말이로다.'

하고 시전지를 밀어 놓고 선비들을 향하여 짐짓 치하하였다.

　"시골 사람이 서울 사람의 글을 보지 못하였는데 오늘 다행히 여러 형들의 주옥같은 시편을 읽으니 마음이 열리고 안목이 높아지나이다."

　이때 좌중이 모두 잔뜩 취한지라 몽롱하게 서로들 지껄여 댔다.

"양 형이 글귀 묘한 것만 알고 도무지 다른 묘한 것은 알지 못하는구려."

양생은 의아히 생각하여 물었다.

"제가 여러 형의 환대를 받아 이제 벗이 되었거늘 글귀가 아닌 다른 묘함이 있다 하며 어찌 그것을 말하지 아니하오이까?"

왕생이란 자가 껄껄거리며 웃더니 말하였다.

"형에게 말하기 무엇이 어려우리오. 우리 낙양이 본래 인재가 많다 일컬어 온 것은 전부터 과거에 낙양 사람이 장원 급제하거나 못해도 탐화랑은 되는지라, 낙양 사람들이 모두 글로 헛된 이름을 얻었으나 스스로 그 우열과 고하를 정하지 못하였더이다. 그런데 저기 말없이 앉아 있는 낭자는 성이 계桂요, 이름은 섬월蟾月이라 하는데, 자색과 가무가 장안에서 제일일 뿐 아니라 고금의 글을 모르는 것이 없소이다. 게다가 글의 우열을 가리는 재주가 신통하여 낙양의 모든 선비들이 글을 지으면 섬월에게 보이오이다. 섬월의 비평은 합격과 불합격이 꼭 들어맞아 조금도 실수가 없소이다. 그리하여 우리가 지은 글을 계랑에게 보여 그 눈에 드는 것은 가곡에 넣고 풍류에 올려 고하를 정하는 것이 상례로 되어 왔소이다. 더욱이 계랑의 이름이 달 속의 계수나무를 뜻하거니 이번 과거에 장원할 길한 징조가 참으로 여기에 달렸다고 할 수 있으니 이 일이 어찌 묘하지 아니하리까."

두생이 이때 덧붙였다.

"그보다 특히 묘하고 또 기묘한 것이 있으니 모든 글 중에서 한 편을 골라 계랑이 제 입으로 노래를 부르면 그 글을 지은 사람은 오늘 밤에 계랑과 더불어 꽃다운 인연을 맺고 우리는 치하하는 손님이 되리니 이 어찌 절묘한 일이 아니오리까. 양 형 또한 남자라 흥취가 없지 아니하리니 글 한 수 지어 우리와 더불어 고하를 다툼이 어떠하리까?"

"여러 형은 글 지은 지 오래인지라 이미 계랑의 노래를 들었겠지만 나는 듣지 못하였으니 계랑이 어느 형의 글을 노래하였나이까?"

"계랑이 맑은 소리를 아껴 앵두 입술을 굳게 다물고 고운 이를 보이지 아니하였으니 노랫가락 한마디도 여태껏 우리 귀에 들어온 일이 없소이다."

왕생이 이렇게 대답하자, 양생은 짐짓 말을 던졌다.

"저는 어려서부터 시골에 살며 비록 글귀나 지었지만 다른 고장 사람인데 여러 형과 더불어 재주를 겨루는 것은 참으로 망령된 일이 아니리까."

왕생이 이때 양생의 얼굴을 똑바로 쳐다보더니 외쳤다.

"양 형의 용모 여자보다 아름다우니 장부다운 뜻이 없고 글재주도 없는가 보구려!"

양생이 겉으로는 사양하였으나 계랑을 한번 보고는 들뜬 마음을 이기지 못하던 중 마침 곁에 지필묵이 있거늘 끌어당겨 흰 종이를 펼치더니 서슴없이 붓을 들어 글 세 수를 단숨에 지었다. 붓끝이 순풍 만난 배가 바다 위를 미끄러지듯 달리고 목마른 말이 물을 마시듯 하니 선비들이 모두 놀라 아연실색하였다. 양생은 붓대를 벼룻집에 던지며,

"마땅히 형들에게 가르침을 청할 것이로되 오늘 시험관은 계랑이니 글을 보이는 시각이 혹 늦었을까 두렵소이다."

하고, 곧 시전지를 계랑이 앉은 자리 쪽으로 밀어 놓았다.

시골 나그네 옛 도읍의 주루에서
낙양의 봄에 스스로 취하였더라.
달 속의 계수나무 뉘 먼저 꺾을꼬.
당대의 문장이 모름지기 여기 있도다.

천진교 위에 버들꽃이 날리니
구슬발은 거듭거듭 저녁 빛을 뿌리더라.
귀 기울여 노래 한 곡조 들으니
비단 자리에 깁옷 춤이 너울거려라.

꽃가지가 미인의 단장 부끄러워 떨리니
낮은 가락 뱉지 아니하여 입은 향기로워.
대들보의 티끌이 날린 뒤를 기다려
동방화촉에 신랑을 즐거이 맞으리.

섬월이 샛별 같은 눈을 들어 글줄을 한번 내리읽더니 입에서 맑은 노래가 저절로 새어 나와 마치 학이 구름에서 울고 봉황이 대숲에서 우짖는 듯, 피리가 가락을 빼앗기고 거문고도 곡조를 잃으니 자리에 앉은 사람 모두가 얼굴빛이 달라졌다.

처음에 선비들이 양생을 업수이여기다가 마침내 글 세 수가 섬월의 입에 노래로 오르니 좌중은 절로 흥이 깨져 서로 얼굴만 쳐다보고 아무 말이 없었다. 섬월을 난생 처음 보는 길손에게 내맡기는 것이 분하고 언약을 저버리기도 어렵기 때문이었다.

양생이 그 기색을 알고 훌훌히 일어나 작별 인사를 청하였다.

"제가 우연히 형들의 두터운 대접을 받아 이미 술에 취하고 배도 부르니 참으로 감격하오이다. 이제 앞길이 멀고 갈 길이 바쁘니 나중에 곡강曲江 잔칫날* 있을 시회에서 나머지 정을 다하리다."

말을 마치고 조용히 물러가거늘 선비들은 양생을 붙잡지 아니하였다.

양생이 누각에서 내려와 나귀를 타고 길을 나서는데, 계섬월이 뒤좇아 내려와서 양생더러 말하였다.

"이 길로 가시다가 길가 오른쪽 담장 밖에 앵두꽃이 만발한 집이 소녀의 집이오니이다. 부디 상공은 먼저 가셔서 저를 기다리소서. 곧 뒤좇아 가겠나이다."

양생은 섬월의 부탁을 듣고 곧 응낙하였다.

섬월은 다시 누각에 올라가 선비들더러 의논하듯 물었다.

"상공들께서 소녀를 밉다고 아니 하시어 한 곡조 노래로 오늘 밤 인연을 정하였사오니 이제 어찌하리까?"

---

* 삼월 삼짇날 임금이 베푸는 주연, 곡수연曲水宴이라고도 한다. 굽이 도는 물에 술잔을 띄우고 자기 앞으로 떠내려올 때까지 시를 짓는다.

"양가는 손님이라 우리와 약속한 사람이 아니니 얽매일 까닭이 있으리오?"

선비들이 이 말 저 말 하면서 결정치 못하자, 섬월은 다시 또 한마디 하였다.

"사람이 신의가 없으면 어찌 체면이 서겠나이까? 공교롭게도 소녀는 지금 몸이 불편하여 먼저 돌아가오니 공들은 너그러이 보아 주시고 지금껏 못다 한 즐거움을 다하소서."

섬월이 곧 일어나 아래로 내려갔다. 선비들은 몹시 불쾌하나 처음에 정한 약조가 있고 또 섬월의 냉소하는 태도에 감히 맞서 볼 구실도 없어 아무런 대꾸도 못 하였다.

한편 양생은 객관에 돌아와 쉬다가 날이 저물어서야 섬월의 집을 찾아갔다. 섬월은 벌써 방을 깨끗이 거두고 등불을 밝혀 손님을 기다리다가 양생이 나귀를 앵두나무에 매고 문을 두드리니 미처 신발도 신지 못하고 달려 나와 반겨 맞았다.

"상공이 먼저 떠나셨거늘 어찌 이제야 오시나이까?"

"늦게 오고자 한 것이 아니라 말이 앞으로 나아가지 않더라는 옛말이 있지 않느냐."

양생과 섬월은 이런 말을 주고받으며 서로 손을 부여잡고 방으로 들어가니 반갑고 즐거운 마음 이루 다 헤아릴 길이 없었다.

섬월이 옥잔에 향기로운 술을 찰찰 넘치게 부어 권주가 한 곡조를 정겹게 넘기니 꽃 같은 모습과 맑은 목소리가 사람의 마음을 홀려 정신을 못 차리게 하였다.

밤이 이슥하여 주안상을 물린 뒤 잠자리에서 섬월이 품어 온 마음을 하소연하였다.

"소녀가 이 한 몸을 낭군에게 의탁하려는 간절한 심정을 대강 말하오니 듣고 불쌍히 여기소서. 소녀는 원래 소주 사람이온데 아버지가 고을 아전으로 있다가 불행히도 타향에서 세상을 뜨셨나이다. 집안은 기울고 고향은 먼데 시신을 고향까지 모셔 올 도리가 없고 또 장사를 치러야 하겠기로 돈 백 냥에 계모가 저를 창기로 팔았더이다. 소녀가 설움을 감추고 온갖 수모를 참아 가며 손님을 대한 것은, 하늘이 불쌍히 여기사 다행히 군자를 만나 다시 해와 달의 밝은 빛을 볼까 하는 기대를 품었기 때문이옵나이다.

소녀의 집 앞이 서울 가는 길목이라 오고 가는 사람들이 많은데 대체로 저희 집 둘레에서 쉬고 가나이다. 그래서 살펴보았으나 지난 너덧 해 동안 낭군 같은 분을 보지 못하다가 제 평생소원을 오늘 밤에야 풀었나이다. 낭군이 소녀를 꺼리지 아니하시면 밥시중 드는 종이라도 되기를 원하오니 낭군의 의향은 어떠하시오니이까?"

양생은 계랑을 정중히 대접하여 오히려 좋은 말로 위로하였다.

"내 깊은 정이 그대와 다를까마는 나는 가난한 선비요, 또 늙으신 어머니가 집에 계시니 그대와 더불어 백년해로코자 할진대 어머니의 뜻을 모르겠노라. 또 내가 처첩을 갖추면 그대가 꺼릴까 두렵고, 그대가 비록 꺼리지 아니할지라도 천하에 그대 같은 숙녀 없으리니 혹시나 운명의 장난으로 그대를 잃을까 걱정이로다."

"지금 천하에 인재가 많다 하더라도 낭군을 따를 자 없으리니 이번 과거에 장원하실 것이요, 또 높은 재상 벼슬과 원수 칭호가 곧 낭군에게 차례지면 천하 미인들이 다 낭군 모시기를 원할 터이오니이다. 그러니 저 같은 사람이 감히 낭군의 총애를 독차지할 뜻을 품으리까. 바라건대 낭군은 명문거족의 숙녀에게 장가드시어 존귀한 가문의 후대를 잇게 하시고, 또한 천첩도 부디 버리지 마옵소서. 저는 이제부터 몸을 정히 하여 다시 모실 날을 기다리겠나이다."

양생이 섬월의 소원을 듣고 인차 제 생각을 말하였다.

"내 일찍 화주를 지나가다가 우연히 진씨 성의 소저를 만났는데 인물과 재주가 족히 계랑과 견줄 만하더니 지금은 불행히도 살았는지 죽었는지 간 곳조차 모르노라. 그런데 다시 어데서 숙녀를 구하라 하느냐."

"낭군이 말씀하시는 소저가 분명 진 어사 댁 따님 채봉이로소이다. 진 어사가 일찍이 이 고을 원으로 계실 때 진 소저는 저와 친한 사이였나이다. 진 소저가 분명히 황鳳의 모습을 지녔는지라 낭군이 어찌 봉鳳의 정이 없으리까. 그러하오나 지금은 소용없는 일이오니 낭군은 다른 혼처를 찾으소서."

그 말을 듣자 양생은 고개를 가로저으며 천천히 말하였다.

"예부터 절색이 때마다 태어나지 아니하거늘 이제 계랑과 진랑이 한 시대에 있으니 두려운바 자연의 맑고 깨끗한 기운이 이미 다하였는가 하노라."

섬월이 깔깔 웃더니 문득 그치고 긴 이야기를 시작하였다.

"낭군의 말씀은 우물 안 개구리라는 평을 면하기 어렵나이다. 저희 창기들이 입을 모아 하는 말을 들려 드리겠나이다. 청루에 세 절색이 있으니, 그 하나가 강남의 만옥연萬玉燕이요, 또 하나가 하북의 적경홍狄驚鴻이요, 또 한 사람이 낙양의 계섬월이니 곧 소녀오니이다. 소녀는 헛이름만 얻었지만, 옥연과 경홍은 참으로 당대 절색이오니 어찌 천하에 절색이 없다 하오리까? 옥연은 멀리 살아서 한 번도 만나 본 일 없으나 남쪽에서 오는 사람들 말을 들으니 칭찬 아니 하는 이가 없사옵나이다. 그러니 명성이 결코 헛되지 아니함이 짐작되옵나이다. 경홍은 저와 더불어 의좋은 형제 같으니 그 내력을 대강 말씀하오리다.

경홍은 파주 땅 양민의 딸로 태어나 일찍 부모를 여의고 고모에게 의탁하여 자라더니 열대여섯 살 때부터 자색이 절묘하다는 소문이 하북 일대에 돌았나이다. 하여 근처 사람들이 천금을 주고 첩을 삼고자 하여 매파가 그 집 문 앞에 벌 떼처럼 들레는데, 경홍이 고모에게 부탁하여 다 물리쳤나이다. 그러자 매파들이 고모에게 묻기를 '고모님이 모두 거절하고 허락지 아니하니 도대체 어떤 사람을 천거하여야 합의를 보겠소? 큰 재상가의 첩을 삼고자 하오? 절도사의 부실을 삼고자 하오? 아니면 이름난 선비에게 보내고자 하오?' 하니, 경홍이 고모 대신 대답하기를, '큰 재상도 절도사도 선비도 세상에는 많을지니 다 좋지만 내 마음 가는 대로 할 터이라 어찌 미리 알리까?' 하고 웃으니 매파들도 따라 웃고 흩어져 갔나이다.

매파들이 돌아간 뒤 경홍은 스스로 한탄하기를, '외딴 시골 여자가 보고 들은 것 없으니 장차 무슨 수로 천하의 쾌남아를 가려 어진 배필을 맞으리오. 그러나 창기는 영웅호걸과 자리를 같이하여 수작하고 또한 대문을 열어 공자왕손을 맞아들이니, 어질고 어리석음을 분별하기 쉽고, 못나고 잘남을 판단하기 좋을지라. 비유하건대 대나무를 그 명산지인 초안에서 구하고, 옥을 그 명산지 남전에서 캐내는 것과 같으니, 슬기로운 인재와 도량이 큰 사람을 얻는 데 어찌 근심을 하리오.' 하고 스스로 청루에 몸을 맡겨 몇 년 만에 이름을 크게 떨쳤나이다.

지난해 가을 산동 하북 열두 고을의 문장 재사가 장안에 모여 잔치를 베풀고 즐거이 놀 때 그 자리에서 경홍이 노래를 부르고 한바탕 춤을 추는데, 너풀너풀 추는 모양은 놀란 기러기 같고, 어여쁘고 현란하기란 마치 날아가는 봉황 같아 수많은 미인들이 모두 빛을 잃었나이다. 잔치가 끝나자 경홍이 홀로 동산의 망월대에 올라 달빛을 띠고 거닐면서, 옛글을 생각하고 슬퍼하며 다감한 글귀를 읊으니 애달프기 그지없어, 보는 사람들이 그 재주를 사랑하고 그 마음을 미쁘게 여겼나이다. 그렇다고 하여 지금 깊은 규중에 어찌 또 이러한 낭자가 없다고 하겠나이까?

언젠가 경홍과 더불어 상국사에서 놀이할 때 가슴에 품고 있던 속마음을 서로 주고받다가 경홍이 저에게 말하기를 '우리 두 사람이 뜻에 맞는 군자를 만나거든 서로 천거하여 한사람을 같이 섬기면 거의 백 년 신세를 그르치지 아니할 게요.' 하기로 저도 허락하였는데 이제 낭군을 만나니 문득 경홍이 생각나옵나이다.

그런데 경홍은 이미 산동 제후의 궁중에 들어갔으니 이른바 좋은 일에는 훼방꾼이 많은 것 아니리까. 제후 궁중의 부귀가 더할 나위 없다지만 그것은 경흥의 소원이 아니니 참으로 분하나이다. 어찌하면 경흥을 다시 만나 오늘의 이 사연을 전할지 참 딱하기 그지없나이다.

마지막으로 부탁드릴 말씀이 있나이다. 이번 길에 과거를 보러 서울에 가신다 하니 꼭 정 사도 댁 따님을 한번 만나 보옵소서. 낭군의 부인으로 소녀가 감히 천거하나이다. 천하절색인 진 소저를 제가 익히 알고 있지만 정 사도 댁 따님이 진 소저만 못하다면 어찌 제가 천거하오리까.

서울 사람들이 칭찬하기를 정 사도 댁 따님의 아리따운 자색과 덕망은 당대 규수 가운데 으뜸이라 하더이다. 제가 만나 뵌일은 없으나 큰 이름 아래 헛된 기림 없다 하지 아니하나이까. 그러니 마음에 두셨다가 반드시 찾아가 보소서."

양생이 섬월의 긴 이야기를 다 듣고 나더니,

'청루에 비록 재주 있는 여자가 많다지만 사대부 집 규수로 어찌 창기보다 재주 많은 여자가 없으리오.'

하고 속으로 어떤 결심을 하는 듯하였다.

둘이 다정히 이야기하는 동안에 동녘이 훤히 밝아 왔다. 두 사람은 일어나 세수를 하고 옷차림을 단정히 하고는 먼저 섬월이 양생에게 부탁하였다.

"이곳은 낭군이 오래 머물러 계실 데가 못 되옵나이다. 더구나 어제 술자리에 모였던 선비들이 꽁한 마음을 품고 있을지니 낭군은 일찍 길을 떠나소서. 앞으로 모실 날이 많고도 많으리니 어찌 소녀의 한때 정에 얽매이시리까."

"섬월의 말이 천만번 옳으니 마땅히 가슴에 깊이 새기겠네."

양생은 사례하고 눈물을 뿌리며 작별하였다.

봉이 황을 만나다

　양생은 낙양을 떠나 서울에 이르자 숙소를 정하였다. 과거 날이 아직 멀었는지라 숙소 주인에게 자청관을 물으니 춘명문 밖에 있다고 가르쳐 주었다.

　양생은 예물을 갖추어 두 연사를 찾아갔다. 두 연사는 나이 예순이 넘었을 듯하나 몸가짐이 매우 엄격하고 덕망이 높아 자청관에서 지위가 으뜸가는 여도사였다. 양생이 공손히 절하고 나서 어머니의 편지를 드리니 두 연사는 안부를 묻고 눈물을 흘리며 말하였다.

　"네 어머니와 헤어진 지 어느덧 이십 년이러니 아들이 저렇듯 의기 당당한 대장부라 참으로 세월이 빠르구나. 내 나이 늙어 이제는 시끄러운 서울에 있기가 싫어 곧 멀리 공동산을 찾아가 마음을 세상 밖에 붙이려 하였는데, 형님이 편지로 부탁을 하시니 내 마땅히 너를 위하여 머물리라. 너의 어엿한 인품과 풍채가 하늘의 신선 같으니 당대 규수 가운데 능히 짝할 만한 배필을 고르기 어렵겠구나. 하지만 두루 생각을 해 볼 것이니 겨를이 있거든 한번 다시 오너라."

"저희 집은 가난하고 어머님은 연로하신데 나이 스물이 가깝도록 몸이 궁벽한 시골에 있으니 배필을 고르지 못하고 걱정으로 날을 보내고 있나이다. 제 옷가지와 때식의 근심을 끼치오니 효성으로 어머님을 받들지 못함이 여간 죄송하지 않나이다. 이제 아주머니께서 이렇듯 염려하여 주시니 감격을 금치 못하겠나이다."

양생은 곧 두 연사에게 하직을 고하고 물러 나왔다.

과거 날짜는 닥쳐오나 두 연사에게서 혼처를 구하여 보겠다는 말을 들은 뒤부터 양생은 공명에 뜻이 멀어 며칠 뒤 다시 자청관을 찾아갔다. 두 연사는 웃으면서 말하였다.

"한 곳에 규수가 있는데 재주와 용모 참으로 네 짝이 될 만한 인물이다. 그런데 그 집 문벌이 하도 높아 여섯 대에 걸친 공후요, 삼대 정승이라 그 집에서 어찌 나올지 걱정이구나. 그러니 네가 이번 과거에 장원이라도 한다면 혹 가망 있거니와 그렇지 못하면 입을 벌려도 쓸데없으니 너는 앞으로 번거로이 나를 찾지 말고 공부에 힘써 장원 급제할 결심을 굳게 가져라."

"대체 뉘 집이오니까?"

양생이 궁금하여 묻자, 두 연사는 흔쾌히 대답하였다.

"정 사도 댁이니, 붉은 문이 세워져 있고 문 위에 창살 둔 것을 볼 수 있는데, 그 집이 바로 정 사도 댁이니라. 그 댁 따님이 곧 선녀요, 세상 사람이 아니로다."

양생은 문득 섬월의 말이 생각났다.

'이 규수가 얼마나 대단하기에 이다지도 칭찬을 듣는고.'

이에 곧 연사에게 다시 물었다.

"아주머니는 정 소저를 본 일이 있나이까?"

"내 어찌 본 일이 없겠느냐. 정 소저는 곧 하늘 사람이니 그 맑고 아름다운 용모는 도저히 입으로 말하지 못하리로다."

"제가 감히 장담하는 것 같사오나 이번 과거에 장원하기는 주머니 속 물건을 손에 쥐는 것이나 같아 걱정할 것이 없나이다. 하오나 저에게 한 가지 고집이 있어 규수를 보지 못하면 구혼코자 아니 하오니 아주머니는 자비심을 베푸시어 소저를 한번 볼 수 있게 하여 주소서."

양생의 간청에 연사는 정색을 하고 말했다.

"재상가의 규수를 어찌 그리 쉽게 볼 수 있겠느냐. 네가 혹 내 말을 믿지 아니하느냐?"

"제가 어찌 아주머니 말씀을 조금이라도 의심하오리까마는 사람 눈이 저마다 다르니 아주머니 눈이 어찌 제 눈과 같사오리까?"

양생이 조금도 물러서려 않자, 두 연사는 타이르듯 일렀다.

"봉황과 기린은 어린아이라도 다 상서로운 생물이라 일컫고, 밝은 대낮은 어진 자와 어리석은 자가 다 보거니, 눈 없는 사람이 아닐진대 그 규수의 자색과 심덕을 어찌 알아보지 못하겠느냐."

양생은 더 할 말이 없어 잠자코 숙소로 돌아왔다. 그날 밤 자리

에 누웠으나 잠이 올 리가 없었다. 날이 밝자 기어이 두 연사의 허락을 얻고자 또 자청관을 찾아가니,

"네가 분명 무슨 까닭이 있도다."

하고 연사가 손뼉을 치며 웃어 댔다. 양생이 또한 씨물씨물 웃으면서 응대하였다.

"제가 정 소저를 보지 못하면 의심을 풀 수 없사오니 부디 어머님의 부탁을 생각하시고 제 간절한 소원을 살피시어 기묘한 계책을 내어 보소서."

"매우 어렵도다."

두 연사는 머리를 흔들더니 한동안이 지나서야 무슨 생각이 났는지 입을 열었다.

"내 보건대 너는 영민하니 글공부를 하는 여가에 혹시 음률을 익혔느냐?"

"제가 일찍이 도사를 만나 거문고와 퉁소를 배워 미묘한 오음 육률을 배웠나이다."

그 말을 듣고 두 연사는 곰곰이 생각하는 듯하더니 내키지 않는 듯 말했다.

"재상 댁이라 담장이 높고 중문이 다섯 겹이요, 화원 또한 깊으니 몸에 날개가 돋지 아니하면 넘어갈 길이 없다. 또한 정 소저 글을 많이 읽어 예절에 소홀함이 없는지라 행동거지가 몹시 조심스러워 절대 도관에 나와 향불을 피우는 일이 없고, 또 절을 찾아가 재도 올리지 아니하고, 정월 대보름날 등불놀이 구경도 아니 하며, 삼월 삼짇날 놀이에도 섞이지 아니하니, 바깥 사람이

어디 가서 엿보겠느냐. 단지 한 가지 요행수를 바랄 수 있으나 네가 기꺼이 좇지 아니할까 싶구나."

"정 소저를 볼 수 있다면 하늘땅 속이거나 뜨거운 불도가니 속이라도 어찌 좇지 아니하리까."

양생의 결심이 이미 굳음을 짐작한 두 연사는 자기가 생각한 꾀를 내놓았다.

"정 사도는 요즘 늙고 병들어 벼슬을 내놓고 오직 산천경개 구경과 음률에 낙을 붙이고 살며, 부인 최 씨는 원래 음률을 좋아하는데, 소저 또한 세상만사를 모르는 것이 없고 더욱이 음률에 이르러서는 한 번 들으면 청탁고저를 분간할 줄 알아 예부터 이름난 대가와 거문고 능수들도 따르지 못할 재주를 지녔느니라. 최 부인은 책상에 기대어 노래 듣는 것으로 낙을 삼아 새 곡조를 들을 때마다 반드시 그 사람에게 부탁하여 소저와 함께 다시 듣고 딸에게 곡조의 낫고 못함을 논하게 하니, 내 생각에는 네가 거문고를 알거든 미리 한 곡조를 익히고 기다리는 게 좋겠노라.

삼월 그믐날은 영부 도군靈府道君이 나신 날이라 정 사도 댁에서 해마다 우리에게 여종을 보내니, 그때 그 여종에게 자네의 거문고 소리를 들려주면 분명 돌아가서 부인에게 고할 것이요, 그리하면 부인이 청하여 갈 것이니라. 네가 정 사도 댁에 들어가 규수를 보고 못 보기는 다 연분에 달렸으니 내가 알 바 아니요, 또 이보다 더 좋은 계책이 달리 없다. 더욱이 네 용모가 어여쁜 여인 같고 아직 수염도 나지 아니하였으니 여자로 변복하기 마침하겠구나."

양생은 그 말을 듣고 크게 기꺼워하며 물러가 그믐날을 손꼽아 기다렸다.

정 사도는 다른 자녀는 없고 딸 하나뿐이었다. 부인이 해산할 때 정신이 혼곤한 중에 하늘에서 선녀가 내려와 맑은 구슬 한 개를 방 안에 놓는 것을 보더니 이윽고 딸을 낳아 이름을 경패瓊貝라고 지었다.

경패가 점점 자라나자 아리따운 자색과 기특한 재주가 참으로 만고에 드문지라 세상에 자랑할 만하였다. 사도 부부는 딸을 몹시 사랑하여 배필 될 공자를 구하고자 하나 마땅한 곳이 없어 나이 열 여섯이 되도록 아직 혼인을 정하지 못하고 있었다.

하루는 최 부인이 경패의 유모 전구를 불러 분부하였다.

"오늘은 영부 도군의 생신날이니 네 향촉을 가지고 자청관에 가 서 두 연사에게 드리고 비단 필과 다과로 나의 잊지 못하여 연연 한 정을 전하고 오너라."

전구는 부인의 영을 받고 곧 가마를 타고 도관에 이르렀다. 연사 는 향촉을 받아 삼청전에 공양하고 또 비단과 다과를 보내 주어 감 사하다며 전구를 대접하였다.

전구가 문을 나서는데 문득 어데선지 거문고 소리가 들려왔다. 양생이 이때 별당에서 둥기당둥둥 거문고 한 곡조를 탔던 것이다. 전구가 가마를 타려다가 그 소리를 들으니 분명히 서쪽 별당에서 나는데 가락이 어찌나 맑고 산뜻한지 마치 구름 밖에 있는 듯하였 다. 그 자리에 머물러 서서 귀를 기울여 잠시 듣다가 연사를 돌아 보고 물었다.

"저희 마님을 늘 곁에 모시어 이름난 거문고 가락을 많이 들었으나 이러한 가락은 처음 듣사옵나이다. 누가 타는 가락이오니이까?"

"얼마 전에 애젊은 여관女冠이 시골에서 올라와 서울을 구경코자 하여 여기 머물러 있노라. 거문고를 더러 둥당거리는데, 나는 음률을 몰라 소리가 맑은지 흐린지 가리지 못하지만 유모가 이렇듯 칭찬하는 걸 보니 솜씨가 훌륭한 게로구나."

이런 말을 듣자 전구는 연사를 보고,

"저희 마님이 아시면 꼭 부르실 터이니 그 여관을 붙잡아 다른 곳으로 가지 못하게 하소서."

하니, 연사는 응낙하고 전구를 보낸 뒤 별당에 들어가 그 말을 양생에게 전하였다. 양생은 몹시 기뻐하면서 그때부터 정 사도 부인이 부르기를 고대하였다.

한편 집에 돌아온 전구가 부인에게 고하였다.

"자청관에 머무는 웬 여관이 거문고를 타는데 아주 신기한 가락을 넘기더이다."

부인이 유모의 말을 듣더니,

"내 한번 듣고 싶구나."

하고, 이튿날 가마 한 채와 여종을 보내며 연사에게 전하였다.

"젊은 여관의 거문고를 한번 듣고자 하노니 그가 오기를 즐겨 아니하더라도 아무쪼록 권하여 보내 주기 바라노라."

연사는 그 여종이 있는 자리에 양생을 불러다가 말하였다.

"사도 댁 부인이 부르시니 사양치 말고 가는 것이 좋겠노라."

"외진 시골의 하찮은 여관이 귀부인을 감히 뵈옵기가 송구하오나 분부 어찌 거역하오리까."

이에 양생이 여도사 차림을 갖추고 거문고를 겨드랑에 끼니 은연중 높은 도인의 풍격이 풍기고 전설에 신선이 되었다는 여관의 모습이 분명하여 정 사도 집 여종은 흠모하고 감탄하는 눈길로 바라보았다.

양생이 정 사도 집에 이르러 여종을 따라 안으로 들어가니 최 부인이 대청 위에 앉아 있는데 위엄 있고 엄숙하였다. 양생이 대청 아래서 절을 하자 부인이 알은체하기를,

"아랫사람 말을 듣고 거문고를 한번 듣고자 하였는데 막상 끼끗한 여관을 만나 보니 세속의 잡념이 사라지는구먼."

하고 자리를 권하였다.

양생이 자리를 사양하여 한옆에 조심히 앉으며 사례하였다.

"빈도는 본디 초 땅 사람으로 하늘에 뜬 구름같이 떠돌아다니는 신세이온데 분에 넘치게도 마님 앞에 하찮은 재주를 보여 드리게 되니 황송하기 그지없나이다."

이때 부인이 계집종을 시켜 양생의 거문고를 가져다가 쓸어 보며 칭찬하였다.

"참으로 희귀한 재목이로다."

"용문산 속 백 년 묵은 자고동自枯桐으로 스스로 마른 오동나무라 굳기가 쇠나 돌 같사오니 천금을 주어도 얻기 어렵나이다."

이야기가 오가는 사이 어느덧 섬돌 위에 그늘이 지는데 소저는 그림자조차 얼씬하지 아니하고 목소리도 들을 길이 없었다. 양생

은 마음이 조급하여 부인에게 슬쩍 속마음을 비쳤다.

"빈도가 비록 옛 곡조를 많이 배웠으나 타기만 하고 곡조 이름을 알지 못하나이다. 자청관 여관에게 들사오니 이 댁 아가씨께서 음률에 조예가 깊어 오늘날의 종자기鍾子期*라 하더이다. 부디 천한 재주로 아가씨의 가르침을 듣고자 하나이다."

부인이 응낙하고 곧 계집종에게 소저를 부르게 하였다.

이윽고 수놓은 문이 열리며 그윽한 향내가 끼치더니 소저가 살며시 나와 어머니 곁에 앉았다. 양생이 일어나 인사를 한 뒤 눈을 들어 잠깐 바라보니, 태양이 붉은 노을 속에 솟아오르고, 연꽃이 맑고 푸른 물에 비친 것 같아, 정신이 어지럽고 눈이 부셔 바라볼 수가 없었다. 앉은 자리가 서로 멀어 또렷이 보지 못함이 한이었다. 하여 부인에게 청하였다.

"빈도가 아가씨의 자상한 가르침을 받고자 하나 대청이 넓어 소리가 흩어지리니 자세히 듣지 못할까 걱정되나이다."

부인이 앞으로 나앉게 하니, 부인의 자리에 바싹 다가가긴 하였으나 소저의 오른쪽에 자리하여 서로 마주 바라볼 때만 못하지만 감히 두 번 청하지는 못하였다.

부인이 계집종을 시켜 화로에 향을 피우게 하니 양생이 자리를 고쳐 앉아 거문고를 당기며 소저를 향하여 물었다.

"여섯 가지 꺼림이 없나이까?"

---

* 춘추 시대의 유명한 거문고 명수인 백아伯牙의 벗으로, 백아가 타는 거문고 소리를 잘 알아들었다고 한다.

"매우 찬 것과 아주 뜨거운 것과 몹시 바람 부는 것과 비 퍼붓는 것과 빠른 우레와 큰 눈이 오는 것을 꺼리나니 지금은 이 여섯 가지가 다 없네."

여섯 가지 꺼림에 대하여 청산유수 같은 소저의 대답을 듣고 생이 또 물었다.

"음률을 타지 못할 일곱 가지 일이 없나이까?"

"초상을 만난 자와 마음이 어지러운 자와 일에 의심을 품는 자와 몸이 깨끗지 못한 자와 의관을 정제치 못한 자와 분향을 아니 한 자와 지음知音을 만나지 못한 자가 타지 못하나니, 지금 또 이러한 것이 없네."

두 번째 질문에도 거침없이 답하는 소저의 슬기와 해박한 지식에 탄복한 양생은 먼저 '예상곡'˙을 탔다.

거문고 탄주가 끝나자 뛰어난 재주에 깊이 빠진 소저가 스스럼없이 곡조에 대하여 말하였다.

"아름답다, 이 가락이여! 완연히 태평세월의 기상이구나. 사람마다 다 알겠으되 신묘하기가 신선과 통하는 능숙한 솜씨를 가진 자 아니면 누가 이 재주를 따르리오. 허나 이는 술판에서 질탕하게 떠드는 음란한 곡조라 듣기 매우 거북하니 다른 곡조를 타 주기 바라네."

양생이 다시 한 곡조를 타니 소저가 말하였다.

˙ 예상우의곡霓裳羽衣曲. 당나라 현종이 신선들의 세계인 월궁月宮의 음악을 본떠 만들었다는 곡조.

"이는 즐겁되 음란하고 슬프되 촉박하니 진 후주陳後主의 '옥수후정화玉樹後庭華'*라. 살아생전에 즐겁던 일을 죽어서 다시 애타게 추억한 것이 아닌가. 별로 숭상할 것이 못 되니 다른 곡조를 원하네."

양생이 또 한 곡조를 탔다.

"이 곡조는 서러운 듯, 기쁜 듯, 감격한 듯하고 또 깊이 사념하는 듯하니 옛적 채문희蔡文姬가 오랑캐에게 잡혀가 두 아들을 낳고 고국으로 돌아올 때 두 아들과 이별하며 지은 곡조로구나. 꽤 들음직하나 그 가락은 이른바 절개를 저버린 여자의 사연이니 어찌 논하겠나. 새 곡을 청하네."

생이 또 한 곡조를 탔다.

"이는 왕소군王昭君의 '출새곡出塞曲'이니 불우한 궁녀가 옛 임금을 생각하고 고국을 바라보며 남의 땅에 있음을 슬퍼하여 불우한 처지를 가락에 부쳤으니 곧 오랑캐 땅 여자 됨을 한탄하는 곡조요, 변방의 가락이라 근본 바른 것이 아니니, 다른 곡조는 없는가?"

양생이 또 한 곡조를 타니, 소저가 얼굴빛을 고치고 정중히 말하였다.

"내 음률을 들은 지 오래더니 여관은 참으로 예사 사람이 아니로다. 이는 영웅이 때를 만나지 못하여 마음을 티끌세상 밖에 붙

---

* 진 후주는 진나라 선황의 아들로 풍류를 즐겨 문인들과 더불어 많은 곡조를 지었는데, 대표적인 곡이 '옥수후정화' 다.

이고 문란한 조정 안에서 충의 기운이 한 사람에게 가득하니 그것이 바로 혜숙야嵇叔夜*의 '광릉산'이 아닌가. 간신들의 참소로 마침내 희생될 때 제 그림자를 돌아보고 곡조를 타되 '원통하다, 사람이 광릉산을 배우고자 하는 자 있는가? 내 아껴 전하지 아니하였거니 슬프다, 광릉산의 기상 이때부터 끊어졌도다.' 하였거늘, 또한 '새 한 마리 동남으로 내리려 하나 광릉이 어디메요?' 하고 탄식하도록 후세에 전한 자가 없는데, 여관이 정녕 혜숙야의 영혼을 만나 보았구나."

양생이 자리를 고쳐 앉으며,

"아가씨의 영민함을 오늘날 미칠 사람이 없나니 빈도가 일찍이 스승에게서 들었던 말씀과 꼭 같나이다."

하고 대답한 뒤 또 한 곡조를 탔다.

곡이 끝나자 소저가 칭찬하기를,

"청산은 높디높고 녹수는 넘실거리는데 신선 자취가 티끌 가운데 뚜렷하니 이는 백아의 '수선조水仙操'*가 아닌가. 이는 죽은 종자기를 만나 거문고를 뜯어도 백아와 아무런 손색이 없거늘, 과연 여관의 솜씨를 백아의 영혼이 알게 된다면 종자기의 죽음을 그다지 슬퍼하지 아니하리로다."

---

* 혜강嵇康. 숙야는 자. 중국 위나라 때 죽림칠현의 한 사람이다. 성질이 결백하고 강직하여 벼슬을 하지 않고 거문고를 벗하며 살다가 살해되었다. 죽을 때 '광릉산廣陵散'이란 거문고 곡을 탔다.
* 백아가 완성한 거문고 곡 이름. 종자기가 죽고 나서 백아가 다시는 거문고를 타지 않아 이 곡조는 끊어지고 말았다.

양생이 또 한 곡조를 타니 소저 옷깃을 여미고 단정히 앉아 사뭇 정숙한 얼굴로 말하였다.

"거룩하고 극진하도다. 성인이 난세를 만나 두루 세상을 돌아다니며 백성을 구할 뜻이 있으니 공자님 아니면 뉘 능히 이 곡조를 지으리오. 잡초 가운데 홀로 고상한 향기로운 난초에 비겨 불우한 심정을 노래한 '의란조猗蘭操'라. 이는 이른바 온 세상을 돌아다니면서 정처 없다 하는 뜻이 아닌고."

생이 꿇어앉아 향불을 더 피우고 다시 한 곡조를 타니 소저 자못 엄숙한 어조로 탄복하였다.

"높고 아름답도다, 이 곡조여. 천지 만물이 희희낙락하여 모두 봄빛이라 싱그럽기 그지없으니 이는 순임금의 '남훈곡南薰曲'이로다. 이른바 불어오는 남풍은 백성들의 노여움을 풀어 줄 것이라, 착하고 아름다움이 이에 따를 것이 없으니, 비록 다른 곡이 있을지라도 원치 아니하네."

양생이 그 뜻에 공경을 표하면서,

"빈도가 듣사오니 음률이 아홉 번 변하면 하늘의 신령이 내려온다 하는지라, 이제 이미 여덟 곡을 탔고 오직 한 가지가 남았기로 마저 타기를 청하나이다."

하며 거문고 몸체를 바로잡고 줄을 골라 타니, 그 가락 부드럽고 눈앞이 환히 트인 듯하여 사람의 몸과 마음을 들뜨게 하며, 뜰 앞에 백 가지 꽃이 모두 활짝 피는 듯하였다. 이때 마침 제비가 쌍쌍이 날아돌고, 꾀꼬리들이 의좋게 노래를 주고받았다.

소저가 다소곳이 고개를 숙이고 잠잠히 앉아 있더니 "봉황새 고향에 돌아가 산천을 즐겁게 떠돌다가 짝을 만나는구나." 하는 구절에 이르러서는 번쩍 눈을 들어 양생을 다시 보고 찬찬히 옷차림새를 살피더니 문득 두 뺨이 발그레해졌다. 그러면서 눈가에 생기가 스러지며 갑자기 낯빛이 변하더니 조용히 몸을 일으켜 내당으로 총총히 사라졌다.

양생이 몹시 놀라 거문고를 밀치고 벌떡 일어나 소저를 바라보는데, 마치 흙으로 만든 형상같이 서 있는지라, 부인이 앉으라고 권하면서 물었다.

"시방 탄 것은 무슨 곡인가?"

"빈도가 스승에게서 배웠으나 이름을 알지 못하여 아가씨의 가르침을 기다렸나이다."

소저가 오래도록 다시 나오지 아니하므로 부인이 계집종에게 무슨 일인지 알아 오라고 이르니, 계집종이 돌아와서 아뢰었다.

"아가씨가 반나절이나 찬바람을 마셨는지라 몸이 불편하여 나오지 못하신다 하나이다."

양생은 소저가 깨달았음을 짐작하고 미안한 생각이 들어 감히 더 머물러 있을 수 없었다. 그리하여 일어나 부인에게 하직 인사를 고하였다.

"아가씨께서 몸이 불편하시다 하니 빈도가 무례하였나이다. 아가씨께 잘 말씀드려 주소서. 이만 돌아갈까 하나이다."

부인이 은과 비단을 내주려 하자 양생은 사양하였다.

"음률을 조금 아오나 스스로 즐길 따름이옵나이다. 어찌 광대같이 놀음차를 받으오리까."

양생은 머리를 숙여 사례하고 섬돌을 내려섰다.

이때 소저가 제 방에 돌아와 계집종에게 물었다.

"춘랑春娘의 병이 오늘은 어떠하냐?"

"오늘은 아가씨가 거문고 소리를 들으신다는 말을 듣고 일어나 세수하더이다."

원래 춘랑은 성이 가賈씨이며 서호 사람인데, 아버지가 서울에 올라와 승상 댁 아전이 되어 정 사도 집에 공로가 많더니 불행히도 병으로 죽었다. 그때 춘랑은 겨우 열 살이었다. 정 사도 부부가 의지할 곳 없는 춘랑을 불쌍히 여겨서 거두어 길렀다. 춘랑은 생일이 소저보다 한 달 아래로, 용모가 아름답고 몸가짐이 단정하였다. 고상한 기상은 정 소저를 따르지 못하나 그래도 뛰어난 미인이었다. 문필 재간과 바느질 솜씨도 소저와 다를 바 없어 소저는 춘랑을 동생같이 여기고 잠시도 곁을 떠나지 못하게 하니 신분은 달라도 두터운 정이 참으로 동기간 같았다.

본이름은 춘운春雲인데 소저가 몹시 사랑하여 부르기 쉽게 춘랑이라 하니 식구들도 모두 춘랑이라고 불렀다. 춘랑이 소저를 찾아와 물었다.

"아까 계집애들이 다투어 말하기를 대청에서 거문고를 타던 여관의 용모가 선녀 같고 희한한 곡조를 타니 아가씨가 대단히 칭찬하신다 하더이다. 저도 병을 참고 한번 구경하고자 하였사온데 그 여관이 어찌 그리도 서둘러 갔나이까?"

소저가 얼굴을 붉히며 나직이 대답하였다.

"내 몸 처신을 예절에 맞게 하고 마음가짐도 옥같이 하여 발자취 중문 밖에 나지 아니하며 어느 친척에게도 숙보이지 아니하는 것은 춘랑도 잘 알지 않느냐? 그런데 하루아침에 남에게 속아 수치를 당하니 차마 어찌 낯을 들어 사람을 대하겠느냐."

춘랑이 펄쩍 놀라면서 소리를 쳤다.

"아니, 그게 대체 무슨 말씀이니이까?"

"아까 거문고 타던 그 여관의 용모가 맑고 깨끗하고 재주도 신묘하더라……."

하고 문득 다음 말을 주저하여 입을 다무니, 춘랑이 거듭 물었다. 그러자 소저는 몹시 분한 듯, 부끄러운 듯, 발그레한 얼굴로 대답하였다.

"그 여관이 처음 '예상곡'을 탄 다음 차례로 여러 곡조를 타더니 나중에 순임금의 '남훈곡'을 타기에 칭찬하고 그만 하라고 청하였더니라. 그런데 한 곡조가 더 있다 하더니 새 곡조를 타는데, 사마상여가 탁문군의 마음을 들뜨게 하던, 봉새가 짝을 구하는 '봉구황곡鳳求凰曲'이라. 내 비로소 의심이 나서 그 용모와 동정을 살피니 여자와는 딴판이더니라. 간사한 사람이 봄빛을 구경하려고 변복하고 들어온 것이 틀림없구나. 분한 것은 춘랑이 병이 나지 아니하였던들 같이 보고 진위를 분별하였을 터인데. 내 규중처녀로 알지 못하는 남자와 반나절을 마주 앉아 말을 주고받았으니 모녀간이라 하더라도 차마 이런 사실을 어머님께 털어놓지 못하겠더니라. 춘랑이 아니면 뉘게 이런 말을 하겠느냐."

그러자 춘랑이 생글거리면서,

"사마상여의 '봉구황곡'을 처녀의 몸인들 듣지야 못하리까. 아가

씨 혹시 술잔 속에 비긴 뱀 그림자를 마시고 병이 되었다는 격*이
아니오니이까?"

하고 깔깔 웃어 댔다. 소저는 춘랑의 말을 부정하며 나섰다.

"그렇지 않아. 이 사람은 곡조 타는 것이 다 차례가 있으니, 처
음부터 의도가 없었다면 '봉구황곡'을 하필 모든 곡조 끝에 타
겠느냐? 여자들 가운데 보기에 나약한 사람도 있고 허우대가 좋
은 사람도 있으나 기상이 이같이 씩씩한 사람은 보지 못하였다.
내 생각에는 과거를 보려고 서울로 모여든 시골 선비들 가운데
내 소문을 그릇 들은 자가 망령되이 꽃을 찾는 꾀를 내었는가 싶
구나."

"그가 정말 남자라면 얼굴이 그렇듯 맑고 기상이 씩씩하고 음률
에 정통하니 재주 뛰어나고 높음을 알겠나이다. 그러하온데 어
찌 참 사마상여가 되지 아니할 줄 알리까?"

"제 비록 사마상여가 되나 나는 결코 탁문군이 되지 아니하리로
다."

소저의 장담에 춘랑도 동감이라는 듯 맞장구를 쳤다.

"탁문군은 과부요, 아가씨는 처녀이시며, 탁문군은 마음이 있어
응하고, 아가씨는 무심히 들으셨으니 아가씨를 어찌 탁문군에

---

* 옛날 악광樂廣이라는 사람에게 친구가 있었다. 한동안 놀러 오지 않기에 찾아가 까닭을 물
었다. 친구가 말하기를 저번에 준 술을 마시려고 보니 술잔 속에 뱀이 있는 것을 억지로 마
셨더니 병이 나고 말았다고 하였다. 악광이 말하기를 화남 땅 청사 벽 위에 뱀을 그린 활이
있는데 술잔 속의 뱀은 이 그림의 그림자라고 하였다. 이 말에 친구는 속이 풀리고 병이 곧
나았다고 한다.

견주어 논하리까?"

두 처녀는 희희낙락 웃으며 이야기하였다.

그 뒤 하루는 소저가 부인을 모시고 앉아 있는데, 정 사도가 밖에서 들어와 과거 급제자 명단을 부인에게 주며 말하였다.

"딸애 혼사를 지금까지 정하지 못해서 이번 과거에 급제한 사람들 가운데 신랑을 고르려 하오. 장원은 양소유란 자로 회남 사람에 나이 열여섯이요, 또 글 지은 것을 사람마다 칭찬하니 분명 일대 문장이오. 또 들으니 풍채 준수하고 골격이 남달라 장차 큰 그릇이 될 것이라 합디다. 이때까지 총각이라 하니 양소유를 사위로 삼으면 좋을 듯하오."

이에 부인이 선뜻 응대하기를,

"귀로 듣는 것이 눈으로 보는 것만 못하니 남들이 비록 칭찬하나 어찌 다 믿으리까. 만나 본 뒤에 정함이 옳을까 하나이다."

하며 남편을 쳐다보았다.

"그건 어렵지 아니하오."

하고 정 사도는 선선히 대답하였다.

소저가 아버지의 말을 듣고 제 방으로 돌아와 춘랑에게 일렀다.

"지난번 거문고를 타던 여관이 초 땅 사람이라 했고 나이 열여섯쯤 되어 보였느니라. 그런데 이번 장원이 회남 사람이라더구나. 회남은 초 땅이요, 나이도 비슷하니 의심할 여지가 없다. 아버지께 찾아와 뵈올 게 분명하니 네 그 사람을 유의하여 보도록 하여라."

"제가 그 사람을 본 일이 없사오니 어린 소견에는 아가씨 스스로 문틈으로 엿보시는 것만 못할 듯하나이다."

그러더니 두 처녀는 함께 웃었다.

이때 양소유는 연이어 복시와 전시에 다 장원하고 곧 한림 벼슬을 하여 이름을 세상에 떨치니, 공후 귀족으로 딸 둔 사람은 다투어 청혼하였다. 그러나 소유는 모두 거절하고 예부 권 시랑을 찾아가 정 사도 집에 통혼할 뜻을 말하고는 소개해 달라고 청하였다.

권 시랑은 선선히 편지를 써 주었다. 소유가 받아 간수하고 정 사도 집에 이르러 명함을 들였다. 주인은 하인들에게 소유를 곧 정중히 맞아들이게 하였다. 정 사도가 객실에 나와 보니 양 장원이 머리에 계수나무꽃을 꽂고 풍악을 잡혔는데, 당당한 풍채와 예절 바른 체모는 사람들에게 한결 더 호감을 자아내게 하였다. 정 사도 집에서는 소저 말고는 모든 사람들이 바삐 나들며 구경하는데, 춘랑이 부인의 계집종더러 물었다.

"주인어른과 마님 하시는 말씀을 들으니, 양 장원이 지난번 거문고 타던 여관과 외사촌 간이라 하더라. 모습이 서로 닮았더냐?"

둘레에 있던 남녀종들이 다투어 대답하기를,

"정말 그러네. 외사촌 남매끼리 어찌 그리도 닮았을꼬?"

하니, 춘랑은 곧 소저에게 그 말을 전하였다.

"과연 아가씨가 조금도 틀림없이 보셨나이다."

"네 슬며시 나가 무슨 말을 하는지 듣고 오너라."

춘랑이 곧 나가더니 한참 있다가 다시 돌아와서 고하였다.

"주인어른께서 아가씨를 위하여 양 장원에게 통혼하셨나이다.

장원이 사례하기를 '소생이 과연 규수의 현숙함을 듣고 분수없이 마음이 끌려 오늘 아침 청혼할 뜻으로 권 시랑을 뵈었나이다. 시랑이 소생의 뜻을 받아들여 편지를 써 주시며 어르신께 드리라 하기에 지금 제 소매 속에 있나이다.' 하고 편지를 내놓으니 주인어른이 보시고 기꺼워하시며 곧 주안상을 들여오라 재촉하셨나이다."

소저가 놀라 무슨 말을 하려 할 때 마침 부인이 계집종을 시켜 불렀다. 소저가 어머니 앞에 이르니,

"양소유란 젊은이는 과거 첫자리 장원이요. 또한 아버지가 이미 너와 정혼하셨으니 이제부터 우리 두 늙은이 의탁할 곳을 얻은지라 근심할 일이 없도다."

하고 얼굴에 자못 기쁨이 넘쳐 났다.

"전하는 말을 듣사오니 그 사람이 일전에 거문고 타던 여관과 꼭 닮았다 하니 정말 그러하니이까?"

소저가 묻자 부인은 선뜻 대답하였다.

"그 말이 옳다. 내 그 여관의 비범한 외양에 감동하여 잊히지 아니하더니 지금 양 장원을 보매 꼭 그를 대함과 같더구나. 그의 준수함을 가히 알지로다."

그러자 소저가 머리를 숙이고 목 안의 소리로 간신히 한마디 하였다.

"그 사람이 비록 비범한 인물이오나 소녀에게는 의심스러운 게 있사오니 정혼은 아니 되나이다."

"아니 되다니? 당치 아니한 말이로다. 너는 깊은 규중에서 살고

양 장원은 멀리 회남에서 온 사람인데 무슨 의심할 실마리가 엉켰겠느냐?"

소저는 고개를 들고 나직이 말하였다.

"소녀 말씀드리기가 매우 부끄러워 이때까지 입을 다물고 있었나이다. 지난번 여관이 바로 양 장원임에 틀림없나이다. 여자 옷으로 변복하고 우리 집 내당까지 들어와 거문고를 타면서 이야기판을 벌인 것은 오직 소녀의 용모를 보려 함인데 그 꾀에 빠져 종일 말을 주고받았으니 어찌 의심스럽지 아니하오리까."

부인은 비로소 놀라며 대답할 말을 찾지 못하고 잠자코 앉아 있었다. 이때 정 사도가 양 장원을 보내고 들어와 소저에게 한마디 던졌다.

"경패야, 네 오늘 용을 타니 매우 기쁜 일이로다."

그러자 옆에서 부인이 난처한 얼굴로 소저의 의심을 남편에게 전했다. 사도가 다시 딸에게 물어 소유가 '봉구황곡'을 탄 전말을 듣고는 껄껄 웃었다.

"양 장원은 참으로 풍류남아로다. 옛적에 왕유 학사가 악공 옷을 입고 태평 공주의 별당에서 비파를 탄 것이 계기로 되어 과거에 장원하니 지금까지 그 이야기가 전하여 오거니와, 양생이 숙녀를 얻기 위하여 여복으로 바꾸어 입었다 하니 참으로 재주 많고 슬기로운 사람이구나. 한때의 장난을 어찌 꺼리리오. 하물며 너는 여도사를 보았을 뿐 양 장원은 아직 보지 못하였으니 양 장원이 여도사의 맵시로 바꾼 것이 너와 무슨 관계가 있겠느냐?"

"소녀가 이렇게 남에게 속았사오니 참으로 부끄러워 죽을 듯하나이다."

사도는 또 껄껄 웃으면서,

"이는 늙은 아비가 알 바 아니니 나중에 양생에게 물어보아라."

하고 엄한 낯빛을 짓거늘, 부인이 남편에게 물었다.

"양 장원이 혼례를 언제 하고자 하더이까?"

"납채는 곧 보내오고 성례는 가을을 기다려 제 어머니를 모셔 온 뒤에 날을 받으려 하더이다."

며칠 뒤 날을 골라 양소유의 납채를 받고 그를 청하여 화원 별당에 묵게 하였다. 소유는 사위의 예로 사도 부부를 극진히 섬기고 사도 부부는 소유를 친아들처럼 대하며 대견히 여겼다.

하루는 소저가 우연히 춘랑의 방문 앞을 지나는데 춘랑이 마침 비단신에 수를 놓다가 봄철이라 고단했던지 수틀에 머리를 대고 졸고 있었다. 소저는 방 안에 들어가서 춘랑이 수놓은 솜씨를 보고 재주를 놀라워하였다. 문득 수틀 아래에 글이 쓰인 종이 한 장을 보았다. 펴 보니 꽃신을 읊은 글이었다.

내 옥인을 만나 친함이 이를 데 없으니
걸음걸음 서로 따르며 떠나지 못하더라.
촛불 끄고 깁 장막에서 띠를 풀 때
꽃신이야 반드시 침상 아래 던지리로다.

소저는 다 보고 나서 입속으로 혼잣말을 하였다.

"춘랑이 글재주가 꽤 신통하구나. 꽃신으로 제 몸을 비유하고 옥으로 내게 비하여 늘 나와 더불어 떠나지 못하더니 앞으로 내가 시집을 가면 나와 멀어짐을 걱정하는 게야. 참으로 나를 사랑하는구나."

그 글을 다시 보다가 빙긋 웃고 또 혼잣소리로,

"춘랑의 글 뜻이 내가 자는 침상에 오르고자 하였으니 이는 나와 함께 한사람을 섬기려 함이라. 그 마음 이미 정해졌다."

하고 춘랑의 꽃다운 꿈을 놀랠까 하여 가만히 자리를 떴다.

소저가 내당에 들어가니 부인이 여종들을 거느리고 함께 양소유의 저녁상을 차리는 중이었다. 소저는 어머니더러 말하였다.

"어머님이 그 사람의 옷가지와 음식 대접을 근심하시어 아랫사람들 틈에서 몸을 빼지 못하시니 보기 민망하나이다. 소녀가 시중드는 것이 마땅하오나 아직은 성례 전이라 남의 눈이 부끄러워 그렇게도 못 하겠사옵나이다. 마침 춘랑의 나이 이미 다 차 무슨 일이나 감당할 수 있사오니, 화원에 보내어 한림의 의식 범절을 받들게 함이 좋을까 하나이다."

"춘랑의 아비가 우리 집에 공도 있고 또 춘랑의 인물이 남보다 뛰어나 네 아버지가 퍽 사랑하여 어진 배필을 구해 주려 하신다. 그러니 춘랑에게 너를 섬기게 함은 그 애가 바라는 바 아닐 게다."

부인이 딸과 생각을 달리하자, 소저는 어머니에게 다시 청하였다.

"춘랑의 뜻을 살펴보니 언제까지나 소녀 곁을 떠나지 않으려 하더이다."

"시집갈 때 몸종이 좇는 것은 상례이지만 춘랑은 여느 몸종에 비할 바 아니니 너와 한가지로 따르게 함은 앞을 내다보는 처사가 아니니라."

어머니의 말을 거듭 듣고도 소저는 한사코 물러서려 하지 아니하였다.

"그 사람이 나이 열여섯 서생으로 감히 거문고를 가지고 재상가의 규수를 희롱하였으니 그 기상이 어찌 한 여자만 지키고 있으리까? 뒷날 재상가의 복록을 누리면 그 집에 장차 몇 춘랑이 있을 줄 알리까?"

소저의 고집스러운 말이 미처 다 끝나기도 전에 사도가 들어왔다. 부인이 딸의 뜻을 남편에게 고하자 사도는 머리를 끄덕이며 수긍하였다.

"딸아이가 아직 성례 전이나 춘랑이 딸아이와 서로 떨어지려 아니 할 것이니 분명 아무 때고 함께 갈지라 춘랑을 먼저 보낸다 하여도 무엇이 문제겠소? 젊은 남자가 춘정이 있을지라도 망동은 아니 할 것이니 얼른 춘랑을 보내어 쓸쓸한 회포를 위로하게 하시오. 그러나 경패의 마음이 불편할까 염려도 되니 어찌하면 서로 의논이 맞을꼬? 부인이 딸아이의 뜻을 물어 처리함이 좋겠소."

정 사도는 부인에게 부탁하고 사랑으로 나갔다. 조용해진 방에서 소저는 가슴에 품고 있던 생각을 어머니와 의논하였다.

"소녀 어머님께 한 가지 청이 있나이다. 춘랑의 몸을 빌려 그 사람이 소녀에게 준 수치를 씻고자 하나이다."

이어서 말하기를 사촌 정십삼을 불러서 이러이러하게 하면 반드시 수치를 씻게 될 듯하다는 꾀를 내놓았다.

정 사도의 조카들 가운데 십삼랑은 성품이 어질고 재질이 명민하며 의지와 기개가 또한 호탕하여 늘 우스운 장난을 즐겼는데 마침 양소유와는 뜻이 맞아 서로 막역한 사이였다. 소저는 이러한 십삼랑을 끌어들이려고 꾀하였던 것이다.

방으로 돌아온 소저는 곧 춘랑을 불러들였다.

"너와 이마에 머리털이 덮였을 때부터 정이 두터워 함께 놀면서 꽃가지 하나를 두고도 다투면서 울고 싸우기도 하였더니라. 그런데 내 이제 예장을 받았으므로 너도 백 년 대사를 속으로 생각하였을 것이니 앞으로 어떠한 사람에게 몸을 의탁하고자 하느냐?"

춘랑은 그 말을 듣자 서슴없이 대답하였다.

"천한 몸이 과분하게도 아가씨의 사랑을 입어 이날 이때까지 살아오며 만분의 일이라도 그 은혜 갚을 길은 아가씨의 몸시중을 들어 이 몸을 마치는 것밖에 다른 도리는 없나이다."

"그렇다면 너와 한 가지 의논해야겠다. 그 사람에게 내가 수치당한 것을 너 아니면 뉘 풀어 주겠느냐. 저 종남산에 있는 우리 정자는 퍽 외진 곳에 자리 잡고 있는데, 둘레의 경치 또한 아름답기가 인간 세상 같지 아니하니라. 바로 그 정자에다 춘랑의 신방을 꾸려 놓고 십삼랑을 시켜 양 한림을 꾀어 오면 분풀이를 할 수 있으리니 춘랑은 잠깐의 수고를 꺼리지 말아라."

하며, 그 묘계는 이러이러하다고 낱낱이 말하였다. 춘랑이 소저의 계략을 듣고는 난처한 듯 뜨직하게 대답하였다.

"어찌 아가씨의 분부를 거역하오리까마는 나중에 무슨 면목으로 그분을 대하오리까?"

소저는 웃으면서 오금을 박듯 한마디를 던지고 춘랑의 손을 잡았다.

"남을 속이는 수치가 남에게 속는 수치보다 낫지 아니하냐?"

이즈음 양소유는 입직한 뒤 공사를 처리하는 일 말고는 별다른 일이 없고, 당직한 이튿날 집으로 돌아와서는 한가한 날이 많았다. 그래서 친구도 찾아가고 들에 나가 뭇꽃을 즐기며 버들숲을 거닐기도 하였다.

이러던 어느 날 양소유에게 정십삼이 찾아왔다.

"성 남쪽 멀지 아니한 곳에 아주 고요한 곳이 있으니 경치 더욱 아름답기로 마음을 이끌거늘 내 형과 더불어 한번 거닐며 바람을 쏘이고자 하오이다."

양소유가 그 말을 듣고 대뜸 응하기를,

"참으로 내 뜻과 꼭 같구려."

하고, 곧 술과 안주를 준비하여 마부와 몸종도 물리치고 십 리 길을 둘이서 걸어갔다.

산은 높고 물은 맑아 인간 밖의 세상이라 갖가지 꽃들의 향기가 사람의 코를 찔러 속세의 티끌 생각이 사라지는 듯하였다. 소유가 정생과 더불어 시냇가에 이르러 술을 따르고 글을 읊으니 때는 봄철이라 백 가지 꽃이 다투어 자랑하고 만 가지 나무들이 푸른 옷을 떨쳤다. 문득 떨어진 꽃잎들이 시냇물에 떠내려 오거늘 소유의 입에서,

"봄이 오니 물에 복숭아 꽃잎이 떠내려 오는구나."

하는 옛 글귀에 뒤이어 한마디 탄성이 새어 나왔다.

"이 골 안에 분명 무릉도원이 있도다!"

이때를 기다렸다는 듯이 정생이 말문을 열었다.

"이 물이 자각봉에서 솟아 흘러내리는데 내 일찍이 들으니 꽃 피고 달 밝을 때면 간혹 신선의 풍악 소리가 구름 사이에서 나는 고로 들은 사람이 있다 하더이다. 헌데 나는 오늘까지 신선과 연분이 얕아서 그 어귀에도 가지 못하였더니, 오늘 형의 발자취를 따라가서 선경에 이르면 신선의 약과를 먹고 옥녀의 술을 맛볼까 하오이다."

정생의 말에 소유가 기꺼워하며,

"천하에 신선이 없으면 몰라도, 있다면 이 산속에서 만나리로다."

하고 찾아갈 채비를 서둘렀다.

이때 공교롭게도 정생네 하인이 땀을 흘리며 뛰어와 헐떡이면서 아뢰었다.

"아씨의 병환이 졸지에 매우 위급하나이다."

정생이 급히 일어나며 말하기를,

"안해의 병이 다급하다 하니 아까 말한 것처럼 나는 신선과 인연 얕음이 증명되오이다."

하고 서둘러 하인과 더불어 돌아갔다.

선녀냐, 귀녀냐

양소유는 정생이 떠나간 뒤 몹시 맥쩍으나 구경할 생각은 사그라지지 아니하였다. 흐르는 물을 거슬러 올라가니 갈수록 물과 돌이 맑고 깨끗하여 티끌 하나 찾아볼 수 없었다. 소유는 자연 마음이 상쾌해져서 저절로 스적스적 발길이 옮겨졌다. 이때 시냇물에 붉은 계수나무 이파리 하나가 떠내려 왔는데 주워 보니 두어 줄 글귀가 쓰여 있었다.

선계의 삽살개가 구름 밖에서 짖으니
이는 분명히 양랑이 오는도다.

양소유가 이상히 여겨,
"이 산 위에 어찌 사람이 살며 이 글은 도대체 누가 썼을꼬?"

하고 중얼거리며 점점 깊이 들어가는데, 길은 험하고 날은 저물어 갔다.

때마침 동쪽 고갯마루에 둥근달이 떠올라 앞이 훤하거늘 숲 속의 그림자를 꿰질러 시내를 건너니 놀란 산새 푸드득 날고 어데선지 잔나비가 슬피 울었다. 별은 높은 봉우리 위에서 깜빡거리고 이슬은 솔가지에 내리니 밤이 퍽 깊었음을 짐작할 수 있었다. 소유가 당황하여 어찌할 바를 몰라할 때 여남은 살 된 계집애가 시냇가에서 또닥또닥 옷을 빨다가 소유가 오는 것을 보고 얼른 일어나 한 곳을 향하여 소리쳤다.

"아가씨, 낭군이 오시와요!"

소유가 듣고 이상하게 여기며 또 수십 걸음 걸어가니 산이 삥 둘리고 길의 막바지에 날아갈 듯한 작은 정자 하나가 있어 시냇물에 비끼었으니 참으로 신선 사는 곳임에 틀림없었다.

이때 한 여인이 어스름을 헤치며 달빛을 띠고 복숭아나무 아래 홀로 서 있다가 소유를 향하여 가벼이 절하고 속삭였다.

"낭군께서는 어찌 이리도 늦게 오시나이까?"

소유가 놀라 자세히 보니 그 여인은 온몸에 진분홍빛 비단옷을 걸쳤는데 머리에 비취 비녀를 꽂고 허리에는 백옥 패물들을 찼으며 손에 봉미선鳳尾扇을 쥐고 있었다. 아름답고 생신한 모습은 도저히 인간 세상의 사람이 아니었다. 이에 당황한 소유는 그래도 얼결에 똑똑히 대답하였다.

"나는 티끌세상의 속인이라 본디 달 아래 기약이 없거늘 늦게 온다는 나무람은 어쩐 까닭이오니이까?"

여인은 아무런 대꾸 없이 방끗 웃더니 소유에게 정자 위로 오르기를 청하고, 뒤이어 주객이 자리를 잡자 계집아이를 불러 분부하였다.

"낭군이 멀리 오시어 시장하실지니 다과를 내오너라."

이윽고 구슬상에 진기한 안주가 올랐는데 백옥잔에 자하주(紫霞酒, 신선이 먹는 술)를 가득 따르니 맛이 별미요, 향내 또한 무르녹아 한잔 술에 소유는 취하였다.

"이 산이 비록 높으나 하늘 아래 뫼이거늘 선녀는 어찌하여 선경을 떠나 속되이 여기서 사시나이까?"

그 말을 듣자 미인은 탄식하여 마지아니하였다.

"옛날 일을 돌이켜보면 서글픈 생각만 더 나나이다. 소녀는 서왕모西王母의 시녀요, 낭군은 자미궁(紫微宮, 신선이 산다는 곳) 선관이러니 옥황상제가 서왕모에게 잔치를 베풀어 주셨을 때 낭군이 우연히 소녀를 보고 선과를 던져 희롱하셨더이다. 그 때문에 낭군은 중벌을 입어 인간 세상에 환생하시고 소녀는 다행히 가벼운 벌을 입어 귀양살이로 이곳에 왔나이다. 그런데 낭군은 이미 인간 세상의 연기와 티끌에 가리어 전생 일을 기억하지 못하시거니와 소녀의 정배살이 기한은 이미 차서 곧 하늘 세상으로 돌아갈 터이라, 그전에 낭군을 모시어 잠깐 옛정을 펴고자 선관에게 간청 드려 기한을 물렸나이다. 그리하여 낭군이 여기에 오실 줄 미리 알고 고대하였는데 이제 오셨으니 옛 인연을 이어갈 수 있게 되었나이다."

이때 계수나무 그림자는 환히 비추고 은하수는 기울었거늘, 소유는 막상 선녀와 마주 대하고 보니 꼭 꿈 같으나 꿈이 아니요, 생시 같으나 생시가 아닌 듯하였다.

이러구러 시간은 흘러 은근한 정이 오고 가니 산새들은 깨어나 꽃가지에서 우짖고 동녘 하늘이 밝는지라, 선녀가 먼저 일어나 소유에게 속삭였다.

"오늘은 소녀가 하늘에 오를 날이라 선관이 상제의 영을 받들어 저를 맞으러 왔을 때 낭군이 여기 계신 줄 알면 죄를 입게 되리니 어서 산을 내려가 몸을 피하소서. 낭군이 옛정을 잊지 아니하면 또다시 만날 날이 있을 것이옵나이다."

미인이 이때 비단 수건에 이별시 한 수를 써서 소유에게 내주었다.

> 서로 만났을 땐 꽃이 하늘에 가득하더니
> 서로 헤어질 때는 꽃들이 땅에 있더라.
> 봄빛이 꿈같이 가뭇 사라지니
> 가야 할 길 천 리가 아득하여라.

소유가 그 글을 보니 이별하는 심정 더욱 애달파 소매 폭을 찢어 화답시를 썼다.

> 하늘 바람이 옥피리를 부니
> 흰 구름 어찌 그리도 흩어지는고.
> 꿈속의 선녀와 더불어 밤비를 맞으니
> 내 입은 옷도 흠뻑 젖었도다.

선녀가 소유의 글을 보더니,

"옥 같은 나무에 달이 숨고 계수나무에 서리가 내리는데 구만리 밖의 모습을 떠올릴 수 있는 것이 오직 이 글뿐이로구나."

하고 곧 그 글 쪽을 품속에 간직하며 재촉하였다.

"때가 왔으니 낭군은 바삐 떠나소서."

소유는 손을 들어 두 눈을 비비고 나서 부디 몸조심하라 당부한 뒤에 미인과 드디어 작별하였다. 숲 속을 나와 정자를 돌아보니 나무숲은 첩첩하고 흰 구름 또한 몽롱하여 마치 한때 선경에 머물렀던 꿈에서 깨어난 듯하였다.

별당에 돌아온 소유는 깊이 후회하였다.

"선녀의 귀양살이가 오늘까지라 하니 산속에 잠깐 몸을 숨기고 있다가 선관들이 선녀 데려가는 것을 눈으로 보고 돌아와도 늦지 아니하겠거늘 내 어찌 그리도 서둘러 돌아왔던고."

다음 날 새벽 소유는 일찍 일어나 동자를 데리고 종남산 선녀 만났던 곳을 찾아가니 복숭아꽃이 웃는 듯, 시냇물은 우는 듯 텅 빈 정자 홀로 외로이 서 있고 향기롭던 둘레는 고요했다. 쓸쓸히 난간에 기대어 푸른 하늘에 둥실 떠가는 구름을 바라보며 소유는 탄식하였다.

"선랑은 저 구름을 타고 올라가 옥황상제를 뵈었으리라. 내 아무리 바라본들 그곳까지야 눈길이 미치지 못하리로다."

소유는 정자를 내려와 복숭아나무에 기대어 꽃가지를 잡고 눈물을 뿌리며 혼자 중얼거리기를,

"이 꽃이 응당 내 끝없는 한을 알리로다."

하더니, 섭섭히 돌아서서 산을 내려왔다.

며칠 지나 정생이 소유를 찾아와 말하였다.

"전날은 안해의 병으로 하여 형과 더불어 끝까지 놀지 못한지라 지금까지 섭섭하오이다. 아직도 성 밖 우거진 나무숲에 버들 그늘이 참 좋으니 반나절 겨를을 내어 놀이를 벌여 꾀꼬리 노래를 한번 들어 봄이 어떠하니이까?"

"녹음방초가 꽃때보다 낫도다."

소유가 답하고 곧 둘이 함께 성문 밖을 나섰다.

풀이 고르로운 잔디밭을 가려 자리를 잡은 뒤 준비한 안주를 마주하고 술을 마셨다. 문득 한옆을 보니 거친 무덤이 하나 있었다. 쑥대는 우거지고 잡풀이 떨기를 지어 바람결에 무심히 흔들거렸다. 그 가운데 두어 떨기 시든 꽃이 거친 언덕 엉성한 나무들 사이로 보이는지라 소유는 취한 눈길로 무덤을 가리키며 탄식하였다.

"사람이란 귀하든 천하든 어질든 어리석든 한 번은 다 죽어 흙으로 돌아가거니, 오늘 철없는 아이가 옛적의 영웅호걸 무덤 위에서 뛰어놀며 이것이 아무개의 무덤이라 지껄이거늘, 우리가 어찌 살아생전에 취하지 아니하리오."

"형은 저 무덤을 모르겠구려. 저 무덤은 장녀랑의 무덤인데 여랑의 아름다운 자색이 세상에 자자하여 이름조차 아름다운 꽃이라고 장여화張麗花로 일컫더니 불행히 스무 살에 죽어 여기에 묻혔소이다. 그 뒤 사람들이 여화의 요절을 아깝게 여겨 꽃나무와 버들을 무덤 앞에 심어 위로하였으니, 우리도 오늘 술 한잔 부어 꽃다운 혼을 위로함이 어떠하오?"

소유는 본디 다감한 사람이라,

"형의 말이 참으로 옳소."

하고, 정생과 더불어 무덤 앞에 술을 붓고 시 한 수씩 지어 외로운
혼백을 조상하였다. 소유가 먼저 읊었다.

　　미색이 일찍 나라를 들썩케 하더니
　　꽃다운 혼 이미 하늘에 올라갔도다.
　　피리와 칠현금은 산새가 배우고
　　명주와 비단은 들꽃이 전하더라.

　　옛 무덤에 부질없는 봄풀이요,
　　빈 다락이 스스로 스러진 연기더라.
　　진천 땅의 옛 이름은
　　오늘날 뉘 집에서 찾아볼꼬.

그다음 정생이 읊었다.

　　묻노니 그 옛날 번화한 곳에
　　뉘 집의 얌전한 낭자런고.
　　소소의 집이 황량하고
　　설도의 별장이 적막하더라.▪

▪ 소소와 설도는 중국의 이름난 기생들.

풀은 명주 치마 빛을 띠었고
꽃은 신선 나라 향기 머금었는가.
꽃다운 혼을 불러 만나지 못하는데
아, 저녁 까마귄 어디로 날아가누.

두 사람이 번갈아 읊더니 정생이 무덤가를 거닐다가 문득 잔디 속에서 글이 적힌 명주 천을 주워 읽더니 말하였다.

"어떤 다정한 사람이 이 글을 지어 장녀랑 무덤 속에 넣었는고?"

소유가 그것을 받아 보니 곧 자기가 소매 폭을 찢어 글을 써서 선녀에게 주었던 것이었다. 속으로 크게 놀랐다.

'지난날 만났던 미인이 과연 장녀랑의 신령이었구나.'

선뜩 등골에 땀이 흘렀다. 소유는 한동안 마음을 진정치 못하더니 이윽고 스스로 의심을 풀기를,

"신선도 천정연분이요, 귀신도 또한 천정연분이니 신선과 귀신을 구태여 분별할 필요가 없지."

하고 입속말로 중얼중얼하였다.

때마침 정생이 돌아선 틈을 타서 다시 술을 한 잔 따라 얼른 무덤에 붓고 마음속으로 축원하였다.

'생사는 다르나 정분은 사이가 없으니 부디 꽃다운 그대 혼령은 이 작은 정성을 살펴 오늘 밤에 거듭 옛 인연을 잇게 하소서.'

축원을 마치고 소유는 정생과 더불어 돌아왔다.

이날 밤 소유는 화원에서 홀로 베개에 의지하고 누웠으나 미인을 생각하는 마음 간절하여 잠을 이루지 못하였다. 달빛은 은은히

문발에 비치고 나무 그림자는 창에 가득한데 사방은 그지없이 고요하였다.

이때 문득 창밖에서 발자취 소리가 났다. 소유가 일어나 문을 열고 보니 분명히 자각봉에서 만났던 선녀가 서 있었다. 놀랍고도 반가워 얼른 문지방을 뛰어넘어 미인의 섬섬옥수를 이끌고 방 안으로 들어가려 하니 미인이 사양하였다.

"제 근본을 낭군이 이미 알고 계시니 어찌 꺼리시는 마음이 없사오리까? 제가 처음 낭군을 만났을 때 바른대로 말씀드리려 하였으나 낭군이 혹 놀라실까 두려워 거짓으로 신선이라 하고 하룻밤 모셔 기쁨이 비길 데 없고 정은 이미 깊어 끊어진 혼이 두 번 이어지고 썩은 살이 다시 소생한 듯하옵더이다. 그런데 오늘 또 제 무덤을 찾으시어 술로 위로하시고 글로 조상하시어 주인 없는 외로운 혼을 위안하시니 참으로 감격을 이기지 못하겠나이다. 두터운 그 은덕을 사례하고 작은 정성이나마 기울여 잠깐 말씀드리고자 온 것이온데 어찌 감히 썩은 몸으로 다시 군자의 몸을 가까이하오리까?"

소유는 그 말을 듣고도 오히려 여인의 소매를 끌어당기며 간절히 청하였다.

"세상에 귀신을 두려워하는 자는 어리석고 겁 많은 사람이로다. 사람이 죽으면 귀신 되고 귀신이 변하면 사람 되나니, 귀신을 두려워하는 자는 못난 위인이요, 귀신이 사람을 피하는 일은 신령치 못한 까닭이라. 그 근본이 곧 하나이니 어찌 이승과 저승을 따지리오. 내 소원이 낭자와 같고 내 정이 또한 이러하니 그대 어찌 나를 배반하리오."

"제 어찌 낭군의 정을 저버리오리까. 낭군이 제 눈썹 검고 두 뺨 붉은 것을 보시고 사랑하시나 이는 다 거짓이요, 진정한 모습은 아니오니이다. 이것은 다 요사한 꾀로 교묘히 꾸며 사람들에게 환심을 사려 함이옵나이다. 낭군이 제 참모습을 보고자 하실진대 두어 조각 백골에 이끼가 덮였을 뿐이니 이러한 더러운 물건을 귀하신 몸에 어찌 가까이하려 하시나이까?"

"부처 말씀에 사람의 몸은 물거품이요, 바람에 지기 쉬운 꽃을 거짓으로 매단 것이라 하였으니 뉘 능히 참인 줄을 알며 또 거짓인 줄을 알리오. 그러니 여러 말 말고 지금부터 밤마다 서로 만나 정이 멀어지지 아니하게 할지어다."

미인은 소유가 이끄는 대로 방 안에 들어와서 정답게 속삭였다.

"사람과 귀신이 비록 길이 서로 다르나 정이 깊이 든 바에는 자연히 감응하오니 낭군이 오로지 저를 생각하심은 참으로 식을 줄 모르는 사랑인지라 제가 의탁하려는 마음 어찌 간절하지 아니하오리까?"

이윽고 새벽종 소리에 깨어난 미인을 꽃나무 사이 길로 떠나보내며 소유가 난간에 기대어 밤에 다시 와 줄 것을 부탁하니 미인은 대답도 하지 않고 홀홀히 사라져 갔다.

소유는 선녀를 만난 뒤로 친구 집도 찾아가지 않고 손님도 만나지 않았다. 다만 조용히 화원에 살면서 밤이면 선녀 오기를 기다리고 날이 밝으면 또 애타게 밤을 기다렸다. 처음 얼마 동안은 미인이 거의 날마다 찾아오더니 요즈음은 웬일인지 발길이 뜨음해져서 소유는 기다리는 마음이 점점 간절해졌다.

그런데 하루는 두 사람이 화원의 옆문에 들어서며 소유를 찾았다. 한 사람은 정십삼이요, 또 한 사람은 처음 보는 얼굴이었다. 정생이 소유에게 인사시켰다.

"이 선생은 태자궁 두 진인杜眞人이온데 관상 보는 법과 점치는 술법이 세상에 따를 자가 없소이다. 양 형의 상을 한번 보이고자 데리고 왔나이다."

소유는 그 말을 듣고 두 진인을 반가이 맞아들였다.

"높으신 명성을 들었는데 오늘 이렇게 뵙게 되니 참으로 반갑소. 선생은 정 형의 상을 보았을 터인데 어떠하더이까?"

이때 정생이 대신 대답하였다.

"선생이 내 상을 보고 삼 년 안에 과거에 급제하고 장차 여덟 고을의 관찰사가 되리라 하니 나는 그 말이 맞을 듯한 생각이 드오. 형도 한번 시험 삼아 물어보오이다."

그러자 소유가 두 진인에게 청하였다.

"어진 자는 복을 묻지 아니하고 다만 재앙을 묻는다 하니 선생은 바른대로 말해 주기 바라오."

두 진인이 한참 양생의 얼굴을 뜯어본 뒤에 말하기 시작하였다.

"두 눈썹이 남다르고 또 봉의 눈이 살쩍을 향하였으니 벼슬이 삼정승에 이를 것이요, 얼굴이 분을 바른 듯 환하고 둥근 구슬 같으니 이름이 장차 천하에 들날리리다. 또한 기상은 용이 날고 범이 달리는 듯하므로 손에 병권을 잡아 위엄을 세상에 떨치고 제후 왕작은 만 리 밖에 봉할 것이니 백 가지에 한 가지 흠집도 없으오이다. 다만 오늘 그 앞에 횡액이 닥쳤으니 나를 만나지 못 하셨더라면 위태할 뻔하였나이다."

"사람의 길흉화복이 다 저만 잘하면 두려울 것이 없으나 오직 병만은 피하기 어려운 바이니 나에게 중병을 앓을 징조가 보이 오?"

소유가 묻자 두 진인은 혼잣소리로,

"이는 참 심상치 아니한 재앙이로다."

하고 한탄하더니 소유더러 말하였다.

"푸른빛이 천정天庭을 꿰뚫고 간사한 기운이 집안에 침노하였으 니 댁에 혹 내력이 분명치 못한 남녀종이 있나이까?"

소유는 대뜸 마음속으로 장녀랑이 짚었으나 정에 가려 두말없이 부인하였다.

"그러한 종들이 우리 집엔 없소."

두 진인은 머리를 기웃하면서,

"그렇다면 혹 오랜 무덤 앞을 지나다가 마음에 선뜩함을 느꼈거 나 혹 귀신과 더불어 꿈속에서 논 일은 없소이까?"

하고 또 물었다.

"그러한 일도 역시 없소."

소유가 딱 잘라서 부정하자, 정생이 곁에서 말하였다.

"두 선생 말씀은 조금도 틀림이 없으니 양 형은 잘 생각해 보시 오이다."

소유가 그 말을 듣고도 아무 반응이 없자 두 진인이 또 말하였다.

"사람은 양기요, 귀신은 음기여서, 밤낮의 바뀜과 사람과 귀신의 다름이 물과 불이 서로 용납하지 못함과 같거늘, 이제 양 공의 얼굴을 보니 귀신에게 홀림이 이미 몸에 배어서 며칠 뒤면 병이 골수에 사무쳐 목숨을 구하지 못할까 두렵나이다. 그때에는 이 사람을 원망하지 마시오이다."

그런 말을 듣고도 소유는 마음속으로,

'두 선생 말이 비록 신기하나 장녀랑이 나와 더불어 길이 의좋게 지내자고 굳게 맹세하였고 서로 사랑하는 정이 나날이 깊어 가거늘 어찌 제가 나를 해치리오.'

하고 두 진인 앞에서 장담하였다.

"사람의 목숨이 길고 짧음은 다 세상에 처음 태어날 때 정한 바이거늘 내 나라의 중요한 재목이요, 부귀할 상일진대 요사한 귀신이 어찌 감히 나에게 침범하리오."

"삶과 죽음이 다 양 공에게 달렸으니 내게는 관계없는 일이오이다."

하고 두 진인이 노하여 곧 일어나 소매를 털고 가거늘 소유도 말리지 않았다.

두 진인이 돌아가자, 정생은 소유를 위로하였다.

"양 형은 원래 복록을 타고난 사람이라 신명이 반드시 도우시려니 어찌 귀신을 두려워하리까. 술객들이 이따금 허탄한 말로 사람의 마음을 뒤흔들어 놓으니 괘씸하기 그지없소이다."

이에 술을 나누어 잔뜩 취하고는 날이 저물어서야 헤어졌다.

양소유는 이날 밤에 술이 깨어 향불을 피우고 고요히 앉아서 장녀랑이 오기를 기다렸으나 끝내 나타나지 아니하거늘 책상을 치며

탄식하기를,

"붉은 샛별이 빛나도록 미인은 오지 아니하누나."

하고 촛불을 끄고 잠을 청하였다. 이때 문득 창밖에서 장녀랑이 흐느끼며 원망하는 소리가 똑똑히 들려왔다.

"낭군이 요사스런 도사의 부작을 머리 위에 감추어 두었으니 제가 감히 가까이 못 가나이다. 저를 멀리함은 낭군의 뜻이 아닌 줄 아오나 역시 우리 인연이 다하여 요사스런 기운이 일어남이니 아무쪼록 낭군은 귀하신 몸 소중히 하소서. 저는 이 일로 울면서 낭군님과 영이별하나이다."

소유가 펄쩍 놀라 문을 열고 보니 벌써 미인은 간데없고 다만 쪽지가 섬돌 위에 놓여 있었다. 얼른 펼쳐 보니 여랑이 쓴 글이었다.

옛적의 아름다운 기약을 찾아
영롱한 구름을 밟았고
다시 맑은 술잔을 기울여
거친 무덤에 부었더라.

깊은 정성 받들지 못하고
은혜 먼저 끊어졌으니
낭군을 원망치 아니하고
정십삼을 원망하노라.

소유가 읽고 서러워하며 한편 괴이하고 이상한 생각이 들어 머리를 만져 보았다. 상투 끝에 무엇인지 손에 닿거늘 헤쳐 보니 귀신을 쫓는 부작이었다.

"어떤 요괴한 사람이 내 일을 그르쳤도다."

소유는 분하기 그지없어 탄식하다가 드디어 그 부작을 찢어 버리고 여랑의 글을 다시 한 번 읊은 뒤 크게 깨달아 중얼거렸다.

"여랑이 정십삼을 깊이 원망하는 걸 보니 이는 분명 그의 장난이로다. 사실인즉 악한 일은 아니나 좋은 일을 훼방함은 두 진인의 요술이 아니요, 정생의 몹쓸 짓이니 내 반드시 욕을 보여 앙갚음을 하리라."

소유는 이때 여랑의 글에 부쳐 시 한 수를 지었다.

"글은 지었으나 누구에게 주리오."

그대 바람 타고 표연히 구름 위로 올라가니
꽃다운 혼이 무덤에 누웠음을 말하지 말라.
동산 속에 고운 꽃이요, 꽃 밑에 둥근달이라
고인이 어데선들 그대를 생각지 아니하랴.

다음 날 소유는 정생을 찾아갔으나 집에 없었다. 사흘 내리 찾아 갔는데도 번번이 외출하여 한 번도 만나지 못하였다. 여랑도 그림자조차 묘연하여 만날 길이 없었다. 자각봉 정자에 가면 만날까 하는 생각이 들기도 하였으나 신령을 접하기 어려우니 도무지 계책도 세울 수 없어 자나 깨나 그 생각으로 입맛이 없어지고 얼굴은 파리해 갔다.

정 사도 내외가 걱정이 되어 하루는 술상을 갖추고 소유를 청하였다.

"양 군은 요즘 어찌하여 얼굴이 그다지 파리하냐? 무슨 근심이라도 있는고?"

정 사도 소유에게 술을 권하며 물었다.

"십삼 군과 둘이서 며칠 술을 과하게 마셔서 그러한가 하나이다."

소유의 대답이 미처 끝나기도 전에 문득 정생이 나타나서 소유가 흘겨보니 정생 또한 소유를 거들떠보지도 아니하였다. 마침내 정생이 먼저 입을 열었다.

"형이 요즘 벼슬에 골몰하여 심사가 편안치 아니하오이까, 아니면 고향 생각이 나서 병이 났소이까? 어찌하여 몸이 여위고 거동이 쓸쓸하오이까?"

소유가 마지못하여 맥없이 대답하였다.

"부평초 같은 신세가 어찌 그렇지 아니하리오."

이때 정 사도가 소유의 눈치를 살피며 물었다.

"집안 종 녀석들 말을 듣자니 양 군이 화원에서 웬 여인과 더불어 이야기하더라 하니 그 말이 맞느냐?"

"화원이 안채와 떨어져 따로 있지만 사람들이 더러 오고 가니 그런 말 하는 자 있을 수 있으나 망령된 소리오니이다."

소유의 거침없는 거짓말을 듣고 정생이 그럴듯하게 사태를 발가놓았다.

"형은 넓은 궁량으로 수치스럽게 아녀자의 태도를 짓나이까? 형이 대담하게 두 진인을 물리쳤으나 그 기색을 보니 심상치 아니한지라 내가 형을 위하여 술 취한 형의 머리 속에 부작을 감춰 두었더이다. 그리고 그 밤에 내가 숨어서 엿보니 웬 여귀가 형의 침방 밖에서 울며 하직하고 곧 떠나가더이다. 이것으로 볼진대 두 진인의 말이 영험하고 나의 정성이 극진하거늘 내게 사례는 아니 하고 도리어 노여움을 품으니 어찌 된 까닭이오이까?"

그러자 소유가 더는 숨길 수 없음을 깨닫고 사도에게 사죄하였다.

"일이 과연 해괴하오니 장인어른께 자세히 고하겠나이다."

이에 전후사연을 낱낱이 고하고 이어서 이렇게 말하였다.

"십삼 형이 나를 끔찍이 위하는 줄은 알겠으나 여랑이 귀신이라 해도 마음이 싹싹하고 대발라 요사하지 아니하니 결코 사람에게 해를 끼치지 아니할 것이요, 내가 비록 어리석으나 귀신에게 홀릴 바 아니어늘 정형이 부작으로 여랑의 길을 아주 끊어 놓았으니 섭섭하기 그지없소이다."

정 사도가 그 말을 듣고 손바닥을 치며 껄껄 웃더니 문득 정색을 하고 말하였다.

"자네의 풍채와 호탕한 기질은 세상에 따를 자 없겠거늘 그래 그런 사람이 신령을 부르는 재주는 없는고? 자네를 놀리는 말이 아니네. 내 젊었을 때 우연히 이인을 만나 귀신 부르는 법을 배웠으니 이제 사위를 위하여 장녀랑의 혼령을 불러 그것으로 조카의 죄를 사과하고 사위의 마음을 위로하리니 자네 뜻은 어떠한고?"

"귀신을 부르는 이인이란 옛 책에나 있을 뿐 그 법이 전해 오지 못한 지 이미 오래니 저는 그 말씀을 믿지 못하겠나이다."

소유가 정 사도의 말을 전혀 믿으려 하지 않자 정생이 참견하였다.

"장녀랑의 혼을 양 형은 한두 잔의 술로 불러냈고 나는 한 조각 부작으로 쫓았으니 큰아버지도 능히 귀신을 부릴 것이거늘 형은 무슨 의심을 두오이까?"

그러자 정 사도가 소유더러,

"믿지 못하겠거든 잘 보게."

하고 부채로 병풍을 치면서 크게 외쳤다.

"장녀랑이 어데 있느냐?"

사도의 물음이 끝나자마자 문득 애젊은 여자 하나가 병풍 뒤에서 바시시 나오더니 웃음을 머금고 사도 부인 뒤에 섰다. 소유가 눈을 들어 보니 분명히 오매불망하던 장녀랑인지라 심신이 황홀하여 사도와 정생을 번갈아 보며,

"진실로 사람이오, 귀신이오? 아니면 꿈이오, 생시요?"

하고 얼빠진 사람처럼 물었다.

그러자 사도와 부인은 나오는 웃음을 간신히 참고 앉아 있고, 정생은 껄껄거리며 온몸을 흔들어 댔으며, 속으로 웃던 좌우의 계집종들도 꼬부린 허리를 펴지 못하였다.

웃음보가 터진 좌중을 보다 못해 마침내 사도가 입을 열었다.

"내 이제야 사위를 위하여 사실을 털어놓으리라. 이 여아는 신선도 아니요, 귀신도 아닌 곧 내 집에서 자라난, 아는 이의 딸 춘운이러라. 요즈음 양 군이 화원에서 머무는데 쓸쓸하겠기로 내

춘랑을 자네에게 보내어 객지의 무료함을 위로코자 함이었네.
그런데 조카 녀석이 중간에서 꾀를 내어 장난질로 괴롭게 굴었
으니 이 어찌 우습지 아니하리오."

정생이 웃음을 뚝 그치더니,

"미인을 여러 번 만난 것은 다 내가 중매한 힘이거늘 그 은혜를
고맙게 여기지 아니하고 도리어 원수같이 대하니 양 형은 배은
망덕한 사람이로다."

하며 또 재미있다는 듯이 한동안 껄껄거렸다.

그러자 소유는 시무룩이 웃으며 빈정대듯 뇌까렸다.

"장인이 보내시는 것을 중뿔나게 중간에 나서서 조롱함이 무슨
은덕이라 하리오?"

"조롱한 책망은 내 안심하고 들으려니와 그 꾀를 내어 지시한
사람은 따로 있으니 이 어찌 내 죄라 하리오."

정생이 자기 죄가 아니라고 발뺌을 하자, 소유는 어이가 없다는
듯 되물었다.

"형이 지어내지 아니하였으면 뉘 능히 이런 장난을 하였으리
오?"

"성인의 말씀이 '네게서 나간 자 네게로 돌아온다.' 하였으니 형
은 곰곰이 자신을 돌이켜 보소이다. 남자가 여자로 변신하였거
늘 속인이 신선도 되고 신선이 귀신도 됨이 어찌 괴이하다 하리
까?"

정생의 말에 소유는 크게 깨닫고 서먹하게 웃으면서 사도에게
말하였다.

"옳은가 하오니이다. 제가 일찍이 소저에게 죄 지은 일이 있더니 소저가 분명 잊지 아니하고 보복을 함이로소이다."

사도와 부인은 한바탕 웃을 뿐 아무런 대꾸도 아니 하였다. 이때 소유가 춘랑을 돌아보며 가볍게 나무랐다.

"춘랑아, 네 참으로 영리하고 이악하구나. 섬기고자 하는 사람을 그렇게 감쪽같이 속이는 것이 여인의 도리라 하겠느냐?"

춘랑이 꿇어앉으며 태연스럽게 대답하였다.

"소녀는 다만 저를 바로 거느리는 장군의 명을 들을 뿐이지 먼 데 높이 계시는 임금의 칙령은 듣지 아니하나이다."

소유는 어이없어 좌중을 둘러보며,

"옛적에 양왕이 무산선녀를 만날 때에 선녀가 아침에는 구름이 되고 저녁에는 비가 됨을 몰랐다고 하지만 나는 춘랑이 신선도 되고 귀신도 되었음을 분변한즉, 춘랑이 참 사람이니 어찌 구름과 비를 가지고 이제 와서 이러니저러니 따지리오. 생각건대 천만 가지 변화무쌍한 술법이 다 이로 하여 얻어지는 것이리다. 용맹한 장수에게 나약한 병사가 없다 하더니 부하가 이와 같거늘 그 대장이야 만나 보지 아니하여도 지략이 뛰어난 줄 알겠나이다."

하고 이제까지 속은 것이 분한 듯 어색하게 웃었다. 그러자 좌중이 모두 웃고 다시 주안상을 차려 온종일 즐거운 기분으로 술잔을 주고받았다. 춘랑이 또한 새사람으로 말석에 앉았다가 밤이 깊어지자 등불을 잡고 소유를 모셔 화원에 이르렀다.

소유는 취흥이 도도하여 춘랑의 손을 잡고,

"네 진정 선녀냐, 아니면 귀녀냐? 내 선녀도 사랑하고 귀녀도 사랑하였거든 하물며 진짜 미인이야 더 말해 무엇 하리. 그러나 너를 신선도 되고 귀녀도 되게 한 정 소저는 월궁 선녀 항아姮娥[*]인가, 남악 선녀 위 부인인가?"

하고 한껏 즐거워 희롱하니, 춘랑이,

"소녀가 분에 넘치는 짓을 하여 상공을 속인 죄 죽어 마땅하오나 부디 용서하소서."

하고 얼굴을 살짝 붉혔다.

"네 변화하여 귀신 될 때도 꺼리지 아니하였거든 하물며 이제 어찌 허물을 삼으리오."

소유가 너그러이 웃으며 나무라지 않으니 춘랑은 일어나 사례하였다.

---

[*] 서왕모에게서 불사약을 훔쳐 월궁으로 달아났다는 선녀.

천리마를 탄 남장 미녀

양소유가 과거 급제한 뒤 정 사도 집 사위가 되기로 작정하였을 때, 그해 가을 고향에 내려가 어머니를 서울로 모셔다가 정 소저와 혼례를 올리기로 하였으나 관직에 매인 몸이라 미처 떠나지를 못하였다. 이제 늦게나마 말미를 얻어 막 시골집에 내려가려던 참인데, 갑자기 나라의 정세가 긴장되고 복잡해졌다. 오랑캐들이 자주 변방을 침노하였고 하북의 세 절도사는 자기가 연왕이라, 조왕이라, 위왕이라 칭하면서 강한 이웃과 공모하여 군사를 일으켜 더욱 난동을 부리고 있었다.

이에 근심하던 황제가 군사를 모아 반란의 무리들을 치려고 문무 신하들과 의논하였지만 의견이 모아지지 않았다. 이때 한림학사 양소유가 나섰다.

"옛적 한 무제가 남월 왕을 불러 설복하여 깨우쳐 주던 일과 같이 급히 조서를 내리시어 '침범하면 화를 입을 것이요, 아니면 복을 입을 것.'이라고 달래시옵고, 그래도 귀순치 아니한다면 군사를 내어 치는 것이 만전을 도모하는 책략인가 하옵나이다."

황제가 그 말을 옳게 여겨 소유더러 조서 초안을 올리라 하니, 소유는 명을 받들어 곧 조서를 지어 바쳤다. 황제는 조서 초안을 보고 크게 기뻐하며,

"이 글은 정중하고도 엄격한 위엄과 은덕을 두루 서술하여 설복하는 뜻이 깊으니 역도들이 스스로 감동하리라."

하고 곧 세 절도사들에게 조서를 내렸다.

조나라, 위나라는 왕의 칭호를 버리고 조정의 명에 복종하여 사신을 보내어 글을 올려 사죄하고, 말 일만 마리와 비단 천 필을 공물로 보내왔다. 그러나 연왕은 거리가 멀고 군사 용맹함을 믿고 귀순치 않았다. 황제는 두 절도사가 항복함은 곧 양소유의 공이라 하고 조서를 내려 높이 칭찬하였다.

하북의 세 절도사 각각 한 모퉁이씩 차지하여 강함을 믿고 난을 일삼은 지 거의 백 년이라. 덕종 황제께서 십만 대병을 내어 정벌하셨으나 그 세력을 꺾지 못하여 항복받지 못하였더니, 이제 양소유가 글 한 장으로 두 절도사의 항복을 받아 냈도다. 우리 군사 한 사람도 수고하지 아니하고 또 상대편을 한 사람도 죽이지 아니하고도 짐의 위엄이 널리 만 리 밖에 퍼진지라, 참으로 이를 가상히 여겨 비단 삼백 필과 말 오천 필을 한림학사에게 내려 치하하는 뜻을 보이노라.

또 한림의 벼슬을 돋우고자 하시니 양소유가 황제 앞에 머리를 조아리며 받으려 하지 않고 아뢰었다.

"조서를 초 잡는 것은 신하의 직분이옵고 두 절도사가 귀순한 것은 다 성상의 위엄이오니 신이 무슨 공으로 중한 상을 받겠사옵나이까. 하물며 연왕은 오히려 항거하여 변방을 소란케 하거늘 신이 칼을 차고 창을 잡아 나라의 수치를 다 씻지 못함을 한탄하는 처지에 어찌 벼슬까지 높여 주시는 명을 받겠사옵나이까. 신자의 충성은 벼슬이 높건 낮건 차이가 없고, 싸움에 이기고 짐은 군사의 많고 적음에 있지 아니하옵나이다. 바라건대 신은 조정의 위엄을 받들어, 군사들을 거느리고 나아가 연나라 역도들과 죽기를 결단하고 싸워 천은의 만분지일이라도 갚고자 하옵나이다."

황제가 그 뜻을 장히 여겨 대신들에게 물으니 한 신하가 엎드려 아뢰었다.

"세 적이 세 방면에서 우리와 맞서고 있었는데 둘이 이미 항복하였사오니 조그마한 연나라 적들의 형세는 곧 솥에 든 고기요, 구멍에 든 개미와 같사옵나이다. 따라서 관군은 반드시 먼저 계략을 세우고 뒤에 공격함이 옳은지라, 원컨대 양소유를 먼저 보내어 천리로 설복하다가 끝내 항복하지 아니하거든 곧 군사를 냄이 좋을까 하옵나이다."

황제는 그 말을 옳게 여겨 양소유에게 절월을 내리며 명을 내리었다.

"연나라에 가서 천리로 설복하라."

소유는 어명을 받고 떠나기 앞서 정 사도에게 하직을 고하였다. 정 사도가 걱정스러운 얼굴로 말하였다.

"변방은 인심이 사나워 조정의 영을 거역함이 하루 이틀이 아니거늘 자네가 한낱 선비 몸으로 험악한 땅에 들어가니 뜻하지 아니한 변고가 생기면 이 늙은이의 불행만이 아니라 나라의 수치가 되리로다. 내 그때 조정 의론에 참여하지 못하였으나 마땅히 글을 올려 성상께옵서 생각을 돌리시도록 권고하고자 하노라."

"장인어른께서는 너무 염려치 마소서. 조정이 잠깐 불안한 틈을 타서 변방 백성이 잠시 소란을 피운 일이러니 성상께서 민심을 편안히 다스리시고 조정의 정사가 공평하여 조나라와 위나라가 이미 귀순하였나이다. 그러니 작은 연나라를 어찌 근심하오리까?"

소유가 이렇게 안심시키니 정 사도는 다소 마음이 놓이는 듯하였다.

"성상의 명이 이미 내렸고 자네 뜻이 또한 정해졌으니 이 늙은이 다른 말이 없거니와 부디 매사에 조심하여 몸을 돌보고 군명이 욕되지 않게 하라."

이때 부인이 옆에서 눈물을 흘리며 헤어지는 섭섭한 정을 나누었다.

"사위를 얻은 뒤로 적이 늙은 마음을 위로받더니 자네가 이제 멀리 떠나가거늘 내 마음이 어떠하겠나. 아무쪼록 먼 길을 빨리 갔다 돌아오게."

소유가 물러나와 화원에 이르러 먼 길 갈 채비를 하고 곧 떠날 때 춘랑이 소유의 옷소매를 부여잡고 흐느끼며 말하였다.

"상공이 조정에 나가실 때마다 소녀가 일찍 일어나 침구를 개어 얹고 조복을 입혀 드리면 상공은 곁눈으로 저를 보시고 항상 연연하여 차마 떠나기 아쉬워하시더니 만 리 이별을 둔 이 마당에 어찌 한마디 말씀이 없나이까?"

소유가 껄껄 웃으면서,

"대장부가 나라의 중임을 맡았으니 생사 또한 돌아보지 못하거늘 하물며 구구한 사정을 어찌 다 의논하리오. 춘랑은 부질없이 슬퍼하여 꽃 같은 얼굴빛을 상치 말고 소저를 삼가 모셔 얼마 동안 잘 있으면 내 성공하여 허리에 금도장을 차고 호기 있게 돌아오리니 기다리라."

하고 곧 문밖에 나와 수레에 올랐다.

며칠 뒤 소유가 낙양에 이르니 지난날의 자취 그대로인 채 변한 것이란 없었다. 당시 열여섯의 한갓 서생으로 작은 나귀를 타고 행색이 몹시 초라하더니, 겨우 몇 년 사이에 절월을 세우고 네 필 말이 끄는 수레 위에서 당당히 다시 보게 되었다.

낙양 현령은 바삐 길을 닦고 하남 부윤이 공손히 안내하니 온 거리에 그 위엄 떨치고 길가의 백성들은 다투어 구경하고 오가던 행인들도 소유의 행차를 우러러 바라보았다. 절월을 세운 사신 행차의 위세가 어찌 장하지 아니하랴.

이날 소유가 동자를 불러 조용히 일렀다.

"계섬월의 소식을 알아오너라."

동자가 곧 섬월의 집을 찾아가니 대문은 굳게 닫혀 있고 청루도 열지 않았다. 오직 앵두꽃이 담장 밖으로 흐드러지게 피어 있을 뿐

이었다. 동자가 이웃 사람에게 물으니,

"섬월이 지난해 봄에 멀리서 온 상공과 더불어 하룻밤 인연을 맺고는 그 뒤 아프다는 핑계로 전혀 손님을 받지 아니할 뿐더러 관가 출입도 아니 하더니, 얼마 뒤엔 미친 체하여 몸에서 패물을 모두 떼어 버리고 도사 차림으로 돌아다니며 두루 산수 유람을 한다더라. 이렇게 홀쩍 떠난 섬월이 아직도 돌아오지 아니하였으니 지금 어느 산에 있는지 알 수 없도다."

하고 딱한 얼굴을 하였다.

동자가 돌아와 이 사연을 전하니 소유는 몹시 실망하여 섬월의 집 앞을 지날 때 옛 자취와 옛정을 생각하고 눈물을 감추지 못하였다.

부윤의 안내로 소유가 객사에 들었으나 잠을 이루지 못하여 자리에서 뒤치고 있었다.

이때 부윤이 소유를 즐겁게 하고자 기생 수십 명을 보냈는데 하나같이 대단한 명기들이라 화려한 몸단장과 사치스러운 옷차림으로 아름다움을 다투며 손님 눈길을 끌고자 하였다. 그러나 소유는 도무지 흥이 없어 한 여자도 가까이 아니 하고 이튿날 새벽 떠나기 앞서 벽에 글 한 수를 썼다.

비 한 줄기 지나니 버들빛 새로워
풍광은 지난해 봄과 완연히 같도다.
어쩌랴, 좋은 절기 돌아오는 땅에서
술상에 앉아도 권하는 이 보지 못할러라.

소유가 붓을 던지고 수레에 올라 떠나가니 기생들이 멀어져 가는 그 모양을 보고 다만 부끄러울 뿐이라 그 글을 베껴 부윤에게 드렸다. 그러자 부윤은 기녀들을 나무랐다.

"너희가 양 한림의 눈에 한번 들었던들 이름이 백배나 더할지어늘 누구 하나 그 마음을 끌지 못하였으니 낙양이 무색하도다."

이때 부윤은 소유가 마음을 둔 사람이 있음을 알고 곳곳에 탐문하여 섬월의 거처를 찾고는 소유가 돌아오는 날을 기다렸다.

양소유가 연나라에 다다르니, 머나먼 변방 사람들이 서울 높은 벼슬아치의 어마어마한 행차를 보지 못하다가 그 위세를 보니 마치 땅 위의 기린과 구름 속의 봉황 같은지라 다투어 수레를 둘러싸고 길을 막아 한번 보기를 원하지 않는 자가 없었다.

소유가 연왕을 만나려 할 때 위엄은 땅을 울리는 우레 같고 따스한 정은 봄비 같아 변방 백성들은 저마다 춤추고 노래하면서 입을 모아,

"황제 폐하께서 장차 우리를 살리시리로다."

하고 좋아들 하였다.

소유는 연왕 앞에서 황제의 교지를 전하였다.

연왕은, 황제가 보낸 사신의 당당한 태도와 열변을 막상 눈으로 보고 귀로 들으니 황제의 권위와 조정 처분이 지극한 것으로 여기게 되었다. 순종과 반역의 도리를 명백히 밝히며 설유하는 논조 또한 바다에 물결 일듯 도도하고 위세가 추상같아 마침내 감복하지 아니할 수 없었다.

연왕은 황황히 놀라며 깊이 깨달아 땅에 꿇어앉아 사신에게 사죄하였다.

"변방이 멀고 외져 성상의 덕화가 미치지 못하여 분에 넘치게 조정의 명을 거역하고, 밝은 곳을 향하여 귀순할 줄 알지 못하였더니, 이제 교지를 듣사옵고 지은 죄과를 깊이 깨달았나이다. 이제부터 방자한 마음을 뿌리 뽑고 신하의 직분을 힘써 지키오리니, 부디 사신은 돌아가 조정에 알려, 속국이 위태로운 처지에서 오히려 안정을 얻고 화가 굴러 복이 되게 하여 주소서."

연왕은 곧 벽루궁에 잔치를 베풀어 사신을 환송하고 황금 백 근과 준마 열 필을 선물로 바쳤다. 사신은 선물을 전혀 받지 않고 연 땅을 떠났다.

길 떠난 지 열흘 남짓 되어 한단 땅에 이르렀다. 이때 웬 소년이 말을 타고 마주 오다가 행차를 보고 얼른 말에서 내려 길옆에 섰거늘, 소유가 바라보더니 문득 감탄하였다.

"저 서생이 탄 말이 하루에 천리를 간다는 팔준마로구나!"

점점 가까이 보니 소년은 방금 피어난 꽃과도 같고 돋아 오르는 달과도 같은데 미묘한 태도와 맑은 광채가 사람의 눈을 쏘아 바로 보지 못할 지경이었다.

"일찍이 서울과 시골에서 두루 소년을 보아 왔으나 저와 같은 미소년은 처음 보도다."

하더니 소유는 곧 따르는 동자더러 일렀다.

"저 소년을 청하여 오너라."

잠깐 객사에서 쉬고 있자니 소년이 인차 들어왔다.

"내 길에서 그대의 풍채를 보고 감동하여 동자를 시켜 청해 오도록 일렀으나 과연 와 줄지 의심하였는데 찾아와 주니 참으로 반갑네. 그대 이름을 듣기 원하노라."

소유의 물음에 소년은 선뜻 제 소개를 하였다.

"소생은 북방 사람 적백란이라 하오니이다. 후미진 시골에서 자라 큰 스승과 어진 벗을 만나지 못하여 학식이 매우 얕아 글이나 칼 쓰기에서 아직도 일가를 이루지 못하였지만 마음이 통하는 벗을 위해서는 죽음도 사양치 아니할 결심이옵나이다. 그런데 상공이 하북을 지나실 때 그 위엄과 덕망에 끌려 사람들이 다 감동하니 소생 역시 우러러 사모하는 마음 금할 길이 없었나이다. 그래서 천박하고 졸렬한 것을 생각지 아니하고 귀문에 의탁하여 하찮은 일까지도 본받고자 하였사온데, 상공이 백성을 사랑하시고 선비에게 허리 굽히시는 인품에 끌려 이렇게 뵈옵게 되니, 옛말에 같은 뜻을 가진 사람들끼리는 서로 통한다 하더니 과연 옳은 말이구나 하오니이다."

한림은 소년의 말을 듣자 더욱 반가워하였다.

"이제 두 뜻이 서로 합치니 몹시 기쁜 일이로다. 이제부터 적생과 더불어 말고삐를 가지런히 하여 길을 가고 밥상을 같이하여 앉으며, 경치 좋은 곳을 지나면 산과 물의 아름다운 자연을 함께 구경하고 맑은 밤을 만나면 음풍영월로 시흥도 돋우면서 길 가는 피곤을 잊어버리리라."

그리하여 소유는 적생과 함께 길을 떠났다.

며칠 뒤 낙양에 이르러 천진교를 지나게 되었다. 소유는 지난날 섬월을 만나던 일이 눈앞에 선하여 주루를 바라보며 서글픈 마음을 이기지 못하여,

"계랑이 내 지난번에 이곳을 헛되이 지나간 줄 알면 분명 여기 와 기다릴 것이로다. 여관이 되었다 하니 도관에 있거나 아니면 장악원(掌樂園, 음악을 다루는 관청)에 있을 게 틀림없으니 그 소식을 어찌 알아내리오. 슬프다, 이번 길에 또 만나지 못하면 어느 세월에 모일꼬."

하고 한탄하다가 문득 눈을 들어 멀리 천진루를 바라보니 웬 미인 하나가 누각 위에 홀로 서서 구슬발을 걷어 올리고 지나가는 말과 수레들을 찬찬히 눈여겨보는데, 바로 계섬월이었다. 골똘히 생각하던 끝에 낯익은 얼굴을 보니 그 기쁨이야말로 어디에다 비기랴. 수레를 바람같이 몰아 누각 앞에 이르렀을 때 두 사람이 서로 반기는 정을 무어라 말할 수 있으랴.

이윽고 소유의 수레가 객사에 이르니 섬월이 먼저 지름길로 달려온 듯 객사 안에서 마주 나오며 소유의 옷깃을 잡는데 기쁨과 슬픔이 아울러 솟는 듯 눈물이 말보다 앞서 흘러내렸다. 섬월은 몸을 굽혀 절을 하더니 소유를 안으로 이끌었다. 둘이 자리를 잡자 그동안의 일을 낱낱이 말하였다.

"황명을 받들어 먼 길을 달리셨으나 기체 안강하시니 상공을 사모하는 소녀 마음에 한결 위로가 되옵나이다. 제 일은 이미 들으셨을 듯하니 다시 말씀 올릴 것 없고, 지난봄에 소식을 들으니 상공이 조서를 받들고 사신 행차에 오르셨다는데 저는 마음뿐이지 길이 멀어 눈물만 흘리고 있었나이다.

그런데 현령이 상공을 위하여 친히 객관에 찾아가 벽에 쓰인 글을 보고서 상공을 공경하는 뜻을 정중히 표하고 또 지난날에 소녀를 괴롭히던 일을 사과하더이다. 그리고 소녀더러 성안에 들어가 상공이 돌아오시기를 기다리라고 간청하기에 기꺼이 옛집에 돌아와서야 제 몸이 귀중한 줄을 깨달았나이다. 그날부터 천진루 위에 홀로 서서 상공의 행차를 기다리는데 성안의 여느 여자들과 길 가는 행인들이 그 누군들 소녀 귀히 됨을 부러워하지 아니하오리까.

그러하오나 이제 저는 알고자 하나이다. 상공이 부귀영달하셨으니 그사이에 혹 혼례를 올리지 아니하셨나이까? 시원히 들려주소서."

"정 사도 집에 정혼만 하고 성례는 아직 아니 하였는데, 그 규수의 현숙함이 계랑의 말과 조금도 어긋나지 아니하니 참으로 중매한 은혜가 태산 같도다."

소유는 이렇게 사례하고 다시 섬월과 옛정을 이으니, 차마 바로 떠날 수 없어 며칠을 머물렀다.

계랑이 늘 침방에서 떠나지 아니하므로 소유가 적생을 한 번도 청하지 못하였는데, 하루는 동자가 급히 찾아와 주인에게 가만히 고하였다.

"제가 보니 적생이 좋지 못한 사람이오니이다. 남의 눈도 있는 데서 거리낌 없이 계 낭자를 희롱하더이다."

"적생이 그렇게 무례할 리가 있느냐? 계랑은 더욱 의심할 여지 없으니 네가 잘못 본 게 틀림없다."

소유의 말에 동자가 못마땅한 듯 물러가더니 얼마 뒤 다시 와서,

"상공께서 제 말을 못 미더워하시니 그이들 수작질을 가셔서 보

소서."

하고 서쪽 행랑채를 가리켰다.

소유가 그리로 가서 넌지시 보니 두 사람이 낮은 담장을 사이에 두고 큰 소리로 웃으며 혹 손목도 끌며 농지거리를 하고 있었다. 둘이 소근거리는 말소리를 들으려고 소유는 슬금슬금 가까이 다가갔다. 이때 적생이 발자국 소리에 놀라 달아나고 섬월은 소유를 돌아보자 자못 수줍고 옹색한 태도를 지었다. 소유가 섬월에게 물었다.

"전부터 적생과 친분이 있었느냐?"

"적생과는 친분이 없고 그 누이와 친한 사이라 저에게 안부를 묻는데 소녀는 본디 천한 신분이라 자연 습관이 되어 남자를 피할 줄 모르오니 상공의 의심을 산 죄 죽어 마땅하나이다."

소유는 계량의 대답이 조금도 고깝게 들리지 않았다.

"내 너를 의심치 아니하니 조금도 걱정하지 마라."

소유는 이때 속으로,

'적생은 아직 나이 어려 내 눈에 들켰으니 꺼리는 마음이 있을 터, 내 불러다가 위로해야겠구나.'

하고, 동자를 시켜 그를 불러오라 이르니 적생은 벌써 간 곳이 없었다. 이에 소유가 후회하여,

'옛적에 초나라 장왕은 갓끈을 끊어 자기 신하들의 마음을 편하게 하였거늘 이제 나는 애매한 일을 살피지 못하여 좋은 벗을 잃었으니, 때늦게 후회한들 무슨 소용이 있으리오.'

하고 동자를 시켜 두루 찾게 하였다.

그날 밤 소유는 섬월과 더불어 옛일을 추억하며 새 정에 겨워 달

콤히 속삭이기도 하고 술도 마시면서 즐기다가 밤이 깊어지자 촛불을 끄고 자리에 누웠더니 어느덧 동창이 훤히 밝아와 잠에서 깨어났다.

이때 섬월이 거울 앞에 앉아서 단장을 하기에 소유는 정겨운 눈으로 바라보다가 깜짝 놀랐다. 찬찬히 다시 뜯어보니 반달눈썹에 샛별 같은 눈이며 구름 같은 살쩍과 꽃 같은 뺨이며 버들같이 가는 허리에 눈같이 흰 살결이 꼭 섬월 같으나 사실은 섬월이 아닌 딴 여인이었다. 하도 놀랍고 의심스러워 소유는 한참이나 감히 물어볼 생각을 못 하였다.

소유가 미인더러 물었다.

"낭자는 뉘시오?"

"저는 파주 사람이요, 성명은 적경홍이오니이다. 어렸을 때 섬월이와 의형제를 맺었는데 지난밤 계랑이 뜻밖에 병이 나서 상공을 모시지 못하겠다 하고 저더러 대신 모셔 꾸지람을 면하게 하라 하기로 소녀가 분에 넘치게도 하루저녁 모셨나이다."

미인의 변명이 미처 끝나기도 전에 섬월이 방문을 열고 안으로 들어섰다.

"상공이 또 새사람을 만나셨으니 소녀는 진심으로 치하를 드리옵나이다. 일찍이 소녀가 하북 적경홍을 상공께 천거한 바 있사온데 과연 어떠하오니이까?"

"이름 듣더니보다 인물이 훨씬 예쁘도다."

하고 대답하면서 소유가 경홍의 얼굴을 다시 살펴보니 적생과 조금도 다르지 않았다. 이에 소유는 미인에게 물었다.

"적백란 소년이 적랑의 오라비냐? 내 어제 적생에게 죄를 졌는데 지금 어데 있느냐?"

경홍이 방싯 웃더니 말하였다.

"저에겐 형제가 없나이다."

소유가 경홍의 용모를 자세히 뜯어보더니 의혹이 단번에 풀려 껄껄 웃었다.

"한단 길가에서 나를 좇아온 자가 바로 적랑이로구나! 어제 담 모퉁이에서 계랑과 더불어 희롱한 사람 역시 적랑이로다. 그러나 남복으로 바꾸어 입고 나를 감쪽같이 속인 것은 어쩐 까닭이냐?"

경홍은 그럴 만한 까닭이 있다는 듯 차근차근 이야기를 시작하였다.

"소녀가 어찌 감히 상공을 속이오리까? 제가 비록 못나고 배운 재주 없으나 평생에 대인군자를 흠모하여 한번 모시기를 원하였나이다. 그런데 좋은 일엔 훼방꾼이 많다더니 하루는 연왕이 제 이름과 소문을 듣고 천금으로 저를 사서 궁중에 두었나이다. 그리하여 입에는 진수성찬이요, 몸에는 비단을 걸쳤으나 그것이 소원이 아닌지라 새장에 갇힌 앵무새 신세를 한탄하고 있던 중, 전날 연왕이 사신을 청하여 잔치를 베풀 때 소녀가 창틈으로 뵈오니 첫눈에 평생소원이던 인품을 갖춘 상공이시더이다.

그러나 궁문이 아홉 겹이니 어찌 넘어가며 길이 만 리거늘 어찌 달려가겠나이까. 그래서 온갖 궁리 끝에 계책을 한 가지 생각하였나이다. 상공이 떠나는 날 제가 몸을 빼어 뒤를 따르면 연왕이 분명 사람을 시켜 저를 좇을 것이라, 상공 떠나신 지 며칠 지나 연왕의 천리마를 몰래 끌어다가 올라타고 이틀 만에 한단 땅에 다다를 때 마침 상공이 저를 보고 부르셨나이다.

그때 사실대로 말씀드릴 것이오나 이목이 많아 사내로 행세하여 상공께 죄를 졌사오니이다. 소녀가 남복을 한 것은 뒤좇는 사람을 피하려 함이요, 어젯밤 사람 바뀜질은 계랑의 간청을 따른 것이온데, 앞뒤의 죄를 상공이 용서하실지라도 송구함은 오래도록 가실 수 없을 것이옵나이다. 상공이 허물을 묻지 아니하시고 높은 나무의 그늘을 빌려 주시어 잠시 깃들임을 허락해 주신다면 소녀는 상공이 현숙한 부인을 맞으신 뒤에도 마땅히 계랑과 더불어 가지런히 상공을 한평생 모시겠나이다."

"적랑의 장한 의기는 제아무리 역대로 이름 높은 기생이라도 따르지 못하겠거늘 내 세상에 이름 떨친 영걸의 재주와 명망 없음이 부끄럽노라. 그러나 이미 서로 의좋게 지내자고 약속하였으니 이제 와서 무엇을 망설이고 따지리오."

적랑이 깊이 사례하거늘, 섬월이 이때 소유더러,

"적랑이 이미 제 몸을 대신하여 상공을 모셨으니 제가 이 또한 마땅히 적랑을 대신하여 상공께 사례하나이다."

하고 일어나 정중히 절을 하였다.

소유는 이날 두 사람과 더불어 즐겨 낮과 밤을 지내고 날이 밝자 그들에게 언약하였다.

"먼 길에 눈과 귀가 많아 지금 함께 가지 못하나 내 혼례를 치른 뒤에 그대들을 맞으리라."

옥퉁소 가락에 청학이 너울너울

양소유는 서울에 돌아와 입궐하여 황제에게 그동안의 일을 아뢰며 연왕의 글월을 올리니 황제는 크게 기꺼워 소유의 수고를 위로하였다. 그리고 공을 높이 사 후작을 봉하려 하니 소유는 크게 놀라 엎드려 절하며 굳이 사양하였다.

황제는 더욱 그 뜻을 미쁘게 생각하여 소유의 손을 잡고 예부 상서 겸 한림학사를 삼고 후한 상을 내려 높이 대우하니 그 광영이 고금에 비할 데가 없었다.

양소유가 집에 돌아오니 정 사도 내외가 대청에서 맞아들여, 위험한 곳에서 공을 세우고 돌아온 것을 치하하며 벼슬이 재상에 오른 것을 기꺼워하니 화기가 온 집안에 넘쳤다.

소유가 화원에 돌아와 춘랑을 만나 그동안 쌓인 회포를 푸니 새로운 즐거움과 은근한 정이 이루 말할 수 없었다.

황제가 양소유의 글재주를 사랑하여 자주 편전으로 불러 경서와 사기를 논하니 소유는 자연 입궐하는 날이 많았다.

하루는 소유가 밤들도록 황제 곁에 있다가 수직 처소로 돌아오니 때마침 밝은 달빛이 그윽이 흥취를 돋우어 도무지 잠을 이루지 못하였다. 그리하여 대궐 안의 높은 누각에 올라 난간에 기대 앉아 달을 쳐다보며 흥얼흥얼 글을 읊었다.

이때 바람결에 문득 퉁소 소리가 멀리 구름 사이에서 울려오는데 곡조는 알 수 없으나 음색만은 지금껏 듣지 못하던 것이었다. 양소유가 아랫사람을 불러 물었다.

"이 소리 궁궐 담장 밖에서 나느냐, 아니면 궁 안에 이 곡조를 불 만한 사람이 있느냐?"

"모르겠나이다."

양소유가 자기 옥퉁소로 두어 곡조를 부니 그 소리 또한 하늘에 닿아 구름을 멈추게 하는 듯 맑게 울려 퍼졌다. 이때 문득 청학 한 쌍이 대궐 안으로 날아와 가락에 맞춰 너울너울 춤을 추었다. 한림원의 모든 구실아치들이 신기하게 여겨 탄성을 터뜨리며 학춤을 바라보았다.

황태후에게는 아들 둘과 딸 하나가 있었으니 곧 황제와 월왕과 난양 공주였다. 난양 공주가 태어날 때 태후는 선녀가 구슬을 받들어 품속에 넣어 주는 꿈을 꾸었다. 그래서인지 공주는 점점 자랄수록 용모가 난초와 같이 청초하고 자질이 조금도 범속한 데가 없으며 문필과 바느질 또한 절묘하므로 태후는 공주를 더없이 사랑하였다.

공주가 어릴 적에 서쪽 나라 태진국에서 백옥 통소를 공물로 보내왔는데 극히 묘하므로 악공에게 불어 보라 하였더니 소리가 전혀 나지 않았다. 어느 날 공주가 꿈에 선녀를 만나 곡조를 배워 신묘함을 얻었으므로 꿈에서 깨어 태진국 옥통소를 시험하여 보니 과연 소리도 맑고 음률이 미묘하고 아름다웠다. 태후와 황제는 기이하게 여겨 거듭 칭송하였으나 다른 이들은 아무도 알지 못하였다.

공주가 한 곡조를 불 때마다 학들이 전각 앞에 모여들어 마주 춤을 추는지라, 하루는 태후가 황제에게 말하였다.

"옛적 진 목공의 딸 농옥이 옥통소를 잘 불었다는데 이제 난양이 농옥에게 지지 아니하리니 우리 앞에 소사簫史*가 나타나면 난양을 하가시켜야겠소."

이렇게 정해 두었는지라 난양 공주 이미 장성하였으나 부마를 고르지 못하고 있었다.

이날 밤에도 마침 달빛 아래서 공주가 통소를 불자 학들이 전각 앞에 날아와 춤을 추더니, 문득 소유가 부는 통소 소리에 청학이 한림원으로 날아가 그 동산에서 춤을 추었다. 그 뒤로 궁중 사람들이 말하기를 양소유의 옥통소 가락이 어찌나 묘하고 흥겹던지 학들이 날아와 춤춘다고들 하였다.

황제가 이 말을 듣고 신기하게 여겨,

'공주의 인연이 분명코 이 사람에게 있도다.'

하고 태후에게 권하였다.

---

* 농옥의 남편으로, 통소를 잘 불었다.

"양소유의 나이가 공주와 서로 알맞고 풍채와 재질 또한 만조백관 중에는 따를 자 없사오니 그를 부마로 정함이 옳을까 하옵나이다."

그러자 태후가 웃으면서 고개를 끄떡였다.

"소화蕭和가 배필이 아직 없어 늘 걱정이었는데 그 말을 들으니 양 상서는 곧 난양의 짝이로다. 그러나 내 친히 보고 정해야겠소."

"그건 어려운 일이 아니옵나이다. 일간 양소유를 별전으로 불러다 글을 강론하오리니 사람됨을 보시옵소서."

황제의 대답에 태후는 또 고개를 끄떡였다. 소화는 난양 공주의 이름으로, 태진국에서 보낸 통소에 소화라는 두 글자가 새겨 있어 그렇게 정한 것이었다.

황제가 봉래전에 앉아서 내관에게 양 상서를 불러오라는 명을 내렸다.

내관이 곧 한림원을 찾아가니 이미 퇴청하였고 정 사도 집에 가 보니 아직 돌아오지 아니하였다 하므로 서둘러 두루 찾아다녔다.

이때 양소유는 정십삼과 더불어 술집에서 명기 주랑을 데리고 잔뜩 취하여 노래를 부르며 흥을 돋우고 있었다. 내관이 이르러 곧 입궐하라는 황제의 명을 전하니 정십삼은 놀라 자리를 피하고 소유는 취중에 몽롱하여 내관이 찾아온 까닭을 알아차리지 못하였다. 내관이 몇 번 재촉하니 소유는 기녀의 부축을 받아 일어나 조복을 바로 하고 내관을 따라 입궐하였다.

황제가 소유에게 자리를 권한 뒤 역대 제왕의 옳고 그른 정사와 나라 흥망의 내력들을 묻고 들으며 논하는데 소유의 답이 명백한지라 황제가 기꺼운 빛을 띠고 또 물었다.

"경의 생각에는 고금 문장가 중에 누가 으뜸이뇨?"

"신은 이태백의 글이 천하에 대적할 자 없는 것 같사옵니다."

"경의 말이 참으로 짐의 뜻과 같도다. 짐이 매양 이태백의 '청평
사淸平詞'와 '행락사行樂詞'를 보고 한 시대에 살지 못함을 한탄
하였는데 이제 경을 얻으니 어찌 이태백을 부러워하리오. 짐이
옛 법을 좇아 궁녀 여남은 명에게 시문 짓는 일을 맡기니 곧 여
중서女中書러라. 짐은 이태백이 취중에 글 짓던 모습을 보고자
하니 경은 이 자리에서 여중서가 바라는 소원을 저버리지 말지
어다."

그리고는 궁녀에게 유리 벼룻집과 백옥 책상, 황옥 연적을 옮겨
놓게 하였다. 온 궁녀들이 이미 양 상서의 글을 받으라는 황제의
명을 들은지라 저마다 깁수건과 깁부채를 펴들고 소유 앞에 나앉
았다.

소유는 취흥이 도도하고 글이 저절로 머리에 떠올라 얼른 붓을
들어 차례로 써 나갔다. 그 기세가 풍운이 일고 번개가 이는 듯한
지라, 해가 저물기 전에 앞에 그득했던 수건과 부채들이 다 없어졌
다. 궁녀들이 차례로 꿇어앉아 황제에게 올리니, 황제는 낱낱이 읽
어 보고 모두 다 주옥이라 칭찬하며 궁녀들에게 명하였다.

"양 상서가 수고하였으니 특별히 좋은 술을 대접하라."

인차 궁녀들이 향기로운 술과 산해진미 가득한 황금 소반을 들
여왔다. 혹 앵무잔을 들고 혹 술두루미를 기울이며 꿇었다 섰다 하
면서 궁녀들은 저마다 다투어 술을 권하였다.

소유가 왼손 오른손을 번갈아 내밀며 여남은 잔의 술을 거듭 받아 마시니 어느덧 얼굴은 봄빛을 띠고 눈에는 안개가 서렸다. 황제가 술상을 물리게 하더니 궁녀들더러,

"상서의 글 한 구가 천금에 견줄 만하거니 과연 값을 따질 수 없도다. 너희는 무슨 선물로 이에 보답하려느냐?"

궁녀들이 금비녀도 빼고 옥패도 떼어 소유 앞에 수없이 밀어 놓으니 금이 번쩍이고 옥이 찬란히 빛을 뿌렸다. 황제는 내관에게 명하여 소유가 쓰던 지필묵 등속과 궁녀들의 사례품을 거두어,

"상서를 따라가 그 집에 전하라."

하니, 소유는 그 은총에 감복하여 절하고 일어나다가 그 자리에 엎어졌다. 황제의 명을 받고 내관이 소유를 부축하여 궁문 밖에 이르니 정 사도 집 하인이 달려와 말에 태우고 화원으로 돌아왔다.

춘랑이 소유를 붙들어 올려 조복을 벗기며 물었다.

"뉘 집에서 이렇듯 취하셨나이까?"

소유는 취기가 올라 머리만 끄떡였다. 이윽고 하인이 황제가 보내 준 지필묵과 패물 들을 마루에 늘어놓거늘 소유가 농담조로 말하였다.

"이 물건이 다 황제께서 춘랑에게 상으로 내린 것이니 내 소득이 이만하면 어떠하냐?"

춘랑이 의아히 여겨 다시 물으려 하였으나 소유는 이미 쓰러져 코 고는 소리가 우레와 같았다.

다음 날 소유가 늦게야 일어나서 세수를 하는데 하인이 들어와 급히 아뢰었다.

"월왕이 오셨나이다."

소유는 펄쩍 놀라서,

"월왕이 내 집에 찾아오시다니, 무슨 일이 났구나."

하고 급히 나가서 맞아들여 윗자리에 앉히고 절을 하였다. 월왕은 나이가 스물 남짓이요, 풍채 청수하여 속스러운 태도는 전혀 찾아볼 수 없었다. 양소유가 그 앞에 꿇어앉아 물었다.

"대왕이 누추한 곳에 왕림하오시니 무슨 가르치심이 있나이까?"

"과인이 상서의 높은 명성을 그지없이 사모하나 나드는 길이 달라 한 번도 맑은 음성을 듣지 못하였더니 이제 성상의 명을 받들고 와서 분부를 전하노라. 난양 공주 꽃다운 나이를 맞아 바야흐로 부마를 고르시더니 성상이 상서의 재주와 덕망을 미쁘게 여기시어 이미 내정하시고 과인에게 먼저 이 일을 알리라 하신지라 장차 조칙이 내리시리로다."

소유 뜻밖의 일에 간담이 서늘하여 월왕 앞에 엎드려 간절히 아뢰었다.

"성상의 은총이 하찮은 신하에게 내리시니 복이 지나치면 오히려 재앙이 생김은 더 말씀드릴 것이 없는가 하옵나이다. 신이 정 사도의 여식과 정혼하여 납채하고도 이미 해가 바뀌었으니 엎드려 바라옵건대 이 사실을 성상께 잘 아뢰어 주옵소서."

"과인이 돌아가 그대로 아뢰겠지만, 아깝다, 성상께서 사랑하시던 뜻이 허사로 돌아가는도다."

월왕이 아쉬운 듯 탄식하니 소유가 거듭 아뢰었다.

"이는 인류대사에 속하는 일이오니 모름지기 경솔하게 처리 못 할지라 신이 궐문 밖에 엎드려 죄를 청하겠사옵나이다."

이에 왕은 곧 작별하고 돌아갔다.

소유가 사랑에 들어가 정 사도에게 월왕이 찾아온 까닭을 전하고 춘랑이 또한 부인에게 고하니 온 집안이 어찌할 바를 모르고 술렁거렸다.

사도가 근심에 싸여 잔뜩 이맛살을 찌푸리고 말을 못 하거늘 소유가 보기에 민망하여 말하였다.

"장인어른, 염려 마소서. 성상께서 지혜가 밝으시어 법과 예를 중히 여기시니 반드시 신하의 윤리와 법도를 어지럽게 아니 하실지라 안심되오니이다. 또한 제가 비록 불민하오나 맹세코 한번 정혼한 의리를 저버리지 아니하겠나이다."

사도는 사위의 맹세를 듣고도 안심이 되지 않는 듯 잠자코 쓴입만 다셨다.

앞서 태후가 봉래전에 몸소 나와 구슬발 사이로 양소유를 보고 꼭 마음에 들어 황제에게 말하였다.

"이 사람은 참으로 난양의 배필로 합당하니 따로 무슨 의논이 더 필요하겠소."

그리하여 월왕을 양소유에게 보내기로 하였다.

황제가 별전에 있다가 막 월왕을 불러 친히 이르려고 할 때 문득 어제 양소유에게서 받아 둔 글들을 다시 보고 싶은 생각이 나서 내관에게 여중서들이 건사한 글을 거두어들이라고 하였다.

모든 궁녀들이 소유의 글을 깊이 간직하였는데, 한 궁녀는 글 쓴 부채를 품속에 소중히 넣고 홀로 처소에 돌아와 밤새도록 슬피 울었다. 이 궁녀가 곧 진채봉이니 화주 진 어사의 딸이었다.

깁부채로 거듭 맺은 연분

아버지가 억울하게 역적으로 몰려 비참하게 죽고 나서 채봉은 잡혀 올라와 궁녀로 박혔다. 그러니 궁녀들이 다 채봉을 동정하고 아름답다고 칭찬하였다.

하루는 황제가 소문을 듣고 채봉을 불러 보니 과연 절색이라 후궁으로 삼으려 하였다. 이때 황후가 꺼려 황제에게 간하였다.

"진채봉이 총애할 만하오나 폐하께서 그 아비를 죽이시고 그 딸을 가까이하시는 것은 옛적 밝은 임금이 색을 멀리하고 형벌을 세우는 법도에 어긋날까 두렵나이다."

황제가 그 말을 옳게 여겨 마음을 돌리고 채봉을 불러다 물었다.

"글을 아느냐?"

"조금 아옵나이다."

황제가 그 말을 듣자 채봉을 여중서로 삼아 궁중의 글을 맡아보게 하였다. 그 뒤 황태후가 채봉에게 난양 공주를 모시면서 글도 읽고 글씨도 익히게 하니 공주는 채봉을 자못 아끼고 사랑하여 곁에서 잠시도 떠나지 못하게 하였다.

이날 태후를 모시고 있던 채봉이 황제의 명을 받고 봉래전에서 다른 여중서들과 더불어 양 상서의 글을 받을 때 상서가 곧 오매불망하던 지난날의 양생임을 가까이에서 어찌 알아보지 못하였으랴. 그러나 소유는 채봉이 살아 있는 것을 알지 못하였고, 또 자리가 황제 앞이라 감히 눈을 들지 못한 채 글만 지을 뿐이었다.

이때 채봉은 소유를 마주하니 마음은 타고 살이 녹는 듯하나 다른 사람이 이상히 여길까 두려워 설움을 감추느라고 무진 애를 썼다. 하지만 간절한 정이 통치 못함을 슬퍼하고 옛 인연을 잊지 못하여 남모르게 탄식하더니 이날 밤 주위가 조용한 틈을 타서 부채를 들고 읊으며 차마 눈을 떼지 못하였다.

부채에 쓰인 소유의 글은 이러하였다.

집부채가 둥글둥글 밝은 달 같아
미인의 옥수와 밝고 맑음을 다투더라.
오현금 속에 봄바람이 일어나니
품속으로 나들어 쉴 때가 없더라.

집부채가 둥글둥글 달 한 덩이니
미인의 옥수가 못내 서로 따르더라.
길이 없어 꽃 같은 낯을 가려 물리치니

봄빛은 사람을 도무지 알지 못하더라.

채봉이 첫 연을 다 읊고 나서,

"양 상서 내 마음을 알지 못하는구나. 내 비록 궁중에 있으나 황제를 모셨을 리가 있을까."

하고 탄식하더니, 둘째 연을 읊고서는,

"양 상서 내 얼굴을 보지 못하였으나 나를 잊지 아니하였겠거늘 글 뜻이 이 같으니 참으로 지척이 천 리로다."

하면서 긴 한숨을 쉬었다. 그리고 화음 땅 옛집에서 '양류사' 화답하던 일이 생각나 슬픔을 이기지 못하니 눈물이 하염없이 흘러 옷깃을 적시었다.

채봉이 드디어 부채에 쓰인 글 다음에 화답시를 써넣고 읊으면서 한창 탄식하는데 문득 들으니 내관이 어명으로 부채를 찾거늘 깜짝 놀라서,

"이를 어찌할꼬? 이제 나는 죽었구나, 나는 죽었어."

하고 되뇌면서 안타까워하였다.

내관이 채봉더러 말하였다.

"성상께서 부채에 쓴 양 상서의 글을 다시 보시려 하노라."

"팔자 기박한 제가 우연히 그 글 옆에 화답을 써서 스스로 죽을 죄를 졌사오니이다. 성상께서 보시면 죽이라고 엄명을 내리실 것이니 법에 엎드려 죽는 것보다 차라리 자결함이 나을 듯하니이다. 지금 제 손으로 죽겠으니 뒷수습은 오직 내관만을 믿사옵나이다. 부디 불쌍한 이 몸 까마귀밥이나 되지 아니하게 하여 주

소서."

"어찌 그런 말을 하느냐? 성상은 인자하고 너그러우시니 큰 죄
를 아니 주실 것이요. 설혹 노여워하실지라도 내 힘써 도울 터이
니 나를 따라오너라."

채봉은 어쩔 수 없이 내관을 따라갔다. 내관은 어전 밖에서 기다
리라 하고는 혼자서 안으로 들어갔다.

황제는 내관이 가져온 글을 차례로 보다가 채봉의 부채에 이르
러 양소유의 글 옆에 또 다른 글이 있거늘 의아히 여겨 까닭을 물
으니 내관이 아뢰었다.

"채봉이 신에게 말하기를 성상께서 다시 찾지 아니하실 줄 알고
분에 넘치게 글을 지어 그 뒤에 썼으므로 마땅히 죽을죄를 면치
못하겠다 하면서 자결하려 하기에 신이 겨우 달래어 데리고 왔
사옵나이다."

황제는 내관의 말을 듣자 곧 그 글을 읊었다.

깁부채 둥글기가 한가위 달 같으니
그 옛날 부끄러이 대한 그 얼굴 생각나더라.
처음부터 지척에서 서로 몰라볼 줄 알았던들
내 그대 모습 자세히 보았음을 뉘우치노라.

황제가 글을 다 읊더니,

"진채봉이 무슨 사정이 있는 게 틀림없도다. 어느 곳에서 어느
사람과 서로 보았관데 글 뜻이 이 같은고? 그 재주 참으로 아까

우니 격려할 만하도다."

하고 내관을 명하여 불러들이니, 채봉이 뜰에 엎디어 죄를 청하였다. 그러자 황제가 부드러운 말씨로 나직이 물었다.

"사실을 솔직히 고하면 네 죄를 용서하리라. 네 어느 사람과 어떤 사정이 있는고?"

채봉이 머리를 조아리며 아뢰었다.

"뉘 앞이라고 감히 숨기겠사옵나이까. 소녀의 집이 몰락하기 전에 양 상서가 과거 보러 가는 길에 마침 소녀의 집 다락 앞을 지나가다가 우연히 서로 보고 '양류사'를 화답하였사오며 소녀가 유모를 보내어 혼인할 언약을 맺었사옵나이다. 일전 봉래전에 입시하였을 때 소녀는 상서를 알아보았으나 양 상서가 몰라보므로 옛일을 슬퍼하여 난잡하게 몇 자 그렸사온데 성상께서 보시게 되니 저지른 죄 백번 죽어도 마땅하옵나이다."

황제 그 뜻을 불쌍히 여겨,

"그러면 그때 주고받았다는 '양류사'를 기억하느냐?"

하고 물으니, 채봉이 곧바로 '양류사'를 써서 올렸다.

황제는 그 글을 읽고 채봉의 죄를 묻지 않기로 하였다.

"네 죄가 중하나 재주가 아깝고 또 난양 공주도 너를 퍽 사랑하는 터라 특별히 용서하노니 정성을 다하여 공주를 섬기고 네 본마음도 저버리지 말라."

황제가 바로 그 부채를 내려 주니, 채봉은 황공하여 은혜에 보답할 것을 맹세하고 물러났다.

납채를 물려라

월왕이 정 사도 집에서 돌아와, 양소유는 이미 정혼하여 그 집에 납채까지 보냈으므로 다른 곳에는 전혀 마음이 없어한다고 황태후에게 아뢰었다. 태후는 기분이 몹시 언짢아,

"양소유 벼슬이 상서에 이르렀으니 마땅히 황실의 위엄을 알지어늘 그리 고집하니 불손하기 그지없소이다."

하고 황제의 얼굴을 바라보았다.

"납채는 성례함과 다르니 친히 달래면 아니 듣지 못할 것이오니이다."

황제 이렇게 대답하고, 이튿날 양소유를 불러들여 친히 설복하였다.

"짐에게 누이 하나 있으니 자태 비범하여 경이 아니면 배필 될자 없기로 월왕을 보내어 뜻을 일렀거늘 경이 납채함을 핑계로

회피하더라 하니 생각이 매우 짧도다. 옛적에 임금이 부마를 맞이할 때 본처를 내친 자는 죽을 때까지 그 일을 뉘우쳤고 또 어떤 자는 처음부터 임금의 명을 받지 아니하였다. 하지만 짐의 뜻은 그렇지 아니하니 어찌 예절에 어긋나는 일을 하라고 하겠는가. 하물며 경은 성례한 일도 없거늘 이제 경이 혼인을 물릴지라도 정 소저 자연 갈 곳이 있으리니 어찌 인륜 법도에 어긋나는 일이 되겠는가."

소유는 머리를 조아리며 황제에게 거듭 아뢰었다.

"성상께서 죄를 주지 아니하실 뿐 아니라 도리어 어버이같이 순순히 타이르시니 감격하여 다시 아뢰올 말씀을 찾을 수 없사옵나이다. 그러하오나 신의 형편은 다른 사람과 다르옵나이다. 신이 시골 서생으로 서울에 오던 날 의탁할 곳이 없어 곤경에 처하였을 때 정 사도의 후한 대접을 받고 또한 그 딸에게 납채를 보내어 사도와 장인 사위로 되었을 뿐 아니라 규수와도 이미 서로 낯을 익혀 완연히 부부나 같사옵나이다. 그런데 아직 성례하지 못함은 나랏일이 분주하여 다만 겨를이 없는 까닭이옵나이다. 요즈음 다행히 변방이 귀화하여 나라의 근심이 없어졌기로 신은 이제 말미를 받아 시골에 계신 어머님을 모셔 온 뒤 날을 받아 성례코자 하였사온데 성상께서 뜻밖의 명을 내리시니 황송하기 그지없어 어찌할 바를 모르겠사옵나이다. 신이 죄가 두려워 황명을 따른다면 정 소저는 죽기로써 다른 데로 가지 아니하오리니 이 어찌 한 지어미가 살길을 잃으며 또한 성상의 덕행에 흠이 되지 아니하겠사옵나이까?"

황제는 난처한 듯 잠시 말이 없더니 이윽고 입을 열었다.

"그 사정은 딱하지만 경은 나라의 중책을 걸머진 대들보라 짐의 뜻에 적합할 뿐만 아니라 태후께서 이미 경의 용모와 기상이 마음에 들어 친히 혼사를 주장하시니 굳이 사양을 못 하리라. 그러나 혼인은 인륜대사라 경솔히는 처리 못 하리로다. 그러므로 짐도 딱히는 인차 결정짓지 못할 일이라, 이제 경과 더불어 바둑이나 두어 무료한 시간을 보내리라."

하고 내관을 불러 바둑판을 들여오게 하였다.

군신이 마주앉아 서로 승부를 겨루다가 날이 어두워진 뒤에야 양소유는 집으로 돌아왔다.

정 사도는 얼굴 가득 슬픈 빛을 띠고 소유에게 말하였다.

"오늘 황태후가 조칙을 내려 자네의 납채를 물리라 하므로 내 이미 납채함을 춘랑에게 내맡겨 화원에 두었네. 딸아이의 신세를 생각하니 우리 늙은 내외의 쓰라린 심회가 오죽하겠나. 나는 겨우 버티고 있으나 늙은 안해는 걱정이 지나쳐서 방금 혼절하여 인사불성이로다."

양소유 그 말을 듣자 얼굴빛이 하얗게 질려서 한동안 잠자코 앉아 있더니 불쑥 사도에게 물었다.

"납채를 물린다는 말은 가당치도 아니하나이다. 그러니 상소하여 불복하면 조정에 공론이 없사오리까?"

사도 손을 저어 만류하기를,

"자네가 황명을 여러 번 거역하였는데 이제 또 상소하면 신하로서 어찌 감히 될 법이나 한 노릇인가. 반드시 중한 죄책을 물으리니 순순히 따르니만 못할 것이네. 그리고 자네가 내 집 화원에 계속 거처하는 것은 남 보기에 좋지 않으니, 서로 헤어짐은 못내 섭섭한 일이지만 다른 곳으로 옮겨 앉음이 합당하도다."

소유 그 말에 대답도 아니 하고 화원을 향하여 발길을 옮겼다. 춘랑이 눈물을 흘리며 울다가 소유를 보자 예장함을 그 앞으로 밀어 놓고 가까스로 말하였다.

"소녀가 아가씨의 명을 받아 상공을 모신 지 이미 오래고 특히 과분한 사랑을 받아 감격이 넘치옵는데 귀신이 시기하고 사람이 질투하여 대사가 그릇되니 소녀도 또한 상공과는 영이별이오니이다. 아득한 하늘이여, 이게 사람의 일이겠나이까?"

그러더니 쓰러져 흐느끼는데, 그 소리 처량하여 차마 들을 수가 없었다. 소유도 마음이 쓰리고 아파 춘랑을 안아 일으키며 조용히 달랬다.

"내 이제 조정에 상소하여 궁실의 잘못을 깨우치려 하니 진정하고 기다리라. 그리고 여자가 한번 몸을 허락하였으니 지아비를 좇는 것이 당연한 일이거늘 춘랑이 어찌 나를 배반하리오."

"소녀가 비록 불민하오나 삼종지도를 아옵고 또 사정이 남과 다른 것은 제가 어릴 때부터 아가씨와 같이 자라면서 귀천의 간격을 허물고 생사를 같이하기로 맹세하여 길흉과 영욕도 다름이 없을지라 춘랑은 아가씨를 따르는 그림자와 같은데 그림자만 어찌 따로 있사오리까?"

정 소저를 잃으면 춘랑도 잃을 판이라 소유는 다시 한 번 다짐하였다.

"주인을 위하는 네 정성은 과연 극진하나 춘랑은 소저와 다르니라. 소저는 동서남북 어디나 뜻대로 가겠지만 너도 소저를 따라 다른 사람을 섬긴다면 그것이 어찌 여자의 정절을 꺾는 수치가 아니겠느냐."

춘랑은 소유의 설복이 당치 않다는 듯 대답하였다.

"낭군의 말씀은 아가씨와 저의 마음을 알지 못하신다 하겠나이다. 아가씨는 출가하지 아니하고 부모님 곁에 계시다가 두 분이 다 돌아가신 뒤에 절간을 찾아가 머리 깎고 중이 되어 부처님께 빌고 빌어 후생에는 두 번 다시 여자의 몸이 되지 아니하기를 마음속으로 깊이 맹세하셨나이다. 저도 아가씨를 따를 뿐이오니이다.

그러니 낭군이 춘랑을 다시 보시려면 낭군의 예장함이 다시 아가씨의 방 안에 들어간 뒤에야 의논할 일이요, 그렇지 아니하면 오늘이 살아서도 죽어서도 이별인 영원한 이별이오니이다. 다만 후세에 낭군 댁의 충실한 개와 말이 되어 주인을 위하는 일이라면 지성을 다하려 하나이다. 부디 귀하신 몸 소중히 돌보소서."

춘랑은 말을 마치고 돌아앉아 반나절이나 울다가 뜰로 내려가더니 연연히 절을 하고 조용히 사라졌다.

춘랑이 화원에서 연기처럼 사라진 뒤 양소유는 한동안 넋을 잃고 그림같이 앉아 있었다. 오장육부가 마디마디 녹는 듯, 쓰리고 아픈 마음 만사가 다 귀찮았다. 하늘을 우러러 한숨을 길게 쉬더니 문득 결심을 내린 듯 한마디 입속말을 터뜨렸다.

"내 성상께 상소하여 사리를 밝히리라."

이에 곧 지필묵을 내어 상소문을 쓰니 구절구절 지극히 간곡하였다.

　예부 상서 신 양소유는 머리 숙여 거듭 절하옵고 한 장 글월을 폐하께 올리옵나이다. 엎드려 생각하오니 윤리와 기강은 나라 정사의 근본이요, 혼인은 인륜대사이라 그 근본을 한번 잃으면 아름다운 풍습이 하루아침에 무너져 나라가 어지럽고, 그 근본을 삼가지 아니하면 그 가문도 오래지 아니하여 망하나니 하물며 국가의 흥망성쇠에 영향을 미침이 어찌 뚜렷하지 아니하겠사옵나이까.

　그러므로 성인군자와 밝은 임금은 이에 유의하여 나라를 다스릴 때 엄격한 법도를 중히 여기고 또한 그 집안의 평안과 화락을 도모할 때 혼인을 중히 여겨 으뜸으로 삼사옵나이다. 그러하온데 신은 이미 납채를 정 소저에게 보내옵고 또 기숙을 정 사도에게 의탁함은 신이 이미 혼사를 결정지었기 때문이온데, 천만뜻밖에도 이번에 못난 이 몸을 부마로 고르시는 은총을 내리시니 황송하기 그지없사오나, 폐하의 뜻과 조정의 처분은 예절에 벗어남을 감히 아뢰지 아니할 수 없사옵나이다.

　신이 설령 정혼치 아니하였을지라도 문벌이 하찮고 학식이 얕아 부마로 합당치 못하온데 하물며 다른 집에 납채를 보낸 자를 꺼리지 아니하시고 더없이 귀중한 공주를 하가시키려 하시옵나이까? 지금 사정이 이러하온데 밀지까지 내리시어 정 사도에게 이미 받은 예물마저 물리게 하오시니 신은 예부의 직책상 의무로 보아서도 성상 폐하를 위하여 더욱이 받아들이기 난처하옵나이다.

생각할수록 두렵건대 나라의 정사가 신으로 말미암아 어지러워지고 인륜이 신으로 말미암아 어그러져 위로 성덕을 손상하고 아래로 가정의 법도를 그르쳐 마침내 백성들에게 재화를 끼침을 면치 못할까 걱정되오니, 폐하께옵서 예의 근본을 중히 하옵시고 미풍양속의 근본이 어긋나지 아니하도록 바로잡아 칙령을 거두시어 미천한 소신에게 약속을 나눈 의리를 저버리지 아니하게 하시옵소서.

황제가 다 보고 나서 태후에게 상소의 뜻을 아뢰니 태후는 크게 노하여 양소유를 당장 옥에 가두라는 영을 내렸다. 조정 대신들이 모두 간하니 황제 적이 낮은 목소리로,

"벌이 지나친 줄 아나 태후께서 크게 노하셨으니 짐도 감히 어쩌지 못하겠노라."

하고 소유를 하옥하라는 명을 내렸다.

이에 양소유는 옥에 갇히고 정 사도 또한 송구하여 문을 굳게 닫고 아무도 만나지 아니하였다.

시퍼런 칼날을 품고

이즈음 토번이 강성해져 십만 대병을 일으켜 변방 고을을 연이어 차지하고 그 선봉이 위교까지 이르니 황성이 소란스러웠다.

황제가 근심하여 조정의 온 신하들을 모아 놓고 의논할 때 한 신하가 아뢰었다.

"황성의 군사 수만에 지나지 않고 외방에 청한 구원병이 미처 오지 않으니 성상께서 잠시 황성을 떠나 관동에 나가시어 순행하시고 그동안 각 도 군사를 불러들여 잃은 땅을 되찾으심이 옳을까 하옵나이다."

황제는 의심스러워 결정짓지 못하다가,

"신하들 가운데 양소유가 지략이 뛰어나고 결단성이 강하여 짐은 그를 좀처럼 보기 드문 인재로 여기노라. 지난날 세 진의 항복을 받은 것도 다 양소유의 공이로다."

하고 옥중에서 불러내어 계책을 물으니, 양소유는 선뜻 대답하였다.

"황성은 나라 사직을 모신 종묘가 있고 궁궐이 자리 잡은 곳이옵나이다. 그러하온데 지금 폐하께서 떠나시면 천하 인심이 뒤흔들릴 것이요, 또 강한 도적이 한번 웅거하면 속히 되찾기 어려울까 하옵나이다.

옛적에 토번이 다른 종족과 힘을 합쳐 백만 대병으로 서울을 침범하였을 때 성안의 군사가 지금보다도 미약하였으나 곽자의 郭子儀*가 필마로 물리쳤사옵나이다. 신의 재주와 계략이 그에게 미칠 바 아니오나 부디 군사 수천 명만 주시면 도적 떼를 물리쳐 신의 목숨을 살려 주신 은혜를 갚을까 하옵나이다."

황제가 크게 기뻐하며 그날로 양소유를 대장군으로 삼아,

"경이 군사 삼만 명을 거느리고 토번을 치라!"

하는 칙령을 내리니,

"결단코 한목숨 바쳐 폐하의 근심을 덜고 나라의 번창을 도모하겠사옵나이다."

하고, 양 장군이 엄숙히 서약하였다.

궁궐을 물러나온 양소유는 삼만 군사를 지휘하여 며칠 뒤 위교에 당도하였다. 위교에 진을 친 양소유는 그날로 도적 떼의 선봉을 쳐서 토번의 좌현왕을 사로잡는 기세를 올렸다. 도적 떼는 형세가 꺾이기는 했으나 수가 많은 것을 믿고 한사코 대항하여 싸움이 며

---

* 당나라 현종 때 사람으로 토번과 회흘을 정복하여 공로를 세웠으며 나중에 분양왕으로 되었다. 곽 분양이라고도 부른다.

칠 동안 벌어졌다.

이 싸움에서 양소유의 군사는 도망치는 적군을 연이어 무찔러 삼만을 베고 군마 천 필을 얻었다. 아군의 손실은 그다지 크지 않았다. 전승을 알리는 첩보를 조정에 올리니 황제가 크게 기뻐하며,

"곧 군사를 거두라!"

하고 명을 내렸다.

양 장군은 군사를 거두기 전에 전장에서 황제에게 상소문을 먼저 올렸다.

신이 들은바, 폐하의 군사는 만전을 기함이 마땅하나 그렇다고 하여 앉아서 기회를 잃으면 공을 이룰 수 없사옵나이다. 또 들사오니 늘 이기는 군사는 대적하기를 아주 손쉽게 여기나 이따금 사실과 맞지 아니하옵나이다. 적이 주리고 약한 때를 타서 치지 아니하면 부수기 어렵다 하오니 곧 도적의 형세가 늘 약하다고만 단정할 수 없는 데서 나온 말이옵나이다. 그렇지만 저들은 객으로서 주인을 범하고 우리는 배부른 처지에서 주린 자를 기다린 격이라 소신의 작은 공이 이루어졌다 하겠사옵나이다.

도적의 형세 불리하고 군사력이 날로 약해지고 있사옵나이다. 병법에 일렀으되 싸움에 이기려면 수고로움을 겪어야 하고, 그 수고로움을 견디지 못하는 자는 양식이 딸리고 지형이 편치 못하기 때문이라 하였사옵나이다. 지금 도적의 형세가 이미 꺾여 도망하였으니 그 피폐함은 극도에 이르렀사옵나이다.

이제 우리가 진군할 앞길에는 각 고을마다 군량과 말꼴이 산같

이 쌓여 군사가 주릴 근심이 없고 또 지형이 평평한 들판이라 복병이 없을지니 우리 날랜 군사들이 그 뒤를 쫓으면 승승장구할 것은 불을 보듯 명확하옵나이다. 그런데도 이제 작은 승리를 다행히 여겨 만전지책을 버리고 군사를 거두어 토벌을 멈추면 이는 바른 처사가 아닐까 하옵나이다. 엎드려 바라옵건대 폐하께서는 조정 의론을 널리 펴시어 결단을 내리시고 신에게 군사를 몰아 멀리 쳐 나아가 그 소굴을 소탕케 하시면, 한 사람의 도적도 살아남아 화살 하나 쏘지 못하게 하여 폐하의 근심을 덜어 드릴까 하옵나이다.

황제가 그 뜻을 장히 여기고 곧 벼슬을 돋우어 어사대부 겸 병부상서, 정서 대원수를 삼고 생살권의 표식인 흰 깃발과 누런 부월들을 내렸다. 또한 조서를 내려 삭방, 하동, 농서 등 각 도의 군사를 내어 기세를 한껏 높여 주니, 양소유가 조서를 받들어 날을 받아 군기를 펄펄 날리며 당당히 나아갔다. 그 병법은 육도삼략의 신기한 꾀요, 그 진세는 팔괘의 변화무쌍한 법이라 정렬한 행군 대오에 구령도 엄숙하니 마치 병의 물이 쏟아지듯 가는 곳마다 적을 걷잡을 수 없이 맞받아 좌충우돌로 족쳐 댔다.

이리하여 그 기세로 서너 달 사이에 잃었던 쉰 남짓한 고을을 되찾았다. 대군을 몰아 적설산 아래에 이르렀을 때 홀연 회오리바람이 선두의 말 앞에 일고 까마귀 또한 울며 진중을 지나갔다.

이에 양소유가 점을 치니 적병이 분명 진을 엄습하여 올 것이나 나중이 길할 징조라 산 아래 진을 쳤다. 그리하여 사면에 가시덩굴을 둘러치고 적들이 나타나기만 기다렸다.

양소유가 진중의 장막 안에서 등촉을 밝히고 열심히 병서를 보는데, 밖에서 순찰하는 군사가 삼경(밤 열두 시쯤)을 알렸다. 이때 찬바람이 획 불어 촛불이 꺼지더니 웬 사람이 공중에서 내려왔는지 연기처럼 숨새어 들어왔는지 장막 안에 다기찬 자세로 서는데 손에는 시퍼런 비수가 쥐어 있었다.

양소유는 자객으로 짐작하였으나 얼굴빛은 태연하고 엄숙한 위세는 더욱 늠름하였다.

"웬 사람이관데 무슨 일로 한밤중 진중에 들어왔느냐?"

"소녀는 토번국 두령 찬보의 명을 받아 원수의 머리를 베고자 왔나이다."

양소유가 그 말을 듣더니 껄껄 웃었다.

"장부가 어찌 죽기를 두려워하리오. 얼른 칼을 들어 베어라!"

자객은 칼을 철렁 내던지고 원수 앞에 머리를 조아렸다.

"부디 염려하지 마소서. 소녀 어찌 감히 귀인 앞에서 경거망동하오리까?"

양소유는 한 걸음 나서서 여인을 일으켜 세우며 물었다.

"낭자가 이미 비수를 품고 진중에 들어왔거늘 나를 해치지 아니함은 어쩐 까닭이냐?"

"소녀의 앞뒤 내력을 말씀드리고자 하나 당장 선 자리에서 자세히는 다 아뢸 수 없나이다."

"앉으라."

소유는 자리를 권하고 다시 물었다.

"낭자가 위험을 무릅쓰고 나를 찾아와서는 당초 품은 생각을 포기하는 것으로 보아 내게 무슨 할 이야기가 있는 게로구나."

"소녀가 비록 자객이란 이름이 있사오나 다만 자객의 껍질만 빌렸을 뿐인지라, 귀인께 당당히 저의 본색을 털어놓겠나이다."

하고는 얼른 일어나 촛불을 켜고 소유와 마주하여 앉으니 여인의 그지없이 아름다운 용모에 소유는 적이 놀라지 않을 수 없었다. 구름 같은 머리에 금비녀를 드높이 꽂고 몸에는 소매 좁은 갑옷을 입었는데 바탕에 석죽화를 그렸으며 용천검을 허리에 비껴 찼는가 하면 발에는 봉황새 꼬리 모양의 멋진 신을 가뜬히 신고 있었다. 더욱이 얼굴빛은 이슬 머금은 해당화처럼 고왔다. 꾀꼴새 같은 목소리가 앵두 입술 사이로 새어 나왔다.

"소녀는 본디 양주 고을 사람이옵나이다. 여러 대를 걸쳐 온 당나라 백성이온데 어려서 부모를 여의고 고국을 떠나 외국의 어떤 여자 스승 아래서 제자로 자랐나이다. 스승은 검술이 신묘하여 제자 세 사람을 가르쳤는데 이름이 진해월陳海月, 김채홍金彩虹, 심요연沈嫋烟이니 제가 곧 그 심요연이오니이다.

검술 배운 지 삼 년에 변화하는 법을 깨우쳐 바람을 타고 번개를 좇아 순식간에 천 리를 오갈 수 있는데, 세 사람의 재주는 우열을 따질 수 없이 비슷하나이다. 그런데 스승은 원수를 갚으려 하거나 악한 사람을 없애려 할 때마다 반드시 채홍과 해월 두 제자만 보내며 저에겐 한 번도 임무를 주지 아니하므로 분한 생각이 들어 한번은 스승에게 물었나이다.

'저희 세 사람이 나란히 스승의 가르침을 받았사온데 저만은 아직도 스승의 은혜를 보답하지 못하였나이다. 저의 재능이 모

자라 한 번도 기회를 주지 아니하시니이까?'

스승이 제 말을 듣더니 '너는 우리와 같은 부류가 아닌지라 뒷날 마땅히 큰 도리를 깨달아 마침내 성취함이 있으리라. 너까지 해월과 채홍이처럼 사람 목숨을 해치면 해로우리니 그런 까닭으로 너만은 부리지 아니하였노라.' 하기에, 제가 또 물었나이다. '그러하다면 소녀의 검술은 장차 무엇에 쓰리까?' 하니, 스승이 또 이르기를 '네 전생연분이 당나라에 있는 큰 귀인인데 너는 외국에 있는지라 서로 만날 길이 없어서 내 앞일을 내다보고 너에게 검술을 가르쳤노라. 그 재주가 밑천이 되어 귀인을 만나도록 함이니 네 뒷날 전장의 백만 대병들 속에서 칼싸움 하는 사이에 좋은 인연을 이루리라.' 하더이다.

올봄에는 저더러 '당나라 황제가 대장군에게 명하여 토번을 칠 때 토번의 두령인 찬보가 방을 붙이고 널리 수완 있는 자객을 구하여 당나라 장군을 해치려 하리니 네 이 기회를 잃지 말고 산을 내려가 토번국에 모여든 자객들과 재주를 겨루어라. 그리하여 당나라 장군의 급한 화를 구원하고 한편 전생의 좋은 연분을 잇도록 하여라.' 하기에, 곧 스승과 하직하고 토번국을 찾아갔나이다.

토번국 성문에 붙은 방을 떼어 가지고 찬보를 만나니, 그는 먼저 온 여러 자객들과 재주를 겨루게 하여 제 검술이 단연 첫자리에 꼽히자 무척 기뻐하며, '당나라 장수의 머리를 베어 오면 너를 귀비로 삼겠다.' 하더이다.

그런데 이제 장군을 만나 뵈오니 과연 스승의 말과 같은지라

아무쪼록 소녀는 시비들 틈에 끼어 장군을 가까이 모시려 하오
니 과연 허락하시겠나이까?"

양소유는 기꺼운 얼굴로 선선히 응하였다.

"낭자는 이미 죽었을 몸을 구하여 주고 또 나를 섬기고자 하니
그 은정을 어찌 다 갚으리오. 낭자와 백년해로함은 참으로 내 뜻
이로다."

이리하여 창검의 빛발로 화촉을 대신하고 부딪치는 칼 소리로
거문고를 대신하니 군막 속에 넘치는 호탕한 정은 이루 다 헤아릴
길이 없었다.

그날부터 소유는 낭자의 매혹에 빠져서 부하 장졸을 찾지 아니
한 지가 사흘이 지났다.

"군막은 여인네가 거처할 데가 아닌지라 소녀 때문에 군사들의
사기가 떨어질까 두렵나이다."

심요연이 말을 마치고 곧 떠날 채비를 서두르자 양소유가 부탁
하였다.

"낭자는 범상한 사람이 아니니 내게 기묘한 모략과 계책을 가르
쳐 도적 떼를 물리치게 해 주게."

"소녀 이곳을 찾게 된 것은 스승의 명을 좇았을 뿐이지 스승과
아주 헤어진 것이 아니므로 다시 돌아가 있다가 장군이 돌아가
시기를 기다려 서서히 서울로 찾아가 뵙겠나이다. 또 토번의 자
객들이 많으나 제 적수 될 자 없으니 소녀의 귀순을 알게 되면
감히 장군을 해칠 생심도 못 낼 것이라 아무 염려 마옵소서."

심요연이 잠시 말을 끊고 허리춤에 손을 넣어 구슬 한 개를 꺼내

더니 다시 말을 이었다.

"이 구슬은 묘아완妙雅琬이라 하는데 찬보가 머리에 꽂았던 것이오니이다. 사자를 시켜 구슬을 돌려주어 소녀가 토번에 다시 돌아갈 뜻이 없는 줄 알게 하소서. 이제 장군 가시는 앞길에 반사곡蟠蛇谷이 있는데, 반드시 그 길을 지나시게 될 것이오니이다. 게다가 주변에 먹을 물이 없나이다. 그렇지만 장군은 제 말을 믿으시고 반사곡에 우물을 파서 군사들을 먹이심이 좋을까 하나이다."

심요연은 말을 끝내자 구슬을 양 원수의 손에 넘겨주었다. 양소유가 무슨 말을 하려고 하는데, 심요연이 문득 몸을 한번 솟구치더니 간데온데없이 사라졌다.

소유는 심요연이 사라진 뒤 모든 장졸들을 모이게 하여 심요연과 있었던 일을 낱낱이 들려주었다. 이에 장졸들은 입을 모아 대원수의 행운과 위엄이 도적들을 두렵게 하였으므로 분명 사람이 아니라 귀신이 와서 도와준 것이라고 모두 기뻐들 하였다.

용왕의 딸

원수 양소유가 곧바로 적진에 사람을 보내어 묘아완을 찬보에게 전하고 드디어 행군을 시작하였다.

대열이 태산 아래 이르니 산골길이 매우 좁아서 말 한 필이 겨우 지나갔다. 바위벼랑을 끼고 시냇물을 따라 수백 리 길을 지나자 비로소 넓은 들판이 펼쳐져 이곳에서 행군을 멈추고 군사들을 쉬게 하였다.

군사들이 피곤하고 목이 말라 물을 찾았으나 얻지 못하다가 산 아래에 큰 못이 있는 것을 발견하고 다투어 물을 마셨다. 물을 먹더니 모두 온몸이 퍼렇게 질리고 갑자기 벙어리가 된 듯 말을 못하며 기운 없이 늘어졌다. 그러더니 하나같이 여기저기 쓰러져서 죽을 듯하였다.

소유가 이상히 여겨 몸소 가 보니 물빛이 몹시 푸르고 깊이를 알

수 없으며 찬 기운이 가을 서리 같으므로 비로소 깨달아,

"여기가 심요연이 말한 반사곡이로구나."

하고 물 마시지 않은 군사를 재촉하여 우물을 파게 하였다. 군사들이 모두 나서 수백 곳에 십여 길이나 팠지만 물 솟는 곳이 전혀 없었다. 소유는 몹시 민망하여,

"군막을 다른 곳에 옮겨 치라."

하고 명령을 내렸다.

이때 갑자기 산 뒤에서 북소리가 나며 산이 흔들리는 듯 골짜기를 울렸다. 적병이 험한 곳을 막아 지키고서 소유 휘하 군사들이 돌아갈 길을 끊은 것이 틀림없었다.

군사들은 목마름에 시달리고 앞뒤 길이 막혀 곤란한 처지에 빠진 소유가 장막 안에서 도적을 물리칠 계책을 생각하다가 몸이 피곤하여 잠깐 졸았다. 장막 안에 갑자기 기이한 향내가 가득하여 눈을 번쩍 뜨니 계집아이 둘이 읍하고 서 있는데 그 모습이 신선도 같고 귀신도 같았다.

계집아이가 원수에게 고하였다.

"저희 공주님의 부탁을 아뢰고자 왔사온데, 귀인께서 저희 사는 곳에 한번 왕림하시기를 간절히 바라나이다."

"너희 공주님은 누구이며 어느 곳에 있느냐?"

"저희 공주님은 동정 용왕의 작은따님이신데 요사이 궁중을 떠나 이 고장에 와서 잠시 머물고 계시나이다."

소유가 그 말을 듣고 이상히 여겨 물었다.

"용왕이 사는 곳은 물나라요, 나는 땅 위 사람이니 무슨 술법으

로 이 몸이 물속을 가겠느냐?"

"신령스런 말을 문밖에 대령하였사오니 귀인이 타시면 저절로
이르실 것이오니이다."

계집아이가 대답하고 곧 원수를 부축하여 말 등에 오르게 하니
그 순간 말발굽 아래로 물결이 사품치며 흐르는 것 같고 네 굽에
티끌이 일지 아니하는데 어느덧 물나라 궁궐에 이르렀다.

물나라 궁전이 어찌나 화려한지 분명 왕족이 있음 직하였고 문
지기 군사는 다 물고기 머리에 새우 수염을 달고 있었다. 이때 계
집아이 서너 명이 쪽문에서 나오더니 큰문을 열고 당 위로 손님을
정중히 안내하였다. 전각 복판에 백옥 의자가 남쪽을 바라보며 놓
여 있었다. 시녀들이 소유를 청하여 그 위에 앉게 하고 바닥에 비
단 자리를 펴 놓더니 안으로 들어갔다.

얼마 안 되어 시녀 여남은 명이 한 낭자를 둘러싸고 왼쪽 별채에
서 나와 전각 앞에 이르렀다. 낭자의 고운 얼굴과 자태는 그야말로
넋을 잃을 만큼 아리따웠다. 시녀 하나가 소유 앞으로 나서며 아뢰
었다.

"동정 용궁의 공주님이 원수께 뵈옵기를 청하나이다."

소유가 놀라 자리를 피하려 하니 시녀가 얼른 다가와 말렸다. 용
녀가 소유에게 정중히 절을 하는데 마치 한 송이 꽃이 고개를 숙이
는 듯 그윽한 향기가 전각에 두루 풍겼다.

소유가 답례하고 당 위에 오르기를 청하니 용녀는 감히 사양하
지 못하여 시녀에게 작은 돗자리를 펴게 하고 그 위에 다소곳이 앉
았다. 이에 소유가 물었다.

"양소유는 속세의 하찮은 사람이요, 낭자는 용궁의 공주이시거늘 겸손함이 어찌 이렇듯 지나치시나이까?"

용녀는 한동안 대답이 없더니 이윽고 입이 열리며 맑은 목소리가 울려 나왔다.

"저는 동정 용왕의 막내딸 백능파白凌波라 하옵나이다. 제가 갓 태어났을 때 부왕이 옥황상제를 찾아가서 알렸나이다. 그때 옆에 있던 장 진인이 제 사주를 보더니 '이 여아의 전신은 곧 선녀인데 죄를 범하고 귀양 와서 용왕의 딸이 되었으나 분명코 다시 세상 사람으로 돌아가 인간 귀인의 안해로 부귀영화를 누리고 마침내 부처께 가서 큰 스님이 될 것이옵나이다.' 하고 말하였다 하나이다.

우리 용족은 본디 수족의 조상으로서 사람으로 변하는 것이 큰 영광이고, 신선이나 부처로 됨은 더욱 바라는 바이오니이다. 제 큰언니는 처음에 경수涇水 용궁의 며느리가 되었다가 내외가 화목하지 못하여 헤어지고 다시 유 진군▪에게 재가하니 친척들이 언니를 존중하고 온 집안사람이 또한 공경하나이다. 그런데 저는 장차 하늘이 정한 인연을 만나 이 한 몸의 부귀영화가 언니보다 훨씬 나을지라, 진인의 예언을 굳게 믿는 부왕은 제가 자랄수록 더욱 사랑하시고 궁의 시녀들도 다 저를 하늘의 진짜 신선처럼 여기고 우러러 따랐나이다.

▪ 당나라 고종 때 사람 유의柳毅. 전기 소설 《유의전》의 주인공으로, 시집가서 고생하고 있는 용왕의 딸을 도와주고는 그 딸과 혼인한다.

어느덧 제가 꽃나이 이팔을 맞이하자 남해 용왕의 아들 오현이 제 용모가 절색이라는 소문을 듣고 부왕에게 통혼하여 왔나이다. 우리 동정은 곧 남해의 아래인 까닭에 아버지가 감히 거절 못 하고 남해에 가서 장 진인의 사주 풀이를 이야기하고 따르지 아니하니, 남해 용왕은 교만한 아들을 위하여 제 부친더러 터무니없는 소리에 미혹되었다며 준절히 책망할 뿐 아니라 오히려 억지로 혼인을 서둘렀나이다.

그때 저는, '부모 곁에 있다가는 분명 몸에 욕이 미치겠구나.' 생각하고 집을 빠져나와 홀로 변방의 두메산골에 들어박혀 구차한 세월을 보내나 남해 용왕의 핍박은 그침 없이 더욱 심해졌나이다. 그럴 때마다 부왕은 '내 딸이 혼인하기를 원치 아니하여 멀리 도망쳐 깊이 숨어 산다.'고 말하였으나 남해 용왕의 아들은 제 고단한 신세를 업수이여겨 군사를 몰고 와서 저를 괴롭히려고 꾀하였나이다. 그때 제 원통한 사정을 하늘이 알고 감동하시어 저 못물이 갑자기 변하여 차기가 얼음 같고 둘레 어둡기가 지옥 같은지라, 다른 나라 군사가 쉽사리 들어올 수 없는 고로 지금까지 위태로운 목숨을 지킬 수 있었나이다.

오늘 당돌히 귀인을 청하여 이곳까지 오시게 한 것은 다만 제 심정을 아뢰고자 할 뿐 아니라 어려움에 처한 황제의 군사를 도와 드리려 함이 본뜻이옵나이다. 지금 귀인의 군사가 수백 리 험한 길에 몸은 지치고 목이 말라 어려운 지 오래고 아무리 흙을 헤집고 길길이 땅을 파내도 애만 쓸 뿐 한 방울 물도 얻을 수 없어 군사력을 지탱할 수가 없을 것이오니이다.

이 못의 원래 이름은 청수담이었는데 제가 와서 머물게 되자 물맛이 고약해져 마시는 자가 모두 병에 걸리므로 이름을 고쳐 백룡담이라고 하나이다. 이제 귀인이 오시어 제가 의지할 곳을 얻었사오니 이는 곧 음침한 벼랑에 따사로운 봄이 돌아왔다고 하겠나이다. 저는 이미 결심한 바 있어 귀인에게 몸과 마음을 다 허락하였사오니 귀인의 근심이 곧 저의 근심이라 어찌 지성을 다하여 군사들의 곤경을 돕지 아니하리까. 이제부터는 물맛이 이전같이 달 것이오니 군사들이 마셔도 해롭지 아니하고 또한 그 물로 하여 병난 군사들도 모두 깨끗이 나을 것이오니이다."

용녀의 긴 사연을 끝까지 다 듣고 소유의 얼굴에는 기쁨이 넘쳐 났다.

"낭자의 이야기를 들으니 우리는 하늘이 정한 연분이라 월하노인의 뜻을 실현코자 하오. 낭자의 마음도 나와 같소?"

용녀는 수줍은 듯 잠시 머뭇거리더니 거침없이 대답하였다.

"제가 몸을 낭군에게 허락하였사오나 벌써부터 낭군 모심에 급급하면 옳지 아니한 까닭이 세 가지 있나이다. 첫째는 부모님의 승낙을 얻지 못함이요, 둘째는 환골탈태한 뒤에야 귀인을 모실 수 있거늘 비린내 나는 비늘껍질과 더러운 갈기로 귀인의 자리를 더럽히지 못할 것이요, 셋째는 남해 용왕의 아들이 날마다 순라를 이 근처에 보내어 내탐하오니 알면 반드시 일장풍파를 일으킬 것이라 결국 남해 용왕의 격노를 두려워함이오니이다. 그러니 원수는 모름지기 진영에 빨리 돌아가 군사를 정비하여 도적 떼를 멸하고 큰 공을 이룬 뒤 개가를 부르며 상경하시면 저는 마땅히 치마를 걷고 물을 건너 귀인 댁을 찾을 것이오니이다."

"낭자의 말이 옳긴 하나 내 생각엔 낭자가 이곳에 와 있음은 마땅히 뜻을 지킬 뿐 아니라 또한 용왕의 뜻으로 볼진대 양소유를 기다렸다가 곧 따르라 함이니 오늘 우리 만남이 어찌 부모의 명이 아니리오. 또 낭자는 본디 선녀요, 신령한 성품이라 사람과 귀신 사이를 나드니 가는 데마다 옳지 않음이 없는데 어찌 비늘과 갈기를 꺼리리오. 소유가 비록 재주 없으나 성상의 명을 받들고 백만 대병을 거느려 특별히 용맹무쌍한 장수들로 대오의 선두와 후진을 삼으니 저 남해 용왕의 아들은 내가 보건대 개미나 모기 같을 따름이러라. 남해 용왕의 아들이 스스로 깨닫지 못하고 망령되이 항거한다면 내 서슬 푸른 칼이 저 반공중에서 아츠러이 울리리오. 다행히 오늘 밤에 우리 서로 만났으니 좋은 때를 어찌 헛되이 지내며 아름다운 약속을 어찌 무심히 저버리리오?"
하고 소유가 용녀의 손을 덥석 잡으니, 그 즐거움을 꿈인지 생시인지 헤아릴 겨를조차 없었다.

이튿날 새벽에 우레 같은 소리가 연이어 울리며 수정궁을 뒤흔들었다. 용녀가 그 소리에 놀라 깨어나니 궁녀가 급히 달려와 고하였다.

"남해 태자가 무수한 군병을 몰고 와서 산 아래 진을 치고 양 원수와 승부 겨룰 것을 청하나이다."

소유는 크게 노하여,

"어떤 우둔한 아이관데 이다지 소란을 피우느냐!"
하고 소매를 떨쳐 일어나 밖으로 뛰어나갔다.

이때 남해 군사들은 벌써 백룡담을 에워싸고 웅성거리는 소리 산을 울리며 살기가 사면에 어렸다. 태자라는 자가 말 등에 높이 앉아 달려 나오더니 큰소리를 쳤다.

"너는 누구관데 남의 안해를 빼앗으려 하느냐! 맹세코 너와 더불어 이 천지간에 살지 아니하리라."

소유는 고삐를 당겨 말을 세우고 껄껄 웃더니 큰소리로 태자를 꾸짖었다.

"동정 용녀와 나의 전생연분은 이미 하늘이 마련한 바요, 장 진인도 알고 있거니 나는 천명을 따랐을 뿐이로다. 그런데 요망스런 고기 새끼가 감히 이같이 무례하냐!"

소유는 상대를 노려보더니 문득 손을 들어 좌우 군사들에게 적진으로 쳐들어가라고 명하였다. 이에 태자는 몹시 성이 나서 몸을 떨며 부하 장졸들에게 호통을 쳤다.

"남해 바다의 존엄을 위하여 한목숨 바쳐 싸울 때가 왔다. 모두 내 뒤를 따르라!"

이에 잉어 제독, 자라 참모가 기운을 돋우고 용맹을 내어 선두에서 뛰어나오자 그 뒤를 좇아 백만 군병들이 아우성을 치며 쓸어나왔다.

그러자 소유의 지휘에 따라 양쪽의 싸움이 한동안 치열히 벌어졌다. 소유가 백옥 채찍을 들어 한번 휘두르니 백만 군병이 일제히 짓밟으며 삽시간에 부스러진 비늘과 깨진 껍질이 땅에 그득했다. 태자의 몸 역시 여러 곳을 창에 찔려 마침내 소유에게 사로잡히고 말았다.

소유가 기뻐하여 곧 징을 쳐 군사를 물리니 파수 군사가 아뢰었다.

"백룡담 낭자가 몸소 진영에 찾아와 원수를 기다리나이다."

양소유가 부하를 보내 맞아들이니 용녀는 소유의 승전을 치하하고 술 백 섬과 소 백 마리로 군사들을 접대하였다. 그러자 저저마다 배를 두들겨 가며 먹고 마시니 자연 진중에 춤과 노래 어우러져 군사의 기세가 백 곱절이나 더 높아졌다.

소유는 용녀와 가지런히 앉아 남해 태자를 잡아들여 소리 높이 꾸짖었다.

"내 황제의 명을 받아 사방의 도적 떼를 칠 때 도적은 물론 일만 귀신도 감히 항거하지 못하였거늘 하물며 네 조그마한 아이가 천명을 모르고 감히 대군을 거역하니 이는 스스로 죽기를 재촉함이로다. 여기 한 자루 보검이 있으니 이는 곧 옛적에 어느 한 장수가 못된 용왕을 베던 날카로운 칼이다. 내 마땅히 이것으로 네 머리를 베어 우리 군사의 위엄을 떨칠 것이로되, 네 집이 남해에 있어 인간계에 비를 내려 만민에게 끼친 공이 있으므로 특별히 용서하노라. 그러니 지금부터 마음을 고쳐먹고 다시는 낭자에게 죄를 짓지 말라."

이렇게 엄하게 타이르고 끌어 내치니 남해 태자는 숨도 크게 못 쉬고 제 소굴로 쥐 숨듯 돌아갔다.

이때 동남쪽 하늘에 오색구름이 일고 붉은 노을이 퍼지며 상서로운 기운이 어렸다. 문득 하늘에서 붉은 옷을 입은 사자가 호기롭게 깃발과 절월을 들고 내려와 원수에게 허리 굽혀 절하면서 아뢰었다.

"동정 용왕께서 양 원수가 남해 군사를 격파하고 위급한 공주님을 구한 줄 아시고 친히 찾아와 치하하고자 하나 정사에 매인 몸이어서 어쩔 수 없이 동정 별전에 크게 연회를 베풀어 원수를 청하오니 부디 잠시 왕림하소서. 용왕께서 또한 소신에게 공주님을 모시고 한가지로 돌아오라 하시더이다."

"적군이 물러갔으나 아직 진영을 헤치지 아니하였고 또 동정이 만 리 밖에 있으니 갔다 오는 사이에 시일이 오래 걸릴지니 군사 거느린 자가 어찌 멀리 나가리오?"

소유의 대답을 듣고 사자가 다시 아뢰었다.

"이미 밖에 여덟 용으로 수레를 메워 대령하였사오니 반나절이면 갔다 올 수 있나이다."

소유가 용녀와 더불어 용차에 오르니 기이한 바람이 일며 바퀴를 굴려 수레가 공중으로 올라갔다. 다만 눈 아래 흰 구름이 일산같이 하계를 덮을 따름이더니 이윽고 용차가 점점 아래로 내려가 마침내 동정에 이르렀다.

용왕이 멀리까지 나와 맞아 주객이 예를 차리고 장인과 사위 간의 정을 은근히 나누었다.

이윽고 높은 전각에 올라 성대한 주연상에 마주 앉아 원수를 극진히 대접할 때 용왕은 친히 잔을 잡고 사례하였다.

"과인이 덕이 없어 한낱 딸자식 때문에 그곳을 불안케 하더니 이제 원수의 거룩한 위세로 남해의 교만한 아이를 사로잡고 딸아이를 구하니 그 은혜 하늘보다 높고 땅보다 두텁도다."

"이는 다 대왕의 위엄 있는 영이 미친 바이니 소유에게 무슨 공이 있사오리까?"

하고 양소유는 겸손히 답례하였다

마침내 술잔치 한창 어우러져 잔과 잔이 오고 가며 이야기판이
흥겨울 때 용왕이 풍악을 잡히었다. 장중히 울리는 음률을 들으니
가락이 절조 있으며 시속 풍악과 달랐다. 또 기골이 장대한 사내들
천 명이 전각 좌우에서 제각기 칼과 창을 빼들고 큰북을 울리며 나
오는데, 그 뒤를 이어 미인 여섯 쌍이 연꽃무늬 옷에 달 모양의 패
물을 차고 한삼 소매를 너풀거리며 쌍쌍이 춤추니 참으로 볼만하
였다.

소유는 물나라의 풍악을 듣다가 용왕에게 물었다.

"이는 무슨 곡조이옵나이까?"

"물나라에 옛적에는 이 곡조가 없었는데 과인의 대에 와서 생기
게 된 유래가 있노라. 과인의 맏딸이 경하 왕세자와 혼인하였는
데, 딸아이가 호숫가에서 양을 치며 큰 고생을 한다는 소식을 유
생에게서 전해 듣고 분하여 아우 전당군을 시켜 경하왕과 싸우
게 하였노라. 아우가 싸움에서 크게 이겨 딸을 데려오니 궁중 사
람들이 풍악과 춤사위를 만들어 이름 하여 '전당군 파진악錢塘
君破陣樂'이라 하고 혹 '귀주 행궁악貴主行宮樂'이라고도 하며
궁중 잔치 때는 이따금 이 놀음을 벌였는데, 이제 양 원수가 남
해 태자군을 격파하여 우리 부녀 서로 모이게 하였으니 전당군
의 옛일과 비슷하므로 곡조 이름을 고쳐 '원수 파군악元帥破軍
樂'이라 하겠노라."

소유가 또 묻기를,

"유생이 어데 있으며 한번 만나 볼 수 있사오리까?"

하니 용왕이 대답하였다.

"유생은 이제 영주(삼신산의 하나) 선관이 되어 그 마을에 있으니 어찌 만나 보리오."

술이 아홉 순배나 거듭하니 소유는 용왕더러,

"진중에 일이 많아 더는 머물지 못하고 이만 떠나려 하옵나이다. 부디 만수무강하소서."

하고는 용녀를 돌아보고 당부하였다.

"낭자는 뒷날 만나자는 언약을 부디 잊지 마시오."

그러자 용왕이 딸을 대신하여,

"그는 염려 말라. 한번 맺은 언약 마땅히 굳게 지키리라."

하고 궁문 밖에 나가 바랬다.

소유가 문득 앞을 보니 산들이 우뚝 솟았는데 다섯 봉우리가 구름 사이로 완연히 안겨 왔다. 한번 구경하고 싶은 생각이 불쑥 나서 용왕에게 물었다.

"저 산은 무슨 산이옵나이까? 소유 천하 명산을 두루 구경하였지만 아직 형산과 화산은 보지 못하였나이다."

"저 산 이름을 모르느뇨? 곧 남악 형산이니 아름답고 신기한 산이거늘 아직 그 명성도 듣지 못하였느뇨?"

"어찌하면 저 산에 오르오리까?"

소유의 간청에 용왕이 대답하였다.

"오늘 해가 아직 많이 남았으니 잠깐 구경하고 돌아가도 저물지 아니하리로다."

소유가 용왕에게 사례하고 수레에 오르자마자 어느덧 몸은 형산 아래에 있었다. 산길에 들어서자 수레에서 내려 언덕을 넘고 골짜기를 지나니 산은 더욱 높고 숲은 점점 그윽하며 일만 경치 하늘 아래 펼쳐져 중중첩첩한 일천 봉우리가 저마다 수려함을 다투고 일만 골짜기는 제 자랑을 하는 듯하였다.

소유가 한없이 고요한 둘레를 둘러보다가 문득 그윽한 생각에 잠겨 탄식을 터뜨렸다.

"진중에서 오랫동안 마음이 시달리고 정신은 고달프니 이 몸에 티끌 인연이 어찌 그리 깊었던고. 내 공을 이루고 물러나 초연히 만물 밖의 사람이 되리로다."

문득 들으니 풍경 소리가 나무숲 사이로 은은히 울려오거늘,

"분명 절간이 멀지 아니하구나."

하고 발길을 재촉하여 언덕에 올라서니 한적한 절간 하나가 보였다. 차츰 내려가니 그윽하고 정갈한 전각 아래 중들 여럿이 모여 있고 노승이 꿇어앉아 마침 경문을 외는데 눈썹이 길고 희며 몸은 맑고 파리하여 나이가 많음을 짐작할 수 있었다.

노승은 소유가 들어오는 것을 보고 얼른 일어나 제자들을 거느리고 당 아래로 내려와서 맞았다. 노승이 먼저 송구한 낯으로 말하였다.

"산속 사람이 귀가 밝지 못하여 대원수가 오시는 것을 모르고 문밖에 나가 맞지 못하였사오니 부디 용서하소서. 그러나 이번 길은 원수가 아주 오시는 것이 아니오니 모름지기 전각에 올라 합장 배례하고 돌아가소서."

소유가 곧 부처 앞에 분향재배하고 막 전각을 내려가다가 뜻밖에 발을 헛디뎌 놀라 깨니, 몸은 진영 장막 안의 탁상에 기대어 앉아 있고 동쪽 하늘이 이미 밝았다.

소유가 이상히 여겨 장수들에게 물었다.

"공들도 꿈을 꾸었는가?"

"저희도 꿈에 원수를 따라 신기한 병졸들과 싸워 이기고 대장을 사로잡아 돌아왔으니, 이건 참으로 도적 떼를 격파하고 괴수를 사로잡을 길한 징조이오니이다."

장수들의 대답에 소유는 고개를 끄떡이며 자기 꿈과 꼭 같다고 말하였다. 백룡담에 가 보니 둘레에는 죽은 물고기들이 그득히 깔려 있었다.

소유가 손수 바가지로 물을 떠서 먼저 맛보고 이어 병든 군사들을 먹이니 그 자리에서 나아 얼굴빛들이 환해졌다. 이를 본 다른 군사들도 모두 모여 물을 시원하게 마시고 목마름이 풀려 즐거워하며 떠드는데, 그 소리 어찌나 요란했던지 산을 울리는 듯하였다. 한편 도적 떼는 들썩한 환호 소리에 놀랍고 두려워 항복할 마음을 먹었다.

경패와 난양의 만남

양 원수가 출전하고 나서 승리를 알리는 첩보가 연속 올라오니 황제는 못내 기꺼웠다.

하루는 태후에게 문안드리며 양소유의 공을 칭찬하였다.

"양 원수의 전공은 참으로 경탄을 금할 수 없사오니 돌아오기를 기다려 승상 벼슬을 봉하여 위로할까 하나이다. 그러나 공주의 혼사를 확정하지 못하였으니 걱정되나이다. 양 원수가 마음을 돌려 영에 복종하면 다행이거니와 또 고집한다면 공신에게 죄를 줄 수도 없고 그렇다고 그 뜻을 꺾을 수도 없으니 이에 조처할 방도를 찾기 어려워 극히 민망하도소이다."

황제의 뜻에 태후도 동감인 듯 난처한 기색이더니 황제의 눈치를 보면서도 말만은 알심 있게 하였다.

"정 사도의 여식이 진실로 아름답고 또 양소유와 서로 낯을 익혔다 하니 사나이가 어찌 저버리리오. 소유가 지방에 내려간 틈을 타서 성상의 뜻으로 정녀를 다른 사람과 혼인케 하면 그의 소망이 끊어질지니 군명을 어찌 좇지 아니하리오."

황제는 오래도록 대답하지 않고 앉았더니 잠자코 나가 버렸다.

이때 난양 공주가 태후 곁에 있다가 말하였다.

"어머님의 말씀은 도리와 체면에 어긋나옵나이다. 정녀의 혼인 여부는 그 집안의 일이니 황실에서 주장할 바가 아니옵나이다."

"이 일은 너에게 중대하고도 어려운 일이요, 나라의 큰 예법이 걸린 문제이니 내 너와 더불어 의논해야겠구나. 병부 상서 양소유는 풍채와 문장이 조정의 모든 신하들 가운데 뛰어날 뿐 아니라 일찍이 퉁소 한 곡조로 너와 하늘이 정한 연분임을 알았으니 너도 결코 양소유 말고 다른 사람을 바라지 아니할 게다. 또한 양소유도 정 사도 집과는 정분이 보통 사이가 아니니 서로들 저버리지 못하리라. 그러므로 이 일은 아주 난처하니 소유가 돌아온 뒤에 너와 혼례를 먼저 치르고 나서 정녀를 첩으로 삼게 하면 그도 사양치 못하리로다. 그러나 네 뜻을 알지 못하여 이리 주저하노라."

공주는 반대하였다.

"소녀 일생에 투기가 무엇인지 모르오니 정녀를 어찌 꺼리오리까. 다만 양 상서의 납채를 정녀가 먼저 받았는데 나중에 그를 첩으로 삼는 것은 예가 아니옵나이다. 또한 정 사도는 대대로 재상이고 명문거족이니 그 여식을 남의 첩이 되게 하면 억울하지 아니하오리까? 이 또한 옳지 아니하나이다."

사리 정연한 공주의 의견에 태후는 할 말이 없었다.

"그러면 어찌하면 좋겠느냐?"

"국법에 제후는 부인이 셋이라 양 상서 큰 공을 이루고 돌아오면 크면 왕이요, 적어도 공후가 될지라 두 부인을 두는 것은 분에 넘치지 아니할 것이오니이다. 이런 때 정녀에게 장가들어 정실로 맞게 하심이 어떠하오니까?"

공주의 말에 태후는 펄쩍 놀라,

"그럴 수는 없다. 너는 선제의 사랑하는 딸이요, 황제의 사랑스러운 누이이니 참으로 귀중하고 높거늘 어찌 여염 여자와 더불어 어깨를 견주어 한사람을 섬기겠느냐?"

하고 못마땅한 얼굴을 하였다. 이에 공주는 제 생각을 고집하였다.

"옛적에 덕망 높은 왕들도 어진 이를 높이 존중하고 선배를 공경하여 존귀한 자기 몸을 잊고 그 덕을 사모하였나이다. 온 세상을 쥐락펴락하는 권세를 틀어쥔 자리에서 오히려 필부를 벗 삼았으니 어찌 귀천을 따지오리까. 소녀 들으니 정녀의 용모와 그에 따르는 예절과 행실 또한 고금 열녀라도 이보다 낫지 못하리라 하옵니다. 과연 이 말 같을진대 저와 더불어 어깨를 견줌은 또한 소녀에게 다행이지 욕이 될 수는 없나이다. 그러하나 전하는 말과 다를 수도 있으니 그 허실을 알기 위하여 소녀의 눈으로 정녀를 한번 직접 보고 인물과 재덕이 과연 소녀보다 나으면 공경할 것이요, 못하면 첩을 삼게 하거나 종을 삼게 하더라도 관계치 아니하겠나이다."

태후는 한숨을 쉬며 탄식하였다.

"재주를 시기하고 아름다움을 꺼림은 여인네의 다 같은 심정이 거늘 내 딸은 남의 재주를 사랑함이 제 몸에 지닌 것같이 하고 남의 덕행 공경하기를 목마름에 물 찾듯 하니 어미의 마음이 어찌 기쁘지 아니하겠느냐. 나도 정녀를 한번 보고 싶으니 내일 정 사도 집에 성상의 뜻으로 조서를 내리리라."

"어머님의 뜻이 그러하오나 정녀 분명 병을 핑계로 입궐하지 아니하오리니 재상가의 부녀를 억지로 부르지는 못하시오니이다. 도관에 분부하여 미리 정녀가 분향하는 날을 알면 만나 보기 어렵지 아니할 듯하옵나이다."

태후가 공주의 말을 옳게 여겨 바로 내관을 정폐원에 보내었다.

내관이 찾아온 까닭을 말하니 정폐원 여승이,

"정 사도 댁에서 불공을 우리 도관에서 올리나 그 댁 아가씨는 원래 도관 출입을 하지 않사오니이다. 사흘 전에 마침 그 댁 아가씨를 모시는 춘운이 아가씨의 발원서를 부처님 앞에 올리고 갔으니 그 글을 태후께 가져다 올리심이 어떠하오니까?"

하고 물었다.

내관이 응낙하고 돌아와 앞뒤 사정을 아뢰고 정 소저의 발원서를 태후에게 올렸다.

"참으로 이 같으면 정녀의 얼굴은 보기가 어렵겠구나."

태후는 공주와 더불어 발원서를 함께 읽어 보았다.

제자 정경패는 삼가 절하옵고 시비 춘운을 목욕재계하여 보내어 부처님 전에 비나이다. 제자 정경패는 전생 죄악이 깊어 세상에 여자의 몸으로 태어났고 또 형제의 낙이 없사옵니다. 오래 전에 이미 양소유의 납채를 받아 장차 몸을 양씨 집안에 바치고자 하였더니, 양 상서 부마로 뽑히고 군명은 지엄하시니 제가 양 씨와 더불어 어찌하오리까? 다만 하늘의 뜻과 사람의 일이 서로 어긋남을 한탄하니, 기박한 신세 남은 소망마저 아주 사라졌나이다.

몸은 허락하지 아니하였으나 마음은 이미 그에게 허락한 지 오래니 이 일을 과연 어찌하면 좋겠나이까? 저는 부모 슬하에 의지하여 남은 세월을 보내고자 하옵는데 기구한 신세 다행히도 몸은 한가하므로 이에 부처님께 정성을 올리며 감히 맞다든 저의 괴로움을 아뢰나이다.

바라옵건대 굽어 살피시고 자비를 베푸시어 늙은 부모가 장수하도록 하옵시고 제 몸도 병과 재앙 없이 부모 앞에서 물색 고운 옷을 입고 어리광 피우는 즐거움을 다하게 하옵소서.

부모님 모시어 백 년 뒤에 맹세코 이 몸은 세속 연분을 끊고 부처님께 돌아와 가르침에 복종하여 몸과 마음을 깨끗이 하고 경문을 외며 불전에 예배하여 부처님의 두터운 은혜에 보답하겠나이다.

춘운이 본디 경패와 깊은 인연이 있어 명색은 종과 주인이나 정의는 형제나 같아 일찍이 저의 명으로 양 씨의 첩이 되었는데, 일이 뜻과 어긋나 아름다운 인연을 지키지 못하고 양 씨와 헤어져 다시 저에게 돌아오니, 춘운과는 생사고락을 같이할지라 부처님께서 제자 두 사람의 심중을 굽어 살피시어 다음 세상에 영원히 여자 되기를 면하게 하여 주소서. 그리고 전생의 죄를 없애고 후세의 복을 누리게 하여 주시기를 천만 바라나이다.

공주가 다 읽더니 눈썹을 찡그리며,

"한 사람의 혼사로 두 사람의 신세를 그르치게 하니 이는 덕행에 크게 해로우리로다."

하고 탄식하니, 태후가 듣고 잠자코 말이 없었다.

이때 정 소저는 부모를 모시고 온화한 기색으로 조금도 번민하는 티가 없었으니 최 부인은 딸을 볼 때마다 가슴이 아팠다. 춘랑 또한 소저를 모시고 서예와 바느질 들을 하며 수심을 억누르고 세월을 보내나 자연 마음이 타고 간장이 녹는 듯하여 점점 얼굴이 파리해 갔다.

소저는 위로 부모를 생각하고 아래로 춘랑을 불쌍히 여겨 마음이 어지러워 하루해를 보내기가 힘겨웠으나, 다른 사람은 전혀 그런 속내를 알지 못하였다. 소저는 어머니의 마음을 위로하고자 풍악과 구경거리를 마련하여 늘 집안에 화기가 넘치게 하였다.

하루는 웬 계집아이가 수족자 두 폭을 팔려고 마당에 들어섰다. 마침 춘랑이 상대하여 족자를 펴 보니 한 폭은 꽃나무 사이에 날개를 펼친 공작이요, 또 한 폭은 대숲에 잠든 새였다. 춘랑이 보니 수놓은 솜씨가 정교하므로 안으로 들어가 부인과 소저에게 족자를 드리며 말하였다.

"아가씨가 늘 제 솜씨를 칭찬하시더니 견주어 보소서. 이는 선녀의 수틀에서 나오지 아니하였으면 분명 귀신의 손에서 된 것이오니이다."

소저는 부인과 더불어 족자를 펴 보고 놀랐다.

"요즘 사람은 이런 공교한 솜씨가 없거늘 물들임과 꾸밈새가 매우 산뜻한 것으로 보아 오래된 물건이 아니니 괴이하도다.”

이에 춘랑이 바깥채에 나와 계집아이에게 족자의 출처를 물었다.

“우리 아가씨가 수놓으신 것인데 지금 객지에 계셔 급히 쓸 곳이
있어서 값을 따지지 아니하고 팔려 하나이다.”

“너희 아가씨는 뉘 집 따님이시며 또 무슨 일로 객지에 머물러
계시냐?”

“우리 아가씨는 이 통판의 누이동생이신데 통판 어른이 대부인
을 모시고 절동 고을로 벼슬살이를 가셨나이다. 그런데 공교롭
게도 아가씨가 병환이 나서 따라가지 못하고 외숙 장 별가 댁에
머물고 계시더니 요즘 그 댁에 피치 못할 사정이 생겨 이 길 건
너 연지 파는 사삼랑 집을 빌려 거처를 옮기시고 절동 고을에서
수레 오기를 기다리나이다.”

춘랑이 들어가 그 말을 소저에게 고하니 소저는 반지, 노리개 등
속으로 값을 넉넉히 주고 사서 대청마루 벽에 높이 걸어 놓고 바라
보며 온갖 찬사를 아끼지 않았다.

그 뒤부터 그 계집아이는 족자를 사고 판 일이 인연이 되어 정
사도 집에 드나들며 여종들과 친해졌다.

하루는 소저가 춘랑더러,

“수놓는 재주가 비상하니 아마 비범한 규수일 게야. 누구를 시켜
저 아이를 따라가서 소저의 인품을 한번 보고 오게 해야겠구나.”

하고 곧 똑똑한 여종 하나를 골랐다.

그 여종이 계집아이를 따라가 보니 그 집은 여염집이라 그런지
내외하는 법이 없었다. 이 소저는 이때 여종이 정 사도 댁 종인 줄

알고 친절히 대하며 음식 대접도 잘하여 보냈다.

여종이 돌아와 춘랑에게 고하였다.

"낭자의 고운 얼굴과 아름다운 자태가 꼭 우리 아가씨와 같더이다."

춘랑이 그 말을 믿지 아니하고,

"수놓은 솜씨로 보아 결코 우둔한 사람은 아니겠다마는 그렇다고 네 어찌 그리 지나친 말을 하느냐? 세상에 우리 아가씨 같은 낭자가 또 있을 리가 없다."

하니, 여종도 숙어들지 않았다.

"내 말을 의심한다면 다른 사람을 보내 보소서. 그러면 내 말이 사실인지 아닌지 알리다."

춘랑이 그 말을 듣고 제 마음대로 또 한 사람을 보냈더니 갔다 와서 말하였다.

"참 이상도 하네. 그 아가씨는 곧 천상 선녀라 어제 듣던 말이 과연 옳으오. 내 말도 믿지 못하겠다면 직접 가 보는 것이 좋을 듯하오."

그래도 춘랑은 믿어지지 않는다는 듯이,

"앞뒤의 말이 다 미덥지가 않아. 두 사람 눈이 어찌 그리도 쓸모없이 똑같을까?"

하며, 서로 허리가 부러지게 깔깔 웃고는 헤어졌다.

며칠 뒤 이 집 길 건너에 사는 사삼랑 노파가 정 사도 집에 찾아와 최 부인을 보고 말하였다.

"요즘 이 통판 댁 아가씨가 이 늙은이 집을 빌려 묵고 있는데,

그 아가씨의 고운 용모와 묘한 재주는 참으로 처음 보는 바이오니이다. 그러한 아가씨가 이 댁 아가씨의 바른 예절과 행실을 사모하여 한번 만나서 이야기를 나누고 싶으나 낯설고 어려워 선뜻 말을 내지 못하고 있었다는데, 마침 제가 정 사도 댁 마님과 친분이 있다는 말을 듣고 마님께 한번 여쭈어 보라고 부탁하기로 이렇게 찾아와 고하나이다."

부인이 곧바로 딸을 불러 이 말을 전하니 소저가 반기며 말하였다.

"소녀의 몸이 남과는 사정이 좀 다르므로 얼굴을 들어 남과 대면코자 아니 하오나, 듣사오니 소저의 사람됨과 언행이 모두 그 수놓는 솜씨 같다 하니, 저도 소저를 한번 만나 보고자 하나이다."

사삼랑이 기쁨에 겨워 돌아가더니, 이튿날 이 소저가 계집아이를 보내어 간다고 기별해 왔다.

날이 저물자 이 소저가 장막을 드리운 가마를 타고 계집종 두어 명을 거느리고 정 씨 집에 이르렀다. 정 소저가 침방으로 이 소저를 맞아들여 주인과 손님이 동서로 나누어 앉으니 산뜻한 빛이 서로 넘쳐나 갑자기 환해지니 서로 놀라는 듯하였다.

정 소저가 먼저 입을 뗐다.

"벌써부터 아랫사람들을 통하여 가까이에 계신 줄은 알았사오나 신세 기박하여 문을 닫아걸고 있었기에 문안드리지 못하였사온데, 이렇게 소저가 먼저 욕되이 찾아 주시니 감격하고 죄송하여 사례할 바를 알지 못하겠나이다."

이 소저는 오히려 황송하고 감격스러운 듯 상대를 우러르며 답례하였다.

"저는 우둔한 사람이온데 게다가 아버지를 일찍 여의고 어머니의 눈먼 사랑에 평생 배운 것도 없어 재주도 아직 갖추지 못하였나이다. 따라서 스스로 한탄하기를 남자는 뜻을 사방에 두어 어진 벗을 사귀어 서로 배우고 서로 경계하는 일도 있지만, 여자는 부모 형제와 종들 외에는 보는 사람이 없기로 '여자의 팔자야말로 옹색하도다.' 하였나이다. 듣사오니 저저(상대를 언니로 높이는 말)의 문장과 덕행은 현세에 따를 여인이 없고 몸이 중문 밖을 나간 일 없어도 그 이름이 구중궁궐에까지 들날린다 하거늘 같은 여자의 몸으로 태어나 어찌 경탄치 아니하오리까? 그래서 어리석고 재주 없는 자신을 생각지 아니하고 높은 재능과 덕망의 광채를 접하고자 원하옵더니 이제 저저의 미쁜 아량과 은정을 입어 평생소원을 이루었나이다."

정 소저는 겸허한 이 소저의 말에 감동되어 자기 심정을 역시 겸손하게 드러냈다.

"저저의 말씀이 곧 제 마음속에 품었던 바와 같나이다. 규중의 몸이 갈 길이 막히고 듣고 보는 것이 적어 본디 창해의 물과 무산의 구름을 알지 못하니, 설사 지식이 얕고 짧다 하더라도 그것은 응당한 일이온데 어찌 탓하오리까. 이는 형산에서 나는 옥이 광채를 묻어 자랑하기를 부끄러워하며, 조개 속의 구슬이 아름다움을 감추어 스스로 보배 됨이오니이다. 그러나 저 같은 여자는 고루하기 비길 데 없으니 어찌 감히 지나친 칭찬을 받으오리까?"

두 소저의 첫인사가 끝나자 인차 다과가 들어오고 한담이 시작되더니 자리는 한결 홍그러워졌다. 이 소저가 문득 주인에게 청하였다.

"바람결에 들으니 댁에 춘운이라는 미인이 있다는데 한번 만나 볼 수 있사오리까?"

"저도 저저께 뵈옵게 하려 하였나이다."

정 소저가 춘랑을 불러들였다. 이 소저 일어나 그를 맞을 때 춘랑은 놀라 속으로 감탄하였다.

'전날 두 사람의 말이 과연 옳구나. 하늘이 세상에 우리 아가씨를 내시고 또 저런 아가씨를 내시니 하늘의 뜻은 헤아리기 어렵구나.'

이 소저 또한 속으로 생각하였다.

'가춘운의 이름을 익히 들었는데 소문보다 더 잘났으니 양 상서가 어찌 깊은 정이 없으리오. 마땅히 진채봉과 더불어 어깨를 견줄 터이니 만일 가녀에게 진채봉을 만나게 하면 얼마나 놀라리오. 주인과 종 두 사람의 자색이 똑같고 재주 역시 서로 비슷하다 하니 양 상서가 어찌 이 두 여자를 놓으리오.'

이에 이 소저는 춘랑과도 마음을 터놓고 이야기를 나누니 친근한 정이 정 소저와 조금도 다를 바 없었다.

이윽고 이 소저 작별을 고하였다.

"해가 이미 기울어 더 이야기 나누지 못하는 것이 한스러우나 제가 사는 집이 길 하나를 두고 있을 뿐이니 앞으로 틈을 내어 다시 찾아와 오늘 못다 한 정을 마저 이을까 하나이다."

"수고로이 찾아 주시어 좋은 말씀을 들었사오니 마땅히 문밖까지 배웅해 드려야 하나 제 처지가 남과 달라 한 걸음도 바깥출입을 못 하니 부디 이해하시고 널리 용서하소서."

두 사람이 헤어질 때 섭섭한 정을 이기지 못하여 차마 손을 놓지 못하더니 마침내 발길을 돌렸다.

정 소저는 제 방에 들어서자 춘랑을 보고 이 소저에 대한 찬사를 아끼지 아니하였다.

"보배 칼이 비록 칼집 속에 감추어 있으나 날카로운 그 빛발 북두칠성을 쏘고, 오랜 조개가 비록 바닷물 깊이 잠겨 있어도 그 속의 진주는 오히려 빛을 뿌리거늘, 하물며 이 소저는 우리와 한 성안에 있었는데 그 명성을 듣지 못하였으니 참으로 이상하구나."

"제 마음에 한 가지 의심이 있나이다. 양 상서가 늘 말씀하시기를 진 어사 딸의 용모를 누각 위에서 보고 글을 지어 아름다운 언약을 맺었는데 그 댁에 재앙이 생겨 일이 어긋났다 하시며 진녀의 절대 미색을 칭찬하시더이다. 제가 그때 '양류사'를 보니 참으로 재주 있는 소저더이다. 아마 그 소저가 이름을 감추고 아가씨와 친분을 맺어서 지난날 상서와 맺은 인연을 다시 잇고자 함인가 하나이다."

"진 소저의 미색을 나도 다른 데서 들었다. 이 소저와 비슷한 점도 없지 아니하나 진 어사 댁이 환난을 만나 궁녀가 되었다는데 어찌 그가 여기에 오겠느냐."

정 소저는 가당치도 않다는 듯 춘랑의 의심을 부정하고, 어머니 방에 들어가 이 소저를 거듭 칭찬하였다.

부인은 딸의 말을 듣고 말했다.

"나도 그 소저를 다시 한 번 청하여 만나 봐야겠구나."

며칠 뒤 계집종을 보내 이 소저를 다시 청하니 소저 흔연히 응낙하고 계집종과 함께 왔다. 부인이 뜰에 내려 맞으니 이 소저는 자식이 부모에게 대하는 예로 정중하였다. 부인은 매우 대견히 여기며,

"지난번 소저가 수고로이 내 딸을 찾아 주어 두터운 정을 나누었다 하니 늙은 몸이 참으로 고맙게 여기나 그때 공교롭게도 몸이 편치 아니하여 잘 대접하지 못했으니, 지금까지도 한탄하는 바이네."

하고 자못 미안한 낯빛을 지었다. 이 소저는 황송한 듯 머리를 숙이며 겸손을 표하였다.

"저저의 선녀 같은 풍모를 공경하오나 혹시 저를 멀리할까 근심하였더니 오히려 형제의 의로 대접하고, 특히 부인께서 친자식처럼 대해 주시니 제 소망은 이루고도 남음이 있나이다. 제 몸이 세상을 다 살 때까지 댁의 문하에 출입하며 부인을 어머니같이 섬기고자 하나이다."

그러자 부인은 어찌 그럴 수 있겠느냐고 하면서 거듭 사양하였다.

정 소저는 이 소저와 함께 반나절이나 부인을 모시고 앉아 있다가 침방으로 이 소저를 청하였다. 그러고는 춘랑과 셋이서 솥발같이 마주앉아 오순도순 즐거운 이야기판을 벌였다. 뜻이 이미 합하고 정이 도타워져서 고금 문장을 비평하고 부녀자의 덕행을 논하며 어느덧 해 그림자가 서창에 비낀 줄을 깨닫지 못하였다.

이 소저가 돌아간 뒤 부인은 소저와 춘랑더러 말하였다.

"내 친정과 시가 쪽으로 친척이 많아 거의 천 명이나 되므로 어릴 때부터 아름다운 자색을 많이 보아 왔지만 다 이 소저를 따르지 못하니 그만한 인물이 드무니라. 그 소저가 내 딸과 비슷한지라 둘이서 의형제를 맺으면 참으로 좋겠구나."

그러자 소저는 춘랑이 의심을 품던 진 낭자 생각이 나서 어머니에게 그 말을 꺼냈다.

"춘랑은 이 소저를 진 소저로 의심하나 제 생각은 다르나이다. 이 소저는 자색만이 아니라 고결한 기상과 외모 단정함이 여염집 여자와는 다르오니 어찌 진 소저에 비기겠나이까. 소녀가 듣기를 난양 공주가 용모와 심덕이 아름답다 하오니 아마도 이 소저의 기상이 바로 난양 공주인 듯하옵니다."

부인이 의아히 여기며,

"공주를 나도 본 일이 없으니 함부로 짐작하지 못하려니와 높은 지위에 있어 이름을 들날리는 공주가 어찌 이 소저와 같겠느냐?"

하고 믿지 않으니, 소저는 말하였다.

"그러하오나 참으로 이 소저는 모든 면에서 의심나오니 나중에 춘랑을 그 집에 보내 동정을 살피게 하겠나이다."

이튿날 정 소저가 춘랑과 이 일을 의논하고 있는데, 마침 이 소저의 종이 찾아와 전하였다.

"저희 아가씨가 마침 절동 고을로 가는 배편이 있어 내일 떠나시게 되었나이다. 그리하여 오늘 이 댁에 오셔서 마님과 아가씨께 작별 인사를 드리고자 하나이다."

정 소저가 방 안을 정돈하고 기다리는데 마침내 이 소저가 이르러 부인과 소저에게 작별 인사를 드렸다. 그 정이 살뜰하고 연연하여 다정한 언니가 사랑하는 동생과 헤어지는 것 같고 젊은 사나이가 미인을 떠나보내는 것 같았다.

이 소저가 문득 일어나 부인에게 절을 하고,

"제가 어머니를 떠나고 오라비와 헤어진 지 벌써 한 해가 되어오니 돌아갈 마음이 화살 같사와 더는 이곳에 머물지 못하나이다. 떠나기 앞서 다만 부인의 은덕과 저저의 정분으로 마음이 실오리 같아 풀고자 하나 다시 맺혀지나이다. 이에 한 말씀 저저에게 간청코자 하나 허락하지 아니하실까 두려워, 먼저 부인께 고하나이다."

하더니 어쩐지 망설이며 선뜻 입을 열지 못하였다.

"청하는 것이 무엇인가?"

부인이 묻자, 이 소저는 마침내 이렇게 말하였다.

"제가 돌아가신 아버님을 위하여 남해 대사의 화상을 수놓아 이제야 겨우 끝냈나이다. 헌데 오라비는 절동 고을에 있고 저는 여자의 몸이어서 아직 글 잘하는 사람을 찾아가 화상찬을 받지 못하고 있나이다. 그러니 자칫하면 애써 수놓은 것이 헛일로 되겠기에 아까운 생각이 들어 저저의 두어 줄 글과 글씨를 받으려 하나, 수폭이 넓어 펴고 접기 어렵고 또 실례될까 두려워 감히 가져오지도 못하였나이다. 그러므로 저저께서 잠깐 오시어 손수 글을 써 주신다면 소녀의 부모 위하는 효성이 더욱 빛나오리다. 그리고 멀리 서로 헤어지는 아쉬운 마음을 풀고자 하오나 저저의 뜻을 알지 못하여 감히 바로 청하지 못하고 부인께 삼가 고하나이다."

부인이 그 말을 듣고 정 소저를 돌아보며 말하였다.

"네 본디 가까운 친척집이라도 오가지 아니하였으나 지금 낭자가 청하는 바는 부모를 위한 지성에서 나온 것이요, 하물며 낭자가 머무는 집이 가까우니 잠시 갔다 오는 것이 옳을 듯하구나."

소저는 처음에는 난처한 기색을 띠더니 돌려 생각하고 속으로,

'소저의 길채비가 바쁜 모양이고 춘랑이 대신할 수도 없는 일이니 내 이 기회를 타서 소저의 본색을 알아봐야겠다.'

하고 어머니에게 고하였다.

"소저가 청하는 일이 범상한 일이라면 하기 어려우나 부모를 위한 효성은 사람마다 감동하는 바이니 어찌 좋지 아니하오리까. 날이 어두워지면 가고자 하나이다."

그 말을 듣고 이 소저는 자못 감동한 듯 기뻐하며 사례하였다.

"해가 지면 글씨 쓰기 어려울 듯하오니 저저가 길이 번거로움을 꺼리시면 제가 탄 가마가 비록 누추하나 속이 넓어 넉넉히 두 사람은 탈 수 있사오니 함께 타고 갔다가 저녁에 돌아오심이 어떠하니이까?"

"저저의 말씀대로 하는 게 좋겠나이다."

정 소저는 어머니와 춘랑에게 눈인사를 하며 이 소저를 따라 한 가마를 탔고, 여종 몇 사람이 따라나섰다.

정 소저가 이 소저의 침방에 들어서니 크고 작은 방세간이 소박하되 모두 최고품이요, 나오는 음식도 간소하나 비길 데 없는 진미들이라 유의하여 주위를 돌아보니 모든 것이 다 의심스러울 뿐이

었다.

시간이 많이 흘렀으나 이 소저는 글 받을 말을 내지 않고 날은 점점 저물어 갔다. 이에 정 소저가 주인에게 물었다.

"대사의 화상은 어느 곳에 모셨는지 한번 보고자 하나이다."

"지금 저저에게 받들어 구경케 하겠나이다."

이 소저가 막 말을 마쳤을 때 말발굽 소리와 수레바퀴 소리가 문 밖에서 들려왔다. 이때 깃발을 펄펄 날리며 나라의 행차 대열이 길 위에 덮였거늘, 정 사도 집 여종이 황망히 들어와 고하였다.

"무수한 군사들이 이 집을 에워쌌으니 아가씨, 아가씨는 이제 어찌하시려나이까?"

정 소저는 이미 기미를 알아차리고 태연하게 앉아 있는데, 이 소저가 다가와 소근거렸다.

"저저는 안심하소서. 저는 다른 사람이 아니라 난양 공주 소화라 하며 저저를 이리 맞아 옴은 곧 황태후의 뜻이오니이다."

정 소저는 얼른 일어나 자리에서 물러앉으며 공손히 응대하였다.

"여염마을에서 하찮은 소녀 비록 아는 것은 없사오나 아리땁고 온화한 귀골이, 천한 태생과는 다른 줄 알았사오니이다. 그러하온데 공주께서 저희 집을 찾으심은 참으로 천만 꿈 밖의 일이옵나이다. 이미 존경하는 예를 잃었사옵고 또 분에 넘친 죄 많사오니 바라건대 공주님께서는 바삐 죄벌을 내리소서."

공주가 미처 대답도 하기 전에, 궁녀가 들어와 아뢰었다.

"세 궁에서 설 상궁과 왕 상궁과 화 상궁을 보내시어 공주님께 문안드리게 하셨나이다."

공주가 이때 정 소저에게,

"저저는 잠깐 여기에 머물러 계시오소서."

하고 당부하고 나가더니 당 위에 앉았다.

세 상궁이 차례로 들어와 엎드려 절하더니, 설 상궁이 먼저 고하였다.

"공주님이 궁궐을 떠나신 지 벌써 여러 날이오니 태후 낭랑께서 공주님 보고 싶은 마음이 간절하시어 저희를 보내시며 공주님께 문안드리라 하셨나이다. 그리고 오늘이 환궁하실 날이라 성상 폐하께서 조 태감에게 명하시어 행차 일행을 배행케 하시나이다."

다음으로 왕 상궁이 고하였다.

"태후 낭랑께서 하교하시기를 정 소저와 더불어 가마를 타고 함께 들어오라 하시나이다."

공주는 일어나 정 소저에게 돌아와 말하였다.

"자세한 말은 조용한 때에 하려니와 태후 낭랑께서 저저를 기다리신다 하니 사양 말고 나와 함께 들어가 뵈옴이 옳사오니이다."

정 소저는 피하지 못할 줄 알고 속마음을 솔직하게 드러냈다.

"소녀 이미 공주님의 사랑에 감격한 바이오나 여염집 여인으로서 일찍이 태후 낭랑께 뵈온 일이 없사오니 예의에 어긋남이 있을까 두렵나이다."

"태후께서 저저를 보고자 하는 마음이 내가 저저를 사랑하는 마음과 다르시겠나이까. 저저는 조금도 근심 마소서."

"공주님께서 먼저 행차하시면 저는 얼른 집에 돌아가 이 사연을 어머니께 전하고 곧 뒤좇아 가겠나이다."

공주는 정 소저의 말을 들으려 하지 않았다.

"태후께서 이미 하교하시기를 나와 가마를 같이 타라고 하셨으니, 그 말씀의 뜻 가장 정중하시므로 저저는 사양 마소서."

정 소저는 그래도 사양하였다.

"소녀는 미천한 신하의 자식이온데 어찌 감히 공주님과 한 가마를 타겠나이까?"

공주는 정 소저에게 거듭 권하기를,

"옛적에 강태공은 위수의 어부이지만 왕이 수레를 같이 탔고, 신릉군은 가난한 산지기 노인의 말고삐를 잡았다 하니, 진실로 어진 이를 존경할진대 어찌 자기 지위에 등대고 으스대리오. 저저는 명문대가의 후손이요, 대신의 딸이니 어찌 나와 더불어 같이 타기를 꺼리리오."

하고 드디어 소저의 손을 끌고 가마를 함께 탔다. 정 소저는 할 수 없이 여종더러 돌아가 부인에게 고하라 이르고 또 다른 여종에게는 가마 뒤를 따라오라고 분부하였다.

공주는 소저와 가마를 같이 타고 대궐 동한문으로 들어가 겹겹 아홉 문을 지나 작은 옆문 밖에서 가마를 내리더니 왕 상궁에게 일렀다.

"정 소저를 모시고 잠깐 여기서 기다리라."

"태후 낭랑의 명을 받아 정 소저가 잠시 쉬며 기다리도록 장막을 쳐 놓았나이다."

왕 상궁의 말에 공주는 기뻐하며 소저를 그곳에 머무르게 하고 문으로 들어갔다.

원래 태후는 정 소저를 좋게 보지 않았다. 그런데 공주가 신분을 숨기고 정 사도 집 가까이에 머물면서 수족자로 인연하여 정 소저를 사귀고 그의 지식과 덕행을 공경하게 되어 점차 정이 친밀해진 데다, 또 양소유가 끝내 정 씨를 저버리지 않을 줄 알고 그와 의형제까지 맺을 마음을 내게 되었다. 그리하여 공주는 두 여자가 한집에서 한사람을 섬기고자 자주 태후에게 글을 올려 설복함으로써 마침내 태후의 마음을 돌려놓았다. 태후는 깨달은 바 있어 공주와 정 소저가 동시에 양소유의 두 부인 됨을 허락하고 친히 소저를 보고자 하여 공주의 계책으로 정 소저를 데려오도록 하였던 것이다.

정 소저가 장막 안에서 쉬고 있는데, 궁녀 둘이 내전에서 옷상자를 들고 나와 태후의 명을 전하였다.

"정 소저가 대신의 딸로서 규방의 옷을 입었을 터이니 어찌 평복으로 나를 만나랴. 특별히 일품 직위의 의장복을 내리니 입고 들어오라."

정 소저가 그 뜻에 머리를 숙이며 아뢰었다.

"소녀가 처자의 몸으로 어찌 감히 높은 품직의 복장을 갖추겠나이까. 제 옷은 비록 간소하고 어설프나 부모 앞에서 입는 옷이오니, 태후 낭랑은 곧 만민의 부모이시라 부디 부모 앞에서 입는 옷으로 들어가 뵈옵게 하여 주소서."

궁녀 들어가 그대로 고하니 태후는 그 뜻을 대견히 여겨 곧 정 소저를 불러들였다.

이때 좌우의 궁녀들이 다투어 소저를 보고 눈이 휘둥그레지며,

"아름답고 고운 이는 우리 공주님 한 분뿐이라 생각하였더니 정

소저 같은 이가 또 있을 줄 알았으리오."

하고 저마다 탄성을 터뜨렸다.

소저가 태후를 뵙는 큰절이 끝나자, 궁녀가 전 위로 인도하였다. 태후가 앉으라 명하고 이어서 엄숙하나 자애로운 눈길로 소저를 바라보더니 입을 열었다.

"지난번 딸아이의 혼사 때문에 나라의 칙령으로 정 사도에게 양 상서의 납채를 물리라 함은 나라 법을 따라 공사와 사삿일을 분별함이지 내 마음대로 처리한 바는 아닐러라. 그러나 이때 딸아이가 충고하기를 새 혼사로 인하여 옛 언약을 저버리게 함은 인륜을 바르게 하는 제왕의 도리에 어긋난다 하고, 또 딸아이가 너와 더불어 양 상서의 부인 되기를 바라기로, 내 이미 성상과 의논하고 그 뜻을 받아들였노라. 그러니 이제 양 상서 돌아오기를 기다려 물렸던 너의 예장함을 다시 전대로 돌려보내기로 하고 딸아이를 너와 함께 상서의 부인이 되게 하려 하니, 옛날부터 오늘에 이르기까지 이러한 특전은 결코 없는 일이라 이제 너에게 알리노라."

정 소저는 그지없이 황송하고 감격하나 도무지 납득이 가지 않았다.

"그 은덕 더없이 깊고 높아 감히 바라지 못하는 바이오며 또한 우매한 소녀로서는 보답하지 못하옵나이다. 하오나 소녀는 신하의 딸이오니 어찌 감히 공주님과 더불어 신분을 같이하고 품직을 가지런히 하겠나이까. 소녀가 그 명을 좇고자 할지라도 제 부모는 죽기로써 나라의 조칙을 받지 아니할 것이옵나이다."

"네 겸손은 칭찬할 만하나 네 집은 대대로 명문대가요, 네 아버지 정 사도 역시 돌아가신 황제 폐하의 노신이라 나라가 예의로 대접함이 극진하니 아마 이번 일만은 본래의 신하 된 도리에 어긋날지라도 조칙을 받들리라."

태후가 좋게 타일러도 정 소저는 여전히 고집하였다.

"신하의 도리로 군명에 순종하는 것은 만물이 스스로 절기를 따르는 것과 같사오니 소녀의 처지를 올려 시녀를 삼으시든지 혹은 내려 비복을 삼으실지라도 어찌 감히 천명을 거역하오리까마는 양 상서 또한 어찌 마음이 편안하겠나이까? 분명코 좋지 아니할 것이옵나이다. 소녀는 본디 형제가 없고 부모가 노쇠하였사오니 소녀의 소원은 오직 효성을 다하여 공양함으로써 한평생을 마칠 따름이옵나이다."

태후는 소저를 다시 타일렀다.

"네 효성과 처신하는 도리는 옳다고 하려니와 너를 어찌 홀로 늙게 내버려 두리오. 하물며 네 마음과 행실이 백 가지가 다 갸륵하고 한 가지 흠도 찾기 어려우니 양소유도 이를 알진대 어찌 쉽사리 너를 버리리오. 또 공주는 양소유와 더불어 퉁소 한 곡조로 백 년 연분을 맺었으니 하늘이 정한 바를 사람이 어길 수 없노라. 게다가 양소유는 당대 호걸이요, 만고에 드문 재사이니 비록 두 부인을 거느린다 하여도 무슨 시비할 바가 있겠느냐.

나는 본디 두 딸을 두었는데 난양 공주의 언니가 열 살 때 죽자 내 언제나 난양의 쓸쓸함을 딱하게 여겼는데 이제 너를 보니 죽은 딸을 보는 듯하노라. 그래서 너를 양녀로 삼고 성상께 여쭈

어 네게 직품을 내리고자 하노라. 첫째는 네가 내 딸을 사랑하는
정에 대한 보답이고, 둘째는 난양이 너를 따르는 친근한 뜻을 이
루게 하며, 셋째는 네가 난양과 함께 소유를 섬겨 생길 수 있는
여러 가지 곤란을 없애려 함이로다. 네 뜻은 어떠하냐?"

태후의 과분한 뜻에 정 소저는 한사코 애원하였다.

"처분이 이에 이르시니 소녀는 복에 겨워 죽을까 하옵나이다.
바라건대 처분을 도로 거두시어 제 마음을 편케 하옵소서."

"내 성상께 여쭈어 곧 결정하리니 너는 너무 고집하지 말라."

태후는 공주를 불러내어 정 소저를 만나게 하였다.

공주가 화려한 옷차림에 위의를 갖추고 정 소저를 대하니 태후
는 매우 기꺼운 듯 눈웃음으로 공주를 반기면서,

"네가 정 소저와 더불어 형제 되기를 원하더니 이제야말로 진정
형제가 되었은즉 뉘가 언니인지 뉘가 동생인지 분별치 못하겠도
다. 네 마음에 다시 한이 없느냐?"

하고 묻고는 이어서 정 소저를 양녀로 삼을 뜻을 말하니, 공주는
몹시도 기쁜 나머지 불쑥 일어나 태후에게 절을 하였다.

"낭랑의 처분이 지극하시옵나이다. 소녀 비로소 오매불망하던
소원을 이루었사오니 기쁜 마음 어찌 다 아뢰겠나이까?"

그 뒤부터 태후는 정 소저를 더욱 살뜰히 대우하고 세상일을 허
물없이 듣기도 하고 묻기도 하였다.

한번은 옛 문장을 논하다가 문득 태후가 소저에게 물었다.

"내 일찍이 공주에게 들으니 너에게 음풍영월하는 재주가 놀랍
다 하더구나. 마침 궁중이 조용하고 봄 경치 또한 좋으니 사양치

말고 한번 읊어 춘흥을 돋우어 보아라. 옛적에 칠보시를 지은 사람*이 있었다 하는데 네 할 수 있겠느냐?"

"이미 명을 들었사오니 감히 모자란 재주로 한번 웃음거리를 삼고자 하옵나이다."

태후가 궁중에서 걸음 빠른 사람을 골라 전각 앞에 세우고 글제를 내어 시험하려 하니, 공주가 아뢰었다.

"정 소저만 혼자 짓게 함이 미안하오니 소녀도 소저와 더불어 지어 보고자 하옵나이다."

태후는 더욱 기꺼워서,

"공주의 뜻이 또한 훌륭하도다. 그러나 좋은 글제를 얻은 뒤에야 글 생각이 실꾸리처럼 스스로 풀리리라."

하고 머리를 기웃거리며 골똘히 글제를 생각하였다.

때는 늦은 봄이라 복사꽃이 난간 밖에 활짝 피었는데 마침 기쁜 까치가 지저귀며 꽃가지에 앉거늘 태후가 까치를 가리키며 말하였다.

"내 오늘 너희 혼사를 정하자 저 까치 복사나무 가지 위에서 기쁨을 알리니 이는 길할 징조로다. 반가운 새소리 들은 것으로 글제를 삼고 각기 칠언절구 한 수씩 짓되 그 속에 반드시 정혼한 사연을 넣으라."

---

* 위나라 임금 문제가 아우 조식曹植에게 일곱 걸음 걷는 사이에 시를 지으라 명령하고 못 지을 때는 무안을 톡톡히 줄 것이라고 볶아 댔다. 조식은 문제의 말이 끝나자마자 풍자시 한 편을 지었다. "콩을 삶아 죽을 쑤는데, 갈아서는 즙을 만든다. 깍지는 가마 밑에서 타는데, 콩은 가마 속에서 운다. 콩이 깍지와 본시 한 뿌린데, 깍지여 콩이 끓길 성급히 구느뇨?"

태후는 곧 궁녀를 불러 문방 도구들을 가져다 놓게 하였다.

공주와 정 소저가 붓을 잡으니 장신궁 전각 앞에 선 궁녀가 발걸음을 떼며 일곱 발자국을 가기까지 미처 글을 다 짓지 못할까 염려하여 두 사람의 붓 놀리는 모양을 돌아보면서 적이 발 떼기를 더디 하였다.

이때 두 여자의 빠른 손동작은 마치 동짓달의 바람결 같고 여름날의 소낙비 같아 둘이 다 한순간에 붓을 놓으니 궁녀는 겨우 다섯 걸음을 옮겼을 뿐이다.

태후가 먼저 정 소저의 글을 읊었다.

궁전 안 봄바람이 복사꽃에 취하였으니
어데서 날아온 새소리관데 이리도 맑으뇨.
다락머리에 궁중 기녀 새 곡조를 전하니
남국에 하늘 꽃이 새와 더불어 깃들더라.

다음으로 공주의 글을 읊었다.

봄빛이 궁정에 짙어 백 가지 꽃이 만발하니
신령한 새 날아와 반가운 소식 전하더라.
은하수에 다리 놓으니 모름지기 합심하여
견우직녀 가지런히 함께 건너더라.

태후는 두 편의 시에서 눈을 떼며 경탄하여,

"내 두 딸애의 재주는 모름지기 역대 부녀자들 가운데 따를 자가 없으리라. 조정에서 만일 여자 진사를 취할진대 마땅히 장원과 버금을 다투리로다."

하고 두 글을 바꾸어 공주와 소저에게 보이니, 그들은 저마다 상대를 공경하여 탄복하였다.

공주가 먼저 태후에게 고하였다.

"소녀가 비록 한 수를 채웠으나 그 글 뜻이야 뉘 능히 생각지 못하오리까마는 저저의 글은 정밀하고 교묘하여 소녀가 미칠 바 아니옵나이다."

이에 태후는 인자한 웃음으로 응대하였다.

"그러하다. 공주의 글은 다소 조급하나 그 대신 영민함이 또한 사랑스럽구나."

이때 황제가 태후를 찾아와 문안하니, 태후는 공주와 정 소저를 옆방으로 보내고 말하였다.

"내 공주의 혼사를 위하여 양소유의 납채를 도로 물리게 하였으니 마침내 풍습과 교화를 그르쳐 나라의 위엄에 손상이 있는지라, 이를 바로잡고자 정 소저를 공주와 더불어 소유의 부인을 삼게 하면 정 사도 집에서 감히 좇지 못하겠다 할 것이요, 정 소저를 첩이 되게 하면 박정하기로, 내 생각이 있어 오늘 정 소저를 불러 보았소이다. 불러 보니 단아한 외모와 놀라운 재주가 틀림없이 우리 공주와 형제 될 만한지라, 내 정 소저와 모녀지의를 맺어 난양과 함께 양소유에게 보내려 하니 이 일이 어떠하오?"

황제가 크게 기뻐하며 응답하기를,

"이는 성덕이 하늘보다 더 높음이오니 바다 같은 그 혜택은 일찍이 낭랑께 따를 사람이 없겠나이다."

태후가 곧 정 소저를 불러들여 황제를 뵙게 하니 황제 명하여 전위로 오르게 하고 태후를 향하여 물었다.

"정 소저가 이미 짐의 누이 되었거늘 아직도 평복을 입음은 어쩐 까닭이오니까?"

"성상의 조칙이 내리지 아니하였으므로 예복을 굳이 사양하더이다."

황제가 태후의 말을 듣고 여중서에게 명하여 두루마리 한 축을 가져오라 하니, 궁녀 진채봉이 받들어 올렸다. 황제가 붓을 들어 쓰려 하다가 태후를 보고 의논하였다.

"정 소저를 이미 공주로 봉하였으니 나라의 성을 내리겠나이다."

"나도 또한 그럴 뜻이 있었으나 다만 정 사도 내외가 이미 늙었고 다른 자녀가 없다 하니 사도의 성을 전할 사람 없음이 민망하더이다. 본성대로 두게 함은 내 그 사정을 걱정하는 뜻이오이다."

황제가 친필로 크게 썼다.

짐이 태후의 성지를 받들어 양녀 정경패를 영양 공주로 봉하노라.

다 쓰고서 황제와 태후 두 궁의 인장을 찍어 소저에게 주었다. 그다음 궁녀에게 명하여 관복을 받들어 정 소저를 입히니, 소저는 화려한 공주 차림으로 태후와 황제에게 정중히 절을 하였다.

황제가 두 공주의 차례를 정할 때 영양이 난양보다 한 해 위이지만 주저하며 윗자리에 앉지 못하거늘, 태후가 이를 보고,

"영양 공주가 이제는 곧 내 딸이라 형이 위에 있고 아우가 아래 있음이 예절이거늘 형제간에 어찌 겸양하리오."

하니, 영양이 이마를 조아리며,

"오늘 차례가 곧 뒷날 행렬 차례로 되겠사온데 어찌 처음부터 삼가지 아니하오리까?"

하고 한사코 사양하자, 난양 공주도 사양하여 마지않았다.

"옛적 춘추 시절에 조나라 양왕의 처가 곧 진 문공의 딸이지만 그 순위를 본처에게 사양하였는데, 하물며 저저는 제 언니이니 어찌 주저하겠나이까?"

정 소저가 그대로 오래도록 망설이자 태후가 나이 차례를 따라 순위를 정하였다. 그 뒤부터 궁중 사람들은 다 정 소저를 영양 공주라 부르며 공경하였다.

이날 태후가 두 공주의 칠보시를 황제에게 보이니 황제는 못내 칭찬하였다.

"두 글귀가 모두 훌륭하나 영양의 글이 옛 시에서 뜻을 이끌어 덕을 상대편에 돌려보냄으로써 자신의 체모와 도리를 차렸나이다."

"성상의 말씀이 옳소이다."

"낭랑께서 영양을 사랑하심이 이만저만 아니시니 참으로 전에 보지 못하던 일이오니이다. 그런데 이 기회에 한 가지 청할 일이 있사옵나이다."

황제는 채봉의 궁녀살이 내력과 그의 장래에 대한 의향을 내놓

왔다.

"진채봉의 아비가 비록 죄를 짓고 죽었으나 그 선조가 다 조정의 신하였기로 생각할 바가 적지 아니하나이다. 그러므로 진 중서의 사정을 돌아보아 이번에 공주를 하가시킬 때 첩으로 함께 보내고자 하니 낭랑은 그를 가엾이 여기시어 허락하옵소서."

이때 태후가 두 공주를 돌아보니, 난양 공주가 선뜻 입을 열어 아뢰었다.

"진 씨가 일찍이 그 사정을 소녀에게 말했나이다. 소녀는 이미 진 씨와 정이 각별하여 서로 떠나고자 아니 하니 낭랑의 처분이 아니 계실지라도 그럴 마음이 있었나이다."

딸의 말을 들은 태후는 고개를 끄덕이더니 곧 진채봉을 불러 조용히 말하였다.

"공주가 너와 더불어 사생을 함께할 뜻이 있는 고로 특별히 너를 양 상서의 첩으로 삼으니 이제부터 더욱 공경을 다하여 공주의 은혜를 갚을지니라."

진채봉이 감격하여 눈물을 흘리며 일어나 절하였다. 태후는 인자한 얼굴로 절을 받더니 다시 말을 이었다.

"두 공주의 혼사를 속 시원히 정하니 문득 반가운 새가 날아와 깍깍거리며 길할 징조를 알리더라. 이에 두 공주에게 글을 쓰게 하여 이미 보았나니 이제 너도 글을 지어 이 경사를 같이 즐기라."

채봉이 태후의 명이 떨어지자마자 바로 글을 지어 바쳤다.

반가운 새 소리치며 궁전에 들렀으니

다홍색 봉선화에 봄바람이 일도다.

편안히 깃들어 날아갈 생각 아니 하고

너덧 개 별 드물게 동녘 하늘에 있더라.

태후는 황제와 함께 읽어 보고 자못 기쁜 얼굴로,

"옛날 어느 여류 문장가도 이에 따르지 못하리로다. 이 글 속에 또한 이미 영양 공주가 인용한 옛글의 뜻을 인용하여 정실과 첩의 분별을 지키니 더욱 갸륵하도다."

하더니 세 소저를 대견히 바라보면서 말을 이었다.

"예부터 글 잘 짓는 여자란 손가락을 꼽을 만큼 드문데, 재능 있는 세 사람이 한자리에 모여 있으니 기쁜 일이로다."

태후의 말을 듣더니 난양이 생각난 듯 불쑥 말하였다.

"영양 저저의 시비 가춘운의 글재주 또한 기이하나이다."

이때 날이 저물어 가니 황제 어전으로 돌아가고 두 공주 또한 자기들 방으로 물러갔다.

이튿날 새벽이었다. 닭이 홰를 칠 때 영양 공주가 태후 방에 들어가 아침 문안을 드리고는 오늘 집으로 돌아갈 것을 청하였다.

"소녀가 궁중에 들어올 때 부모님이 분명 놀라고 황송하였을 것이오니 오늘 돌아가 뵙고 태후 낭랑의 은덕과 소녀의 영광을 말씀 올리고 일가친척들에게도 자랑코자 하나이다. 부디 허락하옵소서."

"어찌 번거롭게 궁성을 떠나리오. 내 네 친어머니와 의논할 일이 있다."

하고 태후는 곧 영양의 어머니 최 부인을 모셔 오라고 일렀다.

한편 정 사도 내외는 그날 돌아온 여종에게 딸의 소식을 듣고 놀랍고도 반가운 경사를 기뻐하더니 오늘 뜻밖에 부인이 또한 태후의 부름을 받아 급히 내전에 이르렀다.

태후가 최 부인을 접견하였다.

"내 부인의 여식을 데려옴은 다만 난양 공주의 혼사를 위해서였는데 정 소저의 꽃다운 인물을 접하니 사랑하는 마음을 이기지 못하여 마침내 양녀를 삼아 난양의 언니로 되었는지라 죽은 내 맏딸이 이 세상의 부인 댁에 다시 태어났는가 하오. 정 소저 이미 영양 공주로 되었으니 마땅히 성을 내릴 것이로되 부인이 다른 자녀 없음을 생각하여 성을 고치지 아니하였으니 부인은 지극한 그 뜻을 받드시오."

최 부인이 황감하여 머리를 숙이며 아뢰었다.

"신첩이 늦게 낳은 한낱 여식을 사랑하였사온데 그 아이의 혼사에 이르러 한번 그르쳐 납채를 물리오니 다만 면목이 없어 어찌할 바를 몰랐나이다. 그런데 공주님께서 여러 번 누추한 저희 집을 찾아 천한 여식과 사귀시고 더구나 함께 궁중에 들어오시어 세상에 다시없는 은전을 베풀어 주셨나이다.

그러므로 마땅히 정성과 힘을 다하여 천은의 만분지일이라도 갚고자 하오나, 신첩의 지아비는 나이 늙고 병들어 이미 벼슬을 하직하였고, 신첩 또한 동작이 굼뜨고 느려 궁 안을 쓸고 닦는 일조차도 주관할 수 없사오니, 하늘 같은 은덕을 장차 무슨 수로 갚사오리까. 오직 감격의 눈물만 흘릴 뿐이옵나이다."

그러더니 일어나 절하고 엎드려 울어 소매를 흥건히 적셨다. 태후는 그 모양을 보고 위로하였다.

"영양이 이미 내 딸이 되었으니 다시 데려갈 생각을 마시오."

최 부인은 다시 아뢰었다.

"모녀가 한자리에서 하늘 같은 은덕을 미처 다 칭송치 못하오니 이것이 한이옵나이다."

태후 적이 웃음을 띠면서,

"성혼한 뒤에는 난양 공주도 부인에게 부탁하리니 내가 영양 보듯 하시오."

하더니 난양 공주를 불렀다.

최 부인이 공주를 보고 거듭 전날의 무례한 죄를 사과하자, 태후가 문득 부인에게 청하였다.

"내 들으니 부인 곁에 가춘운이라는 아이가 있다 하니 한번 보고 싶소."

부인이 곧 춘랑을 불러들이자 춘랑이 전각 아래서 엎드리거늘, 태후가 그의 고운 모습을 칭찬하며 당 위로 올라오라 이르고 이어 가벼이 물었다.

"난양의 말을 들으니 네 글재주가 놀랍다 하더구나. 지금 글 한 수 짓겠느냐?"

춘랑이 다시 엎드리며 아뢰었다.

"배운 바 없는 소녀가 어찌 감히 태후 낭랑 앞에서 당돌히 글을 짓겠사옵니까. 그러하오나 시험 삼아 태후 낭랑의 뜻을 받들고

자 하오니 글제를 내려 주소서."

태후가 세 사람의 글을 내주면서,

"네 이 글의 뜻에 맞도록 짓겠느냐?"

하니, 춘랑이 그 글을 차례로 다 읽고 곧 시 한 수를 지었다.

기쁨을 알리는 작은 정성 다만 스스로 알지니
궁궐에서 다행히 봉황의 거동을 따를러라.
전각의 봄빛이 천 그루 꽃나무에 세 겹 어렸거늘
어찌 그 한 가지를 빌릴 수 없겠느뇨.

태후가 그 시를 다 읽더니 두 공주를 돌아보며,

"가녀의 글재주 이러할 줄은 미처 생각지 못한 바로다."

하고 칭찬하니, 난양이 곧 그 시의 뜻을 밝혔다.

"이 글이 새로 자신을 비기고 봉황으로 저저를 비유하였으니 체모와 예절을 분명히 차렸고, 끝구에 소녀들이 허락하지 아니할까 의심하여 한 가지에 깃들임을 빌고자 옛사람의 글을 모으고 옛 시에서 뜻을 캐어 한 절구로 합쳐 이루었으니, 그 뜻이 정교하고 수단이 영민하기 그지없나이다. '나는 새가 사람을 의지하니, 사람이 스스로 새를 불쌍히 여긴다.' 하는 옛말이 가녀에게 어울릴 말이오니이다."

난양 공주는 말을 마치고 춘랑과 더불어 물러나와 그길로 진채봉의 처소를 찾아갔다. 춘랑에게 채봉을 만나게 하면서 난양이 말하였다.

"이 여중서는 화음현 진채봉이니 앞으로 춘랑과 더불어 해로할 사람이로다."

"그러하오면 '양류사'를 지은 진 낭자이시니이까?"

춘랑의 말에 채봉이 놀라서 물었다.

"춘랑은 어떤 사람에게서 '양류사'를 들었소?"

"양 상서가 늘 낭자를 못 잊어 그 글을 외우기로 얻어들었나이다."

채봉이 감개무량하여 불쑥 혼잣말로 기쁨을 터뜨렸다.

"양 상서가 나를 잊지 아니하였구나!"

"낭자 어찌 그런 말을 하시오니이까? 양 상서가 '양류사'를 늘 몸에 간직하고 꺼내 보면서 눈물을 흘리고 읊으며 탄식하더이다."

"세월이 많이 흘렀건만 양 상서가 아직도 옛정을 못 잊으니, 내 비록 그이를 못 보고 죽는다 하여도 한이 없도다."

하고 채봉이 집부채에 상서의 글 받은 사연을 이야기하였다. 춘랑도 상서와 옛정이 새로워,

"소녀의 몸에 지닌 패물이 다 상서가 주신 것이오니이다."

하고 이어서 다른 말을 하려 할 때, 궁인이 들어와 정 사도 부인이 이제 떠나려 한다고 알렸다.

두 공주가 곧 들어가 자리에 앉으니, 태후가 최 부인에게 말하였다.

"양 상서가 멀지 아니하여 돌아오리니 전날 물렸던 납채가 부인 집 문에 다시 들어가겠으나 영양이 곧 내 딸이니 두 딸의 혼례식

을 함께 치르고자 하오. 부인은 허락하겠소?"

"신첩은 태후 낭랑의 처분만 기다리겠나이다."

최 부인의 대답에 태후는 빙그레 웃으면서 말하였다.

"양 상서가 영양을 위하여 나라의 처분을 세 번이나 항거하였으니 내 또한 한 번 그를 속이고자 하오. 속담에 '흥즉길'이라 하였으니 상서 돌아오면 '정 소저가 어쩌다 병이 들어 세상을 떠났다.' 하시오. 또 상서의 그전 상소문에 보니, 정 소저와 서로 낯을 익혔다 하였으니 잔치하는 날 상서가 과연 그 얼굴을 아는지 모르는지 시험코자 하오."

최 부인이 태후의 뜻을 받들고 물러나와 돌아갈 때, 영양이 전각 아래까지 내려가 어머니를 바래었다. 이때 춘랑더러 소유를 속일 꾀를 가만히 알려 주니 춘랑이 딱한 얼굴로,

"소녀가 신선도 되고 귀신도 되어 상서를 속인 일도 송구하고 민망하온데, 또 계책을 꾸미면 너무 무례하지 아니하오리까?"

하고 되물으니, 영양이 한마디로 명확히 대답하였다.

"이는 우리가 하는 바 아니라 태후 낭랑의 명이시니라."

춘랑은 새물새물 웃고 돌아갔다.

드디어 혼례를 올리다

양소유가 군사들에게 백룡담 물을 먹이자 군사들이 기운을 회복하여 모두 한번 싸우기를 원하였다.

소유는 장수들을 불러 미리 약속을 정하고 북소리를 울리며 진격하였다. 찬보는 마침 심요연이 보낸 구슬을 받은 뒤여서 양소유의 군사들이 이미 반사곡을 지난 줄 알고 부하들과 의논하려 하였다. 그때 토번의 장수들은 오히려 찬보를 붙잡아 양소유의 진영에 바치고 항복하였다.

이때 소유는 다시 군사의 대열을 정비하고 성안에 들어가, 노략질을 금하며 민정을 살펴 백성들을 위안하고 어지러운 질서를 바로잡았다.

그 뒤에 소유가 군사를 돌려세워 개가를 높이 부르면서 서울로 행군하여 마침 진주 땅에 이르렀을 때다.

때는 가을이라 산천은 황량하고 소슬한 바람결에 들꽃도 쓸쓸히 흐느적거리는데 공중에 나는 기러기조차 슬픔을 불러 집 떠난 나그네를 향수에 잠기게 하였다. 소유가 객사에 누워 잠을 청하는데 들려오는 풀벌레 울음소리에 심사가 울적해지고 지난날 겪은 가지가지 일들이 떠올라 잠을 이루지 못하였다.

'고향을 떠난 지도 어느덧 삼 년 세월이 흘러갔으니 어머님 근력이 전날 같지 아니하리니 병구완은 뉘게 부탁하며 아침저녁 문안은 어느 때 하게 될꼬? 오늘 난리를 평정하여 뜻을 이루었으나 그동안 늙으신 어머니를 모시지 못하였으니 자식 된 도리가 아니로다. 하물며 수년 동안 나랏일에 매인 몸으로 진중에 있었으니 안해를 두지 못하였음은 당연하다. 그렇다고 이제 정 소저와 혼사를 단념하기란 참으로 괴로운 일이로다. 하지만 내 잃었던 오천 리 땅을 되찾아 냈고 백만 도적을 평정하였으니, 성상은 또 높은 벼슬로 그 공을 위로하시리라. 그러면 내 그 벼슬을 도로 바치고 이 심정을 하소하여 정 소저와 혼인함을 허락해 주십사 간청하면 혹 승낙받을 수도 있으리라.'

생각이 이에 미치니 소유는 마음이 적이 풀려 베개를 베자 슬며시 잠이 들었고 꿈속으로 빠져 들었다.

소유의 몸이 하늘 위로 날아올랐다. 칠보 궁궐의 단청이 찬란하고 오색구름이 영롱한데 시녀들이 소유 앞에 이르러 말하였다.

"정 소저가 원수를 청하나이다."

소유가 시녀를 따라 안으로 들어가니 넓은 뜰에 온갖 꽃이 울긋불긋 만발하였는데 백옥루 위에 세 선녀가 모여 있었다. 옷차림이 유독 왕후 같으며 주옥같은 광채가 빛발치는 선녀가 난간에 기대어 꽃가지를 희롱하다가 문득 소유가 들어오는 것을 보자 반기며 얼른 다가와 정중히 맞이하였다. 자리를 정하고 앉자 선녀가 입을 열었다.

"원수님, 헤어진 뒤 안녕하셨나이까?"

소유가 자세히 보니 전날 거문고 곡조를 논하던 바로 그 정 소저가 분명한지라 놀랍고 반가워 말을 하려는데 웬일인지 입이 떨어지지 않았다. 선녀가 다시 말을 이었다.

"이제 저는 이미 인간 세상을 떠나 천상에 와 있으므로 옛일을 생각하니 슬프옵나이다. 그러니 제 부모를 보시더라도 제 소식은 듣지 못하실 것이오니이다."

하고는 인차 곁에 있는 두 선녀를 가리켰다.

"이이는 곧 직녀 선군이요, 저이는 곧 대향 옥녀인데 원수와 더불어 전생연분이 있사옵나이다. 부디 이 두 선녀와 먼저 좋은 언약을 맺으면 소녀 또한 의탁할 바 있을 것이오니이다."

소유가 두 선녀를 바라보니 말석에 앉은 이는 낯이 익으나 도무지 기억이 나지 않았다. 문득 북소리에 놀라 깨니 곧 한바탕 봄꿈이었다.

소유가 꿈속 일을 생각하니 모두 길할 징조가 아니거늘 이에 스스로 탄식하였다.

"정 낭자가 분명 죽었구나. 계섬월이 천거하고 두 연사가 중매한 것도 다 월하노인의 지시가 아니로다. 그러니 가약을 이루지 못하고 이미 유명이 다르니 이승이냐 저승이냐? 흉한 것이 오히려 길하다 하였으니 혹 내 꿈을 일컬어 한 말인가?"

소유는 불안한 마음을 달래며 다시 잠을 청하였다.

소유의 행군 대열 선봉이 오랜만에 서울에 이르렀다. 황제가 위교까지 몸소 거둥하여 소유를 맞을 때 선두의 양소유는 봉황새를 장식한 황금 투구를 쓰고 금 비늘로 뒤덮인 갑옷에 천리마를 탔는데 그 전후좌우는 황제가 내린 부월과 용봉 깃발들로 둘러싸여 있었다.

찬보를 가둔 수레를 진 앞에 세우고 토번 삼십육 국에서 바친 공물을 도맡은 대오가 뒤를 따르니, 굉장한 위세는 천고에 드문 광경이었다.

소유가 말에서 내려 황제 앞에 머리를 조아리니, 황제가 친히 붙들어 일으키고 군공을 치하하였다.

황제가 환궁하여 곧 조정에 조서를 내려 소유에게 나라 땅을 나누어 주고 또 왕에 봉하여 상을 후히 내리거늘, 소유는 겸손히 사양하고 받지 아니하였다. 그러자 황제는 그의 충의를 받아들이고 칙령을 내려 양소유로 대승상을 삼고 또 위국공을 봉하여 식읍 삼만 호를 떼어 주었으며 그 밖에 상으로 내린 것이 이루 다 헤아릴 수 없었다.

양 승상이 대궐에 들어가 황제 앞에 과분한 은총을 사례하니 황제가 곧 명하여 태평연을 베풀었다. 소유가 황송하여 극진한 예로 연회에 참례하니, 황제는 겸허함을 더욱 미쁘게 여겨 소유의 화상을 기린각에 그려 붙이라고 명하였다.

소유가 퇴궐하여 정 사도 집에 이르니 집안 식구들이 모두 사랑에 모여 승상을 맞아 절하면서 저마다 한마디씩 치하하였다. 이때 사도와 부인이 보이지 아니하여 소유가 안부를 물으니 정십삼이 대답하였다.

"숙부와 숙모가 가까스로 몸은 유지하나 누이의 죽음을 보신 뒤로 비통에 잠겨 병을 앓으시오이다. 그러므로 기력이 없어 사랑에 나오지 못하시니 부디 승상은 소생과 함께 내당에 들어감이 어떠하오리까?"

소유는 막상 이런 말을 듣자 꿈 생각이 떠올라 철렁 가슴이 내려앉았다. 설마 그러랴 하던 마음이 허물어지며 자세한 사연도 묻지 못하고 한동안 생각에 잠겨 있다가 간신히 입을 열었다.

"장인이 언제 따님의 상변을 당하셨소?"

"누이는 숙부모의 무남독녀이온데 하늘도 무심하여 이런 참상을 만나니 어찌 비통치 아니하오리까. 바라건대 승상은 들어가 뵈올 때 슬픈 빛을 띠지 마소서."

소유가 흘리는 눈물이 빗줄기 같아 옷깃을 적시니, 정생이 위로하였다.

"승상의 혼약이 비록 금석같이 굳으나 집안 운수가 불행하여 대사는 이미 그르쳤으니 부디 승상은 오직 의리를 생각하여 눈물을 거두고 숙부모를 힘써 위로하소서."

소유가 눈물을 씻으며 깊이 사례하고 정생과 함께 안에 들어가 사도 내외를 뵈니, 사도는 소유가 승상 됨을 치하할 뿐 소저가 꽃나이에 갑자기 죽은 사실에 대하여서는 말이 없었다. 소유가 속으로 이상히 생각하며 사도에게 먼저 말을 비쳤다.

"제가 다행히 나라의 위엄을 힘입어 맡은 일을 처리하였사온데 분에 넘치게 상을 받는 은총을 입어 이에 성상께 깊이 사례하옵고 또한 정 소저와 혼약한 사정을 거듭 아뢰어 성상의 마음을 돌리시게 함으로써 전날의 언약을 이루고자 하였사온데, 아침 이슬이 먼저 마르고 봄빛은 이미 스러졌으니 어찌 생사의 감회 간절하지 아니하오리까."

정 사도가 그 말에 눈썹을 찡그리더니 정색을 하고 일렀다.

"오늘은 온 집안이 모여 기쁜 일을 축하하는 날이니 슬픈 이야기는 하지 말게."

이때 정생이 자꾸 소유에게 눈짓을 하였다. 이에 소유는 더는 말하지 않고 그 자리를 떠나 화원으로 발길을 돌렸다. 화원에 들어가니 춘랑이 섬돌 아래 내려와 맞이하였다.

소유는 춘랑을 보니 정 소저를 보는 것 같아 슬픈 회포가 더욱 간절하여 눈물을 뚝뚝 떨어뜨렸다. 그러자 춘랑이 소유를 방 안으로 이끌었다. 소유가 자리에 앉자 자기도 그 앞에 꿇어앉으며 그동안에 겪은 일을 낱낱이 말하기 시작하였다.

"상공, 어찌 이다지도 슬퍼하시나이까? 마음을 돌리어 눈물을 거두시고 잠깐 제 말을 들으소서. 우리 아가씨는 본디 하늘 신선으로 잠시 인간 세상에 귀양 오신 고로 다시 하늘에 오르시던 날, 아가씨가 저더러 말씀하기를,

'너도 스스로 양 상서와 관계를 끊고 다시 나를 좇으라. 내 이미 인간 세상을 버렸거늘 네가 다시 양 상서한테 돌아간다면 너와 내가 헤어질 텐데 어찌 그러겠느냐. 상서가 조만간 전장에서

돌아와 만일 나를 못 잊어 슬퍼하거든 네 모름지기 내 말로 이렇게 전하여라.' 하시면서,

'납채를 이미 물렸으니 곧 길 가는 사람과 다름없는 남남인데 하물며 지난날 거문고로 맺은 인연을 지나치게 생각하고 너무 슬퍼하면 이는 황명을 거역하고 사사로운 일을 좇는 것이니 곧 죽은 사람에게 오히려 누를 끼침이나 같사오니이다. 그리고 또 무덤에 제사를 지내거나 혹 울어서 곡소리를 내는 것은 나를 무정한 여자로 대접함이니 어찌 지하에서 유감스럽지 아니하겠사옵니까. 성상이 상서가 돌아오기를 기다려 다시 공주의 혼사를 의논하신다 하니 그때는 군명을 받들어 다시는 죄에 빠지지 아니함이 제가 바라는 바이오니이다.' 하셨나이다."

소유는 춘랑의 말이 끝나자 더욱 슬퍼,

"소저의 유언이 비록 그러하나 어찌 슬프지 아니하리오. 열 번 죽어도 고마운 그 마음에 보답하기 어렵구나."

하고 이어서 진중에서 꿈꾼 이야기를 춘랑에게 들려주었다. 춘랑이 다 듣더니 눈물을 뿌리면서 소유를 위로하였다.

"아가씨는 반드시 옥경玉京에 계실 것이니 승상이 천추 만수를 누리신 뒤 어찌 아가씨와 서로 만날 기약이 없사오리까. 슬픔으로 하여 귀하신 몸 상치 마소서."

"그 밖에 소저 또 다른 말은 없었느냐?"

"다른 말씀도 있었으나 제 입으로 감히 말하지 못하겠나이다."

소유가 궁금한 낯색으로 재촉하였다.

"들은 바를 숨기지 말고 다 말하여 보라."

춘랑은 마지못하여 응하였다.

"아가씨가 또 저더러 말씀하기를 '내 아까는 너더러 양 상서와 끊으라 하였지만 다시 생각하니 내 생각이 짧았구나. 내 춘랑과 더불어 곧 한 몸이니 상서가 나를 잊지 못하여 춘랑 보기를 나같이 여겨 마침내 버리지 아니하면 내 몸은 비록 땅속에 있으나 친히 상서의 은정을 받은 것이나 같다.' 하셨나이다."

소유가 그 말에 더욱 감동하여,

"어찌 춘랑을 버리겠느냐. 하물며 소저의 부탁이 있으니 내 직녀로 안해를 삼을지라도 결코 춘랑을 저버리지 아니하리로다."

하고 맹세를 다졌다.

이튿날 황제가 양소유를 불러다가 물었다.

"지난날 공주의 혼사로 인하여 태후 낭랑께서 특히 엄한 처분을 내리시니 짐의 마음이 불안하였노라. 그러나 이제는 딴생각이 없게 되어 가벼운 마음으로 경이 돌아오면 공주와 혼례를 치르고자 하였느니라. 그런데 경의 나이 한창 젊고 집에 노모가 계시니 의식 범절을 어찌 스스로 분별하며, 하물며 대승상의 집에 안주인이 없어서는 안 될 것이요, 위국공 사당에 제사를 건너지 못할지라, 짐이 이미 승상 저택에 공주궁을 지어 놓고 성례할 날을 기다린 지 오래이노라. 지금도 여전히 허락지 아니하겠느냐?"

소유가 머리를 두드리며 삼가 아뢰었다.

"신이 전후하여 여러 번 거역한 죄는 만 번 죽어도 아깝지 아니하나 칙령을 거듭 내리시어 따뜻이 일깨워 주시니 참으로 황공하여 죽어도 묻힐 땅이 없사옵나이다. 신은 진실로 딴생각은 없사온데 다만 문벌이 하찮고 배운 재주 또한 넉넉지 못하여 부마의 신분이 분에 넘친다고 생각할 뿐이옵나이다."

황제는 그의 입에서 다른 말 없음이 크게 기뻐서 곧 흠천관欽天館에 조서를 내려 길일을 가려 들이라 하니, 구월 보름날로 정하였다고 알려 왔다. 그날까지는 다만 수십 일이 남았을 뿐이다.

며칠 뒤 황제가 소유에게 또 말하였다.

"전날에는 혼사를 확실히 정하지 못하였으므로 경에게 미처 말하지 못하였노라. 짐의 누이가 두 사람 있으니 둘 다 성품이 현숙하고 인물 역시 곱기가 같은지라, 경 같은 사람을 또 하나 얻으려 하나 어디에서 구하리오. 그런고로 짐은 태후의 명을 받들어 두 누이를 경에게 함께 출가시키고자 하노라."

소유는 문득 진중 객사에서 꿈속에 보았던 세 선녀가 생각나서 마음속으로 괴히 여기며 엎드려 아뢰었다.

"신이 부마로 되는 것도 황송하기 그지없사온데 또 폐하께서 두 공주를 한사람의 몸에 하가시키고자 하시니, 나라가 있은 이래로 듣지 못한 바이옵나이다. 신이 어찌 감당하겠사옵나이까?"

"경이 나라에 세운 공훈은 참으로 헤아릴 길이 없는지라 그 공로를 갚고자 하여 두 누이에게 경을 섬기게 함이러라. 두 누이가 동기간 정이 깊고 깊어 늙어 죽도록 서로 떨어지지 아니하기를 바라기 때문이로다. 그 아이들을 한사람에게 하가시킴은 또한 태후 낭랑의 뜻이시니 경은 구태여 사양치 말지어다.

또 궁녀 진 씨는 대대로 벼슬한 집안의 딸이요, 게다가 자색이 있고 글을 잘하며 궁중에 있은 지 여러 달에 오직 충성으로 태후를 섬기고 또 공주와 정이 친동기간 같거늘 태후께서 사랑하심이 친자식과 조금도 다름이 없노라. 그런데 공주의 혼인날이 가까워 오기로 짐이 태후께, '두 공주와 함께 하례 절차를 정하던 날, 진 씨도 이미 첩으로 정하였나이다.' 하고 고하였으니 경은 이대로 명을 좇을지어다."

승상은 황공하기 그지없어 그 은정에 깊이 사례하고 대궐에서 물러 나왔다.

전날 영양과 난양 두 공주의 차례는 이미 정하였지만, 하루는 태후와 황제가 있는 자리에서 영양이 아뢰었다.

"지난번 저희 차례를 정하던 날 소녀가 윗자리를 차지함은 극히 분에 넘쳤사옵니다. 허나 끝내 사양하면 태후 낭랑의 살뜰한 정을 어기는 것 같아 그때는 따랐으나 본의가 아니었나이다. 그런데 이제 양 승상을 가까이 섬길 때 제 마음대로 첫자리를 사양하면 이 또한 옳지 아니하오니, 태후 낭랑과 폐하께서 예절과 도리를 헤아리시고 차례를 바로잡아 일을 분별하여 편안케 하시고 집안 법도가 어지럽지 않게 하옵소서."

이때 난양이 태후 옆에 있다가 참견하였다.

"저저의 덕행과 재주는 다 소녀의 스승이오니 저저가 비록 정씨 가문의 소생일지라도 이미 저와 형제로 된 바에야 지금도 어찌 존귀와 비천의 차별을 두겠나이까? 소녀가 둘째 부인이 될지라도 스스로 황실 딸의 존귀함을 잃지 아니하나이다. 만일 소녀가 첫자리를 차지하면 어머님이 저저를 양녀로 삼은 본뜻이 과연 어데 있나이까?"

이에 태후가 황제더러,

"이 일을 어찌 조처할꼬?"

하고 의논하니, 황제가 말하였다.

"난양이 의리를 말하며 지성껏 청하니 예부터 나라 공주가 이러
하였다는 말은 듣지 못하였사오니이다. 바라건대 낭랑께서 그
겸손한 덕을 더욱 아름다이 여기시어 난양의 갸륵한 뜻을 이루
어 주소서."

"성상의 말씀이 옳소."

태후는 곧 지시를 내려 영양을 위국공 좌부인으로 삼고, 난양을
우부인에 봉하고, 진채봉은 본디 벼슬하는 집안의 딸이므로 숙인으
로 봉하였다. 전례에 공주의 혼례는 궐문 밖에서 행하였지만, 이번
은 태후가 특별히 대궐 안에서 하도록 하였다.

혼인날이 되자 양소유는 호화찬란한 예복에 옥띠를 띠고 두 공
주와 더불어 성례하니, 그 높은 위세와 혼례 광경은 장하기 그지없
었다.

신랑과 두 신부의 맞절이 끝나고 자리에 앉자 진채봉이 또한 신
랑에게 절을 하였다. 채봉이 일어나 인차 공주를 모시려 하거늘 소
유가 자리를 내주니 마치 세 선녀가 방금 하늘에서 내려온 듯 휘황
찬란하여 소유는 자기가 지금 꿈속에 있지 아니한가 의심하였다.

이날 밤 소유는 영양 공주와 베개를 나란히 하였다. 이튿날 아침
일찍 태후에게 문안하니, 태후는 또 잔칫상을 크게 베풀었다. 황제
와 황후가 태후를 모신 가운데 신랑 신부들을 비롯한 모든 궁인들
이 온종일 이 경사를 마음껏 즐겼다. 소유는 이날 밤 난양 공주와

더불어 이불을 한가지로 덮었다.

사흗날에는 진채봉의 방에 들었다. 채봉이 소유를 맞더니 문득 눈물을 비 오듯 흘렸다. 소유가 의아히 여겨 말하였다.

"오늘 웃는 것은 옳거니와 우는 것은 옳지 아니하오. 그러나 무슨 까닭이 있는 듯하니 사정을 말해 보시오."

"소첩을 기억하지 못하시니 승상은 저를 잊어버리셨나이다."

그 말에 소유가 채봉의 얼굴을 자세히 보더니 깜짝 놀라 그의 손을 덥석 잡고 큰소리로 탄성을 터뜨렸다.

"그대는 화음현 진 낭자로다! 내 자나 깨나 잊지 못하던 그 낭자로다."

이때 채봉이 더욱 목메나 감히 소리를 못 내거늘, 소유는 말을 이었다.

"낭자가 이미 세상을 버린 줄 알았는데 궁중에 있었으니 참으로 다행이오. 그때 화음현에서 헤어지고 나서 낭자의 집이 당한 참혹한 환란은 다시 말할 것도 없소이다. 내가 어찌 하루인들 낭자를 생각지 아니한 날이 있었겠소. 오늘 옛 언약을 이룸은 참으로 내 미처 생각지 못한 바요, 낭자 역시 이런 날이 있으리라고 믿지는 못하였을 것이오."

소유가 주머니 속에서 채봉의 글을 꺼내 놓자, 채봉이 또한 소유의 글쪽지를 내놓으니 두 사람의 '양류사'는 마치도 서로 화답하던 그날을 불러온 듯하였다. 진채봉이 지난날 두렵고 안타깝던 마음을 누를 길 없어,

"승상은 오직 '양류사'로 옛 언약이 맺어진 줄만 알지 집부채로

하여 오늘 다시 연분이 이어진 줄은 알지 못하시나이다."

하고 상자 하나를 열더니 그림 부채를 내어 소유에게 보이며 황제 앞에서 벌어진 가슴 조마조마하던 일을 이야기하였다. 그러자 소유 역시 제 손으로 글 쓴 깁부채를 들고 서글프게 말하였다.

"그때 남전산으로 피란 갔다가 돌아와 객줏집 주인에게 물으니, 낭자가 궁정 안에 갇혔다 하기도 하고, 먼 고을 관비로 되었다 하기도 하고, 참사를 면치 못하였다 하기도 하여, 여하튼 진실은 알지 못하지만 가망이 없는 고로 어쩔 수 없이 다른 곳에 혼처를 구하였소. 그러나 화산과 위수 사이를 지나다닐 때마다 몸은 짝 잃은 기러기요, 마음은 낚시에 꿰인 고기 같더니 이제 성상의 은혜 하늘같이 높아 오늘 다시 그대를 만났구려. 하지만 지금 마음이 편치 아니하오. 그때 객줏집에서 어찌 그대를 부실로서 서약하였으리오. 낭자를 마침내 부실의 처지에 굽히게 하니 어찌 아깝고 서운하지 아니하리까."

채봉이 그 말을 듣고 빙그레 웃더니 서슴없이 대답하였다.

"소녀의 신세 기구함을 알기에 그때 유모를 객줏집에 보낼 때 만일 낭군에게 부인이 계시면 스스로 부실이라도 되기를 마음속으로 바랐사오니이다. 이제 두 공주님에 버금가는 자리이니 이는 저의 영광이요, 다행이옵나이다. 소녀가 이를 받아들이지 아니하고 한탄한다면 하늘이 미워하실 것이오니이다."

양소유와 진채봉이 그 밤을 보낼 때 옛정과 새 정이 갈마들어 소유는 공주들과 보낸 전날 밤보다 한결 더 친밀한 정을 느꼈다.

거짓 죽음에 거짓 병

이튿날 소유가 난양 공주와 더불어 영양 공주 방에 모여 술상을 마주하고 앉았다. 이때 영양 공주가 낮은 목소리로 시녀를 불러 진채봉을 청하여 오라고 일렀다. 소유가 그 목소리를 듣고 마음이 애달파 갑자기 낯빛이 흐려졌다. 이는 지난날 소유가 여복 차림으로 정 사도 집에 들어가 소저 앞에서 거문고를 탈 때 곡조를 논하던, 어딘가 귀에 익은 목소리였다.

이날 영양의 목소리는 꼭 정 소저요, 앉아 있는 자세 역시 눈에 익은 모습인지라 소유가 가만히 생각하기를,

'세상에 이토록 닮은 사람도 있구나. 정 소저와 혼인을 언약할 때 사생을 같이하고자 하였는데 이제 나는 공주와 화락을 누리거니와 불쌍한 정 소저의 외로운 혼은 어느 곳에 의탁하였는고. 세상 눈이 두려워 정 소저 무덤 앞에 한잔 술도 붓지 못하고 곡

소리도 한번 터뜨리지 못하였으니 참으로 내 정 소저를 저버림
이 크도다.'

하고 눈물이 글썽거리니, 눈치 빠른 정 소저가 어찌 소유의 애절한
속마음을 들여다보지 못하랴. 이에 영양 공주는 옷깃을 바로 하고
정중히 물었다.

"상공이 술잔 앞에서 갑자기 비감한 빛이 계시니 감히 그 까닭
을 묻고자 하나이다."

그러자 소유는 대답을 서슴지 아니하였다.

"소유의 마음속 일이지만 어찌 공주에게 숨기리오. 소유가 일찍
이 정 사도 댁 소저를 보았는데, 공주의 목소리와 용모가 꼭 정
소저와 닮아 눈에 정답고 마음에 간절하여 애달픈 속마음이 얼
굴에 드러났으니 공주는 괴이히 여기지 마소서."

영양이 이 말을 듣자마자 두 볼이 붉어지며 갑자기 일어나더니
내전으로 들어가서 오랫동안 나오지 않았다. 소유가 시녀를 보내
청하였더니 시녀 또한 나오지 않았다. 그러자 난양 공주가 민망한
듯 말하였다.

"저저는 태후 낭랑의 총애를 받으시는 바요, 성품 또한 저처럼
너그럽지 못하거나 옹졸하지도 아니하나 그래도 상공이 정 소저
와 견주시니 아마 꺼리는 마음이 있는가 하나이다."

소유가 후회하고 곧 진채봉을 보내어 자기 말로 사죄하기를,

"소유가 취중에 망발하였으니 너그러이 보시어 지금 나와 주시
기만 하면 양소유 평생에 다시는 그런 말을 아니 하리니 무슨 죄
책이라도 달게 받겠나이다."

하고 일러 보냈더니, 한참 뒤에 채봉이 돌아와서도 입을 다물고 전하는 말이 없었다. 소유가 궁금하여 채봉에게 물었다.

"공주가 무슨 말씀을 하더이까?"

"공주님의 노기가 높아, 말씀이 좀 지나치기로 감히 전할 수 없나이다."

채봉의 대답에 소유가 달래듯 나직이 재촉하였다.

"공주의 말씀이 아무리 지나치더라도 그대에게 허물하지 아니하리니 모름지기 자세히 전하시오."

진채봉은 소리를 낮추어 응하였다.

"영양 공주의 말씀이 '이 몸은 못생기고 옹졸하나 태후 낭랑께서 총애하는 딸이요, 정 소저는 비록 대견하고 아리따우나 미천한 여염집의 여아라, 길 가는 말에게 허리를 굽히는 것은 말을 공경하는 것이 아니라 그 말에 타신 임금을 공경함인데, 하물며 성상께서 사랑하시는 누이리오. 더군다나 정 소저는 일찍이 체모를 생각지 아니하고 스스로 그 자색을 자랑하여 상공과 더불어 말을 주고받으며 거문고 곡조를 가지고 이러쿵저러쿵하였으니 몸가짐이 어찌 바르다고 하리오. 또 혼사가 늦어짐을 한탄하여 울화증에 젊은 나이로 제풀에 죽었으니 그 신수가 매우 기박하거늘 상공이 어찌 나를 여기에 비하시리오? 옛적에 어떤 나라 벼슬아치가 황금으로 뽕 따는 계집을 희롱하여 그 계집이 물에 빠져 죽었다 하니, 내가 어찌 부끄러워 낯을 들고 상공을 대하리오. 또 상공이 정 소저의 낯을 그가 이미 죽은 뒤에도 기억하고 그 목소리를 오랜 이별 뒤에도 분별하니, 나는 이제부터 맹세코 문밖출입을 아니 하며 그 누구도 만나지 아니하고 몸을 마칠 결심이리라. 난양 공주는 성질이 유순하고 마음씨 너그러워 나와 같지 아니하니 부디 상공은 난양 공주와 의좋게 백년해로하소서.' 하셨나이다."

소유는 그 말을 듣고 노여움에 겨워 얼굴빛이 달라지더니 입으로 탄식이 새어 나왔다.

"천하에 지위를 등대고 떠세를 부림이 영양 같은 여인네가 또 있으리오. 과연 부마의 괴로움을 알겠도다."

소유는 한숨을 길게 쉬더니 난양더러 말하였다.

"내 정 소저를 만난 데는 곡절이 있거늘 영양이 알지도 못하면서 부도덕한 행실이라고 나를 비난하고 있소이다. 이는 그렇다 치고 욕이 애매하게 이미 죽은 사람에게 미치니 이 어찌 통탄하지 아니하겠소."

"제가 들어가서 저저가 깨닫도록 잘 말씀하여 보겠나이다."

난양이 몸을 돌려 들어가더니 날이 저물도록 나오지 아니하였다.

방 안이 어두워 등불을 환히 켜 놓았을 때 난양의 시녀가 나와 소유에게 공주의 말로 전하였다.

"제가 여러 가지로 타일러도 저저는 한번 맺힌 마음 풀지를 못하더이다. 제가 당초에 저저와 더불어 생사고락을 같이하자고 천지신명 앞에 맹세하였기에 저저가 깊은 골방에서 홀로 늙으면 저 또한 골방에서 늙고자 하오니, 바라건대 승상은 오늘 밤부터 진 숙인 방에 들어가 안녕히 지내소서."

소유는 이 말을 듣자 노기가 더욱 치밀어 올랐으나 가까스로 분기를 참고 얼굴에 나타내지 아니하였다. 그러나 빈방 안에 드리운 휘장과 병풍이 모두 차갑기만 하므로 다만 침상에 비스듬히 기대어 진채봉을 바라보니, 그는 얼른 일어나 촛불을 들고 소유를 인도하였다.

소유가 뒤를 따라 침방에 들어가니 채봉은 금향로에 향불을 피우고 상아 평상에 비단 금침을 펴놓으며,

"소녀가 비록 불민하오나 일찍이 군자의 법도를 듣사오니 예절에 '첩은 온밤을 차지하지 못한다.' 하였나이다. 이제 두 공주 마마가 다 내전에 드셨으니 제가 어찌 상공을 모시고 감히 이 밤을 지내겠나이까? 상공은 부디 안녕히 주무시오소서."

하고 조용히 방에서 나갔다.

소유가 말리지는 않았으나 이 밤의 형편이 자못 쓸쓸한지라 마침내 휘장을 내리고 잠자리에 누웠다. 하지만 엎치락뒤치락 잠을 이루지 못하다가 억이 막혀 혼잣소리로 중얼거렸다.

"이 무리가 분명 떼를 지어 꾀를 부려 장부를 놀리니 내 어찌 저희들에게 구차히 애걸하리오. 지난날 정 사도 댁 화원에 있을 때는 낮이면 정십삼과 술집에서 취하고 밤이면 촛불 아래 춘랑과 마주 앉아 술을 마시니 하루도 불쾌한 날이 없었건만 이제 부마된 지 사흘에 마음이 몹시 괴롭도다."

손을 들어 깁창을 여니 은하수가 하늘에 비끼고 달빛은 뜰에 가득하였다. 소유는 답답하던 가슴에 저도 모르게 벌떡 일어나 밖으로 나갔다. 신을 끌고 이리저리 뜰을 거닐다가 멀리 영양 공주의 침방을 문득 바라보니 휘황한 촛불 빛이 깁창에 가득하였다.

소유가 속으로 생각하기를,

'밤이 이미 깊었는데 어찌 지금껏 자지 아니할꼬? 영양이 내게 노하여 나를 숙인의 방에 보내 놓고 무엇을 하는지 모를 일이로 다.'

하고 발소리를 죽이고 창문 가까이 다가갔다.

이때 두 공주의 낭랑한 말소리와 웃음소리에 주사위 던지는 소리가 섞여 들렸다. 소유는 창틈으로 가만히 방 안을 엿보았다.

진채봉이 두 공주 앞에 앉아 있고 또 한 여자가 주사위 판을 내려다보다가 몸을 돌려 촛불 심지를 돋우는데 바로 가춘운이었다. 춘랑이 공주 잔칫날부터 궁에 들어와 있었던 것이다. 그러나 몸을 숨겨 소유의 눈을 피해 있었으므로 어찌 그가 짐작이나 하였으랴.

소유가 의아히 여겨,

'분명 공주가 춘랑의 자색을 보고 싶어 불러왔음이로다.'

하고 생각하였다.

이때 진채봉이 또 주사위 판을 내려다보면서 말하였다.

"주사위 놀음에 내기를 걸지 아니하여 재미가 없으니 나는 춘랑과 내기하리로다."

"춘랑은 본디 가난하여 한 잔 술과 안주라도 만족하거니와 숙인은 늘 공주 곁에 있어 아름다운 비단과 가지가지 패물이 풍족하리니 춘랑더러 무슨 물건을 걸라 하나이까?"

춘랑의 불평 비슷한 말에 채봉이 말하였다.

"내가 이기지 못하면 내 허리에 찬 노리개와 머리에 꽂은 비녀 중에 춘랑이 달라는 대로 줄 것이요, 춘랑이 이기지 못하면 내

청을 들어주기 바라거니, 이 내기는 춘랑에게 조금도 손해될 것이 없네."

"그러면 청코자 하는 바가 무엇이니이까?"

춘랑의 물음에 채봉이 곧 대답하였다.

"내 지난날 두 분 공주가 하시는 말씀을 들으니 춘랑이 신선도 되고 귀신도 되어 승상을 감쪽같이 속였다 하더군. 그 내막을 자세히 듣지 못하였으니 만일 춘랑이 내기에 지거든 이 이야기를 옛이야기 삼아 내게 들려주게."

춘랑이 이에 주사위 판을 밀어 놓고 영양 공주에게 불평하며 따졌다.

"아가씨, 아가씨는 평상시에 춘운을 지극히 사랑하시더니 이런 이야기를 공주님께 내놓고 말씀드렸나이까? 숙인이 이미 알고 있으니 궁중에 귀 있는 사람이야 뉘 듣지 못했사오리까. 춘운이 이제부터 무슨 낯으로 사람을 대하리까?"

이때 채봉이 춘랑에게 엄히 말하였다.

"춘랑에게 나무랄 말이 있네. 우리 공주 어찌 춘랑의 아가씨가 되리오? 영양 공주는 곧 대승상의 부인이요, 위국공의 안주인이시니 연세 비록 젊으나 지위 이미 높으시거늘 어찌 감히 아가씨라 부르리오?"

춘랑이 그 말에 사과하기를,

"십 년 동안 버릇된 입을 하루아침에 고치기 어렵고 꽃을 다투며 나뭇가지 하나를 두고도 서로 싸우던 일이 완연히 어제 같거늘 공주님을 어려워 아니 하는 데서 나온 실언이니 용서하소서."

하고는 까르르 웃었다. 이때 난양 공주가 영양 공주에게 물었다.

"춘랑이 벌인 일을 저도 끝까지 듣지 못하여 자세히는 모르나이다. 승상이 과연 춘랑에게 속았나이까?"

"승상이 춘랑에게 속은 일이 많으니 아니 땐 굴뚝에 어찌 연기가 나리오. 다만 승상이 겁내는 모습을 보고자 하였는데 너무 미욱하여 도무지 귀신을 미워할 줄 모르니, 예컨대 호색한은 계집을 탐내는 아귀라는 말이 과연 헛말이 아니로다. 귀신에 주린 자 어찌 귀신 미워할 줄 알리오."

영양의 말에 방 안 사람들은 모두 얼굴을 마주 보며 웃었다.

이때 소유는 창밖에서 오늘 벌어진 일의 전후사연을 깨달았다. 영양 공주가 알고 보니 죽은 줄만 알았던 정 소저인지라 놀랍고 한편 기쁘기 한량없었다. 창문을 열어젖히고 단박에 뛰어들까 하다가 마음을 고쳐먹고 스스로 누르면서,

'저들이 나를 속였으니 나 또한 저들을 속이리라.'

결심하고 가만히 채봉의 방으로 돌아와 푸근히 잠을 잤다.

이튿날 아침 일찍이 진채봉이 시녀에게 물었다.

"승상께서 일어나셨느냐?"

"아직 잠자리에서 일어나지 아니하셨나이다."

날이 활짝 밝아 아침상을 들여가야 할 터인데 소유가 일어나는 기색이 없으니 채봉은 방문 밖에서 오랫동안 망설이고 있었다. 이때 방 안에서 끙끙 앓는 소리가 문득 새어 나와 채봉은 놀라서 얼른 방문을 열고 들어섰다.

"승상, 어디 편치 아니하시나이까?"

소유는 멀거니 눈을 떴으나 사람을 보지 못하는 듯 이따금 헛소리를 했다.

"무슨 잠꼬대를 그리하시나이까?"

채봉이 다시 물어도 소유는 얼빠진 사람처럼 대답이 없다가 오랜 뒤에야 문득 알은체하였다.

"뉘신가?"

"저를 모르시나이까? 저는 진 숙인 채봉이오니이다."

소유는 머리를 끄덕일 뿐 눈을 도로 감으며 목안소리로,

"진 숙인? 진 숙인이 뉘오?"

하거늘, 채봉이 놀라 소유의 이마를 짚으며 말하였다.

"이마가 몹시 더우니 불편하심은 알겠으나 하룻밤 사이에 병환이 어찌 이다지도 심하시나이까?"

소유 간신히 눈을 뜨더니 조금 정신이 드는 듯 애써 중얼거렸다.

"이상하다. 정 소저가 밤새도록 나를 괴롭히니 낸들 어찌하리오?"

채봉이 좀 더 자세한 말을 듣고 싶어 물으려 하였으나, 소유는 다시 혼미해져 대답을 못 하고 벽 쪽으로 돌아누웠다. 채봉은 몹시 걱정스러워 시녀를 시켜 공주에게 고하게 하였다.

"승상께 환후 계시니 얼른 오셔서 뵈옵소서."

영양이 시녀의 전갈을 듣고,

"어제 술 마시던 상공이 무슨 병이 있으리오? 분명 우리가 찾아오게 함이로다."

하고 대단치 않게 여겼다. 이때 진채봉이 급히 들어와 고하였다.

"승상이 정신을 잃어 사람을 보아도 알지 못하고 오히려 담벼락을 향하여 헛소리만 자꾸 하시니 성상께 아뢰어 의관을 불러 치료케 함이 좋을까 하나이다."

태후가 이 정황을 듣고 공주들을 불러 꾸짖었다.

"너희가 승상을 지나치게 속여 일어난 사단이로다. 병이 중하다는데 가 보지 아니하니 이 무슨 도리냐? 급히 문병하고 증세가 중하거든 용한 의관을 불러 치료케 할지어다."

영양이 난양과 같이 침방에 찾아가 자기는 마루에서 기다리고 먼저 난양과 진채봉을 들여보냈다. 소유가 그들을 보자 손을 내젓기도 하고 또 두 눈을 부릅뜨기도 하면서 난양이 묻는 말을 전혀 알아듣지 못하는 듯하더니, 비로소 정신이 좀 들었는지 목안소리를 푸접 없이 내뱉었다.

"내 목숨이 이제 더는 지탱할 것 같지 못하여 영양 공주와 영이별하려 하였더니 영양은 보이지 아니하는구려."

"어찌 그런 말씀을 하시나이까?"

난양의 안타까운 말에 승상의 처량한 말이 새어 나왔다.

"간밤에 잠이 미처 깰 둥 말 둥 할 때 죽은 정 소저가 내 앞에 나타나 나무라기를 '상공이 어찌 언약을 저버리느뇨?' 하고 성이 불같이 나서 진주 한 움큼을 내게 내밀거늘 얼른 받아 모두 삼켰으니 이 참으로 흉한 징조가 아니오이까. 눈을 감으면 소저 내 몸을 누르고 눈을 뜨면 소저 내 앞에 서 있으니 내 어찌 살기를 바라리오. 그러니……."

말을 다 하지 못한 채 기진맥진한 듯 벽 쪽으로 낯을 돌리고 또 웅얼웅얼거렸다. 난양이 그 모습을 보니 놀랍고 걱정이 되어 밖으로 나와 영양을 보고,

"승상의 병이 분명 의심증이니 저저 아니면 고칠 사람이 없소."

하고 방금 본 정황을 낱낱이 말하였다. 그래도 영양이 반신반의하여 주저하니 난양이 손을 끌고 방 안으로 들어갔다.

이때 소유가 잠꼬대를 하는데 모두 정 소저를 향한 말이므로 난양이 목소리를 높여 양소유를 깨웠다.

"승상, 승상! 영양 저저가 왔으니 눈을 떠 보소서."

소유가 그제야 머리를 쳐들고 두리번거리며 일어나려고 애쓰거늘 채봉이 붙들어 앉히니 소유는 두 공주를 보고 넋두리하듯 괴탄하였다.

"양소유가 분에 넘치게도 폐하의 은총을 입어 두 분 공주와 성혼하였으므로 백년해로하자 했더니 나를 잡아가려는 자 있어 세상에 오래 머물 것 같지 못하여 이를 서러워하나이다."

이에 영양은 별로 놀라는 기색도 없이 태연하게 타일렀다.

"승상은 이치를 아는 군자인데 어찌 허탄한 말씀을 하시나이까? 정 소저의 혼백이 있다 하더라도 온갖 신령이 호위하는 구중궁궐에 어찌 들어오며 또 대승상의 귀중한 몸에 어찌 침노하리까?"

그 말을 부인하듯 소유는 언성을 높였다.

"꿈인지 생시인지 바로 그 정 소저가 내 앞에 있었거늘 어찌 구중궁궐 안이라 들어오지 못한다 이르오이까?"

이때 난양이 둘 사이에 끼어들었다.

"옛사람이 술잔에 어린 뱀을 마시고 꺼림칙하여 병이 났는데 마침내 벽에 걸린 활 그림자인 줄 깨달은 뒤에 병이 나았다 하더니, 승상의 병도 그와 같고 쾌차할 방법도 이와 비슷한 듯하오니이다."

소유는 눈을 감은 채 대답도 아니 하고 다만 손을 휘저을 따름이었다. 영양이 그 모양을 보고 병세가 위중한 듯 느껴져 소유 곁으로 다가앉아 안타까운 눈길로 바라보며 소곤거렸다.

"승상이 다만 죽은 정 소저만 생각하고 어찌하여 살아 있는 정 소저는 아니 보고자 하시나이까? 승상이 참으로 보고자 하실진대 제가 곧 그 정경패이오니이다."

소유는 믿기지 않는 척하며 말하였다.

"이 무슨 말이오이까? 정 사도에게 딸 하나가 있었는데 이미 죽은 지 오랜지라 어찌 정 소저가 또 있으리오? 죽지 아니하였으면 살고 살지 아니하였으면 죽은 것이 마땅한 일이거늘 하물며 한 번 죽은 자는 다시 살지 못하는지라 공주의 말을 내 믿을 수 없소."

이때 난양이 또 끼어들었다.

"태후 낭랑이 정 소저를 양녀로 삼으시고 영양 공주로 봉하여 저와 함께 양 승상을 섬기도록 하였으니, 영양 저저는 곧 전날 거문고 듣던 정 소저오니이다. 그렇지 아니하면 저저가 어찌 정 소저의 모습과 조금도 다름이 없으오리까?"

소유가 아무런 대답도 아니 하고 조금 신음을 하더니 문득 머리

를 들고 숨을 크게 쉬면서,

"내 정 사도 댁에 있을 때 정 소저의 시비 가춘운을 데리고 있었
는데 지금 그에게 묻고자 하는 말이 있소이다. 춘랑은 어데 있느
뇨? 한번 만나 보고 싶으나 그 역시 어려운 일이라 슬프도다, 한
이로다."

하고 쓸쓸한 얼굴을 하였다.

"춘운이 영양 저저를 뵙기 위해서 궁중에 들어왔다가 지금 승상
의 병을 근심하여 문안을 드리고자 밖에 와 있나이다."

난양이 말을 끝내고 밖으로 나가더니 춘랑과 함께 들어왔다.

"승상의 기체 어떠하시니이까?"

춘랑의 인사를 받자 소유는 좌중을 둘러보며,

"춘운만 남고 다른 사람들은 자리를 잠깐 피하여 주기 바라오."

하니, 두 공주와 채봉이 밖으로 나와 난간에 기대어 섰다.

소유가 곧 일어나 세수하고 의관을 단정히 하더니 춘랑에게 세
사람을 다시 불러들이라고 청하였다. 춘랑이 웃음을 머금고 나와
서 두 공주와 채봉에게 말하였다.

"승상이 들어오시라 청하나이다."

네 사람이 방에 함께 들어가니 소유가 화양건華陽巾을 쓰고 궁
금포(宮禁袍, 조복)에 백옥 여의주를 잡고 안석에 의지하여 의젓이
앉아 있는데, 그 얼굴은 춘풍화기가 넘쳐나 병석에서 일어난 사람
의 기상이 아니었다. 영양은 인차 속은 줄을 깨닫고 부끄러운 생각
이 들어 얼굴을 붉히면서 더는 문병을 아니 하였다.

"승상의 기후가 지금은 어떠하시나이까?"

하고 난양이 묻자, 소유는 정중한 태도로 엄숙히 말하였다.

"근래 풍속이 괴이함을 보니 소유는 기가 차서 할 말이 없소이다. 장부 속이기를 떡 먹듯 하니, 남녀 간에 분별 있고 도리를 존중하는 미덕을 어데서 찾아보리오. 소유가 대신의 반열에 있어 벌써부터 나쁜 풍습을 바로잡을 방책을 골똘히 생각하다가 병까지 들었는데 이제 깨끗이 나으니 공주들은 염려 마소서."

소유의 개탄에 난양과 채봉은 다만 웃음을 머금을 뿐 아무런 대꾸도 못 하였다. 이때 영양이 입을 뗐다.

"이 일은 저희가 알 바 아니오니 승상이 병이 난 까닭을 알고자 한다면 스스로 생각하여 남을 속이던 일을 뉘우칠 것이요, 또 자세한 말은 태후 낭랑께 여쭈어 보소서."

소유는 입이 근질근질하여 껄껄 웃으며 말했다.

"양소유 신출귀몰한 계교로 전후 실상을 발가 냈으니 의문을 풀자면 거짓 속는 체함이 옳도다. 그러나 소유가 오직 공경하고 감복할 것은 태후 낭랑이 자식같이 여기시는 은덕과 성상 폐하가 믿어 주시는 마음과 또 두 공주의 지극한 우애이거니 소유는 이제부터 진심으로 부부간의 살뜰한 정을 오래오래 누릴 것이오이다."

두 공주와 채봉이 부끄러운 빛을 띠며 고개를 숙인 채 아무 말도 하지 못하였다.

이때 태후는 궁녀들에게서 소유가 꾀병한 까닭을 전해 듣고 큰 소리로 웃으면서,

"내 참으로 그 병을 의심하였도다."

하고 곧 소유를 부르니, 소유와 더불어 두 공주도 따라왔다.

"승상이 이미 죽은 정 소저와 끊어진 인연을 다시 이었다 하니 정말인고?"

태후의 물음에, 소유는 얼굴을 붉히며 대답하였다.

"태후 낭랑의 은덕은 하늘과 꼭 같이 크시니 신이 있는 정성을 다할지라도 갚기 어렵나이다."

"다만 한번 놀려 봄이 내 뜻이었거늘 어찌 은덕이라 하리오."

하고 태후는 미안한 듯 웃었다.

이날 황제가 정전에서 군신들의 조회를 받을 때 한 신하가 아뢰었다.

"요즈음 하늘에 밝은 별이 나타났으며 단이슬이 내려 강물도 맑아지고 오곡은 만풍이 들었나이다. 게다가 세 진의 절도사가 땅을 바쳐 충성을 다졌으며 강한 토번이 항복하였으니, 이는 다 높으신 성덕으로 이룬 바이옵나이다."

황제가 공을 군신들에게 돌리자 또 한 신하가 아뢰었다.

"승상 양소유는 요즘 궁중에 오래 머물러 있어 나랏일이 많이 쌓여 있나이다."

그 말에 황제는 너그러이 웃으면서,

"태후 낭랑이 날마다 불러 보시는 까닭에 승상이 미처 나올 겨를이 없는 듯하니 짐이 손수 깨우쳐 공무를 보게 하리라."

하고 조회를 끝마쳤다.

이튿날 양 승상은 조정에 나아가 그간 밀렸던 일을 처리하고 어머니를 모셔 오려고 마음속으로 별러 왔던 상소문을 드디어 올렸다. 상소문은 이러하였다.

승상 위국공 부마도위 신 양소유는 머리 숙여 절하옵고 성상 폐하께 글을 올리옵나이다. 신은 본디 두메산골의 보잘것없는 백성이온데 자그마한 재주로, 국록을 받아 어머니를 모실까 하여 분수를 헤아리지 아니하고 과거에 응시하여 다행히 합격하여 조정에 나선 지 몇 해가 지났사옵니다.

그동안 조서를 받들어 강적을 치고 절도사의 무릎을 굽히게 하였사오며, 또 흉한 토번을 속수무책으로 항복케 하였사오니, 어찌 신의 공이라고만 하겠사옵나이까. 이는 다 성상의 위엄이 미친 바요, 모든 장수들이 죽기로 싸운 결과이옵나이다. 그러하온데 폐하께서 오히려 신의 작은 수고를 칭찬하고 높은 벼슬로 상을 내리시니 황송하기 그지없사옵니다. 또 신을 부마로 삼으려는 하교가 간절하시어 그 은총 깊고 깊으니 미천한 신이 끝내 따르지 않을 수 없었사오나 이것 역시 황감하옵기 이를 데 없사옵니다.

노모가 신에게 바라던 바는 낮은 벼슬에 지나지 않고 신이 바라던 바도 역시 같사옵나이다. 이제 신은 장상의 높은 지위에 있고 공후의 작에 있사와 국사에 지성을 다하려 하다 보니 미처 어머니를 모셔 올 겨를이 없었사옵나이다. 지금 나라에 걱정거리가 없어 조정이 한가하니 엎드려 바라옵건대 폐하께서는 신의 간절한 소망을 헤아리시어 두어 달 말미를 허락해 주시옵소서.

황제가 상소문을 다 읽고 감탄하여,

"효자로다, 소유여."

하고 특별히 황금 일천 근과 비단 팔백 필을 내려 보내어 어머니를 어서 모셔 오라는 교지를 내렸다.

소유가 입궐하여 황제에게 사례하고 태후에게 하직을 고하니 태후 또한 많은 금과 비단을 내리거늘 그 은혜에 사례하고 물러 나왔다. 그리고 두 공주와 진채봉, 가춘운을 만나 잠시 궁을 떠나는 사연을 알려 주고 작별하여 먼 길을 떠났다.

소유가 낙양 거리의 천진교에 이르니 계섬월, 적경홍 두 기생이 부윤의 통지를 받고 이미 객관에 와서 기다리고 있었다. 소유가 두 여인을 보자 반겨 웃으며 물었다.

"내 이번 길은 사사로운 길이지 나랏일이 아니거늘 그대들이 어찌 알았소?"

경홍이 섬월을 돌아보면서 먼저 입을 뗐다.

"승상 위국공 부마 전하의 행차를 깊은 산골짜기에서도 다 알고 야단법석이오니이다. 저희가 두메에 있으나 어찌 귀와 눈이 없사오리까. 하물며 부윤이 저희를 상공 다음으로 우대하니 어찌 알리지 아니하오리까. 이제 상공의 지위 더 높고 공명이 더 크시니 저희 영광 또한 백배나 더 빛나오니이다. 듣사오니 상공이 두 공주의 부마가 되셨다 하니 두 분 공주님이 저희를 용납하실는지 모르겠나이다."

그 말뜻을 알아차린 소유는 두 여자의 근심을 풀어 주었다.

"공주 한 분은 성상의 누이요, 또 한 분은 정 사도의 딸로서 태후 낭랑의 양녀 되었으니 곧 계랑이 천거한 사람이라 정 소저가 어찌 계랑의 은혜를 잊으리오. 그리고 두 분 공주는 다 사람을 사랑하고 매사에 너그러운 덕행이 있으니 어찌 그대들 둘의 복이 아니리오."

경홍과 섬월은 안심이 된다는 듯 뜻있는 눈길을 주고받았다.

그날 소유는 두 낭자와 더불어 밤을 지내고, 이튿날 아침 일찍이 길을 떠나 며칠 만에 고향에 이르렀다.

처음에 열다섯 서생으로 어머니 슬하를 떠나 먼 곳에 갔다가 이제 막상 돌아와 어머니를 뵙는데, 대승상의 수레와 말을 타고 위국공 차림으로 부마라는 고귀한 신분을 겸하니 네 해 동안에 이룬 위세가 하늘을 찌를 만큼 놀랍고도 당당하였다.

소유가 집 안에 들어가 어머니를 뵈니, 어머니는 아들의 손을 잡고 등을 어루만지며,

"네가 진정 내 아들 소유냐? 내 믿지 못하겠노라. 지난날 육갑을 외며 글자를 익힐 때 어찌 오늘 같은 영광이 있을 줄 알았겠느냐."

하며 눈물을 흘렸다.

소유가 그동안 싸움에서 공명을 이룬 일과 공주에게 장가들고 첩들도 거느리게 된 사연을 낱낱이 고하니, 어머니는 눈물로 주름진 볼을 적시면서,

"네 아버지가 늘 너더러 우리 가문을 빛낼 자식이라 하였건만 이제 네 아버지와 더불어 이 영화를 누리지 못함이 한이로구나."

하고는 한동안 아들을 물끄러미 바라보았다.

소유는 선산에 성묘하고 황제가 내린 금은과 비단으로 어머니의

장수를 빌어 성대한 잔치를 베풀고 일가붙이와 벗들을 청하여 열흘 동안 뜻 깊고도 즐거운 나날을 지냈다.

다음 날 소유가 어머니를 모시고 고향을 떠나니, 지나는 거리마다 백성들이 손을 들어 환송하고 각 고을마다 관원들이 바삐 행차를 옹위하여 빛나는 위세가 천하에 떨쳤다.

소유는 낙양을 지날 때 본 고을에 분부하여 경홍과 섬월을 부르라고 하였다. 관원이 돌아와 두 낭자는 이미 서울로 간다고 동행하여 떠난 지 여러 날 되었다고 했다. 소유는 길이 엇갈림을 섭섭히 여기며 곧 서울로 향하였다.

마침내 서울에 이르자 소유는 어머니를 집에 모시고 대궐에 들어가 황제에게 어머니를 모셔 왔음을 아뢰니 황제는 대부인을 불러들여 만나고 손수 금은 채단 열 수레를 내려 위로의 뜻을 표하였다. 이어서 조정의 온 신하들을 청하여 사흘 동안 큰 잔치를 베풀어 소유 일가의 경사를 즐기도록 하였다.

소유는 날을 받아 어머니를 모시고 황제가 내려 준 부마궁으로 옮겨 드니 누각과 정자, 동산과 연못 들이 규모로 보나 경치로 보나 굉장하였다.

영양 공주와 난양 공주가 대부인에게 신부례新婦禮를 정중히 올리고 진채봉, 가춘운 또한 예를 갖추어 뵈니 유 부인은 얼굴에 화기가 어리고 며느리들이 한결같이 예쁘고 대견스럽게만 보였다.

소유는 어머니의 장수를 축원하라는 명을 받들어 황제가 내린 음식들로 또 사흘 동안 큰 잔치를 베풀었다. 조정 신하가 다 모인 자리에 궁정 악공들의 풍악 소리로 들레니 그야말로 잔치는 큰 성

황을 이루었다.

호화스런 비단옷을 입은 소유가 두 공주와 함께 옥잔을 들어 차례로 어머니에게 만수 축원의 잔을 올리며 바야흐로 즐거움이 한창일 때 문득 문지기가 들어와 고하였다.

"문밖에 어떤 두 여인이 찾아와서 마님과 승상 어른을 뵙고자 하는데, 이름은 계섬월과 적경홍이라 하옵나이다."

이에 소유가 어머니에게 잠깐 그 곡절을 말씀드리고 곧 그들을 불러들였다. 두 여인이 섬돌 아래서 절하며 대부인을 뵈니, 손님들이 말하기를,

"낙양의 계섬월과 하북의 적경홍이 기생으로 이름난 지 오래더니 과연 절세미인이로다. 양 승상의 풍류 아니면 어찌 이 마당에 찾아들게 하리오."

하고 탄복하였다.

소유가 두 기생에게 저마다 재주를 보이라고 일렀다. 섬월과 경홍이 함께 구슬 신을 신고 구슬 자리에 올라 가벼운 소매를 떨치고 서로 마주하여 춤을 추니 떨어지는 꽃잎과 늘어진 나뭇가지도 봄바람에 나부끼며 우줄우줄 춤을 추는 듯 비단 장막에 어린 그림자조차 살아 움직이는 것 같았다.

대부인과 두 공주는 두 명기에게 능라 비단을 상으로 주었다. 진채봉은 본디 계섬월과 잘 아는 사이인지라 옛일을 이야기하며 회포를 풀었다. 한편 영양 공주는 몸소 술잔을 잡고 계랑에게 정성스레 권하며 지난날 승상에게 자기를 천거한 은혜를 보답하였다.

이 광경을 본 대부인이 아들더러,

"너희가 섬월에게는 치사하고 우리 외사촌은 잊었느냐?"

하니, 소유가,

"소자 오늘의 광영이 다 두 연사의 덕이요, 또 어머님이 서울에
오셨으니 말씀이 없을지라도 한번 청해 오고자 하였나이다."

하며 즉시 자청관에 사람을 보냈다.

자청관의 여관이 말하기를,

"두 연사께서 나라 밖으로 떠나간 지 이미 세 해가 지났나이다."

하거늘, 이 소식을 듣고 대부인이 무척 섭섭히 여겼다.

월왕과 봄빛을 겨루다

　양소유가 식구들 살 집을 제가끔 정할 때, 정당은 경복당이니 대부인이 살고, 경복당 앞은 연희당이니 좌부인 영양 공주가 살고, 경복당 서쪽은 봉소궁이니 우부인 난양 공주가 살고, 연희당 앞에 있는 응향각과 청화루는 소유가 살아 때때로 거기서 크고 작은 잔치를 베풀었다.

　청화루 앞 연현당은 소유가 손님을 응접하는 집이요, 봉소궁 남쪽 심홍원은 숙인 진채봉의 방이요, 연희당 동쪽 영춘각은 유인 가춘운의 방이었다. 그리고 청화루 동서에는 제각기 작은 누각이 있으니, 푸른 창틀과 붉은 난간이 서로 비추며 행랑이 둘려 청화루에 닿고 있었다.

　청화루 곁의 응향각 동쪽에는 상화루, 서쪽에는 망월루가 있으니 계섬월과 적경홍이 하나씩 차지하고 살면서 궁중의 명창과 무희 여든 명을 거느리고 있었는데, 모두 천하에 자색 빼어나고 재주 있는 명기들이었다. 명기들을 다시 동서부로 나누어, 동부의 마흔 명은 계랑이 주장하고, 서부의 마흔 명은 적랑이 맡아 가무를 가르치며 풍악을 공부시켰다. 달마다 한 번씩 청화루에 모여 동서 양부가 서로 재주를 겨루었다.

이럴 때마다 두 공주를 거느린 소유가 대부인을 모시고 친히 누각 위에서 상벌을 정하였다. 이긴 편은 석 잔 술로 상을 주고 머리에 꽃가지를 꽂아 주어 영예를 빛내 주며, 진 편은 벌로 냉수 한 잔을 먹이고 이마에 먹점을 찍어 부끄러움을 느끼게 하였다. 그러니 기녀들의 재주는 날로 높아 갔다. 그리하여 부마궁과 월왕궁의 여악이 천하에 이름 높아, 장악원의 악공이라도 이 두 궁의 기량을 따르지 못하였다.

하루는 두 공주가 여러 낭자들과 함께 대부인을 모시고 있는 자리에 소유가 편지 한 장을 가지고 들어와 난양 공주에게 주며 말하였다.

"이는 월왕 전하의 편지니이다."

공주가 받아 뜯어보았다.

봄날이 바야흐로 화창한데 승상의 옥체 안강하시니이까?

지난날 나라에 일이 많고 공사에 겨를이 없어 낙유원에 말 세우는 사람을 보지 못하겠고 강물 위에 놀잇배가 없으니 마침내 가무하는 잔디밭이 잡풀로 뒤덮였사오니이다. 그리하여 장안의 노인들이 매양 역대 왕조의 성덕으로 시절이 번화하던 옛일을 말하며 더러 눈물을 흘리기도 하니 이는 태평세월의 기상이 아니오니이다.

이제 성상의 성덕과 승상의 큰 공로에 힘입어 세상이 태평하고 백성이 안락하니 그 옛날 만백성이 배불리 먹고 즐겁게 지내던 세월과 같은지라. 누구나 그때처럼 흥겹게 사는 것이 곧 이때요, 또 봄빛이 저물지 아니하고 날씨 맑아 고운 꽃과 연한 버들이 사람 마음을 한껏 부풀게 하니 아름다운 경치와 좋은 구경이 또한 이때에 있다고 생각하나이다.

그러므로 승상과 더불어 낙유원에 모여 사냥도 하고 풍악도 들으며 태평세월의 기상을 돋우고자 하오니 승상도 찬성한다면 곧 날짜를 받아 회답을 주어 과인이 따라가게 하시면 천만다행이로소이다.

공주가 편지를 다 읽고 소유에게 물었다.

"상공은 월왕의 뜻을 아시나이까?"

"무슨 뜻인지 딱히는 알 수 없으나 소유의 생각에는 봄날의 풍치 구경에 지나지 아니할 듯하니 참으로 월왕은 풍류남아이오니이다."

소유의 대답에 공주가 다시 말하였다.

"잘 모르시는 말씀이옵나이다. 월왕 오라버니가 좋아하는 것은 오직 미인과 풍악이라 그 궁중에 절세가인이 한둘이 아니지만 요즈음 새로 얻은 애첩인 무창武昌 명기 옥연을 자랑하고자 함이니이다. 월왕궁 미인들이 옥연의 미모를 보고 모두 넋을 잃었는데 본인은 스스로 천하 박색으로 자처한다 하니 옥연의 자색과 용모는 세상에 오직 한 사람뿐인 줄을 짐작은 하나이다. 그러므로 월왕 오라버니가 우리 궁에 미인이 많다는 소문을 듣고 서로 견주어 어느 쪽이 더욱 절색인가 다투어 보려는 심산이옵나이다."

그 말을 듣자 소유가 껄껄 웃었다.

"과연 범상히 여겼더니 공주가 먼저 월왕의 참뜻을 알았소이다."

이때 영양 공주가 말하기를,

"비록 한때의 들놀이에 지나지 않으나 남에게 지지 아니할지로다."

하고는 경홍과 섬월에게 눈짓하며 다시 말을 이었다.

"군사를 비록 십 년 나마 기르나 쓰기는 하루아침에 있는지라, 이날의 승부는 두 궁의 주인 손 안에 있으니 그대들은 각별히 힘을 써야겠다."

이에 섬월이 자신 없는 말투로 대답하였다.

"천첩은 대적하지 못할까 두렵나이다. 월왕궁 풍악이 한 시대에 독판치고 무창 옥연은 온 세상에 이름이 높거늘 월왕 전하는 이렇듯 이름난 풍악과 또 이렇듯 절세미인을 두시니 이는 곧 천하에 따를 자 없다는 것을 뜻하나이다. 그런데 첩들의 재주는 적은 군사로 기율도 밝지 못하고 깃발이나 창칼도 갖추지 못함과 같사오니, 두렵건대 싸우기 전에 문득 도망칠 생각이 앞설까 하오니이다. 첩들이 비웃음을 사는 건 걱정할 것 없으나 다만 우리 궁에 수치를 끼칠까 봐 걱정되옵나이다."

소유는 섬월의 말을 듣고 오히려 자신 있게 말하였다.

"계랑은 처음 낙양에서 만났을 때 나에게 한 말이 생각나느냐? 하늘 아래 청루에 세 절색이 있다고 하였는데 옥연이 그중에 있더니 분명 이 여자로다. 그렇지만 절색이 세 사람뿐일진대 지금 계섬월과 적경홍 두 사람이 이미 내 편에 있으니 어찌 나머지 한 사람 옥연을 두려워하느냐."

그래도 섬월은 여전히 자신 없는 소리를 하였다.

"월왕궁의 미인들이 비길 데 없는 이채를 떨치는지라 여느 인물들은 가까이 다가가지 못하고 달아날 뿐이니 저희 어찌 감히 이에 대적하오리까. 부디 공주 마마는 계책을 적랑에게 물으소서. 첩은 담이 약하여 월왕궁 미인들을 생각하면 문득 목이 잠겨 노래를 부르지 못하겠나이다."

이때 경홍이 화가 나는 듯 쌀쌀하게 말하였다.

"계랑은 그 말이 진심이오? 우리 두 사람이 관동 일흔 넘는 고을에 이름을 떨친 기악을 어찌 옥연에게 양보하리오. 혹시 하늘 선녀가 내려오면 좀 부끄러운 마음이 있겠지만, 그렇지도 않은 옥연을 어찌 그다지도 꺼리오?"

이에 섬월이,

"적랑은 어찌 그리 쉬이 말을 하오? 우리가 관동에 있을 때 높은 인물이라고 해 봐야 태수나 관찰사요, 낮은 사람이면 호기로운 선비와 의협심 있는 풍류객의 술상머리였는지라 강한 대적을 만나지 못하였으니 남에게 양보 아니 한 게요. 하지만 지금 월왕 전하는 궐내에서 이름 높은 스승들 속에서 자라나시어 안목이

퍽 높고 사물에 대한 촉기가 빠르신데 이른바 조약돌을 보고 산
악을 업수이여긴다는 말이 참으로 적랑에게 합당하오. 하물며
옥연의 지략은 월왕궁에서 으뜸이라 장막 안에서 천 리 밖의 결
승을 좌우하는 계책이 있거늘 적랑이 실속 없이 큰소리만 치니
그러다가 질 게 뻔하지 않소?"

하고는 잇대어 소유에게 말하였다.

"적랑이 으스대는 마음이 있사오니 첩이 그 흠집을 아뢰오리다.
적랑이 처음 상공을 좇을 때 연왕의 용마를 훔쳐 내어 타고 하북
소년이라 이르며 한단 길가에서 상공을 속였지요? 적랑이 우아
하고 유순하였다면 상공이 어찌 남자로 아셨으리까? 또 처음 상
공을 모시던 날 밤에 어둠을 타서 첩의 몸을 대신하였으니 이는
남의 힘으로 일을 이룬 것이거늘 지금 첩에게 이런 자랑을 하니
우습지 아니하오리까?"

경홍이 새물새물 웃으며 대꾸하기를,

"참으로 그 말은 알 수가 없나이다. 제가 상공을 모시기 전에는
하늘의 선녀같이 칭찬하더니 지금 와서 갑자기 괄시함은 상공의
총애를 독차지하려는 투기에서 나온 말인 듯하나이다."

섬월과 여러 낭자들이 모두 웃자, 영양 공주가 말하였다.

"적랑의 연약함이 이 같거늘 남자로 속은 것은 승상의 한 쌍 눈
이 총명치 못한 까닭이요, 적랑의 명성은 이것으로 조금도 깎이
지 아니하리라. 그러나 계랑의 말도 옳도다. 여자가 남복 차림으
로 사람을 속이는 것은 분명 여자의 자태 없음이요, 남자가 여복
으로 사람을 속이는 것은 장부의 기골이 없음이니, 다 모자란 곳

을 메우려고 거짓을 꾸밈이로다."

소유는 공주의 은근한 야유를 받고도 오히려 껄껄 웃으며 맞장구를 쳤다.

"공주의 말이 과연 옳소이다. 거문고 곡조는 분별할 수 있지만 한 쌍 눈동자 밝지 못하여 남녀를 똑똑히 가려내지 못하였으니 이는 귀만 있고 눈이 없음이오이다. 얼굴의 일곱 구멍 중에 둘이 없으니 어찌 감히 온전한 사람이라 말하리오. 공주가 소유를 보 잘것없다고 비웃으나 기린각에 걸린 양소유의 화상을 보는 사람 들은 다 기골이 웅장하고 위풍이 당당하다고 칭찬하더이다."

방 안 사람이 모두 한바탕 웃었다. 잠시 뒤 조용해지자 섬월이 소유를 보고 간절히 청하였다.

"강한 상대와 곧 맞부딪칠 터인데 어찌 한갓 실없는 말만 하오리까. 저희 두 사람만 가지고는 전혀 믿지 못할지니 가유인도 함께 가는 것이 어떠하오리까? 또 월왕은 바깥사람이 아니시니 진 숙인도 함께 간들 꺼릴 것이 있사오리까?"

그러자 진채봉이 말하였다.

"계랑과 적랑이 만일 과거장에 들어간다면 마땅히 조그마한 힘 이라도 보태겠지만 노래하고 춤추는 마당에야 저를 어디에 쓰오 리까? 이는 저자의 장사치들을 모아 싸움터에 나가는 것과 같으 니 이기지 못할까 두렵나이다."

춘랑도 말하였다.

"가무에 재주 없는 것으로 제 한 몸이 남에게 비웃음을 사며 놀 림거리가 되는 거라면 이러한 큰 놀이에 구경하고 싶은 마음이 어찌 없겠사오리까. 하지만 제가 따라간다면 분명 사람들이 손가락질하며 저를 대승상 위국공의 첩이요, 영양 공주의 시앗이라며 웃으리니, 이는 상공에게 놀림거리가 되며 두 부인에게 근심을 끼침이라 춘랑은 결단코 가지 아니할 것이오니이다."

공주가 그 말을 듣더니 말하였다.

"춘랑이 가는 것으로 하여 어찌 상공이 남에게 비웃음을 살 것이며, 또 우리도 그대로 하여 무슨 근심할 일이 있겠느냐?"

그래도 춘랑은 물러서려 하지 않았다.

"비단 자리가 널리 깔려 있는 장막에 구름차일을 높이 걸면 모인 사람들 모두 누가 오나 하고 눈을 밝히다가 양 승상의 첩 춘랑이 온다 하며 어깨를 비비고 발꿈치를 올려 저마다 구경하리니 이 못생긴 얼굴을 어찌 드오리까. 사람들이 막상 저를 본 뒤에는 이미 낯익은 못난 얼굴이라 놀라면서 '양 승상은 눈도 없는가 보다.' 하리니 어찌 상공의 수치로 되지 않으오리까. 또 월왕 전하는 일찍이 못생긴 인물을 보지 못하다가 저를 보시면 낯을 찡그리실 터이니 이 역시 공주님에게 근심거리가 아니오리까."

이때 난양 공주가,

"심하도다, 춘랑! 얼마나 겸손한지. 전에는 사람이 귀신도 되고 귀신이 사람 되더니, 이제는 옛날 어느 절세가인이 자기 얼굴에 싫증을 느꼈다는 것과 같구나. 그대 말은 조금도 믿지 못하겠다."

하고 이어서 소유에게 머리를 돌려 물었다.

"어느 날로 약속을 하셨나이까?"

"내일로 언약하였소."

그러자 경홍과 섬월이 가벼이 놀라며,

"양쪽 교방에 아무런 말도 못 하였으니 일이 매우 급해졌사오니이다."

하더니 일어나 바삐 돌아갔다.

경홍과 섬월은 교방으로 돌아오자마자 우두머리 기생을 불러 당부하였다.

"내일 승상이 월왕과 더불어 낙유원에 모이기로 언약하셨으니 동부, 서부의 모든 기생들은 단장을 곱게 한 뒤 악기를 가지고 아침 일찍 승상을 모시고 가기 바라노라."

이튿날 새벽 여든 명 기생이 일찍 일어나 거울 앞에서 얼굴에 분 단장하고 눈썹을 그리고 몸치장을 서둘러 떠날 채비를 갖추었다.

소유도 일찍 일어나 전복 차림으로 활과 살통을 메고 천리용산마에 높이 앉아 사냥꾼 삼백 명에 둘러싸여 성 남쪽으로 향했다. 소유를 따라가는 경홍과 섬월의 옷치장이 또한 장관이었다. 꽃과 잎사귀를 화려하게 수놓은 비단옷에 비취 호박과 금붙이 패물들로 온몸을 꾸미고 화초마의 금 안장에 걸터앉아 한 손에 산호 채찍을 들고 또 한 손에 구슬 고삐를 느직이 잡고서 소유 뒤를 가까이 따랐다. 여든 명 기녀들도 모두 준마를 타고 경홍과 섬월의 좌우를 에두르며 호화찬란한 행차가 장사진을 이루었다.

길을 가다가 월왕을 만나니 왕을 따르는 사냥꾼들과 가무 일행도 족히 소유 일행과 대적할 만하였다.

월왕은 소유와 말머리를 가지런히 하고 가다가 소유더러 물었다.

"승상이 탄 말이 어느 나라 종자이니이까?"

"대완국大宛國에서 났나이다."

"그러면 이 말의 이름은 천리부운총千里浮雲驄이니 작년 가을에 성상을 모시고 상림원에서 사냥할 때 나라 마구간의 만여 필 말이 다 바람결을 좇지만 이 말을 따르지 못하고, 지금 장 부마의 도화총과 이 장군의 오초마를 용마龍馬라 칭송하지만 이 말에 비기면 둔하다 하겠나이다."

"몇 해 전에 토번을 칠 때 깊고 사나운 물살과 높고 위태한 바위 벼랑에 사람은 도저히 발을 붙이지 못하나 이 말은 마치 평지를 밟듯 하여 한 번도 실족함이 없었사오니이다. 제가 공을 세운 것이 참으로 이 말 덕택이니 옛사람이 '사람과 더불어 한마음 되어 큰 공을 이룬다.' 함이 곧 이를 말한 것이라 생각하나이다.

소유가 군사를 돌이킨 뒤에 벼슬이 높아지고 나랏일도 바쁘지 않아 평교자에 편히 앉아 평탄한 길만 다녀서 사람과 말이 다 병이 나려 하오니이다. 그러니 대왕과 더불어 말채찍을 휘두르며 달려서 준마들의 날랜 걸음을 견주기도 하며 지난날 장수의 용맹도 시험해 보는 것이 어떠하오니이까?"

월왕이 대단히 기뻐서 응낙하기를,

"그 말이 또한 내 마음이오이다."

하더니, 뒤따르는 두 일행을 돌아보며 분부하였다.

"두 궁의 손들과 가무 기녀들은 모두 장막에서 기다리라."

월왕이 채찍을 높이 들어 말을 달리려 하는데 마침 큰 사슴 한

마리가 사냥꾼에게 쫓겨 왕 앞을 지나 재빨리 달아났다. 왕이 옆에 있는 장수에게 쏘라 하니 여러 장수들 동시에 활을 쏘았으나 다 맞히지 못하였다. 왕은 성이 나서 바삐 사슴 뒤를 다그쳐 살 하나로 옆구리를 꿰니 온 사람이 만세를 불렀다.

"대왕의 신묘한 살은 귀신이나 다름이 없나이다."

소유가 찬사를 드리자, 월왕은 오히려 머리를 가로저었다.

"변변치 않은 재주로 어찌 칭찬받으리오. 승상이 살 쏘는 법을 보고자 하오이다."

그 말이 채 끝나기도 전에 고니 한 쌍이 마침 구름 사이로 가물가물 아득히 날아갔다. 그러자 모든 사냥꾼들이 말하였다.

"이 새는 가장 쏘기 어려우니 보라매를 풀어야겠사옵나이다."

그러자 소유가,

"너희는 가만있으라."

하고는 곧 화살을 뽑아 하늘을 겨냥하는 듯하더니 순간 고니 한 마리가 곤두박여 돌멩이처럼 말 앞에 털썩 떨어졌다. 얼른 주워 들고 보니 화살이 눈알에 꽂혀 있었다.

월왕이 혀를 차며,

"승상의 기묘한 수단은 천하 명궁도 따르지 못하리로다."

하고 못내 칭찬을 아끼지 아니하였다.

얼마 뒤 두 사람이 채찍을 한 번 휘두르니 두 말이 동시에 바람을 가르며 번개같이 내달려 너른 들을 지나 높은 산 아래 이르렀다. 둘은 고삐를 잡고 나란히 산길을 오르면서 아름다운 산천경개를 구경하고 활 쏘는 법과 검술 이야기도 주고받았다.

이때 비로소 뒤따라 온 사람들이 사슴과 고니를 날라 왔다. 두 사람은 말에서 내려 풀밭에 앉아 허리에 찬 칼로 고기를 베어 내서 불에 구워 놓고 서로 술잔을 권하였다.

몇 차례 잔이 오고 갔을 때 문득 먼 곳을 보니 관원 둘이 바삐 오고 있었다. 그 뒤로 사람들이 무리 지어 따르는 것으로 보아 성안에서 나온 것 같았다. 얼마 안 되어 한 사람이 이르러 고하였다.

"두 궁에서 술을 내리셨나이다."

월왕과 소유가 장막 안에 들어가 대기하는데 두 내관은 황제가 보낸 술을 잔에 따라 두 사람에게 권하고 나서 편지 한 통을 내놓았다. 소유와 월왕이 꿇어앉아서 받아 펴 보니 사냥 놀이를 글제로 하여 글을 지으라는 어명이었다.

월왕과 소유는 곧 즉흥시를 지으니 소유의 글은 이러하였다.

새벽에 장수들 모아 들로 나아가니
칼은 반달 같고 살은 별 같더라.
장막 안 뭇 여인은 새하얀데
말 앞에 쌍날개는 보라매일러라.

은혜로운 옥술을 나누니 감격에 목메고
취하여 금칼 빼니 절로 짐승 베었더라.
문득 지난해의 서쪽 변경 생각하니
눈바람 사나운 궁궐 뜰에서 사냥하였더라.

월왕의 글은 이러하였다.

번개같이 내닫는 말들이 지나가니
안장 위에서 북 울리며 낮은 언덕에 섰더라.
날아가는 화살은 빨라 푸른 사슴을 꿰고
켕긴 활은 살을 날려 날새를 떨어뜨렸더라.

사냥은 스스로 호걸 흥을 불러일으키는데
은총은 머물러 취한 얼굴을 취케 하더라.
신통한 명궁의 활 솜씨 그대는 말을 말라
이 아침 살진 고기 얻음이 많은 것 같더라.

내관은 두 사람 글을 정중히 받아 품에 간직하고 돌아갔다.

이에 두 궁의 손님과 기녀들이 차례로 줄을 지어 앉아 서로 인사를 나누자 이어서 진수성찬의 주안상이 나왔다. 그중에도 옥 소반에 가득한 월나라 특유의 과일과 귤이 사람들의 눈을 끌었다.

아름다운 궁중 기녀들이 세 겹으로 둘러싸고 앉았는데, 비단옷으로 장막을 이루고 몸에 장식한 패물들 부딪치는 소리가 요란하며 버들가지인 양 한 줌 되는 허리는 나긋하고 예쁜 얼굴들이 꽃처럼 고왔다. 게다가 풍악 소리는 쉼 없이 울려 퍼져 종남산에 메아리치거늘 술이 반쯤 취한 월왕이 소유에게 말하였다.

"과인이 승상의 뜨거운 정에 겨워 성의를 표하려고 여러 시첩과 기녀들을 시켜 춤과 노래로 승상을 흥겹게 하고자 하니 지금부터 시작하는 것이 어떠하오니이까?"

"소유가 어찌 감히 대왕의 시첩들을 대면하오리까마는 처남 매부 간의 정의를 믿고 만나 볼 뜻이 있나이다. 그리고 소유의 첩 몇 명도 이 자리를 구경코자 따라왔으니 또한 불러다가 대왕의 시첩들과 더불어 저마다 장기에 따라서 흥을 돕고자 하나이다."

"승상의 말씀이 좋소이다."

왕은 흔연히 웃으며 동의하였다.

이에 섬월과 경홍을 비롯하여 월왕궁의 네 미인이 명을 받고 일어나 장막 앞에서 절을 하자 소유가 네 미인들을 보고 말하였다.

"옛적에 어떤 왕이 한 미인을 두었는데 이름은 부용이라 하였노라. 그런데 이태백이 왕에게 간청하여 부용의 목소리를 들었으나 얼굴은 보지 못하였노라. 지금 소유는 너희들 얼굴을 보니 소득이 이태백보다 백배나 낫구나. 너희 이름은 무엇이냐?"

한 여자가 일어나 아뢰었다.

"제 이름은 금릉 두운선이옵고, 다음은 진루 소채아와 무창 만옥연, 장안 호영영이옵나이다."

소유가 월왕더러 말하였다.

"소유가 일찍이 선비로 다니며 놀 때 옥연 낭자의 높은 명성을 들었는데 이제 그 얼굴을 보니 참으로 명성보다 뛰어나오이다."

월왕이 또한 섬월과 경홍의 이름을 익히 들은 바 있는지라 소유에게 말하였다.

"이 두 미인을 세상이 다 우러러본다더니 과연 손색이 없소이다. 이들이 다 승상 댁에 들어왔으니 주인을 잘 만났도다. 승상은 어느 때 이들은 맞았나이까?"

"계랑은 소유가 과거를 보려고 낙양에 이르렀을 때 스스로 저를 좇아왔고, 적랑은 일찍부터 연 왕궁에 있다가, 제가 사신으로 연 나라에 가니 스스로 몸을 빼어 따라왔나이다."

월왕은 그 말을 듣자 손뼉을 치며 껄껄 웃으며,

"적 낭자의 호기는 명문 귀족 양 승상에 비할 바 아니오이다. 그러나 적 낭자는 그 귀함을 온 사람이 다 아는 양 한림을 좇았으니 마땅하나, 계 낭자가 양생을 좇은 것은 오늘날 이런 부귀를 미리 안 것이니 더욱 기이하오이다."

하고 이어서 또 물었다.

"승상은 어쩌다가 계 낭자를 길 가던 도중에서 만났나이까?"

이에 소유는 천진교 주루에서 섬월을 만났을 때 글 짓던 앞뒤 사연을 낱낱이 말하니 월왕이 또 크게 웃었다.

"승상이 두 차례나 장원한 것을 상쾌한 일이라 하였더니 이 일은 더욱 상쾌하오이다. 그 글이 분명 기묘하리니 한번 듣고자 하나이다."

"취중에 무심히 지은 것을 어찌 기억하오리까?"

소유의 말을 들은 왕은 섬월을 보고 물었다.

"승상은 잊었다 하나 낭자는 혹 외우고 있느냐?"

"천첩은 아직도 기억하고 있사오니 종이에 써서 올리오리까, 노래로 아뢰오리까?"

왕이 더욱 기뻐하면서 말했다.

"노래로 들으면 더욱 기쁘리로다."

섬월은 앞자리에 나앉아 유창하게 노래를 불렀다. 노래를 들은 사람들이 다 놀라는지라 월왕도 공경하는 마음을 이기지 못하여,

"승상의 글재주와 섬월의 맑은 노래는 세상의 제일이요, 그 글 중에 '꽃가지가 미인의 단장 부끄러워 떨리니 낮은 가락 뻗지 아니하여 입은 향기로워.' 하는 구절은 섬월의 아리따운 자색을 그대로 그려 냈소이다. 그러니 마땅히 이태백도 자리를 양보할 지라 감히 한마디도 고치거나 빼거나 더하지 못하리로다."

하고 금잔에 술을 가득 따라 섬월과 경홍에게 상으로 내렸다. 그리고 이어서 월왕궁의 네 미인들이 춤추고 노래 불러 주인들의 장수를 축원하니 주인과 손이 다 하늘이 마련한 비슷한 적수인지라 왕은 못내 즐거움을 이기지 못하였다.

월왕이 모든 손님과 더불어 장막 밖에 나가 군사들이 칼을 쓰며 서로 부딪치는 모습을 보고 소유에게 말하였다.

"미인들이 말에 올라 활 재주를 겨루는 것이 또한 볼만하여 내 궁중에 벌써부터 이러한 낭자들을 수십 명 길렀나이다. 승상에 게도 무술에 능한 미인들이 북방에서 좇아왔으리니 불러서 꿩을 쏘고 토끼를 좇아 한바탕 유쾌한 웃음을 터뜨리는 것이 어떠하오?"

소유는 크게 기뻐하며 곧 미인들 가운데 수십 명을 골라 월왕궁 미인들과 겨루게 하니 경홍이 일어나 아뢰었다.

"제가 비록 무술이 능치 못하오나 오늘 시험해 보고자 하나이다."

소유가 기뻐하며 곧바로 몸에 찬 활을 끌러 주니, 경홍이 활을

잡고 서서 미인들에게 말하였다.

"맞히지 못하여도 아무쪼록 낭자들은 웃지 마소서."

그러더니 나는 듯이 준마에 올라 장막 앞을 달리는데, 마침 꿩한 마리가 풀숲에서 날아올랐다. 경홍이 잠깐 허리를 젖히고 활시위를 당기니 거의 동시에 울긋불긋한 오색 깃털을 펄펄 날리며 꿩의 몸뚱이가 말 앞에 철썩 떨어졌다. 소유와 월왕이 동시에 손뼉을치며 호탕하게 웃었다.

경홍이 몸을 굴려 도로 달려와 장막 밖에서 말을 내리더니 천천히걸어 제자리에 돌아가자, 모든 미인들이 칭찬을 아끼지 않으면서,

"우리는 십년공부를 헛하였도다."

하며 경홍의 재주를 부러워하였다.

이때 섬월이 분한 생각이 들었다.

'우리 두 사람이 비록 월궁 기녀들에게 양보하지 아니하였으나저편은 네 사람이요, 우리는 한 쌍이니 우선 머릿수에서 진 것이아닌가. 춘랑을 데리고 오지 못한 게 한이로다. 춘랑이 춤과 노래는 못하나 그 고운 자색과 아름다운 말솜씨가 어찌 두운선의머리를 누르지 못하랴.'

그러다가 문득 들판을 바라보니 멀리서 두 미인을 태운 화려한수레가 이쪽으로 굴러 오고 있었다. 두 미인이 탄 수레가 이윽고장막 밖에 이르니 파수꾼이 물었다.

"월궁에서 오시오?"

마부가 대답하였다.

"이 수레에 탄 두 낭자는 곧 양 승상의 소실인데 일이 있어서 아

까 행차에 함께 오시지 못하였더이다."

파수꾼이 막 안으로 들어가 아뢰자, 소유가 듣고,

"아마 춘랑이 들놀이를 구경하러 온 듯하나 종들도 없이 너무 간소하도다."

하고 곧 불러들였다.

두 낭자가 수레에서 내려 들어오는데 앞에는 심요연이요, 뒤에는 진중 꿈속에서 만났던 동정 용녀 백능파였다. 두 미인이 소유 앞에 이르러 나란히 절을 하자, 소유는 월왕을 가리키며 말하였다.

"이분은 월왕 전하시니 너희는 예로 뵈올지어다."

두 미인은 월왕에게 공손히 큰절을 올렸다. 문안 인사가 끝나자 소유는 경홍, 섬월 들과 가지런히 앉게 하고 월왕을 돌아보며 말하였다.

"저 두 사람은 지난번 토번을 칠 때 연분을 맺었으나 요즘 일이 많아 미처 데려오지 못하였더니 저들이 스스로 좇아오다가 아마 제가 대왕과 더불어 들놀이한다는 말을 듣고 구경하고자 여기까지 왔는가 하나이다."

월왕이 그 말을 듣고 다시 두 미인을 보니 용모가 경홍, 섬월과 형제 같은데 자태는 한결 더 단정하므로 이상히 여겼다. 이들에게 비기면 월궁 미인들은 모두 빛바랜 꽃인지라 왕은 궁금하여 두 미인에게 물었다.

"두 낭자의 이름은 무엇이며 어디 사람이뇨?"

한 미인이 아뢰기를,

"소녀의 이름은 심요연이요, 서량 사람이옵나이다."

하니, 또 한 미인이 아뢰었다.

"소녀는 백능파라 하옵는데 일찍이 소상강 사이에 살다가 불행히 변을 만나 서방으로 피신하여 있다가 상공을 만났나이다."

"두 낭자는 인간 세상 사람 같지 아니하구나. 풍류를 짐작하느냐?"

이에 심요연이 조심스럽게 대답하였다.

"소녀는 변방 사람으로 일찍이 풍류 소리를 듣지 못하고 자랐사오니 무슨 재주로 대왕을 즐겁게 하오리까? 어릴 때부터 칼춤을 배웠으나 이는 싸움 마당에서의 구경거리요, 귀인이 보실 것은 아닐까 하나이다."

왕은 기꺼운 듯 온 얼굴에 웃음을 띠고 소유더러 말하였다.

"내 선조 때 명인의 칼춤이 천하에 재주를 떨쳤다는 기록은 보았으나 그 술법이 세상에 전하지 못하여 한번 보지 못함을 한탄하였는데, 이 낭자가 검무에 능하다 하니 매우 기쁘오이다."

이에 소유가 허리에 찼던 칼을 끌러 주니 요연은 소매를 걷고 띠를 풀었다. 몸을 날려 춤을 추는데 위아래로, 동서로 올라갔다가는 내려오고, 저리로 갔는가 하면 이리로 되돌아오며, 사람의 눈을 홀리는지 갑자기 있었다 없어졌다 하는 형상이 마치도 날리는 옷자락과 흰 칼날이 한 빛이 되어 초봄 싸락눈이 복사꽃 떨기 위에 날리는 듯하였다. 더욱이 춤추는 동작을 자진가락에 맞추어, 칼의 움직임은 번개 같고 찬 눈과 서리 기운이 장막 속에 가득히 넘쳐 났다. 문득 요연의 몸이 다시 보이지 않더니 갑자기 한 가닥 푸른 무지개가 하늘에 뻗치며 술상과 술상 사이에 찬바람이 일어 좌중의 사람들이 다 뼈가 저리고 머리칼이 곤두섰다. 요연은 배운 술법을 다 써 보고자 하였으나 월왕이 몹시 놀랄까 하여 춤을 그치고 칼을 놓으며 자리에 엎드려 좌중에 절을 하더니 물러났다.

넋을 잃었던 왕은 한참 뒤에야 정신을 차리고 요연에게 말을 건넸다.

"사람의 검무가 어찌 이다지도 신묘하리오. 들으니 신선의 검무에 능한 자 있다 하더니 낭자가 그 사람이 아니냐?"

"서방 풍속에 병장기를 다루기 좋아하기에 어렸을 때 배웠을 뿐이오니이다. 신선의 기이한 술법이 어찌 따로 있사오리까."

요연의 대답을 듣고 왕은 그에게 부탁하였다.

"궁중에 돌아가면 춤 잘 추는 무희를 가려 보내리니 바라건대 낭자는 가르치는 수고를 아끼지 말지어다."

요연이 절하고 영을 받들어 힘쓰겠다고 대답하자, 이번에는 또 능파에게 물었다.

"낭자는 무슨 재주가 있느냐?"

"소녀의 집이 소상강 위에 있사오니 곧 황릉묘의 여주인들이 노는 곳이라 달 밝은 고요한 밤 맑은 바람결이 일면 비파 소리가 구름 사이에서 울려왔더이다. 그래서 어렸을 때부터 그 가락을 흉내 내어 스스로 비파를 타며 혼자서 즐길 따름이라 귀인의 귀에 거슬릴까 두렵나이다."

"황릉묘 여주인들이 살았을 때 비파가 처음 생겨난 줄은 옛사람의 글에서 보아 알지만 그 곡조가 세상 사람에게 전해졌다는 말은 듣지 못하였더니 낭자가 그 곡조를 안다면 어찌 시속의 풍악에 비기리오."

왕의 호기심을 알아차린 능파는 선뜻 비파를 가져다가 한 곡조를 탔다. 그 소리가 어찌나 부드럽고 간절한지 애원하는 듯 그리워하는 듯하므로, 마치 맑은 물이 산골짜기에 떨어져 사품치며, 기러기가 가없는 하늘에서 구슬프게 우는 듯하였다. 이때 좌중이 모두 처량하여 눈물을 흘리는데 문득 초목 빛깔이 어느덧 변하며 소슬한 가을바람이 잠깐 불더니 병든 잎사귀가 우수수 떨어져 내렸다.

월왕이 이상히 여겨,

"인간 세상의 음률이 능히 천지조화를 돌려 세운다는 말을 내 믿지 아니하였더니 낭자는 어찌 봄을 가을로 되게 하여 나뭇잎들이 떨어지게 하느냐? 보통 사람도 이 곡조를 배울 수 있겠느냐?"

하고 물으니, 능파는 서슴없이 아뢰었다.

"소녀는 오직 옛 곡조의 흑백과 장단을 전했을 따름이오니 무슨 신묘한 술법이 있어 배우지 못하오리까."

이때 만옥연이 문득 왕에게 고하였다.

"소첩이 재주는 없으나 평소 익힌 풍악으로 '백년곡'을 시험 삼아 타 보려 하나이다."

옥연이 진나라 비파를 안고 자리 앞에 나앉아 줄을 고르더니 이십오 현 소리를 내는데 손놀림이 능란하고 소리가 맑고 높아 참으로 황홀하였다. 소유와 섬월, 경홍이 한결같이 찬탄하니 월왕이 크게 기뻐하였다.

월왕과 소유는 낙유원 놀이가 즐겁고 흥이 남았으나 어느덧 날이 저물어 가니 놀이를 끝내고 오늘 흥을 돋운 이들에게 각각 금은과 주단으로 상을 내렸다.

왕과 소유가 머리 위에 달빛을 받으며 돌아와 성문 안에 들어서니 종소리가 들려왔다. 두 궁의 미인과 기녀들이 길을 다투어 먼저 가려고 할 때 몸치장한 패물들 부딪치는 소리 요란하며 향기는 거리에 가득하고 흐트러진 비녀와 떨어진 구슬들이 밟히는 소리와 말발굽 소리가 마치 소낙비 소리처럼 들렸다.

이때 성안 사람들이 담장같이 둘러서서 구경하는데, 흰 수염을 거룩히 드리운 백발노인들이 눈물을 흘리면서 경탄하였다.

"내 어렸을 적 현종 황제가 화청궁에 거둥하실 때 그 위의가 이같더니 뜻밖에 오래 살아 다시 태평세월의 기상을 보노라."

이럴 즈음에 두 분 공주는 채봉, 춘랑과 더불어 대부인을 모시고 응향각에서 승상이 돌아오기를 기다리고 있었다. 그런데 저녁나절에야 소유가 심요연과 백능파를 데리고 돌아와 대부인과 두 공주에게 첫인사를 시켰다.

두 미인이 계단 아래에서 나란히 절을 하니 영양 공주가 먼저 알은체를 하였다.

"승상이 늘 말씀하시기를 '두 낭자의 은혜를 입어 수천 리 넓은 땅을 되찾는 공을 이루었다.' 하시기로 내 언제나 한번 보지 못함을 한하였더니 어찌 이리 늦게 찾아왔느냐?"

그러자 요연이 능파의 마음까지 합하여 대답하였다.

"저희는 먼 두메산골의 보잘것없는 사람들로 한때 승상의 돌보심을 입었으나 두 부인의 위엄이 두려워 감히 문 아래에 이르지 못하였나이다. 그런데 들으니 사람들이 다 일컫기를 두 공주님은 한 가정의 화목과 번창을 도모하여 그 은덕이 첩들과 아랫사람 모두에게 미친다 하옵기로 분에 넘치게도 찾아뵙고자 길을 떠났사오니이다. 그런데 마침 승상이 낙유원에서 사냥 놀이를 하시는 때를 만나 그 놀이에 참여하였나이다. 그리하여 본의 아니게 늦었사오나 이제 공주님의 가르침을 받고 보니 첩들은 다행히 여기는 바이옵나이다."

뜻이 숨은 대답을 듣고 공주가 웃으며 승상에게 말하였다.

"오늘 궁중에 꽃 빛이 넘쳐 나니 승상은 분명 풍류를 자랑하실 터이나, 이는 다 우리 형제의 공이나이다. 상공은 그런 줄이나 아시오니이까?"

소유가 껄껄거리면서,

"저 두 사람이 궁에 처음 이르러서 공주의 위풍이 두려워 아첨하거늘 공주는 오히려 자신의 공을 삼고자 하오?"

하니, 좌중이 또한 허리를 잡고 웃었다.

채봉과 춘랑이 궁금한 얼굴로 섬월을 바라보다가, 채봉이 입을 열어 물었다.

"오늘 사냥 놀이에서 승부가 어찌 되었느뇨?"

경홍이 이때 선뜻 먼저 대답하였다.

"계랑이 내 호언장담을 웃었지만 결과는 내가 월궁을 눌러놓았으니 누구의 공으로 돌리오리까? 이는 내 마음이 큰 고로 말이 또한 크니 큰 말은 반드시 실속이 있을지라, 계랑에게 물으면 내 말이 헛말이 아니라는 것을 알 것이오니이다."

그 말을 섬월은 잠자코 듣고만 있지 않았다.

"적랑의 활과 말 재주는 묘하다 하겠으나 정황이 풍류 마당인지라 칭찬을 받은 것이지 화살과 돌이 비 오듯 하는 싸움판이라면 어찌 한 걸음인들 달리며 한 살인들 쏘아 맞히오리까? 게다가 월궁이 감복함은 새로 온 두 낭자의 선녀 같은 용모와 귀신같은 재주 덕이니 어찌 적랑의 공이 되오리까?

내 할 말이 있으니 적랑은 들으오. 옛날 춘추 때 가씨 성의 사나이가 퍽 못생겨서 장가든 지 삼 년이 되도록 그 안해가 한 번도 웃지 아니하였는데, 하루는 가 씨가 안해와 함께 들에 나갔다가 마침 꿩 한 마리를 쏘아 얻게 되자 안해가 비로소 히쭉 웃었다 하오. 적랑이 꿩을 쏘아 얻음이 가 씨와 같으오."

섬월이 드러내 놓고 빈정거리자, 경홍은 그지없이 분하였다.

"가 씨는 못생긴 얼굴로도 활과 말 타는 재주로 안해를 웃게 했거늘, 얼굴 곱고 말 잘 타고 또 활 재주가 있어 단살에 꿩을 쏘아 맞혔으니 사람들에게 더욱 사랑과 공경을 받지 않겠소?"

섬월이 샐쭉 웃더니 소유를 쳐다보면서,

"적랑의 자랑이 갈수록 더하니 이는 다 승상에게 분에 넘치는 총애를 받아서 마음이 한껏 교만해졌음이오니이다."

하니, 소유가 또한 피식 웃고는 대꾸하였다.

"내 이미 계랑이 재주 많은 것은 알고 있었으나 고전에 능통한 줄은 몰랐는데, 이제 보니 춘추 시대를 좋아하는구나?"

"소녀가 한가한 때면 간혹 사기나 경서를 더러 읽기는 하오나 어찌 능하다 하오리까."

그러면서 섬월은 경홍의 얼굴을 슬쩍 넘겨다보았다.

이튿날 소유가 입궐하여 조회에 나갔을 때 태후가 승상과 월왕을 불렀다. 이때 두 공주는 이미 궁중에 들어와 태후를 모시고 자리를 같이하여 앉아 있었다. 태후가 월왕에게 물었다.

"우리 아들이 승상과 더불어 봄빛으로 서로들 견주었다 하더니 뉘 이기고 뉘 졌느뇨?"

"승상의 끝없는 복은 과연 사람들이 다투지 못할 바이오나 그 복이 여자들에게도 해당되는지 승상에게 물어보소서."

월왕이 말하자, 태후가 미처 대답도 하기 전에 소유가 먼저 말하였다.

"낙유원 놀이에서 봄빛을 겨룰 즈음에 월왕 전하가 신보다 손색이 있다 함은 제 주발의 밥이 남보다 적다는 격이옵나이다. 공주에게 복되고 복되지 아니함은 신이 공주 아니오니 어찌 아뢰오리까? 친히 공주에게 물어보소서."

태후가 빙그레 웃으며 두 공주를 돌아보니, 난양이 선뜻 대답하였다.

"부부는 한 몸이오니 영예와 치욕이 같고 다름을 어찌 논하오리까. 장부가 복이 있으면 여자 또한 복이 있고, 장부가 복이 없으면 여자 또한 복이 없으리니 승상이 즐기는 바를 저도 다만 즐길 따름이나이다."

공주가 발뺌해도, 월왕은 숙어 들지 않고 태후께 아뢰었다.

"누이 말은 맞지 아니하나이다. 예부터 부마 된 자로 양 승상처럼 방탕한 사람이 있다는 말을 듣지 못하였사오니이다. 이는 윤리

도덕이 느즈러진 까닭이라 바라건대 승상을 법에 넘겨 조정을 업수이여기고 국법을 멸시하는 죄를 다스리소서."

태후는 그 말을 듣자 큰 소리로 웃더니 신중하게 말하였다.

"부마가 참으로 잘못했도다. 그러하나 법으로 다스리려니 이 늙은 몸과 딸아이들의 근심이 될 터라 어쩔 수 없이 국법을 굽히고 사사로운 일로 처리할까 하노라."

그래도 월왕은 태후의 결심에 따르려 하지 않았다.

"사정은 그러하오나 승상의 죄를 가벼이 용서할 수는 없사오니 청컨대 태후 낭랑 앞에서 죄를 물으시어 그 진술로 보아 처결하심이 옳을 듯하오니이다."

월왕의 말에 태후는 또 크게 웃었으나 인차 난처한 얼굴을 하였다. 그러자 월왕은 태후를 대신하여 소유를 심문할 죄상의 초안을 만들었다.

예부터 부마 된 자가 감히 첩을 많이 두지 못함은 풍류가 모자라서가 아니요. 먹을 것이 넉넉지 못해서도 아니니, 이는 다 성상을 우러러 따르며 나라의 위엄을 높이려는 데서 나온 제도이러라. 그런데 하물며 영양, 난양 두 공주는 지위가 과인의 딸이요, 행실은 정렬부인의 덕을 갖추었거늘 양소유는 공경치 아니하고 오히려 방탕하여 미색을 몰아들임이 여자에 기갈난 사람 같아, 눈에는 타락한 호색한의 풍조가 어려 있고, 귀는 부화한 풍류 가락에 젖어, 누각 댓돌의 개미같이 진을 치며 방과 마루에서 벌 떼같이 지껄이고 있도다. 공주가 너그러운 덕으로 시새우지 아니하나 도리로 보아 공주를 공경하고 매사에 삼가야 할 소유의 행동이 어찌 감히 이러하리오. 따라서 소유의 교만하고 방자한 죄를 징계함이 마땅하리니 숨기지 말고 사실대로 자백하고 연후에 처분을 기다리라.

월왕이 소유의 죄상 초안을 태후에게 올리니, 태후는 받아 그 글을 다 읽고 월왕에게 도로 넘겨주었다. 소유는 전각 아래로 내려가 의관을 벗고 땅에 엎드려 처벌을 기다리고 있었다. 월왕이 난간 밖에 나서서 소유를 향하여 문초하듯 죄상 초안을 더욱 구체화하여 서릿발 같은 목소리로 내리읽었다. 소유는 죄상을 다 들은 뒤에 그 자리에서 다음과 같이 썼다.

소신 양소유는 분에 넘치게 성상 폐하의 성은을 입어 승상의 높은 벼슬에 올랐으니 영광 빛나고, 두 공주의 덕행으로 하여 더욱 부부간의 정의가 깊사와 이것만으로도 신의 소원은 족하옵나이다. 그러하오나 어리석은 마음이 남아 있고 들뜬 성정이 아직도 덜리지 아니하여 첩을 비롯하여 가무에 능한 기녀를 많이 모았으니, 이는 다 소신이 부귀에 눌리고 성상의 은총이 넘쳐 경계하지 못한 죄이옵나이다. 하지만 신이 국법을 살펴보건대 부마 된 자가 설혹 첩이 있을지라도 혼인 전에 만난 것은 갈라 보는 도리가 있지 아니할까 하옵나이다.

소신이 비록 시첩이 있으나 숙인 진 씨는 성상이 명하신 사람이니 마땅히 손을 꼽아 헤아릴 바 아니옵고, 가 씨는 일찍이 정 사도 댁 화원에 있을 때 신을 시중들던 시녀이옵고, 계 씨와 적 씨, 심

씨, 백 씨 네 여인은 신이 선비로 있을 때, 또 나라 밖 사신으로 갔을 때, 또는 나라를 위하여 싸움에 나갔을 때에 좇아온 여인들이니, 이도 역시 다 혼례 전의 일이옵나이다. 내 집 울타리 안에 한가지로 있게 함은 공주의 명을 좇음이오며 소신이 감히 독단으로 처리함은 없사오니 나라 예법에 무엇이 손상되오며 신자의 도리에 무엇이 죄가 되겠사옵나이까? 사정은 그러하오나 하교가 그러하시니 황공하기 그지없사오니이다.

소유가 글을 태후에게 올리니, 태후는 월왕과 더불어 깐깐히 읽었다. 태후가 다 읽고는 위엄 있게 소유를 굽어보며 말하였다.

"시첩을 많이 거느림은 장부 된 위세에 그다지 해로움이 없기로 용서하려니와 술을 과음하니 병이 걱정되는지라 삼가는 것이 옳겠도다."

태후의 한마디 훈계에 대하여 월왕은 미간을 찌푸리며 다시 아뢰었다.

"부마가 시첩 거느림을 공주에게 미루나 이는 스스로 삼가고 조처하여야 마땅하겠거늘 천만번 옳지 못하오니 다시 문초하심이 좋을까 하나이다."

소유가 머리를 거듭 조아리며 사죄하니, 태후가 민망한 듯 웃으며,

"양 공은 나라의 운명을 걸머진 중신이니 내 어찌 한갓 사위로만 대접하리오."

하고 이어 명하였다.

"의관을 바로 하고 전에 오르라."

월왕이 또 아뢰었다.

"소유에게 큰 공이 있어 비록 죄주기는 어렵사오나 국법이 엄하므로 스쳐 지나갈 수는 없사오니 마땅히 술로 벌하시오소서."

태후가 또 웃고 허락하였다. 잠시 뒤 궁녀들이 내온 술상에 흰 옥잔이 놓여 있는 것을 보고 월왕은 상 앞으로 나앉으며,

"승상의 주량이 고래 같고 죄 또한 무겁거늘 어찌 작은 잔을 쓰리오. 되들이 금 대접을 가져오너라."

하고는 손수 독한 술을 철철 넘치게 부어 주었다. 소유의 주량이 크다지만 연거푸 말술을 마시니 어찌 취하지 아니하랴. 이에 머리를 두드리며 태후에게 아뢰기를,

"견우가 직녀를 지나치게 사랑하다가 장인에게 꾸지람을 들었다더니, 소유는 시첩을 거느렸다 하여 장모에게서 벌주를 먹사오니이다. 폐하 사위 되기 참으로 어렵사오니이다. 신이 크게 취하였으니 물러감을 청하옵나이다."

하고 일어나려다가 그 자리에 엎어졌다.

태후가 또 크게 웃으면서 궁녀에게 부축하게 하여 소유를 문밖까지 내보내고 두 공주에게 일렀다.

"승상이 잔뜩 취하여 정신을 못 차리니 너희도 곧 뒤따라가거라."

두 공주가 인차 일어나 소유의 뒤를 따랐다.

이때 유 부인이 대청에 촛불을 환히 켜 놓고 아들이 돌아오기를 기다리다가 소유가 몹시 취한 것을 보고 물었다.

"전에는 위에서 술을 내리셔도 그다지 취하지 아니하더니 오늘은 어찌 이리 취하였느냐?"

"소자의 죄이옵나이다."

소유가 취한 눈으로 공주를 쏘아보다가 한동안이 지난 뒤에야 술내 풍기는 입을 열어 어머니께 말씀드렸다.

"공주의 오라버니 월왕이 태후께 아뢰어 소유의 죄를 억지로 만들어 냈나이다. 소자가 말을 잘하여 겨우 벌을 면하였사오나 월왕이 기어이 죄를 씌워 독주로 벌을 내렸나이다. 주량이 없었더라면 아마 소자는 죽었을 것이오니이다. 이는 월왕이 어제 낙유원에서 내기 아닌 내기에 진 것을 분하게 여겨 보복코자 함으로 보이오나, 사실은 난양이 내게 딸린 시첩이 많음을 시기하여 제 오라버니에게 꾀를 주어 나를 괴롭힘이오니이다. 이로 보아 여느 날의 온순한 언사는 믿지 못하겠나이다. 그러니 어머니가 난양에게 벌주 한 잔을 주어 소자의 분함을 씻어 주소서."

유 부인이 머리를 가로저으며 말하였다.

"난양의 죄가 분명치 아니하고 또 한 잔 술도 마시지 못하니, 네 나를 시켜 며느리에게 벌을 씌우고자 할진대 찻물 한 잔으로 술을 대신함이 옳도다."

"소자는 기어이 술로 벌하려 하나이다."

아들이 양보하지 않으니, 유 부인은 웃으면서,

"공주가 술을 마시지 아니하면 술 취한 사람의 마음이 풀리지 아니하리라."

하고 시녀를 불러 난양에게 벌주를 주니, 공주가 얼른 받아 마시려 하였다. 문득 소유가 의심이 나서 그 잔을 빼앗아 맛을 보려 하였다. 그러자 난양이 급히 자리 위에 잔을 떨어뜨렸다. 소유가 잔 밑에 발린 술을 손가락으로 찍어 맛보니 그것은 달디단 꿀물이었다.

소유는 어이가 없어 한탄하기를,

"태후 낭랑이 꿀물로 소유를 벌하셨다면 어머님 또한 꿀물로 벌하시겠지만, 소자가 마신 것은 독주이거늘 난양이 어찌 저만 꿀물을 마시오리까?"

하고, 시녀에게 다른 잔을 가져오라 하여 제 손으로 술을 한 잔 따라 주었다. 공주는 할 수 없이 두 손으로 잔을 받았다.

난양이 술을 다 마신 것을 보고 소유는 또 어머니에게 청하였다.

"태후 낭랑께 권하여 소자를 벌한 사람은 비록 난양이오나, 영양 공주 정경패가 또한 그 계교에 참여했나이다. 태후 앞에서 소자가 당하는 괴로움을 뻔히 보고도 오히려 난양에게 눈짓하며 웃었으니 그 꼬부라진 심보를 짐작할지라, 정 씨도 벌하소서."

부인이 큰 소리로 웃으며 시녀를 시켜 잔을 보내니 영양이 돌아앉아 술을 다 마셨다. 이런 정경을 물끄러미 바라보던 유 부인은 문득 생각난 듯 혼잣말을 하였다.

"태후 낭랑께서 소유를 벌하심이 곧 그 시첩들을 벌함이니 이제 두 공주가 다 벌주를 마셨거늘 시첩들의 마음이 어찌 편안하리오."

어머니의 뜻을 알아차리고 소유는 얼른 말하였다.

"낙유원 모임은 미색을 다툼이거늘 경홍, 섬월, 요연, 능파는 작은 힘으로 왕의 큰 힘과 대적하여 승세를 내 편으로 기울게 하여 월왕에게 분심이 나게 했사오니이다. 그리하여 소자가 벌을 받게 되었으니 이 네 사람들에게도 마땅히 벌할지니이다."

"싸움에서 이긴 사람들에게 무슨 벌을 주겠느냐? 취객의 말이 우습구나."

부인은 웃으면서 곧 네 사람을 불러 각각 술 한 잔씩 먹게 하였다. 네 여인이 술을 받아 마신 뒤에 문득 경홍이 대부인 앞으로 다가가더니 꿇어앉으며 고하였다.

"태후 낭랑이 승상을 벌하심은 축첩이 많은 연고요, 결코 낙유원에서 이긴 연고가 아니오니이다. 요연과 능파는 승상과 금침을 같이하지 아니하였사온데 저희와 한가지로 벌주를 마시니 억울하지 아니하오리까? 그러나 춘랑은 승상을 모신 지도 오래나 낙유원 모임에 참여치 아니하여 혼자 벌을 면하였사오니 아래 사정이 고르롭지 못한 고로 분한 생각이 드옵나이다."

"네 말이 옳도다."

부인은 큰 잔으로 춘랑을 벌하였다. 춘랑이 웃음을 머금고 술잔을 비우니 모든 사람이 다 벌주를 마시어 방 안의 분위기가 어지러웠다. 특히 난양 공주는 술에 취하여 괴로워하였다. 오직 진채봉만은 한쪽 구석에 단정히 앉아 말도 아니 하고 웃지도 아니하였다.

소유가 이를 보고,

"진 씨 홀로 취하지 아니하여 취한 사람들의 미친 모양새를 보고 속으로 웃는 듯하니 또한 벌을 아니 주지 못하리라."

하며 한 잔 술을 가득 부어 전하니, 채봉이 방그레 웃으면서 두말없이 받아 마셨다.

이때 유 부인이 난양 공주에게 물었다.

"본디 마시지 못하던 술을 마셨으니 기분이 어떠하오?"

"몹시 괴롭나이다."

공주가 대답하니, 부인은 채봉에게 당부하여 공주를 모시고 침방으로 돌아가게 하였다. 난양과 채봉이 방에서 나가자, 부인은 춘랑에게 술을 따라 오라 하여 덥석 잔을 잡더니,

"우리 두 며느리는 귀한 몸이시라 내 늘 매사에 조심스러웠는데, 승상의 술주정이 심하여 공주들에게 괴로움을 주니 태후 낭랑께서 들으시면 크게 염려하시리로다. 내 일찍이 아들을 가르치지 못하여 그처럼 분수없는 짓을 저지르게 하였으니 이 어미도 죄 없다 못 하겠기로 이 잔으로 스스로 벌하노라."

하고 단번에 쭉 마셨다. 소유는 어머니의 곧은 자세를 보고 황송하여 꿇어앉으며,

"어머님이 이 아들의 못난 행실로 하여 스스로 벌하시니 소자 어찌 종아리 맞는 벌만 당하리까?"

하고 경홍에게 큰 잔에 술을 한가득 부어 오라고 일렀다. 소유가 잔을 받아 들더니,

"소자 어머님의 가르침을 좇지 아니하여 어머님께 근심을 끼쳤사오니 삼가 이 벌주를 마시나이다."

하며 숨도 쉬지 않고 단번에 들이켰다. 그러자 소유는 인차 또 술에 잔뜩 취하여 몸을 제대로 가누지도 못하고 손으로 응향각을 가리켰다. 부인이 춘랑에게 승상을 부축하여 가라 하니 춘랑이 대답하기를,

"저는 감히 모시고 가지 못하겠나이다. 소첩이 승상의 총애를 받고 있음을 계량이 시샘하나이다."

하고 섬월을 돌아보며 말하였다.

"적랑과 계랑 두 분이 모시고 가오이다."

"춘랑이 내 말 때문에 가지 아니하니 토라진 그 마음 더욱 의심이 가는구려."

섬월이 할깃 눈을 흘기니, 경홍은 깔깔 웃으면서 소유를 부축하고 갔다.

여덟 미인의 결의

양소유는 이미 요연과 능파 두 낭자가 산수를 퍽 사랑하는 것을 잘 알고 있었다. 그리하여 두 사람의 거처를 정할 때 특히 마음을 썼다.

화원 속에 연못이 있으니 거울같이 맑고, 못 가운데 정자가 있어 이름을 영아루라 하거늘 여기서 능파를 살게 하였다. 연못 남쪽에는 아름다운 산이 있으니, 뾰족한 봉우리는 옥을 깎은 듯하고, 이끼 덮인 돌벼랑은 오랜 세월을 겪어 낸 흔적을 전하며, 늙은 솔 울창한 그 아래 아담한 정자가 있어 이름을 빙설헌이라 하였다. 이곳에서 요연을 살게 하니 소유의 두 부인과 여러 낭자들이 화원에 모여 놀 때는 요연, 능파가 산의 주인이었다.

하루는 화원에 모두 모였을 때 누군가가 능파더러 물었다.

"낭자의 신통한 변화를 볼 수 있을까?"

"그건 천첩의 전생 일이요, 오늘은 천지 기운을 타고 조화의 힘을 빌려 온몸을 다 벗고 사람으로 변하여 벗은 비늘과 껍질이 산같이 쌓였거니, 비유하건대 참새가 변하여 조개가 된 뒤에 어찌 두 날개가 있어 날아다니리오."

낭자들이 모두 그 말을 듣고 이치가 그러하다고 머리를 끄덕였다.

심요연은 때때로 대부인과 승상과 두 공주 앞에서 칼춤을 추어 한때 구경거리로 흥취를 돋우나 자주 추기를 꺼렸다.

"그때는 검술로 하여 승상을 만났으나 살기 있는 춤판이라, 늘 볼 재미야 있겠나이까."

그 뒤부터 두 공주와 여섯 낭자의 단란한 즐거움이, 마치 고기가 물에서 노닐며 새가 구름 위를 날듯이 서로 따르고 서로 의지하여 형제 같았다. 더욱이 소유의 애정이 고르니 모든 낭자의 부덕이 온 집안의 화기를 이루었다. 이는 소유를 비롯한 아홉 사람의 전생 인연 때문이었다.

하루는 소유가 여섯 낭자에게 일렀다.

"두 안해와 여섯 첩이 피를 나눈 형제보다 더 친하고 우애가 살뜰하니 이 어찌 하늘이 명한 바가 아니리오. 마땅히 귀천을 가리지 말고 서로 형으로 아우로 부를지니라."

소유가 이렇게 설복하니 다 사양하는데, 특히 춘랑, 경홍, 섬월이 더욱 응하려 하지 않았다. 그러자 영양 공주가 춘랑을 보고 달래듯 차근차근 말하였다.

"예부터 군신 사이에 결의형제를 맺은 예가 많거늘 나는 춘운과 더불어 한집에서 친한 벗으로 지냈는데 어찌 형제가 못 되겠느냐. 본디 출신이 보잘것없다 해도 성취하는 데는 귀천이 무슨 관계 있으리오?"

마침내 두 공주는 여섯 낭자와 더불어 관음보살의 화상 앞에 분향재배하고 서약문을 지어 읽었다.

유세차 아무 해 아무 달 아무 날, 제자 이소화, 정경패, 진채봉, 가춘운, 계섬월, 적경홍, 심요연, 백능파 등 목욕재계하고 삼가 관음보살 앞에 고하나이다.

불경에 이르기를 천하가 다 형제 된다 하였으니 바로 의지와 기개가 상통한 까닭이요, 혹 천륜을 타고났어도 길 가는 사람같이 보는 자 있으니 바로 정과 뜻이 서로 다른 까닭이리라.

저희가 처음 남북에 각각 태어나서 동서에 흩어졌다가 한사람을 함께 섬기고 또 한집에 사는지라, 마음이 서로 맞고 정이 서로 통하나이다. 물건에 비기면 한 가지에 피어난 꽃송이들이 비바람을 만나 혹 인가의 울안에 날리며 혹 언덕에 떨어지며 혹 산속 시냇물에 실려 가나 근본은 같은 뿌리에 돋아난 것이거늘, 하물며 사람은 한 형제, 한 핏줄을 타고났으니 흩어졌다가 어찌 한곳으로 함께 모이지 아니하리까.

고금이 비록 멀고 가까우나 한때에 같이 있고, 천하가 비록 넓고 크나 한집에 같이 사니, 이는 참으로 전생의 연분이요, 인생의 좋은 기회라 아니하리오. 그러한 까닭으로 저희가 함께 서약하여 형제를 맺고 기쁜 일과 흉한 일, 삶과 죽음을 같이하려 하나이다. 이 가운데 혹 의심을 품어 맹세를 저버리는 자 있으면 하늘이 반드시

노하고 신명이 반드시 꺼리리니, 엎드려 바라옵건대 복을 인도하시고 재앙을 막으며 저희를 도우시어 백 년 뒤에 모두 다 함께 극락세계로 돌아가게 하옵소서.

두 공주가 함께 서약문을 다 읽고 나서부터 여섯 낭자들이 스스로 명분을 지켜 감히 언니 동생이라 서로 부르지는 못하나 정이 더욱 깊어졌다.

세월은 흘러 여덟 사람이 저마다 자식을 낳으니 두 부인과 춘운, 섬월, 요연, 경홍은 아들이요, 채봉과 능파는 딸이었다. 그리고 아들딸 모두가 크게 앓지 않고 한결같이 잘 자라니 이 또한 여느 사람과 다르다고 할 만하였다.

이즈음 천하가 태평하여 백성들이 안락하고 해마다 풍년 들어 집집마다 곡식이 넘쳐 나니 나라 안에 근심 걱정이 없었다. 그러므로 양소유가 나가서는 황제를 모시고 상림원에서 사냥하며 들어와서는 어머니를 받들어 잔치를 베풀고 춤과 노래로 세월을 보냈다.

그러나 즐거움이 다하면 슬픔이 오는 것은 예나 지금이나 흔히 있는 일이라 유 부인이 우연히 병을 얻어 세상을 떠나니 연세가 아흔아홉이었다. 소유가 애통해하며 극진한 예로 상을 치르니 두 궁에서 내시를 보내어 위문하고 왕후의 예로 엄숙히 장례를 치르게 하였다.

정 사도 내외가 누리는 영화 역시 말할 것도 없었다. 오래오래 장수하다가 같은 날 부부가 세상을 떠나니 소유가 슬퍼하는 정은 정씨 부인 못지않았다.

소유의 여섯 아들과 두 딸은 모두 부모의 골격과 용모를 닮아 한결같이 쾌남아요, 선녀였다. 맏아들 대경은 정씨 부인이 낳았으니 이부 상서를 지내고, 둘째 아들 차경은 적 씨가 낳았으니 경조윤을 하고, 셋째 아들 순경은 가 씨가 낳았으니 어사중승을 하고, 넷째 아들 계경은 난양 공주가 낳았으니 병부 시랑을 하고, 다섯째 아들 오경은 계 씨가 낳았으니 한림학사를 하였다. 여섯째 아들 치경은 심 씨가 낳았는데 열다섯 살에 힘이 남보다 뛰어나고 지혜가 또한 귀신같아 황제가 몹시 사랑하였다. 그리하여 금오 상장군을 삼아 군사 십만 명을 거느리고 대궐을 호위하게 하였다.

맏딸 부단은 진 씨가 낳았는데 월왕의 아들 낭야의 왕비가 되고, 둘째 딸 영락은 백 씨가 낳았는데 황태자의 부인이 되었다.

하루는 소유가,

"너무 성하면 쇠하기 쉽고, 너무 가득하면 넘치기 쉽다."

하고는 상소문을 올려 벼슬길에서 물러나기를 청하니, 그 글은 이러하였다.

승상 신 양소유는 머리를 조아려 절하옵고 성상 폐하께 삼가 글을 올리옵나이다. 사람이 세상에 나서 소원은 장상 공후이오니 벼슬이 이에 이르면 나머지 원이 없고, 부모가 자식을 위하여 공명과 부귀를 축원하나니 몸이 이에 이르면 나머지 소원이 없사옵나이다. 그러하오니 장상 공후의 영화와 공명부귀의 즐거움을 어찌 사람들이 흠모하지 아니하겠사옵니까. 그러나 영화와 부귀에 어찌 만족함을 알며 재화를 스스로 가져오는 줄 어찌 헤아리겠사옵니까.

신이 재주가 적고 능력이 없사오나 높은 벼슬을 단번에 얻었사옵고, 공이 없삽고 물망이 없사오나 중한 벼슬에 오래 머무니 존귀함이 신에게 이미 극진하여 영화가 부모까지 미쳤사옵나이다.

신의 처음 소원은 이의 만분지일이었는데 분에 넘치게 부마까지 되어 성상께서 예로 대접함이 여느 신하와 다르고 은혜롭게 상을 주심도 파격에 이르러, 채소로 채웠던 위장이 기름진 음식으로 배부르고 미천한 발길로 궁중에 나들어 위로 성주께 욕되며 아래로 사사로운 분수에 어긋나오니 신의 마음이 어찌 편하다 하겠사옵니까?

일찍이 흔적을 거두고 영화를 피하며 문을 닫고 은덕을 사양함으로써 분수에 지나친 죄과를 천지신명에게 용서 빌고자 하오나 성상의 은택이 자못 깊고 높아 우러러 갚지 못하옵고, 또 신의 힘이 미약하나마 그래도 나라를 위하여 움직일 만하여 자기 직분을 지켜 조금이라도 천은을 갚은 뒤에 물러나 선조의 무덤을 지키면서 여생을 마치려 하였사옵나이다.

그러나 그 은덕을 미처 갚지 못하였사온데 천한 나이 이미 높고 터럭이 먼저 쇠하여 다시 충성을 다하고자 하여도 마음뿐이지 어찌할 수 없는 처지에 이르렀사옵나이다.

이제 성상의 거룩한 위엄에 눌려 변방의 오랑캐가 항복하니 군사를 쓰지 아니하고 만백성이 또한 편안하므로 북과 북채가 놀라지 아니하며 하늘이 마련한 상서로운 일이 더 많이 찾아올 것이므로, 삼대의 백성이 편안토록 다스림을 펴실 것이옵나이다. 그러하오니 신을 조정에 남게 하여도 녹봉만 허비하고 나라에 전혀 도움이 되지 않을 것이옵나이다.

군신은 부자 같으니 부모의 마음에 못난 자식이라도 슬하에 있어야 기뻐하고 문밖에 나가면 근심하옵나이다. 그러하오니 신이 엎드려 생각하건대 폐하께서 양소유는 늙은 신하요, 옛 물건이라고 속으로 헤아리시나 인정으로 보아 차마 하루아침에 물러가라고 영을 내리지 못하시옵나이다.

사람의 자식이 부모를 생각함이 어찌 그 부모가 자식을 사랑함과 다르겠사옵니까. 신이 폐하의 은덕을 입음이 이미 깊사오니 궁성을 멀리 하직하고 산속에 엎드려 어질고 현명한 폐하와 어찌 영이별하겠사옵나이까. 신의 마음속에는 어디로 가나 늘 성상이 계시옵나이다.

이미 가득 찬 그릇은 더 넘치게 못하며, 이미 멍에를 벗은 망아지는 다시 쓰지 못하옵나이다. 간절히 바라옵건대 신이 맡은 일을 견디지 못함을 헤아리시고 신이 높은 데 머물기를 원치 아니함을 살피시어 이제 소유가 특별히 고향에 돌아가서 여생을 마치도록 허락하여 주옵소서.

황제가 이 상소문을 보고 친필로 답을 내렸다.

경이 대업을 이루어 조정의 위엄을 높이 세우고 만백성에게 은택을 끼쳤으니 곧 경은 국가의 주춧돌이요, 짐이 가장 신뢰하는 중신이로다. 옛적에 태공은 거의 백 살의 나이로도 오히려 나라를 도와 훌륭한 정사를 이루었으니 이제 경도 노경에 들었다 하나 아직 벼슬을 돌려보낼 나이가 아니로다. 경이 지레 일찍 물러나려 하니

짐은 가히 허락하지 못할러라. 경의 풍채는 오히려 젊게 보여 옥당
에서 조서를 내던 시절에 못지아니하고 정력 또한 왕성하여 변방
의 도적 칠 때보다 못하지 아니하니 경은 비록 늙음을 일컬으나 짐
은 참으로 믿지 아니하노라. 그러니 모름지기 옛 노장들의 굳센 절
개를 본받아 짐을 도와주기 바라노라.

소유가 나이는 많으나 그 기상은 노쇠하지 않아 사람들이 다 신
선에 비기므로 황제의 비답이 이러하였다. 소유는 황제의 답서를
보고도 또 상소하여 간절히 물러감을 청하니, 황제도 어쩔 수 없이
허락하기로 하였다.

경이 이다지도 사양하니 짐이 어찌 경의 뜻을 받아들이지 아니
하겠는가마는, 경이 한번 물러가면 짐은 국가 대사를 의논할 사람
없을 뿐 아니라 하물며 이제 태후께서 승하하셨으니 짐이 어찌 영
양과 난양과도 멀리 떨어져 살겠는가. 성 남쪽 사십 리에 별궁이
있으니 곧 취미궁이러라. 옛적 현종 황제가 더위를 피하던 곳인데
별궁이 고요하고 깊으며 외지고 넓으니 늘그막에 한가히 지낼 만
한 곳이므로 특별히 경에게 주노라.

황제는 곧 조칙을 내려 위국공 승상에 태사太師 벼슬을 더 봉하
고 또 상으로 오천 호를 더 내렸다.

꿈에서 깨다

양소유는 황제의 은총에 더욱 감격하여 온 집안 식구를 거느리고 취미궁으로 이사하였다. 별궁은 종남산 속에 있었다. 누각이 웅장하고 아름다운 데다가 산 모양 또한 기묘하기 그지없어 여기가 곧 삼신산 선경이었다.

소유는 황제의 조칙과 친히 쓴 글을 봉하여 안치하고 두 공주와 첩들을 차례로 여러 누각에 나누어 살게 하였다. 그러고는 매양 물가에 찾아가 낮에는 낚시질이요, 밤에는 물에 비낀 달빛을 감상하였다. 또 골짜기에 들어가서는 매화를 찾고, 돌벼랑 앞을 지날 때면 글을 지어 쓰며, 솔 그늘에 앉으면 거문고를 안고 타니, 사람들은 소유의 늘그막 팔자를 부러워하였다.

소유가 이렇게 한가함을 즐기면서 손님을 만나지 않은 지 여러 해가 지났다. 팔월 열엿새가 소유의 생일이었다. 온 자녀가 잔치를 차려 아버지의 장수를 빌며 잔을 올리는데 어느덧 여남은 날이 지나니 흥성이는 분위기와 높은 웃음소리는 말로 다 할 수 없었다.

구월에 이르니 국화는 봉오리를 터치고 수유나무는 열매가 영글었다. 하늘 높은 가을철을 맞이한지라 취미궁 서쪽의 높은 고갯마루에 오르면 팔백 리 넓은 땅이 손바닥같이 한눈에 들어왔다.

소유는 이 고갯마루 위를 매우 사랑하더니, 하루는 두 부인과 여섯 미인과 더불어 그곳에 올랐다. 모두들 귀밑머리에 국화꽃 한 송이씩 꽂고 가을 풍치를 구경하며 서로 마주 앉아 술을 마셨다.

이윽고 지는 해 그림자는 높은 봉우리에 거꾸러지고 떠가는 구름 그늘이 들판에 드리우니 가을빛이 아름다운 산수화를 펼친 듯하였다. 소유는 옥퉁소를 내어 한 곡조를 불었다. 퉁소 소리 몹시 서글퍼 마치 애원하는 듯, 그리워 흐느끼는 듯, 하소연하는 듯하여 모든 미인의 가슴이 또한 미어지는 듯 처량한 마음을 이기지 못하여 한숨을 길게 쉬었다.

이때 영양 공주가 입을 열어 물었다.

"상공이 공명을 일찍 이루고 부귀를 오래 누리시니 온 세상 사람들이 부러워하는 바요, 고금에 드문 일이라 하겠나이다. 때는 마침 좋은 철이라 경치가 이를 데 없이 아름답고, 국화 잎을 잔에 띄워 술 권하는 미인들이 자리에 가득하거니 이 얼마나 즐거운 인생이오이까. 그런데 지금 그 퉁소 소리는 처량하여 사람들의 눈물을 자아내니 오늘의 그 가락이 전에 듣던 곡조 아님은 어쩐 까닭이니이까?"

소유는 퉁소를 놓고 자리를 옮겨 앉아 탄식하며 대답하였다.

"북쪽을 바라보니 편편한 들판은 사방으로 넓고 비탈진 고개는 넘어진 듯 누웠는데, 석양의 쇠잔한 그림자가 시든 풀대 사이로 흐릿하게 보이는 곳이 곧 진시황의 아방궁이요, 서쪽을 바라보니 소슬한 바람결이 수풀을 흔들고 저무는 구름이 산 위에 머문 곳이 곧 한 무제의 능이요, 동쪽을 바라보니 분칠한 담장이 청산을 비추고 붉은 용마루가 하늘 위로 솟았으며 또 밝은 달이 스스로 오가건만 옥난간 머리에 다시 의지할 사람 없는 곳이 곧 현종 황제가 양 귀비와 놀던 청화궁이니 슬프오이다. 이 세 제왕들이 다 만고 영웅인데 지금 어데 있는고. 소유가 외진 시골의 보잘것없는 선비로 태어나 성상의 은덕을 입고 벼슬이 장상에 이르며, 또 부인과 여러 미인을 만나 두텁고 깊은 정이 늙도록 친밀하니, 전생에 끝내지 못한 연분이 아니면 이에 이르지 못할 것이오이다.

그런데 우리가 한번 죽어 돌아가면 높은 누각은 스스로 넘어지고 깊은 연못도 스스로 메워져 오늘 춤과 노래와 술잔을 기울이던 터전이 변하여 쇠잔한 풀포기와 찬 연기가 떠돌게 될 것이오이다. 그리되면 분명 나무하는 아이들과 소 먹이는 다박머리들이 구슬픈 노래를 주고받으며 주절대기를 '이는 곧 양 태사가 미인들과 놀던 곳이라. 대승상의 호사스러운 풍류와 아리따운 여인들의 모습은 이미 스러졌도다.' 하리니, 그 아이들이 우리가 놀던 곳을 보는 것은 내가 저 세 제왕의 궁과 능을 보는 것과 같을지라. 사람이 살아 있는 것은 순간의 일이 아니리오.

천하에 세 가지 도가 있으니 유교와 불교와 선술이라. 이 세 가지 가운데 오직 불교가 높고, 유교는 천륜을 밝히며 사업을 귀

하게 여겨 이름을 후세에 전할 따름이요, 선술은 허탄하기 그지
없지만 그래도 구하는 자 많았으나 증험이 없으니, 진시황과 한
무제와 현종 황제의 일을 보면 알 수 있으리라.

소유가 벼슬을 도로 바친 뒤로 밤마다 꿈속에서 불전에 예배
하니 이는 분명 불가와 인연이 있음이오이다. 내 장차 남해에 가
서 관음을 찾으며 법당에 올라가서 문수보살을 만나 사멸하지
아니하는 도를 얻어 인간의 번뇌를 벗고자 하오. 다만 그대들과
더불어 한평생을 함께 지내다가 곧 이별하겠기에 자연 서글픈
마음이 퉁소 소리로 나왔더이다."

모두들 소유의 말에 눈물을 머금었다. 난양이 말하였다.

"상공이 영화와 복락을 누리던 중 그러한 천리를 깨달았으니 어
찌 하늘이 하는 바 아니리까. 저희 여덟 자매도 궁중 누각에 살
면서 아침저녁으로 부처님께 분향재배하고 때가 오기를 기다리
겠나이다. 상공이 이번에 가시면 반드시 밝은 스승과 어진 벗을
만나시어 곧 도를 이루시리니 부디 도를 깨우치신 뒤에 저희를
가르치소서."

소유가 크게 기뻐하며 말하였다.

"우리 아홉 사람의 마음이 이미 서로 잘 맞으니 무슨 걱정이 있
으리오. 내 내일 떠나겠소이다."

"우리가 마땅히 한 잔씩 부어 상공을 전별하겠나이다."

시녀를 불러 다시 술을 내어오라 이르는데 문득 스적스적 지팡
이 끄는 소리가 언덕길에서 들려왔다. 그러자 모든 사람이 나직이
소리쳤다.

"어떤 사람이관데 감히 이곳에 오느냐?"

이윽고 노승 한 분이 가까이 이르렀다. 눈썹은 한 자나 되도록 길고, 맑은 눈빛은 물결처럼 서늘하며, 동작이 또한 태연한데, 준수하게 드리운 흰 수염은 고매한 기상이 풍겼다. 어딘지 모르게 가까이 다가가기 어려운 인상을 풍기는 그 노승이 서슴없이 소유와 마주하여 예하고 앉으며 인사를 청하였다.

"산사람이 대승상께 뵈옵나이다."

소유는 노승이 여느 승려가 아닌 줄 알고 급히 일어나 답례하고 공손히 물었다.

"스님은 어느 곳에서 오시나이까?"

"평생 친구를 알아보지 못하시오이까? 일찍이 들으니 귀인은 잊기를 잘한다더니 과연 그러하도다."

소유가 그 말을 듣고 노승을 자세히 보니 아는 얼굴인 듯하나 분명치 않았다. 그러더니 문득 깨닫고 낭자들을 돌아보며 말하였다.

"내가 일찍이 토번국을 칠 때, 꿈에 동정 용왕의 잔치에 갔다가 돌아오는 길에 잠깐 남악에 오른 일이 있었소이다. 그때 절간 법당의 윗자리에 늙으신 대사가 앉아 여러 제자들에게 불경 강론하는 것을 보았더니, 이 스님이 바로 꿈속에 보았던 그 대사일시 분명하오이다."

노승이 껄껄 웃으며,

"옳도다, 옳도다. 그러나 꿈속에서 한 번 본 것만 기억하고 십여 년간 한가맛밥을 먹고 같이 살던 일은 기억하지 못하는구나."

하고는 갑자기 큰 소리로 외쳤다.

"성진아, 인간 세상 재미가 좋더냐?"

소유, 아니 성진이 눈을 크게 뜨고 노승의 아래위를 훑어보니 바로 육관 대사가 서 있었다. 그 순간 성진은 지나간 온갖 일을 돌이켜 떠올리고는 머리를 두드리며 눈물을 흘렸다. 이렇게 육관 대사와 성진의 감격 어린 상봉이 있는 동안 소유의 두 부인과 여섯 미인의 모습은 졸지에 가뭇없이 사라지고 말았다.

이윽고 성진은 대사 앞에 엎드려 참회하였다.

"제자 행실이 부정하오니 스스로 지은 죄 누구를 원망하고 누구를 탓하오리까. 마땅히 어두운 속세에 처하여 길이 윤회하는 재앙을 받을 것이거늘 스승님께서 성진의 하룻밤 꿈을 깨워 비로소 깨닫게 하시니 그 은혜 천만년을 갚아도 다 갚지 못하겠나이다."

"네 흥을 타고 갔다가 흥이 다하여 돌아오니 내 무슨 상관이 있겠느냐. 또 네가 인간 세상에 살던 일을 꿈꾸었다 하면서 네 꿈과 세상일을 나누어 둘로 갈라 보니 네 꿈이 아직도 깨지 못하였도다."

대사의 말에 정신이 펄쩍 든 성진은 앞으로 나앉으며 스승에게 빌었다.

"제자 어리석어 꿈이 잠 아니며 잠이 꿈 아님을 분별치 못하오니 부디 스승님께서 법을 베푸시어 제자를 깨우치소서."

"내 마땅히 《금강경》 큰 법을 베풀어 네 마음을 깨닫게 하려니와 잠깐 있으면 다른 제자들이 올 것이니 아직 기다리라."

대사의 말이 미처 끝나기도 전에 문지기 도인이 나타나 손님이 찾아왔다고 알렸다. 남악 위 부인의 시녀 팔선녀가 이르러 대사에게 합장 배례하더니, 한 선녀가 앞으로 나와 아뢰었다.

"저희가 비록 위 부인을 모시고 있으나 배운 바 없사와 망령된 생각을 누르지 못하여 욕심이 일어나니 죄책이 따라 인간의 꿈을 꾸었사옵나이다. 깨우는 사람이 없더니 자비로우신 스승님이 저희를 불러 주셨나이다. 어제 위 부인 앞에 가서 지난날의 잘못을 빌고 곧 부인께 하직하고 왔사오니 간절히 바라옵건대 저희 죄를 용서하시고 특별히 밝은 교훈을 내리소서."

팔선녀가 동시에 얼굴의 연지를 지우고 몸에 걸친 비단옷을 무명옷으로 갈아입고 나서 합장하며 다시금 맹세를 엄숙히 다졌다. 대사가 그 모양을 보더니,

"여덟 사람이 이리 참회하니 어찌 감동치 아니하리오."

하고 드디어 자리에 앉게 한 뒤 설법하였다. 성진과 여덟 여승은 본성을 깨달아 염불을 외웠다. 대사는 이에 가사와 염주와 목탁과 《금강경》을 성진에게 주면서,

"내 불도를 네게 전하였노라."

하고 서천을 향하여 휘적휘적 걷더니 사라졌다.

그 뒤 성진은 연화봉 도량에서 여러 여승들에게 설법하였다.

일심전념 극락세계 나무아미타불.

九雲夢

구운몽 원문
〈구운몽〉에 관하여

구운몽 원문

육관 대사의 제자 성진이 수부에 들어가다

천하에 명산 다섯이 있으니 동에 태산泰山, 서에 화산華山, 남에 형산衡山, 북에 항산恒山이요, 그 가운데 숭산崇山이니 이른바 오악이라. 오악지중에 형산이 중토中土에 가장 머니 구의산九疑山이 그 남편에 있고 동정호洞庭湖가 그 북편에 지나고 소상강瀟湘江이 둘렸는데 형산에 충융沖融, 자지紫芝, 천주天柱, 석름石廩, 연화蓮花 다섯 봉우리가 높으니 구름이 그 낯을 가리고 안개가 그 허리에 둘려 천기 청명치 못하면 사람이 그 진상을 보지 못할러라.

진晉나라 때에 선녀 위魏 부인이 선도仙道를 얻고 상제의 명을 받아 선동옥녀를 거느리고 이 산에 와 지키니 이른바 남악 부인이라. 예로부터 그 영험함은 이루 다 기록지 못할러라.

또 당나라 시절에 일위一位 노승[1]이 서역 천축국으로부터 형산 연화봉 경개를 사랑하여 그 제자 오륙백 명을 거느리고 큰 법당을 짓고 염불송경하니 노승의 당호는 육관六觀 대사라. 중생을 가르치고 귀신을 제어하니 생불이 세상에 내려왔다 이르더라.

불법에 신통한 자 삼십여 인 중에 성진이 나이 겨우 이십 세에 삼장경문三藏經文을 무불통지無不通知하고 용모 신채神釆 비범하고 총명 지혜 빼어나매 대사 극히 애중하여 장차 도를 전하고자 하더니라. 대사 매양 모든 제자로 더불어 설법할새 이때 동정 용왕이 화하여 백의 노인이 되어 법석法席에 참여하여 강론을 듣는지라 대사 제자를 모으고 이르되,

"내 나이 늙고 병들어 산문山門에 나지 못한 지 십여 년에 너희 중에 누가 나를 위하여 수부水府에 들어가 용왕께 회사回辭하고 돌아올꼬?"

이때 성진이 여쭈오되,

"소자 불민하오나 가리다."

대사 대희하여 보내니 성진이 수명受命하고 칠근 가사七斤袈裟를 메고 육환장六環杖을 끌고 표연히 동정을 향하여 가더라.

---

1) 노승 한 분.

석교 상의 팔선녀

이윽고 문 지키는 도인이 대사께 고하되,

"남악 위 부인이 팔 개 선녀를 보내어 문밖에 이르렀나이다."

대사 명하여 부르니 팔선녀 차례로 들어와 예하고 꿇어 부인의 말씀을 전갈하되,

"대사는 산 서편에 있고 나는 산 동편에 있어 상거相去가 멀지 아니하되 자연 다사하와 한번 불석에 나아가 경문을 듣삽지 못하오니 처인處人하는 지혜가 없고 교린交鄰하는 도리가 어긴지라 이제 시비를 보내어 안부를 묻삽고 겸하여 천화天花¹⁾ 선과仙果와 칠보문금七寶紋錦으로 구구한 정성을 표하나이다."

하고, 각각 가져온 선화 보패를 눈 위에 높이 들어 대사께 올린대 대사 친히 받아 제자를 주어 불전에 공양하고 합장 사례하되,

"노승이 무슨 공덕이 있어 이렇듯 주시는 보패를 받는고."

하며, 인하여 팔선녀를 설연관대設宴款待²⁾하여 보내니라.

팔선녀 대사께 하직하고 문밖에 나와 서로 이르되,

"이 남악 천산은 일수일산一水一山이라도 우리 집 세계러니 육관 대사가 거처하신 후로 연화봉 승경을 지척에 두고 구경치 못한 지 오래더니 이제 부인 명을 받들어 여기 왔으니 천재일시千載一時라. 또 춘색이 아름답고 산일이 저물지 아니하였으니 이때를 좇아 더 높은 봉에 올라 시를 읊어 풍경을 구경하고 돌아가 궁중에 자랑함이 어떠하뇨?"

하고, 서로 손을 이끌고 완보서행緩步徐行하여 나아갈새 폭포의 흐름을 보고 물을 좇아가다가 석교에서 쉬더니 이때는 정히 춘삼월이라 백화는 만발하고 운무는 자욱한데 봄 새소리에 춘흥이 호탕하고 물색이 사람을 머무르니 팔선녀 자연 심신이 산란하여 석교에 걸어앉아 시냇물을 굽어보니 새 거울이 걸린 듯 푸른 아미와 붉은 단장이 비치어 의연히 한 폭 미인이로다. 스스로 그 그림자를 사랑하여 차마 곧 일어나지 못하여 낭랑세어朗朗細語³⁾로 봄 회포를 서로 펴며 저무는 줄을 깨닫지 못하더라.

---

1) 중이 불경을 읽노라면 하늘이 감동하여 내린다는 꽃.
2) 잔치를 베풀어 정성스레 대접하는 것.
3) 소곤소곤 맑은 목소리.

성진의 팔 개 명주

차시 성진이 동정호에 이르러 물결을 헤치고 수정궁水晶宮에 들어가니, 용왕이 이미 대사의 사자가 오는 줄을 알고 문무 제신을 거느려 친히 궁문 밖에 나와 맞아들여가 좌정한 후, 성진이 복지伏地하여 대사의 말씀 상주한대, 용왕이 공경하여 사례하고 잔치를 배설하여 성진을 대접할새 성진이 자세 보니 다 인간 음식이 아니요, 선과 진채珍菜러라.

용왕이 친히 잔을 들어 권하되,

"다섯 가지 경계 중에 금하는 줄 내 어찌 알지 못하리오마는 과인의 술은 인간 광약狂藥1)으로 더불어 크게 다르니 능히 사람의 기운을 돕고 맘을 호탕케 아니 하나니 상인上人2)은 사양치 말라."

성진이 그 후의를 감동하여 감히 사양치 못하고 인하여 삼 배를 기울이고 용왕께 하직하고 수부를 떠나 바람을 타고 연화봉을 향하여 올새, 산 밑에 이르러 자못 주훈酒熏이 낯에 오르고 안화眼花3)가 어지럼을 깨닫고 스스로 생각하되,

"사부가 만약 나의 만면滿面 주기酒氣를 보시면 어찌 꾸짖지 아니하시리오."

하고 시내를 임하여 웃옷을 벗어 정한 모래 위에 놓고 쌍수로 물을 움켜 취한 낯을 씻더니 문득 기이한 향내가 바람결에 코를 찌르는데 자연 정신이 호탕하여 스스로 이르되,

"이 시내 상류에 무슨 기특한 꽃이 있어 향기 물을 좇아오느뇨? 내 나아가 찾으리라."

하고 다시 의복을 정제한 후 시내를 좇아 올라가니, 차시 팔선녀 석교 상에 앉았다가 정히 성진으로 더불어 만난지라, 성진이 즉시 육환장을 버리고 합장하여 공손히 사례하되,

"모든 보살님은 잠깐 천승賤僧의 말씀을 들으소서. 천승은 연화봉 도승 육관 대사의 제자로서 사부의 명으로 용왕궁에 갔삽더니 이제 좁은 다리에 보살님이 앉아 계시니 천승이 갈 길이 없사고 고하옵나니 잠깐 길을 빌리소서."

팔선녀 답사하되,

"첩 등은 남악산 위 부인의 시녀옵더니 부인의 명으로 육관 대사께 문안하고 돌아가는 길에 이곳에 잠깐 쉬었사오나 예문禮文에 일렀으되 행로에 남좌여우男左女右4)라. 이 다리가 본래 편소하고 첩 등이 이미 먼저 앉았으니 원컨대 화상은 다른 길로 가소서."

성진이 차수정례叉手頂禮5)하되,

---

1) 사람이 마시는 술.
2) 중을 높여 이르는 말.
3) 눈에 불꽃 같은 것이 어른어른거리는 것.
4) 남자는 왼쪽이 중하고 여자는 오른쪽이 중하다는 음양설에서 온 말로, 여기서는 남자는 왼쪽으로, 여자는 오른쪽으로 가는 법이란 뜻.

"물이 깊고 다른 길이 없사오니 어디로 가라 하시나이까? 길을 잠깐 열어 주소서."

팔선녀 답례하고 이르되,

"옛날에 아난존자阿難尊者[6]는 엽귀 잎을 타고 큰 바다를 건넜으니 화상이 진실로 육관 대사의 제자면 도를 배웠을지라. 어찌 조그마한 시냇물을 건너기 무슨 어려움이 있관데 아녀자로 더불어 길을 다투나이까."

성진이 웃고 대답하되,

"모든 낭자의 뜻을 살피건대 필연 행인에게 길값을 받으려 함인데 빈승은 본디 다른 보화가 없고 마침 팔 개 명주가 있삽더니 이것으로 길값을 드리나이다."

하고, 도화 한 가지를 꺾어 팔선녀 앞에 던지니 그 꽃이 화하여 팔 개 명주가 되어 서기 영롱하고 향내 진동하는지라, 팔선녀 받아 각각 한 개씩 가지고 성진을 돌아보며 웃고 즉시 몸을 솟아 구름을 타고 공중을 향하여 가는지라, 성진이 석교 상에 나아가 사방을 둘러보니 팔선녀 간 곳 없고 이윽고 채운彩雲이 흩어지며 향내 사라지더라.

성진의 세상 생각

망연 실망하여 맘을 진정치 못하고 돌아와 용왕의 말씀을 대사께 고한대, 대사 늦게 돌아옴을 꾸짖으니 성진이 대답하되,

"용왕이 지성으로 권유하오매 차마 떠나지 못하여 저물었나이다."

대사 다시 묻지 아니하고 곧 물러가 쉬라 하거늘 성진이 초막으로 돌아가 빈 방 안에 홀로 앉았으니 팔선녀의 옥음玉音이 귀에 쟁쟁하고 화용花容이 눈에 암암하여 앞에 앉았는 듯 심사 황홀하여 진정치 못하겠는지라, 번뇌 망상에 잠을 이루지 못하더니 문득 생각하되, '세상에 남아로 생겨나서 어려서 공맹의 글을 읽고 자라서 성주聖主를 섬겨, 나가면 삼군의 장수가 되고 들어오면 백관의 어른이 되어 몸에 금의를 입고 허리에 금인金印을 차고 눈으로 고운 빛을 보고 귀로 묘한 소리를 들어 미색의 애련愛戀과 공명의 자취로 후세에 전하는 것이 대장부의 떳떳한 일이어늘, 슬프다, 우리 불가의 도는 한 그릇 밥과 한 잔 정화수며 수십 권 경문에 백팔염주를 목에 걸고 설법하는 일뿐이라, 그 도가 비록 높고 깊다 할지라도 적막함이 태심하고 가령 상승上乘[1]의 법을 깨달아 대사의 도를 전하여 연화대蓮花臺 위에 앉을지라도 삼혼칠백三魂七魄이 한번 불꽃 속에 흩어지면 뉘

---

5) 어긋매끼로 두 손을 가슴에 대고 머리는 숙여 예를 하는 것.

6) 부처의 10대 제자 가운데 한 사람인 아난다를 높여 부르는 말.

라서 성진이 세상에 났던 줄 알리오.'

이렇듯 심란하여 잠을 이루지 못하더니 밤이 깊은 후 눈을 감은즉 팔선녀 앞에 있고 눈을 뜨면 흔적이 없는지라 이에 크게 참회하되,

'불가의 법은 심계心界를 청정하는 것이 제일 공부어늘 내 중 된 지 십 년에 일찍 반점 누陋가 없더니 이제 사사망념邪思妄念이 이렇듯 하니 어찌 내 전정前程에 해롭지 않으리오.'

명향名香을 피우고 꿇어앉아 목의 염주를 헤어 가만히 일천 불을 생각하더니 홀연 창밖에서 한 동자 부르되,

"사형師兄은 취침하였나이까. 대사가 부르시나이다."

성진이 크게 놀라 하오되,

"깊은 밤에 급히 부르시니 필연 연고가 있도다."

하고, 동자로 더불어 법당에 이르니라.

성진이 양가에 환생

육관 대사 모든 제자를 모으고 법연法筵[1]에 앉았는데 위의威儀 엄숙하고 등촉이 휘황한지라 이에 성진을 크게 꾸짖되,

"성진아, 네 죄를 네 아느냐?"

성진이 대경大驚하여 계하階下에 내려 꿇어앉아 대답하되,

"소자가 사부를 섬긴 지 십여 년이로되 조금도 불공불순한 일이 없삽더니 이제 엄문嚴問하시니 어찌 은휘隱諱하리까마는 실로 죄를 알지 못하겠나이다."

대사 더욱 노하여 꾸짖되,

"행실 닦는 중이 용궁에 가 술을 먹었으니 그 죄 적지 아니하고 또 돌아오다가 석교 상에서 팔선녀로 수작이 장황하고 꽃가지를 꺾어 던져 명주로 희롱하고 돌아온 후에도 불법을 적연寂然히 잊고 세상부귀를 생각하여 호탕한 맘이 적멸풍광寂滅風光을 염厭하니 이제 가히 여기 머물지 못하리라."

성진이 머리를 두드려 울며 하소하되,

---

1) 최고의 교법.

1) 불교를 풀어 설법하는 자리.

"소자 실로 죄 있나이다. 그러하오나 용궁에서 술을 먹음은 주인의 강권함을 면치 못함이요, 석교에서 선녀로 수작하옵기는 길을 빌자 함이요, 제 방에서 망상이 있었으나 즉시 참회하여 자책하였사오니 이 밖에 다른 죄 없나이다. 설사 다른 죄 있사온들 사부께서 종아리 쳐 경계하심이 또한 교훈하시는 도리어늘 어찌 박절히 내치사 스스로 고치는 길을 끊게 하시나이까. 성진이 열두 살에 부모를 버리고 사부께 돌아와 중이 되었사오니 친생 부모의 은혜와 같삽고 또 의를 말하오면 이른바 무자無子하여도 유자有子함이오니 사제지분이 중한지라, 연화 도장을 버리고 어디로 가리까."

대사 이르되,

"네 가고자 하는 데로 나가게 함이니 어찌 머물리오. 또 네가 어디로 가리오 하나 네 가고자 하는 곳이 곧 너의 가히 돌아갈 곳이라."

하고 다시 소리를 크게 지르되,

"황건역사黃巾力士야, 이 죄인을 압령押領하여 풍도지옥酆都地獄에 가서 염왕閻王께 부치라."

성진이 이 말씀을 듣고 간담이 떨어져 눈물이 쏟아지며 머리를 두드려 애걸하되,

"사부, 사부는 들으소서. 옛날의 아난존자는 창녀로 동침하였으나 석가여래 죄를 주지 아니하시고 벌만 베풀었으니 소자가 비록 조심 아니한 죄 있사오나 아난존자에게 비하면 오히려 적거늘 어찌 연화 도장을 버리고 풍도지옥으로 가라 하시나이까."

대사 엄절히 이르되,

"아난존자는 비록 창녀와 동침하였으나 그 맘은 변치 아니하였거니와 너는 한 번 요색을 보고 본심을 잃었으니 한 번 돌아가는 고생을 면하지 못하리라."

성진이 눈물만 흘리고 부처와 대사께 하직하고 사형 제자를 이별하고 장차 황건역사를 따라가려 할새 대사가 다시 위로하되,

"맘이 정결치 못하면 비록 산중에 있으나 도를 가히 이루지 못할 것이요, 근본을 잊지 아니하면 비록 열 길 티끌 속에 떨어질지라도 필경 돌아올 날이 있나니 네가 이곳에 돌아오고자 할진대 내가 친히 데려올지니 너는 의심 말고 곧 가라."

성진이 역사와 지부地府에 들어가 망향대望鄉臺를 지나 풍도성 밖에 이르니 수문졸守門卒이 그 소종래所從來를 묻는지라, 역사가 대답하되,

"육관 대사의 명을 받아 죄인을 영솔하고 왔노라."

귀졸鬼卒이 성문을 열고 들이거늘 역사가 곧 염라전에 이르러 성진 잡아온 연유를 고한대 염라대왕이 성진을 가리켜 이르되,

"상인의 몸이 비록 연화봉에 매였으나 이름은 지장왕地藏王[2] 향안香案에 있었으니 신통한 술術로 천하 중생을 구제할까 하였더니 이제 무슨 일로 이곳에 이르렀느뇨?"

---

2) 지장보살. 천하 중생을 구제한다는 보살.

성진이 크게 부끄러워 주저하다가 이에 고하되,

"소승이 불민하와 사부께 득죄하고 이에 왔나니 처분대로 하옵소서."

이윽고 역사 또 팔선녀를 거느려 오거늘 염왕이 호령하여 꿇리고 묻되,

"남악 선녀냐. 선도는 스스로 무궁한 경개가 있고 무한한 쾌락이 있거늘 어찌하여 이 땅에 이르렀느뇨?"

선녀 등이 부끄러움을 머금고 대답하되,

"첩 등이 위 부인 낭랑娘娘의 명을 받자와 육관 대사께 문안하옵고 돌아오는 길에 석교 상에서 성진으로 더불어 문답하온 일이 있삽기로 대사가 위 부인께 편지를 보내어 첩 등을 잡아 대왕께 보내니, 바라건대 대왕은 자비지심을 드리오사 좋은 땅에 나게 하옵소서."

염왕이 사자 아홉을 앞에 불러 분부하되,

"이 아홉 사람을 각각 영솔하고 인간으로 나아가라."

말이 마치매 홀연 대풍이 전각 앞에 이니 아홉 사람을 공중으로 휘몰아 올려 사면팔방으로 흩어지게 하더라.

성진이 사자를 따라 바람에 몰려 지향 없이 가더니 한 곳에 이르러서는 바람 소리 비로소 쉬이며 두 발이 땅에 닿았거늘, 성진이 놀란 혼을 수습하고 눈을 들어 보니 푸른 산은 울울하여 사면에 둘렸고 맑은 시내 잔잔하여 여러 길로 흐르는데, 대울타리 초가지붕이 수목 사이로 보일락말락하는 것이 겨우 여남은 집이라, 두어 사람이 마주 서서 한가히 하는 말이,

"양 처사楊處士 부인이 오십 후 태기가 있으니 참 인간에 희한한 일이더니 산점産漸[3]이 있은 지 오래되 아직 아이 소리 없으니 괴이하고 염려롭다."

하거늘, 성진이 가만히 생각하되,

'내 이제 세상에 환생하겠으나 이 신세를 돌아보건대 다만 정신뿐이요, 골육은 정히 연화봉 위에 있어 이미 소화燒火하였을지니, 내가 연소한 까닭으로 제자를 두지 못하였으니 누가 나를 위하여 내 사리舍利를 감추어 두었으리오.'

이렇듯 두루 사량思量하매 맘이 처량하더니 이윽고 사자 나와 손짓하여 부르되,

"이 땅은 곧 대당국大唐國 회남도淮南道 수주현秀州縣이요, 이곳은 양 처사 집이니 처사는 너의 부친이요, 그 부인 유 씨柳氏는 너의 모친이라. 네가 전생 인연으로 이 집 아들이 되니 너는 속히 들어가 좋은 때를 잃지 말라."

성진이 즉시 들어가 보니 처사 갈건葛巾 야복野服으로 대청에 앉아 화로에 약을 달이니 향내가 옷에 젖었고 방안에는 부인의 신음하는 소리 은은한지라 사자가 재촉하여,

"방 안으로 들어가라."

---

3) 해산할 기미.

하거늘, 성진이 의심하여 주저하니 사자가 등을 밀치는지라, 성진이 땅에 엎어져 정신이 아득하여 천지를 분변치 못하고 크게 부르짖어 왈,

"구아救我, 구아救我."[4]

하되 소리가 목구멍 속에 있어 능히 말을 이루지 못하고 다만 어린 아이의 우는 소리러라.

양소유의 부친이 신선이 되다

이때 양 처사, 부인을 위하여 약을 달이다가 문득 아이 소리 남을 듣고 차경차희且驚且喜하여 바삐 들어가니 부인이 벌써 순산 득남하였는지라, 기쁨을 이기지 못하여 향탕에 아이를 씻겨 누이고 부인을 위로하더라.

성진이 주린즉 젖 먹고 배부르면 울음을 그치고 갓 나서는 맘이 오히려 연화봉 일이 생각나더니 점점 자라 부모의 은정을 알매 전생 일이 망연하여 능히 알지 못하더라.

처사가 아자兒子의 골격이 청수함을 보고 이마를 어루만지며 부인을 돌아보고 이르되,

"이 아이는 필연 하늘 사람으로 인간에 내려왔도다."

인하여 이름을 소유少游라 하다. 애지중지하더니 어언지간에 소유의 나이 열 살이 되니 용모가 고운 옥 같고 안정眼睛이 샛별 같으며 기질이 청수하고 지혜 너그러워 엄연한 대인군자라, 처사 유 씨더러 이르되,

"내가 본래 세속 사람이 아니오. 부인으로 더불어 인간 인연이 있는 고로 오래 티끌 속에 머물렀더니 봉래산 신선 친구가 편지하여 부른 지 이미 오래되 부인의 고단함을 염려하여 가지 못하였더니, 지금 하늘이 도우사 영민한 아들을 얻어 총명이 과인過人하니 부인이 의탁할 곳을 얻고 늙기에 필연 영화를 보고 부귀를 누릴 것이니, 나의 가고 있는 것을 괘념치 말라."

언파言罷에 공중을 향하여 손짓하여 백학을 타고 표연히 가거늘 부인이 미처 한 말을 묻지 못하여 간 곳이 없는지라, 아자로 더불어 창연悵然함은 이르도 말고 간혹 공중으로 편지나 부칠 뿐이요, 종적이 집에 이르지 아니하더라.

---

4) 구아 구아는 나를 살리라는 뜻.

화음현에서 규수를 만나다

양 처사가 신선이 되어 간 후로 모자 서로 의지하여 세월을 보내더니 소유의 재주와 총명이 굉장하므로 그 고을 태수 신동이라 하여 조정에 천거한대, 양소유 노모를 위하여 사양하고 즐겨 나가지 아니하더라. 나이 열오 세에 이르매 청수한 풍채는 반악潘岳[1] 같고 문장은 이백李白 같고 필법은 왕희지王羲之 같고 겸하여 지략이 손빈孫臏, 오기吳起 같고 천문지리와 육도삼략六韜三略과 창 쓰고 칼 쓰는 법이 귀신같아 무불통지하니 대개 전세前世에 행실 닦은 사람으로서 심계心界가 청정하고 흉금이 쇄락灑落하여 이치 통달함이 범인 속사俗士에 비할 바 아닐러라.

하루는 모친께 고하되,

"부친이 하늘에 올라가실 때에 문호門戶 영귀榮貴함을 소자에게 부탁하신지라, 이제 가세 빈한하여 노모께서 근로하시니 소자가 만일 집 지키는 개가 되고 꼬리 끄는 거북이 되어 세상 공명을 구치 아니하면 문호를 빛내지 못하고 노모님의 맘을 위로치 못하겠사오니 이는 부친의 바라시던 뜻을 어김이로소이다. 이제 듣사온즉 사방 나라에서 설과設科하여 인재를 택용한다 하오니 소자 잠시 모친 슬하를 떠나 과거를 보러 가려 하나이다."

유 씨 그 뜻이 근본 녹록지 않은 것을 보았으나 소년의 먼 길 행력이 염려되고 이별이 오랠까 하되 이미 그 활발한 기운을 가히 막지 못할 고로 부득이 허락하고 행장을 차려 주며 경계하되,

"네 연소하여 경력이 적고 먼 길이 처음이라. 부디 조심하여 행하며 쉬이 돌아와 노모의 의려지망倚閭之望을 저버리지 말라."

소유가 수명受命하고 모친께 하직한 후 삼척동자와 한 필 작은 나귀로 길을 떠나 여러 날 가다가 화주 화음현에 이르니 장안이 멀지 아니한지라, 산천경개가 더욱 절승하고 과거 날이 아직 멀었는 고로 매일 수십 리씩 가며 혹 명산도 구경하고 혹 옛 사적도 찾으니 객회客懷 적이 적막치 않더라.

홀연 보니 한 곳에 그윽한 집이 있는데 고운 수풀이 무성하고 드린 버들이 그림자가 엉기고 푸른 연기는 비단을 깐 듯하고 그 속에 조그마한 다락집이 있는데 단청이 찬란하며 정쇄精灑하고 그윽하여 그 맑은 경치 가히 사랑할지라. 이에 채찍을 끌고 천천히 나아가 보니 긴 가지 짧은 가지가 땅에 얽혀 흔들거리는 것이 미인이 머리를 감고 바람 앞에서 빗질하는 것 같으니 가히 아름답고 구경할 만하거늘, 손으로 버들가지를 휘어잡고 주저하여 능히 가지 못하고 탄식하되,

---

1) 중국 진나라 때 풍채 좋고 글도 잘했다는 사람. 잘생긴 사람을 일컫는 말로도 쓴다.

"우리 시골 촉 중에 비록 아름다운 나무가 있으나 일찍 이 같은 버들을 보던 바 처음이라."

하고 드디어 '양류사楊柳詞'를 지으니, 하였으되,

> 양류 푸르러 베 짜는 것 같으니
> 긴 가지가 그림 다락에 떨쳤더라.
> 원컨대 그대가 부지런히 심은 뜻은
> 이 나무가 가장 풍류러라.
> 양류가 어찌 그리 청청한고
> 긴 가지가 비단 기둥에 떨치더라.
> 원컨대 그대는 더위잡아 꺾지 마라
> 이 나무가 가장 정이 많도다.

소리를 높여 한번 읊으니 완연히 쇠를 치고 돌을 치는 듯 가던 구름이 머무르고 산명곡응山鳴谷應하여 다락 위에 들리니 그 속에 마침 가인이 있어 낮잠이 깊었다가 홀연 놀라 깨어 베개를 밀치고 수놓은 창을 밀치고 아로새긴 난간에 의지하여 눈을 흘려 사면으로 소리 나는 곳을 찾다가 문득 양생으로 더불어 두 눈이 마주치니 구름 같은 터럭은 어질러졌는데 옥비녀는 비뚜로 걸려 있고 자던 눈은 몽롱하여 꽃다운 정신이 어리석은 듯하고 약한 기질이 힘이 없어 졸음 흔적이 오히려 눈썹 끝에 있으며 연지는 반이나 뺨에 지워져 천연한 자색과 선연한 태도는 가히 말로써 형용치 못하고 채색으로도 그리지 못할러라.

두 사람이 서로 물끄러미 볼 뿐이요, 한 말도 내지 못하더니 양생이 동자를 객관에 먼저 보내어 석반夕飯을 갖추라 하였더라. 이에 돌아와 석반 갖춤을 고하거늘 가인이 정을 두고 익히 보다가 문을 닫고 들어가니 오직 그윽한 향내가 바람에 떠올 뿐이라, 양생이 동자의 석반 고함을 도리어 한하고 한번 주렴을 내리매 약수弱水[2] 삼천 리 격한 듯하여 동자로 더불어 돌아오매 한 걸음에 세 번씩 돌아보나 사창이 이미 닫혀 있고 객관에 돌아와 창연히 앉으매 정신이 혼미하더라.

---

2) 전설 속 선경에 있다는 냇물로, 물의 부력이 약하여 기러기 터럭도 가라앉는다고 한다.

진채봉의 통신

원래 이 여자의 성은 진秦이요 명은 채봉彩鳳이니 진 어사의 딸이라. 모친을 일찍 잃고 또 그 형제가 없으며 나이 겨우 비녀 꽂을 때에 미처 아직 시집가지 아니한지라, 이때 어사가 서울에 올라가고 소저 홀로 집에 있더니 의외에 용모 비범한 남자를 만나 그 글을 듣고 이에 생각하되,

'여자가 사람을 좇는 것은 종신대사終身大事라 일생 영욕과 백년 고락이 다 장부에게 달린지라, 그런고로 탁문군卓文君[1]은 과부로 사마상여를 좇았으니 이제 나는 곧 처자의 몸이라. 비록 스스로 중매 되는 혐의는 있을지라도 신하도 또한 인군을 가린다는 옛말이 있으니 저 남자의 성명과 거주를 묻지 아니하였다가 후일에 부친께 고하여 중매를 보내려 한들 동서남북에 어느 곳으로 찾으리오.'

하고 이에 한 폭 시전지詩箋紙를 펴서 두어 구 글을 써 유모를 주어 이르되,

"이 글봉을 가지고 저 객관에 가서 아까 작은 나귀를 타고 이 누 아래 와 '양류사'를 읊던 상공을 찾아 전하여 내가 꽃다운 인연을 맺어 일신을 의탁하려는 뜻을 알게 하되 삼가 허수히 말지어다. 이 상공은 용모 옥 같고 눈썹이 그림 같아 만인총중萬人叢中에 있을지라도 봉이 닭 무리에 있는 것 같으니 유모는 가 친히 보아 이 글을 전하라."

유모 대답하되,

"삼가 가르치시는 대로 하려니와 후일 노야老爺께서 아시고 물으시면 어찌 대답하며 그 상공이 이미 성취成娶하였던지, 혼인을 정하였으면 어찌하리까?"

소저 대답하되,

"부친이 하문하시면 그는 스스로 대답할 것이요, 그 상공이 이미 성취하였으면 내가 부실副室 되기를 혐의치 아니할지라. 그러나 내 이 사람을 보니 나이 청춘이라 성취 아니한 듯하도다."

유모 객관에 가서 '양류사' 읊던 손님을 찾아 물으니 양생이 급히 맞아 묻되,

"'양류사' 지은 사람은 곧 소생이라 무슨 일로 찾느뇨?"

유모 양생의 고운 얼굴을 보고 다시 의심치 아니하고 이르되,

"여기가 말씀할 곳이 아니로소이다."

양생이 의아하여 노파를 인도하여 객관에 들어가 조용히 찾는 뜻을 물으니 유모 묻되,

"상공이 '양류사' 지으실 때에 어떠한 사람과 상면한 일이 있나이까?"

양생이 망연히 대답하되,

---

1) 중국 한나라 때 어여쁜 여성. 사마상여司馬相如가 탁문군을 사모하여 거문고로 하소연하자, 탁문군이 밤에 도망쳐 사마상여한테 갔다.

"소생이 과연 누상 선녀를 만났더니 그 고운 빛이 오히려 눈에 있고 기이한 향내가 오히려 옷에 있노라."

유모가 이르되,

"바로 말씀하리다. 그 댁은 곧 우리 주인 진 어사 댁이요, 그 소저는 곧 우리 댁 규수요, 노신老身은 그 유랑乳娘이라. 우리 소저 어려서부터 맘이 맑고 성품이 영민하여 지인지 감知人之鑑이 있더니 오늘 상공을 한번 보시매 의탁하려 하나, 노야 지금 서울 계시니 왕복하여야 하겠고 대사를 정하려 하온즉 그동안 상공이 필연 타처로 가시리니 큰 바다의 부평초와 같을지라. 어찌 종적을 찾으리오. 삼생지연三生之緣은 중하고 일시 의험은 경한 고로 잠시 권도權道로써 부끄럼을 무릅쓰고 노신으로 하여금 상공의 성씨와 거주를 묻삽고 연하여 혼취 여부를 알아 오라 하시더이다."

양생이 희동안색喜動顏色하여 사례하되,

"소생의 성명은 양소유요, 집은 초 땅에 있고, 나이 어려 아직 성취 아니 하고, 오직 노모가 계시니 행례는 두 집 부모께 고하고 하려니와, 꽃다운 언약은 이제 한 말로써 정하노니 화산華山이 길이 푸르고 위수渭水가 끊어지지 아니하므로 맹세하노라."

유모 또한 기꺼하여 소매 속에서 한 봉 글을 내어 양생을 주거늘 떼어 보니 곧 '양류사'라, 그 글에 하였으되,

다락머리에 양류를 심어
비겨 낭군의 말을 매어 머무르게 함이어늘
어찌하여 꺾어 채찍을 만들어
장대章臺 길을 재촉하여 향하는고[2]

양생이 한 번 읊고 그 글의 청신함을 사랑하여 극히 칭찬하되,

"왕 우승王右丞, 이 학사[3]라도 이에서 더할 수 없다."

하고 인하여 시전지에 글 한 수를 써서 유모를 주니, 유모 받아 품에 넣고 주막 문을 나가려 하거늘 양생이 다시 불러 이르되,

"소저는 진 땅 사람이요, 나는 초 땅 사람이라. 한번 헤어지면 산천이 멀고 소식을 통키 어려운지라 오늘 이 일에 확실한 중매가 없어 빙신憑信할 곳이 없으니 오늘밤 월색을 타서 소저의 용모를 다시 바라보고자 하노니 노랑은 소저께 품하여 보라. 소저의 글 속에도 뜻이 있으니 즉시 회기會期하라."

---

2) 장대는 중국 한나라 때 낙양洛陽에 있던 문 이름으로, 곧 낙양길을 그렇게 바삐 가느냐는 뜻.

3) 왕 우승은 당나라 현종 때 유명한 시인이며 서도가이자 화가였던 왕유王維. 우승은 벼슬 이름이다. 이 학사는 이백李白.

유모 응낙하고 돌아와 소저께 고하되,

"양랑이 화산과 위수로 맹세하여 꽃다운 인연을 완정完定하고 또 소저의 글을 칭찬하며 인하여 글을 지어 화답하더이다."

하고 양랑의 글을 드리거늘 소저 받아 보니, 하였으되,

양류 천만 실이
실실이 심곡心曲을 맺었더라.
원컨대 달 아래 놋줄을 지어
좋이 봄소식을 맺겠더라.

소저 남필覽畢에 꽃다운 얼굴에 기쁜 빛이 가득한지라 유모가 또 고하되,

"양랑이 오늘 밤에 조용히 만나 글을 서로 화답함이 어떠한지 품하여 달라 하더이다."

소저 미소하고 이르되,

"남녀가 아직 행례하기 전에 사사로이 상접함이 예절에 어긴 듯하나 내 몸을 그 사람에게 의탁하려 하니 그 말을 어찌 어기리오. 그러나 밤중에 서로 모두이면[4] 남의 말도 무섭고 또 부친이 아시면 필연 중죄하시리니, 밝는 날을 기다려 대청에 모여 서로 언약함이 가하니 유모는 다시 가서 이 말을 전하라."

유모 즉시 객관에 가서 양생을 보고 소저의 말을 자세히 고하니 양생이 탄복하되,

"소저의 영민하신 맘과 정대하신 말씀은 내가 따르지 못하겠노라."

하고 유모에게 신신부탁하여 틀림없이 하라 하니, 유모 응낙하고 돌아가더라.

남전산藍田山에서 도사를 만나다

이 밤에 양생이 객관에서 쉴새 전전반측하여 잠을 이루지 못하고 닭 울기만 기다리며 봄밤이 도리어 지루하더니, 이윽고 샛별이 올라오며 북소리 들리는지라 동자를 불러 나귀를 먹이라 하더니, 홀연 천병만마의 떠드는 소리 문밖에서 물 끓듯 하며 서편으로조차 오거늘 대경실색하여 급히 옷을 껴입고 길가에 나가본즉, 병기 가진 군사와 피란 가는 사람들이 만산편야滿山遍野하여 요란분답擾亂紛踏하며 군사의 소리는 풍우 같고 백성의 곡성은 원근에 진동하는지라, 옆에 사람에게 물은즉 신책장군神策將軍 구사량仇士良이 자

---

4) 모이면.

칭 왕 하고 기병하여 반하매 천자가 양주로 나아가 순행하신대 관중關中이 요란하고 적병이 흩어져 백성의 집을 노략한다 하고, 또 들은즉 함곡관函谷關을 닫고 왕래인을 통치 못하게 하고 귀천을 물론하고 모두 군대에 박는다 하거늘, 양생이 황망경겁慌忙驚怯하여 동자로 하여금 나귀를 채쳐 급히 남전산을 향하고 가서 바위틈에 숨으려 하더니, 홀연 산 위에 수간초옥數間草屋이 있는데 채운이 가리고 학의 소리 청량하거늘 인가 있는 줄 알고 동자로 잠깐 머무르게 한 후 바위틈 길을 찾아 올라가니 일위一位 도사¹⁾ 책장을 의지하여 누웠다가 일어 앉아 묻되,

"그대는 피란하는 사람이니 필연 회남 양 처사의 아들이로다."

양생이 놀라 공손히 재배하고 눈물을 흘리며 대답하되,

"소생이 과연 양 처사의 아들이로소이다. 부친을 이별한 이후로 다만 노모께 의지하옵더니 비록 무재無才하오나 바라는 맘이 생겨 외람히 과거를 보러 가옵다가 화음 땅에 이르러 졸지에 난리를 만나 피란할 차로 심산을 찾아왔삽더니 의외에 신선께 뵈오니 이는 하늘이 도우사 선경을 밟게 하심이니이다. 부친의 소식을 오래 듣지 못하와 세월이 가도록 사모하는 맘이 더욱 간절하온지라 지금 말씀을 듣사온즉 부친의 소식을 아실 듯하오니, 복망伏望 선군은 한 말씀을 아끼지 마사 남의 아들의 맘을 위로하소서. 부친이 지금 어느 산에 계시며 기운이 또 어떠하시니이까?"

도사 웃고 이르되,

"존군尊君이 나로 더불어 자각봉紫閣峯 위에서 바둑을 두다가 작별한 지 오래지 아니하되 어디로 가신지는 모르거니와 안색이 변치 아니하고 모발도 희지 아니하였으니 그대는 너무 염려치 말라."

양생이 울며 고하되,

"혹 선군의 힘을 입어 한번 부친께 뵈옵기를 바라나이다."

도사 또 웃고 이르되,

"부자지정이 비록 깊으나 선속仙俗이 자별하니 그대를 위하여 주선하려 하여도 또 할 수 없고 삼신三神²⁾이 멀고 십주十洲³⁾가 넓어서 존군의 거처를 알기 어렵도다. 그대가 이미 여기 왔으니 아직 머물러 있다가 도로가 통하거든 돌아감이 늦지 아니하도다."

양생이 부친의 안후를 들었으나 도사 주선할 뜻이 없으니 뵈올 가망이 끊어지고 심회 처량하여 눈물이 옷에 젖으니 도사가 위로하되,

"모였다 떠나고 떠났다 모이는 것은 또한 떳떳한 이치니 비읍悲泣하여도 무익하니라."

양생이 눈물을 씻으매 돈연頓然히 세상 생각이 사라져 동자와 나귀 산문에 있는 줄 잊

---

1) 도사 한 분.
2) 전설에 나오는 삼신산三神山으로, 신선이 살고 있으며 불사약이 있다 한다.
3) 전설에서 신선이 살고 있다는 곳으로, 팔방이 큰 바다로 둘려 있다 한다.

어버리고 자리에 옮겨 앉아 도사께 사례하더라.

거문고와 퉁소를 배우고 방서를 받다

도인이 벽상에 거문고를 가리키며 이르되,

"그대는 능히 이것을 아느냐?"

양생이 대답하되,

"본래 벽호癖好는 있사오나 선생을 만나지 못하여 기묘한 곡조를 배우지 못하였나이다."

도인이 동자로 하여금 거문고를 양생에게 주고 한번 타 보라 하거늘 양생이 받아 무릎 위에 놓고 '풍입송風入頌' 한 곡조를 타니 도사가 웃고 이르되,

"손 놀리는 법이 경첩輕捷하여 가히 가르치겠다."

하고, 스스로 거문고를 옮겨 천고에 전치 못하던 네 가지 곡조를 차례로 가르치니 그 소리 맑고 아담하여 인간에서 듣지 못하던 바라. 양생이 본래 정신이 신통하여 음률을 한번 배우매 그 신묘한 것을 능통하는지라, 도사가 크게 기꺼하여 또 백옥 퉁소를 내어 스스로 한 곡조를 불어 생을 가르치며 또 이르되,

"지음知音하는 사람이 서로 만나기는 옛사람도 어려워하는 바라. 이제 한 거문고와 한 퉁소로써 그대를 주노니 후일에 반드시 쓸 곳이 있으리라. 기억하여 둘지어다."

양생이 받아 가지고 배사拜辭하되,

"선생은 곧 가친의 친구시라 소생이 가친과 같이 섬기고자 하오니 원위제자願爲弟子하여지이다."

도사가 웃고 이르되,

"인간 부귀의 핍박함을 그대 가히 면치 못할지라. 어찌 나를 좇아 산속에서 세월을 보내리오. 또 그대의 돌아갈 곳이 나와 다르니 나의 제자 될 사람이 아니라. 그러나 간절한 뜻을 잊지 못하여 팽조彭祖[1] 방서方書 한 권을 주노니 이 법을 익히면 비록 장생불사는 못할지라도 족히 평생에 병이 없고 늙는 것을 물리치리라."

양생이 다시 일어 절하고 받으며 이르되,

"선생께서 소자더러 인간 부귀를 누리겠다 하시니 감히 전정 일을 묻삽노니, 소자 화음현에서 진가 여자와 방장方將[2] 혼인을 의논하옵다가 난리에 쫓겨 여기 왔사오니 아지

---

1) 칠백 살을 살았다는 전설적 인물.

못게라 이 혼인이 가히 될 듯하오이까?"

도사가 대소大笑하고 이르되,

"혼인은 밤같이 어두워 천기天機를 가히 경솔히 누설치 못할지라. 그러나 그대의 아름
다운 인연이 여러 곳에 있으니 진녀를 편벽되이 생각할 것이 아니로다."

양생이 꿇어앉아 명을 받고 도사를 모셔 객실에서 같이 자더니 날이 아직 밝지 아니하
여 도사가 양생을 불러 깨우되,

"도로가 이미 통하고 과거는 내년 봄으로 물렸는지라 생각건대 대부인이 기다리실 터
이니 속히 고향에 돌아가서 대부인께 근심을 끼치지 말라."

하고 인하여 노비路費를 차려 주거늘, 양생이 백배 사례하고 거문고, 퉁소, 방서를 수습하
여 가지고 동구 밖에 나갈새 창연함을 이기지 못하여 돌아보니 그 집과 도사가 이미 간 곳
이 없고 오직 밝은 날에 산에 채색 구름이 영롱할 뿐이요, 양생이 산에 들어갈 때에는 버
들꽃이 떨어지지 아니하였더니 하룻밤 사이에 국화가 만발하였거늘 생이 크게 괴히 여기
어 사람더러 물은즉 나라에서 각도 군사를 불러 올려 겨우 다섯 달 만에 역적을 쳐 평정하
고 천자가 서울로 환어還御하시고 과거는 내년 봄으로 퇴정退定하였다 하더라.

양생의 비회悲懷와 그 모친 유 씨의 경계

양생이 다시 진 어사 집을 찾아가니 뜰 앞에 서늘한 버들은 풍상을 겪어 옛날 빛이 없고
채색한 누집은 다 재가 되고 불탄 주추와 깨진 기와만 빈터에 쌓였을 뿐이요, 동리가 황량
하여 계견지성鷄犬之聲이 들리지 아니하니 사람의 일이 쉽게 변함을 슬퍼하고 백년가약
어기어짐을 차탄하여 버들가지를 휘어잡고 석양을 등지고 서서 한갓 진 소저의 '양류사'
만을 풀새 자자구구에 눈물이 비점批點[1] 치더라.

섭섭히 돌아와 주막 주인더러 묻되,

"진 어사의 가족이 이제 어데 있느뇨?"

주인이 얼굴을 찡그려 대답하되,

"상공은 듣지 못하였나이까? 전에 어사가 서울 올라가 벼슬하고 오직 소저 비복을 거느
리고 집을 지키더니 난리 평정한 후에 어사가 역적의 벼슬을 하였다 하여 극형에 처하

---

2) 바야흐로.

1) 시문이 썩 잘된 데 찍는 점.

여 내베이고 소저를 서울로 잡아가더니 그 후에 들은즉 혹 참화를 면치 못하였다 하고 혹 관비에 박혔다고도 하며 또 오늘 아침에 관속이 수다 죄인의 가족을 압령하여 이 주막 앞으로 지나가기로 그 연유를 들은즉 이 무리가 다 영남현 노비에 박힌 자라 하고 혹 이르되 소저도 또한 그 속에 있더라 하더이다."

양생이 청파聽罷에 눈물을 흘리고 괴탄怪歎하되,

"남전 도사의 말씀이 진 씨의 혼사는 어두운 밤 같다 하더니 소저 필연 죽었도다."

하고 이에 행장을 수습하여 수주로 가더라.

이때 유씨 부인이 서울 난리 소문을 듣고 아자가 병화에 죽을까 염려하여 주야로 하늘을 부르고 정성을 들여 축수하여 안색이 초췌하고 신체가 파리하여 능히 오래 부지치 못할 듯하더니 그 아들이 오는 것을 보고 서로 붙들고 통곡하여 죽었던 사람이 다시 살아 만난 듯이 기뻐하더라.

어언간 묵은해는 지나가고 새봄이 돌아오니 생이 또 과거를 보러 가려 하는지라 유 씨 경계하되,

"상년에 네가 서울 가서 위경危境을 지냈더니 상금까지 무섭고 놀라운지라, 네 나이 어리고 공명이 늦지 아니하나 말리지 아니하는 것은 나도 또한 주의主意가 있는 연고라. 이 수주가 심히 좁고 궁벽하여 문벌이든지 재주와 용모가 네 배필 될 자 없는지라, 네 나이 열여섯 살이 되었으니 지금 정혼치 아니하면 때 넘기기 쉬운지라, 서울 자청관紫淸觀의 두 연사杜鍊師는 곧 내 표형表兄²⁾인데 도사 된 지 비록 오래나 그 연세를 헤어 본즉 혹 생존하였을 듯한지라, 그가 기상이 비범하고 지식이 유여有餘하여 명문거족에 출입치 않음이 없으니 필연 너를 친자같이 알고 극력 주선하여 어진 배필을 구할 터이니 네 이를 유의하라."

하고 편지를 써 부치거늘, 소유 그 모친의 말씀을 듣고 비로소 화음현 진 씨의 일과 말을 고하고 처량한 빛이 있으니 유 씨 탄식하되,

"진녀 비록 아름다우나 이미 연분이 없어 그러하도다. 또 화패禍敗 있는 집 자식이 설혹 죽지 아니하였다 할지라도 만나기 또한 어려우니 네 단념하고 다른 곳에 혼취하여 노모의 바라는 맘을 위로하라."

소유 모친께 하직하고 길을 떠나니라.

낙양洛陽에 이르러 졸지에 소낙비를 만나 남문 밖 술집으로 피하여 들어가 술을 사 먹을새 생이 주인더러 이르되,

"이 술이 상품上品이 아니로다."

주인이 대답하되,

"상공이 만일 상품을 구하실진대 천진교天津橋 머리에서 파는 술이 제일이요, 그 이름

---

2) 외사촌 형.

은 낙양춘洛陽春이니 한 말에 값이 천 전이라."

하거늘, 생이 가만히 생각하되,

　'낙양은 예부터 제왕지주帝王之州라, 천하의 거갑居甲[3]이니, 내 상년에는 다른 길로 가서 그 좋은 경치를 못 보았더니 이번 길에는 잠깐 지체하리라.'

하더라.

천진교 주루에서 계섬월을 만나다

　양생이 동자로 나귀를 몰아 천진을 향하여 가더니 성중에 들어서매 물화가 번창하고 누대가 화려하여 낙수洛水는 푸른 그림을 비껴 펴논 듯하고 천진교는 채색 무지개가 양 끝에 꽂히고 주루화각朱樓畵閣은 공중에 솟아 해를 비추어 물에 거꾸로 영롱하고 주렴 그림자는 향내 나는 길에 비꼈으니 가히 장관처壯觀處러라. 주루 앞에 이르니 은안백마銀鞍白馬는 길에 메었고 마부와 하례下隷는 들레거늘 우러러 누상을 본즉 풍악소리는 반공에 있고 깁옷 향기는 십 리에 퍼지는지라, 생이 동자로 하여금 물어보니 성안 소년 모든 공자가 일대 명기를 데리고 놀이한다 하거늘 생이 들으매 호기 등등하고 시흥이 도도하여 이에 누 머리에서 나귀에 내려 곧 누상에 오르니 소년 서생 십여 인이 미인을 데리고 비단 포단 위에 섞여 앉아 배반杯盤이 낭자하고 고담준론하니 의관이 선명하고 의기양양한지라, 양생이 좌중에 통하되,

　"생은 하향遐鄕 선비로 과거 보러 가는 길에 이곳에 이르러 풍류 소리에 젊은 맘이 거저 지날 수 없어 불고염치하고 불청객이 스스로 왔사오니 바라건대 제공은 용서하라."

　제생이 양생의 신채, 언어에 일제 일어나 읍하는 줄을 깨닫지 못하고 맞아 자리를 나눠 각각 성명을 통한 후 좌중에 두생이라 하는 자 있어 이르되,

　"양 형이 진실로 과거 보러 가는 선비면 비록 청치 않은 손이라도 오늘 놀이에 참여함이 무방하고 또 이러한 귀객이 우연히 모두었으니 흥치興致 배승倍勝한지라 무슨 부끄러움이 있으리오."

　양생이 이르러,

　"이 모이심을 보건대 다만 술잔으로 서로 권하실 뿐 아니라 필연 시회詩會를 겸하여 글을 비교하시는 듯한지라 소제小弟 외람히 제공諸公 연회에 참여함이 심히 참란慙赧[1]하도다."

---

3) 으뜸.

제생이 양생의 말이 공손하고 나이 어림을 업수이여기어 대답하되,

"양 형은 나중 온 손이니 글을 지어도 좋고 아니 지어도 무방하니 우리로 더불어 술이나 마시고 노는 것이 좋도다."

하고 인하여 재촉하여 순배巡杯를 돌리고 기생으로 하여금 풍류를 아뢰거늘 양생이 잠간 취한 눈을 들어 기생을 보니 이십여 인이 각기 재주가 있으되 오직 한 기생이 단정히 앉아 풍류도 아니 하고 접어接語도 아니 하는데 맑은 용모와 고운 태도 실로 천하일색이라. 생이 심신이 산란하여 스스로 순배를 잊으며 그 미인 또한 양생을 바라보고 가만히 추파로 정을 보내더라.

양생이 또 자세 보니 여러 폭 시전이 그 앞에 쌓였거늘 제생을 향하여 이르되,

"저 시편은 필연 제형의 아름다운 글이니 가히 한번 구경하리가?"

제생이 미처 대답하기 전에 미인이 문득 일어나 시전을 가져다 양생 앞에 놓거늘 생이 낱낱이 본즉 모두 십여 장 글이 그중에 우열은 있으나 평평하여 경인구驚人句가 없는지라 생이 속으로 이르되,

'일찍 들으니 낙양에 인재 많다 하더니 이로 본즉 허언이로다.'

이에 시전을 미인 앞에 도로 보내고 제생을 향하여 읍하며 이르되,

"초 땅 사람이 상국上國 글을 보지 못하였더니 이제 다행히 제형의 주옥珠玉을 구경하니 흉금이 열리고 안목이 높아지나이다."

이때 제생이 대취한지라 혼혼惛惛히 서로 이르되,

"양 형이 다만 글귀의 묘한 것만 알고 이외에 묘함은 알지 못하였도다."

양생이 이르되,

"소제, 제형의 애권愛眷하심을 입어 의심 없는 벗이 되었는지라 이외에 묘함을 어찌 말하지 않느뇨?"

왕생이 크게 웃고 이르되,

"형에게 말하기 무엇이 어려우리오. 우리 낙양은 본래 인재가 많다 일컫는 고로 전부터 과거에 낙양 사람이 장원을 못 하면 탐화랑探花郎[2]이 되는지라, 우리 여러 사람이 다 글자에 헛된 이름은 얻었으나 스스로 그 우열과 고하를 정치 못하더니, 이제 저 낭자의 성은 계桂, 명은 섬월蟾月이라. 자색과 가무 동경東京에 제일일 뿐 아니라 고금 글을 무불통지하고 글의 우열 아는 것이 더욱 신통한 고로 낙양 모든 선비 글 지어 물은즉 평론과 입락入落이 여합부절如合符節하여 일호一毫 차착差錯이 없으니, 이런고로 우리가

---

1) 부끄럽다는 뜻.

2) 옛날 과거에서 성적에 따라 갑과 을과 병과 등 세 등급으로 인재를 뽑는데, 갑과는 세 명, 곧 첫째 장원, 둘째 방안榜眼, 셋째가 탐화랑이다. 글뜻은 장원은 못 된다 치더라도 탐화랑은 누구나 된다는 뜻.

지은 글을 계랑에게 보내어 그 눈에 드는 것을 가곡에 넣고 풍류에 올려 그 고하를 정하며 또 계랑의 성명이 달 속에 계수를 응하였으니 이번 과거에 장원할 길조가 실로 이에 있나니 이 일이 어찌 묘하지 아니하뇨."

두생이 또 이르되,

"이 위에 별 묘하고 또 기묘한 것이 있으니 모든 글 중에 그 한 수를 가려 계랑이 노래하면 그 글을 지은 사람이 오늘 밤에 꽃다운 인연을 계랑으로 더불어 맺고 우리는 치하하는 손이 되리니 이 어찌 절묘한 일이 아니리오. 양 형도 또한 남자라 흥취가 없지 않으리니 또한 글 한 수를 지어 우리로 더불어 고하를 다툼이 좋을까 하노라."

양생이 이르되,

"제형이 글 지은 지 이구已久하니 아지 못게라, 계랑이 이미 어떤 사람의 글을 노래하였느뇨?"

왕생이 대답하되,

"계랑이 오히려 맑은 소리를 아끼어 앵도 입술을 오래 닫고 호치晧齒를 열지 아니하여 맑은 노래 한 곡조 오히려 우리 귀에 들어오지 아니하였노라."

양생이 이르되,

"소제 일찍 초 땅에 있어 비록 글귀나 지었으나 곧 판밖 사람이니 제형으로 더불어 재주를 비교함이 미안하도다."

왕생이 외치되,

"양 형의 용모 여자보다 아름다우니 장부의 뜻이 없고 실로 글재주가 없도다."

양생이 비록 외양으로 사양하였으나 계랑을 한번 보매 불승탕정不勝蕩情하여 그 곁에 공시전空詩箋[3]이 있는 것을 보고 한 폭을 뽑아 일필휘지하여 글 세 수를 지으니 순풍 만난 배가 바다에서 달아나고 갈마음수渴馬飲水하는 듯[4]하니 제생이 모두 놀라 실색하더라.

양생이 붓을 좌상에 던지고 이르되,

"마땅히 제형에게 가르침을 청할 것이로되 오늘 시관은 계랑이니 글장 드리는 시각이 혹 늦을까 두렵도다."

하고 곧 그 시전지를 계랑에게 보내니, 그 글에 하였으되,

초나라 객이 서로 놀매 길이 진나라로 들어가니
주루에 와 낙양춘을 취하였더라.
달 가운데 붉은 계수나무를 뉘 먼저 꺾을꼬.

---

3) 아무것도 쓰지 아니한, 시 쓰는 전지.
4) 목마른 말이 물 마시듯.

금대 문장이 스스로 사람이 있도다.
천진교 위에 버들꽃이 날리니
구슬발은 거듭거듭 저녁빛에 비취었더라.
귀를 기울여 노래 한 곡조를 조용히 들으니
비단 자리에 각기 깁옷 춤 춤을 쉬라.

꽃가지가 옥인의 단장을 부끄러 떨리니
가는 노래를 뱉지 아니하여 입이 이미 향그럽더라.
시러곰 대들보에 티끌이 날린 후를 기다려
동방화촉에 신랑을 하례할러라.

섬월이 샛별 같은 눈을 잠깐 들어 한번 보더니 맑은 노래가 스스로 발하여, 학이 운소雲
霄에서 울고 봉이 죽오竹奧[5]에서 우는 듯 피리 소리를 빼앗기고 거문고가 곡조를 잃으니,
만좌 혼을 잃고 얼굴을 고치더라.

처음에 제생이 이 양생을 업수이여기다가 급기 글 세 수가 섬월의 노래에 오르매 자연
파흥破興되어 면면상고面面相顧하고 묵묵무언默默無言이어늘 이는 섬월을 양생에게 보
내기 분하고 언약을 저버리기 어려움이러라.

양생이 그 기색을 알고 훌히 일어 작별하되,

"소제 우연히 제형의 후대를 입어 잔치에 이미 취하고 또 배부르니 실로 다감하도다.
앞길이 오히려 멀고 행색이 심히 총총하니 후일 곡강曲江 잔치[6]에 나머지 정을 다하리
라."

하고 인하여 조용히 내려가거늘 제생이 또한 만류치 아니하더라.

섬월이 베개 위에서 절색을 천거하다

양생이 누에 내려 나귀를 타고 길에 오를새 계랑이 뒤좇아 내려와 양생더러 이르되,

"이 길로 가시다가 길가 북장北墻 밖에 앵도화 성개盛開한 곳이 첩의 집이라, 원컨대 상
공은 먼저 가서 첩을 기다리소서. 첩이 또한 뒤좇아 가리다."

---

5) 대나무 우거진 곳.
6) 삼월 삼짇날 임금이 베푸는 주연에서 있을 시회.

생이 응낙하고 가니라.

섬월이 누에 다시 올라 제생에게 이르되,

"모든 상공이 첩을 더럽다 아니 하사 한 곡조 노래로 오늘 밤 인연을 정하였사오니 이제 어찌하리까?"

제생이 대답하되,

"양가는 객이라 우리와 약속한 사람이 아니니 어찌 구애拘礙하리오."

서로 이 말 저 말 하여 결정치 못하거늘 섬월이 또 이르되,

"사람이 무신無信하면 어찌 옳다 하리오. 첩이 마침 병이 있어 먼저 돌아가오니 원컨대 상공들은 종일 미진한 환정歡情을 다하소서."

하고 내려가니 제생이 불쾌하되 처음 약조가 있고 그 냉소함을 보고 감히 말도 못 하더라.

이때 양생이 객관에 돌아와 머물다가 날이 저물매 섬월의 집을 찾아가니 벌써 중당을 쓸고 등촉을 밝혀 정히 기다리거늘 생이 나귀를 앵도나무에 매고 문을 두드리니 섬월이 신을 벗고 내달아 맞으며 이르되,

"상공이 먼저 왔거늘 어찌 이제야 오시나이까?"

양생이 대답하되,

"감히 뒤에 오려 하는 것이 아니라 말이 나아가지 않음이라 하는 옛말이 있도다."

하고 서로 붙들고 들어가 두 사람이 상대하여 기쁨을 이기지 못하더라.

섬월이 옥잔에 술을 가득 부어 '금루의金縷衣' 한 곡조로써 권하니 화용월태花容月態와 고운 소리가 능히 사람의 혼신을 희미 현혹케 하는지라, 생이 춘정을 억제치 못하여 옥수玉手를 이끌고 금침에 누우니 무산巫山의 꿈[1]과 낙포洛浦의 인연[2]이라도 그 즐거움에 비치 못할러라.

섬월이 침상에서 양생더러 이르되,

"첩의 일신을 낭군에게 의탁하는지라, 청컨대 첩의 심정을 대강 말하오리니 굽어 들으사 불쌍히 여기소서. 첩은 근본 소주韶州 사람이라 부친이 일찍이 고을 아전이 되었더니 불행히 타향에 죽으매, 가세는 영체零替하고 고향은 절원絶遠한데 힘이 고단하고 형세 운구運柩할 도리 없고 또 장사 지내지 아니치 못할 고로, 첩의 계모가 창기에 팔아 백금을 받아 가니 첩이 욕을 참고 설움을 머금고 몸을 굽혀 사람을 섬길새 하늘이 불쌍히 여기사 다행히 군자를 만나 다시 일월의 밝은 빛을 보기를 바라오며 첩의 집 누 앞이 곧 장안 가는 길이라 내인거객來人去客이 집 앞에서 쉬지 않음이 없으되 이래 사오 년

---

1) 초나라 양왕이 하루는 한 선녀를 만나 하룻밤 즐기고 헤어질 때 선녀가 이르기를, "저는 무산 남쪽에 살고 있는 여인이온데, 아침에는 구름이 되고 저녁에는 비가 되어 아침저녁으로 당신을 그리워할 것입니다." 하고 물러가거늘 깨 보니 꿈이었다.

2) 삼국 시대 때 위나라의 시인 조식曹植이 낙수洛水의 여신이 된 복비宓妃를 만난 일.

동안에 낭군 같은 이를 보지 못하였삽더니 평생 소원이 오늘 밤에 마친지라, 낭군이 만일 첩으로 더럽다 아니 하시면 첩이 밥 짓는 종이 되기를 원하오니 존의尊意에 어떠하시니이까?"

양생이 관곡款曲히 대접하여 좋은 말로 위로하되,

"나의 깊은 정이 계랑과 조금이나 다르리오마는 나는 빈한한 선비요, 또 노친이 당堂에 계시니 계랑으로 더불어 해로코자 할진대 노친의 의향이 어떠하실지 모르고, 만일 처첩을 갖추면 계랑이 즐기지 않을까 두려우니 계랑이 비록 혐의치 아니할지라도 천하에 계랑 같은 숙녀 없으리니 이 가히 염려로다."

섬월이 대답하되,

"당금 천하에 재주가 낭군께 지날 자 없으리니 이번 과거에 장원하실 것이요, 또 승상의 인끈과 대장의 절월節鉞이 미구에 낭군께 돌아와 천하 미인이 다 낭군께 좇기를 원하오리니, 섬월은 어떠한 사람이완대 일호나 감히 총애를 오로지할 마음을 두리까. 원컨대 낭군은 명문 숙녀께 장가드사 존당을 봉양하옵시고 또한 천첩을 버리지 마옵소서. 첩은 이후로부터 몸을 정히 하여 명을 기다리리."

생이 대답하되,

"내 일찍 화주를 지나가다 우연히 진가秦家 여자를 보니 그 용모와 재화才華 족히 계랑으로 더불어 비교할 만하더니 불행히 이제는 없으니 계랑이 나로 하여금 다시 숙녀를 어데 구하라 하느뇨?"

섬월이 이르되,

"낭군이 말씀하시는 사람이 필시 진 어사의 딸 채봉이로소이다. 진 어사 노야 일찍 이 고을 원이 되었을 때에 진 소저가 첩으로 더불어 정이 두텁고 그 낭자 또 탁문군의 자취 있으니 낭군이 어찌 장경長卿[3]의 정이 없으리까. 그러하오나 지금 생각하옴이 무익하오니 청컨대 낭군은 다시 다른 집에 구혼하소서."

양생이 대답하되,

"자고로 절색이 때마다 나지 않거늘 이제 계랑과 진랑이 한때에 있으니 나는 두려워하건대 정명精明한 기운이 이미 다 진하였는가 하노라."

섬월이 크게 웃고 대답하되,

"낭군의 말씀이 정저와井底蛙란 비평을 면키 어렵도소이다. 첩이 아직 우리 창기 중 공론으로써 낭군께 고하오리다. 천하에 청루의 삼 절색이란 말이 있으니 강남에 만옥연萬玉燕이요, 하북에 적경홍狄驚鴻이요, 낙양에 계섬월은 곧 첩이라 홀로 헛이름을 얻었거니와 옥연과 경홍은 참 당대 절색이오니 어찌 천하에 절색이 없다 하오리까. 옥연은 서로 멀리 사는 고로 비록 한번도 보지 못하였으나 남방으로 오는 사람이 칭찬 않는 이

---

3) 사마상여의 자.

없으니 그 헛이름이 아님을 가히 알지요, 경홍은 첩으로 더불어 정의가 형제 같으니 그 내력을 대강 말씀하오리다.

파주播州 땅 양가 여자로 부모를 일찍 여의고 그 고모에게 의탁하였더니 십여 세부터 절묘한 자색이 하북 지경에 소문이 났거늘 근처 사람들이 천금으로 사 첩을 삼고자 하여 중매가 문에 벌같이 들레는데 경홍이 고모에게 말하여 다 물리치니 모든 중매 그 고모에게 묻되,

'고랑姑娘이 모두 배각排却하고 허락지 아니하니 어떤 사람을 얻어야 합의하겠느뇨? 대승상의 첩을 삼고자 하느냐, 절도사의 부실을 삼고자 하느냐, 명사에게 허락하고자 하느냐, 수재에게 보내고자 하느냐?'

하니, 경홍이 대신 대답하되,

'만일 진나라 때 동산에서 기생을 이끌던 사안석謝安石 같을진대 가히 대승상의 첩이 될 것이요, 만일 삼국 때 사람으로 하여금 곡조를 알게 하던 주공근周公槿 같을진대 가히 절도사의 부실이 될 것이요, 당 현종 때 '청평사淸平詞' 드리던 한림학사 이태백 같을진대 명사를 가히 따를 것이요, 한 무제 때 '봉황곡鳳凰曲'을 아뢰던 사마상여 같은 이 있을진대 가히 수재를 좇을지라. 맘 가는 대로 할 터이니 어찌 미리 요량하리오.'

하니 여러 매파 크게 웃고 흩어지는지라, 경홍이 스스로 말하되,

'궁벽한 시골 여자가 이목이 넓지 못하니 장차 어찌 천하에 기이한 남자를 가리어 규중에 어진 배필을 구하리오. 오직 창녀는 영웅호걸과 자리를 같이하여 수작고 또한 문을 열어 공자왕손을 맞아들이니 현우賢愚를 분별하기 쉽고 우열을 가히 판단하기 좋을지나 비컨대 대를 초안楚岸4)에 구하고 옥을 남전藍田5)에 캠과 같으니 어찌 기재奇才와 묘품妙稟을 얻기를 근심하리오.'

하고 인하여 스스로 몸을 창기에 팔려 그 남자에게 의탁코자 하더니 불과 수년에 이름이 크게 떨친지라, 상년 가을에 산동 하북 열두 고을 문장 재사가 읍도邑都에 모여 잔치를 배설하고 노래할새, 경홍이 그 좌석에서 '예상곡霓裳曲'을 부르며 일장 춤을 추니 편편翩翩6)하여 놀란 기러기 같고 교교嬌嬌하여 나는 봉 같아 무수한 일대 가인이 모두 낯빛이 없어지니 그 재주와 용모를 가히 알지라. 잔치를 파하매 홀로 동작대銅雀臺7)에 올라 달빛을 띠고 배회하며 옛글을 생각하고 감창感愴하여 단장斷腸에 끼친 글을 읊으며 분향分香의 지난 자취를 조상하고, 인하여 조조曹操가 능히 이교二嬌8)를 누 중에 감추지 못함을 웃으니, 보는 자 그 재주를 사랑하고 그 뜻을 기이히 여기지 않을 이 없었

---

4) 대나무의 명산지.
5) 옥의 명산지.
6) 너푼너푼 추는 모양.
7) 옛날 조조가 만든 대 이름.

으니, 지금 규중에 어찌 또 이러한 처녀가 없으리까. 경홍이 첩으로 더불어 상국사上國
寺에 놀이할새 서로 맘속 일을 의논하다가 경홍이 첩더러 이르되,

'우리 두 사람이 만일 뜻에 맞는 군자를 만나거든 서로 천거하여 한 사람을 같이 섬기
면 거의 백 년 신세를 그릇지 아니하리라.'

하기로 첩이 또한 허락하였더니 이제 낭군을 만나매 문득 경홍을 생각하오나 경홍이 이
미 산동 제후 궁중에 들어갔으니 이른바 호사다마로다. 제후의 첩의 부귀 비록 극진하
나 또한 경홍의 소원이 아니라 분하도다. 어찌하면 경홍을 다시 보고 이 사정을 말할꼬.
실로 결연缺然하니이다."

양생이 이르되,

"청루 속에 비록 재주 있는 여자가 많다 하나 어찌 사부가士夫家 규수로 창기에게 양두
讓頭[9] 아니할 자 없으리오."

섬월이 대답하되,

"첩의 목도한 바는 진 낭자 같은 자 없으니 만일 진 낭자만 못하면 첩이 어찌 낭군에게
천거하오리까. 그러하오나 첩은 익히 들사오니 장안 사람이 서로 칭찬하되 정 사도 여
자의 요조한 자색과 유한幽閒한 실덕實德이 당금 여자 중 제일이라 하니 첩이 비록 친
히 보지는 못하였으나 큰 이름 아래 헛기림 없다 하오니 낭군은 서울 가시거든 유의하
여 찾아보시기를 바라나이다."

이야기하는 사이에 동방이 기백旣白이라 두 사람이 같이 일어나 소세하고 섬월이 이르
되,

"이곳은 낭군이 오래 머무실 자리 아니요, 더구나 어제 모든 공자가 앙앙怏怏한 맘이 없
지 않을지라 상공은 일찍 길을 떠나소서. 이후 모실 날이 허다하오니 어찌 여자의 섭섭
한 슬픔을 말하리까."

양생이 사례하되,

"계랑의 말이 금석 같으니 마땅히 폐부에 새기리라."

하고 눈물을 뿌려 작별하니라.

---

8)《삼국지》'주유전周瑜傳'에 나오는 교공의 아름다운 두 딸. 주유가 형주에서 조조의 군사
   와 싸워 이기고 데려왔다.

9) 지위를 양보하는 일.

거짓 여관의 거문고

양생이 낙양에서 발행發行하여 장안에 이르러 사관을 정하고 과거 날을 기다릴새 오히려 멀었는지라, 사관 주인더러 자청관을 물으니 춘명문 밖이라 하거늘 곧 예단을 갖추어 가지고 두 연사를 찾아가니 그 연기는 육십여 세에 계행戒行이 심히 높아 관중觀中 여관 女冠[1]의 으뜸이 되었더라.

생이 예로써 뵈옵고 모친의 서간을 드리니 연사가 안부를 묻고 눈물을 흘려 이르되,

"그대 자당으로 더불어 서로 이별한 지 이십여 년이러니 후생이 저렇듯 헌앙軒昂하니 세월이 빠르도다. 내 나이 늙어 서울 번요한 속에 있기 싫어 방장 멀리 공동산崆峒山을 향하여 선도를 찾아 맘을 세상 밖에 붙이려 하였더니 형님의 편지 속 부탁이 여차하시니 내 마땅히 그대를 위하여 머물리라. 양생의 풍채 청수하여 천상 신선 같으니 당세 규수 중에 상적相適한 배필을 얻기 어려울까 하노라. 그러나 차차 상량商量할 것이니 만일 겨를이 있거든 한번 올지어다."

양생이 대답하되,

"소질小姪이 집은 빈한하고 자친이 연로하신데 나이 이십이 가깝도록 몸이 궁벽한 하향에 있는 고로 능히 배필을 가리지 못하오니 희구希求가 간절한 날을 당하와 도리어 의식의 근심을 끼치오니 성효誠孝를 펴지 못하와 죄송이옵더니 이제 숙모를 뵈옵고 또 이렇듯 근념勤念하심을 보오니 감격하옴이 무궁하도소이다."

곧 하직하고 물러가더니 이때 과거 일자가 점점 박두하나, 혼처 구하마 하는 말을 들은 이후로 공명에 뜻이 멀어 수일 후 다시 관중에 가니 연사 웃으며 이르되,

"한 곳에 처녀가 있으니 그 재주와 용모 실로 양생의 배필이로되 다만 그 문벌이 너무 높아 육대 공후요, 삼대 상국相國이라. 양생이 이번 과거에 장원을 하면 이 혼인이 가망이 있거니와 불연즉 개구開口하여도 쓸데없으니 양랑은 번거로이 나를 찾지 말고 과업에 힘써 장원을 기망冀望할지어다."

양생이 묻되,

"대저 뉘 집이니이까?"

연사가 이르되,

"정 사도鄭司徒 집이니 붉은 문이 길에 임하고 문 위에 창을 베푼 것이 곧 그 집이라. 그 딸이 곧 신선이요, 세상 사람은 아니더라."

생이 홀연 섬월의 말을 생각하되,

'이 여자 어떠하관데 크게 칭찬을 듣는고.'

---

1) 자청관 내의 여도사 가운데 뛰어난 도사를 이르는 말.

이어 연사에게 묻되,

"정 씨 여자를 숙모가 일찍 보셨나이까?"

연사가 대답하되,

"내 어찌 보지 못하였으리오. 정 소저는 곧 하늘 사람이니 그 아름다움을 입으로 형언치 못하리로다."

생이 이르되,

"소질이 감히 자랑하는 말씀 같으나 이번 과거에 장원하기는 낭중취물囊中取物[2] 같사오니 이것은 족히 염려할 것이 아니어니와 평생 병통의 소원이 있어 처녀를 보지 못하면 구혼코자 아니 하오니 숙모는 자비심을 내사 소질로 하여금 그 용모를 한번 보게 하소서."

연사가 이르되,

"재상가 여자를 어찌 용이히 볼 수 있으리오. 양생이 혹 내 말을 믿지 않는가."

양생이 대답하되,

"소질이 어찌 숙모의 말씀을 의심하리오마는 사람의 소견이 같지 아니하니 숙모의 눈이 어찌 소질의 눈과 같사오리까."

연사가 이르되,

"봉황과 기린은 어린아이라도 다 상서祥瑞라 일컫고 청천백일靑天白日은 어질고 어리석은 이가 다 보나니, 실로 눈 없는 사람이 아닌즉 그 자태와 심덕을 어찌 알아보지 못하리오."

양생이 불쾌히 사관으로 돌아갔다가 기어이 연사의 허락을 듣고자 하여 그 이튿날 새벽에 또 도관으로 나아가니 연사가 웃어 이르되,

"양랑이 필연 일이 있도다."

생이 또한 웃고 대답하되,

"소질이 정 소저를 보지 못하면 의심이 없지 못하오니 다시 바라건대 모친의 부탁하신 뜻을 생각하시고 소질의 간절한 맘을 살피사 신기한 계책을 내어 한번 바라보게 하소서."

연사가 머리를 흔들며 이르되,

"극히 어렵다."

하고 침음반상沈吟半晌[3] 후 또 이르되,

"내 보건대 양랑이 총명 영민하니 학문 배운 여가에 음률을 짐작하느냐?"

생이 대답하되,

---

2) 주머니 속 물건을 취하듯 아주 쉬운 일.

3) 깊이 생각한 지 반나절.

"소질이 일찍 도사를 만나 묘한 곡조를 배워 오음육률을 다 아나이다."

연사가 이르되,

"재상의 집이라 담이 높고 중문이 다섯 겹이요, 화원이 심히 깊으니 몸에 날개가 돋지 아니하면 넘어갈 길 없고 또 정 소저 글을 읽어 예를 알아 일동일정一動一靜이 예절에 합하여 일찍 도관에서 분향도 아니 하고 또 절에서 재도 올리지 아니하고 정월 상원上元에 등불 구경도 아니 하고 삼월 삼일에 곡강 놀음도 아니 하니 외인이 어디로조차 엿보리오. 또 한 가지 일에 만행萬幸을 바라나 양랑이 즐겨 좇지 않을까 하노라."

생이 대답하되,

"만일 정 소저를 볼진대 승천입지昇天入地하고 부탕도화赴湯蹈火할지라도[4] 어찌 감히 좇지 아니하리까?"

연사가 이르되,

"정 사도가 근래 나이 늙고 병들어 벼슬에 즐기지 아니하고 오직 흥을 산수와 음률에 붙이고, 그 부인 최 씨 본래 음률을 좋아하는데, 소저 총명 영민하여 백천만사를 무불통지하고 음률에 이르러서도 청탁 고저를 한 번 들으면 능히 분석하여 비록 사광지총師曠之聰[5]과 종자기鐘子期[6]의 신통이라도 이에 지나지 못하니, 최 부인이 매양 새 곡조를 들은즉 반드시 그 사람을 불러 앞에서 아뢰게 하고 소저로 하여금 고하를 의논하며 책상을 의지하여 노래 듣는 것으로 낙을 삼나니, 내 의향에는 양랑이 과연 거문고를 알거든 미리 한 곡조를 익히고 기다리면 삼월 그믐날은 영부靈府[7] 도군道君[8]의 탄일이라 정 사도 집에서 연년이 비자婢子를 보내어 향촉을 가지고 관중에 오느니 양랑이 이때에 여복을 바꾸어 입고 거문고를 희롱하여 비자로 하여금 듣게 하면 필연 돌아가 부인께 고할 것이요, 부인이 정녕 청하여 갈 터이라. 정부鄭府[9]에 들어간 후에 소저를 보고 못 보기는 다 연분에 달렸으니 나의 알 바 아니요. 또 다른 계책은 없도다. 또 그대의 용모 미인 같고 수염이 나지 아니하였으니 변복하기 어렵지 아니하도다."

생이 대희하여 물러가 손을 꼽고 그믐날을 기다리더라.

원래 정 사도가 다른 자녀 없고 오직 한 여아뿐이라. 그 부인이 해만解娩할 때에 혼곤한 중에 본즉 천상으로 선녀 내려와 명주 한 개를 방중에 놓더니 이윽고 소저를 낳아 이름을

---

4) 하늘에 오르거나 땅속에 들어가고 끓는 물과 붙는 불속에 뛰어 들어갈지라도.

5) 춘추 시대 진나라 때 유명한 악사인 사광의 총명함.

6) 춘추 시대 때 유명한 거문고 능수 백아의 벗. 종자기가 죽고 백아는 자기 음악을 이해해 주는 이가 없다며 다시는 거문고를 타지 않았다고 한다.

7) 도교에서 말하는 마음의 세계.

8) 영부에서 가장 높은 지위에 있는 자.

9) 정 사도 집.

경패瓊貝라 하다. 점점 자라매 아름다운 자색과 기이한 재주 실로 만고에 제일이라 사도 부처 심히 사랑하여 그 배필 될 자를 구코자 하나 합의한 곳이 없어 나이 열여섯 살이 되도록 아직 혼인을 정치 못하였더라.

하루는 최 부인이 소저의 유모 전구錢嫗를 불러 이르되,

"오늘은 영부 도군의 탄일이니 네 향촉을 가지고 자청관에 가서 두 연사에게 전하고 겸하여 의단衣緞 다과茶菓로서 나의 연연불망戀戀不忘하는 뜻을 이르라."

전구 영을 받고 작은 가마를 타고 도관에 이르니, 연사 그 향촉을 받아 삼청전三淸殿에 공양하고 또 의단 다과 보내심을 백배사례하고 전구를 대접하여 보낼새, 이때 양생이 별당에서 거문고 한 곡조를 타는지라, 전구 교자를 타려 하다가 홀연 들은즉 거문고 소리 별당 서편에서 나는데 소리 청신하여 구름 밖에 있는 듯하거늘 교자를 머무르고 귀를 기울이어 듣다가 연사를 돌아보고 묻되,

"우리 부인 좌우에 모셔 유명한 거문고를 많이 들었으되 이 같은 소리는 금시초문이라 아지 못게라 어떠한 사람의 타는 바이니까?"

연사가 대답하되,

"일전에 소년 여관女冠이 초 땅으로부터 와서 서울을 구경코자 하기로 아직 여기 머물러 때때로 거문고를 희롱하는데 빈도貧道는 음률을 모르는 고로 청탁을 알지 못하더니 이제 전구가 이렇듯 칭찬하니 필경 일수一手로다."

전구 이르되,

"우리 부인이 만일 아시면 필경 부르실 터이니 아직 이 사람을 만류하여 다른 곳으로 가지 못하게 하소서."

연사가 응낙하고 전구를 보낸 후 들어와 전구의 말을 생에게 전하니 생이 크게 기꺼 부인이 부르기를 고대하더라.

정부에서 지음을 만나다

차시 전구가 정부鄭府에 돌아와 부인께 고하되,

"자청관에 어떠한 여관이 있어 거문고를 타는데 신기한 소리를 지으니 과연 이상하더이다."

부인이 청파에 이르되,

"내 한번 듣고자 하노라."

하고 이튿날 보교步轎 한 채와 시비 한 명을 보내어 연사에게 말을 전하되,

"젊은 여관의 거문고 한번 듣기를 원하노니 그가 오기를 즐겨 아니 하더라도 아무쪼록

권하여 보내라."

하거늘, 연사가 그 시비를 돌아보며 양생더러 이르되,

"귀인이 부르시니 그대는 사양치 말고 갈지어다."

생이 대답하되,

"하방遐方[1] 천종천척賤蹤이 귀부인 앞에 나아가 뵈옵기를 감당치 못하오나 연사의 말씀을 어찌 감히 거역하리까?"

이에 여도사 건복巾服을 갖추고 거문고를 가지고 나오니 은연히 위 선군仙君[2]의 도골道骨이 있고 사자연謝自然[3]의 풍채 있으니 정부 시비 흠탄불이欽歎不已[4]하더라.

생이 정부에 이르니 시비 안으로 인도하여 들어가니 최 부인이 대청에 앉았는데 위의 엄숙한지라, 생이 당하堂下에 재배한대 부인이 답사하되,

"시비로 말미암아 거문고 한번 듣기를 원하여 도인의 맑은 거동을 접하니 세속 사념이 사라짐을 깨닫겠도다."

인하여 좌석을 주거늘 생이 피석 사례避席辭禮하되,

"빈도는 본래 초 땅 사람으로 종적이 뜬구름 같더니 천한 재주로 외람히 부인 좌석에 참배하오니 황송과망惶悚過望[4]이로소이다."

부인이 시비로 하여금 거문고를 가져다가 만지며 칭찬하되,

"진개眞箇[5] 묘한 재목이로다."

생이 대답하되,

"이 재목은 용문산 위에서 백년에 자고동自枯桐[6]이라 성질이 견강堅强하여 금석 같사오니 비록 천금이라도 사지 못하리이다."

문답하는 사이에 섬돌에 그늘이 이미 옮기되 소저의 영향影響이 막연한지라 양생이 맘에 조급하고 의려疑慮하여 부인께 고하되,

"빈도 비록 옛 곡조를 많이 얻었으나 금세에 타지 못하올 뿐 아니라 타기만 하고 곡조 이름은 알지 못하옵더니 자청관 여관에게 들사온즉 소저의 지음知音이 금세의 종자기라 하오니 원컨대 천한 재주로써 소저의 가르치심을 듣고자 하나이다."

부인이 응낙하고 시비로 하여금 소저를 부르니 이윽고 수놓은 창이 열리며 기이한 향내

---

1) 먼 시골.
2) 진나라 사도 위서魏舒의 딸로 신선이 된 남악 위 부인을 가리킨다.
3) 당나라 태종 때 여도사. 사마자미司馬子微를 스승으로 섬겨 도를 닦아서 신선이 되었다 한다.
4) 아름다움을 감탄하여 마지않는다는 뜻.
5) 참으로.
6) 스스로 말라 버린 오동나무.

끼치더니 소저 부인 곁에 와 앉거늘 양생이 몸을 일어 배례한 후 눈을 잠간 들어 바라보니 태양이 처음 붉은 노을에 솟아 올라오고 연꽃이 정히 푸른 물에 비친 것 같아 정신이 요란하고 안정眼睛이 현황炫煌하여 능히 바라볼 수가 없더라.

그 좌석이 멀어 안력이 밎지 못함을 혐의하여 부인께 고하되,

"빈도, 소저의 맑게 가르치심을 받고자 하오나 대청이 광활하여 성음이 흩어져 자세히 듣지 못할까 하나이다."

부인이 시비로 하여금 여관의 자리를 앞으로 옮기고 앉기를 청하니 비록 부인의 자리에 핍근逼近하나 마침내 소저의 오른편이 되어 서로 마주 바라볼 때만 못하나 감히 두 번 청치 못하더라.

시비로 하여금 화로에 향을 피우니 생이 이에 고쳐 앉아 거문고를 당기며 하오되,

"여섯 가지 꺼림이 없나니이까?"

하니, 소저가 이르되,

"크게 찬 것과 크게 더운 것과 크게 바람 부는 것과 크게 비 오는 것과 빠른 우레와 큰 눈 오는 것을 꺼리나니 이제 이 여섯 가지가 없도다."

생이 또 하오되,

"일곱 가지 타지 못하는 일이 없나니이까?"

소저가 이르되,

"초상을 들은 자와 맘이 어지런 자와 일에 의심된 자와 몸이 정치 못한 자와 의관을 정제치 못한 자와 분향치 않은 자와 지음을 만나지 못한 자가 타지 못하느니 이제 또 이러한 결점이 없도다."

생이 맘에 탄복하고 먼저 '예상곡霓裳曲'[7]을 타니, 소저가 이르되,

"아름답다 이 곡조여, 완연히 천보天寶[8] 태평의 기상이라. 사람마다 다 알기는 하되 그 신묘하기는 도인道人 수단 같은 자[9] 없으리니 이 이른바 '어양비고동지래漁陽鼙鼓動地來하니 경파예상우의곡驚罷霓裳羽衣曲이라.'[10]는 곡이 아닌가. 음란한 곡조이라 족히 듣지 못하겠으니 다른 곡조 타기를 원하노라."

생이 다시 한 곡조를 타거늘, 소저가 이르되,

---

7) 예상우의곡霓裳羽衣曲. 당나라 현종이 신선들의 세계인 월궁月宮의 음악을 본떠 만들었다는 곡조.

8) 당나라 현종 때 연호.

9) 신선과 통한 사람처럼 능숙한 솜씨를 가진 자라는 뜻으로, 양소유를 가리키는 말.

10) 어양의 적병들이 북을 울려 땅을 진동시키며 쫓아오니 '예상우의곡'을 타면서 놀다가 깜짝 놀라 놀음판이 깨졌다는 뜻. 옛날 중국 당나라 현종 황제가 이 곡조를 좋아하였는데 어양의 반역군이 쳐들어오므로 깜짝 놀랐다는 옛이야기에서 온 것.

"이는 즐겁되 음란하고 슬프되 촉급하니 곧 진 후주陳後主의 '옥수후정화玉樹後庭花라.'[11] 이 이른바 '지하약봉진후주地下若逢陳後主면 기의중문후정화豈疑重問後庭花라.'[12]란 것이 아닌가. 족히 숭상할 것이 없으니 다른 곡조를 아뢰라."

생이 또 한 곡조를 탄대 소저가 이르되,

"이 곡조는 설운 듯 기쁜 듯 감격한 듯 사념하는 듯하니 옛적에 채문희蔡文姬[13]가 난리를 만나 오랑캐에게 잡혀 갇혀 두 아들을 낳았더니 및[14] 조조가 문희를 위하여 속贖[15] 바치고 고국으로 돌아올 때에 두 아들로 이별할새, 이 곡조를 지어 슬픈 뜻을 부치니 이 이른바 '호인락루첨변초胡人落淚添邊草요 한사단장대귀객漢使斷腸對歸客이라.'[16]는 것이라. 그 소리 가히 들음직하나 실절失節한 사람이라 어찌 족히 의논하리오. 새 곡조를 청하노라."

생이 또 한 곡조를 타니, 소저가 이르되,

"이는 왕소군王昭君의 '출새곡出塞曲'[17]이니 소군이 옛 인군을 생각하고 고향을 바라보며 이 몸이 곳 잃음[18]을 슬퍼하고 화공畫工의 공변되지 않음[19]을 원망하고 불평한 맘으로써 곡조 가운데 부쳤으니 이 이른바 '수련일곡전악부誰憐一曲傳樂府하여 능사천추상기라能事千秋傷綺羅오.'[20] 하는 것이라. 그러나 호희胡姬의 곡조요, 변방의 소리라 근본 바른 것이 아니니 문득 다른 곡조가 있느냐."

생이 또 한 곡조를 타니, 소저가 얼굴을 고치고 이르되,

"내 이 소리를 들은 지 오래더니 도인은 실로 범인이 아니로다. 이는 영웅이 때를 만나

---

11) 진 후주는 진나라 선황의 아들로 풍류를 즐겨 문인들과 더불어 많은 곡조를 지었는데, 대표 곡조가 '옥수후정화' 다.

12) 죽어서 만일 진 후주를 만나면 어찌 또다시 후정화를 묻겠느냐는 뜻.

13) 동한 채옹蔡邕의 딸로 오랑캐에게 잡혀 있었다.

14) 급기야.

15) 죄를 속죄하는 돈.

16) 오랑캐 여인이 된 문희가 두 아들을 생각하여 우거진 풀에 눈물을 떨어뜨리니 그를 데리러 간 사신도 애타는 심정으로 바라보고 있다는 뜻.

17) 왕소군은 한나라 원제의 궁녀. 나중에 흉노 왕의 후실로 천거되어 불우한 일생을 보냈다. '출새곡'은 왕소군의 불우한 생애를 주제로 한 곡조.

18) 왕소군이 오랑캐 땅에 온 것을 말한다.

19) 화가가 공정치 못하게 자기를 가장 아름다운 여자로 그려 흉노에게 추천하였기 때문에 불우한 생활을 하게 되었다는 뜻.

20) 누가 '출새곡'과 같은 서글픈 곡조를 악부에 전하여 천 년을 두고 오래오래 듣는 사람들에게 옛 추억을 불러일으키게 하는가.

지 못하여 맘을 티끌 밖에 붙이고 충의 기운이 판탕板蕩²¹⁾한 중에 가득하니 혜숙야稽叔 夜의 '광릉산廣陵散'²²⁾이 아닌가. 급기 동시東市에 베일 때 해 그림자를 돌아보고 한 곡조를 타되 '원통하다 사람이 광릉산을 배우고자 하는 자 있는가. 내 아껴 전치 아니 하였더니, 슬프다, 광릉산이 이로조차²³⁾ 끊어졌다.' 하니 이른바 '독조하동남獨鳥下東 南하니 광릉이 하처재何處在요?'²⁴⁾ 하는 것이라. 후세에 전한 자 없더니 도인이 정녕 혜숙야의 정령을 만나 보았도다."

생이 꿇어앉아 대답하되,

"소저의 영혜英慧하심이 금세에 미칠 이 없도다. 빈도 일찍 스승에게 들사오니 그 말씀 이 소저의 여아심²⁵⁾과 같도소이다."

하고 또 한 곡조를 타니, 소저가 칭선稱善하되,

"청산은 아아峨峨하고 녹수는 양양洋洋한데 신선 자취가 티끌 가운데 뛰어나니, 이는 유백아兪伯牙의 '수선조水仙操'²⁶⁾가 아닌가. 이 이른바 '종자기를 이미 만나니 유수流 水를 아뢰매 무엇이 부끄러울꼬.'²⁷⁾ 하는 것이라. 도인의 지음을 백아의 정령이 만일 아는 바 있으면 종자기의 죽음을 그다지 슬퍼하지 아니하리로다."

생이 또 한 곡조를 타니, 소저가 옷깃을 여미고 꿇어앉아 이르되,

"거룩하고 극진하다. 성인이 난세를 만나 사해에 주유하며 백성을 구제할 뜻이 있으니 공선부孔宣父²⁸⁾가 아니면 뉘 능히 이 곡조를 지으리오. 필연 '의란조猗蘭操'²⁹⁾라. 이 이른바 구주九州에 소요하여 정처 없다 하는 이 뜻이 아닌가."

생이 꿇어앉아 향을 더 피우고 다시 한 곡조를 타니, 소저가 가로되,

---

21) 정치가 어지러운 것.

22) 혜숙야는 혜강稽康. 숙야는 혜강의 자. 삼국시대 위나라 사람이며 성질이 결백하고 강직 하여 벼슬하지 않고 거문고를 벗으로 삼다가 사마소司馬昭에게 동시에서 살해되었다. '광릉산'은 혜숙야가 죽을 때 탄 곡조.

23) 이때부터.

24) 새 한 마리 동남으로 내리려 하나 광릉이 어드메요?

25) 마음.

26) 천하에 이름을 떨쳤다는 거문고 명수 백아를 말한다. '수선조'는 백아가 완성한 거문고 곡조. 그의 사상감정은 '유수流水', 곧 흐르는 물에 있다 한다. 종자기가 죽고 나서 이 곡 조는 끊어지고 말았다 한다.

27) 이미 죽었던 종자기를 만나 거문고를 뜯으니 백아와 아무 손색이 없다는 뜻.

28) 공자를 높이 부르는 말.

29) 옛날 공자가 잡초 가운데 홀로 무성한 향기로운 난초에 비겨 불우한 자기 심정을 노래한 거문고 곡조.

"높고 아름답다, 이 곡조여. 천지만물이 희희熙熙하여 모두 봄빛이라 외외탕탕嵬嵬蕩蕩[30]하여 이름할 수 없으니 이는 대순大舜[31]의 '남훈곡南薰曲'이라. 이른바 '남풍지훈혜南風之薰兮여 해오민지온혜解吾民之慍兮로다.'[32] 진선진미盡善盡美함이 이에서 지날 자 없으니 비록 다른 곡조가 있을지라도 원치 않노라."

생이 공경하고 대답하되,

"빈도가 듣사오니 음률이 아홉 번 변하면 천신이 하강한다 하오니 이제 이미 여덟 곡조를 타고 오히려 한 곡조가 남았으니 마저 타기를 청하나이다."

하고 거문고 기둥을 바로 잡고 줄을 골라 타니 그 소리 유양悠揚하고 개열闓悅하여[33] 능히 사람으로 하여금 심신이 방탕케 하며 뜰 앞에 백 가지 꽃이 일시에 만발하고 제비 쌍쌍이 날고 꾀꼬리 서로 노래하니 소저가 아미를 잠깐 숙이고 눈을 바로 뜨고 잠잠히 앉았더니 '봉혜봉혜귀고향鳳兮鳳兮歸故鄕하여 오유사해구기황遨遊四海求其凰'[34]이란 구절에 이르러는, 소저 이에 눈을 들어 다시 보고 급히 의상을 보는데 붉은 빛이 두 뺨에 오르고 누른 기운이 아미에 사라져 취한 듯이 발연勃然[35] 변색하더니 이에 옹용雍容히[36] 몸을 일어 내당으로 들어가거늘 생이 악연愕然하여[37] 거문고를 밀치고 눈을 바로 뜨고 소저를 바라볼새 정신없이 흙으로 만든 탱幀[38]같이 섰는지라. 부인이 앉으라 명하고 묻되,

"도인이 시방 탄 것이 무슨 곡조뇨?"

생이 잠깐 대답하되,

"빈도가 스승에게 배웠으나 이름은 알지 못하는 고로 소저의 가르치심을 기다리나이다."

소저가 오래도록 나오지 아니하거늘 부인이 시비로 하여금 연고를 물은대 시비 돌아와 고하되,

"소저 반일을 촉풍觸風하였더니 신기 불평하여 나오지 못하나이다."

양생이 소저의 크게 깨달음을 의심하고 마음에 미안하여 감히 오래 머무르지 못하고 일어나 부인께 하직하되,

---

30) 높고 넓어서.

31) 순舜임금.

32) 불어오는 남풍은 백성들의 노여움을 풀어줄 것이로다.

33) 음색이 똑똑하고 거침없이 트인 듯하여.

34) 봉황새 고향에 돌아가 세상을 즐겁게 떠돌다가 그 짝을 구하리라.

35) 왈칵 성을 내어.

36) 화평하고 조용히.

37) 몹시 깜짝 놀라.

38) 불상.

"소저가 불평하시다 하온즉 빈도 무례하도소이다. 생각건대 부인께서 친히 가 보실 듯 하옵기 물러감을 청하나이다."

부인이 은과 비단을 내어 상급賞給한대 생이 사양하여 받지 않으며,

"빈도가 비록 약간 음률을 아오나 스스로 즐길 따름이오니 어찌 광대같이 놀이채를 받으리까."

인하여 머리를 조아 사례하고 섬돌에 내려가더라.

정 사도 과거방科擧榜에서 사위를 택하려 하다

부인이 소저의 병을 근심하여 곧 불러 물으니 관계치 않더라.

이때 소저가 침방에 돌아와 시비더러 물으되,

"춘랑春娘의 병이 오늘은 어떠하뇨?"

시비 대답하되,

"오늘은 소저 거문고 소리 들으신다는 말을 듣고 병이 나아서 일어나 소세하더이다."

원래 춘랑의 성은 가賈씨니 서호 사람이라. 그 부친이 서울 올라와 승상부丞相府 아전이 되어 정 사도 집에 공로가 많이 있더니 불행하여 병사하니 그때 춘랑의 나이 겨우 십 세라. 정 사도의 부처 그 의지 없음을 불쌍히 여겨 거두어 부중에 두어 소저로 더불어 한가지 놀게 하나 그 연기는 소저와 한 달이 틀리고 용모 수려하고 백 가지 태도 구비하여 단정하고 존귀한 기상은 비록 소저를 따르지 못하나 또한 절대가인이라. 문필과 침선의 신통함이 소저와 방불하니 소저 동생같이 알아 차마 잠시 떠나지 못하여 비록 노주지분奴主之分이 있으나 실로 친구의 정이 있는지라, 본 이름은 춘운春雲이러니 소저가 그 태도를 사랑하여 한퇴지韓退之 글에 '다태도춘공운多態度春空雲'[1]이라는 말을 취하여 그 이름을 고쳐 춘랑이라 하니 부중에 다 춘랑이라 부르더라.

춘랑이 소저를 보고 묻자오되,

"아까 모든 시녀 다투어 말하되 대청에서 거문고 타는 여관이 용모 신선 같고 희한한 곡조를 타니 소저 대단 칭찬하신다 하기로 소비 병기病氣를 참고 한번 구경코자 하옵더니 그 여관이 어찌 그리 속히 갔나니까?"

소저가 얼굴을 붉히며 천천히 이르되,

"내 몸 움직이기를 예로 하고 맘가짐을 옥같이 하여 종적이 중문에 나지 아니하고 어느

---

1) 태도가 봄 구름처럼 속탈해 보이는 것.

친척에게도 밑지 아니하는 것은 춘랑의 아는 바러니 일조一朝에 남에게 속아 수치를 당하니 차마 어찌 낯을 들어 사람을 대하리오."

춘랑이 놀라 가로되,

"괴이하다! 어쩐 말씀이니이까?"

소저가 대답하되,

"아까 듣던 그 여관이 용모 청수하고 거문고 재주 신묘하더라."

하고 말을 자저趑趄하여 말을 마치지 아니하니 춘랑이 가로되,

"그 여관이 어떠하더니이까?"

소저가 대답하되,

"그 여관이 '예상곡'을 타고 차례로 곡조를 타고 나중에 대순의 '남훈곡'을 타기로 칭선하고 그치기를 청하였더니, 그 여관이 또 한 곡조 있다 하고 다시 새 곡조를 타는데, 이 곧 사마상여 탁문군의 맘을 돋우던 '봉구황곡鳳求凰曲'이라. 내 비로소 의심이 나서 보니 그 용모 동정이 여자와 판이하니 필시 간사한 사람이 봄빛을 구경하려 하여 변복하고 들어온 것이어늘, 다만 분한 것은 춘랑이 병이 없었던들 같이 보고 그 진위를 분변치 못한 일이로다. 내 규중처녀로 알지 못하는 남자로 반일을 마주 앉아 접어接語하였으니, 비록 모녀간이라도 내 차마 이런 말씀을 고告치 못하였으니 춘랑이 아니면 내 뉘게 이런 말을 하리오."

춘랑이 웃고 이르되,

"사마상여의 '봉구황鳳求凰'을 처자인들 듣지야 못하리꼬? 소저 필연 술잔 속에 활 그림자²⁾를 보셨나이다."

소저가 대답하되,

"그렇지 않다. 이 사람의 곡조 타는 것이 다 차례 있으니 만일 맘이 없을진대 '봉구황곡'을 하필 모든 곡조 끝에 타리오. 하물며 여자 중에 용모가 혹 청약淸弱한 자도 있고 혹 장대한 자도 있으나 기상의 씩씩함이 이 같은 사람은 보지 못하였으니 내 뜻에는 과거가 임박하여 사방 선비 모두 서울에 모였으니 그중에 내 소문을 그릇 들은 자가 망령되이 탐화探花할 계교를 내었는가 하노라."

춘랑이 이르되,

"그가 과시 남자면 그 얼굴이 청수함이 이 같고 그 기상의 호탕함이 이 같고 음률의 정

---

2) 옛날 악광樂廣이란 사람에게 친구가 있었는데, 한동안 놀러 오지 않아 까닭을 물었다. 친구가 말하기를, 저번에 준 술을 마시려고 보니 술잔 속에 뱀이 있는 것을 억지로 마셨더니 병이 되고 말았다고 하였다. 악광이 말하기를, "화남 땅 청사 벽 위에 뱀을 그린 활이 있는데 술잔 속의 뱀은 이 그림의 그림자다." 하였다. 이 말에 속은 풀리고 병은 곧 나아 버렸다고 한다. 지나치게 신경을 쓴다는 뜻.

통합이 또 이 같으니 그 재주의 높고 많음을 알지로다. 어찌 참 사마상여가 되지 않을 줄 알리까."

소저가 이르되,

"제 비록 사마상여가 되나 나는 결코 탁문군이 되지 아니하리로다."

춘랑이 대답하되,

"탁문군은 과부요 소저는 처녀이시며, 탁문군은 유의留意하여 좇고 소저는 무심히 들으셨으니 소저 어찌 탁문군을 의논하시나이까."

두 사람이 회회낙락히 웃고 이야기하더라.

하루는 소저 부인을 모셔 앉았더니 정 사도 밖에서 들어와 새로 난 과거방을 가져 부인을 주며 이르되,

"여아의 혼사는 지금까지 정치 못한 고로 이번 과거방 속에서 아름다운 신랑을 가리려 하였더니, 이제 보니 장원은 양소유인데 회남 사람이라, 나이 십육 세요, 또 과거 글 지은 것을 사람마다 칭찬하니 필연 일대 문장이요, 또 들으니 풍채 준수하고 골격이 비범하여 장차 큰 그릇이 되리라 하고 이때까지 성취 아니 하였다 하니 만일 이 사람으로 사위를 삼으면 내 마음에 좋을 듯하오."

부인이 대답하되,

"귀로 듣는 것이 눈으로 보니만 못하니 남들이 비록 칭찬하나 어찌 다 믿으리오. 친히 본 후에 정함이 좋을까 하나이다."

사도가 이르되 이 또한 어렵지 아니하다 하더라.

정 사도 양 한림으로 사위를 정하다

소저 그 부친의 말씀을 듣고 침방에 돌아와 춘운더러 이르되,

"일전 거문고 타던 여관이 초 땅 사람이라 칭하고 나이 십육 세가량이더니 이제 장원이 회남인이라. 회남은 초 땅이요 연기 근사하니 의심이 없지 못하리로다. 필연 부친께 와 뵈오리니 네 그를 유의하여 볼지어다."

춘운이 대답하되,

"그를 첩이 일찍 보지 못하였으니 어린 소견에는 소저께서 친히 문틈으로 엿보시는 것만 같지 못하도소이다."

양인이 서로 웃더라.

이때 양소유 연하여 회시會試와 전시殿試에 다 장원하고 곧 한림 벼슬을 하여 이름이 일세에 진동하니 공후 귀족에 여자 둔 사람이 다 다투어 청혼하되, 다 배각拜却하고 생이

예부 권 시랑을 가 보고 정 사도 집에 통혼할 뜻을 고하고 인하여 소개함을 청하니 권 시
랑이 편지를 써 주거늘, 생이 받아 간수하고 정부에 나아가 명첩名牒을 드린대 정 사도가
맞아들여 객실에 보니 양 장원이 머리에 계화를 꽂고 선악仙樂이 옹위하여 풍채의 아름다
움과 예모의 공손함이 사람으로 하여금 기꺼하게 하더라.

정부 상하 소저 한 분 외에는 모두 분주히 구경하는데 춘운이 부인의 시비더러 묻되,

"내 노야와 부인의 의논하시는 말씀을 들은즉 일전 거문고 타던 여관의 표종表從이 양
장원이라 하니 그 모습과 방불하더냐?"

다투어 대답하되,

"과연 옳도다. 표종 남매간에 용모 어찌 이렇듯 흡사한고."

하거늘, 춘운이 소저께 고하되,

"과연 보심이 일호 차착이 없도소이다."

소저가 이르되,

"네 모름지기 다시 가 그 말하는 바를 듣고 들어오라."

춘운이 나아가더니 오랜 후 들어와 고하되,

"우리 노야 소저를 위하여 양 장원에게 통혼하시니 양랑이 사례하되, '소생이 과연 소
저의 요조하고 유한幽閑함을 듣삽고 분수 밖에 바람이 있어 오늘 아침에 외람히 통혼할
맘을 두고 권 시랑을 가 보온즉 시랑이 편지를 써 생을 주어 대인께 드리라 하옵기 바야
흐로 소매 속에 있나이다.' 하고 인하여 받들어 드리니 노야 보시고 대희大喜하여 주안
을 재촉하여 내오시더이다."

소저 놀라 무슨 말을 하려 할 즈음에 시비 부인의 명으로 부르시거늘 소저 나아가니 부
인이 이르되,

"장원 양소유는 과방에 제일이요, 너의 부친이 이미 정혼하시니 우리 두 늙은이 이제 의
탁할 곳을 얻은지라 다시 근심할 것이 없도다."

소저 여쭈오되,

"소녀 시비의 전언을 듣사오니 일전 거문고 타던 여관의 용모와 방불하다 하오니 과연
그러하니이까?"

부인이 대답하되,

"그 말이 옳도다. 내 그 여관의 선풍도골仙道骨을 사랑하여 오래도록 잊지 못하더니
이제 양 장원을 보매 그 여관을 서로 대함과 같으니 그 아름다움을 가히 알지로다."

소저 머리를 숙이고 목 안의 말로,

"그가 비록 아름다우나 소녀가 저로 더불어 혐의 있사오니 정혼함이 불가하니이다."

부인이 이르되,

"이 심히 괴이한 말이로다. 우리 여아는 깊은 규중에서 처하고 양랑은 회남 사람이라
무슨 혐의 할 사단事端이 있으리오?"

소저 여쭈오되,

"소녀 이 말씀 하기 심히 부끄러운 고로 이때까지 고치 못하였나이다. 일전 여관이 곧 양 장원이라, 변복하고 거문고를 타서 소녀의 모양을 보려 함이어늘 그 간계에 빠져 종 일 접어하였으니 어찌 혐의 없다 하리까?"

부인이 비로소 놀라 묵묵히 앉았더니 사도 양 장원을 접대하여 보내고 내당에 들어오며 희색이 만면하여 소저더러 이르되,

"경패야, 네 오늘 용을 타니 심히 쾌한 일이로다."

부인이 소저의 말을 사도께 전한대 사도가 다시 소저에게 물어 양생의 '봉구황곡' 탄 말을 듣고 크게 웃고 이르되,

"양 장원은 참 풍류 남자로다. 옛적에 왕유王維 학사가 악공의 의복을 입고 태평 공주 집에서 비파를 타고 인하여 과거에 장원을 하여 지금까지 전한 말이 있더니 양생이 숙 녀를 구하기 위하여 여복을 환착하였으니 실로 재주 많은 사람이라, 일시 희롱한 일을 혐의하리오. 하물며 여아가 다만 여도사를 뵈었을 뿐이요, 양 장원을 보지 아니한 것이 니 양 장원의 여도사 맵시한 것이 네게 무슨 관계 있으리오."

소저 여쭈오되,

"소녀 남에게 속음이 이에 이르렀사오니 실로 부끄러워 죽을 듯하도소이다."

사도 또 웃고 이르되,

"이는 늙은 아비의 알 바 아니니 네 후일 양생에게 물어보라."

하고 위의 정중하거늘, 부인이 사도께 묻자오되,

"양랑이 혼례를 어느 때 행코자 하더이까?"

사도가 대답하되,

"납채納采는 종속히 행하고 성례는 가을을 기다려 저의 대부인을 모셔 온 후에 정일定 日하려 하더이다."

하고 인하여 택일하여 양 한림의 예폐를 받고 한림을 청하여 화원 별당에 거처하게 하니, 한림은 사위의 예로써 사도 내외를 섬기고 사도 내외는 한림을 친자같이 사랑하더라.

정 소저 십삼랑으로 하여금 묘계를 베풀다

하루는 소저가 우연히 춘운의 침방을 지나니 춘운이 바야흐로 비단신에 수를 놓다가 춘 곤을 이기지 못하여 수틀을 베고 조는지라, 소저 방 안에 들어가 침선針線에 묘함을 보고 재주의 묘함을 탄식하다가 수틀 아래 글씨 쓴 종이가 있거늘 펴 본즉 곧 신을 읊은 글이 라, 하였으되,

저가 가장 옥인을 얻어 친함을 어여삐 여기니
걸음걸음이 서로 따라 서로 놓지 못하더라.
촛불을 멸하고 깁 장막에 띠를 풀 때에
너로 하여금 코끼리 상[1] 아래 던지리로다.

소저 남필覽畢에 스스로 이르되,
"춘랑의 글재주가 장진將進이 무궁하도다. 수혜繡鞋로써 제 몸을 비하고 옥으로써 내
게 비하여 상시에 나로 더불어 서로 떠나지 못하더니 제 장차 시집가니 나로 더불어 성
기어짐을 말하였으니 춘랑이 실로 나를 사랑하는도다."
이에 그 글을 다시 보다가 빙긋 웃고 이르되,
"춘랑의 글뜻이 나 자는 상 위에 오르고자 하였으니 이는 나로 더불어 한 사람을 섬기려
함이라, 그 맘이 이미 동하였도다."
하고 춘랑이 꽃다운 꿈을 놀랠까 하여 몸을 돌이켜 가만히 나와 내당으로 들어가 부인께
뵈온대 부인이 바야흐로 시비를 거느려 양 한림의 석반을 차리시거늘 소저가 여쭈오되,
"모친께서 그의 의복 음식을 근심하사 비복을 지휘하시니 정신이 모손耗損하실까 저어
하오니 소녀 마땅히 그 괴로움을 당할 것이로되 예절에 증거가 없삽고 인사에 혐의로울
지라, 춘랑의 나이 이미 장성하여 수종隨從들기를 감당하겠사오니 화원에 보내어 양 한
림의 의식 범절을 받들게 하옴이 좋을까 하나이다."
부인이 이르되,
"춘운의 아비 우리 집에 유공有功하고 또 춘운의 인물이 남에게 뛰어나니 상공이 사랑
하여 어진 배필을 구코자 하시니 너를 섬기게 함이 춘운의 소원이 아닐까 하노라."
소저 여쭈오되,
"제 뜻을 보오니 소녀로 더불어 서로 떠나지 않으려 하더이다."
부인이 이르되,
"시집갈 때 비첩이 좇는 것이 예에도 또한 있으나 춘운은 등한한 비자婢子에 비할 바 아
니나 너로 한가지 가는 것이 장원長遠한 생각이 아닐까 하노라."
소저 여쭈오되,
"양 한림이 원방遠方 십육 세 서생으로 거문고로 향자向者에 재상가 규수를 희롱하였
으니 그 기상이 어찌 홀로 한 여자만 지키고 있으리까. 타일 승상부에 만종록萬鍾祿[2]을
누리면 그 집에 장차 몇 춘운이 있을 줄 알리까."
말을 마치지 못하여 사도 들어오거늘 부인이 소저의 말을 들어 고한대 사도 점두點頭[3]

---

1) 상아로 만든 침상.
2) 썩 많은 봉록. 종은 여섯 섬, 너 말이라고 한다.

하고 이르되,

"여아의 행례 전이나 춘운이 여아로 더불어 서로 떠나지 못할 것이니 필경 한가지 같지라. 먼저 보냄이 무엇이 방해하리오. 연소 남자가 비록 춘정이 있을지라도 망동치 아니할 것이로되 급히 춘랑을 보내어 양랑의 적막한 회포를 위로하게 하라. 그러나 경패의 맘에 불평함이 있을까 하니 어찌하면 적중할꼬? 부인이 제 뜻을 물어 조처함이 좋을까하오."

인하여 외당으로 나가니라.

소저가 모친께 여쭈오되,

"소녀 한 계교 있으니 춘운의 몸을 빌려 소녀의 부끄러움을 씻고자 하나이다. 십삼랑으로 하여금 여차여차하면 설치雪恥가 될 듯하나이다."

대개 사도의 모든 조카 중에 십삼랑이 성품이 순량하고 재질이 명민하며 지기 호탕하여 평생 희학戱謔하는 일을 잘하고 또 양 한림으로 더불어 지기상합知己相合하여 막역간이라. 소저 침방에 돌아와 춘운더러 이르되,

"내 너로 더불어 머리털이 이마에 덮었을 때부터 정이 두터워 서로 놀며 또 꽃가지를 다투어 서로 울고 싸우기도 하였더니 이제 내 이미 빙폐聘幣를 받았으니 너도 백년대사를 필경 자량自量하였을 것이니, 아지 못게라, 어떠한 사람에게 몸을 의탁하고자 하느냐?"

춘운이 대답하되,

"천첩이 편벽되이 소저의 무애撫愛하시는 은혜를 입사와 이때까지 있사오며 만분지일이라도 은혜를 갚을 길은 소저의 경대를 받들어[4] 이 몸을 마치는 외에 다른 도리 없나이다."

소저가 이르되,

"그러면 내 춘랑으로 더불어 한 가지 일을 의논코자 하노라. 양랑에게 수치 봄을 춘운이 아니면 뉘 가히 설치하리오. 우리 집 산정山亭은 곧 종남산 궁벽한 곳이니 경개 절승하여 인간 같지 아니한지라, 그 산정에다 춘랑의 신방을 배치하고 또 십삼랑으로 하여금 양랑을 여차여차 인도하여 계교를 쓰면 가히 설치하리니 춘랑은 한때 수고를 꺼리지 말라."

춘운이 대답하되,

"어찌 소저의 명을 거역하리오마는 타일에 하면목으로 양 한림을 대하오리까?"

소저가 이르되,

"남을 속이는 수치가 남에게 속는 수치보다 낫지 아니하냐."

양 한림이 입직入直하여 공고公故[5] 치르는 외에는 다른 분주한 일이 없고 출번出番[6]

---

3) 머리를 끄덕이는 것.
4) 소저의 시중을 들어.

후에는 한가한 날이 오히려 많으니 혹 친구 심방도 하며 혹 들 밖에 나가 방화수류訪花隨柳[7]하더니 하루는 정십삼이 이르러 청하되,

"성남城南 멀지 아니한 곳에 한 고요한 지경에 경개 절승하니 내 형으로 더불어 한번 소창消暢[8]하고자 하노라."

양 한림이 대답하되,

"이 정히 내 뜻이라."

하고 드디어 주효酒肴를 이끌고 추종騶從[9]을 물리고 십여 리를 나아가니 산고수청山高水靑하여 별유천지비인간別有天地非人間이라. 기화요초는 향기를 토하여 속객의 코를 찔러 티끌 생각이 사라지게 하는지라, 한림이 정생으로 더불어 물을 임하여 술을 잔질하고 글을 읊으니 방춘화시方春和時라. 백 가지 꽃이 오히려 있고 만 가지 나무 서로 비치었더니 홀연히 떨어진 꽃이 시내에 떠 오거늘 한림이 '춘래편시도화수春來遍是桃花水'[10]란 글귀 외우며 이르되,

"이 사이에 필연 무릉도원武陵桃源이 있도다."

정생이 대답하되,

"이 물이 자각봉으로부터 근원이 발하여 오는지라, 일찍 들으니 꽃 피고 달 밝을 때면 간혹 신선의 풍악 소리 구름 사이에서 나는 고로 듣는 사람이 있다 하되 소제는 선연仙緣이 심히 얕아서 그 동구에도 들어가지 못하였더니 오늘 형의 발자취를 밟아 선경에 이르러 신선의 약을 먹고 옥녀의 술을 맛볼까 하노라."

한림이 기꺼 이르되,

"천하에 신선이 없으면이어니와 만일 있으면 이 산속에 구하리로다."

하고 찾아 구경코자 하더니 홀연 보니 정생 집 하인이 땀을 흘리며 빨리 와 헐떡이며 고하되,

"낭자의 환후患候 졸지에 첨극尖極하니이다."

정생이 급히 일어나며 이르되,

"실인室人의 병이 이렇듯 급하니 선연이 아까 이름과 같이 얕음을 가히 증험하겠도다."

하고 나귀를 채찍하여 돌아가더라.

---

5) 관원이 조회, 진하, 거둥 등 궁중 행사에 참여하는 것.

6) 입직을 마치고 돌아오는 것.

7) 꽃과 버들을 찾아 즐기는 것.

8) 기분을 푸는 것.

9) 마부와 몸종.

10) 봄이 오니 물에 복숭아꽃이 떠내려 온다는 뜻.

양 한림이 선녀를 만나다

양 한림이 정생을 보낸 후에 심히 무료하나 구경할 흥치 오히려 다하지 않아 흐르는 물을 따라 동구에 들어가니 천석泉石이 청정하여 한 점 티끌이 없으니 맘이 스스로 상쾌한지라, 홀로 배회하더니 붉은 계수 잎새 하나가 물에 떠 내리는데 잎새에 글씨 두어 줄이 있거늘 집어 보니 한 글귀라, 하였으되,

신선 삽살개가 구름 밖에서 짖으니
알괘라 이 양랑이 오는도다.

한림이 괴히 여겨 이르되,
"이 산 위에 어찌 거하는 사람이 있으며 이 글이 어떤 사람의 소작所作인고?"
인하여 점점 나아가니 거의 칠팔 리는 가는데 길은 험하고 날은 저물어 밝은 달은 동편 고개에 오르거늘 그림자를 좇아 수풀을 뚫고 시내를 건너니 오직 놀란 새가 울고 슬픈 잔나비가 울 따름이요, 별은 높은 봉에 흔들리고 이슬은 솔가지에 내리니 밤이 깊어 감을 알러라. 심히 창황할 즈음에 십여 세 된 청의동녀靑衣童女 시냇가에서 옷을 빨다가 한림 오는 것을 보고 홀연 놀라 일어 나가며 또 불러 이르되,
"낭자여, 낭군이 오신다."
하거늘, 한림이 듣고 괴히 여겨 또 수십 보를 나아가니 산이 둘리고 길이 궁진窮盡한 데 작은 정자 있어 날아갈 듯이 시내 위에 임하였으니 짐짓 신선 있는 곳일러라.

일위 여자 노을빛을 헤치며 달빛을 띠고 벽도나무 아래 홀로 섰다가 한림을 향하여 예하고 이르되,
"양랑이 오기를 어찌 늦게 하시나이까?"
한림이 크게 놀라 자세 보니 그 여자 몸에 홍금포紅錦袍를 입고 머리에 비취잠翡翠簪을 꽂고 허리에 백옥패白玉佩를 비끼고 손에 봉미선鳳尾扇을 잡았는데 선연쇄락嬋娟灑落[1] 태도 인간 사람이 아니더라.
이에 황급히 대답하되,
"학생은 진세塵世 속인이라 본래 달 아래 기약이 없거늘 늦게 온다는 말씀은 어찜이니이꼬?"
그 여자 정자 위에 올라 이야기하기를 청하고 인하여 정자로 들어가 주객이 좌정한 후에 동녀를 불러 이르되,

---

1) 아름답고 상쾌한.

"낭군이 멀리 오시니 주린 빛이 있을지니 약간 다과를 올리라."

한대, 이윽고 구슬상에 진찬을 베풀고 백옥배白玉杯에 자하주紫霞酒를 내어오니 맛이 청렬하고 향기 무르녹아 한 잔에 문득 취하는지라 한림이 이르되,

"이 산이 비록 높으나 하늘 아래 있거늘 선랑은 어찌하여 옥경玉京의 짝을 떠나 속되이 여기 거하시나니까?"

미인이 장우단탄長吁短歎[2]하되,

"옛날 일을 말씀코자 하면 한갓 비회悲懷만 더할지로다. 첩은 서왕모西王母의 시녀요 낭군은 자미궁紫微宮 선관이러니, 옥제께 서왕모에게 잔치를 주실새 여러 선관이 모였는데 낭군이 우연히 첩을 보시고 선과仙果를 던져 먼저 회롱하였더니, 낭군은 그릇 중벌을 입어 인간에 환생하시고 첩은 다행히 경벌을 입어 귀양으로 여기 있으니, 낭군은 이미 인간 연기와 티끌에 가려 능히 전생 일을 생각지 못하시거니와, 첩의 귀양 기한이 이미 차서 장차 요지瑤池[3]로 향할 터인데, 한번 낭군을 보고 잠깐 옛정을 펴고자 하여 선관에게 간청하여 기한을 물리고 또 낭군이 이에 이르실 줄을 미리 알고 고대하더니 이제 욕되이 오시니 옛 인연을 가히 잇겠도소이다."

이때 계수나무[4] 그림자는 장차 비치고 은하수는 이미 기울어졌거늘 한림이 미인을 이끌고 취침하니 옛적에 유완劉阮[5]이 천태산天台山에 이르러 선녀로 더불어 인연을 맺음 같으니 꿈 같으되 꿈이 아니요 참 같으되 참이 아니러라. 겨우 은근한 정을 다하매 산새 이미 꽃가지에 지껄이고 동방이 기백旣白이라, 선녀 먼저 일어나 한림더러 이르되,

"오늘은 첩이 하늘에 오를 기한이라 선관이 상제 칙교勅敎를 받들고 기치旗幟를 갖추어 소첩을 맞을 때에 만일 낭군이 여기 계신 줄을 알면 피차 다 죄를 입을지니 낭군은 급히 산에 내려 피하소서. 낭군이 만일 옛정을 잊지 아니하면 또다시 만나 볼 날이 있으리다."

하고 드디어 깁 수건에 이별시를 써 한림을 주니, 하였으되,

> 서로 만날 제 꽃이 하늘에 가득하더니
> 서로 이별하매 꽃이 땅에 있더라.
> 봄빛이 꿈 가운데 같으니
> 약수 천 리가 아득하더라.

---

2) 탄식하여 마지않는다는 뜻.

3) 신선이 사는 곳.

4) 달을 뜻한다.

5) 한나라 때 사람. 천태산에 들어가 불사약을 캐다가 두 선녀를 만나 인연을 맺었다고 한다.

한림이 그 글을 보매 이별하는 회포 창연하여 한삼을 찢어 화답하는 글 한 수를 써 선녀에게 주니, 하였으되,

하늘 바람이 옥패를 부니
흰 구름이 어찌 그리 떠나 헤치는고.
무산巫山 다른 밤비에
원컨대 양왕襄王[6]의 옷을 적시다.

선녀 받들어 보고 이르되,
"구슬나무에 달이 숨고 계수나무에 서리가 날리는데 구만리 밖 면목을 짓는 것이 오직 이 글뿐이다."
하고 드디어 향낭香囊에 감추고 유유히 재촉하되,
"때가 이미 이르렀으니 낭군은 급히 행하소서."
한림이 손을 들어 눈을 씻고 보중保重하라 당부한 후 이별하고 겨우 수풀 밖에 나와 정자를 돌아보니 푸른 나무는 첩첩하고 흰 구름은 몽몽濛濛하여 요지의 한 꿈을 깬 듯하더니 별당에 돌아와 후회하되,
'선녀의 귀양 풀릴 기약이 지금이라 하나 잠깐 산중에 있어 몸을 깊은 곳에 숨기고 여러 선관이 맞아 가는 것을 보고 돌아와도 또한 늦지 아니하거늘 내 어찌 조급히 내려온고.'
한탄불이恨歎不已하다가 새벽에 일찍 일어나 동자를 거느리고 다시 일전 선녀 만났던 곳을 찾아가니, 도화는 웃는 듯, 냇물은 우는 듯, 빈 정자만 홀로 있고 향기로운 티끌이 이미 고요하거늘 창연히 난간에 의지하여 청천을 바라보고 채색 구름을 가리키며 탄식하되,
"선랑이 저 구름을 타고 상제께 조회하리로다. 바라본들 믿지 못하리로다."
이에 정자에 내려 복사나무를 의지하여 눈물을 뿌리고 스스로 이르되,
"이 꽃이 응당 내 무궁한 한을 알리로다."
일어나 섭섭히 돌아오더라.

---

6) 꿈에 무산선녀를 만나 즐겼다는 초나라 왕.

가춘운이 선녀도 되고 귀신도 되다

하루는 정생이 한림에게 와서 이르되,

"향일에 실인의 병으로 인하여 형으로 더불어 끝까지 놀지 못하였더니 지금까지 창결
慨缺하도다. 그러나 아직 도성 밖 장림長林에 버들 그늘이 정히 좋으니 마땅히 반일 겨
를을 얻어 한바탕 놀이를 벌여 형으로 더불어 꾀꼬리 노래를 들음이 좋을까 하노라."

한림이 대답하되,

"녹음방초가 꽃 때보다 낫다."

하고, 두 사람이 동행하여 성문을 나서 성한 수풀을 가려 풀을 자리 삼아 앉아 꽃가지로
수 놓으며 술 마실새 문득 보니 곁에 한 거친 무덤이 있는데 쑥대는 우거지고 잡풀이 떨기
를 지어 슬픈 바람에 흔들거리고 두어 떨기 쇠잔한 꽃이 거친 언덕 어지러운 나무 사이에
은영隱映한지라, 한림이 취흥으로 인하여 무덤을 가리키며 탄식하되,

"사람의 귀천현우貴賤賢愚를 물론하고 다 한 번 죽어 흙으로 돌아가나니 옛적 맹상군孟
嘗君의 부귀로도 당시에 옹문雍門의 거문고 곡조에 천추만세 후에 초동목수가 무덤 위
에서 뛰어놀며 '이것이 맹상군의 무덤이로구나.' 하는 소리에 눈물을 흘린 바라. 어찌
생전에 취치 아니하리오."

정생이 이르되,

"형이 저 무덤을 알지 못하리로다. 이 무덤은 즉 장녀랑張女娘의 무덤이니 여랑의 아름
다운 자색이 일세에 울리는 고로 장여화張麗華라 일컫더니 불행히 이십 세에 죽으매 여
기 묻었더니 그 훗사람이 불쌍히 여겨 꽃과 버들을 무덤 앞에 심어 표하고 불쌍함을 위
로케 함이라. 우리 두 사람이 또한 술 한 잔을 부어 방혼芳魂을 위로함이 어떠하뇨?"

한림이 본래 다정한 사람이라 이에 이르되,

"형의 말이 극히 옳다."

하고, 정생으로 더불어 무덤 앞에 이르러 술을 들어붓고 각각 글을 지어 외로운 혼을 조상
하니, 한림의 글에 하였으되,

> 미색이 일찍이 나라를 기울이더니
> 꽃다운 혼이 이미 하늘에 올라갔도다.
> 피리와 줄[1]은 산새가 배우고
> 깁과 비단은 들꽃이 전하더라.
> 옛 무덤에 부질없이 봄풀이요

---

1) 줄은 현금玄琴. 곧 거문고를 말한다.

빈 다락에 스스로 저문 연기더라.
진천秦川의 옛 성가聲價는
이제날에 뉘 집에 붙였는고.

정생의 글에 하였으되,

묻노니 옛적 번화지에
뉘 집의 요조한 낭자런고.
소소蘇小[2]의 집이 황량하고
설도薛濤[3]의 별장이 적막하더라.
풀은 깁 치마 빛을 띠었고
꽃은 보배 사마귀 향기를 머물렀더라.
꽃다운 혼을 불러 얻지 못하는데
오직 저문 까마귀 날고만 있더라.

양인이 낭음朗吟하더니 정생이 무덤가로 둘러 배회하다가 사초莎草 떨어진 틈에서 흰
깁에 쓴 글을 들어 읊으며 이르되,
"어떤 다사多事한 사람이 이 글을 지어 장녀랑 무덤 속에 넣었는고."
하거늘, 한림이 달라 하여 본즉 곧 자기 한삼을 찢어 글을 써 선녀를 주었던 것이라. 맘에
크게 놀라 하오되,
'향자向者에 만나던 미인이 과연 장녀랑의 신령이라.'
하고 한출첨배汗出沾背[4]하고 놀란 맘을 진정치 못하더니 이윽고 스스로 해혹解惑하되,
"신선도 천정연분이요, 귀신도 또한 천정연분이니 신선과 귀신을 구태여 분변할 것이
없다."
하고 정생이 마침 일어나 돌아선 때를 타서 다시 한 잔 술을 따라 무덤에 붓고 암축暗祝
하되,
"유명幽明은 비록 다르나 정의는 간격이 없으니 오직 바라건대 꽃다운 혼령은 이 작은
정성을 굽어 살펴 오늘 밤에 거듭 옛 인연을 이을지어다."
축원을 마친 후 정생으로 더불어 돌아와 그 밤에 홀로 화원에 있어 베개를 의지하여 미
인 생각하는 맘이 간절하여 잠을 이루지 못하니, 이때 월색은 발에 비치고 나무 그림자는

---

2) 소소소蘇小小라는 중국의 이름난 기생.
3) 당나라 때 글 잘하는 기생.
4) 땀이 나서 등에 배는 것.

창에 가득하고 사방이 고요한데 사람의 소리 은은히 들리며 발자취 완연히 나거늘, 한림이 문을 열고 본즉 자각봉에서 만나던 선녀라. 맘에 놀랍고 또 기꺼워 문지방을 뛰어나가 섬섬옥수를 이끌고 방으로 들어가려 하니 미인이 사양하되,

"첩의 근본은 낭군이 이미 알아 계시니 능히 혐의로운 맘이 없으리까. 첩이 처음 낭군 만났을 때에 바로 말씀하려 하오나 낭군이 혹 놀라실까 두려워 거짓 신선이라 칭하고 하룻밤 금침에 모셔 영광이 극진하고 정의 이미 깊어, 끊어진 혼이 두 번 잇고 썩은 살이 다시 소생한 듯하옵더니 오늘 또 첩의 무덤을 찾아 술로써 치제致祭하시고 글로써 조상하사 무주고혼無主孤魂을 위로하시니, 첩은 감격한 마음을 이기지 못하고 후은대덕厚恩大德을 사례하고 작은 정성을 친히 말씀코자 잠깐 온 것이오니 어찌 감히 썩은 몸으로 다시 군자의 몸에 가까이하리까?"

한림이 다시 그 소매를 당기어 이르되,

"세상에 귀신을 뮈어하는5) 자는 우미愚迷하고 겁 많은 사람이라. 사람이 죽으면 귀신되고 귀신이 변하면 사람 되나니 사람으로서 귀신을 두려워하는 자는 못생긴 사람이요, 귀신으로서 사람을 피하는 자는 신령치 못한 귀신이라. 그 근본인즉 하나이니 어찌 유명을 판단하리오. 내 소원이 이 같고 내 정이 또한 이러하니 낭자 어찌 나를 배반하리오."

미인이 이르되,

"첩이 어찌 낭군의 정을 저버리리오. 낭군이 첩의 아미가 누르고 두 뺨이 밝은 것을 보시고 사랑하시나 이는 다 거짓 것이요, 진형眞形은 아니오니 이는 다 요사한 꾀로 공교히 꾸며 산 사람으로 하여금 상접相接하려 함이라. 낭군이 만일 첩의 참 면목을 보고자 하실진대 곧 두어 조각 백골에 푸른 이끼가 서로 얽힐 뿐이니 이 같은 추루醜陋한 물건으로써 귀하신 몸이 가까이하려 하시나이까?"

한림이 이르되,

"부처 말씀에 사람의 몸은 물거품과 바람꽃을 거짓 매단 것이라 하였으니 뉘 능히 참인 줄을 알며 또 거짓인 줄을 알리오."

이끌고 베개에 누워 그 밤을 편히 지내니 정이 전보다 몇 배나 더한지라.

한림이 미인더러 이르되,

"지금부터 밤마다 서로 모두여 서어齟齬하게6) 말지어다."

미인이 대답하되,

"사람과 귀신이 그 길이 비록 다르나 깊은 정이 이르는 바에는 자연히 서로 감응되나니 낭군이 첩을 전념하심이 실로 지성에서 솟아 나온즉 첩이 의탁하려는 맘이 어찌 간절치

---

5) 무서워하는.

6) 정이 어긋나게.

아니리까."

이윽고 새벽종 소리에 일어나 꽃나무 사이에 향하여 가거늘 한림이 난간을 의지하여 보낼새 밤으로써 기약하니 미인이 대답지 아니하고 홀홀히 가더라.

두 진인의 상 본 일이라

한림이 선녀를 만난 후로 친구 심방도 아니 하고 빈객도 접대치 아니하고 고요히 화원에 처하여 밤이면 선녀 오기를 기다리고 날이 밝으면 밤을 기다려서 저로 하여금 감격케 하되 미인이 즐겨 자주 오지 아니하니 한림의 생각이 점점 간절하더라.

하루는 두 사람이 화원 협문으로조차 오니 앞에 선 이는 정십삼이요 뒤에 선 이는 초면부지라. 정생이 뒤에 있는 사람을 불러 한림께 뵈어 이르되,

"이 선생은 태자궁 두 진인杜眞人인데 상 보는 법과 점치는 술법이 이순풍李淳風, 원천강袁天綱 같은 고로 이제 양 형의 상을 보고자 하여 맞아 왔노라."

한림이 두 진인을 향하여 두 손으로 맞아 이르되,

"높으신 성화聲華를 듣삽고 이에 또 뵈오니 천만의외의 일이로소이다. 선생이 필경 정형의 상을 보았을 터이니 어떠하더뇨?"

정생이 대답하되,

"이 선생이 나의 상을 보고 삼 년 안에 과거 하고 또 장차 팔주八州 자사刺史가 되리라 하니 나에게는 넉넉히 맞을지니 형은 시험하여 물어보라."

한림이 이르되,

"어진 자는 곧 점을 묻지 아니하고 다만 재앙을 묻느니 오직 선생은 바른대로 말하라."

두 진인이 한참 익히 본 뒤에 이르되,

"양 한림의 두 눈썹이 다른 인물보다 다르고 봉의 눈이 살쩍을 향하였으니 벼슬이 삼정승에 이를 것이요, 얼굴빛이 분을 바른 듯하고 둥근 구슬 같으니 이름이 장차 천하에 들릴 것이요, 용행호보龍行虎步하니 손에 병권을 잡아 위엄이 떨치고 공후를 만 리 밖에 봉할 것이니 백무일흠百無一欠이나, 한갓 오늘 이 앞에 횡액이 있으니 만일 나를 만나지 못하셨더면 위태할 뻔하였도다."

한림이 가로되,

"사람의 길흉화복이 다 저에게로조차 구하지 아니하면 모두 생기지 아니하나 오직 병이라 하는 것은 사람이 피하기 어려운 바니 나에게 중병 들릴 징조가 있느냐?"

두 진인이 대답하되,

"이는 참 무심한 재앙이라 푸른빛이 천정天庭을 꿰뚫고 간사한 기운이 명당에 침노하

였으니 한림 댁에 혹 내력이 분명치 못한 남종 여종이 있나이까?"

한림이 맘에 벌써 장녀랑이 빌미인 줄 아나 정에 가리어 소불동념小不動念하고 대답하되,

"종내 한 일이 도시 없노라."

두 진인이 또 묻되,

"그러하면 혹 고총古塚을 지나다가 맘이 동하여 선뜻함이 있거나 혹 귀신과 함께 꿈속에 논 일이 있느냐?"

한림이 대답하되,

"이러한 일도 역시 없노라."

정생이 이르되,

"두 선생의 말씀이 일호 틀림이 없으니 양 형은 자세히 생각하여 볼지어다."

한림이 부답不答이어늘 두 진인이 이르되,

"사람은 양기요 귀신은 음기인 고로 주야의 서로 바꾸임과 인신人神의 서로 다름이 수화水火가 서로 용납지 못함 같거늘 이제 상공의 얼굴을 보니 귀신에게 홀림이 이미 몸에 얽히어서 수일 후면 병입골수病入骨髓하여 목숨을 구치 못할까 두려워하노니 그때에는 상자相者가 이르지 않았다 원망치 말라."

한림이 내념內念에,

'두 선생의 말이 비록 신기하나 장녀랑이 나로 더불어 길이 좋게 지내자 맹세를 굳게 맺고 서로 사랑하는 정이 날로 더하니 어찌 제가 나를 해하리오.'

이에 말을 내처 두생더러 이르되,

"사람의 수요장단壽夭長短이 다 처음으로 날 때에 정한 바어늘 내 실로 장상將相과 부귀할 상이 있을진대 요사한 귀신이 어찌 감히 내게 범하리오."

두생이 대답하되,

"사생이 다 상공에게 있고 내게 관계없다."

하고 곧 소매를 떨치고 가거늘 한림이 또한 만류치 아니하더라.

정생이 위로하되,

"양 형은 본래 길한 사람이라 신명이 필연 도우시리니 어찌 귀신을 두려워하리오. 술객들이 이따금 허탄한 말로써 사람을 요동케 하니 가증可憎하더라."

이에 술을 내와 종일 대취한 후 각기 헤어지니라.

한림이 이날 밤에 술이 깨어 향을 피우고 고요히 앉아서 여랑 오기를 기다리나 종무혼적이어늘 한림이 책상을 치고 이르되,

"붉은 샛별이 황황하거늘 미인이 오지 않는구나."

하고 촛불을 끄고 자려 하더니 홀연히 여랑이 창밖에서 울고 이르되,

"낭군이 요사한 도사의 부작符作을 머리 위에 감추어 두었으니 첩이 감히 가까이 못 하나이다. 첩이 비록 낭군의 뜻이 아닌 줄을 아나 차역此亦 인연이 진盡하므로 요괴로움

이 요동함이니 복원伏願 낭군은 보중하소서. 첩은 이로조차 영결하나이다.”

한림이 대경하여 문을 열고 본즉 벌써 간데없고 단지 한 조각 글만 섬돌 위에 있거늘 곧 떼어 보니 여랑의 지은 글이라, 하였으되,

옛적에 아름다운 기약을 찾아
채색 구름을 밟았고
다시 맑은 술잔을 가져
거친 무덤에 부었더라.
깊은 정성을 본받지 못하고
은혜 먼저 끊어졌으니
낭군을 원망치 아니하고
정군을 원망하노라.

한림이 한 번 읊고 설워하며 또 괴이하고 이상하도다, 손으로 머리를 어루만지니 무엇이 상투에 있거늘 내어 보니 곧 축귀逐鬼하는 부작이라, 분연대질忿然大叱하되,
“요괴한 사람이 나의 일을 그릇쳤도다.”
드디어 그 부작을 찢고 다시 여랑의 글을 잡고 또 한 번 읊은 후 크게 깨달아 이르되,
“여랑이 정군을 원망함이 깊으니 이는 정십삼의 작희作戱로다. 기실은 악한 일이 아니나 좋은 일을 저해함이 두 진인의 요술이 아니요 정생의 일이니 내 반드시 욕을 뵈리라.”
하고 여랑의 글을 차운次韻하여 지은 후 주머니 속에 감추고 탄식하되 글은 비록 되었으나 누구를 가히 주리오. 그 글에 하였으되,

냉연히 바람을 어거馭車하여 신통한 구름에 올라가니
꽃다운 혼이 외로운 무덤에 부침을 이르지 말라.
동산 속에 백 가지 꽃이요 꽃 밑에 달이라
고인이 어느 곳에서 그대를 생각지 아니하리오.

사기詞氣 간절하고 비창하더라.

정 사도 집에서 해혹解惑하다

익일에 정생의 집에 가 찾으니 없는지라, 연 삼 일 찾되 출입하여 한 번도 만나지 못하

고 또 여랑의 그림자 묘연한지라. 자각정紫閣亭에 가서 찾고자 한즉 신령이 접하기 어려우니 백계무책百計無策이라 오매사복寤寐思服[1]하여 식음食飮이 점점 감하는지라, 정 사도 내외가 주효를 갖추고 한림을 맞아 말씀하며 술을 마실새 사도가 이르되,

"양 군이 근래 어찌하여 신관이 파리하느뇨?"

한림이 대답하되,

"십삼 군으로 연일 과도히 마셨더니 두렵건대 그로 빌미하여 그러한가 하나이다."

정생이 홀연히 오거늘 양랑이 흘겨보고 서로 말을 아니 하거늘 정생이 먼저 묻되,

"형이 근래 벼슬에 골몰하여 심사가 불평하뇨? 고향 생각이 나서 병이 났느뇨? 어찌하여 용모가 초췌하고 정신이 소삭蕭索[2]하뇨?"

한림이 마지못하여 대답하되,

"부평초 같은 사람이 어찌 그렇지 아니하리오."

사도가 이르되,

"가내 비복 등이 말하되 양 군이 어떠한 미인으로 더불어 화원에서 한가지 말하더라 하니 이 말이 옳으뇨?"

한림이 대답하되,

"화원이 궁벽하여 사람이 혹 왕래하나 필경 말하는 자 망령되도소이다."

정생이 이르되,

"형의 넓은 궁량으로써 여자의 수괴羞愧[3]하는 태도를 하느뇨. 형이 대답하여 두 진인을 물리치나 형의 기색을 보니 가리지 못할지라. 소제 형을 위하여 두 진인의 축귀하는 부작을 형의 머리 위에 감추었으나 형이 취하여 알지 못하거늘 소제 그 밤에 동산 수림 속에 숨어 엿본즉 어떠한 여귀가 형의 침방 밖에 울며 하직하고 곧 가거늘, 이로조차 볼진대 두 진인의 말이 영험하고 소제의 정성이 극진하거늘 내게 사례치 아니하고 도리어 노염을 품음은 어쩜이뇨?"

한림이 가히 은휘隱諱치 못할 줄 알고 사도를 향하여 사죄하되,

"소서小婿의 일이 과연 해괴하오니 장인께 자세히 고하리다."

이에 전후 사실을 들어 낱낱이 고하고 또 여쭈오되,

"십삼 형이 나를 위하는 줄을 알겠으나 그 여랑이 비록 귀신이라 하나 기질이 씩씩하고 맘이 정대하여 요사치 아니하니 결코 사람에게 해를 끼치지 아니할 것이요, 소서 비록 잔졸屡拙하오나 필연 귀신에게 홀릴 바 아니어늘 정 형이 부작으로써 여랑의 길을 끊으니 걸리는 맘이 없지 못하도소이다."

---

1) 자나 깨나 늘 생각하는 것.
2) 쓸쓸한 것.
3) 부끄럽다는 뜻.

사도가 박장대소하며 이르되,

"양랑의 운치와 풍채가 옛적 송옥宋玉[4]과 흡사하니 신녀 부르는 법이 없겠느냐? 내 양생에게 희롱하는 말이 아니라 내 소시에 우연히 이인異人을 만나 귀신 부르는 법을 배웠으니 이제 사위를 위하여 장녀랑의 혼령을 불러 써 조카의 죄를 사례하고 사위의 맘을 위로하리니, 아지 못게라, 어의語意에 어떠하뇨?"

한림이 대답하되,

"소옹少翁이 비록 이李 부인[5]의 혼을 불렀으나 이 법이 전치 못한 지 이미 오래니 소서 그 말씀을 믿지 못하겠나이다."

정생이 이르되,

"장녀랑의 혼을 양 형은 한 말의 수고를 허비치 아니하고 불렀으매 소제는 한 조각 부작으로 쫓았으니 이로 볼진대 귀신을 가히 부릴 것이니 형은 무슨 의심을 두느뇨?"

사도가 이르되,

"믿지 못하거든 이를 보라."

하고 드디어 부채로 병풍을 치며 부르되,

"장녀랑이 어데 있느뇨?"

일위 여자가 홀연히 병풍 뒤로조차 나와 웃음을 머금고 고운 태도로 부인의 뒤로 천연히 섰거늘 한림이 눈을 들어 보니 분명한 장녀랑이라. 심신이 황홀하여 사도와 정생을 물끄러미 보고 묻되,

"이 진실로 사람이뇨, 귀신이뇨? 꿈이냐, 생시냐?"

사도와 부인은 미미히 웃고 정생은 요절을 하며 웃다가 능히 일어나지 못하고 좌우 시비들도 허리를 펴지 못하는지라, 사도가 이르되,

"내 이제야 사위를 위하여 그 사실을 바로 말하리라. 이 아이는 신선도 아니요, 귀신도 아니요, 곧 내 집에서 이르는바 춘운이니 근래 양랑이 화원에 처하여 심히 적막하겠기로 내 이 여자를 사위에게 보내어 객지의 무료함을 위로케 함이러니 소년배가 중간에서 계교를 내어 기롱하여 괴롭게 함이니 이 어찌 웃습지 않으리오."

정생이 바야흐로 웃음을 그치고 이르되,

"미인을 두 번 만난 것이 다 소제의 중매한 힘이어늘 그 은혜는 감사치 아니하고 도리어 구수仇讐같이 보니 양 형은 가히 배은망덕한 사람이로다."

또 간간대소衎衎大笑하니 한림이 웃으며 이르되,

---

4) 초나라 사람. 굴원屈原의 제자로, 불우한 선생을 동정하여 '신녀神女'라는 우의적인 시를 지었다.

5) 한 무제의 부인을 이른다. 이 부인이 일찍 죽자 한 무제가 소옹이라는 술사를 시켜 이 부인의 얼굴을 그려 붙이고 그 신神을 다시 불렀다고 한다.

"장인이 보내시는 것을 중간에서 조롱함이 무슨 은덕이라 하리오."

정생이 대답하되,

"조롱한 책망은 소제 안심하고 들으려니와 그 계책을 내어 지시하기는 그 사람이 자재自在하니 이 어찌 소제의 죄라 하리오."

한림이 정생을 돌아보며 이르되,

"형이 지어내지 아니하였으면 뉘 능히 이 희롱을 하였으리오?"

정생이 대답하되,

"성인의 말씀에 네게서 나간 자 네게로 돌아온다 하셨으니 형은 다시 생각할지어다. 남자가 여자로 변하였거든 속인이 신선도 되고 신선이 귀신 됨이 어찌 족히 괴이타 하리오."

한림이 이에 크게 깨닫고 웃으며 사도를 향하여 여쭈오되,

"옳도소이다. 소서가 일찍 소저에게 작죄作罪한 일이 있삽더니 소저 필연 그 혐의를 잊지 아니함이로소이다."

사도와 부인이 웃고 대답지 아니하더라.

한림이 춘운을 돌아보며 이르되,

"춘랑아, 네 실로 영민하고 영리하도다. 그러나 그 사람을 섬기고자 하면서 먼저 속임이 부녀의 도리뇨?"

춘운이 꿇어앉아 대답하되,

"첩은 다만 장군의 영만 듣고 천자의 조서를 듣지 아니하나이다."

한림이 탄식하되,

"옛적에 양왕이 무산선녀를 만날 때에 아침에 구름이 되고 저녁에 비가 됨을 분변치 못하였더니 이제 나는 춘랑이 신선도 되고 귀신도 됨을 분변한즉 참 사람이니 어찌 구름과 비로 더불어 의논하리오. 생각건대 천변만화지술이 이로조차 얻으리다. 내 들으니 강한 장수는 약한 군사가 없다 하더니 그의 비장裨將이 이 같으니 그 대장은 친히 보지 아니하여도 지략이 많은 줄 알리로다."

좌중이 다 웃고 다시 주효를 내와 종일 대취할새 춘운이 또한 새사람으로 말석에 참여하였다가 야심 후 촛불을 잡고 한림을 모셔 화원에 이르니 한림이 취흥이 도도하여 춘운의 손을 잡고 희롱하되,

"네 참 선녀냐, 귀녀냐? 내 선녀도 사랑하고 귀녀도 사랑하였거든 하물며 참 미인이리오! 그러나 너로 하여금 신선도 되게 하고 귀신도 되게 한 사람이 장차 월전月殿에 항아姮娥가 될까, 남악에 진인이 될까?"

춘운이 교태를 머금고 대답하되,

"천첩은 외람한 일을 행하여 기망欺罔한 죄가 많사오니 복망 상공은 용서하소서."

한림이 이르되,

"네 변화하여 귀신 될 때도 꺼리지 아니하였거든 이제 어찌 허물을 삼으리오."

춘운이 일어나 사례하더라.

양 한림이 연나라에 사신 가다

선시先是에 양소유 과거 한 후 정 사도 집 사위가 되기로 작정할 때에 그해 가을에 고향에 내려가 그 모친을 모셔 서울로 올라와 성례成禮하기로 하고 또 한원翰苑에 들어가 벼슬에 매여 아직 근친覲親을 못 하였더니 방장 수유受由[1]하고 시골집에 돌아가려 할새 마침 나라에 일이 많으니 토번은 자주 변방을 침노하고 하북 삼절도河北三節度는 혹 연왕燕王이라 혹 조왕趙王이라 자칭하며 혹 위왕魏王이라 자칭하고 강한 이웃을 연락하여 군사를 일으켜 작란作亂하거늘, 천자 근심하여 장차 군사를 발하여 치려 할새 문무 제신을 모으시고 하순下詢하신대 의논이 불일하거늘 한림학사 양소유가 출반주出班奏하되,

"옛적 한 무제, 남월왕을 불러 효유曉諭하던 일과 같이 급히 조서를 내리사 화와 복으로써 효유하옵시고 마침내 귀순치 아니하거든 군사를 발하여 치는 것이 만전지책萬全之策일 듯하도소이다."

천자가 그 말을 좇아 소유로 하여금 어전에서 조서초詔書草를 내어 들이라 하시니 소유 엎디어 명을 받잡고 즉시 지어 드린대 천자가 크게 기꺼 하교하시되,

"그 글이 정중엄절鄭重嚴截한 은덕과 위엄을 두루 말하여 효유하는 뜻이니 미친 도적이 스스로 감동하리라."

하시고 곧 삼진 절도에게 조서를 내리시니 조나라, 위나라는 인군의 칭호를 버리고 조정 명을 복종하여 글을 올려 죄를 청할새 사신을 보내어 말 일만 필과 비단 천 필을 진공進供하고 오직 연왕은 땅이 멀고 군사 강함을 믿고 귀순치 아니하니, 천자가 두 진 절도의 항복함이 양소유의 공이라 하사 이에 조서를 내려 포장襃奬하시되,

하북 삼절도 각각 한 모퉁이씩 웅거하여 강함을 믿고 난을 지은 지 거의 백 년이라. 덕종 황제께옵서 십만 대병을 발하사 장수를 치시되 마침내 능히 그 강함을 꺾지 못하고 그 맘을 항복받지 못하였더니 이제 양소유의 한 글로써 두 진을 항복받으니 한 군사도 수고치 아니하고 또 한 사람도 죽이지 아니하고 인군의 위엄이 널리 만 리 밖에 퍼진지라, 짐이 실로 가상히 여겨 비단 삼백 필과 말 오천 필을 주어 포장하는 뜻을 보이노라.

---

1) 관직이 있는 사람이 휴가를 얻는 것.

하시고 인하여 벼슬을 돋우고자 하신대 소유 어전에 나아가 고두叩頭하고 받지 않아 복주
伏奏하되,

"조서를 대신 초하는 것은 신자의 직분이옵고 두 진이 귀순한 것은 다 성상의 위엄이오
니 신이 무슨 공으로써 이 중한 포장을 받사오며 하물며 한 진이 오히려 항거하여 변방
을 요란케 하옵거늘 신은 칼을 끌고 창을 잡아 나라의 수치를 능히 다 씻지 못함을 한탄
하오니 승탁陞擢²⁾하시는 명을 어찌 봉승奉承하오리까. 신자의 충성을 다함은 직품 높
아지는 데 간격이 없삽고 싸움에 이기고 패함은 군사 다소에 있지 아니하오니 신은 원
컨대 한 떼 군사를 얻삽고 조정 위엄을 의지하여 나아가 연나라 도적으로 더불어 죽기
로 결단하고 힘써 싸워 천은의 만분지일을 갚고자 하나이다."

천자가 그 뜻을 장히 여기사 대신大臣에게 하순하시니 다 복주하되,

"세 진이 정족지세鼎足之勢러니 이제 둘이 이미 항복하였사오니 조그마한 연적燕賊의
형세 곧 솥에 든 고기요 구멍에 든 개아미 같사오니 군사로써 임하면 반드시 많은 것을
꺾고 적은 것을 꺾는 것 같사오며 또 천자의 군사는 먼저 꾀하고 뒤에 치나니, 복원 양
소유를 보내어 이해로써 효유하다가 일향一向 항복지 아니하거든 곧 군사를 발함이 좋
을까 하나이다."

천자가 그러히 여기사 양소유에게 절월을 내리사,

"연나라에 가서 효유하라."

하시니, 소유 수명하고 절월을 가져 발행發行할새 정 사도에게 하직하니, 사도가 이르되,

"변방은 인심이 강악하여 조령朝令 거역함이 하루 이틀이 아니어늘 양랑이 한 선비로
위험한 땅에 들어가니 만일 불우지변不虞之變이 생기면 노부의 불행만 아니라 일국의
수치가 되리니 내 늙어 조정 의논에 참여치 못하였으나 마땅히 한 글을 올려 간쟁諫諍
코자 하노라."

한림이 만류하되,

"장인은 과념過念치 마소서. 변방 백성이 조정의 안정치 못함을 타서 잠시 요란한 일이
러니 천자께서 진무하시고 조정이 청정淸淨하여 조나라와 위나라 두 강한 나라가 이미
귀순하였으니 작은 연나라를 어찌 근심하리오."

사도가 이르되,

"인군의 명이 이미 내리시고 그대 뜻이 이미 정하였으니 노부가 다른 말이 없거니와 오
직 바라건대 범사凡事에 조심하여 보중하여 군명을 욕되지 말게 할지어다."

부인이 눈물을 흘려 작별하되,

"현서賢婿를 얻은 후로 적이 늙은 회포를 위로하더니 양랑이 이제 원행遠行하니 내 회
포 어떠하리오. 다만 바라는 바는 먼 길을 빨리 왕반往返하라."

---

2) 벼슬을 돋우는 것.

한림이 물러가 화원에 이르러 치행治行하여 곧 발행할새 춘운이 옷을 잡고 울며 여쭈오되,

"상공이 한원에 입직하실새 첩이 일찍 일어나 침구를 싸고 조복朝服을 받들어 입히매 상공이 곁눈으로 첩을 보시고 항상 연연하여 차마 떠나지 못할 뜻이 많으시더니 이제 만 리의 이별을 당하여 어찌 한마디 회포의 말씀이 없나이까?"

한림이 크게 웃고 이르되,

"대장부 나랏일을 당하여 중임을 받았으니 생사도 또한 돌아보지 못하거든 구구한 사정을 어찌 족히 의논하리오. 춘랑이 부질없이 슬퍼하여 꽃 같은 얼굴빛을 상치 말고 삼가 소저를 받들어 얼마 동안 잘 있으면 내 성공 후 허리에 금인金印을 차고 호기 있게 돌아오리니 기다리라."

하고 곧 문에 나아가 수레에 올라 낙양에 이르니 옛날 지나던 자취 오히려 변치 아니하였더라.

당시에 십육 세 일개 서생으로 작은 나귀를 타고 행색이 심히 초초하더니 불과 수년에 절월을 세우고 사마駟馬를 타고 이르니, 낙양 현령은 분주히 길을 닦고 하남 부윤은 공손히 길을 인도하니 광채 온 길에 비치고 여염 백성은 다투어 구경하고 왕래 행인은 흠선欽羨하니 이 어찌 굉장치 않으리오.

한림이 먼저 동자로 하여금,

"계섬월의 소식을 탐지하라."

하니, 동자 섬월의 집에 가 보니 대문은 겹겹이 잠그고 청루는 열지 아니하고 오직 앵도꽃이 담 밖에 난만히 필 뿐이어늘 이웃 사람에게 물으니 소답所答이,

"섬월이 상년 봄에 원방 상공으로 더불어 하룻밤 인연을 맺은 후에 칭병稱病하고 오는 손을 사절하고 관가 잔치에도 들어가지 아니하더니 얼마 못 되어 미친 체하여 보패수식寶貝首飾 등속을 다 떼어 버리고 도사의 의복을 바꾸어 입고 사방으로 두루 다니며 산수를 구경하며 아직 돌아오지 아니하였으니 지금 어느 산에 있는지 알지 못하노라."

동자 이 연유를 돌아와 고한대 한림이 막연실망漠然失望하여 섬월의 집을 지날새 옛 자취와 옛정을 생각하고 눈물을 머금고 객사에 들어 밤에 잠을 이루지 못하더니 부윤이 기생 수십을 보내어 즐겁게 하는데 모두 일등 명기라, 밝은 단장과 화려한 의복으로 고운 것을 다투고 아름다움을 자랑하여 한번 돌아보기를 바라되 한림은 스스로 흥이 없어 한 사람도 가까이 아니 하고 그 이튿날 새벽에 행함에 임하여 글을 지어 벽상에 쓰니, 하였으되,

비가 천진天津에 지나매 버들 빛이 새로웠으니
풍광이 간해 봄과 완연히 같더라.
가히 어여쁘다 옥절玉節이 돌아오는 땅에
술자리를 당하여 술 권하는 사람을 보지 못할러라.

붓을 던지고 수레에 올라 앞길로 나아가니 모든 기생이 멀리 가는 거동을 보고 다만 부끄러울 뿐이라. 다투어 그 글을 베껴 부윤에게 드리니 부윤이 모든 기녀를 꾸짖되,

"너희들이 만일 양 한림의 한번 돌아봄을 얻은즉 이름이 가히 백배나 더할지어늘 다 한림의 눈에 들지 아니하니 이로조차 낙양이 무색하도다."

어시於是에 한림의 유의하는 사람의 이름을 알고 사면에 방을 붙여 섬월의 거처를 찾아 한림의 돌아오는 날을 기다리더라.

천진교에서 계섬월을 다시 만나다

양 한림이 연나라에 이르니 절원絶遠한 변방 사람이 일찍 황성皇城 위의威儀를 보지 못하였다가 한림의 위의를 보니 땅 위에 기린과 구름 속에 봉황 같아 다투어 수레를 옹위하고 길을 막아 한번 보기를 원치 아니하는 자 없더라.

한림이 연왕으로 더불어 서로 보려 할새 한림의 위엄은 빠른 우레 같고 은혜는 봄비 같아 변방 백성이 다 춤추고 노래하며 혀를 차고 서로 이르되,

"성천자聖天子가 장차 우리를 살리시리로다."

하거늘, 급기 연왕으로 볼 때에 천자의 위엄과 조정 처분을 칭도稱道하며 순역順逆과 향배向背의 도리를 명백히 이르매 도도히 바다 물결 솟듯 늠름히 추상같아 감복치 아니치 못할지라. 연왕이 황연히 놀라고 깨달아 땅에 꿇어 사죄하되,

"변방이 멀고 궁벽하여 왕화王化가 못 및는 고로 방자히 조정의 명을 거역하고 밝은 곳을 향하여 귀순할 줄 알지 못하였더니 이제 명교를 듣사오니 전죄를 깨달을지라. 이로조차 미친 맘을 길이 정제하고 신자의 직분을 각근恪勤히 지키오리니 복원伏願 천사天使는 돌아가 조정에 아뢰어 속국으로 하여금 위태함을 인하여 편안함을 얻고 화를 굴려 복이 되게 하소서."

인하여 벽루궁璧鏤宮에 잔치를 배설하여 전송하고 황금 백 근과 준마 열 필로 선물하거늘, 한림이 일병一垪 퇴각退却하고 연 땅을 떠나서 돌아올새 행한 지 십여 일 만에 한단 땅에 이르니 한 묘한 소년이 말을 타고 앞길에 있다가 벽제辟除[1] 소리를 듣고 말게 내려 길가에 섰거늘 바라보고 이르되,

"저 서생이 탄 말이 팔준마八駿馬로다."

하더니 점점 가까이 보매 소년이 피어나는 꽃과 돌아오는 달 같고 미묘한 태도와 청수한

---

1) 높은 벼슬아치들이 길을 갈 때 사람들이 물러나 길을 내게 하는 것.

광채 사람의 눈을 쏘아 가히 바로 보지 못할지라. 한림이 이르되,

"일찍 경향 소년을 많이 보았으되 저 소년은 금시초견今時初見이라."

하고 추종더러 이르되,

"네 저 소년을 청하여 오라."

하고 잠깐 객사에서 쉴새 소년이 이미 이르렀거늘 한림이 사람으로 하여금 맞으니 소년이 들어와 뵈거늘 한림이 사랑하여 이르되,

"내 길에서 그대의 풍채를 사랑하여 감히 사람으로 하여금 청하되 돌아보지 않을까 두려워하였더니 이제 왕굴枉屈²⁾하여 합석하게 되니 다행함은 불가형언이로다. 존성대명尊姓大名을 듣기 원하노라."

소년이 대답하되,

"소생은 북방 사람 적백란狄白鸞이오니 궁벽한 시골에 생장하여 큰 스승과 어진 벗을 만나지 못하여 학업이 심히 얕아 글이나 칼을 이루지 못하였으되 오히려 일편심이 지기지우知己之友를 위하여 죽고자 하옵더니, 이제 상공이 사신으로 하북에 지나실새 위엄과 은덕이 아울러 행하여 사람이 다 감동하오니 우러러 사모하는 맘이 무궁하온지라 소생의 천루천루賤陋함과 잔졸殘拙함을 생각지 아니하고 귀문에 의탁하여 계명구도鷄鳴狗盜³⁾의 천한 재주를 본받고자 하옵더니 상공의 애인하사愛人下士하심으로 뵈옵게 되오니 옛말에 '동성상응同聲相應하고 동기상통同氣相通'이로소이다."

한림이 더욱 기꺼 이르되,

"이제 두 뜻이 서로 합하니 장히 쾌한 일이로다. 일후는 적생으로 더불어 말고삐를 가지런히 하여 행하고 상을 같이하여 먹으며 경치 좋은 곳을 지나면 서로 담산논수談山論水하고 맑은 밤을 만나면 음풍영월吟風咏月하여 행역의 괴로움을 잊어버리리라."

하고 인하여 발행하여 낙양에 이르러 천진교를 지날새 석일 섬월 만나던 상상想像이 눈에 선하여 주루를 바라보며 처창悽愴하여 스스로 이르되,

"계랑이 만일 내 향자에 헛되이 지난 줄을 알면 필연 여기 와 기다릴 것이로다. 여관이 되었다 하니 생각건대 그 종적이 도관에 있지 아니하면 필연 이원梨園에 있을지라. 그 소식을 어찌 들으리오. 슬프다 이번 길에 또 서로 보지 못하면 부지하세월에 서로 모일꼬?"

하더니 홀연 눈을 들어 멀리 바라본즉 일위 미인이 홀로 누 위에 서서 주렴을 높이 걷고 거마車馬의 오는 것을 유의하여 보니 이는 곧 계섬월이라. 한림이 골똘히 생각하던 끝에 구면舊面을 보니 아름다운 빛을 가히 움킬지라. 수레를 풍우같이 몰아 급히 누 앞에 지날

---

2) 남이 찾아옴을 이르는 말.

3) 전국 시대 제나라의 맹상군 고사에서 나온 말. 맹상군이 자기 식객을 시켜 닭 우는 흉내, 개 짖는 시늉을 하여 위험도 벗어나고 곤경도 면했다고 한다.

새 두 사람이 서로 보고 반기는 정은 불가형언不可形言이러라.

이윽고 객사에 이르니 섬월이 먼저 지렛길로 좇아 이미 객사 안에 들어가 옷깃을 접하고 반기니 슬프고 기쁜 맘이 아울러 발하여 눈물이 말보다 앞서 흐르는지라, 이에 몸을 굽혀 하례하되,

"황명을 받자와 원로에 구치驅馳하시되 기체 안강하시니 족히 사모하는 맘을 위로하리로소이다. 천첩의 일을 들어 계실 듯하니 다시 말씀할 것 없삽고 간봄에 상공의 소식을 듣사온즉 상공이 조서를 받들고 이 길을 나섰다 하옵기 길이 멀어 창망불급悵望不及하고 눈물만 흘릴 뿐이러니 현령이 상공을 위하여 본관에 친히 와서 객관 벽에 쓰신 글을 뵙고 과히 공경하는 예를 이루고 스스로 전일 핍박하던 일을 사례하고 성중에 들어가 상공 돌아오시기를 기다리라고 간청하옵기 꺼리운 맘을 이기지 못하여 옛집에 돌아오매 천첩도 스스로 몸이 존중한 줄 알았삽고 홀로 천진루 위에 서서 상공의 행차를 기다리매 성에 가득한 사녀와 길에 왕래하는 행인이 그 뉘 소첩의 귀히 됨을 부러워하지 않으리오. 아지 못게라, 상공이 영귀榮貴하셨는데 이미 주궤主饋⁴할 부인을 성취하시니까? 쾌히 말씀하소서."

한림이 이르되,

"이미 정 사도 집에 정혼하고 성례는 아직 아니 하였으나 그 규수의 현숙함이 계랑의 말과 조금도 틀리지 아니하니 어진 중매의 은혜가 태산 같도다."

하고 다시 옛정을 이으매 차마 즉시 떠나지 못하고 인하여 수일을 머무를새 계랑이 침방에 있는 고로 오래 적생을 청치 아니하였더니 동자 급히 와서 가만히 고하되,

"소복이 보오니 적생이 좋지 못한 사람이더이다. 존좌尊座 중에서 계 낭자로 더불어 희롱하더이다."

한림이 이르되,

"적생이 그렇게 무례할 리가 있느냐. 계랑은 더욱 의심 없으니 네 필연 잘못 본 듯하다."

동자 앙앙히 물러가더니 이윽고 다시 와 고하되,

"상공이 소복의 말을 허탄하다 하시니 그들의 희학戲謔함을 친히 보소서."

하고 서편 행각行閣을 가리켜 보이거늘, 한림이 나아가 바라본즉 두 사람이 낮은 담을 격하여 서서 혹 웃으며 혹 말하며 손목도 끌며 기롱도 하거늘 이에 그 조용히 하는 말을 듣고자 하여 차차 가까이 가니 적생은 신 끄는 소리에 놀라 달아나고 섬월은 돌아보고 자못 수삽羞澁⁵한 태도가 있는지라 한림이 묻되,

"이왕 적생으로 더불어 친분이 있더냐?"

---

4) 안살림을 맡는 것.
5) 쩔쩔매며 부끄러워하는 것.

섬월이 대답하되,

"첩은 적생과는 친분이 없삽고 그 누이와 정분이 있는 고로 그 안부를 묻는데 본래 천생 賤生이라 자연히 이목이 젖어서[6] 남자를 피할 줄 모르고 손도 잡고 기롱도 하고 입을 귀에 대고 가만히 말도 하여 상공의 의심이 생기게 하오니 죄사무석罪死無惜이로소이다."

한림이 이르되,

"내 너를 의심하는 일이 없으니 너는 조금도 거리끼지 말지어다."

인하여 생각하되,

'적생은 소년이라 내 눈에 띄었으니 혐의 없지 못할 것이라, 내 마땅히 불러 위로하리라.'

하고 동자로 하여금 청하여 오라 하니 이미 간 곳이 없는지라 한림이 크게 후회하되,

'옛적에 초 장왕楚莊王은 갓끈을 끊어 그 모든 신하의 맘을 편케 하였거늘 이제 나는 애매한 일을 살피지 못하여 아름다운 선비를 잃었으니 지금 괴탄한들 무엇 하리오.'

곧 추종으로 두루 찾더라.

그 밤에 한림이 섬월을 데리고 옛일을 말하며 새 정을 의논하고 술을 대하여 즐겁게 놀다가 밤이 깊으매 촉燭을 물리고 자리에 누웠더니 동방이 기백旣白이라. 비로소 잠을 깨니 섬월이 거울을 대하여 새로 단장하는데 정을 쏘고 눈을 쏘다가 깜짝 놀라 다시 본즉, 가는 눈썹과 밝은 눈이며 구름 같은 살쩍과 꽃 같은 뺨이며 버들 같은 가는 허리와 눈빛같이 흰 살이 다 섬월 같으나 자세 본즉 아니라 놀랍고 의심이 나서 한참이나 감히 묻지 못하더라.

객관에서 또 적경홍을 만나다

한림이 미인을 향하여 묻되,

"낭자는 뉘시뇨?"

미인이 대답하되,

"첩은 근본 파주 사람이오니 성명은 적경홍이니이다. 어렸을 때에 계섬월과 의형제를 정하였삽더니 작야昨夜에 계랑이 마침 병이 있어 상공을 모시지 못하겠다 하옵고 첩더러 대신 모셔 상공의 꾸지람을 면케 하라 하옵기로 첩이 감히 대신 뫼셔 외람히 자리에 있삽나이다."

---

6) 습관이 되어서.

말을 마치지 못하여 섬월이 문을 열고 들어와 이르되,

"상공이 또 새사람을 얻으셨으니 첩이 감히 치하하나이다. 첩이 일찍 하북 적경홍으로써 상공께 천거하왔삽더니 과연 어떠하니이까?"

한림이 대답하되,

"이름 듣던 이보다 그 낯이 배승하도다."

하고 다시 경홍의 모양을 살펴본즉 적생과 호말毫末도 다르지 아니한지라 이에 묻되,

"적백란이 적랑의 오래비뇨? 내 이제 적생에게 작죄作罪하였더니 이제 어데 있느뇨?"

경홍이 더욱이 웃고 대답하되,

"천첩은 본래 형제 없나이다."

한림이 또 자세히 보고 환연渙然히 깨달아 웃고 이르되,

"한단 길가에서 나를 좇아온 자 본래 적랑이뇨? 어제 담 모퉁이에서 계랑으로 더불어 말하던 자 또한 적랑이로다. 그러나 남복으로 나를 속임은 어쩜이뇨?"

경홍이 대답하되,

"천첩이 어찌 감히 상공을 기망하리까. 첩이 비록 불미무재不美無才하오나 평생에 대인군자 좇기를 원하옵더니 연왕이 첩의 이름을 듣고 구슬 한 섬으로 첩을 사서 궁중에 두니 비록 입에는 진수성찬이요, 몸에는 능라 주의紬衣나 소원이 아니요, 금롱에 갇힌 앵무같이 능히 나오지 못함을 한탄하옵더니, 향일 연왕이 상공을 청하여 잔치를 배설할 새 첩이 창틈으로 보온즉 평생 소원하던 상공이라. 그러나 궁문이 아홉 겹이니 어찌 능히 넘어가며 길이 만 리라 어찌 능히 뛰어가리오. 백 가지로 생각하여 겨우 한 가지 계책을 얻었으나 상공 떠나시는 날 몸을 빼쳐 좇으면 연왕이 필연 사람을 보내어 뒤를 좇을 터인 고로 상공 떠나신 지 수일 후에 연왕의 천리마를 가만히 끌어 타고 이틀 만에 한단 땅에 좇아 이르니 마침 상공이 부르는지라, 그때에 이실직고할 것이로되 이목이 번다하와 은휘한 죄 있사오니 전일 남복한 것은 뒤좇는 사람을 피하려 하옴이요, 어젯밤에 당희唐姬의 옛일을 본받은 것은 계랑의 간청을 청종聽從한 것이오니 전후 죄를 비록 용서하실지라도 황송함이 오래도록 간절하오이다. 상공이 그 허물을 괘념치 않으시며 그 비루함을 혐의치 않으시고 높은 나무에 그늘을 빌리사 한 가지 깃들임을 허급許給하시면 첩이 마땅히 계랑으로 더불어 거취를 같이하여 상공이 현숙한 부인을 맞으신 후에 계랑으로 더불어 문하에 나아가 하례하오리다."

한림이 칭찬하되,

"적랑의 높은 의기는 양가楊家의 집불執拂 기생[1]이라도 가히 따르지 못하겠거늘 내 이

---

1) 수隋나라 때 재상 양소楊素의 첩 장출진張出塵으로, 위국공衛國公 이정李靖에게 반해 스스로 찾아가 일생을 의탁했다. 이정이 양소의 집에 갔을 때 장출진이 붉은색 털이개를 잡고 있었다는 데서 "홍불기紅拂妓"라고 불렸는데, 뒤에 영웅을 알아보는 여인을 가리키는

위공李衛公[2], 장상의 재주 없음을 부끄러울 뿐이라 이미 서로 좋이 지내자 하였으니 무엇을 교계하리오."

적랑이 사례함을 마지아니하거늘 섬월이 이르되,

"적랑이 이미 첩의 몸을 대신하여 상공을 모셨으니 첩이 이 또한 마땅히 적랑을 대신하여 상공께 사례하리다."

이에 일어나 꾸벅꾸벅 절하더라. 이날 한림이 두 사람으로 더불어 밤을 지내고 밝은 아침에 이르되,

"원로에 이목이 번거하여 능히 동행치 못하나 내 혼례 지낸 후에 곧 맞으리라."

하고 발행하더라.

난양 공주의 옥퉁소 소리를 화답하다

이때 양 한림이 서울에 돌아와 예궐복명詣闕復命할새 연왕의 표문表文과 공貢 바치는 금은 채단이 마침 이른지라, 천자가 크게 기꺼하사 그 근로를 위로하시고 그 공덕을 포장襃奬하사 장차 후侯를 봉하려 하시니, 한림이 크게 놀라 복지돈수伏地頓首하여 굳이 사양하매, 상이 더욱 그 뜻을 가상히 여기사 그의 손을 잡고 예부상서 겸 한림학사를 삼으시고 상급이 많고 예우하심이 융숭하시니 그 영광이 고금에 비할 데 없더라.

한림이 집에 돌아오니 정 사도 내외 대청에서 맞아 보고 그 위험한 곳에서 성공함을 하례하고 그 벼슬이 경재卿宰에 오른 것을 기꺼하니 화기 온 집안에 가득하더라. 상서 화원에 돌아와 춘랑으로 더불어 이별하였던 회포를 말하며 새로 즐거움을 말하니 은근한 정이 이루 형언치 못할러라.

천자가 양소유의 글재주를 사랑하사 자주 편전으로 부르사 경서와 사기를 통론하시니 상서 예궐하는 날이 제일 많더라.

하루는 밤들도록 입시하였다가 직소直所에 돌아오니 월색이 명랑하여 그윽한 흥치를 돕거늘 능히 잠을 이루지 못하고 홀로 높은 누에 올라 난간을 의지하고 앉아 달을 대하여 글을 읊더니 홀연히 풍편에 들은즉 퉁소 소리 멀리 구름 사이로조차 점점 내려오는데 그 곡조는 자세치 아니하나 그 성음은 인간에서 듣지 못하던 것이라. 상서가 아전을 불러 묻되,

"이 소리 궁장宮墻 밖에서 나느냐? 혹 궁중 사람이 능히 이 곡조를 부는 자 있느냐?"

말로 되었다.
2) 당나라 때 사람 이정으로 봉호가 위국공이다.

아전이 대답하되,

"알지 못하나이다."

상서가 인하여 옥퉁소를 내어 두어 곡조를 부니 그 소리 또한 하늘에 올라 구름을 머물더니 홀연 청학 한 쌍이 대궐 안으로 좇아 날아와 곡조를 맞춰 스스로 춤추거늘 한림원 모든 아전이 신기히 여기되,

"왕자 진晉이 우리 마을에 있다."

하더라.

이때 황태후 두 아들과 한 딸이 있으니 황상皇上과 월왕越王과 난양 공주蘭陽公主이라. 난양 공주 탄생하실 때에 태후 꿈에 선녀 구슬을 받들어 태후 품속에 넣어 드리더니 공주 장성하시매 난자혜질蘭姿蕙質[1]이 모두 예법에 맞아 조금도 속태 없고 문필과 침선이 또한 신기하고 절묘하거늘 태후 크게 사랑하시더니 이때 서역 태진국에서 백옥 퉁소를 공바치는데 그 제도가 극히 묘하거늘 악공으로 하여금 불라 하매 소리 나지 아니하더라.

공주 하룻밤 꿈에 선녀를 만나 곡조를 배워 그 신묘함을 얻었더니 및 꿈을 깨어 태진국 옥퉁소를 시험하여 보니 소리 맑아 음률에 스스로 맞거늘 태후와 천자 다 기이히 여겨 칭선하시되 외인은 알지 못하였더라.

공주가 매양 한 곡조를 불매 모든 학이 스스로 전각 앞에 모두여 마주 춤추는지라 태후가 황상께 이르시되,

"옛적 진 목공秦穆公의 딸 농옥弄玉이 옥퉁소를 잘 불었더니 이제 난양의 한 곡조가 농옥에게 지지 아니하니 필연 소사簫史[2]가 있은 연후에야 가히 난양을 하가下嫁하리라."

이런고로 난양이 이미 장성하되 부마를 간택揀擇지 못하였더라.

차야에 난양이 마침 월하에서 퉁소를 불어 써 학의 춤을 맞추더니 곡조를 마치매 청학이 한림원을 향하고 날아가 그 동산에서 춤추니 이후로 궁중 사람이 서로 전하여 양 상서의 옥퉁소 소리에 학이 춤춘다 하더라. 천자가 들으시고 신기히 여기사 생각하시되,

"공주의 인연이 필연 이 사람에 있도다."

하시고 태후께 고하되,

"양소유 연기年紀 공주와 상적相適하옵고 그 풍채와 재주가 만조에 무쌍하오니 간택하여지이다."

태후가 웃고 이르시되,

"소화簫和의 배필이 아직 없어 항상 염려러니 이제 이 말을 들으니 양소유는 곧 난양의 천정배필이로다. 그러나 내 친히 보고 정하리라."

상이 대답하시되,

---

1) 난초, 혜초와 같이 청초한 자질.
2) 농옥의 남편. 퉁소를 잘 불었고, 나중에 둘이 봉황을 타고 하늘로 올라갔다.

"비난지사非難之事오니 일간 양소유를 별전으로 불러 보고 글을 강론하오리니 그 위인
을 어람御覽하소서."
하셨더니, 난양 공주의 이름은 소화니 그 통소에 소화 두 글자를 새긴 고로 이름함이러라.

봉래전에서 궁녀에게 글을 지어 주다

천자가 봉래전蓬萊殿에 정좌하시고 내관內官으로 양소유를 명소命召하시니, 내관이 수
명하고 한림원에 나아가니 이미 사퇴하였고 정 사도 집에 가 물은즉 돌아오지 않았다 하
거늘 내관이 분주 황망히 찾으니, 이때 양 상서 정십삼으로 더불어 장안 주루酒樓에서 명
기名妓 주랑朱娘으로 대취하여 노래를 부르고 취흥이 도도하여 의기양양한지라, 내관이
급히 가 '입시하라신 명'을 전하니 정십삼은 대경하여 뛰어나가고 상서가 취안이 몽롱하
여 내관이 이미 누에 오른 줄을 알지 못하거늘, 내관이 급히 재촉하니 상서가 기녀에게 붙
들려 일어나 조복을 입고 내관을 따라 들어가 뵈온대, 상이 명하여 좌坐하라 하시고 역대
제왕의 치란흥망治亂興亡을 의논하신대 그 대답이 명백한지라 상이 기꺼운 빛을 띠시고
하교하시되,
"경이 시험하여 고금 문장을 의론하여 보니 뉘 제일이뇨?"
상서가 대답하되,
"신이 알기는 이태백의 글이 천하에 대적할 자 없더이다."
상이 이르시되,
"경의 말이 실로 짐의 뜻에 맞는도다. 짐이 매양 이태백의 '청평사淸平詞'와 '행락사行
樂詞'를 보매 한때에 있지 못함을 한하였더니 이제 경을 얻으니 이태백을 부러워하리
오. 짐이 옛 법을 좇아 궁녀 십여 인으로 하여금 한묵翰墨을 맡게 하니 곧 여중서女中書
이라. 어언간 재주가 있고 또 볼만한 자 있는지라, 짐이 이태백의 취중 글 짓던 모양을
다시 보고자 하노니 경은 궁녀의 바라는 정성을 저버리지 말지어다."
이에 궁녀로 하여금 어전에 유리 연갑硯匣과 백옥 필상筆床, 황옥 연적을 옮겨 놓으시
니 모든 궁녀가 이미 글을 받으라신 명을 들은지라 각기 깁수건과 깁부채를 펴 들고 상서
의 앞에 나오는지라, 상서가 취흥이 높고 글 생각이 스스로 솟아나 채색 붓을 들어 차례로
쓰매 풍운이 일고 번개같이 날려 해그림자가 옮기지 아니하여 앞에 그득한 부채 등속이
이미 다하였거늘, 궁녀 차례로 꿇어앉아 상께 드린대 상이 낱낱이 감하시니 저저이 주옥
이라 칭찬불이하시며 궁녀를 명하시되,
"한림이 수고하였으니 특별히 좋은 술을 가져오라."
하신대, 모든 궁녀 혹 황금반黃金盤을 받들며 혹 앵무배鸚鵡杯를 잡아 많은 술을 가득히

내오는데 혹 잠깐 끓었다 잠깐 서며 다투어 전하고 다투어 권하거늘 상서가 어전에서 좌우수左右手로 받아 십여 배에 얼굴이 봄빛을 띠고 눈에는 안개가 둘렸거늘 상이 명하여 술을 물리시고 이르시되,

"한림의 글 한 구가 천금에 싸니 가위 무가지보無價之寶로다. 너희들이 무엇으로 예폐禮幣를 하려느뇨?"

궁녀 중에 혹 금봉채金鳳釵도 빼며 혹 옥패玉珮도 떼어 어지러이 던지니 금이 소리하고 옥이 떨치더라. 상이 내관을 명하사 상서의 쓰던 지필연묵 등속과 궁녀의 예폐를 수습하여,

"한림을 따라가 그 집에 전하라."

하시니, 상서가 사은하고 일어나다가 다시 엎더지는지라, 상이 내관을 명하사 부액扶掖하고 남문에 이르니 추종이 옹위하여 말에 올리고, 돌아와 화원에 이르니 춘운이 붙들어 올려 조복을 벗기고 묻자오되,

"상공이 뉘 집에서 과히 취하셨나니까?"

상서 취기 심하여 머리만 끄덕끄덕하더니 이윽고 하인이 어사御賜하신 필연과 수식首飾 등을 받들어 마루에 쌓았거늘 상서가 희롱하여 이르되,

"이 물건이 다 천자께서 춘랑에게 상급賞給하신 것이니 내 소득이 동방삭東方朔과 어떠하뇨?"

춘운이 다시 물으려 하니 이미 혼도하여 코 고는 소리 우레 같더라.

진채봉이 다시 양랑을 알아보고 탄식하다

익일에 상서 늦게야 일어나 소세하더니 문 보는 자 급고하되,

"월왕이 오셨나이다."

상서가 놀라 이르되,

"월왕이 왕가枉駕하시니 필연 일이 있도다."

급히 나아가 맞아 상좌에 들이고 공손히 예하니 나이는 가히 이십 세요 풍채 청수하여 일점 속태 없더라.

상서 꿇어앉아 묻자오되,

"대왕이 누지陋地에 왕림하시니 무슨 가르치심이 있나이까?"

왕이 대답하되,

"과인이 그윽이 성화를 사모하나 출입길이 달라 한번도 맑은 말을 듣지 못하였더니 이제 황상의 명을 받들고 와서 칙교勅敎를 전하노라. 난양 공주 꽃다운 연기를 당하여 방장 부마를 간택하시더니 황상이 상서의 재주와 덕행을 사랑하사 이미 간택을 정하시고

과인으로 먼저 이 일을 통기通寄하라 하시고 조칙詔勅이 장차 내리시리로다."

상서가 놀라 부복俯伏 주奏하되,

"천은이 천신에게 내리시니 복이 과하면 재앙이 생김은 이무가론已無暇論이요, 신이 정 사도의 여아에게 정혼하여 납채한 지 이미 해가 지났사오니 복원 대왕은 이 뜻으로써 황상께 품달稟達하옵소서."

왕이 대답하되,

"과인이 돌아가 그대로 주품奏稟하려니와 아깝다, 황상께서 사랑하시던 뜻이 귀어허지歸於虛之로다."

양 상서가 여쭈오되,

"이는 인륜대관人倫大關이오니 가히 경홀輕忽히 못할 것이요, 신이 마땅히 궐문 밖에 엎디어 죄를 청하겠나이다."

왕이 곧 작별하고 돌아가거늘 상서가 들어가 사도를 보고 월왕의 말로써 고한대 춘운이 이미 부인에게 고하여 온 집에 황황망조遑遑罔措하고 사도는 근심 구름이 눈썹 위에 가득하여 능히 말을 못 하거늘 상서가 이르되,

"장인은 물려勿慮하소서. 천자가 성명하사 법과 예를 중히 여기시니 필연 신하의 윤기倫紀를 어지럽게 아니 하실지라. 소서 비록 불민하오나 맹세코 송홍宋弘[1]의 죄인이 되지 아니하리라."

하더라.

선시先時에 태후가 봉래전에 친림하사 주렴 사이로 양소유를 보시고 맘에 사랑하사 황상께 이르시되,

"이는 참 난양의 배필 될 자라 무슨 별 의논이 있으리오?"

하시고, 월왕을 보내시고 천자 바야흐로 불러 친히 이르고자 하시더니 이때 상이 별전에 계시다가 어제 양소유의 글을 다시 감鑑하시려 하사 내관으로 하여금 여중서 등의 받아 가진 글을 거두어들이라 하시니, 모든 궁녀 다 깊이 감추었으되 오직 한 궁녀가 글 쓴 부채를 가지고 홀로 처소에 돌아가 품속에 넣어 두고 밤새도록 슬피 울며 침식을 전폐하니, 이 궁녀는 곧 진채봉이니 화주 진 어사의 딸이라. 어사 비명참사非命慘死하고 채봉이 잡혀 올라와 내인에 박히니 궁녀 다 진녀의 아름다움을 칭도稱道하거늘 상이 불러 보시고 첩여婕妤를 봉하고자 하신대 황후 혐의하사 상께 간하되,

"진가 여자 가히 총애하실 만하오나 폐하 그 아비를 죽이시고 그 딸을 가까이하심이 옛적 밝은 인군의 색을 멀리하고 형벌을 세우는 도에 어길까 저어하노이다."

상이 그 말씀을 옳게 여겨 제치시고[2] 이에 채봉을 불러 물으시되,

---

1) 송홍은 한나라 광무제 때 사람. 황제가 사위를 삼으려 하였으나 본처를 버릴 수 없어 거절하였다.

"네 글 아느냐?"

채봉이 대답하되,

"약간 글자를 아나이다."

상이 이에 명하사 여중서를 삼아 궁중의 글을 맡게 하시고 황태후 궁중에 나아가 난양 공주를 모셔 글도 읽고 글씨도 익히게 하시니 공주 진녀를 극히 사랑하사 잠시도 서로 떠나지 아니하더니, 이날 태후를 모셔 봉래전에 나아가 황상의 명을 받자와 여중서 등으로 더불어 양 상서의 글을 받을새, 상서는 곧 오매불망하던 석일 양생임을 지척에서 어찌 알지 못하리오. 채봉의 생존함을 상서 알지 못하고 또 어전이라 감히 눈을 들지 못하고 다만 글을 지어 줄 뿐이요, 채봉은 상서를 한번 보매 맘이 타는 듯 살이 녹는 듯 설움을 감추고 비통을 숨겨 다른 사람이 혹 수상히 여길까 두려워 정의의 통치 못함을 슬퍼하고 옛 인연의 잊기 어려움을 암탄暗歎하여 맘이 어떻다 할 수 없더니, 조용함을 타 부채를 들고 읊으며 차마 놓지 못하니 그 글에 하였으되,

집부채가 통굴통굴 밝은 달 같아
가인의 옥수玉手로 밝고 맑음을 다투더라.
오현금五絃琴 속에 훈풍이 많으니
품속으로 출입하여 쉴 때가 없더라.

집부채가 둥굴둥굴 달 한 덩이니
가인의 옥수가 정히 서로 따르더라.
길이 없어 꽃 같은 낯을 가리어 물리치니
봄빛이 인간에 도무지 알지 못하더라.

진 씨 첫 글을 읊으며 탄식하되,

"양랑이 내 맘을 알지 못하는도다. 내 비록 궁중에 있으나 어찌 황상을 모셨을 리가 있으리오."

또 둘째 글을 읊으며 탄식하되,

"내 얼굴을 저가 보지 못하나 양랑은 필연 맘에 잊지 아니하겠거늘 글 뜻이 이 같으니 실로 지척이 천 리로다."

인하여 예전 집에 있어 '양류사' 화답하던 일을 생각하매 슬픔을 억제치 못하여 눈물이 옷깃에 젖거늘 드디어 글을 지어 부채에 이어 쓰고 바야흐로 읊으며 탄식하더니, 홀연 들으니 내관이 상의 명으로 글 쓴 부채를 찾거늘 깜짝 놀라 벌벌 떨며 이르되,

---

2) 맘을 돌이키시고.

"이를 어찌할꼬. 이제 내 죽었도다, 이제 내 죽었도다."

어명으로 정 사도 집에 양소유의 예폐를 물리라 하다

내관이 진 씨더러 이르되,

"황상께서 부채에 쓴 양 상서의 글을 다시 보시려 한다."

하거늘, 진 씨 울며 이르되,

"기박奇薄한 사람이 우연히 그 글을 화답하여 그 아래 써서 스스로 죽을죄를 범하였는 지라, 황상께서 만일 보시면 필연 죽이라 명하실 터이니 법에 엎디어 죽는 것보다 차라 리 자사自死함이 쾌할 듯하니 지금 내 손으로 자처自處하겠은즉 엄토掩土[1]함은 전혀 내시를 믿사오니 복원伏願 내시는 이 몸으로써 오작烏鵲의 밥이나 되지 않게 하라."

내관이 대답하되,

"여중서는 어찌 이 말씀을 하느뇨. 황상은 인자하시고 관후하시니 큰 죄를 아니 주실 것이요, 설혹 진노하실지라도 내 마땅히 힘써 구할 터이니 여중서는 나를 따라오라."

진 씨 내관을 따라가니 문밖에 세우고 홀로 들어가 모든 글을 상께 드린대 상이 차례로 어람하시다가 진 씨 부채에 이르사 양 상서 글 아래 또 다른 글이 있거늘 상이 의아하사 내관더러 하문하신대 내관이 고하되,

"진 씨 신더러 말하기를 황상이 다시 찾지 않으실까 하여 외람히 글을 지어 그 아래 썼 으니 필연 죽을죄를 면치 못하겠다 하고 인하여 자처하려 하옵기 신이 효유하여 데리고 왔나이다."

상이 또 그 글을 읊으시니 하였으되,

　집부채가 둥글기가 가을달 둥긂 같으니
　일찍이 다락 위에서 부끄러운 얼굴 대함을 생각하겠더라.
　처음에 지척에서 서로 알지 못할 줄 알았던들
　문득 그대로 하여금 자세히 봄을 뉘우치리로다.

상이 남필覽畢에 이르시되,

"진 씨 필연 사정이 있도다. 아지 못게라, 어느 곳에서 어느 사람과 서로 보았관데 이 글

---

1) 매장.

뜻이 이 같으뇨. 그 재주 가히 아깝고 또한 가히 권장할지로다."

하시고 내관을 명하사 부르신대 진 씨 뜰에 엎드려 죄를 청하거늘, 상이 이르시되,

"이실직고以實直告하니 네 죄를 사하리라. 네 어느 사람으로 더불어 사정이 있느뇨?"

진 씨 머리를 조아 여쭈오되,

"신첩이 어찌 감히 은휘하리까? 신첩의 집이 패망하기 전에 양소유가 과거 보러 가는 길에 마침 누 앞으로 지나다가 우연히 서로 보고 '양류사'를 화답하오며 신첩의 유모를 보내어 정혼할 언약을 맺었삽더니, 일전 봉래전에 입시할 때에 신첩은 구면을 능히 아옵되 양소유는 알지 못하옵는 고로 옛일을 감창感愴하와 난잡히 글자를 그렸삽더니 입감入鑑[2]이 되었사오니 죄사무석罪死無惜이로소이다."

상이 그 뜻을 불쌍히 여기사 이르되,

"그러면 '양류사'로 혼인 정하던 일을 능히 기억하겠느뇨?"

진 씨 즉시 '양류사'를 써 올린대 상이 윤허하시되,

"네 죄 중하나 네 재주 가히 아깝고 또 난양 공주가 심히 너를 사랑하시는 고로 특히 용서하노니 네 정성을 다하여 공주를 섬기고 네 본심을 저버리지 말지어다."

즉시 그 부채를 내리시니 진 씨 황공 사은하고 물러가니라.

월왕이 정 사도 집으로부터 돌아와 양소유 이미 납채한 일을 황태후께 아뢴대 태후 불열不悅하사 이르시되,

"양소유가 벼슬이 상서에 이르렀으니 마땅히 조정 대체大體를 알지어늘 그 고집이 어찌 이 같으뇨."

상이 대답하시되,

"납채는 성례함과 다르니 친히 효유하오면 아니 듣지 못하리라."

하시고 이튿날 양소유를 명소하사 이르시되,

"짐이 한 누이 있으니 자태 비범하여 경이 아니면 배필 될 자가 없기로 짐이 월왕으로 하여금 뜻을 일렀거늘 경이 납채함을 칭탁稱託하더라 하니 경의 생각지 않음이 심하도다. 옛적 인군이 부마를 간택할새 혹 정처正妻를 내치는 고로 왕헌지王獻之[3]는 종신토록 뉘우치고 오직 송홍은 인군의 명을 받지 아니한지라, 짐의 뜻인즉 그렇지 아니하니 어찌 비례사非禮事를 사람에게 더하리오. 이제 경이 정 씨 혼인을 물릴지라도 정녀가 자연 갈 곳이 있고 경이 이미 성례한 일이 없거늘 무슨 윤기에 해로움이 있으리오?"

상서가 머리를 조아 아뢰되,

"성상께옵서 죄를 주지 아니실 뿐 아니라 도리어 순순히 명하사 부자간같이 하시니 감축感祝하와 다시 아뢰올 말씀이 없나이다. 그러하오나 신의 정세情勢는 타인과 다르오

---

2) 웃어른이 보는 것.

3) 진나라 때 글씨로 이름을 떨친 사람.

니 신이 하방 서생으로 서울 오던 날 의탁할 곳이 없삽더니 정 사도의 후대로 그 여자에게 이미 납폐할 뿐 아니라 사도와 옹서지분翁婿之分[4]을 정하였삽고, 또 남녀 서로 낯을 보아 완연히 부처夫妻의 의義 있사오나 아직 성례치 못하옴은 국가에 다사多事하와 데려올 계제가 없사옴일러니, 이제 다행히 변방이 귀화歸化하고 변경에 근심이 없사오니 신이 바야흐로 수유受由하고 시골집에 돌아가 노모를 데려온 후 택일 성례코자 하옵더니, 뜻밖에 황상께서 명을 소신에게 내리시니 황송무지하와 망지소조罔知所措로소이다. 신이 만일 죄를 두려워하여 명을 순수順受하온즉 정녀 죽기로써 다른 데로 가지 아니하오리니 이 어찌 한 지어미의 곳을 잃으며 왕화에 흠점이 되지 아니하오리까."

상이 이르시되,

"경의 정리情理는 비록 민박憫迫[5]하나 경은 국가 주석지신柱石之臣[6]이요, 동량지재棟梁之材라. 짐의 뜻에 가합할 뿐만 아니라 황태후가 이미 경의 용모 덕기德氣를 사모하사 친히 주혼主婚하시니 굳이 사양 못 하리라. 그러나 혼인은 인륜대사라 가히 경홀히 못할지라. 이에 경으로 더불어 바둑 두어 소견消遣[7]하리라."

하시고 내관을 명하사 바둑판을 들여 군신이 서로 승부를 겨루시다가 날이 어둔 후에 물리시거늘, 양 상서가 정 사도 집에 돌아가니 사도가 비창한 빛이 만면하고 눈물을 씻으며 이르되,

"오늘 황태후가 조칙을 내리사 양랑의 예폐를 물리라 하시는 고로 내 이미 춘운에게 내어맡겨 화원에 두었거니와 여아의 신세를 생각하건대 우리 늙은 내외 심회 어떠하리오. 나는 겨우 부지하나 노처는 과념過念하여 방금 혼몽하여 불성인사不省人事라."

하거늘, 상서가 대경실색하여 침음반상沈吟半晌 후 고하되,

"이 일의 불가함을 들으소서. 상소하여 다투오면 조정에 또한 공론이 없사오리까."

사도가 손을 두드려 만류하되,

"양랑이 황명을 거역함이 여러 번이라 이제 상소하면 어찌 황송치 아니리오. 반드시 중한 죄책이 있으리니 순수順受하는 것만 같지 못하고, 또 내 집 화원에 연하여 거처하는 것이 체면에 대단 불안하니 창졸간 서로 떠남이 심히 결연缺然하나 타처로 이접移接함이 합당하도다."

상서 부답하고 화원에 들어가니 춘운이 오열유체嗚咽流涕하다가 예폐를 받들어 드리며 이르되,

"천첩이 소저의 명을 받아 상공을 모신 지 이미 오래인지라 특별히 은애를 입사와 항상

---

4) 장인과 사위의 도리.
5) 딱하고 절실함.
6) 나라의 중책을 걸머진 신하.
7) 무료한 시간을 보내는 것.

감격하옵더니 귀신이 시기하고 사람이 투기하여 대사 그릇되니 소저의 혼사는 여망이 없는지라, 천첩도 또한 상공께 영결하고 돌아가 소저를 모시리니 유유창천悠悠蒼天아, 시하인사是何人事오?[8]"

느끼어 우는 소리는 차마 들을 수 없거늘 상서가 이르되,

"내 방장方將 상소 극간하려 하고, 또 여자 한 번 몸을 남에게 허락하였은즉 지아비를 좇는 것이 예에 당연한지라 춘랑이 어찌 나를 배반하리오."

춘랑이 대답하되,

"천첩이 비록 불민하오나 또한 삼종지도를 아옵고 또 사정이 남보다 다른 것은 첩이 유시幼時로부터 소저와 같이 자라매 귀천의 분은 끊고 사생을 같이하기로 맹세하여 길흉, 영욕을 다름이 없게 할지니 춘운이 소저에게 그림자가 몸을 따르는 것 같은지라 몸이 이미 같은즉 그림자 어찌 홀로 있으리까."

상서가 이르되,

"네 주인을 위하는 정성은 가히 극진하다 하려니와 춘랑은 소저와 다르니라. 소저는 동서남북에 뜻대로 가려니와 너는 소저를 따라 타인을 섬김이 능히 여자의 예절에 방해가 없으리오."

춘운이 대답하되,

"상공의 말씀이 소저와 첩의 맘을 알지 못하신다 하겠나이다. 소저의 정한 맘은 길이 노야와 부인 슬하에 계시다가 두 분 백세 후에 소저 절간에 가서 삭발 위승爲僧하고 불전에 발원하여 후생에 영영 여자의 몸이 되지 않기를 심맹心盟하였고, 천첩도 종적을 이와 같이할 따름이오니 상공이 만일 춘운을 다시 보려 하시면 상공의 예폐가 다시 소저의 방중에 들어간 후에야 가히 의논할지요, 불연즉 오늘이 곧 생리사별生離死別이라, 다만 원컨대 후세에 상공의 집 개와 말이 되어 주인 위하는 정성을 본받으려 하오니 부디 보중하소서."

하고 돌아앉아 느끼어 울기를 반일이나 하다가 몸을 뜰에 내려 일어 재배하고 들어가더라.

양소유의 혼인에 대한 상소

양 상서가 화원에서 춘운을 보낸 후 오장이 녹는 듯 만사무심하여 창천을 우러러 길이 한숨 쉬며 손을 어루만져 자주 탄식하되,

---

8) 아득한 하늘이여, 이게 사람의 일이겠는가?

"내 마땅히 상소 극간하리라."

하고 이에 상소하니 언사 심히 격절激切한지라, 그 상소에 하였으되,

　　예부 상서 신 양소유는 돈수백배頓首百拜하옵고 말씀을 황상 폐하께 올리나이다. 복이윤기伏以倫紀는 왕정지본王政之本이요[1] 혼인은 인륜지사人倫之事라 그 근본을 한번 잃은즉 풍화風化 크게 무너져 그 나라가 어지럽고 그 비로솜[2]을 삼가지 아니한즉 그 가도家道가 오래지 못하여 그 집이 망하나니 국가 흥망성쇠에 관계됨이 어찌 현저치 아니하리까. 그러므로 성인군자와 인군명주 미상불 이에 유의하사 그 나라를 다스리고자 하시매 반드시 그 윤기를 붙드는 것으로써 중함을 삼고, 그 집을 가지런히 하고자 하매 혼인을 정히 함으로써 으뜸을 삼는지라, 신이 이미 예폐를 정녀에게 보내옵고 또 자취를 정가에 의탁하였사온즉 신이 이미 정한 것이어늘, 불의不意 금자今者에 부마 간택하시는 은명이 불사不似한[3] 천신에게 내리시니 황송무지하와 성상의 하교와 조가朝家의 처분이 과연 예에 적당한 줄을 알지 못하도소이다. 신이 설령 정혼치 아니하였을지라도 문벌이 미천하고 학식이 천단淺短하온즉 부마 간택에 합당치 못하옵거든 하물며 정가에 납채한 자를 더럽다 않으시고 귀중하신 공주로 하가下嫁하려 하심이리니꼬. 어찌 예에 합불합合不合은 묻지 아니하시고 구차한 기롱譏弄을 무릅써 예 아닌 예를 행하고자 하시나이까. 자玆에 밀지密旨를 내리사 이미 행한 예를 폐케 하시니 신은 예부의 직책이 있으므로 그윽이 위하여 취치 않나이다. 신은 두려워하건대 왕정이 신으로 말미암아 어지럽고 인륜이 신으로 말미암아 폐하여 위로 성덕을 손상하옵고 아래로 가도家道를 괴란壞亂하와 마침내 민멸지화를 면치 못할까 저어하오니, 복걸 성상은 예의 근본을 중히 하옵시고 풍화의 비로솜을 바르게 하사 급히 조명을 거두사 하여금 천분賤分을 편안케 하옵소서.

　　상이 남필覽畢에 태후께 아뢰신대 태후가 대로하사 양소유를 옥에 내리라 하시거늘, 조정 대신이 일시에 힘써 간한대 상이 이르시되,

"짐도 그 벌이 과한 줄 아나 태후께서 방금 진노하시니 짐도 감히 사하지 못하겠노라."

하시고,

"하옥하라."

명하시니, 이에 양소유 옥에 내려가고 정 사도가 또한 황송하여 두문사객杜門辭客하더라.

---

1) 삼가 생각하오니 윤리와 기강은 임금의 정치의 근본이요.

2) 비롯함. 근본.

3) 못난.

양 상서가 군중에서 상소하여 원수가 되다

차시此時 토번이 강성하여 십만 대병을 거느려 변방 고을을 연하여 함락하고 그 선봉이 위교渭橋에 이르니 황성이 소동하거늘 상이 만조제신滿朝諸臣을 모두아 의논하신대, 상주上奏하되,

"황성 군사가 수만에 지나지 못하고 외방 구원병은 미처 오지 못하니 잠깐 황성을 떠나 관동에 나가사 순행하시고 각 도 군사를 불러서 회복하심이 옳을 듯하나이다."

상이 유예미결猶豫未決¹⁾하시다가 이르시되,

"제신 중에 오직 양소유가 모략이 많고 결단을 잘하여 짐이 그릇다이 여기더니 전일 세진을 항복받은 것이 다 양소유의 공이라."

하시고 명소命召하사 계교를 물으신대, 양소유 아뢰되,

"황성은 종묘가 계시고 궁궐이 있는 곳이어늘 이제 만일 떠나시면 천하 인심이 따라 요동할 것이요, 또 강한 도적이 웅거하면 졸연히 회복하기 어려울까 하나이다. 전자前者 대종代宗 때에 토번 회흘回紇로 더불어 힘을 합하여 백만 대병을 몰고 서울을 범할새 그때 군사의 힘이 지금보다 더욱 미약하매 분양왕汾陽王 곽자의郭子儀²⁾가 필마로써 물리쳤사오니 신의 재주와 모략이 비록 곽자의의 만분지일을 밎지 못하오나 원컨대 수천 명 군사를 얻사와 이 도적을 토평하와 써 신의 재생지은再生之恩을 갚을까 하나이다."

상이 대열하사 즉일에 곧 대장군을 삼으시고,

"경영문京營門³⁾ 군사 삼만 명을 거느리고 토번을 치라."

하시니, 상서 하직하고 나와 군사를 지휘하여 위교에 진을 치고 도적의 선봉을 쳐서 토번의 좌현왕左賢王을 사로잡으니 도적의 형세 크게 꺾여 도망하거늘 상서가 쫓아 쳐 세 번 싸워 이기고 군사 삼만을 베고 말 천 필을 얻어 승전한 첩서捷書⁴⁾를 올리니 상이 크게 기꺼하사,

"곧 군사를 돌이키라."

하시고 모든 장수의 공을 의논하여 차례로 상을 주시거늘 상서가 군중에 있어 상소하였으되,

　　신은 듣사오니 왕자의 군사는 만전萬全함이 귀하니 앉아 기회를 잃으면 공을 가히 이

---

1) 의심스러워 결정짓지 못하는 것.
2) 당나라 현종 때 사람으로 토번과 회흘을 정복하여 공로를 세웠으며, 나중에 분양왕으로 되었다. 보통 곽분양이라 한다.
3) 서울에 있는 병영의 문.
4) 전승을 아뢰는 글.

루지 못한다 하고, 또 듣사오니 항상 이기는 군사는 더불어 대적을 염려하기 어렵고 주리고 약한 때를 타서 치지 않으면 도적을 가히 파하지 못한다 하오니 이 도적의 형세 강치 아니타 할 수 없삽고 기계器械 이利치 아니타 할 수 없겠사오나, 저희는 객으로써 주인을 범하고 우리는 배부른 것으로써 주린 것을 기다렸사오니, 이는 소인의 작은 공을 세운 바이요 도적의 형세 날로 줄고 군사가 날로 약한 바이라, 병법에 일렀으되 수고로움을 타나니라 하니 수고로움을 타되 이기지 못하는 자는 양식이 밎지 못하고 지형이 편치 못함을 말미암음이라 하니 이제 도적의 형세 이미 겪여 도망하였사오니 도적의 피폐함이 극진하고, 이제 연로 각 읍이 다 군량마초를 산같이 쌓아 우리는 주리는 근심이 없삽고 평원 광야에 지형을 얻었은즉 이 복병이 없사오니 만일 날랜 군사로 하여금 그 뒤를 쫓으면 거의 온전한 공을 이루겠삽거늘, 이제 작은 승첩을 다행히 여겨 만전지책을 버리옵고 지레로 회군하여 토평討平을 아니 하옵시니 이는 그 바른 계교인 줄을 알지 못하나이다. 복원伏願 폐하는 조정 의논을 널리 캐사 결단하사 신으로 하여금 군사를 몰아 멀리 엄습하여 그 굴혈을 소탕케 하옵시면 신이 맹세코 도적의 한 갑옷도 돌아가지 못하고 한 가지 살을 발하지 못하게 하와 써 성상의 근심을 덜게 하겠나이다.

상이 그 상소의 뜻을 장히 여기사 곧 벼슬을 돋우어 어사대부御史大夫 겸 병부상서兵部尚書 정서 대원수征西大元帥를 삼으시고, 상방참마검尙方斬馬劍5)과 동궁彤弓6)과 적전赤箭과 통천어대通天御帶7)와 백모황월白旄黃鉞8)을 주시고, 이에 조서를 내리사 삭방과 하동과 농서 등 각 도 병마를 발하여 군사의 기세를 도우라 하시거늘, 양소유가 조서를 받자와 망궐사은望闕辭恩하고 이에 택일하여 둑纛9)에 제사하고 발행하니, 그 병법은 육도六韜의 신기한 꾀요, 그 진세는 팔괘의 변하는 법이라 항오行伍 정제하고 호령이 엄숙하니 병의 물 쏟듯 대를 깨치듯 공을 이루어 수월 사이에 잃었던 오십여 고을을 회복하고, 대군을 몰아 적설산積雪山 아래에 이르니 홀연 회리바람이 말 앞에 일고 까마귀 울며 진중을 뚫고 지나가거늘 상서가 점을 치니 적병이 필연 우리 진을 엄습하겠으나 나중에 길할 징조라. 산 밑에 유진留陣하고 녹각鹿角과 질려蒺藜10)를 사면에 벌여 펴며 정제히 설비하고

---

5) 옛날 제왕이 차던 칼. 중대한 시기에 죽이고 살리는 권한을 맡기는 증거로 이 칼을 내어 주었다.
6) 옛날 제후들이 가지고 다니던 활.
7) 옛날 제왕이 띠던 띠.
8) 흰 소의 꼬리로 만든 깃발과 황금으로 꾸민 부월.
9) 군중에 세우는 큰 기.
10) 녹각은 사슴뿔, 질려는 가시 모양으로 만드는 것으로, 전장에서 적이 못 들어오게 늘여 놓은 것.

기다리더라.

원수가 군중에서 심요연을 만나다

원수 장막 가운데 앉아 촉을 밝히고 병서를 보더니 순라군巡邏軍이 이미 삼경을 보하는지라, 홀연 음풍이 일어나 촛불을 끄고 한 여자가 공중으로조차 내려와 은연히 장막 가운데 섰는데 손에 상설霜雪 같은 비수를 들었는지라, 원수가 자객인 줄 알되 신색을 변치 아니하고 위의 더욱 늠렬凛烈하며 서서히 묻되,

"네 어떠한 여자완대 밤에 군중에 들어오니 무슨 뜻이 있느뇨?"

여자가 대답하되,

"첩이 토번국 찬보贊普[1]의 명을 받아 원수의 머리를 취코자 하여 왔나이다."

원수가 웃고 이르되,

"대장부 어찌 죽기를 두려워하리오. 속히 하수下手하라."

여자가 칼을 던지고 머리를 조아 대답하되,

"귀인은 염려 마소서. 첩이 어찌 감히 경동하리까."

원수가 붙들어 일으키며 이르되,

"그대가 이미 비수를 끼고 군중에 들어왔거늘 도리어 나를 해치지 않음은 어찜이뇨?"

여자가 대답하되,

"첩의 전후 내력을 말씀코자 하오나 이렇듯 세세한 말로 다 할 수 없나이다."

원수가 자리를 주어 앉으라 하고 묻되,

"낭자가 위험을 무릅쓰고 나를 찾아와 보니 장차 무슨 가르침이 있느뇨?"

그 여자가 대답하되,

"첩이 비록 자객이란 이름이 있사오나 실로 자객의 맘은 없는지라 심장을 당당히 귀인께 토설하오리다."

일어나 다시 촛불을 켜고 원수 앞에 나아와 앉거늘, 원수가 다시 보니 그 여자가 구름 같은 머리에 금비녀를 높이 꽂고 몸에 소매 좁은 갑옷을 입고 그 곁에 석죽화石竹花를 그렸으며 발에 봉미목화鳳尾木靴[2]를 신고 허리에 용천검龍泉劍을 비껴 찼는데 얼굴빛이 천연히 이슬에 젖은 해당화 같은지라, 앵도 같은 입술을 천천히 열어 꾀꼬리 소리 같은 말로

---

1) 토번 군장의 명칭. '찬贊'은 힘센 사람, '보普'는 장부를 뜻하는 말이다.
2) 봉황새 꼬리 모양을 한 목화. 목화는 예복과 함께 신는 신.

이르되,

"첩은 본디 양주楊州 고을 사람이라. 여러 대 당나라 백성일러니 어려서 부모를 여의고 한 계집 스승을 좇아 제자가 되었더니 그 스승이 검술이 신묘하여 제자 삼 인을 가르치니 삼 인의 성명은 진해월陳海月, 김채홍金彩虹, 심요연沈褭烟이니 첩이 즉 심요연이라. 검술 배운 지 삼 년에 능히 변화하는 법을 해득하여 바람을 타고 번개를 좇아 순식간에 천여 리를 다니며 삼 인이 검술이 별로 우열이 없으되, 스승이 혹 원수를 갚으려 하거나 혹 악한 사람을 없애려 하면 반드시 채홍과 해월 두 제자만 보내며 첩은 한 번도 부리지 아니하거늘, 첩이 분함을 이기지 못하여 스승께 묻자오되 '우리 세 사람이 함께 스승의 가르치심을 받았거늘 첩은 홀로 스승의 은혜를 갚지 못하였사오니 아지 못게라, 첩의 재주 용렬하여 한 번도 부리지 아니하시나니이까?' 하온즉 스승이 이르되, '너는 우리 유類가 아니라 후일에 마땅히 바른 도를 얻어 마침내 성취함이 있으리니 너도 저 두 사람과 같이 인명을 살해하면 해로우리니 이런고로 너를 부리지 아니하노라.' 하거늘 첩이 또 묻자오되, '만일 그러하면 첩의 검술을 장차 무엇에 쓰리까?' 한즉 스승이 또 이르되, '네 전생연분이 당나라에 있고 그는 큰 귀인이라. 너는 외국에 있는지라 서로 만날 도리가 없으니 내 너를 위하여 검술을 가르침은 너로 하여금 재주를 반연攀緣하여 귀인을 만나게 함이니 네 후일에 마땅히 백만 군중에 들어가 검극 사이에 좋은 인연을 이루리라.' 하고 금년 봄에 또 첩더러 이르되, '당 천자가 대장군으로 하여금 토번을 치시매, 찬보 방을 붙이고 자객을 불러 당장唐將을 해하라 하리니 네 이 기회를 잃지 말고 산에 내려 토번국에 가서 모든 자객으로 더불어 비교하여 일변 당장의 급한 화를 구하고 일변 전생의 좋은 연분을 맺으라.' 하기로, 첩이 스승의 명을 순수하고 토번국에 가서 스스로 성문에 붙은 방을 떼어 가지고 들어간즉 찬보 첩을 불러 먼저 온 여러 자객으로 더불어 재주를 비교하게 하기로 첩이 검술을 부려 제일이 되니 찬보 크게 기꺼하여 첩을 보내며 이르되, '네 당나라 장수의 머리를 베어 온 후에 너를 귀비貴妃를 삼겠다.' 하더이다. 이제 장군을 만나 뵈오니 과연 스승의 말씀과 같은지라 원컨대 첩으로 시비의 반열에 참여하여 좌우에 뫼시려 하오니 장군은 과연 허락하시리니이까?"

원수가 크게 기꺼하여 이르되,

"낭자가 이미 죽게 된 목숨을 구하고 또 몸으로써 섬기고자 하니 이 은혜를 어찌 다 갚으리오. 백년해로 하는 것이 실로 내 뜻이라."

하고 인하여 동침하니, 창검 빛으로 화촉을 대신하고 칼 소리로 거문고를 대신하니 군막 속에 호탕한 정이 여산약해如山若海하더라.

차후로 원수가 침닉沈溺하여 장졸을 보지 아니함이 삼 일이어늘 심요연이 이르되,

"군중은 부녀의 거처할 데 아니라 군사의 기운이 발양치 못할까 두렵나이다."

하고 인하여 돌아갈새, 원수가 이르되,

"낭자는 범상한 여자에 비할 바 아니기로 내게 기모비계奇謀秘計를 가르쳐 도적 파하기를 바라나이다."

요연이 대답하되,

"첩의 이 길이 스승의 명을 인하여 나왔사오나 스승께 길이 하직은 아니 하온지라 돌아가 스승을 보고 아직 있다가 장군의 군사 돌이키시기를 기다려 서서히 황성으로 나아가 뵈오리이다. 또 토번의 자객이 많으나 첩의 적수 없으니 첩이 귀순한 줄 알면 생심生心도 올 자 없으리니[3] 아무 염려 마소서."

하더니 손으로 허리를 만져 구슬 한 개를 꺼내어 주며 이르되,

"이 구슬의 이름은 묘아완妙雅琬이니 찬보의 머리에 꽂았던 것이라. 장군은 사자를 보내어 이 구슬로 하여금 첩이 다시 돌아갈 뜻이 없는 줄 알게 하소서. 앞길에 반사곡蟠蛇谷[4]이 있어 장군이 반드시 그 길로 지날 것이요, 또 먹을 물이 없사오니 장군은 심신深信하시고 우물을 파서 군사를 먹이심이 좋을까 하나이다."

하고 인하여 구슬을 던지거늘, 원수가 또 계교를 묻고자 하더니 요연이 한번 뛰어 공중으로 오르매 부지거처不知去處러라.

원수가 모든 장졸을 모아 심요연의 일을 말하니 제장 군졸이, 대원수의 행복과 위엄이 도적으로 하여금 두렵게 하심이니 필연 신인이 와 도움이라 하더라.

백룡담에서 백능파를 만나다

양 원수가 즉시 사람을 적진에 보내어 묘아완 구슬을 찬보에게 보내고 드디어 행군하여 태산泰山 하에 이르니, 산골길이 심히 협착하여 겨우 말 한 필을 용납하거늘 석벽을 붙들고 시냇가를 인하여 나아가 수백 리를 지나매 비로소 넓은 곳을 얻어 유진하고 군사를 쉬이더니, 군사들이 피곤하고 구갈口渴하여 물을 찾되 얻지 못하다가 산하에 큰 연못이 있는 것을 보고 다투어 마시더니 모두 전신이 푸르고 벙어리가 되며 기색이 염염冉冉[1]하여 죽으려 하거늘, 원수가 괴히 여겨 친히 가 보니 물빛이 심히 푸르고 깊기가 측량치 못하겠고 냉기 가을서리 같은지라 비로소 깨달아 이르되,

"필연 심요연의 이른바 반사곡이로다."

하고 병 없는 군사를 재촉하여 우물을 파니 모든 군사가 수백여 곳에 십여 길이나 파되 하

---

3) 오고자 맘조차 먹지 못한다는 것.
4) 뱀이 휘어감듯 구불구불한 골짜기.

1) 기운 없이 늘어지는 것.

나도 물 솟는 곳이 없거늘 원수가 크게 민망하여,

"진을 다른 곳으로 옮겨 치라."

하더니, 홀연 북소리 산 뒤로조차 나며 지동하는 듯 산명곡응山鳴谷應하니 이는 적병이 험한 곳에 웅거하여 원수의 군사 돌아갈 길을 끊음이라.

원수가 군사의 구갈함과 앞뒤 길이 막혀 정히 해심垓心 중²⁾에 들어 장차 도적 물릴 계교를 생각하며 장막 안에 앉았더니, 몸이 피곤하여 책상을 의지하고 졸더니, 홀연 기이한 향내 장막에 가득하며 여동女童 양인兩人이 원수 앞에 나아와 서는데 용모 선도 같고 귀신도 같은지라, 그 여동이 원수에게 고하되,

"우리 낭자의 말씀으로 귀인께 고告코자 하오니 원컨대 귀인은 누지陋地에 한번 굽히심을 아끼지 마옵소서."

원수가 묻되,

"낭자는 어떠한 사람이며 어느 곳에 있느뇨?"

여동이 대답하되,

"우리 낭자는 즉 동정洞庭 용왕의 작은 딸이러니 근일 잠깐 궁중을 떠나 이곳에 와 우거寓居하시나이다."

원수가 이르되,

"용왕의 거하는 곳은 수부水府요, 나는 인간 사람이니 장차 무슨 술법으로 내 몸이 가게 하리오?"

여동이 대답하되,

"신마神馬를 이미 문밖에 매었사오니 귀인이 타시면 자연 이르시리다."

원수 여동을 따라 진문 밖에 나가니 추종 수십 인이 의복 제도가 다 이상한지라, 원수를 붙들어 말께 올리니 말 걸음이 흐르는 것 같고 굽에 티끌이 일지 아니하더니 이윽고 수부에 이르매 주궁패궐珠宮貝闕이 화려하여 인군 계신 곳 같고 문 지키는 군사 다 물고기 머리에 새우 수염이라.

여동 수인이 안으로조차 나와 문을 열고 원수를 인도하여 당상에 오르니, 전각 가운데 백옥 교의를 남향하여 놓았는데 시녀 원수를 청하여 그 위에 앉게 하고, 비단 자리를 포진鋪陳하고 곧 내전으로 들어가더니 얼마 아니 되어 시녀 십여 인이 일위 낭자를 인도하여 왼편 월랑月廊으로조차 전각 앞에 이르니 자태의 미려함과 의복의 선명함은 가히 형언치 못할러라.

시녀 일인이 앞에 나아와 청하되,

"동정 용왕의 여자 원수께 뵈옵기를 청하나이다."

원수가 놀라 피코자 하매 시녀 만류하여 상에 내리지 못하게 하고, 그 용녀 앞으로 향하

---

2) 매우 곤란한 가운데 있는 것. 주로 전쟁이나 행군하는 데 쓰는 말.

여 사배하는데 패옥佩玉 소리는 쟁쟁하고 꽃다운 향기는 코를 찌르는지라, 원수가 답례하고 전상에 오르기를 청하니 용녀 불감不敢하여 사양하고 작은 돗을 펴고 앉거늘, 원수가 이르되,

"소유는 인간 천품賤品이요, 낭자는 수부 용녀시어늘 예모禮貌가 어찌 이렇듯 과공過恭하시니이까?"

용녀가 대답하되,

"첩은 동정 용왕의 끝에 딸 백능파白凌波오니, 첩이 갓 났을 때에 부왕이 상제께 조의朝議하실새 장張 진인이 사주를 벌여 이르되, 이 낭자의 전신前身은 곧 선녀로서 죄를 범하고 귀양 와 왕의 딸이 되었으나 필경 다시 인형人形을 얻어 인간 귀인의 첩이 되어 부귀영화를 누리고 마침내 부처께 가서 큰 중이 되리라 하였으니, 우리 용종은 수족水族의 조종祖宗으로서 인형을 변화함이 큰 영광이 되고 신선과 부처에 이르러는 더욱 앙망仰望하는 바이라. 첩의 맏형은 처음에 경수涇水 용궁의 며느리가 되었더니 내외 불화하여 두 집이 틀리고 유 진군柳眞君[3]에게 개가하매 친척이 높이고 온 집안사람이 공경하나, 첩인즉 장차 바른 인연을 찾아 일신의 영귀榮貴함이 필연 맏형보다 나을지라. 부왕이 진인의 말씀을 들으신 후로 첩을 사랑하시고 궁중 대소 시녀가 하늘 위의 참 신선같이 대접하더니, 점점 자라매 남해 용왕의 아들 오현五賢이 첩의 약간 자색 있다는 말을 듣고 부왕께 통혼하오니, 우리 동정은 곧 남해의 아래 관원이온 고로 부친이 감히 앉아서 거절치 못하고 친히 남해에 가서 장 진인의 말을 이르고 즐겨 좇지 아니하오신즉 남해 용왕이 교만한 아들을 위하여 도리어 부친더러 허탄한 말에 미혹하였다 하고 준절히 책망하며 혼인 의논이 더욱 급하기로, 첩이 스스로 헤아리되, '만일 부모 슬하에 있으면 필연 몸에 욕이 미칠지라.' 하고 부모를 떠나 몸을 빼쳐 도망하여 가시덤불을 헤치고 집을 지으매 홀로 변방에 칩복蟄伏하여 구차로이 세월을 보내오나, 남해의 핍박이 더욱 심하거늘 부모가 다만 이르되, '여아 사람 좇기를 불원不願하고 멀리 도망하여 깊이 숨어 홀로 세월을 보낸다.' 하되 남해 용자가 첩의 고단함을 업수이여겨 스스로 솔군率軍하고 와서 첩을 핍박하고자 하오매, 첩의 지원至冤함을 천지 감동하사 저택瀦澤의 물이 거연居然히 변화하여 차기 얼음 같고 어둡기 지옥 같아 타국 군사 능히 쉽게 들어오지 못하는 고로 첩이 이를 힘입어 온전하여 지금까지 위태한 목숨을 보전하옵더니 오늘 당돌히 귀인을 청하와 누지에 왕림하게 함은 다만 첩의 정세情勢를 아뢰고자 할 뿐 아니요, 이제 천자의 군사 구차苟且하옴이 이미 오래고 우물에 물이 나지 아니하며 흙을 파고 땅을 뚫음이 또한 수고롭거늘 물을 얻지 못하여 군력을 지탱치 못하리다.

이 물의 근본 이름은 청수담淸水潭이러니, 첩이 와서 거처함으로부터 물맛이 심히 흉

---

3) 당나라 고종 때 사람 유의柳毅. 전기 소설 《유의전》의 주인공으로, 시집 가서 고생하고 있는 용왕의 딸을 도와주고 그 딸과 혼인한다.

악하여 마시는 자가 병이 나는 고로 이름을 고쳐 백룡담이라.

이제 귀인이 오시매 첩이 의지할 곳을 얻었사오니 이는 곧 음애陰崖에 양춘陽春이 돌아옴이로소이다. 첩이 이미 귀인에게 허신許身하였사오니 귀인의 근심이 곧 천첩의 근심이라, 어찌 감히 미련한 소견을 다하여 군공을 돕지 아니하리까. 이후로는 물맛이 예와 같이 달 것이니 군사로 하여금 마셔도 무해하고 이왕 물에 병난 군사도 또한 쾌차하리다."

원수가 이르되,

"이제 낭자의 말을 들으니 우리는 천정연분이라 월로月老[4]의 언약을 가히 점칠지니 낭자의 뜻이 나와 같느뇨?"

용녀 대답하되,

"첩이 몸을 비록 이미 낭군에게 허락하였사오나 지레 낭군을 모셔 결약結約함은 가히치 아니한 자가 셋이니, 첫째는 불고부모不告父母함이요, 둘째는 환골탈태換骨脫態한 후에야 가히 귀인을 모실 것이어늘 이제 비늘껍질의 비린 것과 갈기의 누추한 것으로써 귀인의 자리를 더럽게 못 할 것이요, 셋째는 남해 용자가 매양 순라巡邏를 이 근처에 보내어 가만히 탐지하오니 알면 필연 일장풍파를 일으킬 것이니 그 노함을 격동함이 해로울까 두려워함이오니, 원수는 모름지기 속히 진에 돌아가 군사를 정제하여 도적을 멸하사 큰 공을 이루어 개가를 부르고 상경하시면 첩이 마땅히 치마를 걷고 물을 건너 귀인을 장안 댁으로 좇으리다."

원수가 이르되,

"낭자의 말이 비록 아름다우나 나는 생각함이 낭자 이곳에 와 있음이 다만 뜻을 지킬 뿐 아니라, 또한 용왕이 낭자로 하여금 머물러 소유의 오기를 기다려 곧 좇게 하려 함이니 오늘 우리 서로 모둠이 어찌 부모의 명이 아니리오.

또 낭자는 신명한 후신後身이요 신령한 성품이라 사람과 귀신 사이에 출입하매 간 데마다 옳지 않음이 없은즉 어찌 비늘과 갈기로써 혐의하리오.

소유가 비록 무재하나 천자의 명을 받자와 백만 대병을 거느려 비렴飛廉[5]으로 전도前導를 삼고 해약海若[6]으로 후진後陣을 삼으니 저 남해 용자 보기를 모기와 개아미 같을 따름이니, 이제 만일 스스로 헤아리지 아니하고 망령되이 항거코자 하면 내 칼을 들어 울 따름이니, 오늘 밤에 다행히 서로 만났은즉 좋은 때를 어찌 가히 헛되이 지내며 아름다운 기약을 어찌 가히 저버리리오."

하고 인하여 용녀를 이끌고 취침하니 그 즐거움이 꿈이냐 생시냐 할러라.

---

4) 월하노인. 부부의 연을 맺어 준다는 전설의 노인.
5) 바람을 일으킨다는 신 풍백風伯의 이름.
6) 해신海神의 이름.

양 원수 음병陰兵을 파하고 용왕의 잔치에 나아가다

익일 미명未明에 우레 같은 소리 연해 일어 수정궁을 흔들거늘 용녀 홀연 놀라 일어나니 궁녀가 급고하되,

"남해 태자가 무수한 군병을 거느리고 산하에 유진留陣하고 양 원수와 승부를 결단함을 청하나이다."

원수가 대로하여 이르되,

"미친 아이 어찌 감히 이리하느뇨."

하고 소매를 떨쳐 일어나 뛰어 물가에 나가니, 남해 군사 이미 백룡담을 에우고 떠드는 소리 크게 진동하며 살기 사면에 일어나고 소위 태자란 자 말을 달려 진에 나와 대질大叱하되,

"너는 어떠한 사람이완대 남의 안해를 모략謀掠하느뇨. 맹세코 너로 더불어 이 천지간에 살지 아니하리다."

하거늘, 원수가 말을 세우고 대소大笑하되,

"동정 용녀 나로 더불어 전생연분은 천궁天宮의 치부致賻한 바요 진인의 아는 바이니 나는 천명을 순수順受할 뿐이어늘 요마幺麽한 고기 새끼가 무례함이 어찌 이 같느뇨."

인하여 군사를 지휘하여 싸움을 재촉하니,

태자 대로하여 천만 종種 물고기를 명하여 이 제독鯉提督[1] 별 참군鱉參軍[2]이 기운을 돋우고 용맹을 내며 뛰어나오거늘 원수가 한 번 지휘하여 다 베고 백옥 채쩍을 들어 한 번 두르니 백만 군병이 일제히 짓밟히며 잠시간에 부스러진 비늘과 깨진 껍질이 땅에 즐비하고 태자가 몸의 수처數處를 창에 찔려 능히 변화치 못하고 마침내 원수의 군사에게 잡힌 바 되어 결박하여 원수의 말 앞에 드린대, 원수가 대희하여 징을 쳐 군사를 돌리니 수문군이 고하되,

"백룡담 낭자가 친히 진 앞에 나와 원수께 치하하고 군사를 호궤犒饋[3]하려 하시나이다."

원수가 사람을 부려 맞아들이니 용녀가 원수의 승전함을 치하하고 술 백 석과 소 백 필로 군사를 호궤한대 군사가 함포고복含哺鼓腹하고 춤추며 노래하니 용맹한 기운이 전보다 백배나 더하더라.

원수가 용녀로 더불어 같이 앉아 남해 용자를 잡아들어 소리를 높이어 꾸짖되,

---

1) 잉어 제독.
2) 자라 참군.
3) 음식으로 병사를 위로하는 것.

"내 천자의 명을 받들어 사방 도적을 치매 일만 귀신도 감히 명을 거역하는 자 없거늘 네 조그마한 아이가 천명을 알지 못하고 감히 대군을 거역하니 이는 스스로 죽기를 재촉함이라.

일병一柄 보검寶劍이 있으니 이는 곧 위징魏徵 승상[4]이 경하涇河 용왕을 베던 이利한 칼이라 내 마땅히 네 머리를 베어 써 우리 군사의 위엄을 장壯케 할 것이로되 너희 집이 남해를 진정하여 인간에 비를 널리 내려 만민에게 공이 있는 고로 특별히 용서하노니 지금부터 전 행세를 고쳐 다시 낭자께 죄를 짓지 말지어다."

인하여 끌어 내치니, 남해 용자가 숨도 크게 못 쉬고 쥐 숨듯 돌아가더라.

홀연 서기가 동남으로부터 일더니 붉은 놀이 영롱하고 채운이 찬란하며 기치와 절월이 공중으로조차 내려오며 붉은 옷 입은 사자가 추창趨蹌[5]하여 나와 이르되,

"동정 용왕이 양 원수의 남해군을 파破하고 공주의 위급함을 구하신 줄 아시고 친히 진문 앞에 나아와 치하코자 하시나 몸이 정사에 매여 감히 천단擅斷치 못하는 고로 바야흐로 대연을 별전에 베풀고 원수를 앙청仰請하오니 원수는 잠깐 굽히소서[6]. 대왕이 또한 소신으로 하여금 공주를 모시고 한가지로 돌아오라 하시더이다."

원수가 답례하되,

"적군이 비록 물러갔으나 진 친 것이 오히려 있고 또 동정이 만 리 밖에 있으니 왕반往返하는 사이에 일자 오래될지니 군사 거느린 자 어찌 감히 멀리 나가리오."

사자가 이르되,

"이미 여덟 용으로 수레의 명을 갖추었으니 반일 동안에 마땅히 왕반하오리다."

양 원수 용녀로 더불어 용차龍車에 오르니 기이한 바람이 바퀴를 불어 굴려 공중으로 올라가매 다만 흰 구름이 일산같이 세계를 덮을 따름이러니 점점 내려 동정에 이르니 용왕이 멀리 나와 맞아 주객의 예를 차리고 옹서지정翁壻之情을 펼새 읍하여 상층 전각에 오른 후에 설연관대設宴款待할새 용왕이 친히 잔을 잡고 사례하되,

"과인이 부덕하여 능히 한낱 딸자식으로 하여금 그곳을 편케 못하더니 이제 원수의 엄숙한 위세로 남해 교동驕童을 사로잡고 여아를 구하니 그 은혜 하늘이 높고 땅이 두텁도다."

원수 답사하되,

"이는 다 대왕의 위령威令이 미친 바이니 소유에게 무슨 공이 있사오리까."

하고 술이 취하매 용왕이 명하여 여러 풍악을 아뢰니 음률이 융융融融[7]하여 들으매 절조

4) 당나라 태종 때의 현명한 재상.
5) 예의와 절차에 맞추어 허리를 굽히며 종종걸음치는 것.
6) 왕림하소서.
7) 화음을 이루는 것.

가 있으나 시속 풍악과 다르고 장사 천 인이 전각 좌우에 벌여 서서 각기 검극劍戟을 벌이고 큰북을 울리며 나오는데 미인 여섯 쌍이 부용의芙蓉衣를 입고 명월패明月珮를 차고 표연히 한삼 소매를 떨쳐 쌍쌍이 대무對舞하니 보기에 참 장관일러라.

원수 형산 불전에 분향하고 꿈을 깨다

양 원수가 수부 풍악을 듣다가 묻되,

"이는 무슨 곡조이니이까?"

용왕이 대답하되,

"수부에 옛적에는 이 곡조 없더니 과인의 맏딸이 경하왕 태자의 안해 되매 유생柳生의 전하는 글[1]을 인하여 그 목양牧羊의 곤함을 만날 줄 알고 과인의 아우 전당군錢塘君이 경하왕으로 더불어 크게 싸워 대파하고 여아를 거느려 오니 궁중 사람이 이 풍악과 춤을 짓고 이름 하여 이르되 '전당군 파진악破陣樂'이라 혹 '귀주 행궁악貴主行宮樂'이라 일컬어 궁중 잔치에 왕왕이 아뢰더니 이제 원수가 남해 용자를 파하여 우리 부녀로 서로 모두이게 하니 전당군의 옛일과 방사傍似한 고로 그 이름을 고쳐 '원수 파군악元帥破軍樂'이라 하노라."

원수가 또 묻자오되,

"유생이 이제 어디 있으며 가히 서로 볼 수가 있사오리까?"

용왕이 대답하되,

"유생이 이제 영주瀛洲[2] 선관仙官이 되어 바야흐로 그 마을에 있으니 어찌 가히 보리오."

술이 아홉 순배에 원수가 하직하되,

"군중에 다사하여 오래 머물지 못하니 오직 원컨대 대왕은 만수무강하소서."

하고 또 용녀를 돌아보아 이르되,

"낭자는 후기약後期約을 잃지 말라."

한대, 용왕이 대답하되,

"그는 염려 말라. 마땅히 언약대로 하리라."

---

1) 유의柳毅가 동정 용왕의 딸이 어느 호숫가에서 양을 치며 고생하는 것을 보고 용왕에게 그 사연을 편지로 적어 보낸 일을 말한다.

2) 옛날 동해에 있다는 삼신산 가운데 하나.

하고 궁문 밖에 나가 전송할새, 원수가 홀연 보니 앞에 산이 돌올突兀하여 다섯 봉이 구름 사이에 솟아 유람할 경치 있는지라 이에 용왕께 묻자오되,

"이 산은 무슨 산이니이까? 소유가 천하 명산을 두루 구경하였으되 오직 형산과 화산을 보지 못하였나이다."

용왕이 이르되,

"원수가 이 산 이름을 알지 못하느뇨? 곧 남악 형산이니 신기하고 이상한 산이라. 어찌 깨닫지 못하느뇨?"

원수가 간청하되,

"어찌하오면 이 산에 오르리까?"

용왕이 대답하되,

"오늘 일세日勢 오히려 늦지 아니하였으니 잠깐 구경하고 돌아가도 또한 저물지 아니하리로다."

원수가 사례하고 수레에 오르니 이미 형산 아래 있는지라, 한 길을 찾아 한 언덕을 지나고 한 구렁을 건너니 산이 더욱 높고 지경이 점점 그윽하며 만경萬景이 나열하여 이루 구경할 수 없으니 소위 천봉千峯이 쟁수爭秀하고 만학萬壑이 쟁유爭幽로다.

원수가 사방을 둘러보매 그윽한 생각이 스스로 모이거늘 이에 탄식하되,

"군중에서 오래 맘이 시달리고 정신이 수고로우니 이 몸에 티끌 인연이 어찌 그리 중한고. 공을 이루고 물러가 초연히 만물 밖의 사람이 되리로다."

홀연 들으니 경종磬鍾 소리 수목 사이로 나오거늘 원수가 이르되,

"필연 절간이 멀지 아니하도다."

하고 저 언덕에 오르니 한 절이 있는데 전각이 심수深邃하고 여러 중들이 모여 있으며 일위 노승이 높이 앉아 바야흐로 경문을 외우며 설법하니 눈썹이 길고 희며 골격이 맑고 파리하여 그 연기年紀의 높음을 가히 알러라.

노승이 원수의 들어오는 것을 보고 제자들을 거느리고 당에 내려 맞으며 이르되,

"산중 사람이 귀가 밝지 못하여 대원수의 오심을 전혀 알지 못하고 문밖에 나가 영접하지 못하였사오니 청컨대 원수는 용서하소서. 그러나 이번은 원수의 영구히 오시는 날이 아니오니 모름지기 전각에 올라 합장배례하고 돌아가소서."

원수가 곧 불전에 나아가 분향재배하고 바야흐로 전각에 내리다가 홀연 실족失足하여 놀라 깨니 몸이 진중에 있어 책상을 의지하여 앉았는데 동방이 이미 밝았는지라 원수가 이상히 여겨 제장더러 묻되,

"공 등도 또한 꿈이 있었느뇨?"

일제히 대답하되,

"소장 등도 꿈에 원수를 따라 신병귀졸神兵鬼卒로 더불어 크게 싸워 파하고 그 대장을 사로잡아 돌아왔으니 이 실로 도적을 파하여 사로잡을 길조로소이다."

원수가 꿈속 일을 낱낱이 말하고 제장으로 더불어 백룡담에 가 보니 부스러진 비늘, 깨

어진 껍질이 땅에 편만遍滿하고 흐르는 피 내를 이뤘거늘, 원수가 친히 표자瓢子를 들고 물을 떠서 먼저 맛보고 인하여 병든 군사를 먹이니 그 병들이 쾌차하는지라, 모든 군사와 말을 모아 물에 임하여 흡족히 마시게 하니 기꺼하는 소리 천지 진동하는지라 도적이 듣고 크게 두려워하여 곧 항복하고자 하더라.

정경패의 발원서

양 원수 출전한 이후로 첩서捷書를 연속하여 올리니 천자 크게 기뻐하시고 하루는 태후께 문안하실새 양소유의 공을 칭찬하시되,

"옛적 곽분양이 곧 양소유로소이다. 돌아옴을 기다려 즉시 승상을 배拜하여 세상에 드문 공을 갚을까 하나이다.

그러하오나 공주의 혼사를 뇌정牢定치 못하였사오니 양소유 맘을 돌려 명을 순수順受하면 다행하옵거니와 만일 또 고집하면 공신을 가히 죄를 주지 못할 것이요, 그 뜻을 가히 빼앗지 못할지니 조처할 도리 실로 적당키 어려우니 극히 민망하도소이다."

태후가 이르시되,

"정 사도의 여아 진실로 아름답고 또 소유로 더불어 이왕 서로 보았다 하니 소유 어찌 즐겨 서로 버리리오. 그 밖에 나간 틈을 타서 조서로 정녀를 타인과 성혼케 하면 소유가 소망이 끊어질지니 군명을 어찌 가히 좇지 않으리오."

상이 오래 대답치 않으시고 잠잠히 나가시더라.

이때 난양 공주가 태후 곁에 있다가 태후께 고하되,

"낭랑娘娘[1]의 하교 사체事體에 크게 틀리도소이다. 정녀의 혼인 여부는 곧 그 집 일이니 어찌 조정에서 지휘할 바이리까?"

태후가 이르시되,

"이 일은 너의 중난重難한 일이요, 나라의 큰 예절이니 내 너로 더불어 의논코자 하노라. 병부 상서 양소유는 풍채와 문장이 만조 제신 중에 뛰어날 뿐 아니라 일찍 퉁소 한 곡조로써 너의 천정연분을 알았으니 결코 양소유를 버리고 타인을 구치 않을 것이요, 소유가 근본 정 사도 집으로 더불어 정분이 범연泛然치 아니하여 서로 저버리지 못할지라. 차사此事 극히 난처하니 소유 회환한 후에 네 혼례를 먼저 행하고 소유로 하여금 정녀에게 장가들어 첩을 삼게 하면 소유 가히 사양치 못할 듯하나 네 의향을 알지 못하여

---

1) 왕비나 귀족의 아내를 높여 부르는 말.

이리 자저趑趄하노라."

공주 여쭈오되,

"소녀 일생에 투기가 무엇인 줄을 알지 못하오니 정녀를 어찌 꺼리리까마는 다만 양 상서 처음에 납채하였으니 이후 다시 첩을 삼는 것이 예가 아니요 정 사도는 누대 재상이요 명문 귀족이니 그 여아로써 남의 첩을 삼게 함이 또 원억冤抑치 아니하오리까? 이 또한 가可치 아니하니이다."

태후가 이르시되,

"그러면 네 뜻에 어찌 조처코자 하느뇨?"

공주 대답하되,

"국법에 제후는 부인이 셋이라. 양 상서~성공하고 돌아오면 크면 왕이요, 적어도 공후가 될지니 두 부인 두는 것이 실로 참람僭濫치 아니하올지라. 이때를 당하여 정녀에게 정실로 장가들게 하심이 어떠하오니이까?"

태후 이르시되,

"이는 실로 불가하다. 너는 선제의 사랑하는 딸이요, 금상의 괴는 누이이니 몸이 실로 귀중하고 지위 또한 높거늘 어찌 가히 여염 여자로 더불어 어깨를 견주어 한사람을 섬기리오?"

공주가 대답하되,

"옛적 성주聖主 명군明君도 어진 이를 높이고 선배를 공경하여 몸의 존중함을 잊고 그 덕을 사랑하여 만승천자로써 필부를 벗 삼으셨으니 어찌 귀천을 의논하오리까. 소녀가 들으니 정녀 용모와 절행節行이 비록 고금 열녀라도 이에서 낫지 못하리라 하오니 과연 이 말 같을진대 저와 같이 어깨를 견줌이 또한 소녀에게 다행함이요, 욕이 아니로소이다. 그러하오나 전언傳言과 틀리기 쉽사오니 그 허실을 믿기 어렵사오니 소녀가 아무쪼록 친히 정녀를 보아 그 용모와 재덕이 과연 소녀보다 나으면 우러러 섬길 것이요, 만일 못하면 첩을 살게 하거나 종을 삼게 함은 관계치 아니하리다."

태후 탄식하되,

"재주를 투기하고 아름다움을 꺼림은 여자의 상성常性이어늘 내 여아는 남의 재주 사랑함을 제 몸에 있는 것과 같이하고 남의 덕행 공경하기를 구갈에 물 찾듯 하니 그 어미 된 자가 어찌 기쁜 맘이 없으리오. 내 또한 정녀를 한번 보고자 하니 내일 마땅히 조서를 정 사도에게 내리리라."

공주 여쭈오되,

"비록 낭랑의 명이 있사오나 정녀 필연 칭병하고 들어오지 아니하오리니 재상가 여자를 가히 협박하여 부르지 못하시리니 만일 도관道觀과 이원尼院[2]에 분부하옵서 미리

---

2) 여자 도사가 도를 닦는다는 장소.

정녀의 분향하는 날을 알면 한번 만나보기 어렵지 않을 듯하오이다."

태후 옳게 여기사 즉시 내관으로 하여금 근처 도관에 두루 물으시니 정폐원正嬖院 이고 尼姑[3]가 고하되,

"정 사도 집에서 불공을 우리 절에 올리되 그 소저는 원래 절간에 왕래치 아니하고 삼일 전에 소저의 시비, 양 상서의 소실 가춘운이 소저의 명을 받들고 그 발원하는 글을 불전에 드리고 갔사오니 원컨대 내관은 이 글을 가지고 태후 낭랑께 복명하심이 어떠하오니이까?"

내시 응낙하고 돌아와 그 연유를 아뢰고 정 소저의 발원하는 글을 올린대, 태후가 이르시되,

"진실로 이 같으면 정녀의 얼굴 보기 어렵다."

하시고 공주로 더불어 그 발원서發願書를 한가지 보시니, 하였으되,

제자 정경패는 삼가 백배하고 비자婢子 춘운을 목욕재계하여 보내어 제불전諸佛殿에 비나이다. 제자 정경패 죄악이 심중하고 업원業寃이 미진未盡하여 세상에 나매 여자의 몸이 되옵고 또 형제의 낙이 없사오며, 향자에 이미 양 씨의 납채를 받아 장차 몸을 양문에 바치고자 하왔삽더니 양랑이 부마 간택에 뽑히매 군명이 지엄하시니 제가 양 씨로 더불어 어찌하오리가? 다만 하늘 뜻과 사람의 일이 서로 어기어짐을 한탄하옵고 기박한 몸이 여망이 없사오며, 몸은 비록 허락지 아니하였사오나 맘은 이미 붙였사온즉, 아직 부모 슬하에 의지하와 써 미진한 세월을 보내고자 하오니 이 신세의 기궁奇窮함을 인하여 다행히 일신의 한가함을 얻은 고로, 이에 감히 정성을 불전에 올려 써 제자의 심정을 고하옵나니, 복원 제불諸佛은 통촉하시고 자비지심을 드리우사 제자의 늙은 부모로 하여금 상수上壽를 누리게 하옵시고 제자의 몸으로 하여금 질병 재앙이 없이 부모 앞에서 채색 옷을 입고 새 새끼를 희롱하는 즐거움[4]을 다하게 하옵소서.

부모 백 년 후에 맹세코 부처께 돌아와 세속 연분을 끊고 경계하는 말씀을 복종하여 맘에 재계하여 경문을 외우며 몸을 정결히 하여 불전에 예배하와 제불의 후은을 갚사오리라.

춘운이 본래 경패로 더불어 크게 인연이 있사와 이름은 비록 노주奴主나 정의는 형제라 일찍 주인의 명으로써 양 씨의 첩이 되었삽더니 일이 맘과 틀려 아름다운 인연을 보존치 못하옵고 길이 양 씨를 하직하고 다시 주인에게 돌아오니 사생고락을 가히 같이 하올지라. 제불은 제자 두 사람의 심중 일을 굽어 살피사 세세생생世世生生히[5] 다시 여

---

3) 여승.
4) 부모 앞에서 어리광 부리는 기쁨.
5) 내세에 여러 번 환생하여.

자의 몸 되기를 면하여 전생의 죄를 소멸하며 후세의 복을 주사 좋은 땅에 환생하여 쾌
활한 낙을 길이 누리게 하옵소서.

하였더라.

공주가 보기를 마치매 눈썹을 찡기며 이르되,

"한 사람의 혼사로 인연하여 두 사람의 신세를 그르치게 하니 이는 크게 음덕陰德에 해
로우리로다."

태후 들으시고 묵묵하시더라.

난양 공주 미복微服으로 정 소저를 찾아가다

이때 정 소저 그 부모를 모셔 화기이색和氣怡色하여 일호一毫 원한함이 없으나, 최 부
인이 매양 소저를 보매 비창한 맘이 있으며, 춘운이 소저를 모시고 문필과 기예로써 강잉
強仍하여 수심을 억제하고 세월을 보내나 스스로 맘이 타고 간장이 사라져 점점 초췌하거
늘, 소저가 위로 부모를 생각하고 아래로 춘운을 불쌍히 여겨 심회 산란하여 스스로 평안
치 못하되 타인은 알지 못하더라.

소저가 모친의 맘을 위로할새 풍악과 모든 구경거리를 구하여 시시로 받들어 이목을 즐
겁게 하더니 하루는 여동 하나가 수족자繡簇子 두 폭을 팔려 하거늘 춘운이 펴 보니 한 폭
은 꽃 사이에 공작이요, 또 한 폭은 대수풀에 자고새라. 춘운이 그 수놓은 솜씨를 흠모하
여 그 여동을 머무르게 하고 그 족자를 부인과 소저께 드리고 여쭈오되,

"소저가 매양 춘운의 수놓는 것을 칭찬하시더니 시험하여 이 족자를 보소서. 이는 선녀
의 틀 위에서 나오지 아니하였으면 필연 귀신의 손속에서 된 것이로소이다."

소저가 부인 앞에 펴 보고 놀라 이르되,

"금세 사람은 필연 이런 공교한 솜씨가 없겠거늘 염색과 꾸민 것이 오히려 신선하여 구
물이 아니니 괴이하도다."

이에 춘운으로 하여금 그 여동에게 그 출처를 물으니 여동이 대답하되,

"우리 소저께서 수놓으신 것이라. 소저 바야흐로 객지에 계서서 급한 소용이 있는 고로
값의 다과多寡는 교계較計치 아니하고 팔려 하나이다."

춘운이 묻되,

"너희 소저는 뉘 집 소저이시며 또 무슨 일로 홀로 객지에 머물러 계시뇨?"

여동이 대답하되,

"우리 소저 이 통판李通判의 매씨시니 통판 노야 대부인을 모시고 절동浙東 고을에 가

벼슬을 사시매 소저가 병환이 있어 따라가지 못하옵고 그 외숙 장 별가張別駕 댁에 머무시더니 별가 댁에 근일 작은 연고 있기로 이 길 건너 연지점臙脂店 사삼랑史三娘 집을 빌려 우거하여 절동 고을에서 거마車馬 오기를 기다리시노라."

춘운이 들어가 그 말대로 소저께 고한대 소저가 비녀, 지환指環, 수식首飾 등물等物로써 그 값을 넉넉히 주고 사서 대청에 높이 걸고 날이 맞도록[1] 사랑하여 칭찬불이하더라.

이후에 그 여동이 족자 매매함을 인연하여 정부鄭府에 출입하고 정부 비복과 서로 친근한지라, 소저가 춘운더러 이르되,

"이씨 여자가 수놓는 재주 이 같으니 필연 비범한 사람이라 내 시녀로 하여금 여동을 따라가서 이 소저의 용모를 보리라."

하고 인하여 영리한 비자를 택하여 보내니 비자 여동을 따라가 본즉 여염집이라, 심히 협착하여 본디 내외지별이 없더라.

이 소저가 정부 비자인 줄 알고 음식을 먹여 보내거늘 비자 돌아와 고하되,

"이 소저의 고운 태도와 아름다운 용모 우리 소저와 같더이다."

춘운이 믿지 아니하여 이르되,

"그 수놓는 솜씨를 보건대 결코 노둔한 재질은 아니려니와 네 어찌 과도한 말을 하느뇨? 이 세상에 우리 소저와 같은 이 있다 함은 내 실로 의심하노라."

비자가 대답하되,

"가 유인賈孺人[2]이 실로 내 말을 의심할진대 다른 사람을 보내 보시면 내 말의 진실함을 알리라."

춘운이 또 사사로이 한 사람을 보내었더니 돌아와 말하되,

"괴이타, 괴이타! 그 소저는 곧 천상 선녀라 어제 듣던 말이 과연 옳으니 가 유인이 또 내 말을 의심하거든 친히 가 보심이 좋을 듯하도다."

춘운이 이르되,

"전후 말이 다 허탄하도다. 어찌 두 눈이 없느뇨?"

서로 간간대소하고 헤어졌더라.

수일 후 연지점에 사는 사삼랑이 정부에 와 부인께 고하되,

"근자에 이 통관 댁 소저, 노신의 집을 빌려 우거하시니 그 소저의 고운 용모와 묘한 재주가 실로 처음 보는 바이라 그 소저 정부 소저의 현숙한 절행을 깊이 사모하여 한번 서로 만나 맑은 말씀을 듣고자 하되 생소하고 난중하여 선뜻 말씀을 못 하옵더니 노파 이부인께 자주 나와 뵈옵는 줄 알고 부인께 품하여 보라 하옵기 이리 와 고하옵나이다."

부인이 즉시 소저를 불러 이 뜻을 말하니 소저가 여쭈오되,

---

1) 날이 다하도록.
2) 가춘운을 가리킨다. 유인은 옛날 구품 이상의 문관, 무관의 처.

"소녀의 몸이 타인과 다름이 있사와 이 면목을 들어 남과 대면코자 아니 하오나, 다만 듣사오매 이 소저의 위인범절이 모두 그 수놓은 솜씨 같다 하니 소저가 또한 한번 만나 보고자 하나이다."

사삼랑이 기꺼움을 이기지 못하고 돌아가더니, 이튿날 이 소저가 그 비자를 보내어 온다는 말을 선통하고 느직한 후에 장 드린 소옥교小玉轎[5]를 타고 시비 수인을 거느리고 정부에 이르니, 정 소저가 침방으로 맞아 볼새 주객이 동서분좌東西分坐하니 광채 서로 쏘아 방중이 찬란하니 피차 서로 놀라더라.

정 소저 이르되,

"향차 시비들을 반연絆緣하여 이 근처에 계신 줄을 들었사오나 신세 기궁한 사람이 인사를 전폐全廢하와 문후치 못하였삽더니 이제 소저 욕되이 강림하시니 감격하고 죄송하와 사례할 바를 알지 못하겠나이다."

이 소저 대답하되,

"소매小妹는 우준愚蠢한 사람이라 부친을 일찍 여의고 자친이 편벽되이 사랑하여 평생에 배운 일이 없고 가히 취할 재주 없으니 스스로 괴탄怪歎하기를, 남자는 뜻을 사방에 두어 어진 벗을 사귀어 서로 배우고 경계하는 일도 있거니와 여자는 집안 지친至親과 비복婢僕 외에 다시 보는 사람이 없으니 '규중이 폐쇄하도다.'[4] 하였더니, 공손히 듣사온즉 저저姐姐[5]의 반소班昭[6]의 문장으로써 맹강孟姜[7]의 덕행을 겸하여 몸을 중문 밖에 나지 아니하시고 이름은 이미 구중궁궐에 들리시니 소매 이러하므로 스스로 비루함을 헤아리지 아니하고 성덕의 광채를 접함을 원하옵더니 이제 저저의 버리지 않음을 입사와 족히 소매의 평생지원을 이루도소이다."

정 소저가 답사하되,

"저저의 말씀이 곧 소매의 맘에 있던 바로소이다. 규중의 몸이 종적에 걸림이 있고 이목의 가리움이 많으므로 본디 창해의 물과 무산의 구름을 알지 못하니 이녁 지식 천단淺短에 마땅하오니 어찌 족히 괴타 하리까. 이는 형산지옥荊山之玉이 광채를 묻어 자랑하기를 부끄러워하며 조개의 구슬이 서기를 감추어 스스로 보배 됨이로다. 그러나 소매 같은 자는 고루하오니 어찌 감히 과도히 포장襃奬하심을 당하오리까."

---

3) 옛날 귀족들이 타던, 장막을 드린 작은 가마.

4) 여자의 생활이야말로 옹색하다는 뜻.

5) 상대를 언니로 높이는 말.

6) 동한東漢 때의 여문장가로 호는 대가大家이며 반고班固의 동생. 저작으로 '여계 칠편女誡七篇'이 있다. 반고가 《한서》를 짓다가 끝내지 못하고 죽자, 반소가 왕명을 받아 완성했다.

7) 동한 때 양홍梁鴻이란 어진 선비의 처. 남편과 더불어 산중에 묻혀 농사와 길쌈으로 여생을 보낸 어진 부인.

인하여 다과를 내와 한담하다가 이 소저가 이르되,

"풍편에 듣사온즉 부중에 가 유인이란 자 있다 하오니 가히 한번 보리까?"

정 소저 대답하되,

"소매도 또 한번 저저께 뵈옵게 하려 하였나이다."

이제 춘운을 불러 "뵈오라." 하니 이 소저 일어나 맞으니 춘운이 놀라 심중에 암탄暗歎하되,

'전일 두 사람의 말이 과연 옳도다. 하늘이 또 우리 소저를 내시고 또 이 소저를 내시니 천의天意를 난측難測이로다.'

이 소저가 또한 스스로 헤아리되,

'가녀賈女의 이름을 익히 들었더니 그 위인이 소문보다 지나니 양 상서 어찌 권애眷愛치 않으리오. 마땅히 진 중서秦中書로 더불어 어깨를 견줄 터이니 만일 가녀로 하여금 진 씨를 보게 하면 어찌 윤 부인의 울음을 본받지 않으리오. 대저 노주 두 사람의 자색이 이 같고 또 재주 있으니 양 상서가 어찌 서로 놓으리오.'

하고, 이에 춘운으로 더불어 심정을 토하여 담화하니 관곡款曲한 정이 정 소저와 일반일러라.

이 소저가 작별을 고하되,

"일세日勢 이미 늦었으매 더 담화치 못하니 가히 한하오나 소매의 우거하는 정町이 다만 한길이 격하였사오니 마땅히 한극閒隙을 타 다시 나아와 나머지 말씀을 들으려 하나이다."

정 소저가 답사하되,

"외람히 강림하심을 받삽고 인하여 좋은 말씀을 듣사오니 마땅히 당하에 나아가 사례하올 것이오나 소매의 처신이 남과 다른 고로 감히 한 걸음을 문밖에 내지 못하오니 바라건대 저저는 그 죄를 사하시고 그 정을 용서하소서."

두 사람이 작별할새 오직 섭섭함을 이기지 못하여 차마 손을 놓지 못하다가 인하여 떠나니라.

정 소저가 춘운더러 이르되,

"보배 칼이 비록 갑에 감추이나 광채 두우斗牛[8]를 쏘고 늙은 조개 비록 바다에 잠기나 기운이 누대樓臺를 이루거든 우리 한 성중에 있어 일찍 듣지 못하였으니 심히 괴이하도다."

춘운이 여쭈오되,

"천첩의 맘에 한 가지 의심이 있으니, 양 상서가 매양 말씀하시되 화주 진 어사의 여자로 더불어 낮을 누 위에서 보고 글을 객관에서 얻어 아름다운 언약을 맺었더니 진 어사

---

8) 북두칠성.

집의 환란患亂을 인하여 일이 어기었다 하시고, 인하여 진녀의 절대미색을 칭찬하시거늘 첩이 또한 '양류사'를 보온즉 진실로 재주 있는 여자이니, 혹 그 여자가 성명을 감추고 소저를 체결締結하여 써 전일 인연을 이루고자 함인가 하나이다."

정 소저가 이르되,

"진 씨의 미색을 나도 또한 다른 길로 들었으니 이 여자와 근사하나 진녀의 집이 환란을 만나 궁녀가 되었다 하니 어찌 능히 여기 이르리오."

하고, 부인께 들어가 뵈옵고 이 소저를 칭찬불이니 부인이 이르되,

"나도 또 한번 청하여 보고자 하노라."

하고 수일 후에 시비로 하여금 이 소저 한번 굽힘을 청하니 소저 흔연히 응낙하고 정부에 이르거늘, 부인이 하당영지下堂迎之하니 이 소저가 자질지례子姪之禮로써 부인께 뵙거늘 부인이 크게 사랑하여 이르되,

"일전 소저가 전위專爲하여 여아를 찾아 두터운 정을 드리우니 노신老身이 진실로 감사하나 그때 신병이 있어 능히 접대치 못하였으니 지금까지 부끄럽고 한탄하는 바로다."

이 소저가 엎디어 대답하되,

"소질이 저저의 천상 선녀 같사옴을 사모하오되 오직 멀리 버릴까 두렵더니 저저 한번 만나 형제의 의로써 소질을 대접하고 부인이 특히 자질지례로 기르시니 소질의 바람에 지난 바라, 몸이 맞도록 문하에 출입하여 자모慈母같이 섬기려 하나이다."

부인이 지재지삼至再至三 불감不敢하다 일컫더라.

정 소저가 이 소저로 더불어 반일이나 부인을 뫼셔 앉았다가 인하여 침방으로 청하여 춘운으로 더불어 솥발같이 앉아 낭랑세어朗朗細語로 흔흔欣欣히 수작하니 지기志氣 이미 합하고 정의 또한 친밀한지라, 고금 문장을 평론하고 부인의 덕행을 강론할새 해 그림자 이미 서창에 비긴 줄을 깨닫지 못할러라.

난양 공주 정 소저로 더불어 연輦을 같이 타다

이 소저가 돌아간 후에 부인이 소저와 춘운더러 이르되,

"내 친정과 시가의 친척이 심히 많아 거의 천 인에 이르는지라 내 소시로부터 아름다운 자색을 많이 보았으되 다 이 소저를 밎지 못하니 이 소저 실로 여아로 더불어 비등한지라 형제지의를 맺으면 진실로 좋으리로다."

소저가 춘운의 말하던바 진 씨의 일로써 고하되,

"춘운은 마침내 의심이 없지 못하다 하나 소녀의 소견은 춘운으로 더불어 다르오니 이

소저 자색 외에 기상의 표일飄逸함과 위의威儀 단정함이 여염 사부가士夫家 여자로 더불어 특별히 다르오니 이녁 진 씨로 어찌 비기리오. 소녀 듣사온즉 난양 공주가 용모와 심덕이 아름답다 하오니 혹 두렵건대 이 소저의 기상이 곧 난양 공주인 듯하오이다."

부인이 이르되,

"공주를 나도 또한 보지 못하였으니 가히 억탁臆度지 못하려니와 비록 높은 위에 있어 승한 이름을 얻었으나 어찌 이 소저로 더불어 서로 같을 줄 알리오."

소저가 여쭈오되,

"이 소저의 종적이 실로 의심나오니 후일에 마땅히 춘운으로 하여금 가서 그 동정을 살 피게 하오리다."

이튿날 정 소저가 춘운으로 더불어 바야흐로 이 일을 의논할새 이 소저의 비자 정부에 이르러 말씀을 전하되,

"우리 소저 마침 절동의 순귀선편順歸船便을 얻어 장차 내일 발행發行하시려 하는 고로 오늘 부중에 이르러 부인과 소저께 작별하려 하시나이다."

정 소저가 중당을 소제掃除하고 기다리더니 이윽고 이 소저가 이르러 부인과 정 소저에 게 뵈옵고 이별하는 정이 아득하고 연연하여 어진 형이 사랑하는 아우 이별함과 같고 방 탕한 남자 미인 보냄 같더라.

이 소저가 홀연 일어나 재배하고 고하되,

"소질이 자모를 떠나고 형을 이별하온 지 이미 일주년이 되오니 돌아갈 맘이 화살 같사 와 가히 머물지 못하오니 다만 부인의 은덕과 저저의 정분으로써 맘이 실 같사와 풀고 자 하오나 다시 맺혀지나이다. 소질이 이에 한 말씀이 있사와 저저에게 간청코자 하오 나 허락지 않으실까 두려워 먼저 부인께 고하나이다."

하고 인하여 자저趑趄하여 말을 내지 아니하거늘 부인이 이르되,

"낭자의 청코자 하는 바는 무슨 일이뇨?"

이 소저가 대답하되,

"소질이 선친을 위하여 바야흐로 남해 대사南海大師의 화상을 수놓아 겨우 마치오매 집 형은 절동 고을에 있고 소질은 여자의 몸이온 고로 아직 글하는 사람의 화상찬畫像 讚을 받지 못하와 장차 수놓은 것으로 허사가 되게 되오니 심히 가석하온 고로 저저의 두어 귀 글과 두어 줄 글씨를 받으려 하오나, 수폭[1]이 심히 넓어 펴고 접기 어렵삽고 또 설만褻慢할까 두려워 감히 가져오지 못하고 부득이 잠깐 저저를 맞아 작지서지作之書 之[2]를 얻어 써 소녀의 위친爲親하는 효성을 완전케 하고 써 원로에 서로 이별하는 회포 를 위로케 하심을 바라오나, 저저의 의향을 알지 못하와 감히 바로 청하지 못하옵고 부

---

1) 수폭.
2) 스스로 글을 지어 스스로 쓰는 것.

인께 우러러 고하나이다."

부인이 정 소저를 돌아보아 이르되,

"네 비록 지친의 집이라도 본래 왕래치 아니하였으나 이제 이 낭자의 청하는 바는 대개 위친하는 지성에서 나옴이요, 우황又況[3] 낭자의 우거하는 집이 지척이니 잠시 갔다 옴이 어려운 일이 아닐 듯하도다."

소저가 처음에는 어려운 기색이 있더니 돌려 생각하고 맘에 깨달아 이르되,

'이 소저의 행색이 바쁘니 춘운을 가히 보내지 못할지라. 내 이 기회를 타 가서 그 종적을 탐지하리라.'

하고 이에 모친께 고하되,

"이 소저의 청하는 바가 만일 등한한 일이면 실로 시행키 어렵거니와 위친하는 효성은 사람마다 감동하는 바니 어찌 좇지 아니하오리까. 그러나 날이 어둡거든 가고자 하나이다."

이 소저 크게 기꺼 사례하되,

"일모日暮하면 글씨 쓰기 어려울 듯하오니 저저 만일 길이 번거함을 혐의하실진대 소매의 탄 바 교자轎子가 비록 추하나 족히 두 사람의 몸을 용납할지니 한가지로 타고 갔다가 저녁에 돌아오심이 또한 어떠하니이까."

정 소저가 대답하되, 저저의 말씀이 심히 합당하다 하고 부인께 배사한 후에 춘운으로 손을 나눠 이별하고 이 소저로 더불어 한 교자를 타고 정부 시비 수인數人이 뒤따랐더라.

정 소저가 이 소저의 침방에 와 보니 벌여 논 것이 심히 번다치 아니하되 모두 절품絶品이요, 나오는 음식이 비록 간략하나 무비無非 진미라 유의하여 보매 다 의심되더니, 이 소저가 오래되 글 받을 말을 내지 아니하고 날은 점점 저물어 가거늘 이에 묻되,

"대사의 화상은 어느 곳에 봉안하였느뇨? 소매 급히 배례하고자 하나이다."

이 소저가 대답하되,

"마땅히 저저로 하여금 받들어 구경케 하리다."

말을 겨우 마치매 거마 소리 문밖에 들리며 기치가 길 위에 편만遍滿하거늘, 정부 시비 황망히 고하되,

"군병 한 떼가 이 집을 에워싸니 낭자, 낭자여, 장차 어찌하리오?"

정 소저 이미 기미를 알고 자약自若히 앉았더니 이 소저가 이르되,

"저저는 안심하소서. 소매는 다른 사람이 아니라 난양 공주 소화이오니 저저를 이리 맞아 옴은 곧 황태후의 명이니이다."

정 소저가 자리를 피하여 대답하되,

"여염간 미천한 소저가 비록 지식이 없으나 또한 귀골이 천생으로 더불어 다른 줄은 아

---

3) 하물며.

오니 공주가 강림하심은 실로 천만 몽매夢寐 밖 일이로소이다. 이미 존경하는 예를 잃었삽고 또 설만한 죄 많사오니 복원 귀주貴主는 급히 죄벌을 내리소서."

공주가 미처 대답지 못하여 시녀 고하되,

"삼전궁三殿宮에서 설薛 상궁과 왕王 상궁과 화和 상궁을 명하와 보내사 공주께 문안케 하시나이다."

공주가 정 소저더러 이르되,

"저저는 여기 잠깐 머무르라."

하고 이에 나가 당상에 앉으니, 세 상궁이 차례로 들어와 예로 뵈옵기를 마치고 엎디어 고하되,

"공주가 대내大內를 떠나신 지 이미 여러 날이오니 태후 낭랑의 보고 싶은 맘이 간절하옵시며 황상 폐하 또한 비자 등으로 문후하옵시고, 또 오늘이 곧 귀주 환궁하실 날인 고로 거마와 의장儀仗이 이미 다 밖에 대령하옵고 황상께옵서 조 태감을 명하사 배행케 하시나이다."

하고 세 상궁이 또 고하되,

"태후 낭랑이 하교하시되 공주가 정 낭자로 더불어 연을 한가지 타고 들어오라 하시더이다."

공주가 세 상궁을 밖에 머무르고 들어와 정 소저더러 이르되,

"여러 말은 조용한 때에 자세히 하려니와 태후 낭랑이 저저를 보고자 하사 바야흐로 마루에 어림하사 기다리신다 하니 저저는 사양 말고 소매로 더불어 함께 들어가 뵈옴이 옳도다."

정 소저가 가히 모면치 못할 줄 알고 대답하되,

"첩이 이미 귀주의 사랑하심을 아오나 여염 여아가 일찍 지존께 뵈옵지 못하왔사오니 예모의 어김이 있을까 두려워하나이다."

공주가 이르되,

"태후 저저를 보고자 하시는 마음이 어찌 소매의 저저를 사랑하는 마음과 다르시리오. 저저는 조금도 의심 마소서."

정 소저가 이르되,

"귀주가 먼저 행차하시면 첩은 마땅히 집에 돌아가 이 사연을 노모께 말하옵고 곧 뒤좇아 들어가려 하나이다."

공주가 이르시되,

"태후 낭랑이 이미 하교하사 소매로 하여금 연을 같이 타라 하시매 사의事宜 극히 정중하시니 저저는 극히 사양 마소서."

정 소저가 사양하되,

"첩은 미천한 신자臣子이니 어찌 감히 귀주와 동연同輦하리까?"

공주가 이르되,

"강 태공姜太公은 위수渭水의 어부로되 주 무왕周武王이 수레를 한가지 타시고 후영侯 嬴[4]은 이문 감자夷門監者로되 신릉군信陵君이 말고삐를 잡았으니 진실로 어진 이를 높이고자 할진대 어찌 감히 귀함을 자세藉勢하리오. 저저는 후백侯伯의 대가요 대신의 여자이니 어찌 소매로 더불어 같이 타기를 혐의하리오."

하고 드디어 손을 끌어 연을 같이 타거늘, 정 소저가 시비 한 사람으로 하여금 돌아가 부인께 고하게 하고 시비 한 사람은 따라 궁중에 들어가게 하더라.

장신궁長信宮의 칠보시七步詩

공주가 소저와 등연登輦하여 동화문東華門으로 들어가 첩첩 아홉 문을 지나 협문 밖에 이르러 연에 내려 왕 상궁더러 이르되,

"상궁은 정 소저를 모시고 잠간 여기서 기다리라."

왕 상궁이 이르되,

"태후 낭랑의 명을 받들어 이미 정 소저의 막차幕次를 배설하였나이다."

공주가 기꺼하여 머무르게 하고 들어가 태후께 뵈옵더라.

원래 태후가 처음에는 정 씨에게 좋은 뜻이 없더니 공주가 미복으로 정부鄭府 근처에 우거하여 한 폭 수족자繡簇子를 인연하여 정 씨의 사귐을 맺어 그 자색과 덕행을 공경하고 사모하며 인하여 정의 또 친밀하고, 또 양 상서가 마침내 정 씨를 버리지 않을 줄 알고 서로 사랑하며 서로 언약하여 형제지의를 맺어 장차 한집에서 한사람을 섬기고자 하여, 자주 글을 올려 태후께 극간極諫하여 써 마음을 돌리시게 하였더니 태후가 이에 크게 깨달으사 공주와 정 씨 양소유의 두 부인 되기를 허락하시고 친히 그 용모를 보고자 하사 공주로 하여금 계책을 내어 데려오게 하심이러라.

정 소저가 막차에서 잠간 쉬더니 궁녀 두 사람이 내전으로부터 의함衣函을 받들고 나아와 태후의 명을 전하되,

"정 소저가 대신의 딸로서 재상의 예폐를 받았거늘 오히려 처자의 옷을 입었으니 가히 평복으로 내게 조회치 못하리니 특별히 일품一品 명부命婦의 의장복을 주노니 입고 입시하라."

---

4) 전국 시대의 은사. 일흔에 집이 가난하여 이문의 문지기 노릇을 하였다. 신릉군이 빈객으로 모시려 했으나 후영에게 거절당하자, 잔치를 차려 놓고 찾아가 친히 수레를 몰며 모셔 왔다.

하거늘, 정 씨가 재배하고 대답하되,

"신첩이 처자의 몸으로써 어찌 감히 명부의 복장을 갖추오리까. 신첩의 입은 옷은 비록 간단하고 설만하오나 또한 부모 앞에서 입는 옷이오니 태후 낭랑은 곧 만민의 부모시니 복원伏願 부모를 보는 의복으로써 들어가 조회朝會하여지이다."

궁녀 그대로 고한대 태후가 크게 아름다이 여기사 곧 정 씨를 명소命召하여 보시니 좌우 궁녀가 다투어 보고 흠탄하되,

"내 맘에는 아름답고 고운 이는 오직 우리 귀주貴主뿐이라 하였더니 어찌 다시 정 씨가 있을 줄 알았으리오."

하더라.

소저가 예필禮畢에 궁녀가 인도하여 전상殿上에 오른대 태후가 명하여 앉으라 하시고 하교하시되,

"향자에 여아의 혼사를 인하여 조칙으로 양 상서의 예폐를 환수케 함은 나라 법을 좇아 공사를 분별함이요 과인의 창시한 바 아닐러니, 여아가 간하되 새 혼사를 인하여 옛 언약을 저버리게 함은 인군의 인륜을 바르게 하는 도가 아니오라 하고 또 너로 더불어 같이 양소유의 부인 되기를 원하기로 내 이미 황상께 상의하고 여아의 뜻을 좇은지라, 장차 양소유 돌아오기를 기다려 다시 예폐를 전대로 보내게 하고 너로 하여금 일체로 부인이 되게 하려 하니 자고급금自古及今에 이러한 은전은 전무후무하기로 이제 너로 알게 하노라."

정 씨 복지사은伏地謝恩하되,

"은덕이 융숭하사 신자의 감히 바라지 못하는 바이오니 신첩의 우매한 천질賤質로 능히 보답치 못하리로소이다. 그러하오나 신첩은 신하의 딸이오니 어찌 감히 귀주로 더불어 그 반열班列을 같이하고 그 위位를 가지런히 하오리까. 신첩은 설혹 명을 좇고자 하올지라도 부모가 죽기로써 필연 조칙을 받지 아니하오리다."

태후가 이르시되,

"너의 겸손함이 비록 가상하나 너의 집이 누세 후백이요 너의 부친 사도가 선조先朝의 노신老臣이라 예우 자별하니 신자臣子의 분의分義를 반드시 굳이 지키지 않을지니라."

소저가 대답하되,

"신자의 도리는 군명君命을 순수하는 것이 만물이 스스로 때를 따르는 것 같사오니 그 올려 시녀를 삼으시든지 내려 비복을 삼으시든지 어찌 감히 천명을 거역하오리까마는 양소유가 또한 어찌 마음에 편안하오리까. 필연 좇지 아니하오리다. 신첩이 본래 형제 없삽고 부모 또 쇠로衰老하였사오니 신첩의 지원至願은 오직 정성을 다하여 공양하와 써 여년餘年을 마칠 따름이로소이다."

태후가 이르시되,

"너의 부모 위하는 효성과 처신하는 도리는 가히 지극하다 하려니와 어찌 감히 한 물건이라도 그곳을 얻지 못하게 하리오. 하물며 너는 백 가지가 아름답고 한 가지 흠도 찾기

어려우니 양소유가 어찌 마음에 즐겨 너를 버리리오.

또 여아가 양소유로 더불어 퉁소 한 곡조로써 백 년 연분을 증험하였으니 천정天定하신 바를 사람이 가히 폐치 못할 것이요, 양소유는 일대 호걸이요 만고 절재絶才이니 두 부인을 장가듦이 무슨 불가함이 있으리오.

과인이 본래 두 딸이 있다가 난양 공주의 형이 열 살에 요촉天促하매 내 매양 난양의 고단함을 염려하더니 이제 너를 보매 죽은 내 딸을 본 듯한지라, 내 너로 양녀를 삼고 황상께 말씀하여 너의 위호位號를 정코자 하니, 첫째는 내 딸 사랑하는 정을 표하고, 둘째는 난양이 너를 친근하는 뜻을 이루게 하고, 셋째는 너로 하여금 난양으로 더불어 한 가지 양소유에게 돌아가 허다 난편難便한 일이 없게 함이니 네 뜻에는 어떠하뇨?"

소저가 머리를 조아 사은하되,

"처분이 이에 이르시니 신첩이 과복過福하여 죽을까 하나이다. 오직 바라건대 곧 처분을 도로 거두사 써 신첩을 편케 하옵소서."

태후가 이르시되,

"내 황상께 상의하여 곧 뇌정牢定하리니 너는 과히 고집지 말라."

하시고, 공주를 불러 나와 정 소저 보게 하시니 공주가 장복章服을 갖추고 위의를 베풀고 정 소저로 더불어 서로 대하매 태후가 웃어 이르시되,

"여아가 정 소저로 더불어 형제 되기를 원하더니 이제 참 형제 되었으니 뉘가 형인지 뉘가 아우인지 분변치 못하겠도다. 너 마음에 다시 한이 없느뇨?"

하시고 인하여 정 씨를 취하여 양녀 삼은 뜻으로써 공주에게 이르시니 공주가 대희하여 일어나 사례하되,

"낭랑의 처분이 지극하신 바로소이다. 소녀가 비로소 오매寤寐하던 원을 성취하였사오니 이제에 쾌락함을 어찌 가히 다 아뢰리까."

태후가 정 씨 대접함을 더욱 관곡히 하시고 옛적 문장을 의논하시다가 이에 이르시되,

"내 일찍 공주에게 들으매 네 음풍영월하는 재주 있다 하는지라 이제 궁중에 무사하고 봄 경치 좋으니 한번 읊음을 아끼지 말고 써 즐거움을 도우라. 옛사람에 칠보시七步詩 지은 자 있으니[1] 네 능히 하겠느뇨?"

소저 복주伏奏하되,

"이미 명을 듣사왔으니 감히 재주를 다하와 한번 웃으심을 자뢰資賴코자 하나이다."

---

1) 위나라 임금 문제가 그 아우 조식曹植에게 일곱 걸음 걷는 사이에 시를 지으라 명령하고 못 지을 때는 무안을 톡톡히 줄 것이라고 벼룩 냈다. 조식은 문제의 말이 끝나자마자 풍자 시 한 편을 지었다. "콩을 삶아 죽을 쑤는데, 갈아서는 즙을 만든다. 깍지는 가마 밑에서 타는데, 콩은 가마 속에서 운다. 콩이 깍지와 본시 한 뿌린데, 깍지여, 콩이 끓길 성급히 구느뇨?" 이렇게 조식은 인정 없는 형을 풍자하고 원망하였다 한다.

태후가 궁중의 걸음 빠른 사람을 골라 전각 앞에 세우시고 글제를 내어 시험코자 하시니, 공주가 아뢰되,

"정 씨로 홀로 짓게 하심이 소녀의 마음에 미안하오니 소녀가 또한 정녀로 더불어 한가지로 시험코자 하나이다."

태후가 더욱 기꺼하시되,

"여아의 뜻이 또한 묘하도다. 그러나 밝고 신신新新한 글제를 얻은 연후에야 글 생각이 스스로 나리라."

하시고 바야흐로 옛글을 생각하시더니 이때는 늦은 봄이라 벽도화碧桃花 난간 밖에 만발하였는데 홀연 기쁜 까치 울며 복사 가지 위에 앉거늘 태후가 까치를 가리켜 말씀하시되,

"내 바야흐로 너희들의 혼인을 정하매 저 까치 가지 위에서 기쁨을 보報하니 이는 길조라. 벽도화 위에 기쁜 까치 소리 들은 것으로 글제를 삼고 각기 칠언 절구 한 수를 짓되 글 속에 반드시 정혼한 뜻을 넣으라."

하시고 궁녀를 명하사 각각 문방제구文房諸具를 벌여 놓으니 공주와 정 씨가 붓을 잡으매 전각 앞에 섰는 궁녀가 이미 발걸음을 옮기고 마음에 칠 보 내에 혹 미처 글을 짓지 못할까 두 사람의 붓 놀리는 것을 돌아보고 발 들기를 적이 더디게 하더니 두 사람의 붓이 빠르기 바람과 소낙비 같아 일시에 써 드리니 궁녀 겨우 다섯 걸음을 걸었더라.

태후가 먼저 정 씨의 글을 보시니, 하였으되,

> 자금紫禁[2] 춘풍이 벽도에 취하였으니
> 어디로 오는 좋은 새 말이 교교하뇨.
> 다락머리에 어기御妓가 새 곡조를 전하니
> 남국의 천화天華가 까치로 더불어 깃들이더라.

공주의 글을 보시니, 하였으되,

> 봄이 궁액宮掖에 깊으매 백 가지 꽃이 번성하니
> 신령한 까치가 날아와 기꺼운 말을 보하더라.
> 은한銀漢에 다리를 지으매 모름지기 노력하여
> 일시에 가지런히 두 천손天孫이 건너더라.

태후가 읊으며 탄식하시되,

"내의 두 여아는 곧 여중의 청련靑蓮[3], 자건子建[4]이로다. 조정에서 만일 여자 진사를

---

2) 자금성. 황제의 궁궐.

취할진대 마땅히 각기 장원과 탐화探花를 하리로다."

하시고 두 글을 바꾸어 공주와 소저를 보이시니, 두 사람이 각기 공경하여 탄복하며, 공주
가 태후께 고하되,

"소녀가 비록 한 수를 채웠으나 그 글 뜻이야 뉘 능히 생각지 못하리까마는 저저의 글이
정묘하여 소녀의 미칠 바 아니로소이다."

태후가 이르시되,

"그러하다. 여아의 글은 조급 영민함이 또한 사랑흡도다."

하시더라.

영양 공주의 영광과 그 모친의 입조

차시에 천자가 태후께 나아와 문안하시니 태후가 공주와 정 씨로 하여금 협방挾房으로
피케 하시고 이르시되,

"내 공주의 혼사를 위하여 양소유의 예폐를 도로 보내게 하였으니 마침내 풍화의 손상
함이 있는지라 정녀로 더불어 함께 부인을 삼게 한즉 정 사도 집에서 감히 좇지 못하겠
다 할 것이요, 정녀로 하여금 첩이 되게 한즉 또한 강박함이니, 오늘 내 정녀를 불러 보
매 아름답고 또 재주 있어 적이 공주로 더불어 형제 될 만한지라, 이런고로 내 정녀로
더불어 모녀지의母女之義를 맺어 공주로 한가지 양소유에게 돌아가게 하고자 하니 이
일이 과연 어떠하뇨?"

상이 대희하사 하례하시되,

"이는 성덕이 천지와 같사옴이니 자고로 두터운 혜택이 낭랑께 미칠 이 없도소이다."

태후가 곧 정 씨를 불러 황상께 뵈옵게 하시니 상이 명하사 전상殿上에 오르게 하시고
태후께 고하시되,

"정 씨 이미 황제의 누이 되었거늘 오히려 평복을 입음은 어쩜이니꼬?"

태후 이르시되,

"황상의 조칙이 내리지 아니하므로 장복을 굳이 사양하더라."

상이 여중서를 명하사 난봉문홍금지鸞鳳紋紅金紙¹⁾ 한 축을 가져오라 하시니 진채봉이
받들어 올리거늘 상이 붓을 들어 쓰려 하시다가 태후께 묻자오되,

---

3) 당나라 시인 이백. 이백은 하루에 삼백 편의 시를 지었다 한다.

4) 위나라 시인 조식.

"정 씨를 이미 공주로 봉하오니 나라 성을 주리로소이다."

태후가 이르시되,

"나도 또한 이 뜻이 있으나 다만 들으니 정 사도 내외 연기年紀 이미 쇠로하고 다른 자녀가 없다 한즉 내가 노신의 성을 전할 사람이 없음이 민망하니 그 본성대로 둠이 또한 진념軫念하는 뜻이로다."

상이 친필로 크게 써 이르시되,

"짐이 태후의 성지聖旨를 받들어 양녀 정 씨로써 봉하여 영양 공주英陽公主를 삼노라."

쓰기를 마치시매 양전궁兩殿宮 어보御寶를 찍어 정 씨를 주시고 궁녀로 하여금 관복을 받들어 정 씨를 입히시니 정 씨 전殿에 내려 사은하거늘 상이 난양 공주로 하여금 좌차座次를 정케 하실새 영양이 난양에게 한 해 위가 되나 감히 위에 앉지 못하거늘 태후가 이르시되,

"영양 공주가 이제는 곧 내 딸이라 형이 위에 있고 아우가 아래 있음이 예이거늘 형제지간에 어찌 가히 겸양하리오."

영양이 이마를 조아 사양하되,

"오늘 좌차가 곧 후일 행렬이오니 어찌 가히 처음에 삼가지 아니하리까."

난양 공주가 이르되,

"춘추 때에 조최趙衰의 처가 곧 진 문공晉文公의 딸이로되 위를 그 전취前娶 적실에게 사양하였거늘 하물며 저저는 소매의 형이니 또 무슨 의심이 있으리까."

정 씨 사양함이 자못 오래더니 태후가 명하사 연치를 따라 정하시니 이후로 궁중이 다 영양 공주로 일컫더라.

태후가 두 공주의 글로써 상께 보이시니 상이 또한 칭찬하시되,

"두 글이 다 묘하나 영양의 글이 주시周詩[2]의 뜻을 이끌어 덕을 후비后妃에게 돌려보내어 크게 체례體例를 얻었나이다."

태후가 이르시되,

"상의 말씀이 옳도다."

상이 또 이르시되,

"낭랑의 영양을 사랑하심이 이에 이르렀으니 실로 전에 없는 바이라. 신이 또한 우러러 청할 일이 있삽나이다."

하고 이에 진 중서秦中書의 전후 사실을 들어 아뢰되,

"진채봉의 아비 비록 죄로써 죽었사오나 그 조상이 다 조정 신자오니 그 정경을 진념하여 공주를 좇아 시집가 잉첩媵妾을 삼고자 하오니 낭랑은 이를 긍측矜惻히 여기사 허락

---

1) 난새와 봉황의 무늬가 있는 종이.
2) 《시경》 '주남周南'의 시.

하옵소서."

태후가 두 공주를 돌아보신대 난양이 아뢰되,

"진 씨 일찍 이 일로써 소녀에게 말하더이다. 소녀 이미 정이 친밀하고 서로 떠나고자 아니 하오니 낭랑의 처분이 아니 계실지라도 이 마음이 있었나이다."

태후가 진채봉을 불러 하교하시되,

"공주가 너로 더불어 사생동거死生同居할 뜻이 있는 고로 특별히 너로 하여금 양 상서의 잉첩을 삼으니 이후로 더욱 정성을 다하여 써 공주의 은의를 갚을지니라."

진 씨 감격하여 눈물을 흘리며 사은한 후에 태후가 또 하교하시되,

"두 공주의 혼사를 쾌정快定하매 홀연 기쁜 까치 와서 길조를 보하거늘 두 공주의 글을 내 이미 보았는지라 너도 또한 글을 지어 그 경사를 같이하라."

진 씨 명을 받아 즉시 글을 지어 드리니, 하였으되,

기쁜 까치 사사査査히[3] 자궁紫宮에 둘렸으니
봉선화 위에 춘풍이 일도다.
깃들임을 편안히 하여 남으로 날아감을 기다리지 아니하고
삼오성三五星[4]이 드물어 정동正東 편에 있더라.

태후가 상과 함께 어람御覽하시고 대희하사 이르시되,

"옛적 영설詠雪하던 채녀蔡女[5] 이에 미치 못하리로다. 이 글 속에 또한 주시周詩를 이끌어 능히 적첩과 첩妾의 분의를 지키니 이 더욱 아름답도다."

난양 공주가 아뢰되,

"이 글제에 글 재료가 본래 많지 아니하옵고 또 소녀 형제 이미 지었사오니 하수下手할 곳이 없을지라. 조맹덕曹孟德[6]의 이른바 '나무의 세 겹을 돌려 가히 의지할 데 없다.'는 것이 본대 길한 말이 아니오니 그 말을 끌어 쓰기 어렵거늘 이 글이 맹덕과 자미子美[7]와 주시周詩를 섞어 끌어 한 귀를 지었으나 조금도 흠처가 없사오니 실로 옛사람이 진 씨를 위하여 먼저 글을 지은가 하나이다."

태후가 이르시되,

---

3) "깍깍." 하고 까치가 우는 모양.

4) 별이 서너덧.

5) 옛날 중국 동한 때 여류 문장가로 이름을 날린 채문희蔡文姬. 오랑캐에게 사로잡혀 스무 해 동안 오랑캐 땅에서 억울한 생활을 하다가 조조에 의하여 구원되었다.

6) 조조曹操.

7) 두보杜甫.

"자고로 여자 중에 능히 글 짓는 자는 오직 반희班姬와 채녀와 탁문군卓文君과 사도온 謝道溫[8] 넷뿐이러니 이제 절재絶才의 여자 삼 인이 한 자리에 모두 있으니 가히 승사勝 事라 이를지로다."

난양이 이르되,

"영양 저저의 시비 가춘운의 글재주가 또한 기이하더이다."

할새 이때 날이 장차 저물게 되었거늘 상이 외전으로 환어還御하시고 두 공주가 또한 물 러가 침전에서 자고 이튿날 새벽에 닭이 처음 울매 영양이 태후께 들어가 문안하고 집에 돌아감을 주청奏請하되,

"소녀가 궁중에 들어올 때에 부모가 필연 놀라고 황송하였을 것이오니 오늘 돌아가 부 모 보고 낭랑의 은덕과 소녀의 영광을 일문 친척에게 자랑코자 하오니 복원 낭랑은 허 락하옵소서."

태후가 이르시되,

"여아가 어찌 번거히 대내를 떠나리오. 내 네 친모와 상의할 일이 있도다."

하시고 이에 하교하사 최 부인으로 하여금 입조조朝하라 하시더라.

이때 정 사도 내외는 일조에 소저의 비자 밀통密通함으로 인하여 놀란 마음이 바야흐로 놓이고 감축하더니 홀연 태후의 명소하심을 받자와 급히 내전에 들어가니 태후가 접견하 시고 이르시되,

"내 부인의 여아를 데려옴은 대개 난양의 혼사를 위함일러니 꽃다운 얼굴을 한번 접하 매 사랑하는 마음을 이기지 못하여 드디어 양녀를 삼아 난양의 형이 되었으니 과인의 전생 딸이 이 세상에 부인 집에 탄생함인가 하노라. 영양이 이미 공주가 되었으니 마땅 히 나라 성을 줄 것이로되 내 부인의 무자無子함을 진념하여 성을 고치지 아니하였으니 오직 부인은 지극한 정을 받들지어다."

최 부인이 머리를 조아 아뢰되,

"신첩이 늦게 한낱 여식을 사랑하였삽더니 급기 혼사에 한번 그릇되어 예폐를 보내오 니 황송하와 욕사무지欲死無地옵더니, 귀주가 여러 번 누지陋地에 하림하사 천한 여식 을 사귀시고 인하여 함께 궁중에 들어와 세상에 또 없는 은전을 입게 하시니 마땅히 정 성을 다하고 힘을 다하와 천은의 만분지일이라도 갚기를 생각하오나, 신첩의 지아비는 나이 늙고 병들어 이미 벼슬을 하직하옵고 첩은 또한 늙어 궁녀를 추축追逐하여 액정掖 庭의 쇄소灑掃하는 역사役事를 하올 길이 없사오니 천지 같사온 은덕을 장차 어찌 써 갚사오리까. 오직 감격하온 눈물만 흘릴 뿐이로소이다."

이에 일어나 절하고 엎디어 울어 소매가 젖는지라 태후가 측은히 여기사 가라사대,

"영양이 이미 내 딸이 되었으니 다시 데려가지 못하리라."

---

8) 진晉나라 때 유명한 여자 시인. 사안謝安의 조카딸.

최 부인이 부복俯伏 주奏하되,

"모녀가 단취團聚9)하여 하늘 같사온 덕택을 칭송치 못하오니 이것이 한이로소이다."

태후가 적이 웃고 이르시되,

"성혼한 후에는 난양도 또한 부인에게 부탁하리니 내가 영양 보듯 하라."

인하여 난양을 불러 서로 보게 하시니 최 부인이 누누이 전일에 설만한 죄를 사례하더라.

태후 이르시되,

"내 들으니 부인 좌우에 가춘운이 있다 하니 한번 봄을 청하노라."

부인이 곧 춘운을 불러 전殿 아래서 뵈옵거늘 태후가 그 아름다움을 칭찬하시고 앞으로 나오라 하신 후 하교하시되,

"난양의 말을 들으니 네 글재주 있다 하니 이제 글을 짓겠느뇨?"

춘운이 부복 주하되,

"신첩이 어찌 감히 지존지전至尊之前에서 당돌히 글을 짓사오리까. 그러하오나 시험하와 글제를 듣삽고자 하나이다."

태후가 세 사람의 글을 내려 이르시되,

"네 능히 이 글 뜻에 적합하게 하겠느뇨?"

춘운이 즉시 지어 드리니, 하였으되,

　　기꺼움을 보하는 작은 정성을 다만 스스로 알지니
　　우정虞庭10)에서 다행히 봉황鳳凰의 거동을 따르리라.
　　진루秦樓의 봄빛이 꽃 천 나무에 세 겹 돌리는데11)
　　어찌 한 가지 빎이 없겠느뇨.

태후가 남필覽畢에 두 공주를 뵈어 이르시되,

"가녀의 글재주 이러한 줄은 요량치 못한 바로다."

난양이 여쭈오되,

"이 글이 까치로써 그 몸을 비하고 봉황으로써 저저를 비하였사오니 체례 분명하옵고 끝구에 소녀가 서로 허락지 아닐까 의심하여 한 가지 깃들임을 빌고자 하여 옛사람의 글을 모두고 《시전詩傳》 뜻을 캐어 한 절구로 합하여 이루었사오니 의사 정묘하옵고 수단이 민활하도소이다. 나는 새가 사람을 의지하매 사람이 스스로 불쌍히 여긴다는 옛말

---

9) 집안 식구가 화목하게 모이는 것.

10) 궁전.

11) 서리었는데.

이 가녀에게 격언이로소이다."

인하여 춘운을 명하여 물러가 진 씨로 더불어 상면케 할새 난양 공주가 이르시되,

"이 여중서는 곧 화음현 진 씨 여자이니 춘운으로 더불어 해로할 사람이로다."

춘운이 대답하되,

"그러하오면 이 '양류사' 지은 진 낭자 아니니이까?"

진 씨 놀라 묻되,

"춘랑이 어떠한 사람을 인하여 '양류사'를 들었느뇨?"

춘운이 대답하되,

"양 상서 매양 낭자를 생각하시고 매양 그 글을 외우시기로 얻어 들었노라."

진 씨 감창感愴하여 이르되,

"양 상서가 첩을 잊지 아니하였도다."

춘랑이 이르되,

"낭자 어찌 이 말을 하느뇨. 양 상서 '양류사'를 몸에 감추시고 보면 눈물이 흐르고 읊은즉 탄식하시더라."

진 씨가 대답하되,

"상서가 만일 옛정이 있으면 첩이 비록 상서를 또 못 보고 죽어도 한할 바 없다."

하고 인하여 깁부채에 상서의 글 받은 일을 말하니 춘랑이 또 이르되,

"첩의 몸에 가진 보패가 다 상서의 아는 바로소이다."

하고 또 다른 말을 하려 할새, 궁인이 보報하되 정 사도 부인이 장차 나가신다 하거늘 두 공주가 들어가 모셔 앉으니, 태후가 최 부인에게 하교하시되,

"양소유가 미구에 돌아오리니 전일 예폐가 스스로 부인 문에 다시 들어가겠으나 영양이 곧 내 딸인즉 두 딸의 혼례를 함께 행코자 하노니 부인이 허락하겠느뇨?"

최 부인이 복지 주하되,

"신첩은 오직 낭랑의 처분만 기다리나이다."

태후가 웃고 이르시되,

"양 상서가 영양을 위하여 처분을 세 번 항거하였으니 내 또한 일차 속이고자 하노라. 상언常諺[12]에 흉즉길凶則吉이라 하니 상서 돌아온 후에 말하되, '정 소저 우연 병들어 불행하였다.' 하라. 또 그전 상서의 상소에 정녀를 친견하였다 하였으니 초례醮禮하는 날 상서가 그 면목을 아나 모르나 시험코자 하노라."

최 부인이 수명受命 하직하고 돌아올새 영양이 전문殿門 밖에 나와 절하여 보내고 춘운을 불러 상서 속일 계교를 가만히 주니 춘운이 여쭈오되,

"첩이 신선도 되고 귀신도 되어 상서를 속인 일도 혐의쩍거든 또 행계行計함이 너무 설

---

12) 속담.

만치 아니하리까?"

영양이 이르되,

"이는 우리의 하는 바 아니라 태후의 명이시라."

춘운이 웃음을 머금고 가더라.

대승상이 가춘운의 공교한 말을 듣다

차시 양 원수가 백룡담 물로 군사를 먹이매 군사의 기운이 여전하여 개원일전皆願一戰이어늘 원수가 제장諸將을 불러 약속을 정하고 한 북소리로 곧 나아가니, 찬보贊普가 바야흐로 심요연의 보내는 구슬을 받아 양 원수의 군사 이미 반사곡을 지난 줄 알고 크게 경겁驚怯하여 나아가 항복하기를 의논할새, 토번의 모든 장수가 찬보를 사로잡아 결박하여 양 원수의 진에 이르러 항복하거늘, 원수가 다시 군사 항오行伍를 정제整齊히 하고 그 도성에 들어가 노략질함을 금지하고 백성을 안무按撫하고 곤륜산에 올라 돌비를 세워 당나라 위덕을 기록하고 군사를 돌려 개가凱歌를 아뢰며 장차 서울로 향할새 진주眞州 땅에 이르니, 이미 가을이라 산천이 황량하고 천지 소슬하며 찬 꽃은 감창함을 맺고 가는 기러기는 슬픔을 불러 사람으로 하여금 객회가 더할러라.

원수가 밤에 객사에 들어 회포는 암암暗暗하고 긴 밤은 요요擾擾하여 능히 잠을 이루지 못하다가 맘에 스스로 생각하되,

'고향을 떠난 지 이미 삼 년이라 자모의 근력이 전일 같지 아니하시리니 병환 구호는 뉘게 부탁하며 조석 문안은 어느 때에 하게 될꼬. 난리 평정하여 오늘 뜻을 이루었으나 노친 봉양할 맘은 이때까지 펴지 못하였으니 인자人子의 도리 아니로다. 하물며 수 년 동안 국사에 분주하여 오히려 실인室人을 두지 못하매 정 씨의 혼사를 또한 기필키 어려우니, 이제 내 오천 리 땅을 회복하고 백만 명 도적을 평정하였으니 천자가 필연 큰 벼슬의 상전賞典을 내리사 구치驅馳한 수고를 갚으시리니, 내 그 벼슬을 도로 바치고 이 정세情勢를 베풀어 정 씨의 혼인 허락하심을 간청하면 혹 허락하심이 있으리라.'

생각이 이에 이르매 맘이 적이 풀려 이에 베개에 나아가 잠간 졸더니 꿈 가운데 몸이 날아 하늘 위에 오르매 칠보 궁궐이 단청이 찬란하고 오색구름이 영롱하더니 시녀 둘이 원수에게 와 이르되,

"정 소저 원수를 청하나이다."

원수가 시녀를 따라 들어가니, 넓은 뜰에 꽃이 만발하였는데 선녀 세 사람이 백옥루 위에 모두여 앉았으니 그 복색이 후비 같으며 주옥같은 광채 사람을 쏘며, 바야흐로 난간에 의지하여 꽃가지를 희롱하다가 원수의 들어옴을 보고 자리를 떠나 맞아 좌정한 후, 좌상

에 선녀가 먼저 묻되,

"원수 이별한 후 무양無恙하시니이까?"

원수가 자세 보니 곧 전일 거문고 곡조 의논하던 정 소저라 놀랍고 기꺼워 말을 하고자 하다가 도리어 말을 못하니 선녀가 이르되,

"이제는 내 이미 인간을 이별하고 천상에 와 놀매 옛일을 생각하니 슬프고 첩의 부모를 보시더라도 첩의 소식을 듣지 못하시리라."

하고 인하여 곁에 있는 두 선녀를 가리켜 이르되,

"이는 곧 직녀 선군織女仙君이요 저는 곧 대향 옥녀戴香玉女이라. 원수로 더불어 전생 연분이 있으니, 원컨대 원수는 이 두 사람으로 더불어 먼저 좋은 언약을 맺으시면 첩이 또한 의탁할 바 있으리라."

하거늘, 원수가 두 선녀를 바라보니 말석末席에 앉은 이는 면목이 비록 익으나 능히 기억지 못할러니, 이윽고 북소리에 놀라 깨니 곧 일장 봄꿈이라, 몽중사夢中事를 생각하매 다 길조 아니거늘 이에 스스로 탄식하되,

"정 낭자가 필연 죽었도다. 계섬월의 천거와 두 연사의 중매가 다 월로月老의 지시함이 아니요, 가약을 이루지 못하고 이미 유명이 다르니 명이냐 하늘이냐? 흉한 것이 도리어 길하다 하니 혹 내 꿈을 이른 말인가?"

하더라.

오래매[1] 선진先陣이 이미 서울에 이르니 천자가 위교에 친림하사 맞으실새, 양 원수가 봉계자금鳳係紫金 투구[2]를 쓰고 황금쇄자黃金鎖子 갑옷을 입고 천리 대완마大宛馬를 타고 어사御賜하신 백모 황월白旄黃鉞과 용봉기치龍鳳旗幟로 전후좌우를 옹위하고 찬보를 함거檻車[3]에 가두어 진 앞에 세우고 토번 삼십육군 인군人君의 각각 진공進供한 물건을 가지고 진 뒤에 따르니 위의 광장함이 천고에 희한하더라.

원수가 말께 내려 머리를 조아 뵈온대 상이 친히 붙들어 일으키시고 그 군공 이룸을 권장勸獎하시고 곧 조정에 조서를 내리사 곽분양郭汾陽의 옛일을 의방依倣하여 땅을 베어 주고 왕을 봉하여 상전賞典을 후히 하시거늘 원수가 정성을 드러내어 힘써 사양하고 받지 아니하니 상이 그 충의를 좇으사 칙지勅旨를 내려 양소유로 대승상을 삼고 위국공魏國公을 봉하고 식읍食邑 삼만 호戶를 주시고 기여其餘 상급은 이기어[4] 기록지 못할러라.

양 승상이 대가大駕를 따라 궐내에 들어가 사은하니 상이 곧 명하사 태평연太平宴을 배설하사 예로 대접하는 은전을 보시고 그 화상畫像을 기린각麒麟閣에 그리라 하시더라.

---

1) 오래간만에.
2) 봉황새를 장식한 황금 투구.
3) 죄인을 호송하는 수레.
4) 이루 다.

승상이 퇴궐하여 정 사도 집에 이르니 정씨 족속이 모두 외당에 모여 승상을 맞아 절하
며 각기 치하하거늘 승상이 먼저 사도와 부인의 안부를 묻는데 정십삼이 대답하되,

"숙부와 숙모가 비록 부지扶持하시나 누이의 상변喪變을 보신 후로 과도히 비통하사
병을 이루사 기력이 쇠로하사 능히 외당에 나와 맞지 못하시니 바라건대 승상은 소생으
로 더불어 한가지로 내당에 들어감이 어떠하뇨?"

승상이 졸연히 말을 들으매 여취여광醉如狂하여 능히 급히 묻도 못하고 침음반상沈
吟半晌 후 묻되,

"장인이 어느 때 따님의 상변을 보시뇨?"

정생이 대답하되,

"숙부모가 무남독녀옵더니 천도天道 무심하여 이 비경悲境에 이르시니 어찌 비통치 않
으리오. 승상은 들어가 보실 때에 삼가 비척悲慽한 빛을 내지 마소서."

승상이 비척한 눈물이 비 같아 옷깃을 적시니 정생이 위로하되,

"승상의 혼약이 비록 금석 같으나 집안 운수가 불행하여 대사 이미 그릇되니 바라건대
승상은 오직 의리를 생각하여 힘써 위로하소서."

승상이 눈물을 뿌려 사례하고 정생으로 더불어 들어가 사도 내외께 뵈니 오직 기뻐 치
하할 따름이요, 말씀이 소저 요촉天促한 데 및지 아니하거늘 승상이 이르되,

"소서가 다행히 국가 위엄을 힘입어 외람히 공을 봉하는 상전을 받으매 사은하옵고 또
사정을 상달上達하여 황상의 의향을 돌리시게 하여 전일 언약을 성취코자 하였더니 아
침 이슬이 이미 먼저 마르고 봄빛이 이미 저물었으니 어찌 생사의 감회 없사오리까."

정 사도가 눈썹을 한번 찡기고 정색한 후 이르되,

"오늘은 온 집이 모두여 경사를 치하하는 날이니 비창悲愴한 말을 말지이다."

하는데, 정생이 자주 승상에게 눈짓하거늘 승상이 그 말을 그치고 나아가 화원에 들어가
니, 춘운이 계하에 내려 맞아 뵈옵거늘 승상이 춘운을 보매 소저 봄과 같아 슬픈 회포 더
욱 간절하고 여루종횡餘淚縱橫하니 춘운이 꿇어앉아 위로하되,

"상공, 상공, 오늘이 어찌 상공의 비창하실 날이리까. 복망伏望 상공은 관심寬心하사 눈
물을 거두시고 굽어 첩의 말씀을 들으소서. 우리 낭자가 본래 하늘 신선으로 잠시 인간
에 귀양 오신 고로 하늘에 오르시던 날 천첩더러 이르되, '너도 스스로 양 상서를 끊고
다시 나를 좇으라. 내 이미 인간을 버렸거늘 네가 다시 양 상서에게 돌아가면 어찌 가히
너로 더불어 서로 떠나리오. 상서가 조만간 돌아와 만일 나를 생각하고 비감悲感하시거
든 네 모름지기 내 말로 전하여 이르되 예폐를 이미 물렀은즉 곧 길사람과 다름없으며,
우황又況 전일 거문고 듣던 혐의가 있는지라 과도히 생각하고 너무 비감하면 이는 인군
의 명을 거역하고 사정私情을 좇는 것이니 이는 죽은 사람에게 누가 끼침이라 어찌 민
망치 않으리오. 또 무덤에 치제致祭하시거나 혹 궤연几筵에 곡하시면 이는 나를 행실
없는 여자로 대접하심이니 어찌 지하에 유감이 없으리오. 황상이 상서의 회환回還함을
기다려 다시 공주의 혼사를 의논하신다 하니 내 들은즉 '관저關雎' [5]의 위덕威德이 군

자 배필 되기 합당하다 하니 군명을 순수하여 죄에 빠지지 아니하심이 나의 바라는 바이라.' 고 하시더이다."

승상이 이 말을 들으매 더욱 비창하여 이르되,

"소저의 유언이 비록 이 같으나 어찌 능히 비회悲懷 없으리오. 열 번 죽어도 그 은덕을 갚기 어렵다."

하고 인하여 진중의 꿈을 말하니 춘운이 눈물을 흘리며 이르되,

"소저가 반드시 옥경玉京에 계신 것이니 승상께서 천추만세 후에 어찌 서로 모두실 기약이 없사오리까. 비창하여 귀체貴體를 상치 마소서."

승상이 이르되,

"이외에 소저 또 말씀이 없었느뇨?"

춘운이 대답하되,

"비록 혼자 말씀함이 있사오나 가히 춘운이 입으로 말씀하지 못하리로소이다."

승상이 정색코 이르되,

"네 들은 바를 은휘隱諱 말고 다 말할지어다."

춘운이 여쭈오되,

"소저가 또 첩더러 이르되, '내 춘운으로 더불어 곧 한 몸이니 상서가 만일 나를 잊지 못하사 춘운 보기를 나같이 하사 마침내 버리지 아니하시면 내 비록 땅에 들어가나 친히 상서의 은덕을 받음 같다.' 하시더이다"

승상이 더욱 슬퍼 이르되,

"내 어찌 춘운을 버리리오. 하물며 소저의 부탁이 있으니 내 비록 직녀로 처를 삼고 복비宓妃로 첩을 삼을지라도 맹세코 춘랑을 저버리지 않으리다."

하더라.

양 승상이 두 공주로 더불어 성례하다

익일에 천자가 양 승상을 불러 보시고 하교하시되,

"향자向者에 공주의 혼사를 인하여 태후가 특히 엄한 처분을 내리사 짐의 맘이 또한 불안하더니 타념他念이 없게 되고 경의 회환함을 기다려 공주의 혼례를 행하려 한지라, 경은 바야흐로 소년이요 당상에 대부인이 있은즉 의식 등절等節을 어찌 스스로 분별하

---

5)《시경》'국풍國風'의 머리편 이름. 현숙한 안해를 얻어 단란한 생활을 갈망하는 내용이다.

며 항차 대승상 관부에 여군이 가히 없지 못할지요, 위국공 가묘家廟에 아헌亞獻을 가히 궐闕치 못할지라. 짐이 이미 승상부 공주궁을 짓고 써 성례할 날을 기다리니 지금도 또한 허락지 아니하겠느뇨?"

승상이 머리를 두드려 아뢰되,

"신의 전후 거역한 죄는 만사무석萬死無惜이오나 칙교를 거듭 내리사 말씀이 온후하시니 신이 진실로 황감하와 욕사무지欲死無地로소이다. 신이 단단무타斷斷無他라 문벌이 미천하옵고 재주 천단하와 부마의 위位 합당치 못하도소이다."

상이 대희大喜하여 곧 조서를 흠천관欽天館[1]에 내리사 길일을 택하여 들이라 하시니, 태사太師[2]가 구월 십오일로써 아뢰매 다만 수십 일을 격하였더라.

상이 승상에게 하교하시되,

"전일에는 혼사를 완성치 못한 고로 경에게 미처 말하지 못하였노라. 짐의 누이 두 사람이 있으니 다 현숙함이 비범하고 비록 다시 경 같은 사람을 구하고자 하나 어느 곳에 가히 얻으리오. 이런고로 짐이 태후의 명을 받들어 두 누이로써 경에게 하가下嫁케 하고자 하노라."

승상이 홀연 진중陣中 객사의 꿈을 생각하고 맘에 크게 괴이히 여겨 복지伏地 주주奏하되,

"신이 부마 간택을 입사온 이후로 황송무지惶悚無地하옵더니 이제 폐하가 두 공주로 하여금 한사람의 몸에 하가코자 하옵시니 나라 있은 이래로 듣지 못한 바이온즉 신이 어찌 당하오리까."

상이 이르시되,

"경의 공업功業이 족히 나라에 제일 될지라. 그 공로를 갚을 도리 없는 고로 두 누이로써 섬기게 함이요, 또 두 누이의 우애가 다 천성에 나서 서면 서로 따르고 앉으면 서로 의지하여 매양 늙어 죽도록 서로 떠나지 않기를 원하는 고로 한사람에게 하가함이 또한 태후 낭랑의 의향이시니 경은 가히 사양치 말지어다. 또 궁녀 진 씨는 누대 사환가仕宦家 여자요, 자색이 있고 글을 잘하여 궁중에 있은 지 여러 달이라 태후 섬김에 충성을 다하고, 또 공주와 정의 동기 같거늘 이로써 태후가 더욱 사랑하시니 혼일이 임박하매 조용히 태후께 고하되, 당초에 난양으로 더불어 좌차 정하던 날에 이미 잉첩으로 정하였는지라, 경은 이대로 명을 좇을지어다."

하시니, 승상이 황공 사은하고 퇴조退朝하니라.

선시先時에 두 공주의 좌차를 정하였더니 하루는 영양 공주가 상주上奏하되,

"향자에 좌차 정하던 날 상좌에 거하옴이 극히 참람하오나 일향一向 고사固辭하오면

---

1) 옛날 중국에서 천문, 기상을 맡아본 관청 이름.
2) 흠천관의 장관.

낭랑의 자애하시는 정을 거역할까 하와 강잉强仍하여 좇사옴이 본의 아니옵더니 이제 양 승상에게 돌아가 제일좌第一座를 사양하오면 이 또한 옳지 않사오니 복망 낭랑과 황상은 그 정례情禮를 짐작하시고 그 위차를 바르게 하사 사분私分이 편안케 하시고 가법家法이 문란치 않게 하옵소서."

난양이 태후 옆에 있다가 이르되,

"저저의 덕행과 재주가 다 소녀의 스승이오니 저저 비록 정문鄭門에 있을지라도 소녀가 마땅히 조최趙衰의 위位 사양함과 같이 할지어늘 이미 형제 된 후에 어찌 존비지분尊卑之分이 있으리까. 소녀가 비록 제이 부인이 될지라도 스스로 인군의 딸의 존귀함을 잃지 아니할지오. 만일 제일위에 거하오면 낭랑의 저저 양육하시는 본의 과연 어디 있나니이까."

태후가 황상께 의논하시되,

"이 일을 어찌 조처할꼬?"

상이 이르시되,

"난양의 사양함이 지성에서 나오니 자고로 국가 공주의 이 일 있음을 듣지 못하였사오니 복원伏願 낭랑은 그 겸양하는 덕을 아름다이 여기사 이 일의 그 아름다운 뜻을 이루소서."

태후가 이르시되,

"상의 말씀이 옳도다."

하시고, 이에 하교하사 영양으로써 위국공魏國公 좌부인左夫人을 삼으시고 난양으로써 우부인을 봉하고 진 씨는 본래 사부가 여자인 고로 봉하여 숙인淑人을 삼다.

전례에 공주의 혼례를 궐문 밖에서 행하였거늘 이날은 태후가 특별히 대내에서 행례行禮하라 하시더니 길일이 이르매 양 승상이 인포옥대麟袍玉帶로써 두 공주로 더불어 성례成禮하니, 위의의 승함과 예모의 장함은 이로도 말고 예필좌정禮畢坐定 후 진 숙인이 또한 예로 뵈고 인하여 공주께 모시거늘 승상이 자리를 주니 삼위三位 선녀 하강한 듯 휘황찬란하여 승상이 꿈속에 있는가 의심하더라.

이 밤에 영양 공주로 더불어 베개를 연하고 익일에 일찍이 태후께 문안하니 태후가 잔치를 주신대 황상과 황후가 또한 태후께 시립侍立하사 종일 즐기시더라.

승상이 이날 밤에 또 난양 공주로 더불어 이불을 한가지 하고, 제삼일에 진 숙인 방에 가니 숙인이 문득 눈물을 흘리거늘 승상이 놀라 묻되,

"오늘 웃는 것은 옳거니와 우는 것은 옳지 아니하도다. 그러나 무슨 까닭이 있는 듯하니 실사實事를 말하라."

진 숙인이 대답하되,

"소첩을 기억지 못하시니 승상이 이미 잊어버리심이로다."

승상이 자세히 보더니 이에 숙인의 옥수玉手를 잡고 이르되,

"그대 화음현 진 씨로다. 내 오매불망하던 바로다."

채봉이 더욱 목이 메어 소리 입에 나지 못하거늘 승상이 이르되,

"낭자가 이미 지하에 돌아간 줄로 알았더니 궁중에 있었으니 만행萬幸이로다. 그때 화주에서 서로 헤어지매 낭자의 집 참혹한 화란은 다시 말할 수 없거니와 객점에서 피란한 후에 어찌 하루라도 생각지 아니하리오. 오늘 옛 언약을 이룸은 실로 내 생각에 밎지 못한 바요, 낭자 또한 기필치 못하였으리라."

하고 드디어 주머니 속으로서 진 씨의 글을 내니 진 씨 또한 승상의 글을 받아 올리매 두 사람의 '양류사' 의연히 서로 화답하는 날 같은지라, 진 씨 이르되,

"승상은 오직 '양류사' 로 옛 언약을 맺은 줄만 알고 집부채로 오늘 연분이 된 줄은 알지 못하시나이다."

하고 이에 상자를 열더니 그림 부채를 내어 승상께 보이고 인하여 그 일을 자세히 말하니 승상이 이르되,

"그때 남전산으로 피란 갔다가 돌아와 객점 주인에게 물은즉 혹 낭자가 액정掖庭에 박혔다 하며 혹 먼 고을의 관비 되었다 하며 혹 흉화를 면치 못하였다 하여 적실한 회보回報를 알지 못하니 다시 기망이 없는 고로, 부득이 다른 집에 혼처를 구하나 매양 화산과 위수 사이를 지나매 몸은 짝 잃은 기러기 같고 맘은 낚시에 꼬인 고기 같더니 천은이 융숭하사 비록 서로 더불어 모두였으나, 맘에 불안한 일이 있으니 객점에서 정한 언약이 어찌 부실副室로써 서약하였으리오. 마침내 낭자로 하여금 이 위位에 굽히게 하니 어찌 아깝지 아니하며 부끄럽지 아니하랴."

진 씨 대답하되,

"첩의 기박함은 첩이 스스로 알고 그때 유모를 객점에 보낼새 낭군이 만일 성취成娶하였으면 스스로 부실 되기를 원하였삽더니 이제 귀주의 위에 버금에 거하오니 첩의 영광이요 다행이라 첩이 만일 원망하고 한탄하면 하늘이 미워하시리라."

이 밤에는 옛 의와 새 정이 전일 두 밤에 비하여 더욱 친밀하더라.

계교로 서로 속은 일이라

익일에 승상이 난양 공주로 더불어 영양 공주 방에 모두여 한가지 앉아 술을 마시더니, 영양 공주가 소리를 나직이 하여 시녀를 불러 진 숙인을 청하거늘, 승상이 그 성음聲音을 듣고 맘에 스스로 처창한 빛이 동하여 홀연 낯에 오르니 이는 전일에 양생이 여복하고 정부鄭府에 들어가 소저를 대하여 거문고를 탈 때 그 곡조 평론하던 소리를 듣고 이 용모가 더욱 익었더니, 이날 영양의 성음이 또한 정 소저요 또 자세히 본즉 모양이 또한 정 소저라 승상이 가만히 생각하되,

'세상에 흡사한 사람도 있도다. 내 정 씨의 혼인을 언약할새 사생을 한가지 하고자 하였더니 이제 나는 금슬지락琴瑟之樂을 맺었거니와 정 씨의 고혼孤魂이 어느 곳에 의탁하였는고. 내 혐의를 피코자 하여 묘전일배墓前一杯와 궤연일곡几筵一哭을 아니 하였으니 내 정 씨를 저버림이 많도다.'

하고 눈물이 떨어지고자 하니 정 씨 유리 같은 마음으로 어찌 승상의 회포 속 일을 알지 못하리오. 이제 옷깃을 정제하고 묻자오되,

"이제 상공이 잔을 임하여 홀연 비감한 빛이 계시니 감히 그 연고를 묻잡나이다."

승상이 사례하되,

"소유의 맘속 일을 어찌 귀주께 은휘하리오. 소유가 일찍 정 사도 집에 가서 그 여자를 보았더니 귀주의 음성과 용모가 정 씨 여자와 흡사한 고로 눈에 걸리고 마음에 생각나는 고로 비창한가 하오니 귀주는 괴히 여기지 마소서."

영양이 청파聽罷에 두 뺨에 붉은 빛이 나며 홀연히 일어나 내전으로 들어가니 오래 나오지 아니하거늘, 승상이 시녀로 하여금 청하였더니 시녀 또한 나오지 아니하거늘, 난양이 이르되,

"저저는 태후 낭랑의 총애하시는 바인 고로 성품이 겸비謙卑치 않아 첩의 잔졸孱拙함과 같지 아니하더니 상공이 정녀로써 비하시매 미흡한 맘이 있는가 하나이다."

승상이 곧 진 씨로 하여금 사죄하되,

"소유가 취중에 망발하였으니 귀주 시방 나오시면 소유가 마땅히 진 문공같이 가두기를 청하리다."

하였더니, 이윽한 후에 진 씨 나와 전하는 말이 없거늘 승상이 이르되,

"귀주가 무슨 말씀 하더뇨?"

진 씨 대답하되,

"귀주 노기 높으사 말씀이 과도하시기로 감히 전치 못하나이다."

승상이 이르되,

"귀주의 과도한 말씀이 숙인에게 허물 되지 않으리니 모름지기 자세히 전할지어다."

진 씨가 대답하되,

"영양 공주의 말씀이, '첩은 비록 잔졸하나 태후 낭랑의 총애하는 딸이요 정녀가 비록 기이하나 여염 미천한 집 여아라. 예에 이르되 길 말에 허리를 굽힌다 하니 말을 공경함이 아니라 인군이 타시는 바를 공경함이니 하물며 인군이 사랑하시는 누이리오. 황차況且 정녀가 일찍 체모를 생각지 아니하고 스스로 그 자색을 자랑하여 상공으로 더불어 접어接語하며 거문고 곡조를 논란하였은즉 가히 몸가짐이 무례한지라, 또 스스로 혼사의 지체함을 한탄하여 조울병이 나서 청춘에 요촉하였으니 그 신수 가장 기박하거늘 상공이 어찌 나를 여기 비하시느뇨? 옛적에 노나라 추호秋胡 황금으로써 뽕 따는 계집을 희롱하매 그 계집이 곧 물에 빠져 죽었다 하니, 첩이 어찌 가히 부끄러운 낯으로써 상공을 대하리오. 또 상공이 그 낯을 이미 죽은 후에 기억하시고 그 소리를 오래 이별한 뒤

에 분변分辨하시니, 이는 탁녀卓女[1] 외당外堂에서 거문고를 타며 가 씨賈氏의 집에서 향香 도적질함과 같은지라, 첩이 이로부터 맹세코 문에 나가지 않고 몸을 마칠지라. 난양은 성질이 유순하여 나와 같지 아니하니 원컨대 상공은 저로 더불어 해로하소서.' 하시더이다."

승상이 맘에 대로하여 이르되,

"천하에 여자로 세를 믿음이 영양 같은 자가 있으리오. 과연 부마의 괴로움을 알겠도다."

이에 난양에게 이르되,

"내 정녀로 더불어 상봉함이 곡절이 있거늘 이제 영양이 도리어 음행淫行으로써 내게 씌우고자 하니 이는 상관없거니와 욕이 이미 죽은 사람에 미치니 이 가히 한탄할 바이로다."

난양이 이르되,

"첩이 마땅히 들어가 저저에게 깨닫도록 말씀하리다."

하고 곧 몸을 돌이켜 들어가더니 날이 저물도록 또한 나오지 아니하고 이미 방 안에 등촉을 벌인지라, 난양이 시비로 하여금 말을 전하되,

"첩이 만단萬端 개유改諭하여도 저저 마침내 맘을 돌리지 아니하고, 첩이 당초에 저저로 더불어 사생고락을 서로 같이하자 언약하여 천지신명께 맹세하였으니, 저저 만일 깊은 궁에 홀로 늙으면 첩도 또한 깊은 궁에서 늙고자 하오니 바라건대 승상은 숙인 방에 나아가사 오늘 밤을 안녕히 지내소서."

하거늘 승상이 노기 탱중撑中하나 맘을 억제하여 사색辭色에 보이지 아니하고 빈 방장과 찬 병풍이 또한 무료하거늘 침상에 비껴 의지하여 진 씨를 바라보니, 진 씨 곧 촛불을 들고 승상을 인도하여 침방으로 돌아가 금로金爐에 용향龍香을 피우며 상아 평상에 비단 금침을 펴고 승상께 고하되,

"첩이 비록 불민하오나 일찍 군자의 풍도를 듣사오니 예에 첩을 어거御居함이 감히 저녁을 당치 못한다[2] 하니 이제 두 공주 낭랑이 다 내전에 드신지라 첩이 어찌 감히 상공을 모시고 이 밤을 지내리까. 오직 승상은 안녕히 취침하소서."

하고 옹용雍容히 걸어가거늘 승상이 비록 만류치 아니하나 이 밤 경색景色이 자못 냉락冷落한지라, 드디어 장을 드리우고 베개에 나아가매 전전불매輾轉不寐하여 이르되,

"이 무리가 떼를 짓고 꾀를 내어 장부를 조롱하니 내 어찌 저에게 애걸하리오. 내 전일 정 사도 집 화원에 있으매 낮이면 정십삼으로 주루에서 취하고 밤이면 춘랑으로 더불어 촛불을 대하여 술을 마시니 하루도 불쾌함이 없더니 이제 부마 된 지 삼 일에 맘이 심히

---

1) 탁문군.
2) 첩과는 온밤을 지내지 못한다.

번뇌하도다."

하고 손을 들어 깁창을 여니 은하수는 하늘에 비끼고 월색은 뜰에 가득하거늘 이에 신을 끌고 나아가 거닐다가 멀리 영양 공주의 방전房廛을 바라보니 촛불이 휘황하여 깁창에 영롱하거늘 승상이 맘에 하오되,

'밤이 이미 깊었거늘 어찌 지금껏 자지 않느뇨. 영양이 내게 노하여 나를 이리 보내더니 이미 침실로 돌아갔도다.'

신소리 없이 고이 걸어 가만히 창밖에 나아간즉 두 공주의 말소리와 웃는 소리와 주사위, 쌍륙雙陸[3] 소리 창밖에 나오거늘 가만히 창틈으로 엿본즉 진 숙인이 두 공주 앞에 앉아 한 여자로 더불어 주사위 판을 대하여 일을 빌며 육을 부르더니, 그 여자가 몸을 돌려 촛불을 돋우는데 곧 가춘운이라 원래 춘운이 공주 대례 날 궁에 들어옴이러라. 그러나 몸을 감추어 승상을 보지 아니한 고로 승상이 이에 있을 줄을 어찌 뜻하였으리오.

승상이 놀라고 의아하여 이르되,

'필연 공주가 춘운의 자색을 보고자 하여 불러옴이로다.'

하더니, 진 씨 홀연 주사위 판을 다시 벌이며 말하되,

"내기를 아니 하므로 몰자미沒滋味하니 마땅히 춘랑으로 더불어 내기하리로다."

춘운이 대답하되,

"춘운은 본래 빈한하여 한 그릇 주효酒肴도 다행하거니와 숙인은 귀주의 곁에 있어 능라금수綾羅錦繡와 경거옥패瓊琚玉佩 풍족하시리니 춘운더러 무슨 물건을 내기하라 하시느뇨."

진 씨가 이르되,

"내 이기지 못하면 내 허리에 찬 노리개와 머리에 꽂은 비녀 중에 춘랑의 구하는 대로 줄 것이요, 낭자가 이기지 못하면 내 청을 들을지니 이 일은 낭자에게 진실로 허비할 바 없도다."

춘운이 대답하되,

"청코자 하는 바는 무슨 일이며 듣고자 하는 바는 무슨 말이뇨?"

진 씨 이르되,

"내 향자에 두 분 귀주 하시는 말씀을 들으매 춘랑이 신선도 되고 귀신도 되어 써 승상을 속였다 하되 내 그 자세한 말을 듣지 못하였으니 춘랑 지거든 이 일로써 고담 삼아 내게 들리라."

춘운이 이에 주사위 판을 밀고 영양 공주를 향하여 여쭈오되,

"소저, 소저, 소저가 평일에 춘운 사랑하심이 지극하시더니 이런 말씀을 공주께 드리사

---

3) 여러 사람이 편을 갈라 차례로 주사위 한 쌍을 던져서 나타나는 사위대로 쌍륙판에 말을 써서 먼저 궁에 들여보내는 사람이 이기는 내기.

숙인이 이미 들었으니 궁중에 귀 있는 사람이야 뉘 듣지 못하였으리까. 춘운이 하면목으로 사람을 대하리까?"

진 씨가 이르되,

"채봉이 춘 낭자에게 책할 말이 있도다. 우리 공주가 어찌 춘랑의 소저가 되리오. 영양 공주는 곧 대승상의 부인이요, 위국공의 여군이시니 연세 비록 젊으시나 지위 이미 높으시니 어찌 감히 소저라 부르리오."

춘운이 사과하되,

"십 년 익은 입을 하루아침에 고치기 어렵고 꽃을 다투고 가지를 싸우던 일이 완연히 어제 같으니 공주를 내 두려워 아니 하는 데서 실언함이니 용서하소서."

하고 인하여 가가대소呵呵大笑하거늘, 난양 공주가 영양 공주에게 묻자오되,

"춘운의 말끝을 소매도 미처 듣지 못하였으니 승상이 과연 춘운에게 속았나이까?"

영양이 대답하되,

"승상이 춘운에게 속은 일이 많으니 불 아니 땐 굴뚝에 어찌 연기 나리까. 다만 그 겁내는 형상을 보고자 하였더니 너무 우미愚迷하여 귀신 미워할 줄 알지 못하니, 예에 이른 바 호색하는 사람은 계집의 아귀라 하는 말이 과연 허언이 아니니 귀신에 주린 자가 어찌 귀신 미워할 줄 알리까."

하니 좌중이 크게 웃더라.

승상이 정녕 영양 공주가 정 소저인 줄 알고 차경차회且驚且喜하여 창을 열고 돌입하고자 하다가 도로 그쳐 스스로 이르되,

"저들이 나를 속이고자 하니 내 또한 저들을 속이리라."

하고 이에 가만히 진 씨의 방에 들어가 온숙穩宿하더니, 익일 일찍이 진 씨 나와 시녀에게 묻되,

"승상이 이미 기침하셨느뇨?"

시녀가 대답하되,

"아직 기침치 아니하시나이다."

진 씨 오래 창밖에 섰더니 아침 날이 창에 가득하고 조반을 장차 드리겠으되 승상이 일어나지 아니하고 이따금 이따금 신음하는 소리 들리거늘 진 씨 나아가 묻자오되,

"승상이 미령靡寧하시니이까?"

승상이 눈을 떠 직시하며 사람을 보지 못하는 듯하고 왕왕히 에어囈語[4]를 하니 진 씨 묻자오되,

"승상이 어찌 꿈꼬대를 하시나이까?"

승상이 황홀하여 대답지 아니하다가 오랜 후에 홀연히 묻되,

---

4) 헛소리.

"네 뉘뇨?"

진 씨 대답하되,

"승상이 첩을 알지 못하시나이까? 첩은 진 숙인이로소이다."

승상이 점두點頭할 뿐이요, 눈을 도로 감으며 목 안의 말로,

"진 숙인? 진 숙인이 뉘뇨?"

하거늘, 진 씨 놀라 손을 들어 승상의 이마를 어루만지며 이르되,

"이마가 자못 더우니 승상의 환후 계심을 가히 알지나 하룻밤 사이에 무슨 병환이 이렇듯 하시니이까?"

승상이 눈을 떠 정신을 차리며 이르되,

"이상하다. 정녀 밤새도록 나를 괴롭게 하니 내 어찌하리오."

하거늘, 진 씨 그 자세함을 묻는데 승상이 도로 혼미하여 대답지 아니하고 몸을 옮겨 돌아 눕거늘 진 씨 극히 민박憫迫하여 시녀로 하여금 공주께 고하되,

"승상이 환후 계시니 속히 오셔서 뵈옵소서."

영양이 이르되,

"어제 술 마시던 상공이 무슨 병이 있으리오. 불과시不過是 우리들로 하여금 나아가 보게 함이리라."

하더라. 진 씨가 급히 들어와 고하되,

"승상이 신기神氣 황홀悅惚하사 사람을 보아도 알지 못하고 오히려 어두운 데를 향하여 예어를 자주 하시니 황상께 아뢰옵고 의관을 불러 치료케 하심이 어떠하니이꼬?"

하더니, 태후가 들으시고 공주를 불러 꾸짖되,

"너희들이 승상을 과도히 속였거늘 그 병이 중함을 듣고 나가 보지 아니하니 이 무슨 도리뇨. 급히 문병하고 만일 증세 중하거든 의관 중 의술 정묘한 자를 불러 진찰하고 치료케 할지어다."

영양이 난양으로 더불어 승상 침방에 나아가 마루에 머무르고 먼저 난양과 진 씨로 더불어 들어가 보게 하였더니, 승상이 혹 두 손을 두르며 혹 두 눈을 부릅뜨며 처음에는 난양의 묻는 말을 듣지 못하는 듯하더니 비로소 목 안 소리로 말하되,

"내 명이 장차 다할지라. 영양으로 더불어 영결永訣하려 하거늘 영양은 보지 못하겠도다."

난양이 이르되,

"승상이 어찌 이 말씀을 하시나이까."

승상이 처량한 말로 이르되,

"간밤 비몽사몽간에 정녀가 내게 와 말하되, '상공이 어찌 언약을 저버리느뇨.' 하고 노기 추상같아 진주 한 움큼으로 나를 주거늘 내 받아 삼켰으니 이 실로 흉한 징조라. 눈을 감은즉 정녀가 내 몸을 누르고 눈을 뜬즉 정녀가 내 앞에 섰으니 내 어찌 능히 살리오."

말을 맞지 못하여 또한 기진하는 형상을 지으며 낯을 돌이켜 벽을 향하고 또 횡설수설하거늘 난양이 그 동정을 보며 놀랍고 우려하여 나와 영양에게 이르되,

"승상의 병인즉 과시果是 의질疑疾이오니 저저 아니면 능히 고칠 자 없다."

하고 인하여 병 증세를 말하니 영양이 반신반의하여 주저하니 난양이 손을 끌고 들어가니 승상이 오히려 꿈꼬대를 하는데 무비無非 정 씨를 향한 말이어늘 난양이 고성高聲하여 이르되,

"승상, 승상, 영양 저저 왔으니 눈을 떠 보소서."

승상이 잠깐 머리를 들고 자주 눈을 둘러 일어나고자 하는 형용을 짓거늘 진 씨 붙들어 일으켜 상 위에 앉히니 승상이 두 공주를 대하여 이르되,

"소유가 편벽되이 천은을 입어 양위兩位 귀주로 더불어 성혼하매 백년해로하잤더니 나를 잡아가는 듯한 자가 있기로 세상에 오래 머물지 못하겠으니 이를 슬퍼하나이다."

영양이 이르되,

"승상 이치 아는 군자어늘 어찌 허탄한 말씀을 하시나이까. 정 씨 비록 잔혼여백殘魂餘魄이 있을지라도 백령百靈이 호위한 구중궁궐에 어찌 들어오며 또 어찌 대승상의 태체太體를 침노하리까."

승상이 외치되,

"정녀가 방장方將 내 곁에 있거늘 어찌 들어오지 못한다 이르느뇨."

난양이 이르되,

"옛사람이 술잔의 뱀을 마시고 의질을 얻은 자 마침내 벽에 걸린 활 그림자가 뱀 모양인 줄을 안 후에 병이 쾌차하였더니 승상의 병도 그 같고 쾌차할 방법도 근사한 듯하오."

승상이 명목부답瞑目不答하고 다만 손만 두를 따름이어늘 영양이 그 병세 점점 침중함을 보고 나아가 앉아 이르되,

"승상이 다만 죽은 정녀만 생각하시고 산 정녀는 보고자 아니 하시나이까. 승상이 실로 보고자 하실진대 첩이 곧 정녀 경패로소이다."

승상이 거짓 믿지 않는 체하여 이르되,

"이 무슨 말이뇨? 정 사도가 한 딸이 있다가 죽은 지 이구久久한지라, 죽은 정녀 이미 몸 곁에 있은즉 그 외에 어찌 산 정녀가 있으리오. 죽지 않은즉 살고 살지 않은즉 죽는 것은 사람의 떳떳한 일이어늘 또 사자死者는 불가부생不可不生이라 귀주의 말씀을 내 믿지 못하나이다."

난양이 이르되,

"우리 태후 낭랑이 정 씨로 양녀를 삼으시고 영양 공주를 봉하사 첩으로 한가지로 승상을 섬기게 하셨으니 영양 저저 곧 전일 거문고 듣던 정 소저니이다. 그렇지 않으면 저저 어찌 정녀로 더불어 호말毫末도 틀림이 없으리까."

승상이 대답지 아니하고 조금 신음하는 소리를 짓더니 홀연히 머리를 우러러 숨을 크게 쉬며 말하되,

"내 정 씨 집에 있을 때에 정 소저의 비자 가춘운이 내가 사환使喚하였더니 이제 춘운에게 한 말을 묻고자 하니 어데 있느뇨. 보고자 하나 그 역亦 어렵도다. 슬프다, 유한遺恨이로다."

난양이 이르되,

"춘운이 영양 저저께 뵈옵기 위하여 궁중에 들어왔다가 또한 승상의 병환을 근심하여 밖으로 문후하나이다."

하더니 춘운이 들어와 뵈어 이르되,

"승상의 기체 어떠하시니까?"

승상이 이르되,

"춘운만 머무르고 기외其外는 다 나갈지어다."

하니, 두 공주와 숙인이 나와 난간에 의지하여 섰더라.

승상이 곧 일어나 소세하고 의관을 정제하고 춘운으로 하여금 세 사람을 청하라 하니 춘운이 웃음을 머금고 나와 두 공주와 숙인더러 이르되,

"승상이 청하시나이다."

하고, 네 사람이 함께 들어가니, 승상이 화양건華陽巾을 쓰고 궁금포宮錦袍를 입고 백옥여의白玉如意를 잡고 안석에 의지하여 앉았으니 그 상이 춘풍 화기 중에 조금도 병들었다 일어난 사람의 기상이 없거늘, 영양이 바야흐로 속은 줄 알아 웃으며 머리를 숙이고 다시 문병치 아니하고 난양이 묻자오되,

"승상 기후 지금은 어떠하시니이까?"

승상이 정중한 상태로 정대히 이르되,

"소유가 근래 풍속이 괴이함을 보니 미인계로 장부를 속이니 유한정정幽閑靜貞한 덕을 어디로조차 보리오. 소유가 대신의 반열에 있어 이미 교정할 방책을 골똘히 생각하다가 병이 되었다가 이제 쾌차하니 귀주는 염려 마소서."

하니, 난양과 숙인은 다만 웃으며 대답지 아니하고 영양이 이르되,

"이 일이 첩 등의 알 바 아니오니 승상이 병근病根을 알고자 하실진대 스스로 생각하여 남 속이던 일을 뉘우칠 것이요, 또 태후 낭랑께 앙품仰稟하여 보소서."

승상이 맘에 가려움을 이기지 못하여 이에 크게 웃으며 이르되,

"양소유의 신출귀몰한 계교로 전후 미인계의 실상을 알았으니 부인은 사람의 아래 엎디인다는 말이 옳도다. 그러나 소유가 오직 공경하고 감복할 것은 태후 낭랑의 자식같이 보시는 은덕과 황상 폐하의 친신親信하시는 어념御念과 두 귀주의 우애하시는 덕행이오니 소유 정성을 다하여 금슬지락을 오래 누리리다."

두 공주와 숙인이 부끄런 빛을 띠어 점두點頭 묵묵하더라.

양 승상이 그 대부인을 모셔 잔치하다

이때 태후가 궁녀를 불러 승상의 병을 청탁한 사유를 아시고 크게 웃고 이르시되,

"내 진실로 의심하였다."

하시고 이에 승상을 불러 보실새 두 공주 또한 모서 앉았거늘 태후가 하문하시되,

"승상이 이미 죽은 정녀로 더불어 끊어진 인연을 다시 이었다 하니 정녕인고?"

승상이 부복하여 대답하되,

"은덕이 조화造化로 더불어 한가지 크시니 신이 마정방종摩頂放踵[1]할지라도 갚기 어렵도소이다."

태후가 이르시되,

"다만 희롱함이니 어찌 은덕이라 하리오."

하시더라.

차일에 천자가 정전正殿에 군신의 조회를 받으실새 군신이 아뢰되,

"근자에 밝은 별이 나며 단이슬이 내리며 황하가 맑고 곡식이 풍등하고 세 진鎭 절도節度가 땅을 드려 조회하며 강한 토번이 항복하였으니 이는 다 성덕의 이룬 바이로소이다."

상이 겸양하사 공을 군신에게 돌려보내신대, 군신이 다 아뢰되,

"승상 양소유가 근일 궁중에 오래 있사와 정부 공사가 많이 적체하였도소이다."

상이 크게 웃고 이르시되,

"태후 낭랑이 연일 불러 보시는 고로 승상이 감히 나오지 못함이니 짐이 친히 효유曉諭하여 공사를 보게 하리라."

하시더니, 익일 양 승상이 정부에 사진仕進하여 공사를 처리하고 드디어 상소하여 그 모친을 모셔 오려 하니 그 상소에 하였으되,

　　승상 위국공魏國公 부마도위駙馬都尉 신 양소유는 돈수백배頓首百拜하옵고 황상 폐하께 상언上言하옵나이다. 신은 본디 초 땅 미천한 백성이라 노모를 공궤供饋함에 족치 못하와 두소지재斗筲之材로 외람히 국록으로써 노모의 감지지양甘旨之養을 받을까 하와 분수를 헤아리지 못하옵고 향공鄕貢을 입사와[2] 과거에 참방參榜하와 조정에 선 지 수년에 조서를 받들어 강적을 치오매 절도 무릎을 굽히옵고 또 명을 받자와 서西로 치오매 흉한 토번이 속수출항束手出降하오니 이 어찌 신의 한 계책이라 하리까. 이는 다

---

1) 이마를 부딪쳐 발뒤축까지 다친다는 말로, 있는 정성을 다한다는 뜻.
2) 지방에서 과거에 추천되어.

황상의 위엄의 미친 바요 모든 장수 죽기로써 싸움함이어늘 폐하가 이에 도리어 그 작은 수고를 권장하시고 중한 벼슬로써 포양褒揚하옵시니 신의 맘에 과송황감過悚惶感하나이다. 또 부마 간택에 하교가 간절하시고 천은이 깊사오매 신의 미천함으로 능히 도망치 못하와 승순承順하오나 또한 황송하오이다. 노모가 신에게 바라던 바는 두록斗祿에 지나지 아니하옵고 신의 원하던 바도 미관말직에 지나지 아니하옵더니, 이제 신이 장상將相의 위位에 거하옵고 공후의 작爵에 있사와 국사에 견마지충犬馬之忠을 다하려 하기로 노모 데려오기를 겨를치 못하오니, 거처와 음식이 신의 노모와 현수懸殊하온지라, 이는 부귀로써 몸을 처하고 빈천으로써 어미를 대접하옴이니 인자지도 크게 어기어짐이요, 하물며 신의 모 연령이 이미 높고 질병이 침중하오나 다른 자녀가 없사와 가히 구호치 못하오며 산천이 격원隔遠하와 소식이 또한 자주 통치 못하오니 척호지망陟岵之望3)이 복장覆腸4)하옵더니 이제 국가의 무사하므로 관부가 한가하오니, 복걸伏乞 폐하는 신의 위박危迫한 정세를 살피시고 신의 봉양할 지원至願을 고념顧念하사 특별히 두어 달 겨를을 허락하사 하여금 돌아가 선영에 성묘하고 노모를 데려와 모자가 함께 성덕을 송축하옵고 써 반포反哺의 정성을 다하게 하옵시면 신은 마땅히 정성을 다하와 천은을 갚으리라 하오니 성상은 긍민矜憫히 여기사 윤허하옵소서.

상이 남필覽畢에 탄식하시되,
"효자라, 소유여!"
하시고 특별히 황금 일천 근과 비단 팔백 필을 하사하사 그 노모에게 헌수獻壽케 하시고 또 노모를 맞아 속히 돌아오라 하신대, 승상이 예궐사은詣闕謝恩하고 태후께 하직하니 태후 또한 금과 비단을 내리시거늘 승상이 사은하고 물러두 공주와 진 숙인, 가 유인으로 더불어 작별하고 떠나 천진교에 이르니 계섬월, 적경홍 두 기생이 부윤의 통기通寄를 인하여 이미 객관에 와 등대等待하였거늘 승상이 웃으며 두 기생더러 이르되,
"내 이 길이 사사로운 길이요 군명이 아니어늘 그대들이 어찌 써 내 오는 줄을 알았느뇨?"
경홍과 섬월이 대답하되,
"승상 위국공 부마도위의 행차를 심산궁곡에서도 또한 다 알고 분주히 들레오니 첩 등이 비록 산곡에 있사오나 어찌 귀와 눈이 없사오리까. 항차 부윤이 첩 등을 경대敬待하기를 상공의 다음으로 하니 어찌 통기 아니 하오리까. 상년에 상공이 사신으로 여기 지나시매 첩 등이 오히려 만장萬丈 생색生色이 있었삽거늘 이제 상공이 지위 더 높고 공

---

3) 어머니를 그리워하는 생각. '척호陟岵'는 《시경》에 나오는 시로, 부역에 동원된 아들이 집에 있는 어머니를 그리워하는 내용이다.
4) 창자가 끊기는 것. 애끓는 것.

명이 더 크시니 첩 등의 영광이 또한 백배나 더한지라, 듣사오매 상공이 두 공주의 부마 되셨사오니 두 분 공주가 능히 첩 등을 용납하실는지 알지 못하나이다."

승상이 이르되,

"공주가 한 분은 황상의 매씨요 또 한 분은 정 사도의 여자로서 황태후의 양녀 되었으매 곧 계랑의 천거한 바이니 정 씨 어찌 계랑의 천거한 은혜를 잊어버리리오. 또 공주로 더불어 사람을 사랑하고 물건을 용납하는 덕행이 있으니 어찌 두 낭자의 복이 아니리오."

경홍과 섬월이 서로 돌아보며 하례하더라.

승상이 두 사람으로 더불어 밤을 지내고 떠나 고향에 이르니 처음에 십오 세 서생으로서 그 모친을 떠나 멀리 갔다가 급기 와서 근친하매, 대승상의 거마를 타고 위국공의 장복을 입고 부마의 귀함을 겸하니 사 년 동안 성취함이 과연 어떠하뇨. 들어가 모부인께 뵈온대 모부인이 그 손을 잡고 그 등을 어루만져 이르되,

"네 참 우리 아이 소유뇨? 내 능히 믿지 못하겠도다. 전일에 네 육갑을 외우며 글자 모듬할 때에 어찌 오늘 영광 있을 줄을 뜻하였으리오."

하고 기쁨이 극진하여 눈물이 흐르거늘 소유가 공명을 이룬 일과 장가들고 복첩ㅏ娄한 일을 다 자세히 고한대, 모부인이 이르되,

"너의 부친이 매양 너더러 우리 집을 빛나게 할 자라 하시더니 이제 너의 부친과 영화를 함께 보지 못함이 한이로다."

하시더라.

승상이 선산에 영분榮墳[5]하고 어사하신 금과 비단으로써 대부인을 위하여 설연設宴 헌수獻壽하고 족척族戚과 친구를 청하여 열흘을 잔치하고 대부인을 모시고 길을 떠나니 연로 백성과 열읍 수령이 분주 호행하니 광채가 한길에 비치더라.

승상이 낙양을 지날새 본 고을에 분부하여 경홍과 섬월을 부르라 하였더니, 돌아와 고하되 두 낭자 이미 동행하여 서울로 향한 지 여러 날이라 하거늘 승상이 교위交違함을 섭섭히 여기고, 황성에 이르러 대부인을 승상부로 모시고 예궐숙배詣闕肅拜하니 양궁兩宮에서 불러 보시고 금은 채단 열 수레를 반사頒賜하시되 부인에게 헌수하고 만조백관을 청하여 삼 일 대연大宴에 즐기었더라.

승상이 택일하여 대부인을 모셔 어사하신 새 집에 옮겨 드니 누각 정자와 동산 연못이 광장하더라. 영양 공주와 난양 공주가 신부례를 행하고 진 숙인, 가 유인이 또한 예를 갖추어 뵈오니 대부인이 화기 나타나고 맘이 기쁘시더라.

승상이 이미 어버이에게 헌수하라신 명을 받든 고로 어사하신 물건으로써 또 삼 일 대연을 배설하매 양궁에서 궐내 악공을 내어 보내시며 진어進御하는 음식을 내리시고 만조가 모두 모인지라 소유가 채색 옷을 입고 두 공주로 더불어 옥잔을 높이 들어 차례로 대부

---

5) 과거에 급제한 사람이 조상들 무덤에 성묘하는 것.

인께 헌수하며 심히 즐겁게 할새 잔치 아직 파하지 아니하여 문 보는 자 들어와 고하되,

"문밖에 두 여자 있어 대부인과 승상께 명함을 드리나이다."

하거늘, 받아 보니 곧 섬월과 경홍이라 이에 대부인께 이 뜻을 고하고 곧 불러들이매 두 기생이 섬돌 아래서 절하여 뵈오니 모든 손님이 다 이르되,

"낙양 계섬월과 하북 적경홍이 이름난 지 오래더니 과연 절대미인이로다. 양 승상의 풍류 아니면 어찌 능히 이르게 하리오."

하더라.

승상이 두 기생에게 명하여 각각 그 재주를 아뢰오라 하매 경홍, 섬월이 일시에 일어나 구슬 신을 끌고 구슬 자리에 올라 가벼운 소매를 떨쳐 예상우의곡霓裳羽衣曲을 대무對舞 하니 떨어지는 꽃과 날리는 가지는 봄바람에 떠다니며 구름 그림자와 눈빛은 비단 장막에 비치니 한궁漢宮 비연飛燕[6]이 또 부마궁에 났고 금곡金谷 녹주綠珠[7]가 다시 위공魏公 당상堂上에 섰거늘, 대부인과 두 공주가 능라금수로 두 사람에게 상급賞給하시고, 진 숙인 은 본디 섬월로 더불어 아는 고로 옛일을 말하며 회포를 의논할새, 영양 공주가 친히 술잔 을 잡고 별로히 계랑을 권하여 써 천거한 은혜를 갚거늘 유 부인이 승상더러 이르되,

"너희들이 섬월에게 치사致謝하고 내 표종表從은 잊었느뇨?"

승상이 대답하되,

"소자의 오늘 즐거움이 다 두 여사의 덕이요, 또 모친이 이미 서울 오셨으니 비록 자교 慈敎 아니 계실지라도 진실로 받들어 청코자 하나이다."

하고 즉시 사람을 자청관에 보내었더니 모든 여관이 이르되,

"두 여사가 촉 땅에 들어간 지 이미 삼 년이라."

하거늘, 부인이 심히 섭섭히 여기시더라.

양 승상이 월왕으로 더불어 낙유원樂遊原에 기회期會하다

양 승상 부중에 각각 거처를 정할새 정당은 경복당이니 대부인이 거하고, 경복당 앞은

---

6) 중국 전한 때 효성 황제의 조趙 황후. 나는 제비와 같이 가볍게 춤추었으므로 비연飛燕이 라 했다고 한다.

7) 진晉나라 때 석숭石崇의 애첩. 손수孫秀란 자가 시기하여 석숭에게 사양할 것을 요구하였 으나 석숭이 거절하자 손수는 석숭을 참소하였다. 녹주는 금곡 별장 정자에서 물에 몸을 던져 자살하였다.

연회당이니 좌부인 영양 공주가 처하고, 경복당 서편은 봉소궁이니 우부인 난양 공주가 처하고, 연희당 앞에 응향각과 청화루는 승상이 처하여 시시로 거기서 잔치를 베풀고, 그 앞에 연현당은 승상이 손을 응접하는 집이요, 봉소궁 남편에 심홍원은 진 숙인 채봉의 방이요, 연희당 동편의 영춘각은 가 유인 춘운의 방이요, 청화루 동서에 다 작은 누樓가 있으니 푸른 창과 붉은 난간이 서로 비추며 행랑이 둘러 청화루를 접하고, 응향각 동편은 상화루요 서편은 망월루이니 계섬월, 적경홍이 각각 한 누에 거하여, 궁중 기악妓樂 팔십 인이 다 천하에 자색 있고 재주 있는 자이니 나누어 동서부를 지어 동부 사십 인은 계랑이 주장하고 서부 사십 인은 적랑이 맡아 가무를 가르치며 풍악을 공부시키고, 매월 청화루에 모두여 동서 양부의 재주를 비교할새 승상이 대부인을 모시고 두 공주를 거느리고 친히 꼬누어서 상벌할새, 이기는 자는 석 잔 술로써 상 주고 머리에 꽃 한 가지를 꽂아서 영광 있게 하고, 지는 자는 한 잔 냉수를 벌 먹여 먹붓으로 이마에 한 점을 찍어서 그 맘을 부끄럽게 하는 고로 모든 기생의 재주 날로 점점 성숙하니, 위공부魏公府와 월왕궁越王宮의 여악이 천하에 유명하여 비록 이원梨園 악공이라도 이 두 악공을 밎지 못할러라.

하루는 두 공주가 모든 낭자로 더불어 대부인께 모셨더니 승상이 한 봉 글을 가지고 들어와 난양 공주를 주고 이르되,

"이는 즉 월왕 전하의 편지니이다."

공주가 펴 보니, 하였으되,

춘일이 청화淸和하온데 승상 균체鈞體[1] 만복하시니이까. 향자 국가에 다사하고 공사에 겨를 없어 낙유원樂遊原 위에 말 머무는 사람을 보지 못하고 곤명지昆明池 머리에 다시 배 대는 희롱이 없으니 드디어 가무하는 땅으로 하여금 문득 잡풀의 마당을 지은지라, 장안 부로父老가 매양 열성조列聖朝의 성덕으로 시절이 번화하던 옛일을 말하여 왕왕 눈물 흘리는 자 있으니 자못 태평한 기상이 아니라. 이제 황제의 위덕과 승상의 큰 공을 힘입어 사해 태평하고 백성이 안락하니 다시 개원開元과 천보天寶 때에 즐거운 일 행하는 것이 곧 이때요, 또 봄빛이 저물지 아니하고 일기 화창하여 고운 꽃과 연한 버들이 능히 사람의 맘으로 하여금 화평케 하니 아름다운 경치와 좋은 구경이 또한 이때에 있는지라, 승상으로 더불어 낙유원 위에 모두여 혹 사냥을 보며 혹 풍악을 들어 태평 기상을 돕기를 원하오니, 승상의 맘이 이에 있거든 곧 일자를 정하여 회답하여 과인으로 하여금 따라가게 하시면 다행이로소이다.

공주가 남필에 승상께 이르되,

"상공이 월왕의 뜻을 아시나이까?"

---

1) 옥체.

승상이 대답하되,

"무슨 뜻인지 알 수 없으나 소유의 생각에는 화류 구경에 지나지 아니할 듯하니 실로 공자公子의 풍류로다."

공주가 이르되,

"상공이 오히려 다 알지 못하시리라. 월왕 형의 좋아하는 바는 오직 미인과 풍악이라. 그 궁중에 절색 미인 한둘이 아닐러니 근자에 새로 얻은 총첩寵妾은 즉 무창武昌 명기 옥연玉燕이니, 월왕궁 미인들이 옥연을 보고 정신이 없어 스스로 무염無鹽²⁾과 모모嫫母³⁾로 자처한다 하니 옥연의 자색과 용모가 세상에 독보獨步인 줄을 가히 알겠더니, 월왕 형이 우리 궁중에 미인이 많음을 듣고 왕개王愷와 석숭石崇의 서로 비교함⁴⁾을 본받고자 함이로소이다."

승상이 웃고 이르되,

"내 과연 범연히 보았더니 공주 먼저 월왕의 뜻을 알았나이다."

영양 공주가 이르되,

"이 비록 한때 놀이하는 일이나 남에게 지지 아닐지라."

하고 경홍, 섬월을 눈짓하며 이르되,

"군사를 비록 십 년 기르나 쓰기는 하루아침에 있는지라 차시에 승부는 두 교사教師 장중掌中에 있으니 너희들은 모름지기 힘쓸지어다."

섬월이 대답하되,

"천첩은 가히 대적지 못할까 두려하나이다. 월왕궁 풍악이 일세에 천명하고 무창 옥연은 구주에 울리거늘 월왕 전하 이미 이렇듯 한 풍악을 두시고 또 이렇듯 한 미인을 두시니 이는 천하에 대적할 자 없겠고, 첩 등은 재주는 적은 군사로 기율도 밝지 못하고 기치 정제치 못함과 같사오니 두렵건대 싸우기 전에 문득 도망할 생각이 날까 하오니, 첩 등의 조소嘲笑롬은 족히 괘념할 것 없사오나 다만 부중에 수치 될까 하나이다."

승상이 이르되,

"내 계랑으로 처음 낙양에서 만나 청루에서 절색이 있다 일컫는데 옥연이 또한 그중에 있더니 필연 이 사람이로다. 그러나 청루에 절색이 세 사람뿐일러니 내 이제 장량張良, 진평陳平을 얻었으니 어찌 항우項羽의 한 범증范增을 두려워하리오."

섬월이 이르되,

---

2) 무염이라는 고을의 종리춘鍾離春. 종리춘은 천하 박색으로 마흔까지 시집을 못 가다가 나중에 제齊나라 선왕宣王의 왕비가 되었다는 전설적 인물.
3) 옛이야기에 나오는 천하의 박색으로, 황제의 넷째 후궁이라 한다.
4) 왕개와 석숭은 모두 진 나라 때 사람으로, 누가 부자인가를 다투어 호화롭고 방탕한 생활을 한 사람이다.

"월왕궁의 화용월태花容月態 무비無非 팔공산八公山 초목이라. 군사 의심하여 다만 달 아닐 뿐이니 우리 어찌 감히 대적하리까. 원컨대 공주 낭랑은 계책을 적랑에게 하문하소서. 첩은 담약膽弱하여 이 말씀을 들으매 문득 목이 잠겨 능히 노래를 부르지 못하겠나이다."

경홍이 분연히 이르되,

"계 낭자는 이 말이 참이뇨? 우리 두 사람이 관동 칠십여 고을에 횡행하며 천명하던 기악이 어찌 가히 옥연에게 양두讓頭하리오. 세상에 경국경성傾國傾城하던 한궁漢宮 부인夫人과 위운위우爲雲爲雨하던 초대楚臺 신녀神女가 있으면 혹 일호一毫 부끄러운 맘이 있으려니와 불연즉 저 옥연을 어찌 족히 꺼리리오."

섬월이 이르되,

"적랑의 말이 어찌 그리 용이하뇨? 우리들이 일찍 관동에 있어 큰즉 태수와 방백이요, 작은즉 호기로운 선비와 협기 있는 풍류랑의 잔치뿐이요, 강한 대적은 만나지 못하였으니 남에게 양두치 아니하였거니와, 이제 월왕 전하는 내대大內 주옥珠玉 총중叢中에 생장하사 안목이 심히 높고 평론이 금하시니 이른바 주먹돌을 보고 태산을 업수이여긴다는 말이 적랑에게 당하도다. 하물며 옥연은 지략은 월왕 궁중의 장자방張子房[5]이라 장막 가운데서 천리 밖에 결승決勝하는 주책主策이 있거늘 이제 적랑이 조괄趙括[6]의 큰 말을 하니 내 그 필연 파함을 보리로다."

하고 인하여 승상께 고하되,

"적랑이 자긍自矜하는 마음이 있사오니 첩이 그 흠절을 말씀하리라. 적랑이 처음 상공께 좇을 때에 연왕의 천리마를 도적하여 타고 하북 소년이라 자칭하고 상공을 한단 길가에서 속였으니 그 용모 선연嬋娟하고 태도 요나裊娜하오면 상공이 어찌 남자로 아셨사오리까. 또 처음 상공 모시던 날 밤에 어둠을 타서 첩의 몸을 대신하였으니 이는 인인성사因人成事함이어늘 이제 첩을 대하여 이러한 자랑의 말을 하니 또한 우습지 아니하니이까."

경홍이 웃고 이르되,

"실로 인심은 가히 측량치 못하리로소이다. 천첩이 상공을 좇기 전에는 하늘 위의 항아姮娥같이 칭찬하더니 이제는 괄시하니 상공의 애총을 오로지하고자 하여 이 투기하는 말이 있나니이다."

섬월과 모든 낭자가 다 크게 웃거늘 영양 공주 이르되,

"적랑의 첨약함이 이 같거늘 남자로 보시는 이는 승상의 한 쌍 동자가 능히 총명치 못하

---

5) 장량張良, 중국 한나라 유방의 책략가.

6) 중국 전국 시대 조나라 장수. 조나라의 유명한 장군인 염파廉頗를 젖히고 큰소리를 하면서 진나라를 치다가 백기에게 크게 패하였다.

신 연고요, 적랑의 이름이 이로써 낮아지지 않으리라. 그러나 계랑의 언론이 과연 옳도다. 여자가 남복으로써 사람을 속이는 자는 필연 여자의 태도 없음이요, 남자가 여복으로써 사람을 속이는 자는 필연 장부의 기골이 없음이니 다 그 부족한 곳을 인하여 그 거짓 것을 꾸밈이로다."

승상이 크게 웃고 이르되,

"공주의 말씀이 과연 옳도다. 한 쌍 동자가 청명치 못하여 능히 거문고 곡조는 분변하되 능히 남자를 분변치 못하시니 이는 귀는 있고 눈은 없음이라. 면상 일곱 구멍에 하나가 없은즉 어찌 가히 완인完人이라 이르리오. 공주가 비록 소유의 잔졸함을 웃으나 기린각의 양 원수의 화상을 보는 자는 다 형체의 웅장함과 위풍의 맹렬함을 칭찬하더이다."

만좌가 또 크게 웃거늘 섬월이 이르되,

"바야흐로 강한 대적으로 더불어 진을 대할 터인데 어찌 가히 한갓 희롱의 말씀만 하리까. 가히 우리 두 사람만 전혀 믿지 못할지니 가 유인이 또한 동행함이 어떠하며 월왕이 외인이 아니시니 진 숙인도 또한 무슨 혐의 있으리까?"

진 씨 대답하되,

"계, 적 두 낭자가 만일 여자의 과거장 중에 들어가면 내 마땅히 일비지력一臂之力을 도우려니와 가무하는 마당에야 첩을 어디 쓰리오. 이는 이른바 저자 사람을 몰아 싸우는 것이니 성공치 못할까 두려워하노라."

춘운이 이르되,

"첩의 한 몸이 남에게 조소 받으며 가무의 재주 없는 몸만 수치 되면 이러한 큰 놀이에 어찌 구경할 마음이 없으리오마는, 첩이 만일 따라간즉 사람이 필연 가리키며 저는 대승상 위국공의 첩이요 영양 공주의 잉첩이라 하며 웃으리니, 이는 상공께 조소 바치고 두 적부인嫡婦人께 근심을 끼침이니 춘운은 결단코 가히 가지 못하리로다."

공주가 이르되,

"어찌 춘운의 가는 것으로 상공이 남에게 조소 받으리오? 또 우리가 그대를 인하여 근심이 있으리오?"

춘운이 대답하되,

"비단 요를 널리 포진鋪陳하고 구름차일을 높이 걷으면 사람이 다 말하되 양 승상의 첩가 유인이 온다 하여 어깨를 부비고 발꿈치를 접하여 다투어 구경하다가 급기 걸음을 옮겨 자리에 오르매 이에 봉두구면蓬頭垢面이라. 그러한즉 사람이 다 크게 놀라 써 하되 양 승상이 등도자鄧都子[7]의 병이 있다 하리니 이 어찌 상공의 치소嗤笑 받는 것이

---

7) 전국 시대 초나라 사람. 아내가 퍽 못생겼는데도 자식을 다섯이나 낳아 얼굴을 가리지 않는 호색한 소리를 들었다 한다.

아니며, 월왕 전하는 일찍 누추한 물건을 보지 못하였다가 첩을 보시면 필연 구역이 나서 미령하시리니 이 또한 낭랑께 근심이 아니리까?"

난양 공주가 이르되,

"심하다, 가 씨의 겸사여. 전자에는 사람으로 귀신이 되더니, 이제는 서시西施로써 무염이 되고자 하니 그 말은 족히 믿지 못하겠도다."

하고 이에 승상에게 묻자오되,

"어느 날로써 기약하셨나이까?"

승상이 대답하되,

"내일로 언약하였나이다."

경홍과 섬월이 대답하여 이르되,

"양부兩部 교방敎坊에 오히려 영을 내리지 못하였으니 일이 이미 급한지라."

하고 곧 행수行首 기생을 불러 분부하되,

"내일 승상이 월왕으로 더불어 낙유원에 모두기를 언약하셨으니 양부 모든 기생은 모름지기 악기를 가지고 새 단장을 꾸미고 내일 새벽에 승상을 모시고 갈지어다."

팔십 명 기생이 일시에 청령하고 얼굴을 치장하며 눈썹을 그리고 악기를 가지고 풍류를 익히어 내일 일을 준비하더라.

승상과 월왕의 사냥과 미인들의 쟁기

익일 새벽에 승상이 일찍 일어나 군복을 입고 활과 살을 차고 눈빛 같은 천리 융산마戎山馬를 타고 사냥꾼 삼백 명을 불러 옹위하고 성 남편으로 향할새, 경홍, 섬월의 의복 치장은 금을 아로새기며 옥을 새기고 꽃을 수놓으며 잎새를 그리고 각기 부하 기생을 거느리고 화초마를 타고 금 안장에 걸어앉으며 산호편珊瑚鞭을 들어 구슬 고삐를 느직이 잡고 승상의 뒤를 가까이 따르며, 팔십 명 기생은 다 준총駿驄을 타고 경홍, 섬월 좌우에 옹위하여 나가다가 중로에서 월왕을 만나니, 월왕의 사냥꾼과 기악이 족히 승상으로 더불어 대두對頭할러라.

월왕이 승상으로 더불어 말 머리를 가지런히 하고 가다가 월왕이 승상에게 묻되,

"승상의 탄 말이 어느 나라 종자이니이까?"

승상이 대답하되,

"대완국大宛國에서 났나이다."

월왕이 대답하되,

"그러하면 이 말의 이름은 천리 부운총浮雲驄이니 상년 가을에 천자를 모셔 상림에서

사냥할새 나라 마구에 만여 필 말이 다 걸음이 바람을 좇되 이 말을 따르는 자 없고 지금 장 부마張駙馬의 도화총桃花驄과 장군의 오추마烏騅馬가 다 용종龍種이라 칭하나 이 말에 비하면 노둔하나이다."

승상이 이르되,

"연전에 토번을 칠 때에 깊고 험한 물과 높고 위태한 석벽에 사람은 능히 발을 붙이지 못하되 이 말은 평지 밟듯 하여 한 번도 실족함이 없으니 소유의 곧 이룬 것이 실로 이 말의 힘을 힘입음인즉 두자미杜子美의 이른바 '사람으로 더불어 일심 되어 큰 공을 이룬다.' 함이 곧 이것이라. 소유가 군사를 돌이킨 후에 작품爵品이 높아지고 벼슬이 한가하여 편히 평교자를 타고 평탄한 길에 천천히 다니는 고로 사람과 말이 다 병이 나려 하니, 청컨대 대왕으로 더불어 채찍을 두르며 한번 달려서 준총의 빠른 걸음을 비교하며 옛 장수의 남아지용맹을 시험함이 어떠하니이까?"

월왕이 크게 기꺼 응낙하되,

"또한 내 마음이로다."

하고, 드디어 모신 자에게 분부하여 두 집의 손과 기악으로 하여금 군막에서 기다리게 하라 한 후 채찍을 들어 말을 치려 하더니, 마침 큰 사슴 한 마리가 사냥꾼에게 쫓겨 월왕의 앞으로 지나거늘 왕이 말 앞의 장사로 하여금 쏘라 하니 여러 장사 일시에 쏘되 다 맞히지 못하거늘, 왕이 노하여 말을 채쳐 나가 한 살로 그 협하脇下[1]를 맞혀 죽이니 모든 군사가 다 천세千歲를 부르거늘 승상이 이르되,

"대왕의 신통한 살은 여양왕汝陽王과 다름없나이다."

왕이 대답하되,

"작은 재주를 어찌 족히 칭찬하리오. 내 승상의 살 쏘는 법을 보고자 하나이다."

말을 마치지 못하여 천아天鵝 한 쌍이 마침 구름 사이로 날아오니 모든 군사가 이르되,

"이 새는 가장 쏘기 어려운지라 마땅히 해동청海東靑[2]을 쓸지니이다."

승상이 이르되,

"너희는 아직 쏘지 말라."

하고 곧 살을 빼어 우러러 쏘아 천아의 눈을 맞히어 말 앞에 떨어지게 하니 월왕이 대찬大讚하되,

"승상의 묘한 수단은 이제 양유기養由基[3]라."

하고, 두 사람이 채찍을 한번 두르매 두 말이 일제히 별같이 흐르며 번개같이 다니며 귀신같이 번득이어 순식간에 큰 들을 지나 높은 산에 오르거늘, 두 사람이 고삐를 잡고 나란히

---

1) 옆구리.

2) 보라매.

3) 춘추 시대 초나라 때 활의 명수.

서서 산천경개를 구경하며 활 쏘는 법과 검술을 의논하더니, 추종追從이 비로소 따라와 사슴과 천아를 은반銀盤에 담아 드리거늘 두 사람이 말께 내려 풀밭에 앉아 허리에 찬 칼을 빼어 그 고기를 베어 구워 먹으며 서로 술을 권하더니, 멀리 보매 홍포 입은 두 관인이 급히 오며 그 뒤에 한 떼가 따르니 성중으로 좇아 나옴이러라.

거무하居無何[4]에 한 사람이 달려와 고하되,

"양전兩殿 궁에서 술을 내렸나이다."

월왕이 군막에 가 등대等待하더니 두 내관이 어사하신 술을 부어 두 사람을 권하고 인하여 용봉龍鳳 시전지詩箋紙 한 봉을 주거늘, 두 사람이 세수하고 꿇어앉아 펴 보니 산에서 크게 사냥함을 글제하여 글을 지어 들이라 하셨거늘, 월왕과 승상이 머리를 조아 사배하고 각각 글을 지어 내관에게 주어 드리게 하니, 승상의 글에 하였으되,

새벽에 장사를 몰아 들에 나아가니
칼은 가을 연 같고 살은 별 같더라.
장막 속의 뭇 계집은 천하백天下白[5]이요
말 앞의 쌍 날개는 해동청일러라.
은혜로운 옥술을 나누매 다투어 감동함을 머금고
취하여 금칼을 빼니 스스로 비린 것을 베었더라.
인하여 간해의 서새西塞 밖을 생각하니
대황풍설大荒風雪에 왕정王庭에서 사냥하였더라.[6]

월왕의 글에 하였으되,

첩첩蹀蹀히 나는 용이[7] 번쩍하는 번개에 지나가니
안장을 어거馭車하고 북을 울리고 평한 언덕에 섰더라.
흐르는 별[8] 형세는 빨라 푸른 사슴을 베고
밝은 달[9] 형상은 열려 흰 거위를 떨어뜨렸더라.
살기殺氣는 능히 호걸 흥을 발하게 하고

---

4) 얼마 되지 않아. 문득.
5) 새하얗다는 뜻.
6) 눈보라 사나운 겨울에 왕이 거처하는 뜰에서 사냥을 했다. 곧 토번을 정복했다는 뜻이다.
7) 내닫는 수많은 말들이.
8) 나는 화살이.
9) 힘껏 당긴 활.

성은聖恩은 머물러 취한 얼굴을 취케 하더라.

여양의 신통히 쏘는 것을 그대는 말을 쉬라[10]

다투어 이제 아침에 살진 고기 얼음이 많은 것 같더라.

내관이 두 글을 받고 돌아가니라.

이에 두 집 손들이 차례로 열좌列坐하여 하례하매 주사酒司[11]가 주안을 드리거늘, 낙타의 아름다운 맛과 성성猩猩의 연한 입술은 은 가마에서 나오고 월나라 여지荔枝와 영가永嘉 감자柑子[12]는 옥 소반에 가득하니 서왕모 요지연瑤池宴[13]이 아니면 한 무제 백량회柏梁會[14]러라.

기악 수백이 위지삼잡圍之三匝[15]하여 깁옷으로 장막을 이루고 패물 소리 우레 같으며 한 줌 되는 허리는 버들가지가 유類하고[16] 아름다운 얼굴은 꽃빛이 곱고 풍악 소리는 곡강 물을 끓이며 노랫소리는 종남산終南山을 움직이거늘 술이 반감半酣에[17] 월왕이 승상더러 이르되,

"과인이 승상의 후한 정을 받아 구구한 정성을 드릴 것은 데리고 온 첩 수인數人으로 한 번 승상의 즐김을 돕고자 하노니 청컨대 앞에 불러 노래하며 춤추게 하여지이다."

승상이 사례하되,

"소유가 어찌 감히 대왕의 총첩으로 더불어 대면하리까마는 전혀 남매지의를 맺고 감히 참람한 맘이 있나이다. 소유의 첩 수인이 또한 구경코자 온 자 있으니 또한 불러 대왕의 시첩侍妾으로 더불어 각각 장기를 따라 써 흥을 돕고자 하나이다."

왕이 이르되,

"승상의 말씀이 또한 좋도다."

하거늘, 이에 섬월, 경홍과 월궁 네 미인이 명을 받고 일어나 장막 앞에서 절하거늘 승상이 이르되,

"옛적 영왕寧王이 한 미인을 두었으니 이름은 부용芙蓉이라. 이태백이 영왕에게 간청하여 그 소리만 듣고 그 낯을 보지 못하였으니 이제 소유는 능히 너희 낯을 보니 소득이

---

10) 그대는 말을 말라.

11) 주연을 맡아보는 사람.

12) 귤.

13) 전설에 서왕모 사는 요지瑤池에서 베풀었다는 주연.

14) 한나라 무제가 백량대柏梁臺라는 누각을 짓고 열었다는 대시회.

15) 세 겹으로 둘러싸고.

16) 버들가지인 양하고.

17) 반쯤 취하여.

이태백보다 배승倍勝하도다. 네 미인의 성명은 무엇이뇨?"

네 미인이 일어나 대답하되,

"첩 등은 금릉金陵 두운선杜雲仙과 진루秦樓 소채아蘇彩蛾와 무창武昌 만옥연萬玉燕과 장안長安 호영영胡英英이로소이다."

승상이 월왕더러 이르되,

"소유가 일찍 선비로 다니며 놀 때 옥연 낭자의 승한 이름을 들었더니 이제 그 낯을 보니 실로 그 이름보다 지나도다."

월왕이 또 섬월, 경홍의 이름을 들어 알고 이르되,

"이 두 미인을 천하에서 추앙함이러니 이제 다 승상부에 들어왔으니 주인을 잘 만났도다. 승상이 어느 때에 다 얻었나이까?"

승상이 대답하되,

"계 씨는 소유가 과거 보러 올 때 낙양에 이르니 제가 스스로 좇고, 적 씨는 일찍 연왕궁에 들어갔다가 소유가 사신으로 연나라에 가매 제가 몸을 빼어 소유를 따랐나이다."

월왕이 박장대소하되,

"적 낭자의 호기는 양가楊家 자의자紫衣者[18]에 비할 바 아니라. 그러나 적 낭자는 양 한림을 좇았으니 그 귀함을 사람이 다 알거니와, 계 낭자는 양생을 좇았으니 능히 오늘날 부귀를 미리 앎이니 더욱 기이하도다."

인하여 묻되,

"어찌하여 승상이 노중路中에서 만났나이까?"

승상이 천진교 주루에 섬월을 만날 때 글 짓던 전후 수말을 낱낱이 고하니 월왕이 크게 웃고 이르되,

"승상의 양장兩場의 장원함을 쾌한 일이라 하였더니 이 일은 더욱 상쾌하도다. 그 글이 필연 묘하리니 가히 들으리까?"

승상이 대답하되,

"취중에 무심히 지은 것을 어찌 기억하리까."

왕이 섬월더러 이르되,

"승상은 비록 잊었으나 낭자는 혹 외우겠느뇨?"

섬월이 여쭈오되,

"천첩이 오히려 기억하나니 다만 종이에 써서 드리리까, 노래로 아뢰오리까?"

왕이 더욱 기뻐하여 이르되,

"노래를 겸하여 들으면 더욱 기쁘리로다."

---

18) 양소유를 가리키는 말이다. 자의자紫衣者는 자주색 옷을 입은 사람으로 명문 귀족을 뜻한다.

섬월이 앞에 나아가 노래를 부르니 만좌滿座 다 놀라는지라, 왕이 대단 공경하며 칭찬하되,

"승상의 글재주와 섬월의 맑은 노래 세상에 제일이요, 그 글 중에 '꽃가지가 옥인의 단장을 부끄러 떨리니, 가는 노래를 뱉지 아니하여 입이 이미 향그럽더라.' 는 말이 능히 섬월의 자색으로 그려 내었으니 마땅히 이태백으로 하여금 양두讓頭케 할지라, 감히 한 말도 찬하지 못하리로다."

하고 술을 금잔에 가득 부어 섬월, 경홍을 상 주고 월왕궁의 네 미인으로 하여금 서로 춤추며 노래하여 헌수케 하니 주객이 참 천생天生 적수敵手이라. 왕이 스스로 즐거움을 이기지 못하여 모든 손으로 더불어 장막 밖에 나가 무사의 칼 쓰며 서로 충돌하는 형상을 보고 이르되,

"미인의 말 타고 활 쏘는 것이 또한 볼만하기로 내 궁중에 활과 말에 정숙精熟한 자 수십 인이 있는지라, 승상부 중에 미인들이 또한 북방으로 좇아온 자가 있으니 영을 내려 불러 꿩을 쏘고 토끼를 좇아 한바탕 웃음을 돕게 함이 어떠하니이까?"

승상이 대희하여 명하여 미인 중 수십 인을 골라 월궁 미인으로 더불어 내기하게 하니, 경홍이 일어나 고하되,

"첩이 비록 활과 칼에 능치 못하오나 오늘 시험코자 하나이다."

승상이 기꺼하여 즉시 몸에 찬 활을 끌러 주니, 경홍이 활을 잡고 서서 모든 미인더러 이르되,

"비록 맞지 못할지라도 원컨대 모든 낭자는 웃지 마소서."

이에 준마에 나는 듯이 올라 장막 앞에 달리더니, 마침 꿩 한 마리 풀 속에서 날아오거늘 경홍이 잠깐 가는 허리를 젖히고 활시위를 다려 울리매 오색 깃이 말 앞에 떨어지거늘 승상과 월왕이 박장대소하더라.

경홍이 몸을 굴려 도로 달려 장막 밖에 내려 천천히 걸어 자리에 나아가니 모든 미인이 다 하례하되,

"우리들은 십년공부를 헛하였다."

하거늘, 섬월이 생각하되,

'우리 두 사람이 비록 월궁 기생에게 양두치 아니하였으나 저는 네 사람이요 우리는 한 쌍이라 심히 고단하니 춘랑을 끌고 오지 못함이 심히 한이로다. 가무는 춘운의 장기 아니나 그 고운 색과 아름다운 말이 어찌 능히 두운선의 머리를 누르지 못하리오.'

하며 괴탄怪嘆하더니 홀연 멀리 바라본즉 두 미인이 들 밖으로조차 오더라.

심요연의 검무와 백능파의 비파 소리

차시 두 미인이 유벽거油壁車[1]를 몰아 이윽고 장막 밖에 이르거늘 문 지키는 자 묻되,

"월궁으로조차 오시느뇨?"

마부가 대답하되,

"이 차 위의 두 낭자는 곧 양 승상의 소실이시니 마침 사고些故[2] 있어 처음에 한가지로 오시지 못하였노라."

문 군사가 들어가 보한대 승상이 이르되,

"필시 춘운이 구경코자 옴이니 너무 초솔草率[3]하도다."

곧 명하여 불러들이니 두 낭자 차車에서 나오매 앞에는 심요연이요 뒤에는 군중에서 꿈속에 보던 동정 용녀 백능파라. 두 사람이 승상의 자리 앞에 나아가 절하고 뵈거늘 승상이 월왕을 가리키며 이르되,

"이는 월왕 전하이시니 너희들은 예로 뵈올지어다."

두 미인이 예로 뵈매 승상이 자리를 주어 경홍, 섬월로 동좌同坐하게 하고 월왕더러 이르되,

"저 두 사람은 토번 칠 때에 얻은 바이라. 근래 다사多事하여 미처 데려오지 못하였더니 저들이 스스로 좇아오다가 필시 소유가 대왕으로 더불어 놀이함을 듣고 구경코자 이름이로소이다."

왕이 다시 두 미인을 보니 그 용모가 경홍, 섬월로 더불어 형제 같은 중 그 태도 일층 더 뛰어나니 맘에 이상히 여기고 월궁 미인 또한 다 얼굴이 잿빛 같은지라. 왕이 또 묻되,

"두 낭자의 성명이 무엇이며 어디 살았느뇨?"

한 미인이 대답하되,

"소첩은 심요연이니 서량西涼 사람이로소이다."

또 한 미인이 대답하되,

"소첩은 백능파이니 일찍 소상강 사이에 거하옵다가 불행히 변을 만나 서방으로 피하였삽더니 이제 상공을 좇아왔나이다."

왕이 이르되,

"두 낭자는 특별히 인간 사람이 아니라 신기할지니 능히 풍류를 짐작하느뇨?"

심요연이 대답하되,

---

1) 기름칠을 한 아름다운 수레.
2) 조그마한 일.
3) 거칠고 엉성한 것.

"소첩은 변방인이라 일찍 풍류 소리는 듣지 못하였으니 장차 무슨 재주로 대왕께 즐겁게 하오리까. 다만 아시兒時로 검무를 배웠으나 이는 군중의 희롱이요 귀인의 보실 바 아닐까 하나이다."

왕이 대희하여 승상더러 이르되,

"현종조玄宗朝 공손대랑公孫大娘[4]의 검무가 천하에 울리다가 그 후에 그 술법이 세상에 전치 못하니 내 한 번 보지 못함을 한탄하더니 이 낭자가 검무를 안다 하니 심히 쾌하도다."

하고 승상으로 더불어 각기 허리에 찬 칼을 끌러 주니, 요연이 소매를 걷고 띠를 풀고 몸을 날려 춤추매, 상하로 섬홀閃忽하며 동서로 종횡하여 밝은 단장과 흰 칼날이 한 빛이 되어 삼월에 나는 눈이 도화 떨기 위에 뿌리는 듯하더니, 이윽고 춤추는 소리 더욱 급하며 칼이 더 빠르매 상설霜雪 빛이 홀연 장막 속에 가득하고 요연의 일신이 다시 보이지 아니하더니, 홀연 한 줄 푸른 무지개 하늘에 뻗치며 찬바람이 배반杯盤 사이에 움직이니 좌중이 다 뼈가 저리며 머리털이 으쓱하거늘, 요연이 배운 술법을 다하고자 하나 월왕을 경동할까 하여 이에 춤을 파하고 칼을 던지며 재배하고 물러가거늘, 왕이 오랜 후에 정신을 수습하여 요연더러 이르되,

"인간 사람의 검무가 어찌 능히 이 신묘한 지경에 이르리오. 들으매 신선에 검술 능한 자 많다 하니 낭자가 그 사람이 아니뇨?"

요연이 대답하되,

"서방 풍속에 병기 희롱함을 좋아하는 고로 어렸을 때에 배운 바이오나 어찌 신선의 기이한 술법이 있사오리까."

왕이 이르되,

"내 궁중에 돌아가 마땅히 회첩姬妾 중 춤 잘하는 자를 가려 보내리니 바라건대 낭자는 가르치는 수고를 아끼지 말지어다."

요연이 절하고 수명受命하거늘 왕이 또 능파더러 묻되,

"낭자는 무슨 재주가 있느뇨?"

능파 대답하되,

"첩의 집이 소상강 위에 있사오니 곧 황릉묘黃陵廟의 아황娥皇, 여영女英[5]의 노는 곳이라. 밤이 고요하고 바람이 맑고 달이 밝은즉 비파 소리 오히려 구름 사이에 있는 고로 첩이 아시兒時로 그 성음을 모방하여 스스로 타며 스스로 즐길 따름이오니 귀인의 귀에 합당치 못할까 하나이다."

---

4) 당나라 때 교방 기생. 칼춤으로 유명하였고, 그의 제자 열두 명도 모두 칼춤의 명수였다.

5) 아황과 여영은 모두 옛날 요임금의 딸로 함께 순임금에게 시집을 갔다. 순임금이 죽자 소상강에 빠져 수신水神이 되었다 한다.

왕이 이르되,

"비록 옛사람의 글을 인하여 아황, 여영이 비파 낸 줄은 아나 그 곡조가 세상 사람에게 전함을 듣지 못하였더니 낭자가 이 곡조를 알았으면 어찌 시속 풍악에 비할 바리오."

능파가 소매에서 비파를 내어 한 곡조를 타매, 소리 청절하여 여원여모如怨如慕하매 물이 산협에 떨어지며 기러기 긴 하늘에 우는 듯하거늘, 만좌가 홀연 처량하여 눈물을 흘리더니, 이윽고 초목이 스스로 움직이며 가을 소리 잠깐 나더니 병든 잎새 분분히 떨어지거늘, 월왕이 이상히 여겨 이르되,

"인간 음률이 능히 천지조화를 돌린다는 말을 내 믿지 아니하였더니 낭자가 어찌 능히 봄으로 하여금 가을이 되어 나무 잎새 스스로 떨어지게 하느뇨. 범인凡人도 능히 이 곡조를 배우겠느뇨?"

능파가 대답하되,

"첩이 오직 옛 곡조의 조백皂白을 전할 따름이오니 무슨 신묘한 술법이 있사와 가히 배우지 못하오리까."

만옥연이 왕께 고하되,

"첩이 비록 무재無才하오나 평일에 익힌 바 풍악으로써 '백련곡白蓮曲'을 시험하여 아뢰오리다."

하고, 진나라 비파를 안고 자리 앞에 나아가 줄을 고르더니 능히 이십오 현 소리를 아뢰며 손 놀리는 법이 맑고 높아 가히 들을 만하거늘, 승상과 섬월, 경홍이 극히 칭찬하니 월왕이 심히 기꺼하더라.

부마가 금굴치로 벌주를 마시다

월왕과 승상의 낙유원 잔치가 즐겁고 또 흥이 남았으나 날이 장차 저무는 고로 이에 잔치를 파하고 각각 금은 채단으로 상급하고 왕과 승상이 달빛을 띠어 돌아와 성문에 드니, 종소리 들리거늘 두 집 기악이 길을 다투어 앞에 가려 할새 패물 소리 요란하며 향기가 거리에 가득하고 흐르는 비녀와 떨어진 구슬이 다 말굽에 들어가 소낙비 소리 티끌 밖에 들리는지라[1], 장안 사람이 담같이 둘러서서 구경하며 백 세 노옹들이 도리어 눈물을 흘리며 이르되,

"내 어렸을 때에 현종 황제 화청궁에 거동하심을 뵈오매 그 위의 이 같더니 의외에 오래

---

1) 말굽 소리가 마치 소나기 소리같이 울리는 모양.

살아 다시 태평 기상을 본다."

하더라.

차시 두 공주가 진 씨, 가 씨 두 낭자로 더불어 대부인을 모셔 승상부에 돌아오기를 기다리더니, 승상이 심요연과 백능파를 이끌어 대부인과 두 공주께 뵈옵게 한대 양인이 제하除下에 나아가 뵈오니, 영양 공주가 이르되,

"승상이 매양 말씀하시기를, '두 낭자의 은혜를 힘입어 수천 리 땅 회복한 공을 이루었다.' 하시기로 내 매양 서로 보지 못함을 한하였으니 두 낭자의 옴이 어찌 너무 늦으뇨?"

요연, 능파가 대답하되,

"첩 등은 하방遐方 천인이라 비록 승상의 한번 돌아보심을 입었사오나 오직 두 부인이 한 자리를 비우지 아니하실까 두려워하여 감히 곧 문하에 이르지 못하였삽더니, 듣사온즉 사람이 다 일컫되 두 공주가 '관저關雎'와 '교목喬木'의 덕[2]이 첩한테 입히며 은덕이 상하에 미친다 하옵기로 외람히 나아와 뵈옵고자 할 즈음에, 마침 승상이 낙유원에서 사냥하실 때를 만나 성연盛筵에 참여하왔다가 다려 가르치심[3]을 받자오니 첩 등의 다행한 바이로소이다."

공주가 웃으며 승상께 이르되,

"오늘 궁중에 꽃 빛이 가득하니 승상이 필연 풍류를 자랑하실 터이니 그러나 이는 다 우리 형제의 공이라, 상공이 아시나니이까?"

승상이 대소하되,

"저 두 사람이 새로 궁중에 이르러 공주의 위풍을 두려워하여 아첨하는 말을 하거늘 공주가 이에 공을 삼고자 하시느뇨?"

좌중이 간간대소하더라. 진 씨, 가 씨 두 낭자가 섬월에게 묻되,

"오늘 잔치에 승부 어찌 되었느뇨?"

경홍이 대답하되,

"계랑이 첩의 큰 말을 웃더니 첩의 한 말로써 월궁으로 하여금 탈기奪氣케[4] 하였으니 제갈공명이 일엽편주—葉片舟로써 강동에 들어가 세 치 혀를 흔들어 이해를 말한즉 주공근周公瑾,[5] 노자경魯子敬의 무리 오직 입을 벌리고 기가 눌려 감히 한 말을 토하지

---

2) '관저'와 '교목'은 모두 《시경》에 나오는 시편 이름. '관저'는 한 가정의 화목을 노래한 것이며, '교목'은 깊은 유곡幽谷에서 높고 밝은 교목으로 옮기는 새를 통하여 한 가정의 번영을 노래하였다.

3) 윗사람이 아랫사람에게 가르친다는 뜻.

4) 눌리어 위축케.

5) 삼국 시대 오나라 장군 주유.

못하고, 평원군平原君⁶⁾이 초나라에 들어가 합종合從할새 종자從者 십구 인은 녹록碌碌하되 능히 조나라로 하여금 태산과 반석같이 편안케 한 자는 모수毛遂 한 사람의 공이라, 첩의 맘이 큰 고로 말이 또한 크니 큰 말이 반드시 실상實狀이 있을지라 계랑에게 물으신즉 가히 첩의 말이 허탄치 않음을 아시리다."

섬월이 이르되,

"적랑의 활과 말재주가 가히 묘하다 하겠으나 풍류 마당에 쓰면 혹 가히 칭찬하려니와 시석矢石이 비 오듯 하는 전장에 두면 어찌 능히 한 걸음을 달리며 한 살을 쏘리오. 월궁의 탈기함은 새로 이른 두 낭자의 신선 같은 모양과 천신 같은 재주를 감복한 바이니 어찌 적랑의 공이 되리오. 첩이 한 말이 있으니 마땅히 적랑을 향하여 말하리라.

춘추春秋 때에 가賈 대부가 외모 심히 누추하거늘 장가든 지 삼 년에 그 안해 한 번도 웃지 아니하더니 그 안해로 더불어 들에 나아갈새 마침 꿩 하나를 쏘아 얻으매 그 안해 비로소 웃었다 하니, 적랑의 꿩을 쏘아 얻음이 또한 가 대부와 같도다."

경홍이 이르되,

"가 대부는 누추한 모양으로도 활과 말의 재주를 인하여 그 안해의 웃음을 얻었거든 만일 자색 있고 만萬 재주 있고 또 능히 활로 꿩을 쏘아 얻었으면 어찌 더욱 사람으로 하여금 사랑하며 공경케 아니 하리오."

섬월이 웃고 이르되,

"적랑의 자랑이 갈수록 더하니 이는 다 승상이 과히 총애하므로 그 맘이 교만함이로다."

승상이 웃고 이르되,

"내 이미 계랑의 재주가 많음은 알았으나 경서를 능통하는 줄은 알지 못하였더니 이제 《춘추》를 좋아하는 벽癖이 있도다."

섬월이 대답하되,

"첩이 한가한 때에 혹 경서와 사기를 섭렵하오나 어찌 능하다 하리까."

하더라.

익일에 승상이 예궐하여 상께 조회한대 태후가 승상과 월왕을 불러 보시니 두 공주가 이미 궁중에 들어와 재좌在座한지라 태후가 월왕더러 이르시되,

"우리 아이 어제 승상으로 더불어 봄빛으로 서로 비교하더니 뉘 이기며 뉘 졌느뇨?"

월왕이 아뢰되,

"승상의 완전한 복을 사람이 다투지 못할 바이오나 그 복이 여자에게도 복이 될는지 승상에게 하문하소서."

---

6) 전국 시대 조나라 정치 활동가. 진나라가 침범하여 조나라가 위기에 빠지자 모수를 데려가 초나라를 설복하여 동맹을 체결하고 진나라를 물리쳤다.

승상이 아뢰되,

"월왕이 신보다 낫지 못하다 함은 이태백이 최호崔顥[7]의 글을 보고 탈기함과 같사온지라, 공주에게 복되고 복되지 아니함은 신이 공주가 아니오니 어찌 능히 스스로 아뢰리까. 공주에게 하문하소서."

태후가 웃으며 두 공주를 돌아보신대, 공주가 대답하되,

"부부 한 몸이오니 영욕과 고락이 어찌 같고 다름이 있사오리까. 장부가 복이 있은즉 여자 또한 복이 있삽고 장부가 복이 없은즉 여자가 또한 복이 없사오리니 승상의 즐기는 바를 소녀가 다만 즐길 따름이로소이다."

월왕이 이르되,

"공주 누이 말이 실상이 아니라. 자고로 부마 된 자 승상같이 방탕한 자 있지 아니하오니 이는 기강이 해이한 연고라. 원컨대 낭랑은 소유를 법사法司에 내리사 조정을 만모慢侮하고 국법을 멸시하는 죄를 다스리소서."

태후 대소하고 이르시되,

"부마가 진실로 죄 있도다. 만일 법으로 다스리고자 한즉 이 늙은 몸과 아녀의 근심이 될 고로 부득이 국법을 굽히고 사정私情을 좇노라."

월왕이 다시 아뢰되,

"비록 그러하오나 승상의 죄를 경히 사하지 못하올지니 청컨대 어전御前에서 문죄하사 그 공초供招를 보아 처결하심이 가할 듯하오이다."

태후가 대소하신대 월왕이 대신하여 문목問目의 초를 내니, 하였으되,

전고前古로부터 부마가 된 자 감히 희첩姬妾을 기르지 못함은 풍류 족지 못함이 아니요, 의식이 넉넉지 못함이 아니라, 이는 다 인군을 공경하며 나라를 높이는 바라. 하물며 영양, 난양 두 공주는 지위인즉 과인의 딸이요, 행실인즉 임사姙姒[8]의 덕이어늘 양소유 공경치 아니하고 방탕하여 미색을 몰아들임이 기갈보다 심하여 눈에는 연조지색燕趙之色[9]이 궁진窮盡하고 귀에는 정위지성鄭衛之聲[10]이 젖어 누대樓의 개아미같이 진 치며 방마루의 벌 떼같이 지껄이니 공주 비록 교목의 덕으로써 투기하는 맘을 내지 아니하나 소유의 공경하고 삼가는 도리에 어찌 감히 이러하리오. 교만하고 방자한 죄를 불가불 징계할지니 은휘 말고 이실직고하여 써 처분을 기다리라.

---

7) 당나라의 유명한 시인. 황학루黃鶴樓를 지나며 읊은 시가 있는데 이백과 같은 큰 시인이 이를 보고 몹시 칭찬하여 마지않았다고 한다. 주색을 좋아해 여러 미인과 혼인을 했다.

8) 주나라 문왕의 어머니 태임太姙과 왕비 태사太姒와 같이 왕후가 가져야 할 어진 행실.

9) 춘추 때 연나라, 조나라의 호색의 타락한 풍습.

10) 춘추 때 정나라, 위나라의 부화 타락한 풍류 소리.

승상이 전전殿에 내려 복지伏地하여 면관대죄免冠待罪하고 월왕이 난간 밖에 나서서 고성高聲하여 문초하는 것을 다 들은 후에 승상의 공초에 하였으되,

소신 양소유가 외람히 양전兩殿 궁의 성은을 입사와 뛰어 승상의 높은 벼슬에 거하왔은즉 영광이 이미 극진하고 두 공주가 색연塞淵의 덕德을 잡아[11] 금슬의 낙이 있사온즉 소원이 이미 족하거늘, 어린 맘이 오히려 삽고 호화豪華한 기운이 덜리지 아니하와 가무하는 계집을 많이 모았사오니, 이는 다 소신이 부귀에 눌리고 성상의 은택이 넘치와 스스로 단속할 줄 알지 못한 죄오나, 신은 국법을 그윽이 보건대 부마 된 자가 설혹 비첩이 있을지라도 혼취婚娶 전前 소득은 분간하는 도리 있사온지라, 소신이 비록 시첩이 있사오나 숙인 진 씨는 황상의 명하신 바니 마땅히 손을 꼽아 의논할 바 아니옵고, 소첩 가 씨는 신이 일찍 정부鄭府 화원에 있을 때에 수종隨從하던 자이옵고, 소첩 계 씨, 적 씨, 심 씨, 백 씨 네 계집은 혹 선비 때, 혹은 외국에 사신 갔을 때, 혹 출전하였을 때에 좇아온 자니 이는 다 혼례 전 일이옵고, 부중에 한가지로 있게 하옴은 대개 공주의 명을 좇음이옵고 소신이 감히 천편擅便[12]함이 없사오니 나라 체례에 무엇이 손상되오며 신자의 도리에 무엇이 죄가 되나이까? 하교 여차하시니 황공지만惶恐遲晩이로소이다.

태후가 남필覽畢에 크게 웃고 이르시되,
"회첩을 많이 기름은 장부 된 풍도에 해로움이 없으니 가히 용서하려니와 술을 과음하니 병이 가려可慮라, 삼가함이 가하도다."
월왕이 다시 아뢰되,
"부마 부중에 회첩 기름을 소유 공주에게 미루나 스스로 조처하는 도리에 만만불가하오니 다시 문초하심이 가하니이다."
승상이 황겁하여 머리를 두드려 사죄하니 태후 또 웃고 이르시되,
"양 공은 참 사직지신社稷之臣이라 내 어찌 사위로 대접하리오."
하시고 이에 명하여,
"관을 정제하고 전에 오르라."
하신대, 월왕이 또 아뢰되,
"소유가 큰 공이 있으니 비록 죄주기 어렵사오나 국법이 또한 엄하와 전혀 놓을 수 없사오니 마땅히 술로 벌하리다."
태후 웃고 허락하신대 궁녀가 백옥배白玉杯를 내어오거늘 월왕이 이르되,
"승상의 주량이 고래 같고 죄명이 또한 중하거늘 어찌 작은 잔을 쓰리오."

---

11) 물이 충만한 연못과 같이 생각이 깊고 성실한 덕행을 갖추어.
12) 독단으로 처리하는 것.

스스로 한 말들이 금굴치金屈卮[13]를 가져 고준한 술[14]을 가득히 부어 주니, 승상이 비록 주량이 크나 연하여 두어 말을 마시매 어찌 취치 아니하리오. 이에 머리를 두드리며 아뢰되,

"견우가 직녀를 과히 사랑하다가 장인에게 꾸지람을 들었더니 소유는 집에 희첩을 기름으로써 장모에게 벌을 먹으니 인군 사위 되기 진실로 어렵도소이다. 신이 대취하였으니 물러감을 청하나이다."

하고 인하여 일어나고자 하다가 엎드러지거늘 태후가 크게 웃으며 궁녀를 명하사 붙들어 전문 밖에 보내시고 두 공주더러 이르시되,

"승상이 대취하여 신기 불평하리니 너희들은 곧 따라갈지어다."

두 공주가 수명하고 곧 승상을 따라가더라.

양 승상 부중의 벌주

차시 유 부인이 당상에 촛불을 켜고 승상의 돌아옴을 기다리다가 승상이 대취함을 보고 묻되,

"전일은 비록 술을 내리실지라도 취치 아니하더니 이제는 어찌 과취하였느뇨?"

승상이 대답하되,

"소자의 죄로소이다."

하고 인하여 취한 눈으로 공주를 노하여 보다가 오랜 후에,

"공주의 형 월왕이 태후께 알소訐訴[1]하여 소유의 죄를 억지로 만들어 내매 소유가 비록 말을 잘하여 겨우 탈벌脫罰하였으나, 월왕이 기어이 죄를 씌우려 하여 태후께 무소誣訴[2]하여 독주로 벌을 쓰니 만일 주량이 없었던들 거의 죽었도소이다. 이는 월왕이 어제 낙유원에서 진 것을 분히 여겨 보복코자 함이오나, 난양이 내 희첩이 너무 많음을 시기하여 그 형으로 더불어 계교를 내어 나를 괴롭게 함이니 평일의 인후한 맘을 가히 믿지 못하올지라. 복망伏望 모친은 난양에게 벌주 한 잔을 주사 소자를 위하여 설분雪憤하소

---

13) 금을 칠한 술잔 이름.
14) 독한 술.

1) 사실을 날조하여 고자질하는 것.
2) 사실을 날조하여 참소하는 것.

서."

유 부인이 이르되,

"난양의 죄가 분명치 아니하고 또 능히 한 잔 술을 마시지 못하니 네 나로 하여금 벌을 씌우고자 할진대 차로써 술을 대신함이 옳도다."

승상이 아뢰되,

"소자가 기어이 술로써 벌하려 하나이다."

유 부인 웃으며 이르되,

"공주가 만일 술을 마시지 아니하면 취객의 맘이 풀리지 않으리라."

하고 시녀를 불러 난양에게 벌주를 보내니, 공주가 잔을 마시려 할새 승상이 홀연 의심 내어 그 잔을 뺏어 맛보고자 하니 난양이 급히 자리 위에 던지거늘, 승상이 손가락으로 잔 밑에 나머지를 찍어 맛보니 이에 꿀물이라. 승상이 이르되,

"태후 낭랑이 만일 꿀물로써 소유를 벌하셨으면 모친이 또한 꿀물로 벌하시려니와 소자의 마신 바는 술이어늘 난양이 어찌 홀로 꿀물을 마시리까?"

하고 시녀를 불러 술잔을 가져오라 하여 스스로 한 잔을 부어 보내니, 공주가 부득이 하여 다 마시거늘, 승상이 또 대부인께 고하되,

"태후께 권하여 소자를 벌한 자가 비록 난양이오나 영양 공주 정경패 또한 그 꾀에 참여한 고로 태후 앞에 앉아 소자의 괴로움 당함을 보고 난양에게 눈짓하며 웃으니 그 마음을 가히 측량치 못하올지라. 원컨대 모친은 정 씨를 벌하소서."

부인이 대소하고 잔을 보내니 정 씨 자리를 옮겨 다 마시거늘 부인이 이르되,

"태후 낭랑이 소유를 벌하심이 그 희첩을 벌함이어늘 이제 두 공주가 다 벌주를 마셨으니 회첩 등이 어찌 안연晏然하리오."

승상이 이르되,

"월왕이 낙유원 모두임이 대개 미색을 다툼이어늘 경홍, 섬월, 요연, 능파 이소적대以小敵大하여 한 싸움에 먼저 승첩을 아뢰매 월왕으로 하여금 분심이 나서 소자로 벌을 받게 하오니 이 네 사람을 가히 벌할지니이다."

부인이 이르되,

"싸움 이긴 자가 또한 벌이 있느뇨? 취객의 말이 가히 우습도다."

하고 곧 네 사람을 불러 각각 한 잔씩 주니 네 사람이 마시기를 마치매 경홍, 섬월 두 사람이 꿇어앉아 부인께 고하되,

"태후 낭랑이 승상을 벌하심이 회첩 많은 연고요, 결코 낙유원에서 이긴 연고 아니어늘 요연, 능파 두 사람은 오히려 승상의 금침을 받들지 아니하였으되 첩 등과 한가지로 벌주를 마시니 또한 굴억屈抑치 아니하리까? 유인은 승상을 모심이 저렇듯 오래매 승상의 애정 받음이 저렇듯 편벽되오나 낙유원 모두임에 참여치 아니하와 홀로 이 벌을 면하오니 하정下情이 다 분울忿鬱[3]하오이다."

부인이 이르되,

"너의 말이 가장 옳도다."

하고 큰 잔으로 춘운을 벌하니 춘운이 웃음을 머금고 마시는지라, 이때 모든 사람이 다 벌주를 마시어 좌중이 다 분운紛紜[4]하고 난양 공주 술이 취하여 괴로움을 견디지 못하되, 오직 진 숙인은 한 모퉁이에 단정히 앉아 말도 아니 하며 웃지도 아니하거늘 승상이 이르되,

"진 씨 홀로 취치 아니하여 취객의 미친 모양을 웃으니 또한 벌 아니치 못하리라."

하고 한 잔을 가득 부어 전하니, 진 씨 또한 웃고 마시는지라 부인이 공주더러 묻되,

"본디 마시지 못하던 술을 이제 마신 후 신기 어떠하뇨?"

공주가 대답하되,

"심히 괴롭도소이다."

하거늘, 부인이 진 씨로 하여금 붙들어 침방으로 돌아가게 하고 인하여 춘운으로 하여금 술을 부어 오라 하여 잔을 잡고 이르되,

"우리 두 자부子婦는 여중 성인이라 내 매양 손복損福[5]할까 두려워하더니 소유가 주정이 심하여 공주로 하여금 펼치 못하게 하니 태후 낭랑이 만일 들으시면 과히 염려하실지라. 내 능히 아들을 교훈 못 하여 이 망거妄擧 있게 하였으니 나도 또한 죄 없다 못할지라. 내 이 잔으로써 스스로 벌하노라."

하고 한번 마셨다 하거늘, 승상이 황송하여 꿇어앉아 고하되,

"모친이 아자의 광패狂悖함을 인하여 스스로 벌하시니 소자 어찌 달초撻楚하는 죄만 당하리까."

하고 경홍으로 하여금 술을 큰 잔에 가득 부어 꿇어앉아 아뢰되,

"소자가 모친의 교훈을 좇지 아니하여 모친께 근심을 끼치오니 삼가 벌주를 마시나이다."

하고 마시매 대취하여 능히 앉았지 못하고 응향각을 손으로 가리키거늘, 부인이 춘운으로 하여금 붙들고 가라 하시니, 춘운이 대답하되,

"천첩이 감히 모시고 가지 못하겠나이다. 계 낭자가 소첩의 총籠 있음을 투기하나이다."

하고 인하여 섬월에게 부탁하여 두 낭자가 붙들고 가라 하니, 섬월이 이르되,

"춘운이 내 말을 인하여 가지 아니하니 첩은 더욱 혐의 있도다."

경홍이 웃고 승상을 붙들고 가매 모든 사람이 다 흩어지더라.

---

3) 분하고 억울한 마음으로 하여 답답한 것.

4) 웅성거리며 소란한 것.

5) 복을 잃는 것.

승상의 양 부인 육 첩이 결의하다

양 승상이 이미 요연, 능파 두 사람의 산수 사랑하는 성벽을 알았더니 화원 속에 연못이 있으니 맑기 호수 같고 못 가운데 정자 있으니 이름은 영아루迎雅樓라. 능파로 하여금 거하게 하고 연못 남편에 가산假山이 있으니 뾰족한 봉은 옥을 깎은 듯하고 첩첩한 석벽은 쇠를 쌓은 듯하며 늙은 솔은 그늘이 울울하고 파리한 대는 그림자가 성기며 그 속에 정자 있으니 이름은 빙설헌氷雪杆이라. 요연으로 하여금 거하게 하니 모든 부인과 여러 낭자가 화원에 놀 때는 요연, 능파 두 사람이 산중의 주인이 되더라.

모든 사람이 조용히 능파더러 이르러,

"낭자의 신통한 변화를 한번 볼 수 있느뇨?"

능파 대답하되,

"이는 천첩의 전생 일일러니 첩이 천지기운을 타고 조화의 힘을 빌려 정신을 다 벗고 인형을 변화하니 벗은 바 비늘과 껍질이 구산丘山같이 쌓였으니 비컨대 참새가 변하여 조개 된 후에 어찌 두 날개 있어 날아다니리오."

모든 부인이 이르되,

"이세理勢 그러하다."

하더라.

요연이 비록 시시로 부인과 승상과 두 공주 앞에서 검무를 추어 일시 구경을 도우나 또한 자주 추기를 즐기지 아니하여 이르되,

"당시에 비록 검술을 인하여 승상을 만났으나 살기 있는 희롱이 가히 항상 볼 바 아니라."

하더라.

이후에 두 공주와 여섯 낭자의 상득相得[1]한 즐거움이 고기가 물에 헤엄치며 새가 구름에 나는 듯하여 서로 따르고 서로 의지하여 여형약제如兄若弟하고 승상의 애정이 피차에 균일하니 이는 비록 모든 부인의 부덕이 능히 온 집의 화기를 이룸이나 아홉 사람이 전생 인연 있어, 양 승상이,

"두 안해와 여섯 첩이 친함은 골육보다 더하며 정은 형제 같으니 이 어찌 하늘이 명하신 바 아니리오. 마땅히 귀천을 가리지 말고 호형호제呼兄呼弟할지라."

승상이 이 뜻으로 여섯 낭자에게 말하니 다 사양하는 중 춘운, 경홍, 섬월이 더욱 웅치 아니하거늘 영양 공주 이르되,

"유현덕, 관운장, 장익덕 세 사람은 군신 사이로되 도원결의桃園結義하였거늘, 나는 춘

---

1) 마음이 서로 맞는 것.

운으로 더불어 본디 규중에서 좋은 벗이니 형제 됨이 무슨 불가함이 있으리오. 세존의
안해와 등가登伽의 여자는 존비尊卑 현수懸殊하고 정절과 음행이 다르거늘 오히려 대
사의 제자가 되어 마침내 바로 연분을 얻었으니 처음 미천함이 필경 성취하는 데 관계
되리오?"
하고 두 공주가 드디어 여섯 낭자로 더불어 궁중에 나아가 감춘바 관음보살의 화상 앞에
분향재배하고 서약문을 지어 고하니, 하였으되,

　　유세차 모년 모월 모일, 제자 이소화, 정경패, 진채봉, 가춘운, 계섬월, 적경홍, 심요
연, 백능파 등은 목욕재계하고 삼가 관음보살 앞에 고하나이다.
　　경經에 일렀으되 사해지내四海之內 다 형제가 된다 하였으니 무타無他라 그 지기와
의미 상통한 연고요, 혹 천륜의 친함으로써 길에 행하는 사람같이 보는 자가 있으니 무
타라 그 정과 뜻이 상위相違한 연고라.
　　제자 등이 처음에 비록 남북에 각각 나서 동서에 흩어졌다가 한사람을 함께 섬기게
되었삽고 또 한집에 거하오매 지기志氣 상합하며 정의 상통하오니, 물건에 비하면 한
가지 꽃이 풍우에 흔들려 혹 규중에 날리며 혹 언덕에 떨어지며 혹 산속 시냇물에 떨어
지나 그 근본을 말하면 동근생同根生이라. 하물며 사람은 한 형제, 한 기운 따름이온즉
흩어졌다가 어찌 한곳에 함께 돌아가지 아니하리까. 고금이 비록 멀고 너르오니 한때에
같이 있삽고 사해가 비록 넓고 크오나 한집에 같이 거하오니 이 실로 전생의 연분이요,
인생의 좋은 기회라.
　　시고로 제자 등이 함께 서약하고 형제를 맺삽고 길흉 생사를 같이하려 하오니 이중에
혹 의심을 두어 맹세한 말을 저버리는 자 있으면 하늘이 반드시 죽이시고 신명이 반드
시 꺼리시리니 복망 관음은 복을 인도하시며 재앙을 사르사 써 첩 등을 도우사 백 년 후
에 함께 극락세계로 돌아가게 하옵소서.

두 공주 아울러 부르니 이후로 여섯 낭자가 비록 스스로 명분을 지키어 감히 형제로 칭
호하지 못하나 정의는 더욱 친밀하더라.
　　팔 인이 다 각각 자를 낳으매 두 부인과 춘운, 섬월, 요연, 경홍은 남자를 낳고, 채봉, 능
파는 여자를 낳고 다 잘 길러 한 번도 자녀의 참경慘景[2]을 보지 아니하니 이 또한 범인과
다르더라.

---

2) 비참한 광경, 곧 죽음.

양 승상이 사직 상소하매 상이 취미궁을 빌리시다

이때 천하 태평하여 사방에 일이 없고 백성이 안락하고 곡식이 풍등하여 승상이 나간즉 천자를 모셔 상림원上林苑에 사냥하여 들어온즉 대부인을 받들어 당상에서 잔치하여 가무 속에서 세월을 보내더니, 흥진비래興盡悲來는 고금 상사常事라, 유 부인이 우연 득병하여 세상을 이별하니 연세 구십구 세러라.

승상이 애통하며 예로써 안장할새 양전 궁에서 내시를 보내어 위문하시고 왕후의 예로써 예관을 보내어 장사하시다.

정 사도 내외의 영화 봄은 이르도 말고 상수上壽하고 또한 별세하매 승상의 슬퍼하는 정이 정 부인보다 못지아니하더라.

승상의 여섯 아들과 두 딸이 다 부모의 풍채 있어 용호龍虎 같고 항아姮娥 같은지라, 장자長子 대경大慶은 정 부인이 낳았으니 이부 상서를 하고, 차자 차경次慶은 적 씨가 낳았으니 경조윤을 하고, 삼자 순경淳慶은 가 씨가 낳았으니 어사중승을 하고, 사자 계경季慶은 난양 공주가 낳았으니 병부 시랑을 하고, 오자 오경五慶은 계 씨가 낳았으니 한림학사를 하고, 육자 치경致慶은 심 씨가 낳았으니 십오 세에 힘이 사람에 뛰어나고 지혜 귀신같거늘 상이 크게 사랑하사 금오 상장군을 삼아 군사 십만 명을 거느려 대궐을 호위하게 하시고, 맏딸 부단富丹은 진 씨가 낳았으니 월왕의 아들 낭야瑯琊 왕비가 되고, 둘째딸 영락永樂은 백 씨가 낳았으니 황태자의 첩녀가 되었더라.

하루는 승상이 써 하되,

"너무 성하면 쇠하기 쉽고 너무 가득하면 넘기 쉽다."

하여 이에 상소하여 물러감을 비니 그 글에 하였으되,

승상 신 양소유는 돈수백배하옵고 황제 폐하께 상언하나이다. 사람이 세상에 나서 소원이 불과 장상 공후이오니 벼슬이 장상 공후에 이르면 나머지 원이 없삽고 부모가 자식을 위하여 공명부귀를 축원하나니 몸이 공명부귀에 이르면 나머지 소망이 없는지라. 그리하온즉 장상 공후의 영화와 공명부귀의 즐거움이 어찌 인심의 흠모하는 바와 시속의 다투는 바 아니오리까. 세상 영화 부귀 어찌 족함을 알며 화를 자취自取하는 줄 헤아리리까.

신이 재주 적고 능能이 엷되 높은 벼슬을 뛰어 취하며 공이 없고 물망이 없되 긴한 자리에 오래 거하오니 귀함이 신자에게 이미 극진하오며 영화가 부모에게 이미 미친지라, 신의 처음 원이 이의 만분지일이옵더니 외람히 부마가 되와 예로 대접하심이 모든 신하와 다르고 은혜로 상 주심이 격외에 지나사 채소의 장위腸胃가 고량膏粱으로 배부르고[1] 미천한 종적으로 궁중에 출입하와 위로 성주께 욕되며 아래로 사분私分에 어기어지오니 어찌 감히 스스로 편하오리까. 일찍 이 자취를 거두고 영화를 피하며 문을 닫고 은덕을 사양하와 써 참람하고 몰렴沒廉한 죄로써 스스로 천지신명에게 사례코자 하오나, 은택이 융숭하시매 우러러 갚지 못하옵고 또 신의 근력이 오히려 구치驅馳할 만하온 고로 부득불 준좌蹲坐[2]하와 일분이라도 천은을 갚삽고 곧 물러가 선영을 지키고 여년을 마치려 하옵더니, 이제 특은을 갚지 못하와 천한 나이 이미 높삽고 정을 폐치 못하와 터럭이 먼저 쇠하오매 비록 다시 견마의 충을 다하와 산악 같사온 덕을 갚고자 하오나 사세가 어찌할 수 없는지라, 이제 천자가 신명하심을 힘입어 변방이 항복하매 병혁兵革을 쓰지 아니하오며, 만민이 또 편안하매 북채와 북이 놀라지 아니하오며, 하늘 상서祥瑞 더 이르매 거의 삼대의 희호熙皞[3]한 다스림을 이루올지라. 비록 신으로 하여금 정부에 있게 하실지라도 녹봉만 허비하고 격양가만 들으실 뿐이요 신기한 계교 내일 일이 없사오리다.

군신은 부자 같사오니 부모의 맘에 비록 불초한 자식이라도 슬하에 있은즉 기꺼하고 문밖에 나간즉 생각하나니, 신이 엎디어 생각하오되 폐하 반드시 신으로써 늙은 신하요 옛 물건이라 하사 차마 일조에 물러가지 못하게 하시오나 인자가 부모를 생각함이 어찌 그 부모가 자식을 사랑함보다 다르오리까. 신이 폐하의 은덕을 입음이 이미 깊사오니 신이 어찌 멀리 하직하고 산중에 엎디어 요순 같으신 인군을 영결하오리까.

이미 찬 그릇은 가히 하여금 넘게 못하며 이미 엎친 명에는 가히 다시 타지 못하오니 복걸伏乞 폐하는 신이 맡은 일에 견디지 못함을 헤아리시고 신의 높은 데 거하기 원치 아님을 살피사 특별히 고향에 걸귀乞歸케[4] 하와 여년을 마침을 허락하사 성덕을 노래하며 은택을 감격하게 하옵소서.

상이 이 상소를 보시고 친필로 비답批答을 내리사 이르시되,

경의 큰 업은 조정에 높고 덕택은 생령生靈에 입히니 곧 국가의 주석柱石이요 짐의 고굉股肱[5]이로다.

옛적 태공太公과 소공召公은 나이 거의 백 세로되 오히려 주나라를 도와 능히 지치至治[6]를 이루었으니 이제 경이 이미 예경에 이른바 벼슬을 돌려보낼 나이 아닌즉 경은 비록 일을 사례하고 지레 물러가려 하니 짐은 가히 허락지 못할 것이요, 경의 풍채 오히려

---

1) 채소 먹던 위장이 기름진 좋은 음식으로 채워졌고.
2) 자기 직분을 지킴. 준좌는 도사리고 앉는다는 뜻이다.
3) 백성이 즐거워하는 것.
4) 돌아가게.
5) 다리와 팔. 임금이 가장 신뢰하는 신하.
6) 훌륭한 정사.

새로워서 옥당玉堂에서 조서 내던 날에 감減하지 아니하고 정력이 오히려 왕성하여 위교의 도적 칠 때에 양讓치 아니하니 경은 비록 늙음을 일컬으나 짐은 진실로 믿지 아니하니 모름지기 기산箕山의 높은 절節[7]을 돌이켜 써 당우唐虞의 지치至治[8]를 도움이 짐의 바라는 바이로다.

승상이 춘추는 비록 높으나 기분은 쇠하지 아니하니 사람이 다 신선에 비기는 고로 비답이 이와 같이 말씀하셨더라.
승상이 또 상소하여 물러감을 구함이 심히 간절하니, 상이 이끌어 보시고 하교하시되,

경이 사양함이 이에 이르니 짐이 어찌 힘써 경의 뜻을 마치지 않으리오마는 경이 만일 봉한 나라에 나아가면 국가 대사를 가히 상의할 자 없을 뿐 아니라, 황차況且 이제 태후 승하하셨으니 짐이 어찌 차마 영양과 난양으로 더불어 서로 멀리 떠나리오. 성남城南 사십 리에 이궁離宮이 있으니 즉 취미궁翠微宮이라 옛적 현종 황제 피서하시던 곳이라. 이궁이 고요하고 깊으며 유벽하고 넓으니 가히 노래老來에 한양閒養[9]할 만한 고로 특별히 경을 주노라.

하시고 곧 조칙을 내려 승상 위국공의 태사太師 벼슬을 더 봉하시고 또 상으로 오천 호를 더 봉하시고 아직 승상의 인을 거두라 하시더라.

양 태사 높은 데 올라 먼 데를 바라보다

양 태사 더욱 성은을 감격하여 돈수 사은하고 혼솔渾率[1]을 거느려 취미궁으로 이접移接하니 이궁이 종남산 속에 있으며 누대의 장려함과 경치의 기절함이 곧 삼신산 선경仙境이라. 태사가 그 조칙과 어제御製하신 글은 봉하여 봉안奉安하고 그 외 누각에 두 공주와 모든 낭자가 분배하여 거처하고 태사 날로 물에 임하여 달을 희롱하며 골에 들어가 매화

---

7) 기산에 은퇴한 옛날 요임금 때 소부巢父와 순임금 때 허유許由가 보여준 절개.
8) 요순 시절에 볼 수 있었던 훌륭한 정사.
9) 늙바탕에 한가히 몸을 정양靜養하는 것.

1) 온 집안 식구.

를 찾고 석벽을 지난즉 글을 지어 쓰며 솔 그늘에 앉은즉 거문고를 안고 타니 노래老來 청복清編이 더욱 사람으로 하여금 흠선欽羨[2]케 하고 승상이 한가함을 탐하여 손을 보지 아니함이 또한 여러 해러라.

팔월 십육일이 태사의 생신이라 모든 자녀가 잔치를 배설排設하여 헌수獻壽할새 십여 일에 이르니 번화한 경색景色을 가히 형언치 못할러라. 잔치를 파하매 모든 자녀가 각기 집으로 돌아가니라.

어언간 구월이 이르니 국화는 꽃봉이 터지고 수유는 열매를 드리우매 높은 가을 때를 당한지라, 취미궁 서편 높은 봉이 있으니 그 위에 오르면 팔백 진천秦川이 손바닥같이 보이거늘 태사 가장 그 위를 사랑하더니, 이날 두 부인과 여섯 낭자로 더불어 그 대에 올라 머리에 국화 한 가지씩 꽂고 가을 경치를 구경하며 서로 대하여 술을 마시더니, 이윽고 지는 해 그림자는 높은 봉에 거꾸러지고 돌아가는 구름 그늘은 너른 들에 드리우니 가을빛이 찬란하여 그림을 편 듯하거늘, 태사가 옥통소를 내어 한 곡조를 부니 그 소리 심히 슬퍼 여원여모如怨如慕 여읍여소如泣如訴하여 모든 미인이 설운 생각이 맘에 가득하여 좋아 아니 하거늘 두 부인이 묻자오되,

"상공이 공명을 일찍 이루고 부귀를 오래 누리시니 온 세상 아름다운 바요, 전고에 드문 바이라. 가절양신佳節良辰[3]에 경치 정히 좋고 국화를 잔에 띄우고 미인이 자리에 가득하니 이 또한 인생의 즐거운 일이어늘, 통소 소리 처량하여 사람으로 하여금 눈물을 금치 못하오니 오늘 통소 소리 옛날 곡조 아님은 어쩜이니이꼬?"

태사가 이에 통소를 던지고 옮겨 앉으며 이르되,

"북으로 바라본즉 평平한 들은 사면으로 넓고 넘어진 고개는 홀로 섰는데 석양 쇠잔한 그림자가 거친 풀 사이에 희미한 자는 곧 진시황의 아방궁阿房宮이요, 서로 바라본즉 슬픈 바람은 수풀을 흔들고 저문 구름은 산에 싸인 자는 곧 한 무제의 무릉茂陵이요, 동으로 바라본즉 분칠한 담은 청산에 비치고 붉은 용마루는 하늘에 솟으며 또 명월이 스스로 오고 스스로 가매 옥난간 머리에 다시 의지할 사람이 없는 자는 곧 현종 황제 양귀비로 더불어 노시던 화청궁華清宮이니, 슬프다, 이 세 인군이 다 만고 영웅이시라. 이제 어데 있느뇨.

소유가 초 땅의 작은 선비로 은덕을 성군께 입고 벼슬이 장상에 이르며 또 부인과 낭자 여러분으로 더불어 만나 도탑고 깊은 정이 늙도록 더욱 친밀하니 만일 전생에 마치지 않은 연분이 아니면 능히 이에 이르지 못할지라. 우리 무리 한 번 돌아간 후에 높은 대는 스스로 넘어지고 곱은 연못은 스스로 메어 오늘 가무하던 집이 변하여 쇠한 풀과 찬 연기를 이루면 필연 나무하는 아이와 소 먹이는 다박머리 슬픈 노래로 서로 이르되,

---

2) 우러러 흠앙하여 부러워하는 것.
3) 좋은 절기.

'이는 곧 양 태사의 모든 낭자로 더불어 놀던 곳이라. 대승상의 부귀 풍류와 모든 낭자의 옥안화태玉顏花態 이미 적막하였다.' 하리니 이 초동목수 우리 놀던 곳 봄을 내가 세 인군의 궁과 능을 봄과 같을지라. 이로 보건대 사람의 살아 있는 것이 순식간이 아니리오.

천하에 세 가지 도가 있으니 유도와 불교와 선술이라. 이 세 가지 중에 오직 불교 높고 유도는 윤기倫紀를 밝히며 사업을 귀히 하여 이름을 후세에 전할 따름이요, 선술은 허탄한 데 가까워 자고로 구하는 자 많으나 마침내 증험이 없으니 진시황과 한 무제와 현종 황제의 일을 보면 가히 알지라. 소유가 벼슬을 도로 바친 이후로 밤마다 꿈속에 불전에 배례하니 이는 필연 불가에 연분이 있음이라. 내 장차 장자방張子房이 적송자赤松子 좇는 원願[4]을 이루고 남해에 가서 관음을 찾으며 의대義臺에 올라 문수文殊를 만나 불사불멸不死不滅하는 도를 얻어 인간의 괴로움을 벗고자 하나, 다만 그대들로 더불어 반생을 상종하다가 장차 멀리 이별하겠는 고로 비창한 맘이 자연 퉁소 속에 나왔노라."
모든 낭자가 스스로 감동하여 이르되,
"상공이 번화한 중에 이 맘이 있으니 어찌 하늘이 정하신 바 아니리오. 첩 등 형제 팔 인이 마땅히 한가지로 깊은 규중에 처하여 조석 부처께 전배展拜[5]하고 상공의 돌아가시기를 기다릴 것이요, 상공이 이번 가심이 반드시 밝은 스승을 만나고 어진 벗을 만나 큰 도를 이루시리니 복망 상공은 득도하신 후에 먼저 첩 등을 가르치소서."

성진과 팔선녀 꿈을 깨고 참에 돌아오다

태사가 크게 기꺼 이르되,
"우리 아홉 사람의 맘이 이미 상합하니 무슨 염려할 일이 있으리오. 내 마땅히 내일 가겠노라."
모든 낭자가 이르되,
"첩 등이 마땅히 각각 한 잔을 받들어 상공을 전별餞別하리다."
바야흐로 시녀를 불러 다시 술을 내어 오라 하더니, 홀연 지팡이 소리 돌길에 나거늘 모든 사람이 이르되,
"어떠한 사람이 감히 이곳에 오느뇨?"

---

4) 적송자는 옛말에 나오는 신선 이름. 장자방이 항상 그리워한 신선이다.
5) 참배.

이윽고 일위 노승이 앞에 이르는데 눈썹은 자만치 길고 눈은 물결처럼 맑고 동작이 심히 이상하며 대에 올라 태사와 대좌對坐하여 서로 예하고 이르되,

"산중 사람이 대승상께 뵈옵나이다."

태사가 이미 시속 중이 아닌 줄 알고 급히 일어나 답례하고 묻되,

"스승은 어느 곳으로조차 오시나이까?"

노승이 대답하되,

"승상은 평생 친구를 알지 못하시느뇨? 일찍 들으니 귀인은 잊기를 잘한다 하더니 과연 이로다."

태사가 자세 본즉 구면인 듯하나 오히려 분명치 아니하더니, 홀연 깨닫고 모든 부인을 돌아보며 이르되,

"소유가 일찍 토번국을 칠 때 꿈에 동정 용왕의 잔치에 참여하고 돌아오는 길에 잠깐 남악에 올라 늙은 대사 자리에 앉아 모든 제자로 더불어 불경을 강함을 보았더니 스승이 꿈속에 보던 대사가 아니시니이까?"

노승이 박장대소하며 이르되,

"옳도다, 옳도다. 그러나 다만 꿈속에 한번 본 것만 기억하고 십 년 동거하던 것은 기억 치 못하는도다."

이에 고성대호高聲大呼하되,

"성진아, 성진아, 인간 재미 좋더냐?"

성진이 눈을 번쩍 떠서 쳐다보니 육관 대사 엄연히 섰는지라, 성진이 머리를 두드리며 눈물을 흘려 황연히 깨닫고 이르되,

"제자가 행실이 부정하오니 자작지죄自作之罪가 수원수구誰怨誰씀리오. 마땅히 결함한[1] 세계에 처하여 길이 윤회하는 재앙을 받을 것이어늘 스승이 하룻밤 꿈을 불러 깨우사 성진의 맘을 깨닫게 하시니 스승의 은혜는 천만 겁을 지나도 가히 갚지 못하리로소이다."

대사가 이르되,

"네 흥을 타고 갔다가 흥이 다하여 오니 내 무슨 상관이 있으리오. 또 네가 인간 윤회하는 일을 꿈꾸었다 하고 또 네 꿈과 세상을 나누어 둘을 하노니 네 꿈이 오히려 깨지 못하였도다."

성진이 대답하되,

"제자가 몽매하와 꿈이 잠이 아니며 잠이 꿈이 아님을 분변치 못하오니 바라건대 스승은 벌을 베푸사 제자로 하여금 깨닫게 하소서."

대사가 이르되,

---

1) 결함이 많은.

"내 마땅히《금강경金剛經》큰 법을 베풀어 써 네 맘을 깨닫게 하려니와 잠깐 있으면 올 제자가 있으니 너는 아직 기다리라."

말을 마치지 못하여 문 지키는 도인이 손 왔음을 고하더니, 위 부인의 시녀 팔선녀 이르러 대사 앞에 나와 합장 배례하고 이르되,

"제자 등이 비록 부인 좌우에 시립하였으나 배운 바 없사와 망령된 생각을 억제치 못하여 욕심이 잠깐 동하오매 중한 죄책이 따라 이르러 인간에 한 꿈을 꾸되 깨우는 사람이 없더니, 대자대비하신 스승이 데려오시매 어제 위 부인 궁중에 가서 전일 죄를 사례하옵고 곧 부인께 하직하고 돌아왔사오니 복걸 스승은 전죄를 사하시고 특별히 밝은 교훈을 드리우소서."

인하여 얼굴의 연지를 지우고 몸의 능라를 벗고 삭발위승削髮爲僧하고 맹세하거늘, 대사 경계하되,

"팔 인의 참회 이에 이르니 어찌 감동치 아니하리오."

하고 드디어 좌에 오르게 한 후 설법하니 성진과 팔 여승이 본성을 깨달아 불계에 있거늘 대사가 이에 가사와 바리와 주석장駐錫杖과《금강경》으로 성진에게 주고 이르되,

"내 불도를 네게 전하였노라."

하고 인하여 서천을 향하여 가더라.

성진이 연화봉 도장에서 여러 여승에게 설법하니,

일심정념 극락세계一心正念極樂世界.

〈구운몽〉에 관하여

최언경

　김만중(金萬重, 1637~1692)은 우리 나라 중세 국문 소설 발전에서 중요한 자리를 차지하는 진보적 작가이다. 자는 중숙重叔, 호는 서포西浦이다.

　김만중은 1637년 오랜 양반 가문에서 김익겸金益兼의 둘째 아들로 태어났다. 아버지 김익겸은 스물세 살의 청년으로 외적의 침입을 반대하여 강화도를 지키다가 장렬한 최후를 마친 애국자였다.

　김만중이 태어나 어린 시절을 보낸 17세기 전반기는 정세가 퍽 복잡한 때였다. 임진왜란의 여파가 채 가시지 않은 데다가 1636년에는 병자호란이 일어났고, 양반 통치 계급 안에서는 당파 싸움이 끊이지 않았다.

　이런 환경에서 유복자로 태어난 김만중은 형과 함께 어머니 윤 씨 슬하에서 자라났다. 어머니는 미래의 작가에게 큰 영향을 미쳤다.

　어머니 윤 씨는 총명하고 학식 있는 여성이었다. 무명을 짜서 아침저녁 끼니를 이으면서도 두 아들을 공부시키려고 아무리 비싼 책도 값을 묻지 않고 사들였으며 살 수 없는 책은 손수 밤을 새워 베껴 써서 공부를 시켰다.

　김만중은 자라면서 선진 실학파였던 큰아버지 김익희金益熙의 영향을 많이 받았다. 이 과정에 그는 천문, 지리에도 정통하고 지구 지원설地球地圓說을 확인하였으며, 조선 지도를 정리, 편찬하기도 했다.

　김만중은 스물아홉 살 때 과거에 급제하여 벼슬이 대제학, 판서에까지 이르렀으나 정치 생활은 당쟁의 영향으로 순탄치 못했다.

1687년 당쟁의 화를 입고 선천에 유배되었다가 이듬해 겨울에 돌아왔으나, 두어 달 뒤인 1689년에 기사환국에 관련되어 다시 남해에서 귀양살이를 하였으며, 끝내 여기서 풀려나오지 못한 채 1692년 4월 30일 쉰여섯 살을 일기로 생애를 마쳤다.

김만중의 저작으로는 한시 문집인《서포집西浦集》세 권과 문학 평론집인《서포만필西浦漫筆》들이 있으며, 국문 소설인〈구운몽九雲夢〉과〈사씨남정기謝氏南征記〉가 전하고 있다. 만년에는 돌아가신 어머니에게 바치는〈정경부인 윤 씨 행장[先妣貞敬夫人尹氏行狀]〉을 썼다.

안타깝게도 오늘까지 더 전하는 것은 없으나 형 김만기金萬基의 손자인 북헌北軒 김춘택金春澤이,

"서포는 우리 말로 소설을 많이 지었다."

고 한 것으로 보아 그 밖에도 국문 소설이 많았으리라고 추측되며, 악부와 가곡에도 능하여 가사도 많이 지었다고 한다.

김만중은 국문 문학에 대하여 앞서 나가는 미학 견해를 가지고 있었다. 그는 여러 나라 말이 같지 않으나 그 나라 말을 능숙하게 할 수 있는 사람이 그 말에 가락을 붙인다면 천지와 귀신이라도 움직일 수 있다고 하면서 우리 말, 우리 글의 우수성을 주장하였다.

《서포만필》에 이렇게 썼다.

"지금 우리 나라의 시문은 제 말을 버리고 남의 나라 말과 글을 배우고 있는데, 그것이 제아무리 비슷하더라도 앵무새가 사람을 흉내 내는 데 지나지 않는다. 마을의 나무하는 아이나 물 긷는 아낙네들이 부르는 노래는 속된 말이라 하여 상스럽다고 하지만, 참과 거짓을 따진다면 이른바 학사 대부들의 시나 산문 따위와는 결코 같이 이야기할 수 없다."

또한 우리 말의 우수성을 훌륭히 보여 준 정철의 가사 '관동별곡', '사미인곡', '속미인곡' 들을 높이 평가하면서 우리 나라의 참된 글은 이 세 편뿐이라고 하였다.

김만중의 이런 미학 견해는 15세기 훈민정음이 창제된 뒤 전쟁을 두 차례 겪

으면서 더없이 북돋워진 우리 인민의 애국심과 민족 자의식의 반영이었다. 당시 우리 인민들 속에서는 우리 나라 역사와 문화, 언어에 대한 관심이 특별히 높아졌으며, 현실 인식 수단으로서 자기 문학을 요구하였다.

김만중은 또한 양반 사대부들과 봉건 유학자들이 음란하다고 얕본 소설 문학의 거대한 인식 교양적 기능과 미학 정서적 작용을 옳게 인식하고 소설 문학에 커다란 의의를 부여하였다. 이런 진보적인 미학 견해를 갖고 있었기 때문에 빼어난 국문 소설을 창작할 수 있었다.

김만중의 소설로는 〈사씨남정기〉와 〈구운몽〉이 있다.

〈사씨남정기〉가 사실주의적이라면 〈구운몽〉은 좀 더 낭만주의적이라고 할 수 있으나, 두 소설은 모두 국문으로 되어 있으며 다 같이 당시 인민들의 진보적인 사상 지향을 반영하고 있다.

소설 〈사씨남정기〉는 봉건적인 축첩 제도의 불합리와 그것이 인간을 불구화하고 인간관계를 부질없는 반목으로 이끌어 가는 후과를 신랄하게 보여 주고 있다.

장편 소설 〈구운몽〉은 하늘에서 불도를 닦던 주인공 성진이 금욕적인 계율을 어겨 지옥에 떨어졌다가 다시 인간 세상에 양소유로 태어나 온갖 부귀공명을 누리는 이야기다. 이러한 이야기를 통하여 작품은 양반들의 부귀공명은 한바탕 봄꿈에 지나지 않는다는 주제를 제기하고 있다.

그러나 작품의 사상은 매우 복잡하다. 소설은 '인생은 한바탕 꿈'이며 영원한 행복은 오직 불도에서 찾아야 한다는 불교 교리를 설교하고 있으며, 봉건 귀족들의 생활을 위주로 하면서 그것을 이상화한 본질적 약점을 가지고 있다. 그러나 작품은 형상 전반을 통하여 부화 타락한 양반 계급의 생활을 적나라하게 드러내고 있으며, 주인공 양소유의 형상을 통하여 고루한 유교적 구속에서 벗어나려는 개성 해방의 지향을 강하게 반영하고 있다.

시작과 마지막에서는 불교 교리의 정당성을 강조한 듯하나 작가가 작품 전편을 통하여 주장한 것은 인간의 현실 생활에 대한 열렬한 긍정이다.

〈구운몽〉의 사상적 모순성은 주인공의 성격에 그대로 반영되어 있다. 주인공 양소유는 일부다처제 봉건 도덕의 체현자이며 인민 생활과는 관계없이 불교 교리에 따라 행동하는 인물이다. 불교의 연분으로 꿈을 깬 그는 세상의 부귀공명은 허무한 꿈이라고 하는 것이다.

다른 한편 양소유는 자기가 사랑하는 정경패와의 약혼을 끝까지 실현하며 자기를 부마로 삼으려는 왕의 청을 거절하고, 끝내 육관 대사에게 쫓겨나면서까지 제 주장을 굽히지 않는 데서 볼 수 있듯이 자립심이 강한 인물이다. 한마디로 말해, 장편 소설 〈구운몽〉은 사상적 제한성과 모순성을 꽤 가지고 있으나 반봉건 사상을 일정하게 체현하고 있다.

그러나 이상 실현의 방도를 찾지 못한 작가는 불교에서 시작하여 다시 불교로 돌아가고 있으며, 일부다처제의 봉건 도덕도 근본적으로 부정하지 못하고 있다. 이것은 불가피한 역사적 제약성인 동시에 작가의 계급적 제한성이다.

〈구운몽〉은 예술적으로도 높은 경지에 이르고 있으며, 〈사씨남정기〉와는 대조적으로 낭만주의적 특성을 강하게 체현하고 있다.

〈구운몽〉의 낭만주의적 특성은 우선 인물들이 시대의 산물인 동시에 작가가 만든 환상적 허구의 산물로서 사실주의적 전형이 아니라 특이한 성격, 이상적인 인물들이라는 데서 뚜렷이 드러나 있다. 그들은 시간과 공간의 제한을 받지 않고 하늘과 땅, 바다 등 원하는 곳이라면 어느 때 어디든지 자유롭게 나타나 행동하며 마음대로 날아다니기도 한다. 양 처사의 집에 "구아求我, 구아求我." 소리를 내면서 인간으로 다시 태어나는 양소유의 출현 자체가 환상적이며, 용모가 빼어나고 못하는 것이 없는 재능을 갖춘 것으로 그려진 것도 또한 현실을 이상화한 것이다.

〈구운몽〉의 낭만주의적 특성은 객관적 사실에 대한 현실 그대로의 진실한 묘사보다 작가의 주관이 전면에 나서면서 서정성이 매우 풍부하다는 점에서도 표현되고 있다. 그러한 것은 특히 성진과 팔선녀의 돌다리 만남, 화음현에서 성진과 진채봉의 '양류사' 교환, 천진교 주루 시회에서 계섬월과의 만남, 거문고 타는 것을 계기로 맺어지는 정경패와의 만남, 선녀 귀신이 된 가춘운과 양소유와의 만남 들에서 보는 것처럼 양소유와 팔선녀의 열렬한 애정 생활에 대한 묘사에서 잘 엿볼 수 있다.

구상이 웅대하고 이야기가 작가의 주관에 따라 거침없이 뻗어 나가면서 인간과 그 생활의 모든 것을 주로 환상과 상징, 과장의 수법으로 묘사하고 있는 것도 중요한 낭만주의적 특성이다. 그러한 것은 팔선녀의 기이한 향내를 맡은 성진이 복숭아나무 가지 하나를 꺾어 구슬 여덟 개로 만든 장면과 양소유의 환생 장면, 선녀들의 미색에 대한 묘사 들에서 볼 수 있다.

동시에 〈구운몽〉은 거기에 사실주의적 묘사 수법을 조화롭게 결합시키고 있다. 정경패와의 애정 생활, 황태후와의 갈등, 진채봉과의 이별 장면 등이 그러하다.

작가의 이러한 재능과 작품의 성과는 동시대인들의 높은 평가를 받았다. 김창흡金昌翕은 《서포집》 서문에서 김만중의 소설에 대하여 이렇게 썼다.

"공은 비록 작은 말단의 기예에 이르기까지 정통하여 흉중에서 노출되는 감정이 유창하지 않음이 없다. …… 소설의 광대한 술법이 정묘하여 읽는 사람을 감동시키고도 남음이 있다."

이것은 김만중 소설의 사상 예술적 가치에 대한 같은 시대 사람들의 공인된 평가라고 할 수 있다.

문학예술에 대한 조예와 재능을 가졌던 김만중은 소설 밖에도 '서포행장'에 쓰여 있는 것처럼,

"악부 가곡에 능하여 '무산고', '오서곡' 등의 가곡을 편곡하고, '채상행', '비파행', '왕소군', '두견제' 등 수많은 가사를 지었다."

고 하며 시와 평론도 적지 않게 썼다.

작가 김만중은 17세기 우리 나라 국문 소설과 장편 소설 발전에 크게 기여한 진보적인 작가로서 문학사적 자리를 차지한다.

봉건의 장막과 종교의 암흑이 드리웠던 중세기에 〈사씨남정기〉와 〈구운몽〉 같은 우수한 소설을 쓴 김만중 같은 작가를 가지고 있는 것은 우리 민족의 긍지이며 세계에 자랑할 만한 일이다.

김만중의 여러 작품들은 우리 인민들에게 우리 민족의 오랜 역사와 찬란한

민족 문화유산을 잘 알고 민족적 긍지와 자부심을 가지도록 하는 데 기여할 것이다.